«i grandi» tea

Dello stesso autore in edizione TEA:

Le indagini dell'ispettore Joona Linna:
L'ipnotista
L'esecutore
La testimone del fuoco
L'uomo della sabbia
Nella mente dell'ipnotista
Il cacciatore silenzioso

Altri romanzi
Il porto delle anime

Lars Kepler

Il cacciatore silenzioso

Romanzo

Traduzione di
Andrea Berardini

Per informazioni sulle novità
del Gruppo editoriale Mauri Spagnol visita:
www.illibraio.it

TEA - Tascabili degli Editori Associati S.r.l., Milano
Gruppo editoriale Mauri Spagnol
www.tealibri.it

Copyright © Lars Kepler 2016
Published by agreement with Salomonsson Agency
© 2016 Longanesi & C., Milano
Edizione su licenza della Longanesi & C.

Titolo originale
Kaninjägaren

Prima edizione «I Grandi» TEA novembre 2017
Terza ristampa «I Grandi» TEA giugno 2019

IL CACCIATORE SILENZIOSO

Prologo

È mattina presto e l'acqua immobile della baia splende come acciaio levigato. Le ville lussuose sono ancora tutte profondamente addormentate, ma le luci delle piscine e dei lampioni da giardino filtrano attraverso le alte staccionate e i rami degli alberi.

Un uomo ubriaco con una bottiglia di vino in mano sta percorrendo la strada lungo la spiaggia. Si ferma davanti a una casa bianca con una lunga veranda affacciata sulla baia. L'uomo posa la bottiglia con estrema cautela al centro della strada, poi scavalca il fosso, si arrampica oltre la recinzione di ferro battuto e si introduce nel giardino.

Attraversa il prato barcollando e si ferma a fissare le grandi finestre, il riflesso delle luci della veranda e le forme indistinte dei mobili all'interno.

Prosegue verso la casa, rivolge un saluto a un nano da giardino di porcellana alto mezzo metro e gira intorno a uno steccato. Scivola sul bordo della piscina battendo un ginocchio a terra, ma poi si riprende e si rimette in piedi.

L'acqua nella vasca splende come un blocco di vetro azzurro.

L'uomo si ferma traballando sul bordo, si abbassa la cerniera dei pantaloni e inizia a urinare nella piscina, poi si sposta trascinando i piedi fino ai mobili da esterno blu e punta il getto sui cuscini, le sdraio e il tavolo rotondo.

L'urina emana vapore nell'aria fredda.

L'uomo si richiude la patta e scorge un coniglio bianco che scatta attraverso il prato per poi sparire sotto un cespuglio.

Torna sorridendo verso la casa e passa oltre le porte della

veranda. Si appoggia alla staccionata, scende sul prato, si ferma e si volta indietro.

Il suo cervello annebbiato prova a comprendere ciò che ha appena visto.

Una figura dal volto deforme e vestita di nero lo stava fissando.

Non riesce a capire se fosse all'interno della casa buia o se lo stesse osservando dall'esterno riflesso sui vetri.

1

Venerdì 26 agosto

Una pioggia leggera cade lentamente dal cielo scuro. Il chiarore diffuso del centro abitato sale fino a una trentina di metri sopra i tetti. Non c'è vento e le gocce illuminate formano una specie di cupola sull'intera Djursholm.

Davanti alla baia di Germaniaviken sorge una villa imponente che si affaccia sull'acqua immobile.

In questo preciso istante, all'interno dell'abitazione, una giovane donna avanza circospetta come un animale selvatico sul parquet verniciato avvicinandosi al tappeto iraniano.

Il suo nome è Sofia Stefansson.

L'apprensione la induce a registrare ogni dettaglio.

Sul bracciolo del divano c'è un telecomando nero. Qualcuno ha fissato il coperchio delle batterie con lo scotch. Sul tavolo si scorgono lievi segni rotondi di bicchieri. Un vecchio cerotto è rimasto incollato alle frange del tappeto.

Il pavimento alle spalle di Sofia scricchiola, come se qualcuno la stesse seguendo di stanza in stanza.

Sul vialetto umido di pioggia, schizzi d'acqua le hanno bagnato i tacchi alti e i polpacci muscolosi. Ha ancora gambe da atleta, anche se sono due anni che ha smesso di giocare a calcio.

Senza farsi vedere dall'uomo che la aspetta, stringe in mano uno spray al peperoncino. Ripete a se stessa che è stata lei a scegliere quella situazione, che ne ha il controllo, che è lì perché lo *vuole*.

L'uomo che le ha aperto la porta si è fermato accanto a una poltrona e la segue con lo sguardo senza alcun imbarazzo.

Sofia ha un viso dai lineamenti simmetrici, ma le sue guance sono ancora paffute come quelle di una ragazzina. Indossa un vestito azzurro che le lascia scoperte le spalle. Una fila di piccoli bottoni rivestiti le scende dalla base del collo fino in mezzo ai seni. Il cuore d'oro appeso alla catenina le sobbalza nell'incavo della gola, al ritmo del suo battito accelerato.

Sa che può chiedere scusa, spiegare che non si sente bene e che farebbe meglio a tornare a casa. La cosa forse lo irriterebbe, ma dovrebbe accettarla.

L'uomo accanto alla poltrona la osserva con uno sguardo colmo di un desiderio malinconico che le chiude lo stomaco per la paura.

D'un tratto ha l'impressione di averlo già incontrato; potrebbe essere uno degli importanti dirigenti che ha intravisto di sfuggita al lavoro, oppure il padre di qualche compagno di classe di tanto tempo prima.

Sofia rimane a una certa distanza, sorride e sente il cuore che batte veloce. Non ha intenzione di avvicinarsi di più finché non avrà decifrato il tono della sua voce e i suoi movimenti.

La mano con cui l'uomo stringe lo schienale della poltrona non lascia sospettare un'indole violenta: le unghie sono curatissime e la semplice fede nuziale è consunta dopo anni e anni di matrimonio.

«Bella casa», dice Sofia, scostandosi dal volto una ciocca di capelli lucidi.

«Grazie», risponde l'uomo, sollevando la mano dalla poltrona.

Non può avere molto più di cinquant'anni, ma i suoi movimenti sono pesanti e rassegnati, come quelli di un anziano in una casa vecchia quanto lui stesso.

«Sei venuta in taxi?» chiede, deglutendo vistosamente.

«Sì.»

Restano in silenzio. Nella stanza accanto la pendola batte due colpi rapidi con un tintinnio leggero.

Della polvere color zafferano cade senza far rumore da un giglio sfiorito in un vaso.

Sofia si è resa conto molto presto di eccitarsi nelle situazioni ad alta carica erotica. Le piace essere ammirata e avvertire la sensazione di essere la prescelta, ma non si è mai innamorata veramente di nessuno.

«Ci siamo già incontrati?» chiede.

«Me lo ricorderei», risponde l'uomo con un sorriso privo di gioia. Ha i capelli biondo cenere, radi e pettinati all'indietro. Il volto flaccido è leggermente lucido e una ruga profonda gli attraversa la fronte.

«Sei un collezionista?» chiede Sofia facendo un cenno in direzione della parete.

«Mi interesso di arte.»

I suoi occhi chiari la osservano da dietro gli occhiali di corno. Lei si volta e lascia ricadere lo spray nella borsa, poi si avvicina a un grande dipinto bordato da una cornice dorata.

L'uomo la raggiunge. Si ferma un po' troppo vicino alla ragazza, respirando dal naso. Quando solleva la mano per mostrarle uno dei quadri, Sofia ha un fremito.

«Ottocento... Carl Gustaf Hellqvist», spiega. «È morto giovane. Ha avuto una vita difficile, era molto malato e hanno provato a curarlo a suon di scariche elettriche... Ma era un artista straordinario.»

«Affascinante», risponde lei sottovoce.

«Lo penso anch'io», dice l'uomo avviandosi verso la sala da pranzo.

Sofia lo segue con l'inquietante presentimento che la stia attirando passo dopo passo verso una trappola, che alle sue spalle una botola si stia richiudendo con lentezza ma inesorabilmente e che enormi ingranaggi stiano bloccando centimetro dopo centimetro la sua via di fuga.

Il salone maestoso, con le file di finestre all'inglese affacciate sull'acqua, è ingombro di troppe poltrone e vetrinette scintillanti.

Sofia nota che ci sono due bicchieri di vino rosso scuro sul bordo del tavolo lucido.

«Posso offrirti da bere?» chiede l'uomo voltandosi verso di lei.

«Preferirei del bianco, se ce l'hai», risponde la ragazza, temendo di poter essere drogata.

«Champagne?» domanda lui senza distogliere lo sguardo.

«Volentieri.»

«Ma certo, lo champagne è quel che ci vuole», decide lui.

Quando va a casa di un perfetto sconosciuto, Sofia si muove con circospezione perché ogni stanza può rappresentare un tranello e ogni oggetto un'arma potenziale. Preferisce gli alberghi, perché nell'ipotesi di dover chiamare aiuto c'è sempre qualcuno che può sentirla.

Mentre lo segue verso la cucina avverte un rumore strano e acuto. È impossibile localizzarlo. L'uomo non sembra notarlo, ma lei si ferma, si volta verso le finestre buie ed è sul punto di dire qualcosa quando avverte uno schiocco, come di un cubetto di ghiaccio che si sta spaccando in un bicchiere.

«Sei sicuro che non ci sia nessuno in casa?» domanda.

Se dovesse succedere qualcosa, le basterebbe un attimo per sfilarsi le scarpe e scattare verso la porta d'ingresso. Con ogni probabilità è molto più agile di lui, e continuando a correre senza fermarsi per recuperare il soprabito riuscirebbe a mettersi in salvo.

Rimane sulla soglia della cucina mentre l'uomo prende una bottiglia di Bollinger dal frigo porta vino. La stappa e riempie due lunghi calici, aspetta che la schiuma scenda e ne versa ancora un po', prima di tornare da lei.

2

Sofia assaggia lo champagne: il sapore del vino le accarezza il palato e le bollicine scoppiettano nel bicchiere. Qualcosa la spinge di nuovo a voltare lo sguardo verso le finestre della cucina. Un animale, pensa. Fuori è buio. Vede riflettersi sui vetri i contorni netti della cucina e la schiena dell'uomo. La superficie liscia del banco da lavoro, il ceppo dei coltelli e la ciotola piena di limoni.

L'uomo solleva di nuovo il bicchiere per bere, poi fa un gesto in direzione di Sofia e la mano gli trema leggermente.

«Sbottonati un po' il vestito», dice.

Sofia vuota il bicchiere, nota l'impronta di rossetto sul bordo e lo ripone sul tavolo prima di far scivolare il primo bottone fuori dall'asola stretta.

«Porti il reggiseno», dice l'uomo.

«Sì», risponde lei, sfilando il secondo bottone.

«Che misura?»

«Una terza.»

L'uomo continua a osservarla con un sorriso, e Sofia sente pizzicare le ascelle per il sudore che inizia a sgorgare.

«Che mutandine hai?»

«Di seta, azzurre...»

«Posso vederle?»

Lei esita e lui se ne accorge.

«Scusa», si affretta a dire l'uomo. «Forse sto andando troppo veloce?»

«Prima dovremmo occuparci del lato economico», dice Sofia, provando a usare un tono di voce deciso e disinvolto.

«Capisco», risponde lui seccamente.

«Per iniziare è meglio se...»

«Vuoi essere pagata prima», la interrompe lui con una vena di irritazione nella voce.

Di solito, con i clienti abituali, è tutto più semplice, a volte persino piacevole; i clienti nuovi invece la rendono nervosa. Comincia a pensare a tutto quel che potrebbe succedere. Le tornano in mente episodi del passato, come la volta in cui un padre di famiglia di Täby l'aveva morsa sul collo e poi l'aveva chiusa nel garage.

Sofia ha pubblicato annunci su *Pagine rosa* e *Ragazzedistoccolma.se*. Quasi nessuno di quelli che la contattano ha intenzioni serie. Per lo più le scrivono volgarità, promesse di sesso strabiliante e minacce di aggressioni e punizioni.

Prima di dare inizio a una corrispondenza ascolta sempre il proprio istinto. Quella lettera era ben scritta, piuttosto concreta, ma non priva di rispetto. Lui si era firmato Wille, aveva un numero di telefono privato e l'indirizzo indicava un luogo elegante.

Nella terza mail le aveva spiegato cosa desiderava fare e quanto fosse disposto a pagare.

Allora nella mente di Sofia si era messo a suonare un campanello d'allarme.

Se tutto sembra troppo perfetto, c'è qualcosa che non va. In quell'ambiente non esistono biglietti della lotteria, e anche trovandone uno è sempre meglio lasciarsi sfuggire un'occasione d'oro piuttosto che esporsi a dei rischi.

Eppure, Sofia adesso è lì.

L'uomo ritorna e le porge una busta. Sofia conta rapidamente i soldi e li infila nella borsa.

«Bastano per farmi vedere le mutandine?» domanda lui.

La ragazza sorride con sicurezza, poi afferra delicatamente il vestito con entrambe le mani e lo solleva lentamente sopra le ginocchia. L'orlo scivola frusciando contro le calze di nylon mentre sale lungo le cosce, fino a quando lei si ferma osservando l'uomo.

Lui non ricambia lo sguardo; al contrario, continua a fissarla tra le gambe, mentre lei a poco a poco solleva l'abito fino alla vita. Sotto i collant, la seta delle mutandine riluce come madreperla.

«Ti sei depilata?» chiede l'uomo con voce un po' più roca.
«Ho fatto la ceretta.»
«Integrale?»
«Sì», si limita a rispondere Sofia.
«Deve far male», commenta lui, interessato.
«Ci si fa l'abitudine», risponde lei annuendo.
«Come a tante altre cose nella vita», mormora lui.

Sofia lascia ricadere il vestito e, lisciando il tessuto sulle cosce, si asciuga le mani sudate.

Anche se ha ricevuto i soldi, si sente di nuovo nervosa.
Forse è per via dell'entità della somma.
L'ha pagata cinque volte più di qualsiasi altro cliente.

Nella mail, le aveva spiegato di essere pronto a pagare profumatamente per la discrezione e per quel suo desiderio particolare, ma comunque la cifra era molto più alta del necessario.

Quando le aveva scritto spiegandole cosa volesse fare, non le era sembrato troppo pericoloso.

Sofia ripensa a un uomo dallo sguardo impaurito che si metteva la biancheria della madre e voleva essere colpito all'inguine. L'aveva pagata perché gli facesse pipì addosso mentre lui piangeva dal dolore rannicchiato a terra, ma lei non ci era riuscita, aveva preso i soldi ed era scappata.

«La gente è eccitata da cose diverse», dice Wille con un sorriso d'imbarazzo. «È impossibile costringere qualcuno a... E allora non resta che pagare. Non mi aspetto dunque che ti piaccia quello che fai.»

«Dipende, ma con un uomo tenero riesco a godere anch'io», prosegue lei, mentendo.

Nel suo annuncio, Sofia promette ovviamente la massima discrezione, ma comunque prende delle precauzioni. A casa tiene un diario in cui annota nome e indirizzo delle persone che decide di incontrare, in modo che sia possibile rintracciarla nel caso in cui dovesse sparire.

Inoltre, Wille era stato cliente di Tamara, prima che quest'ultima uscisse dal giro, si sposasse e andasse a vivere a Göteborg. Sofia è sicura che Tamara avrebbe pubblicato un avviso nel forum per escort, se Wille non fosse stato un tipo a posto.

«Vorrei solo che non mi trovassi rivoltante e disgustoso», dice l'uomo avvicinandosi di un passo. «Voglio dire, sei incredibilmente bella e giovane... E so benissimo che aspetto ho io, alla tua età non ero niente male, ma...»

«Non sei male nemmeno ora», lo rassicura Sofia.

Pensa a tutte le volte in cui ha sentito dire che le escort devono essere come delle psicologhe. La maggior parte dei clienti, però, non racconta mai nulla di personale.

«Andiamo su in camera?» chiede con calma l'uomo che si fa chiamare Wille.

3

Mentre segue l'uomo sull'ampio scalone in legno, Sofia si accorge di dover andare in bagno. La moquette morbida è fissata su ogni scalino con delle asticelle di ottone. La luce dell'enorme lampadario si riflette sul corrimano verniciato.

Nei primi tempi, Sofia si era proposta di accettare solo clienti esclusivi: quelli disposti a pagare somme elevatissime per una notte intera e quelli che desiderano compagnia a una festa o durante un viaggio.

Nei tre anni in cui ha arrotondato facendo la escort le sono capitati circa venti lavori del genere, mentre la maggior parte dei suoi clienti non chiede altro che un pompino dopo il lavoro, prima di tornare dalla famiglia.

La grande camera da letto è illuminata e dominata da un imponente letto matrimoniale con delle splendide lenzuola di seta grigie.

Sul comodino della moglie ci sono un romanzo di Lena Andersson e un vasetto di una costosa crema per le mani; su quello di Wille c'è un iPad con lo schermo spento coperto di segni di ditate.

L'uomo le mostra le cinghie di cuoio nero che ha già fissato alle colonne del letto. Sofia nota che non sono nuove: la pelle è spaccata lungo le pieghe e il colore inizia ad apparire sbiadito.

Per due volte la stanza trema e vortica su se stessa con uno scossone; Sofia osserva l'uomo, che sembra ignaro di tutto.

Agli angoli della bocca ha tracce bianche di dentifricio o di una pastiglia di quelle che si sciolgono in bocca.

Si sente provenire un cigolio dalle scale; l'uomo si volta verso il corridoio prima di tornare a guardare Sofia.

«Devi assicurarmi che mi libererai quando te lo chiederò», dice, sbottonandosi la camicia. «Devi assicurarmi che non proverai a derubarmi o che non scapperai, ora che ti ho pagata.»

«Certo», risponde lei.

Il petto di lui è coperto di peli chiari, ed è evidente che sta trattenendo la pancia mentre lei lo guarda.

Sofia decide che, dopo averlo legato, gli chiederà di usare il bagno, direttamente collegato alla camera. La porta è socchiusa, e nello specchio si vede una doccia addossata a una parete decorata da un mosaico dorato.

«Voglio che mi leghi e che ti prendi tutto il tempo che ti serve, non mi piacciono la violenza e la prevaricazione», dice lui.

Sofia annuisce sfilandosi le scarpe, e quando si rialza avverte di nuovo un leggero capogiro; incrocia per un istante gli occhi dell'uomo prima di sollevare il vestito fino all'ombelico, con uno sfrigolio di energia statica. Infila i pollici sotto l'elastico dei collant e lo abbassa. L'abbraccio del tessuto intorno alle cosce svanisce e le calze si afflosciano leggere sopra i polpacci.

«Forse preferisci che sia io a legare te?» domanda lui, sorridendo della propria trovata.

«No, grazie», risponde Sofia iniziando a sbottonarsi il vestito.

«È abbastanza comodo», scherza l'uomo, dando un lieve strattone a una delle cinghie.

«Queste cose non le faccio», dice lei con gentilezza.

«Non ho mai provato a parti invertite... Sono disposto a raddoppiare il tuo compenso, se accetti», ride l'uomo, come se il solo pensiero lo rendesse stupido ed euforico.

Le sta offrendo più di quanto lei guadagni in due mesi, ma farsi legare è decisamente troppo pericoloso.

«Che ne dici?» le chiede con un sorriso.

«No», risponde Sofia, irritata e sollevata allo stesso tempo.

«Ok», dice lui seccamente, rilasciando la cinghia.

La fibbia tintinna mentre la corda ondeggia contro la colonna del letto.

«Vuoi che mi tolga tutto?» chiede Sofia.

«Aspetta un attimo», risponde lui, osservandola con uno strano sguardo indagatore.

«Ti spiace se uso il bagno?»

«Tra poco», risponde, e sembra che stia provando a tenere a freno il respiro.

Le labbra di Sofia sono stranamente fredde. Quando solleva una mano per sfiorarsi la bocca si accorge che l'uomo inizia a sorridere.

Le si avvicina, le afferra il mento stringendola con forza e le sputa in faccia.

«Ma cosa fai?» esclama Sofia, mentre avverte un'ondata di vertigini.

D'improvviso sente che le cedono le gambe e precipita all'indietro con una violenza tale da mordersi la lingua. Crolla su un fianco, sente la bocca riempirsi di sangue e vede l'uomo, torreggiante su di lei, intento a sbottonarsi i pantaloni di velluto.

Non ha le forze per trascinarsi al riparo. Appoggia la guancia al pavimento e scorge una mosca morta tra la polvere sotto il letto. Il cuore le batte nel petto così forte da rimbombarle nelle orecchie. Capisce che, in un modo o nell'altro, lui è riuscito a drogarla.

Prima di perdere conoscenza, Sofia pensa che forse l'uomo la ucciderà e che questo potrebbe essere l'ultimo istante della sua vita.

4

Sofia si risveglia tossendo da un sogno in cui si sentiva affogare e capisce immediatamente dove si trova. È legata sul letto, in casa dell'uomo che si fa chiamare Wille: sdraiata sulla schiena e bloccata dalle cinghie tese. Lui l'ha legata molto saldamente, e Sofia ha i muscoli delle braccia e delle gambe contratti, oltre che i polsi indolenziti e le dita ghiacciate.

Ha la bocca secca: la lingua ha smesso di sanguinare, ma è gonfia e dolorante.

Il vestito le si è sollevato fino alla vita quando lui le ha aperto le cosce con la forza.

Non può essere vero, pensa.

L'uomo ha previsto ogni sua mossa e ha versato in anticipo la droga in una delle bottiglie di champagne.

Sofia sente una voce provenire da una delle stanze accanto: una conversazione dal tono pragmatico, un capo che impartisce degli ordini.

Prova a sollevare la testa per guardare fuori dalla finestra e per capire se sia notte o mattina, ma non ci riesce perché le braccia le fanno troppo male.

Sta pensando che non ha idea di quanto a lungo sia rimasta lì, e in quel momento l'uomo entra nella stanza.

La paura riempie il cuore di Sofia come veleno. Sente il panico che le invade la testa, le chiude la gola e le fa galoppare il cuore.

Quel che non doveva succedere è successo.

Tenta di calmarsi; pensa che deve provare a parlare con lui e a fargli capire che ha scelto la ragazza sbagliata, ma che è pronta a dimenticare tutto se la libera immediatamente.

Promette a se stessa di cambiare vita: fa la escort da fin troppo tempo, e comunque spreca tutti i soldi guadagnati in cose inutili.

L'uomo la guarda con la stessa bramosia di prima. Sofia prova a mostrarsi calma e pensa che fin da subito qualcosa aveva destato i suoi sospetti. Ma invece di girare i tacchi e darsela a gambe non aveva dato retta al proprio istinto. Commettendo così un errore madornale e agendo con la disperazione di un'eroinomane.

«Ti ho detto che non mi va», dice con tono calmo.

«Lo so», sorride lui, immobile, facendo scorrere lo sguardo sul suo corpo.

«Conosco delle ragazze a cui piace. Posso darti il loro contatto, se vuoi.»

L'uomo non risponde, si limita a respirare profondamente dal naso e si mette ai piedi del letto tra le gambe della ragazza. Sofia inizia a sudare freddo e si prepara alla violenza e al dolore.

«Questa è un'aggressione. Lo sai, vero?»

Di nuovo lui evita di rispondere, si limita a spingersi gli occhiali in cima al naso e la osserva con curiosità.

«Non mi piace, non lo voglio fare, perché vuoi umiliarmi?», ricomincia Sofia, ma si blocca sentendo la propria voce tremare.

Cerca di rallentare il respiro. Non deve mostrarsi impaurita e non deve mettersi a supplicare. Cos'avrebbe fatto al suo posto Tamara? Immagina il viso lentigginoso dell'amica, il sorrisetto maligno, lo sguardo duro.

«Nel mio appartamento c'è un'agenda in cui ho scritto i tuoi dati», dice guardando l'uomo negli occhi.

«Che dati?» domanda lui con indifferenza.

«Il tuo nome, che è sicuramente inventato. Ma ho segnato anche quest'indirizzo, la tua mail, l'ora dell'incontro...»

«Grazie per l'informazione», annuisce lui.

Il materasso sprofonda quando l'uomo inizia a scivolare sul letto in direzione della ragazza. Si ferma ondeggiando tra le sue cosce, le afferra le mutandine e tira con forza. Le cuciture gemono senza spezzarsi e Sofia avverte una fitta alle spalle, come se si stessero slogando.

L'uomo tira di nuovo, con entrambe le mani. Sofia sente un dolore bruciante quando le mutandine le affondano nei fianchi, ma le cuciture intorno all'elastico reggono.

L'uomo bisbiglia qualcosa tra sé e la lascia sola a letto.

Il materasso ondeggia di nuovo e Sofia si accorge che sta per avere un crampo alla coscia.

Per un istante il ricordo di un allenamento le attraversa la mente: la sensazione di un crampo in arrivo, una specie di tensione al polpaccio mentre provava a staccare i grumi di erba calpestata che le si erano incastrati tra i tacchetti.

I volti rossi e accaldati delle compagne. Il pavimento di legno degli spogliatoi coperto di fango, l'odore di sudore, di lozioni per il corpo e di deodorante.

Com'era potuto succedere? Com'era potuta finire lì?

Si sforza di non piangere; ha la sensazione che mostrarsi spaventata sarebbe fatale.

L'uomo torna con delle forbici da unghie, taglia le mutandine su entrambi i lati e le sfila.

«Ci sono tante ragazze disponibili a fare bondage», dice Sofia. «Conosco...»

«Non mi interessano quelle disponibili», la interrompe l'uomo gettando le mutandine sul letto accanto a lei.

«No, cioè, ci sono ragazze che si eccitano a essere legate.»

«Non saresti dovuta venire», si limita a constatare lui.

Sofia non riesce più a trattenersi e scoppia a piangere. Il terrore le fa inarcare la schiena e le cinghie si tendono in modo brusco tagliandole la pelle. Il sangue inizia a scorrerle in rivoli sottili lungo l'avambraccio destro.

«Non farlo», lo implora singhiozzando.

L'uomo si sfila la camicia, la getta a terra e si srotola un preservativo sul pene semieretto.

Si inginocchia sul letto e Sofia sente l'odore del lattice quando lui le spinge in bocca quel che resta delle mutandine. È sopraffatta da un conato ed è sul punto di vomitare. Ha la lingua secca e le guance rigate di lacrime. L'uomo le strizza un seno attraverso la stoffa del vestito, poi si lascia cadere pesantemente su di lei.

Sofia se la fa addosso per la paura, un caldo flusso di urina si allarga sotto di lei.

Quando lui prova a penetrarla, lei si sposta di colpo di lato, colpendolo con l'anca.

Dalla punta del naso di lui, una goccia di sudore le cade sulla guancia.

L'uomo le serra una mano intorno al collo; la fissa con occhi di fuoco, le stringe la gola e torna a sdraiarsi su di lei. Il suo peso la sprofonda nel materasso e la pressione fa sì che apra ancora di più le cosce. I polsi le bruciano e le colonne del letto cigolano.

L'uomo le stringe la gola ancora più forte e nel campo visivo di Sofia compaiono dei puntini neri. La stanza si fa più buia e, in quello stesso momento, la ragazza sente che lui sta di nuovo tentando di penetrarla. Prova con tutte le sue forze a sottrarsi, ma è impossibile, succederà comunque. Non può rimanere nel proprio corpo: deve pensare ad altro, svanire. Ricordi improvvisi le balenano nella mente: le serate fredde sul grande campo d'erba, il fiato corto, la nuvola di vapore intorno alla bocca; il silenzio lungo le sponde del lago e la vecchia scuola di Bollstanäs.

L'allenatore indica la palla, soffia nel fischietto e tutto tace.

La stretta alla gola scompare. Sofia tossisce e prende una boccata d'aria, poi sbatte le palpebre e sente una melodia meccanica.

L'uomo si è rimesso in ginocchio. Lei respira con affanno, il volto in fiamme.

Qualcuno sta suonando alla porta d'ingresso.

L'uomo le afferra il mento, le preme con forza la bocca e spinge più a fondo le mutandine; Sofia avverte dei conati di vomito e respira dal naso, perché non riesce a deglutire.

Suonano di nuovo.

L'uomo le sputa addosso e si alza dal letto. Si abbottona i pantaloni e recupera la camicia prima di andarsene.

Non appena sparisce oltre la porta, Sofia tira la cinghia con la mano destra il più forte possibile, senza pensare alle conseguenze o al dolore.

Sente una fitta lancinante quando la mano sfugge alla fascia di cuoio.

Le mutandine ficcate in bocca le impediscono di urlare.

Le sembra che la sua testa sia diventata leggerissima; è sul punto di svenire e profondi tremiti di dolore le attraversano tutto il corpo. Forse si è fratturata il pollice o forse ha strappato un legamento. La pelle si è sollevata come un guanto rivoltato e, quando si sfila le mutandine di bocca, il sangue le cola lungo il braccio.

Geme ad alta voce mentre tenta istericamente di slacciare la cinghia che le blocca la mano sinistra. Le dita scivolano, ma finalmente riesce a far uscire la stanghetta dal foro. Rapidamente sfila la cinghia dall'anello, si solleva a sedere e scioglie i lacci che le bloccano le caviglie.

Le sue gambe sono instabili, ma si alza in piedi, tiene la mano ferita contro il ventre e muove un passo sul tappeto spesso. Le gira la testa per lo shock e il dolore, ha i piedi intorpiditi e il vestito le scende bagnato e gelido contro le natiche.

Esce dalla camera con circospezione e scivola nel corridoio in cui l'uomo è sparito poco prima.

Si ferma prima di raggiungere le scale. Sente provenire dal piano di sotto una voce diversa e pensa che dovrebbe chiamare aiuto. Non riesce a capire cosa stia dicendo l'altro uomo e si avvicina guardinga. Appesi al corrimano della scala ci sono dei vestiti ritirati dalla lavanderia. Attraverso la plastica sottile nota un mucchio di gonne bianche tutte uguali.

Si schiarisce la gola per prepararsi a urlare quando d'improvviso capisce cosa sta succedendo di sotto.

L'altro uomo non è nella casa. La sua voce proviene dal citofono. C'è un fattorino al cancello che chiede di poter entrare. Wille gli ripete di tornare in seguito, interrompe la conversazione e ritorna verso le scale.

Sofia barcolla, ma riesce a mantenere l'equilibrio. Sente i piedi formicolare e bruciare perché il sangue sta riprendendo a scorrere nei suoi arti.

Indietreggia sul pavimento scricchiolante; guardandosi intorno scorge in fondo al corridoio una stanza più ampia con le pareti ingombre di ritratti. Pensa di correre fin là, di aprire una finestra e chiamare aiuto, ma capisce che non ha tempo.

5

Sofia si sposta rapidamente lungo la parete, oltre le scale, fino a raggiungere lo sportello sottile di un guardaroba; abbassa la maniglia e tira verso di sé.

È chiuso a chiave.

Con cautela lascia andare la maniglia e nello stesso momento si accorge che l'uomo sta risalendo la scala sotto la luce rifratta dai prismi di cristallo del lampadario.

È arrivato quasi in cima.

Sofia ritorna verso la scala e si acquatta sul pavimento accanto alla ringhiera, nascosta dalle camicie della lavanderia. Se l'uomo dovesse guardare in quella direzione la vedrebbe di sicuro, ma se invece tirasse dritto la ragazza guadagnerebbe qualche secondo di vantaggio.

Il dolore alla mano è così forte da farla tremare, e inoltre la trachea e la laringe le si sono gonfiate. Sente il bisogno di tossire, di schiarirsi la gola, di bere qualcosa.

La scala scricchiola sotto i passi pesanti e stanchi di Wille. Sofia lo scorge tra le colonnine della ringhiera e si ritrae con cautela.

Wille arriva in cima, si appoggia al corrimano e prosegue verso il corridoio.

Si dirige verso la camera senza notare le gocce di sangue sul pavimento.

Lentamente, Sofia si alza; osserva la schiena dell'uomo e il suo collo bruciato dal sole, poi lo vede sparire oltre la porta.

Senza far rumore, gira intorno alla ringhiera e inizia a correre giù per le scale.

Capisce che lui è uscito di nuovo e che la sta già inseguendo.

I passi che si precipitano lungo le scale raddoppiano.
Sofia si protegge la mano ferita con l'altra, stringendo le dita umide e indolenzite.
Sa solo che deve riuscire a lasciare la casa. Corre attraverso l'enorme ingresso e la scala scricchiola rumorosamente mentre l'uomo la insegue.
«Così mi fai solo perdere tempo», lo sente urlare.
Corre silenziosamente verso l'entrata sopra un tappeto sottile, inciampa in un paio di scarpe basse, ma mantiene l'equilibrio.
Il display dell'allarme antifurto lampeggia accanto alla porta.
Sofia ha così tanto sangue sulle dita che le scivola di mano la maniglia; si asciuga sul vestito e riprova, ma è bloccata. Tenta di abbassarla, colpisce la porta con la spalla, ma non succede nulla. In preda al panico, si guarda intorno in cerca delle chiavi mentre prova di nuovo ad azionare la maniglia. Si arrende e corre oltre la doppia porta che conduce al salone.
In un'altra stanza qualcosa cade a terra: un oggetto metallico rimbalza sul parquet.
Sofia si allontana dalle grandi finestre i cui vetri neri luccicano; il suo stesso riflesso sembra una silhouette scura contro la parete più chiara.
Sente che l'uomo sta arrivando dalla direzione opposta, torna indietro e si nasconde dietro una delle ante della porta.
«Tutte le uscite sono chiuse», dice lui ad alta voce entrando nel salone.
Sofia trattiene il respiro. Il cuore le sobbalza nel petto e la porta cigola appena. L'uomo si ferma sulla soglia. Riesce a vederlo attraverso lo spiraglio lungo lo stipite: ha la bocca semiaperta e le guance sudate.
Le gambe ricominciano a tremarle.
L'uomo si muove di qualche passo in avanti poi si ferma

ad ascoltare. Sofia cerca di non far rumore, ma la paura la costringe ad ansimare fin troppo forte.

«Mi sono stancato di questo gioco», dice lui passando oltre.

Dai rumori che sente, Sofia capisce che la sta cercando, che sta aprendo e richiudendo ogni porta. Ad alta voce, le assicura che vuole solo parlare.

Un mobile raschia contro il pavimento, poi scende il silenzio.

Sofia resta in ascolto: sente il proprio respiro, il ticchettio desolato di un orologio a muro, il parquet che scricchiola appena, e null'altro.

Solo un disperato silenzio di tomba.

Aspetta ancora qualche secondo, nel caso si accorga che i passi di lui si avvicinano; sa che potrebbe essere una trappola, ma nonostante questo esce dal nascondiglio, consapevole che potrebbe trattarsi della sua ultima occasione.

Avanza cautamente nel salone. Tutto è immobile e sembra sprofondato in un sonno secolare. Gli arredi ricercati e i loro gemelli scuri riflessi sui pannelli di vetro. La sua stessa figura illuminata dal lampadario di cristallo.

Sofia si avvicina a una delle sedie accanto al tavolo lucido e prova a sollevarla, ma si accorge che è troppo pesante. Allora la trascina reggendola per lo schienale con la mano sana. La trasporta fino alla grande portafinestra della veranda e, gemendo di dolore, si costringe ad afferrarla anche con la mano ferita. Stringe lo schienale su entrambi i lati e accenna due passi di corsa, poi rotea su se stessa e scaglia la pesante sedia contro la finestra, urlando.

La sedia colpisce il vetro e rimbalza nella stanza. Il pannello interno va in frantumi e cade a terra, facendo schizzare schegge su tutto il parquet. Altre lastre di vetro cadono, bloccandosi contro i pannelli ancora intatti.

L'allarme scatta, con un rumore assordante.

Sofia afferra di nuovo la sedia, incurante delle ferite ai piedi che si sta procurando, ed è sul punto di scagliarla un'altra volta contro la finestra quando vede l'uomo venirle incontro dall'ingresso.

Lascia andare la sedia, corre in cucina e passa in rassegna con lo sguardo le piastrelle bianche del pavimento e i piani di lavoro in acciaio inox.

Lui la segue a passi misurati.

Nella mente di Sofia riaffiora il ricordo di un gioco d'infanzia in cui qualcuno la inseguiva: la spossatezza che si prova quando l'inseguitore è vicino e ormai sfuggire è impossibile.

La ragazza si appoggia al bancone facendo cadere un paio di occhiali e uno strano braccialetto.

Non sa cosa fare. Guarda le finestre chiuse della veranda e attraversa la stanza fino all'isola centrale su cui sono posate due pentole lucenti. Apre i cassetti con le mani che le tremano, respira ansimando e infine nota la fila di coltelli.

L'uomo entra in cucina, allora la ragazza afferra uno dei coltelli, si volta verso di lui e inizia ad arretrare. L'uomo la fissa, reggendo con entrambe le mani un attizzatoio sporco di cenere.

Tremando, Sofia gli punta contro il coltello dalla lama larga e capisce di non avere alcuna possibilità.

Lui la ucciderà con quell'attrezzo pesante.

L'allarme continua a ululare, mentre i tagli sotto le piante dei piedi bruciano e la mano ferita è ormai diventata insensibile.

«Ti prego, smettila», ansima Sofia, arretrando fino a sbattere contro l'isola. «Torniamo a letto, te lo giuro, farò quello che vuoi.»

Gli mostra il coltello, lo appoggia sul bancone d'acciaio e prova a rivolgergli un sorriso.

«Ti picchierò comunque», risponde l'uomo.

«No... Ti prego», implora la ragazza, sentendo di aver perso il controllo dei muscoli del viso.

«Ti farò molto male», dice lui alzando l'attizzatoio sopra la spalla.

«Ti prego, mi arrendo. Io...»

«È tutta colpa tua», la interrompe l'uomo, e in quel momento lascia cadere di colpo l'attizzatoio.

L'attrezzo colpisce pesantemente il pavimento con un tintinnio, poi resta immobile. La fuliggine sollevatasi dalla punta vortica nell'aria.

L'uomo sorride di stupore mentre abbassa lo sguardo verso il cerchio di sangue che gli si allarga sul petto.

«Che cazzo...» geme. Cerca con la mano un punto d'appoggio, manca il bancone e vacilla.

Un'altra macchia di sangue compare sulla camicia bianca. Le ferite rosse sbocciano come stigmate sul suo corpo.

L'uomo si preme una mano sul petto e inizia a trascinarsi verso la sala da pranzo, poi si ferma e solleva il palmo insanguinato. Sembra terrorizzato come un bambino e prova a dire qualcosa prima di cadere sulle ginocchia.

Il sangue zampilla sul pavimento davanti a lui.

L'allarme continua a suonare, e il rumore è intollerabile.

La superficie lucidissima di una delle pentole riflette l'intera cucina come uno schermo convesso.

Davanti alle tende chiare della portafinestra, Sofia scorge un uomo con la testa dalla forma strana.

Ha le gambe divaricate e impugna una pistola con entrambe le mani.

Un passamontagna nero gli copre la faccia, a eccezione della bocca e degli occhi. Gli pendono lungo una guancia ciuffi di capelli, o forse si tratta di brandelli di un tessuto rigido.

Wille si preme di nuovo la mano contro il petto, ma il sangue scorre tra le sue dita e lungo l'avambraccio.

Barcollando, Sofia si volta a fissare l'uomo armato che, continuando a tenere Wille sotto tiro, toglie una mano dal calcio della pistola e si china velocemente a raccogliere due bossoli dal pavimento.

Poi scatta passando davanti a Sofia come se lei nemmeno esistesse e allontana l'attizzatoio dandogli un calcio con uno scarpone militare. Afferra Wille per i capelli, gli tira indietro la testa e gli preme la pistola contro l'occhio destro.

È un'esecuzione, pensa Sofia, e come in un sogno si incammina verso il salone, appoggiandosi col fianco al bancone e facendo scivolare la mano lungo il bordo. Passa oltre i due uomini, avverte un brivido lungo la schiena e si mette a correre, ma scivola sul sangue. I piedi perdono la presa sul suolo; la ragazza resta sospesa in aria prima di battere la schiena e la nuca a terra.

Per qualche istante non vede altro che una densa oscurità; poi riapre gli occhi.

Si accorge che l'intruso non ha ancora sparato: tiene sempre la canna della pistola premuta contro l'occhio chiuso di Wille.

Sofia avverte delle fitte intense e pulsanti alla nuca.

Davanti ai suoi occhi tutto si fa sfocato, come se il suo campo visivo si stesse offuscando. Quelle che un istante prima le erano sembrate delle strisce di cuoio sulla guancia dell'intruso ora assomigliano a piume bagnate e ciocche di capelli sporchi.

Sofia chiude gli occhi, in preda alle vertigini, poi sente le voci dei due uomini tra le note stridule dell'allarme.

«Aspetta, aspetta», implora Wille ansimando. «Credi di sapere tutto, ma non è così.»

«So che Ratjen ha aperto le porte e ora tutti quanti...»

«Chi è Ratjen?» lo interrompe Wille, in tono concitato.

«E ora tutti quanti sprofonderete all'inferno», conclude l'uomo mascherato.

Restano in silenzio e Sofia riapre gli occhi. Tutto avviene con sconcertante lentezza. L'intruso mascherato osserva l'orologio e bisbiglia qualcosa all'uomo che si faceva chiamare Wille.

Wille non dice nulla ma sembra capire. Il sangue esce a fiotti dal suo ventre, gli scorre lungo l'inguine e si raccoglie in una pozza sul pavimento.

Sofia nota gli occhiali a terra, accanto alla base graffiata del bancone, vicinissimi; ancora più vicino c'è quello che a prima vista le era sembrato un braccialetto.

Ora capisce che è un allarme antiaggressione.

Sembra una scatoletta d'acciaio con due pulsanti montata su un cinturino.

L'uomo mascherato osserva immobile la propria vittima.

Sofia allunga cautamente la mano e afferra l'allarme. Se lo nasconde contro il corpo e preme più volte i pulsanti.

Non succede nulla.

L'uomo mascherato lascia andare la presa sui capelli di Wille ma continua a puntargli la pistola contro l'occhio. Attende un istante e poi preme il grilletto.

L'otturatore scatta con un rumore metallico. La testa di Wille viene sospinta all'indietro e il sangue schizza fuori dalla sua nuca. Frammenti di cranio e di materia grigia si spargono sul pavimento e raggiungono la sala da pranzo piovendo sugli schienali delle sedie, sul tavolo e sulla ciotola con la frutta.

Sofia sente delle gocce calde schizzarle sulle labbra, poi vede il bossolo espulso che rimbalza sul pavimento con un tintinnio.

Una nuvola di fumo grigio si spande in aria e il corpo senza vita di Wille crolla a terra.

L'uomo mascherato si china. L'orologio gli scivola lungo il dorso della mano mentre recupera il bossolo.

Si mette a gambe spalancate sopra il cadavere, si china in avanti, appoggia la bocca della pistola contro l'altro occhio di Wille e scuote la testa per scostarsi dal viso le strisce di stoffa bagnata, poi preme di nuovo il grilletto.

6

Il primo squillo del telefono criptato si confonde con il mormorio di un ruscello che nel sogno attraversa una fitta vegetazione. Un secondo dopo, Saga Bauer riemerge dal sonno e si alza dal letto senza accorgersi che sta trascinando dietro di sé la coperta.

Corre verso l'armadietto delle pistole con addosso solo le mutandine e intanto compone il numero che ha imparato a memoria. La luce dei lampioni filtra attraverso le lamelle delle persiane e si posa sulle sue gambe ossute e sulla schiena nuda.

Apre velocemente lo sportello d'acciaio mentre ascolta le istruzioni al telefono; intanto afferra una borsa nera e vi infila una Glock 21 con la fondina e cinque caricatori di riserva.

Saga Bauer è commissario operativo della Säpo, la polizia di sicurezza svedese, e si è specializzata nel reparto antiterrorismo.

Il particolare segnale che l'ha svegliata significa che è stato diramato il codice Platina.

Corre verso l'ingresso e ascolta le ultime indicazioni, poi interrompe la chiamata e ripone il telefono nella borsa.

Non c'è tempo da perdere.

Si infila la tuta di pelle nera direttamente sul corpo nudo; ne sente il tocco freddo contro la schiena e il petto, infila i piedi scalzi negli stivali e prende dalla mensola il casco, il pesante giubbotto antiproiettile e i guanti.

Lascia l'appartamento senza sprecare nemmeno un secondo per chiudere a chiave. Scende le scale, esce dal portone e tira su la lampo fino al mento, poi indossa il casco e vi infila dentro sbrigativamente qualche ciocca dei suoi capelli biondi.

In Tavastgatan è parcheggiata una Triumph Speed Triple con la marmitta ammaccata, il copritelaio rigato e il motorino di avviamento rovinato. Saga la raggiunge di corsa, apre il lucchetto e lo abbandona a terra insieme alla pesante catena.

Monta in sella alla moto, assesta un calcio al pedale di accensione e parte il più in fretta possibile attraverso la città addormentata.

Il cielo è di un colore grigio chiaro a causa della luce dei lampioni e delle minuscole gocce di pioggia illuminate.

Saga ignora i semafori e i segnali di stop, raggiunge la massima velocità e sorpassa un taxi in Bastugatan.

Il motore vibra contro le sue ginocchia e si trasmette all'interno delle cosce; il rombo attraversa il casco come una sorta di muggito subacqueo.

Il commissario Saga Bauer è alta un metro e settanta e ha i muscoli di una ballerina classica. È stata a lungo uno dei migliori pugili del Nord Europa, ma ha smesso di gareggiare da un paio di anni.

Ha ventinove anni ed è bella da mozzare il fiato, forse ora più che mai, con la sua pelle chiara, il collo sottile e gli occhi azzurri.

Spesso, le persone che la incontrano per la prima volta sono colte da un'improvvisa debolezza, come se sentissero spezzarsi qualcosa dentro di loro.

Saga lascia un vuoto dietro di sé, quasi l'eco di un amore infelice.

I suoi colleghi ormai non notano nemmeno più la sua bellezza, così come non la noterebbero in una sorella.

Dal canto suo, Saga non presta troppa attenzione al proprio aspetto e non si accorge che uomini e donne arrossiscono quando le sono vicini.

Poche cose la irritano più delle volte in cui qualcuno le fa notare quanto assomigli a una fata delle favole o a una principessa della Disney.

Un sacchetto di plastica gonfio d'aria vortica davanti alla moto, strappando Saga ai suoi pensieri.

Quando arriva a Södermälarstrand svolta bruscamente a destra; il poggiapiede gratta l'asfalto, ma Saga riesce comunque a mantenere la traiettoria infilandosi sotto il Centralbron e su per la rampa dell'autostrada.

È la prima volta che le capita di trovarsi in servizio durante un'emergenza da codice Platina. È il massimo livello di allarme per la sicurezza del Paese nella scala della Säpo. Saga sa che questo intervento ha la priorità su ogni altro incarico.

Quando passa davanti alle torri e ai vicoli stretti di Gamla Stan e Riddarholmen è come se volasse all'interno di una lampada scura.

Saga è stata addestrata ad affrontare scenari del genere e sa che in questa fase ci si aspetta che sia in grado di agire in autonomia, senza curarsi delle leggi in vigore.

Supera gli squallidi edifici in mattoni dell'ospedale Karolinska e raggiunge la E4. Spinge al massimo il motore da 900cc a tre cilindri e arriva a 220 chilometri all'ora; poi supera Roslagstull e svolta a sinistra verso l'università.

L'aria fredda le dà calma mentre ripensa alle informazioni che ha ricevuto ed elabora una prima strategia d'azione.

Saga esce dall'autostrada, accelera nell'ultimo tratto della curva e imbocca Vendevägen in direzione di Djursholm, con la sua vegetazione fitta e le ville imponenti. Le auto parcheggiate sui vialetti di pietra sono coperte di rugiada. La luce turchese delle piscine filtra attraverso gli alberi da frutto e le siepi.

Saga imbocca una rotonda a velocità troppo elevata e svolta subito a destra. Prima che il suo cervello noti l'auto parcheggiata, i muscoli reagiscono inducendola a sterzare bruscamente. È sul punto di cadere, ma riesce a trovare un perfetto equilibrio tra l'energia cinetica e il proprio peso. La ruota posteriore slitta sull'asfalto. La moto va a urtare con un tonfo un bidone della spazzatura di plastica, prima che Saga riesca a riprenderne il controllo, per poi accelerare di nuovo.

Il cuore le batte nel petto all'impazzata.

Qualcuno aveva parcheggiato una Jaguar subito dopo la curva, nascosta da un'alta siepe. Ma la sua moto ha il baricentro basso e un'ottima governabilità.

Probabilmente è stato questo a salvarla.

Percorrendo una curva fiancheggiata da ville imponenti, Saga intravede una serie di enormi barche a vela. È parecchio sbilanciata a sinistra, ma quando arriva in prossimità dell'acqua aumenta ancora la velocità e imbocca un rettilineo che attraversa un parco.

7

Quando raggiunge l'indirizzo che le è stato indicato, Saga frena, svolta dolcemente sulla destra nel vialetto e si ferma.
Lascia cadere la moto sull'erba lungo il bordo del viale, abbandona il casco nei pressi del mezzo e, incamminandosi, infila il giubbotto antiproiettile e la fondina.
Sono passati tredici minuti da quando il telefono l'ha svegliata.
Nella casa l'allarme sta ancora suonando.
Per un istante Saga si trova a desiderare che il commissario Joona Linna sia lì con lei. Fino a quel momento ha sempre collaborato con lui nei casi più importanti. È il poliziotto migliore che abbia mai conosciuto, nonché uno di quelli che si sono sobbarcati i sacrifici più grandi.
Una volta Saga l'ha deluso facendo quel che non avrebbe dovuto fare, ma è riuscita a rimediare e ora è certa che lui abbia compreso.
Joona stesso ha detto che non aveva nulla da perdonarle.
Si sono persi di vista dopo che l'uomo è stato condannato al carcere. Saga avrebbe voglia di andare a trovarlo, ma sa che Joona ha bisogno di rifarsi una vita. Ci vorrà tutto il suo impegno per convincere gli altri detenuti di essere uno di loro.
Ma ora è stato diramato il codice Platina e Saga Bauer è sola.
Nessun altro agente della Säpo è ancora arrivato.
Scavalca il cancello e corre fino alla porta della villa; infila un tensore nella serratura e poi la punta sottile del grimaldello a pistola. Fa pressione a intermittenza, quindi spinge più

in alto la punta nel meccanismo finché il pistone non scatta e la maniglia finalmente ruota.

La serratura si apre con un *clic* sordo.

Saga lascia cadere a terra gli attrezzi. Sfodera la Glock, toglie la sicura e apre la porta. Il frastuono dell'allarme copre qualsiasi altro suono.

Saga controlla l'entrata e il grande vano d'ingresso, poi torna di corsa alla centralina dell'allarme accanto alla porta e inserisce il codice che ha memorizzato.

Il silenzio piomba sulla casa portandosi dietro un peso fatale.

Con la pistola spianata e il dito sul grilletto, avanza nell'ingresso, procedendo oltre lo scalone che conduce al piano superiore. Entra in un grande salone, controlla la doppia porta e la parete a destra, poi prosegue acquattata.

Una delle grandi finestre che si affacciano sull'acqua è stata infranta. A terra vi è una sedia circondata da schegge di vetro scintillanti.

Saga passa oltre, si avvicina alla porta della cucina e vede la sua sagoma riflessa e moltiplicata nelle numerose superfici di vetro.

Sangue e frammenti di cranio sono schizzati fuori dalla cucina, sul pavimento, sulle poltrone e sul basso tavolo da caffè.

Saga perlustra la stanza brandendo la pistola, poi avanza con cautela cominciando a scorgere una parte della cucina: scaffali bianchi e superfici di lavoro in acciaio inox.

Si ferma e resta in ascolto.

Sente un ticchettio timoroso, come di qualcuno seduto completamente immobile e intento a battere l'unghia contro il piano del tavolo.

Punta la pistola verso la porta della cucina, poi si sposta silenziosamente di lato e scorge un uomo disteso sulla schiena.

Gli hanno sparato in entrambi gli occhi e al ventre.

La calotta cranica non esiste più.
Sotto di lui si è formata una pozza scura.
Ha le mani stese lungo i fianchi, come se stesse prendendo il sole.
Saga punta l'arma nella direzione degli spari e perlustra la cucina.
Le tende davanti alla veranda ondeggiano gonfiandosi verso l'interno. Gli anelli lungo l'asta ticchettano gli uni contro gli altri.
Il sangue proveniente dal primo colpo alla testa dell'uomo è schizzato sul pavimento e qualcuno l'ha calpestato a piedi nudi.
Le impronte puntano direttamente verso di lei.
Si volta di scatto e scruta di nuovo la stanza con la pistola spianata, poi ritorna verso la doppia porta che conduce al salone.
Sente un brivido quando nota con la coda dell'occhio qualcuno che esce strisciando da un nascondiglio dietro un divano.
Si volta nel preciso istante in cui la figura si alza in piedi. È una donna che indossa un vestito azzurro. Fa un passo in avanti barcollando, e allora Saga le punta la pistola al centro del petto.
«Mani dietro la testa», urla. «In ginocchio, in ginocchio!»
Saga balza in avanti tenendola sotto tiro.
«Ti prego», mormora la donna lasciando cadere l'allarme antiaggressione.
Riesce appena a mostrarle le mani vuote prima che Saga le assesti un calcio di lato, appena sotto il ginocchio, facendola scivolare; la donna cade a terra con un tonfo, sbattendo al suolo prima il fianco, poi la guancia e la tempia.
Saga le è addosso, la colpisce sopra il rene sinistro, le preme la pistola contro la nuca, la tiene a terra con il ginocchio destro e controlla di nuovo la stanza.

«C'è qualcun altro in casa?»

«Solo l'uomo che ha sparato, è entrato in cucina», risponde la donna cercando di prendere fiato. «Ha sparato e se ne è andato...»

«Silenzio», la interrompe Saga.

La rigira rapidamente sul ventre e le blocca le braccia dietro la schiena. La donna sopporta tutto quanto con un'inquietante arrendevolezza. Saga le lega i polsi feriti con una fascetta, si alza di scatto e torna in cucina, procedendo oltre il cadavere dell'uomo.

Le tende ondeggiano gonfiate dal vento.

Saga punta la pistola davanti a sé e scavalca un attizzatoio sporco di cenere. Controlla la parte sinistra della cucina, avanza verso l'isola e poi prosegue fino alla porta scorrevole della veranda.

Nel pannello fisso vi è un foro tondo ricavato con una sega diamantata e la porta è aperta. Refoli d'aria fresca penetrano all'interno facendo tintinnare i ganci delle tende. Saga esce sulla veranda puntando la pistola verso l'erba in mezzo alle aiuole.

L'acqua è immobile e la notte silenziosa.

Chi si introduce in una casa in quel modo per giustiziare un uomo in maniera impeccabile, non indugia sulla scena del crimine.

Saga torna dalla donna, le lega le gambe con una fascetta e si appoggia con un ginocchio sul suo fondoschiena.

«Ora devi rispondere a qualche domanda», dice freddamente.

«Io non c'entro niente. Ero qui per caso, non ho visto nulla», mormora la donna.

Saga non può fare a meno di abbassarle il vestito per coprirle le natiche nude prima di alzarsi. Tra poco cinque SUV si fermeranno davanti alla villa e la Säpo farà irruzione nella casa.

«Quanti erano gli esecutori?»
«Uno soltanto. Ne ho visto solo uno.»
«Puoi descriverlo?»
«Non lo so, aveva una maschera sulla faccia... Non ho visto niente, aveva dei vestiti neri, dei guanti... È successo tutto così in fretta, pensavo che avrebbe ucciso anche me, pensavo...»
«Ok, aspetta», la interrompe Saga.
Si avvicina al cadavere. Il volto rotondo è intatto quanto basta da permetterle di identificarlo con facilità. Estrae il telefono criptato, si allontana di qualche passo e chiama il capo della Säpo. È notte fonda, ma lui sta aspettando quella chiamata e risponde subito.
«Il ministro degli Esteri è morto», gli comunica Saga.

8

Sette minuti più tardi il giardino e la casa sono invasi dagli agenti di un gruppo speciale della Säpo soprannominato Electrolux a causa di una battuta che nessuno ricorda più.

Negli ultimi due anni, la Säpo ha aumentato drasticamente il livello della sicurezza per le alte cariche dello Stato, rafforzando le scorte e adottando moderni allarmi antiaggressione. Esistono diversi livelli di emergenza, ma premendo contemporaneamente i due pulsanti del braccialetto la donna ha attivato il codice Platina.

La scena del crimine viene isolata, la sorveglianza nei tre distretti intorno al centro di Stoccolma è stata aumentata e sono organizzati dei posti di blocco.

Janus Mickelsen arriva sulla scena e stringe la mano a Saga. È lui a gestire le operazioni all'interno della casa, quindi la donna lo informa rapidamente della situazione.

Janus, coi suoi riccioli rossicci e la barbetta bionda, possiede un certo rozzo fascino da hippy. Secondo Saga ha un aspetto in stile «peace and love», però sa bene che prima di unirsi alla Säpo era un militare in carriera. Ha preso parte all'Operazione Atalanta e ha prestato servizio nelle acque somale.

Janus mette un agente di guardia alla porta, anche se nessuno stilerà un elenco dei presenti sulla scena del crimine. In un caso del genere non deve rimanere alcuna traccia nella documentazione di chi è entrato nella casa dopo l'omicidio. Il codice Platina prevede che nessuno, in seguito, possa stabilire chi è stato allertato o informato degli eventi e chi no.

Due agenti della Säpo raggiungono subito la giovane donna sdraiata sul fianco, con le braccia e le gambe bloccate dalle fascette. Ha gli occhi rossi a causa delle lacrime e il mascara le è colato lungo la tempia.

Uno dei due uomini si inginocchia accanto a lei e prepara una siringa di Ketalar. La donna inizia a tremare di paura, ma l'altro agente la tiene ferma mentre il primo le inietta la dose nel collo, direttamente nella vena cava superiore.

La donna diventa rossa in volto; abbandona la testa all'indietro, contrae il corpo e poi si lascia vincere dall'effetto del farmaco.

Saga nota che gli agenti tagliano le fascette strette intorno ai suoi arti, poi le fissano una maschera d'ossigeno sul naso e sulla bocca. Da ultimo infilano la donna ormai addormentata in una sacca da cadavere e chiudono la cerniera lampo. Quindi trasportano il corpo esanime verso il furgone che la condurrà al Riformatorio.

Le altre quattro squadre hanno già avviato la procedura di ispezione obbligatoria e di documentazione dettagliata della scena del crimine. Prelevano con estrema attenzione tracce di scarpe e impronte digitali, preparano diagrammi degli schizzi di sangue, dei fori di proiettili e delle traiettorie degli spari, raccolgono tracce biologiche, fibre tessili, capelli, fluidi corporei, frammenti ossei e di amigdala, oltre che pezzi di vetro, schegge e scaglie di legno.

«La moglie e i figli del ministro stanno rientrando», annuncia Janus. «L'aereo atterrerà ad Arlanda alle 8.15, e per quell'ora tutto dev'essere ripulito.»

Per la squadra è necessario recuperare tutte le informazioni in un'unica sessione, perché non avrà altre occasioni per farlo.

Saga sale la scala scricchiolante ed entra nella camera da letto del ministro. Si sente tanfo di urina e sudore. Alle quattro colonne del letto sono appese delle cinghie di cuoio. Le lenzuola sono macchiate di sangue.

Su un comò, alla luce fioca di un espositore da orologi, vi è una frusta da fantino. Dietro la lastra di vetro, le lancette di un Rolex e di un Breguet ruotano silenziosamente.

Saga si domanda se la moglie del ministro sia al corrente delle visite delle prostitute.

Probabilmente no.

Forse eviterà di chiederglielo.

Con gli anni ci accorgiamo di poter tollerare molte ferite alla nostra autostima, ma allo stesso tempo, continuiamo ad aggrapparci a ciò che, nonostante tutto, ci dà un minimo senso di sicurezza.

La stessa Saga aveva finito per rimanere insieme al jazzista Stefan Johansson per anni, prima che lui la lasciasse.

Ora Stefan si è trasferito a Parigi, suona il piano in una band e si è fidanzato.

Saga sa benissimo che non è facile vivere con lei, dal momento che ha un carattere irritabile e che certe situazioni scatenano nel suo animo reazioni eccessive.

Lavora molto, e dopo la rottura le capita di fare sesso solo quando Stefan è in tournée in Svezia. Lui la chiama a notte fonda e lei gli permette di dormire a casa sua. Sa che lui non ha intenzione di lasciare la fidanzata per lei, ma accetta comunque di andarci a letto.

Torna al piano inferiore e raggiunge il cadavere crivellato di colpi.

La luce dei proiettori si riflette sulle lamine di alluminio bugnato. Sembra di stare su un ponte d'argento sospeso sopra un mare insanguinato.

Saga osserva a lungo i palmi del morto rivolti verso l'alto, il callo ingiallito sotto la fede e le macchie di sudore sulla camicia, in corrispondenza delle ascelle.

Intorno a lei gli altri agenti lavorano velocemente e in silenzio. Filmano e catalogano ogni dettaglio su un iPad, attraverso un sistema di coordinate in 3D. Con precisione meccanica incollano capelli e fibre su un supporto di acetato, mentre i tessuti biologici e i frammenti di cranio vengono raccolti in una serie di provette che saranno congelate per evitare la proliferazione di batteri.

Nessuno dei reperti verrà inviato al laboratorio forense di Linköping, perché la Säpo, in situazioni come questa, si serve di una struttura interna.

Saga si avvicina alla porta della veranda e osserva i fori rotondi nei tre strati di vetro a specchio.

I sensori acustici e i contatti magnetici si sono attivati facendo scattare l'allarme solo quando qualcuno ha scagliato la sedia contro la finestra.

È impossibile che sia stato l'assassino.

Saga pensa al volto terrorizzato della donna, ai suoi polsi feriti, al tanfo di urina.

L'avevano tenuta prigioniera in quella casa?

Due uomini coprono il pavimento con grossi fogli di pellicola termica, stendendoli con un grande rullo di gomma.

Un tecnico informatico avvolge l'hard disk del sistema di sorveglianza in un foglio di pluriball, poi ripone l'involto in una borsa termica.

Janus è nervoso: ha la mandibola contratta, le sopracciglia quasi bianche per la tensione della pelle e la fronte lentigginosa coperta di sudore.

«Porca puttana... che te ne pare?» domanda avvicinandosi a Saga.

«Non so», risponde lei. «I primi colpi al torace sono stati sparati a distanza, da un'angolazione strana.»

Un fiotto di sangue venoso è schizzato dal corpo del ministro degli Esteri, colando dal ventre sul pavimento.

La velocità di uno sparo raggiunge circa i mille chilometri all'ora e il proiettile lascia una traccia di scorie intorno al foro d'ingresso. Si intravedono due leggerissimi cerchi di polvere da sparo sulla camicia del ministro.

Prima due colpi a distanza, poi altri due ravvicinatissimi.

Saga si china sul cadavere e studia i fori d'ingresso nelle orbite oculari; nota che non c'è alcun cratere da impatto.

«Ha usato il silenziatore», bisbiglia.

L'assassino doveva aver usato un silenziatore in grado di ridurre anche la fiammata, perché non vi è traccia di aloni da ustione. In caso contrario, i gas espulsi si sarebbero infilati sotto la pelle, creando un foro a imbuto.

Così accade di solito.

Saga si alza e si fa da parte per lasciar passare un tecnico che sfrega una carta adesiva sul volto del morto. La preme contro i fori dei proiettili nel tentativo di recuperare le particelle di polvere, poi segna il centro esatto delle ferite con un pennarello.

«L'ha fatto rotolare sul ventre dopo la morte e poi l'ha rimesso sulla schiena», dice Saga.

«Perché?» chiede il tecnico con una risata. «Perché avrebbe dovuto...»

«Silenzio», lo interrompe Janus.

«Voglio vedergli la schiena», dice Saga.

«Fa' come ti dice.»

Tutti sanno che il tempo sta per scadere. Con premura crescente infilano dei sacchetti sulle mani del ministro e gli posizionano accanto una sacca da cadavere. Sollevano con cautela il corpo robusto dell'uomo e lo distendono prono sulla sacca. Saga osserva gli ampi fori di uscita sulla schiena e l'apertura maciullata sulla nuca.

Studia la porzione di pavimento su cui era sdraiato il ministro, trova i fori nel parquet in cui gli ultimi due colpi si sono conficcati e capisce perché il cadavere è stato spostato.

« L'assassino ha portato via i proiettili. »

« Chi è che si comporta così? » commenta Janus tra sé.

« Ha usato una semiautomatica col silenziatore... Ha sparato quattro colpi, due dei quali mortali », dice Saga.

Un uomo corpulento si sposta tra i mobili del salone spruzzando uno spray rilevatore di sangue sui tessuti, mentre un altro tecnico riposiziona le poltrone in base ai segni impressi sul tappeto prezioso.

« Qui abbiamo finito », esclama Janus battendo le mani. « Tra dieci minuti laviamo la casa, tra un'ora al massimo arriveranno vetrai e imbianchini. »

A mano a mano che gli altri escono, l'uomo corpulento recupera le lastre di alluminio da terra. Non appena tutti hanno lasciato la casa, un'altra squadra entra e la sterilizza con una schiuma che odora intensamente di cloro.

L'assassino dunque non si è limitato a recuperare i bossoli, ma, mentre l'allarme suonava e la polizia si metteva in moto, ha anche estratto i proiettili dal pavimento e dalle pareti. Nemmeno un killer professionista d'altissimo livello farebbe una cosa del genere.

Si tratta di un omicidio eseguito alla perfezione; eppure, l'assassino ha lasciato una testimone. Non poteva non aver notato che sulla scena del crimine era presente un'altra persona, la quale per giunta l'aveva visto.

« Vado a parlare con la testimone », dice Saga, convinta che la donna debba essere coinvolta nelle indagini.

« Abbiamo già convocato i nostri esperti, lo sai », ribatte Janus.

« Devo rivolgerle qualche domanda di persona », replica Saga, avviandosi verso la moto.

Al tempo della sua costruzione, all'inizio della guerra fredda, il bunker di Katarinaberget era il più grande rifugio antiatomico del mondo. Oggi l'intera struttura viene usata come parcheggio, eccetto la sala macchine in cui sono alloggiati il generatore elettrico e l'impianto di ventilazione.

La sala macchine è un edificio a sé stante scavato nella montagna accanto al rifugio vero e proprio.

Oggi è a disposizione della Säpo.

È qui che si trova la prigione segreta chiamata Riformatorio, ed è nelle vecchie vasche sotterranee del ghiaccio che hanno luogo gli interrogatori più riservati.

Sono ancora le prime ore della mattina quando Saga Bauer attraversa Slussen in sella alla sua moto sporca. Arriva direttamente dalla scena del crimine a Djursholm, e la tuta di pelle sudata è gelida contro il suo petto. Entra dalla porta ad arco accanto alla stazione di servizio e scende verso il garage. L'acustica del nuovo ambiente concentra il rombo del motore intorno alle sue orecchie.

Sotto le sbarre gialle e scrostate si è accumulata della spazzatura, e dei cavi tagliati pendono da un altoparlante a forma di imbuto.

Le lamiere che coprono il largo solco nel pavimento sferragliano sotto le ruote quando Saga varca la soglia antiatomica con le sue colossali porte a scomparsa.

Prosegue scendendo lungo la rampa di cemento, mentre i suoi pensieri si concentrano sul mistero irrisolto.

Se la donna era coinvolta nell'omicidio, perché allora aveva attivato l'allarme antiaggressione ed era rimasta sulla scena del crimine?

Se invece non lo era, perché l'assassino aveva lasciato in vita una testimone?

Se la donna aveva qualcosa a che vedere con il delitto, o se semplicemente si era trovata al posto sbagliato nel momento sbagliato, per la Säpo rappresenta comunque una minaccia alla sicurezza.

Saga frena leggermente mentre svolta per scendere nel garage sotterraneo.

L'identità della donna è stata verificata. Si chiama Sofia Stefansson e a quanto pare saltuariamente si prostituisce, anche se nessuno l'ha ancora confermato.

Quell'informazione si fonda solo sulle sue dichiarazioni e sui pochi documenti recuperati nel suo appartamento.

Forse non era che un'esca... Forse qualcuno l'ha filmata a letto col ministro per poterlo ricattare?

Ma allora perché l'hanno ucciso?

Saga molla il freno e varca l'ingresso del livello inferiore, quaranta metri sotto terra.

Passa oltre le poche macchine parcheggiate con le gomme della moto che stridono sul suolo. Due scie di polvere rossa vorticano lungo i fianchi del veicolo mentre raggiunge la zona più interna del parcheggio. Si ferma e si avvicina a una porta schermata di colore blu.

Striscia il tesserino nel lettore elettronico, digita nove cifre e aspetta qualche secondo finché la porta non si apre su un punto di controllo.

Fornisce di nuovo le sue generalità, poi viene registrata da una guardia che le requisisce pistola e chiavi. Dopo essere passata oltre il body scanner, supera anche la seconda barriera.

Nella stanza del personale, dotata di una piccola cucina, siede Jeanette Fleming, che lavora per la Säpo come psicologa ed esperta di interrogatori. È una donna avvenente di mezza età, coi capelli biondo scuro tagliati alla maschietta.

Jeanette è elegante come al solito e sta mangiando un'insalata in un contenitore di plastica con il coperchio posato accanto sul tavolo.

«Sai che non ci sto provando, ma sei davvero incredibilmente bella», dice, affondando la forchetta di plastica nell'insalata. «Ogni volta reprimo questo impulso... Dev'essere una specie di istinto di conservazione.»

Ripone quel che resta dell'insalata nel frigo e segue Saga nel corridoio in direzione degli ascensori.

«Come va col ricorso?» le chiede Saga.

«Mi hanno risposto con un no secco.»

«Peccato.»

Per otto anni Jeanette aveva aspettato che per suo marito arrivasse il momento giusto per avere un bambino, poi lui l'aveva lasciata. Per altri tre anni aveva cercato un partner con i siti di appuntamenti, prima di chiedere al tribunale l'autorizzazione per l'inseminazione.

«Non so, forse andrò in Danimarca... Ma vorrei che il bambino parlasse svedese», scherza, entrando con Saga nella cabina dell'ascensore.

Preme il pulsante dell'ultimo piano, la porta si chiude e gli ingranaggi si mettono rumorosamente in moto.

«Sono riuscita solo a leggere il primo rapporto sul cellulare», dice Saga.

«Sono stati troppo brutali con lei, si è spaventata e si è chiusa in se stessa», spiega Jeanette. «Evidentemente è stato dato l'ordine di andarci giù pesante.»

«Chi? Chi ha dato quell'ordine?»

«Non ne ho idea», risponde Jeanette.

Scendono rapidamente lungo la tromba dell'ascensore. La

luce della cabina scivola sulle ruvide pareti di roccia. Per un istante appare il contrappeso, poi sparisce sopra le loro teste.

«Sofia ha paura che le facciano ancora del male... Ha bisogno di qualcuno che la ascolti, che la protegga.»

«E chi non ne ha bisogno?» scherza Saga.

L'ascensore si ferma, e le due donne si affrettano lungo il corridoio spoglio. A quella profondità regna ovunque un grigiore immobile.

Il medico legale ha riscontrato la presenza nel sangue di Sofia di un'elevata quantità di flunitrazepam, un sonnifero ad azione rapida, confermando così il suo racconto. Ha delle ferite sui polsi e sulle caviglie e dei lividi sull'interno delle cosce, e l'impronta della sua mano è stata rinvenuta sulla sedia che ha sfondato la finestra.

Se la sua versione venisse confermata, ciò significherebbe che Sofia è da considerarsi parte lesa in base alla legge sulla prostituzione. È stata sfruttata e maltrattata da un cliente, e dovrebbe parlare con la polizia e con gli psicologi.

Tuttavia, essendo anche coinvolta in un grave attacco terroristico, è finita in una sorta di zona grigia dove le leggi ordinarie e il principio della certezza del diritto non valgono più.

«Credo sia meglio che io aspetti nella stanza di controllo, per cominciare», dice Jeanette.

Saga Bauer digita il codice e apre la porta della vecchia vasca del ghiaccio.

Nell'enorme stanza priva di finestre l'illuminazione è molto intensa, e una videocamera a circuito chiuso registra tutto quello che accade.

In origine, la vasca doveva servire a contenere duecento tonnellate di ghiaccio, allo scopo di impedire che, in caso di guerra atomica, la temperatura all'interno del bunker salisse troppo a causa del calore dei corpi di coloro che vi si fossero rifugiati.

Sofia Stefansson si trova al centro della stanza in una strana posizione, sospesa sopra un telo di plastica. Ha le braccia legate dietro la schiena all'altezza dei gomiti, è tesa in avanti e scarica la maggior parte del proprio peso sulla corda collegata a un paranco sotto una traversa. Ha le spalle sotto sforzo, il capo chino e i capelli sporchi le coprono il viso.

10

Saga si avvicina subito a Sofia, ne controlla la respirazione e le spiega che la calerà lentamente al suolo, ma che deve aiutarsi con le gambe in modo da non rovinare a terra.

Saga raggiunge la carrucola, la sblocca e inizia a farla girare. Il paranco ticchetta mentre Sofia scende lentamente. Una gamba rischia di piegarsi sotto di lei con un'angolazione strana.

«Pianta i calcagni contro il pavimento e spingi», le ordina Saga.

Le caviglie della donna sono ferite, e Saga ripensa alle cinghie insanguinate legate alle colonne del letto nella camera del ministro.

Prima là e ora qui, senza alcun contatto col mondo esterno, senza nessuna spiegazione.

Sofia si abbandona su un fianco sopra il telo. Respira piano, esausta. Senza trucco sembra più giovane, potrebbe essere una ragazzina. Ha le palpebre gonfie e i lividi sul collo si sono fatti più scuri.

Quando Saga le libera le braccia dai lacci di tessuto, Sofia trema e contrae il corpo.

«Non farmi del male», ansima. «Ti prego, non so nulla.»

Saga raggiunge la parete, fa risalire la corda verso il soffitto e prende una sedia per Sofia.

«Mi chiamo Saga Bauer, sono un commissario della Säpo.»

«Basta», sospira la donna. «Ti prego, non ce la faccio...»

«Sofia, ascoltami... Non sapevo che ti avessero trattata così, mi dispiace e ne parlerò al mio superiore.»

Sofia solleva appena il capo dal pavimento. Ha le guance

rigate di lacrime: le hanno portato via tutti i gioielli e i capelli sudati le si sono incollati intorno al volto pallido.

Saga ha sperimentato in prima persona il waterboarding durante l'addestramento speciale, ma non è convinta della sua efficacia.

Lancia un'occhiata a un secchio con uno straccio gettato nell'acqua sporca di sangue, e pensa che l'unica cosa che la tortura è in grado di svelare sono i segreti del torturatore.

Svita il tappo di una bottiglia di acqua, aiuta Sofia a bere e poi le porge un pezzetto di cioccolato.

«Quando potrò andare a casa?» sussurra Sofia.

«Non lo so, prima devi rispondere a qualche domanda», dice Saga, con tono di scusa.

«Ho già raccontato tutto. Non ho fatto nulla di male, non so come mai sono qui», dice la ragazza piangendo.

«Ti credo, ma devo sapere cosa ci facevi in quella casa.»

«Ho già detto tutto», geme Sofia.

«Dillo anche a me», la prega dolcemente Saga.

Sofia solleva lentamente le braccia anchilosate per asciugarsi le lacrime dagli occhi.

«Faccio la escort e lui mi ha contattata», risponde con un filo di voce.

«Come? Come ti ha contattata?»

«Ho messo un annuncio e lui mi ha scritto una mail per dirmi cosa desiderava.»

La donna si solleva lentamente per mettersi a sedere; accetta un altro pezzo di cioccolato, lo infila in bocca e mastica.

«Avevi uno spray al peperoncino. Lo porti sempre con te?»

«Sì, anche se di solito i clienti sono abbastanza gentili e premurosi... Anzi, ho più spesso problemi perché qualcuno si innamora di me che a causa di qualche violento.»

«Ma non c'è nessuno che sappia dove vai, o che possa intervenire se hai bisogno di aiuto?»

«Scrivo i nomi e gli indirizzi in un quaderno... E Tamara, che è la mia migliore amica... l'ha avuto come cliente, e non ci sono stati problemi.»

«Tamara. Di cognome?»

«Jensen.»

«Dove abita?»

«Si è trasferita a Göteborg.»

«Hai un numero di telefono?»

«Sì, ma non so se è attivo.»

«Hai altre amiche che fanno le escort?»

Saga si allontana di qualche passo, osserva Sofia e pensa che probabilmente sta dicendo la verità sul suo lavoro.

Non c'è nulla che contraddica il suo racconto, anche se pochissimi elementi lo confermano.

«Cosa sai del tuo cliente?»

«Nulla... Ha pagato tantissimo per farsi legare al letto.»

«E l'hai legato?»

«Perché mi chiedete tutti la stessa cosa? Non capisco, non sto mentendo. Perché dovrei mentire?»

«Raccontami solo quello che è successo, Sofia», dice Saga cercando di incrociare il suo sguardo.

«Mi ha drogata e mi ha legata al letto.»

«Descrivimi il letto.»

«Era grande... Non ricordo benissimo, che importanza ha?»

«Di cosa avete parlato?»

«Di nulla, era molto noioso.»

I tecnici hanno già esaminato il computer di Sofia, oltre che il telefono e l'agenda con gli indirizzi: non sapeva che il suo cliente fosse il ministro degli Esteri svedese, non c'è nulla che induca a sospettare di questo.

Saga osserva la bocca tesa e il volto sfinito della ragazza. È di nuovo colta dal dubbio che si stia attenendo troppo fedelmente alla versione originaria. È quasi come se evitasse certi dettagli particolari per non essere colta in fallo.

«Quando sei arrivata hai visto delle auto fuori dal cancello?»

«No.»

«Come ha risposto al citofono quando hai suonato?»

«Non ho idea di chi fosse», dice Sofia con la voce quasi rotta dal pianto. «Ho capito che era ricco e importante, ma non so niente, so solo che si faceva chiamare Wille. Quasi nessuno però usa il suo vero nome.»

Saga pensa che Sofia non confesserà mai nulla, se davvero appartiene a qualche organizzazione sovversiva di cui condivide gli intenti; ma se invece è stata ingannata o costretta a collaborare, è possibile che si apra.

«Sofia, io sono pronta ad ascoltarti, se mi vuoi raccontare qualcosa... Non hai ucciso nessuno, lo so, ed è per questo che penso di poterti aiutare. Ma per farlo, devo sapere la verità.»

«Sono accusata di qualcosa?» domanda Sofia con diffidenza.

«Hai assistito all'omicidio del ministro degli Esteri, eri legata nel suo letto, hai lanciato una sedia contro la sua finestra e sei scivolata nel suo sangue.»

«Non lo sapevo...» mormora Sofia sbiancando in volto.

«Quindi mi servono delle risposte... Credo che ti abbiano ingannata o minacciata, ma vorrei sapere da te che compito avevi ieri notte.»

«Non avevo nessun compito, non capisco cosa vuoi dire.»

«Se non collabori, non posso fare nulla per te», dice Saga troncando la conversazione e alzandosi dalla sedia.

«Non andartene, ti prego», dice la ragazza, con la voce colma di disperazione. «Sto provando ad aiutarti, te lo giuro.»

11

Saga si avvicina alla porta e afferra la maniglia, lasciando che Sofia la implori di non andarsene.

«Se c'è qualcuno che sta minacciando te o i tuoi famigliari, possiamo aiutarvi», dice Saga aprendo la porta. «Possiamo mettervi a disposizione un alloggio protetto e fornirvi delle nuove identità. Ve la caverete.»

«Non capisco, io... Chi è che ci minaccia? Perché dovrebbero... È una follia.»

Saga pensa di nuovo che forse Sofia si è semplicemente trovata nel posto sbagliato nel momento sbagliato. In tal caso, però, resta da capire perché un killer professionista abbia lasciato in vita una testimone.

Se davvero è una testimone, deve aver visto qualcosa che può essere d'aiuto all'indagine. Durante i primi interrogatori non è riuscita a fornire alcuna descrizione dell'assassino. Si è limitata a ripetere che aveva una maschera sul volto, e ha ribadito che tutto è successo rapidamente.

Saga deve spingerla a ricordare qualche dettaglio concreto, perché anche i particolari più marginali possono scatenare una vera e propria valanga e riportare in superficie ricordi rimossi a causa dello shock.

«Hai visto l'assassino», dice Saga voltandosi.

«Ma aveva un passamontagna addosso, l'ho già detto.»

«Di che colore erano i suoi occhi?» chiede Saga richiudendo la porta.

«Non lo so!»

«La forma del naso?»

Sofia scuote la testa. Sul suo labbro un taglio si riapre e inizia a sanguinare.

«Il ministro è stato ferito, tu ti sei voltata e hai visto l'assassino che impugnava la pistola.»

«Pensavo solo a scappare. Mi sono messa a correre, sono caduta e ho trovato l'allarme che...»

«Aspetta un attimo», la interrompe Saga. «Devi raccontarmi che aspetto aveva l'assassino quando ti sei voltata.»

«Teneva la pistola con entrambe le mani.»

«In questo modo?» domanda Saga mostrandole un'impugnatura a due mani.

«Sì, ma guardava dritto davanti a sé, alle mie spalle... Non gli importava che io fossi lì, non so nemmeno se mi ha vista. È successo tutto in pochi secondi, era dietro di me e poi è corso da lui, l'ha preso per i capelli e...»

Sofia tace aggrottando la fronte, con lo sguardo fisso nel vuoto come se stesse rivedendo l'intera scena nella sua mente.

«Lo teneva per i capelli?» chiede Saga dolcemente.

«Wille è caduto in ginocchio dopo il secondo sparo... E l'assassino l'ha preso per i capelli, e poi gli ha premuto la pistola contro un occhio. Non so, era tutto così irreale...»

«Sanguinava molto, vero?»

«A fiotti.»

«Era spaventato?» prosegue Saga.

«Sembrava terrorizzato», mormora Sofia. «Chiedeva del tempo in più e ha detto che era tutto un errore. Aveva del sangue in gola, quindi era difficile capirlo, ma ha provato a spiegare che era uno sbaglio, che non doveva essere ucciso.»

«Cos'ha detto di preciso?»

«Ha detto... 'Credi di sapere tutto, ma non è così'... E a quel punto l'assassino... Era calmissimo, e ha detto... che ha aperto la porta... Aspetta, ha detto così: 'Ratjen ha aperto le porte... E ora sprofonderete all'inferno... Tutti quanti', ecco quello che ha detto.»

«Ratjen?»

«Esatto.»

«Potrebbe aver pronunciato un altro nome?»

«No... Cioè... È questo che ho sentito, perlomeno.»

«Hai avuto l'impressione che il ministro conoscesse questo Ratjen?»

«No», risponde Sofia chiudendo gli occhi.

«Coraggio, che altro ha detto?» le chiede Saga.

«Niente, non ho sentito nient'altro.»

«Cosa significa il fatto che Ratjen ha aperto le porte?»

«Non lo so.»

«Sarà Ratjen a farlo? Sarà lui a far sprofondare tutti all'inferno?» chiede Saga alzando la voce.

«Ti prego.»

«Tu cosa ne pensi?» domanda Saga alzandosi.

«Non lo so», risponde Sofia asciugandosi le lacrime sulle guance.

Saga raggiunge rapidamente la porta e sente Sofia ripetere ad alta voce di non sapere nulla.

12

L'autista resta impassibile mentre controlla nello specchietto retrovisore che la vettura di scorta sia ancora dietro di loro.

Il rombo del motore giunge come un ronzio gradevole all'interno dalla carrozzeria della Volvo costruita appositamente per il primo ministro.

Da un anno, la Säpo ha deciso che il capo del governo svedese deve viaggiare a bordo di una vettura blindata e rinforzata che sfiora le quattro tonnellate di peso, con un motore a 12 cilindri da 453 cavalli. È un'auto in grado di fare retromarcia a cento chilometri l'ora, e ha finestrini progettati per respingere i proiettili ad alta velocità.

Il primo ministro siede sullo spazioso divano di pelle da cui è composto il sedile posteriore, col pollice e l'indice della mano sinistra delicatamente appoggiati sulle palpebre chiuse. La giacca del completo blu scuro è sbottonata e la cravatta rosa scende sghemba sul davanti della camicia.

Accanto a lui siede Saga Bauer, con addosso la tuta da motociclista. Non ha avuto tempo di cambiarsi e, dopo una notte e una mattina intere, inizia a sentire caldo. Avrebbe voglia di aprire la lampo fino all'ombelico, ma si trattiene perché è ancora nuda sotto il cuoio.

Sul sedile anteriore destro è seduto il capo della Säpo, Verner Sandén. Reggendosi con la mano destra allo schienale del sedile, spinge il suo corpo slanciato all'indietro, in modo da riuscire a guardare negli occhi il primo ministro mentre lo aggiorna sul tempestivo intervento della Säpo.

Con la sua voce profonda ripercorre la cronologia dei fatti, dall'arrivo di Saga Bauer e dall'organizzazione dei blocchi stradali fino alla rapida ispezione della scena del crimine e all'immediato resoconto dei tecnici.

« La villa è stata ripulita, non resta traccia di quello che è successo stanotte », conclude Verner.

« I miei pensieri vanno ai famigliari », dice il primo ministro a bassa voce, guardando fuori dal finestrino.

« Li stiamo tenendo all'oscuro di tutto, ovviamente è una questione a cui deve essere riservata la massima segretezza. »

« Pensate che la situazione sia seria, dunque », dice il primo ministro rispondendo a un messaggio sul telefonino.

« Sì, alcune particolari circostanze del caso ci hanno spinti a chiederle di incontrarci immediatamente », risponde Verner.

« Come sapete, però, questa sera devo partire per Bruxelles e non ho tempo di occuparmi della faccenda », spiega il primo ministro.

Saga sente che la pelle della tuta le si è incollata alle natiche sudate.

« Abbiamo a che fare con un killer professionista o semiprofessionista, un soggetto che si attiene fedelmente a un piano ben preciso », spiega la donna provando a sollevare leggermente il sedere.

« La Säpo vede complotti ovunque », dice il primo ministro tornando a controllare il telefono.

« L'assassino ha usato una pistola semiautomatica con un silenziatore in grado di raffreddare i gas di combustione », spiega Saga. « Ha ucciso il ministro degli Esteri con un colpo all'occhio destro e ha raccolto il bossolo; poi si è chinato sul cadavere, gli ha poggiato la pistola contro l'occhio sinistro, ha fatto fuoco e ha raccolto il bossolo, ha girato... »

« Ho capito, Cristo », esclama il primo ministro fissandola.

« Non è stato l'assassino a far scattare l'allarme », prosegue Saga. « Però, anche se stava suonando così forte da svegliare l'intero quartiere, anche se la polizia stava arrivando, quell'uomo si è fermato per recuperare i proiettili dal parquet e dalle pareti prima di lasciare la villa. Sapeva dove si trovava ogni videocamera di sorveglianza; non abbiamo nemmeno una sua immagine... E posso assicurarle che i tecnici non troveranno nulla che ci permetta di arrivare più vicino a lui.»

Saga tace e osserva il primo ministro mentre beve un sorso di acqua minerale norvegese, posa la pesante bottiglia sul piano di legno laccato del tavolino e si passa la mano sulla bocca.

L'auto sfreccia attraverso il quartiere delle ambasciate e prosegue verso la parte settentrionale di Djurgården. Sulla sinistra si estendono i vasti prati del quartiere di Gärdet. Nel Seicento questo luogo era un'area di addestramento militare, ma oggi è frequentato soltanto da appassionati di jogging e padroni di cani.

«Quindi è stata un'esecuzione?» chiede il primo ministro con voce roca.

«Ancora non ne conosciamo il motivo, ma si può ipotizzare una qualche forma di estorsione. Forse l'assassino voleva accedere a informazioni riservate», spiega Verner. «Forse ha costretto il ministro a rilasciare una qualche dichiarazione davanti a una videocamera.»

«Nulla di buono, mi pare», sospira il primo ministro.

«No. Siamo convinti si tratti di terrorismo politico, anche se per ora nessuno ha rivendicato l'azione», risponde Verner.

«Terrorismo?»

«C'era una prostituta a casa del ministro», dice Saga.

«Quell'uomo aveva un po' di problemi», risponde il capo del governo respirando profondamente dal naso aquilino.

«Sì, ma...»

«Lasciate perdere questo aspetto», la interrompe lui.

Un corvo spicca il volo dalla strada, alcune foglie cadono ondeggiando a terra e in un campo si nota un cavallo grigio completamente immobile sotto la pioggia sottile.

Saga lancia un'occhiata al primo ministro. Il suo sguardo è assente e la bocca è contratta. Si chiede se l'uomo stia tentando di comprendere quello che è successo. Il ministro degli Esteri del suo governo è stato assassinato. Forse in questo preciso istante sta pensando con angoscia crescente alla prima volta in cui è accaduto qualcosa di simile.

Un cupo giorno d'autunno del 2003, l'allora ministro degli Esteri Anna Lindh stava facendo acquisti insieme a un'amica quando era stata aggredita da un uomo armato di coltello che l'aveva colpita più volte alle braccia, al petto e al ventre.

Il ministro non aveva guardie del corpo e nessuna protezione personale. Aveva riportato ferite così gravi che era morta sul tavolo operatorio durante l'anestesia, dopo trasfusioni di diversi litri di sangue.

Allora la Svezia era diversa, un Paese i cui politici si sentivano ancora in diritto di sostenere un ideale di decoro di stampo socialista.

«Questa donna di cui il ministro ha approfittato, però», prosegue Saga fissando il capo del governo negli occhi, «ha udito uno scambio di battute che ci porta a credere di essere davanti solo al primo di una serie programmata di omicidi.»

«Omicidi? Di che cazzo di omicidi parlate?» chiede il primo ministro a voce alta.

13

L'auto del capo del governo scivola sullo stretto ponte di pietra di Djurgårdsbron, svolta subito a sinistra e prosegue lungo il canale. La strada di ghiaia scricchiola sotto le ruote; due anatre scendono in acqua e si allontanano dalla spiaggia nuotando.

«L'assassino ha accennato a un certo Ratjen come se si trattasse di una sorta di figura chiave», spiega Verner.

«Ratjen?» Il primo ministro ripete il nome con aria interrogativa.

«Crediamo di averlo identificato. Si chiama Salim Ratjen e sta scontando una condanna per reati legati alla droga», spiega Saga chinandosi in avanti nel tentativo di scollarsi di dosso la pelle della tuta che le si è appiccicata alla schiena.

«Riteniamo che ci sia uno stretto collegamento tra i fatti di questa notte e lo sceicco Ayad al-Jahiz, che è a capo di un'organizzazione di stampo terroristico in Siria», aggiunge Verner.

«Queste sono le uniche immagini di Ayad al-Jahiz di cui disponiamo», dice Saga porgendo il telefonino al primo ministro.

In un breve filmato si vede un uomo dal volto attempato e simpatico, con la barba brizzolata e gli occhiali. Parla sorridendo e guardando direttamente nell'obiettivo, col tono di qualcuno che stia istruendo degli scolari attenti.

«Ha degli schizzi di sangue sugli occhiali», mormora il primo ministro.

Lo sceicco Ayad al-Jahiz conclude il suo breve discorso e allarga le braccia in un gesto di benevolenza.

«Cos'ha detto?»

«Questo: 'Abbiamo trascinato gli infedeli con i camion e le jeep finché le corde non si sono spezzate... Ora il nostro compito è trovare i capi responsabili dei bombardamenti e crivellare le loro facce di proiettili'», risponde Saga.

La mano del primo ministro trema quando la passa sulla bocca.

Stanno attraversando di nuovo il ponte di Lilla Sjötull, in direzione del porticciolo turistico.

«Inoltre, i servizi di sicurezza del penitenziario di Hall hanno intercettato una telefonata da parte di Salim Ratjen verso un telefono non registrato», racconta Verner. «Hanno sentito parlare in arabo di tre grandi feste. La prima è per l'omicidio del ministro degli Esteri... La seconda avrà luogo mercoledì prossimo e la terza il sette ottobre.»

«Dio», mormora il primo ministro.

«Abbiamo quattro giorni», dice Verner.

Quando svoltano bruscamente per tornare verso la torre radio di Kaknäs, qualche ramo coperto di foglie verde chiaro sfiora il tettuccio dell'auto.

«Come diavolo è possibile che questo Ratjen non sia sotto sorveglianza?» domanda il primo ministro sfilando un fazzoletto di carta dal dispenser nella portiera.

«Prima d'ora non ha mai avuto contatti con nessuna rete terroristica», risponde Verner.

«Quindi si è radicalizzato in carcere», dice il capo del governo asciugandosi il collo.

«Sì, è quello che pensiamo.»

La pioggia diventa più fitta e l'autista mette in azione i tergicristalli. Le spazzole scacciano dal vetro le gocce minuscole senza far rumore.

«E pensate che una delle feste... possa riguardare me?»

«Dobbiamo per forza considerare un rischio del genere», risponde Saga.

«Quindi mi state dicendo che forse qualcuno mi ucciderà questo mercoledì?» chiede il primo ministro, senza riuscire a nascondere l'agitazione.

«Dobbiamo convincere Ratjen a parlare... Dobbiamo scoprire il suo piano prima che sia troppo tardi», risponde Verner.

«Che cazzo state aspettando?»

«Siamo giunti alla conclusione che Salim Ratjen non possa essere interrogato secondo la procedura convenzionale», prova a spiegare Saga. «Si è rifiutato di rispondere anche quando è stato torchiato cinque anni fa, e durante il processo non ha detto una parola.»

«Merda. Ma voi avete i vostri metodi, giusto?»

«Possono servire mesi per piegare una persona», spiega la donna.

«Io ho un lavoro piuttosto importante», dice il primo ministro riducendo in briciole il fazzoletto. «Sono sposato, ho due figli e...»

«Ci dispiace molto per tutto questo», dice Verner.

«È la prima volta che c'è davvero bisogno di voi... Quindi non venitemi a dire che non si può fare nulla.»

«Mi domandi cosa faremo», dice Saga.

Il primo ministro la fissa sorpreso e allenta un poco il nodo della cravatta.

«Cosa faremo?» ripete.

«Chiederemo all'autista di fermarsi e di scendere dall'auto.»

Sono arrivati fino alle squallide cisterne di petrolio a Loudden. Il lungo braccio del molo è quasi completamente inghiottito dalla pioggia grigia.

Anche se il primo ministro ha ancora un'espressione sorpresa, si sporge in avanti per parlare con l'autista.

Piove più intensamente; dal cielo precipita una pioggia scura e fredda che colpisce le pozzanghere. L'autista comunica brevemente con l'auto di scorta e si ferma esattamente davanti a un deposito di carburante.
Dietro di loro la BMW nera accosta e si ferma delicatamente.
L'autista scende e si allontana di qualche metro. Nel giro di un paio di secondi la pioggia fa scurire il tessuto beige della sua divisa.
«Quindi cosa faremo?» chiede di nuovo il primo ministro guardando Saga.

14

L'ombra di una nuvola scorre lenta sul paesaggio piatto; attraversa la recinzione del cortile, scivola lungo il prato ingiallito e si arrampica su per il muro alto sei metri.

Nel reparto T del carcere di sicurezza di Kumla la giornata di lavoro è finita e i detenuti si spintonano per entrare nella minuscola palestra in fondo al corridoio.

Kettlebell, manubri, bilancieri o altri attrezzi che potrebbero essere usati come armi sono vietati.

Quando Reiner Kronlid e le sue guardie del corpo della Fratellanza fanno il loro ingresso i detenuti si spostano di lato. Reiner ha fondato il proprio potere sul controllo totale dello spaccio di droga nel reparto e difende la propria posizione come un dio geloso.

Senza che Reiner dica una parola, un uomo magro smonta subito dalla cyclette asciugando in fretta il sedile e il manubrio con della carta.

La luce dei neon si allunga sulle pareti scrostate e l'aria è resa pesante dall'odore del sudore e del balsamo di tigre.

I vecchi tossicomani se ne stanno come al solito in gruppo accanto alla parete divisoria in plexiglass, mentre due albanesi della gang di Malmö indugiano vicino al tavolo da ping-pong ripiegato.

D'un tratto una nuvola copre il sole pallido e cala il buio.

Joona Linna termina una serie di trazioni, poi molla la presa dalla barra fissata al soffitto, scende morbidamente a terra e lancia un'occhiata in direzione della finestra. La luce polverosa torna a riempire la palestra. Le pupille dell'uomo si contraggono e in pochi secondi i suoi occhi grigi sembrano due pozze di piombo fuso.

Joona è ben rasato e porta i capelli biondi tagliati corti, quasi a spazzola; ha la fronte corrucciata e la bocca tirata in un'espressione seria. Indossa una t-shirt azzurra con le cuciture tese sui muscoli rigonfi.

«Ancora una serie prima di passare a una presa più larga», gli dice Marko.

Marko è un detenuto anziano ma atletico che si è incaricato del ruolo di guardia del corpo di Joona. Ci sono costantemente forti tensioni tra i vari gruppi del reparto, ma, anche se per il momento è stata raggiunta una sorta di equilibrio, Marko segue Joona Linna dovunque vada.

Un nuovo detenuto con una smunta faccia da uccello si avvicina alla palestra. Nasconde qualcosa nella mano appoggiata contro il fianco. Ha gli zigomi appuntiti, le labbra pallide e porta i capelli sottili raccolti in una piccola coda di cavallo.

Non è in tenuta da allenamento; indossa invece una felpa color ruggine aperta che lascia intravedere il collo e il petto tatuati.

Qualcuno apre la porta e un grumo di polvere e capelli attraversa il pavimento sospinto dalla corrente d'aria.

L'uomo allampanato passa sotto l'ultima videocamera fissata al soffitto, entra in palestra e si ferma di fronte a Joona.

Uno dei secondini oltre la parete divisoria si volta strisciando contro il plexiglass il manganello che porta appeso alla vita.

Alcuni detenuti hanno girato le spalle a Joona e Marko.

L'atmosfera nella palestra si fa più tesa e tutti si muovono con cautela sempre maggiore.

In quel silenzio si sente la nota acuta prodotta dal condizionatore sul soffitto.

Joona si riposiziona sotto la sbarra e con un balzo l'afferra e si tira su.

Marko resta dietro di lui con le braccia muscolose e tatuate distese lungo i fianchi.

Joona sente le tempie contrarsi ogni volta che si solleva portando il mento sopra la sbarra.

«Sei tu lo sbirro?» chiede l'uomo con la faccia smunta. Minuscoli granelli di polvere cadono lentamente attraverso l'aria immobile. Il secondino dietro al vetro scambia qualche parola con un detenuto e si avvia verso la stanza di controllo.

Joona si solleva nuovamente.

«Altre trenta», dice Marko.

L'uomo con la faccia smunta fissa Joona. Il sudore luccica sul suo sottile labbro superiore, gli scorre lungo le orecchie e più giù sulle guance.

«Non mi scappi, stronzo», dice con un sorriso teso.

«*Nyt pelkään*», risponde Joona in tutta calma, sollevandosi di nuovo.

«Capisci?» sghignazza l'uomo. «Capisci cosa cazzo ti sto dicendo?»

Joona si accorge che il nuovo arrivato nasconde un coltello lungo il fianco, un'arma improvvisata preparata con una lunga scheggia di vetro avvolta nel nastro adesivo.

Mirerà in basso, pensa Joona. Proverà a colpirmi sotto le costole. È praticamente impossibile pugnalare qualcuno con un pezzo di vetro, ma se la scheggia è rinforzata con una stecca può riuscire a penetrare nella carne prima di spezzarsi.

Altri detenuti si raccolgono oltre la parete di plexiglass con lo sguardo colmo di feroce curiosità. Si dispongono davanti alle videocamere lentamente e in maniera in apparenza casuale, e il loro linguaggio del corpo rivela un entusiasmo trattenuto.

«Sei uno sbirro», sibila l'uomo, poi si volta a guardare gli altri. «Lo sapete che è uno sbirro?»

«Davvero?» ride uno dei detenuti, bevendo da una bottiglia di plastica.

Una croce dondola al collo di un uomo dai lineamenti devastati. Sull'interno delle braccia ha cicatrici prodotte dalle bruciature dell'acido ascorbico, usato per diluire l'eroina.

«Cazzo, ve lo giuro», continua il detenuto con la faccia scavata. «Viene dalla polizia criminale, è un porco maledetto, uno sbirro di merda.»

«Ok, questo spiega come mai tutti lo chiamano lo Sbirro», ironizza l'uomo con la bottiglia di plastica, ridendo sommessamente con il viso rivolto verso il pavimento.

Joona Linna continua con le sue trazioni.

Reiner Kronlid siede sulla cyclette con un'espressione impassibile. Con sguardo immobile da rettile osserva l'evoluzione degli eventi.

Uno degli uomini di Malmö entra e sale sul tapis roulant. Il rumore ritmico della sua corsa e il sibilo del nastro riempiono la stanza angusta.

Joona lascia andare la sbarra, ricade morbidamente sui piedi e osserva l'uomo armato.

«Posso offrirti uno spunto di riflessione?» dice col suo tipico accento finlandese. «La finta ignoranza nasce dalla saggezza, l'illusoria debolezza nasce...»

«Che cazzo stai dicendo?» lo interrompe l'uomo.

Dopo aver prestato servizio come paracadutista, Joona è stato reclutato dalla squadra per le operazioni speciali, ha seguito un addestramento in Olanda sulle tecniche non convenzionali di combattimento corpo a corpo e sull'uso di armi innovative.

Il tenente Rinus Advocaat l'ha preparato a situazioni come questa. Joona sa esattamente come immobilizzare il braccio dell'uomo, come spaccargli la trachea e la laringe con una serie di colpi ripetuti e come strappargli il coltello, ficcarglielo nel collo e spezzarne la punta.

«Ammazza lo sbirro», sibila uno degli uomini della Fratellanza, e poi scoppia a ridere. «Non hai le palle...»

«Sta' zitto», lo interrompe un detenuto più giovane.

«Ammazzalo», ride l'altro.

Il prigioniero con la faccia smunta stringe il pugnale. Joona lo fissa dritto negli occhi avvicinandosi.

Sa che, in caso di attacco, dovrà trattenersi dall'eseguire le serie di movimenti di cui il suo corpo conserva ancora intatto il ricordo.

Dovrà limitarsi a bloccargli il braccio, strappargli il coltello di mano e mandarlo al tappeto.

Nei quasi due anni trascorsi in carcere è riuscito a tenersi alla larga dalle risse più violente; il suo unico obiettivo è scontare la pena e incominciare una nuova vita.

Joona volta le spalle al detenuto con il pugnale. Mentre scambia qualche parola con Marko continua a tenere d'occhio il riflesso dell'uomo sulla finestra affacciata sul cortile.

«Avrei potuto ammazzarlo, quello sbirro», dice il nuovo arrivato inspirando nervosamente attraverso il naso sottile.

«No, niente affatto», gli risponde Marko da sopra la spalla di Joona.

15

Sono passati ventitré mesi da quando il tribunale di Stoccolma ha condannato il commissario Joona Linna per aver aiutato un carcerato a evadere. Joona era stato condotto all'ingresso di sicurezza del carcere di Kumla con le catene ai polsi, alle caviglie e alla vita.

Gli agenti della polizia penitenziaria incaricati del trasporto avevano preso in consegna i suoi pochi oggetti personali, l'ordine di carcerazione e i documenti di identità. Poi l'avevano condotto in un ufficio per la registrazione, l'avevano costretto a spogliarsi e a lasciare un campione di urina per i test tossicologici; dopodiché gli avevano consegnato dei vestiti nuovi, delle lenzuola e uno spazzolino da denti.

Dopo cinque settimane di indagini, era stato assegnato al reparto T invece che all'unità di massima sicurezza di Saltvik, dove finiscono di solito i poliziotti condannati. Avrebbe dovuto trascorrere gli anni seguenti in una cella di sei metri per sei con il pavimento in linoleum, un lavabo e una finestrella dotata di vetro antiproiettile e sbarre.

Durante i primi otto mesi, Joona aveva lavorato con gli altri detenuti nella grande lavanderia. Aveva fatto conoscenza con molti degli uomini del secondo piano, raccontando a tutti di aver lavorato per la polizia criminale e di essere stato condannato. Sapeva che era impossibile nascondere il proprio passato. Quando un nuovo detenuto arriva in un reparto, gli altri chiedono subito a un parente di ottenere una copia della sentenza.

Joona è in buoni rapporti con quasi tutte le bande del reparto, ma si tiene alla larga dalla Fratellanza e dal suo capo,

Reiner Kronlid. La Fratellanza è collegata a gruppi di estrema destra, offre protezione ai pezzi grossi rinchiusi in carcere e si dedica allo spaccio di droga nei penitenziari più grandi.

Dopo l'estate, Joona ha raccolto un gruppo di diciannove detenuti decisi a proseguire gli studi a vari livelli. Insieme hanno creato un circolo per sostenersi a vicenda e finora soltanto due di loro hanno deciso di abbandonare il percorso.

La monotonia della routine carceraria fa sì che l'intero penitenziario sembri una specie di lentissimo orologio. Tutte le porte delle celle vengono aperte alle otto del mattino e richiuse alle otto di sera. Ogni scatto della lancetta cancella un pezzetto della vita dei detenuti.

Non appena la serratura automatica al mattino scatta, Joona lascia la cella per fare doccia e colazione prima della calata degli ospiti dell'intero reparto nei gelidi passaggi sotterranei che, come una sorta di sistema fognario, collegano le varie sezioni del carcere.

Gli uomini proseguono oltre l'incrocio dove una volta c'era uno spaccio, aspettano che le porte vengano aperte e proseguono nel sottopassaggio.

I superstiziosi ragazzi di Malmö sfiorano il murales raffigurante Zlatan Ibrahimović con la punta delle dita prima di sparire verso l'officina dove si dedicano alla verniciatura a polvere.

Il gruppo di studio prosegue invece verso la biblioteca. Joona è arrivato alla metà del corso di studi per diventare orticoltore, e Marko è stato finalmente ammesso alle superiori. Il suo mento aveva tremato mentre annunciava che si sarebbe iscritto al liceo scientifico.

Al penitenziario, questo potrebbe essere un giorno come tutti gli altri. Ma non per Joona, perché sta per incontrare

Valeria de Castro. Dopo, la sua vita prenderà una piega imprevista e pericolosa.

Joona apparecchia la tavola nella stanza delle visite disponendo le tazze e i piattini, liscia uno dei tovaglioli che si è piegato e accende il bollitore nel cucinotto.

Quando ode il tintinnio delle chiavi fuori dalla porta si alza dalla sedia e sente che il cuore batte più in fretta.

Valeria indossa una camicetta di colore blu marino a pois bianchi e dei jeans neri. I suoi capelli ricci e scuri sono raccolti, e ricadono in morbide spirali.

Entra, si ferma di fronte a Joona e solleva lo sguardo.

La porta viene richiusa con uno scatto della serratura.

I due si osservano a lungo prima di bisbigliare un saluto.

«Ogni volta che ti rivedo provo sempre una sensazione strana», dice Valeria con la voce ancora venata di timidezza.

Osserva Joona con occhi luminosi, poi il suo sguardo si sposta sulle pantofole con il logo della polizia carceraria, sulla t-shirt grigio-azzurra con le maniche color sabbia e sui pantaloni troppo larghi consumati in corrispondenza delle ginocchia.

«Non posso offrirti granché», dice lui. «Qualche biscotto con la marmellata e del caffè.»

«I biscotti vanno bene», annuisce Valeria sistemandosi i jeans prima di accomodarsi su una delle sedie.

«Sono abbastanza buoni», dice lui con un sorriso che gli fa risaltare le fossette sulle guance.

«Come fai a essere così bello?»

«È tutto merito dei vestiti», scherza Joona.

«Già», ride lei.

«Grazie per la lettera, è arrivata ieri», dice Joona sedendosi all'altro lato del tavolo.

«Scusa se mi sono spinta un po' troppo oltre», mormora Valeria arrossendo.

Joona abbozza un sorrisetto malizioso e lei scoppia a ridere abbassando per un attimo gli occhi.

«A proposito, è un peccato che ti abbiano negato la licenza...» dice. Trattiene un sorriso, e la pelle sul suo mento si corruga.

«Ci riproverò tra tre mesi... Altrimenti chiederò un permesso premio», spiega Joona.

«Andrà tutto bene», annuisce Valeria allungando la mano verso quella di lui.

«Ieri ho parlato con Lumi», prosegue Joona. «Aveva appena finito di leggere *Delitto e castigo* in francese... È stato divertente; abbiamo parlato di libri e mi sono dimenticato di essere in questo posto... finché non ci hanno interrotti.»

«Non ricordavo che parlassi così tanto.»

«Dividendole per due settimane, però, sono solo un paio di parole all'ora.»

Una ciocca scivola lungo la guancia di Valeria, e lei la allontana con un movimento del capo. Sul viso ha un velo di fard color rame e profonde rughe d'espressione si irradiano dagli angoli dei suoi occhi. La pelle sottile sotto le palpebre è grigia e ha un po' di terra sotto le unghie corte.

«Una volta potevamo ordinare i dolci in pasticceria», dice Joona versando il caffè.

«Devo comunque iniziare a stare attenta alla linea, per quando uscirai», dice lei passandosi una mano sulla pancia.

«Sei più bella che mai.»

«Avresti dovuto vedermi ieri», continua Valeria ridendo, e sfiora con le lunghe dita una margherita smaltata che pende da una catenina allacciata al collo. «Sono andata fino a Saltsjöbad e sono rimasta sotto la pioggia a preparare il terreno per le piante...»

«Ciliegi giapponesi, giusto?»

«Ne ho scelto un tipo che fa fiori bianchi a migliaia, è incredibile... È come se una tormenta di neve si abbattesse proprio su quell'albero minuscolo nel bel mezzo di maggio.»

Joona osserva le tazze e i tovaglioli azzurri. La luce del giorno si riversa sul tavolo in larghe strisce.

«A proposito, come va lo studio?»

«È molto interessante.»

«Ti sembra strano il fatto di esserti rimesso a studiare?» domanda Valeria piegando il tovagliolo.

«Sì, in senso positivo.»

«Ma sei sicuro di non voler ritornare nella polizia?»

Joona annuisce voltandosi verso la finestra. Tra le sbarre orizzontali si intravede il vetro sporco. Lo schienale cigola quando vi si appoggia per tornare con la memoria all'ultimo inverno a Nattavaara.

«A cosa pensi?» chiede lei con tono serio.

«A nulla», risponde Joona a bassa voce.

«Stai pensando a Summa», constata Valeria.

«No.»

«Per via di quello che ho detto sulla tempesta di neve.»

Joona incrocia gli occhi color ambra di Valeria e annuisce; è come se lei avesse la strana capacità di leggere nella sua mente.

«Non c'è nulla di più silenzioso della neve quando cala il vento», dice Joona. «Sai... Lumi e io le siamo rimasti accanto, le abbiamo tenuto la mano...»

Pensa all'insolita calma che era discesa su sua moglie prima della morte, e all'immobilità totale che era venuta di seguito.

Valeria si sporge in avanti sopra il tavolo e accarezza la guancia di Joona senza dire nulla. Attraverso il tessuto sottile della camicetta si indovina il tatuaggio sulla spalla destra.

« Ne verremo fuori... Giusto? » dice con un filo di voce.
« Ne verremo fuori », annuisce Joona.
« E non mi spezzerai il cuore, vero? »
« No. »

16

Dopo la visita di Valeria, Joona prova ancora una gioia dal sapore dolciastro. Ogni volta che lei va a trovarlo è come se gli riconsegnasse un pezzetto di vita.

La cella è piccola, ma se si posiziona tra la scrivania e il lavabo ha spazio a sufficienza per provare qualche colpo di boxe e perfezionare le tecniche militari di combattimento. Si muove lentamente e in maniera sistematica pensando alle sconfinate pianure olandesi in cui ha ricevuto il suo addestramento.

Joona non sa da quanto tempo si sta allenando, ma il cielo è talmente scuro che il muro giallo oltre le sbarre non si vede più. All'improvviso la serratura scatta e la porta si apre.

Due guardie che non ha mai visto compaiono sulla soglia e lo fissano con sguardo preoccupato.

Joona suppone che si tratti di una perquisizione: può essere accaduto qualcosa, forse un tentativo di evasione che in qualche modo è stato ricollegato a lui.

«Il tuo avvocato ti sta aspettando», dice uno dei secondini.

«Perché?» chiede Joona.

Senza rispondere gli infilano le manette e lo conducono fuori dalla cella.

«Non ho chiesto nessun incontro.»

Scendono insieme le scale e proseguono nel lungo corridoio. Una guardia passa loro accanto sfrecciando su un monopattino e scompare in lontananza.

Forse hanno scoperto che Valeria usa i documenti della sorella per fargli visita, pensa Joona. Anche lei un tempo è stata in carcere e non potrebbe incontrarlo così di frequente se non avessero escogitato questa soluzione.

Lo stile e le tonalità dei dipinti alle pareti cambiano. Ai margini dei fasci di luce delle lampade si nota il cemento ruvido.

I secondini conducono Joona attraverso le porte di sicurezza e i punti di controllo. Devono mostrare più volte i documenti che autorizzano il passaggio del detenuto. Le serrature scattano a mano a mano che avanzano all'interno di un reparto sconosciuto per Joona. In fondo al corridoio due uomini sorvegliano una porta.

Joona riconosce immediatamente gli agenti di scorta della Säpo. Non incrociano il suo sguardo e si limitano ad aprirgli la porta.

La stanza, avvolta nella penombra, è completamente spoglia tranne che per due sedie di plastica. Un individuo ne occupa già una.

Joona si blocca al centro dello spazio.

La luce del lampadario non raggiunge il volto dell'uomo, ma si ferma alla piega dei pantaloni e alle scarpe nere e basse con la punta coperta di fango.

Qualcosa scintilla nella sua mano destra.

Quando la porta si chiude alle spalle di Joona, l'uomo si alza, si muove di un passo verso la luce e ripone gli occhiali da lettura nel taschino.

Solo adesso Joona riesce a vederne il volto.

È il primo ministro svedese.

Le sue orbite oculari sono buie e l'ombra del naso gli scende come una pennellata nera sopra la bocca.

«Questo incontro non ha mai avuto luogo», dice il primo ministro con la caratteristica voce roca. «Io non ho incontrato lei e lei non ha incontrato me; qualunque cosa accada, dirà di aver visto l'avvocato difensore.»

«Il suo autista non fuma», dice Joona.

«No», risponde l'altro sorpreso.

Il primo ministro solleva smarrito la mano destra verso il nodo della cravatta prima di proseguire.

«La scorsa notte il ministro degli Esteri è stato assassinato nella sua casa. Secondo la versione ufficiale che sarà diffusa risulterà deceduto dopo una breve malattia, ma in realtà si tratta di un attacco terroristico.»

Il naso aquilino del primo ministro è lucido di sudore e profonde occhiaie scure segnano i suoi occhi. Il cinturino in cuoio dell'allarme antiaggressione gli scivola sul dorso della mano mentre avvicina l'altra sedia a Joona.

«Joona Linna», dice, «sto per farle una proposta alquanto insolita: un'offerta che vale solo qui e ora.»

«La ascolto.»

«Un detenuto del penitenziario di Hall verrà trasferito a Kumla e condotto nel suo reparto. Si chiama Salim Ratjen: è stato condannato per droga, ma assolto da un'accusa di omicidio... A quanto pare ha una posizione centrale... Potrebbe addirittura essere a capo dei terroristi che hanno assassinato il ministro degli Esteri.»

«Ha un rapporto?»

«Ovvio», risponde il primo ministro porgendogli un fascicolo sottile.

Joona si accomoda sulla sedia di plastica e afferra il plico con le mani strette nelle manette. Lo schienale cigola quando vi si appoggia. Mentre legge, nota che il primo ministro controlla continuamente il cellulare.

Passa in rassegna l'esame della scena del crimine, i referti di laboratorio e la trascrizione dell'interrogatorio in cui la testimone racconta di aver sentito l'omicida dire che Ratjen aveva aperto le porte dell'inferno. Il rapporto si conclude con dei tabulati telefonici, oltre che con l'ipotesi di un collegamento con lo sceicco Ayad al-Jahiz e con il suo invito a scovare i leader occidentali per crivellare le loro facce di proiettili.

«Ci sono molte lacune», dice Joona restituendo il fascicolo.

«È solo il primo rapporto, bisogna effettuare delle verifiche e...»

«Lacune intenzionali», lo interrompe Joona.

«Non ne so nulla», risponde il primo ministro riponendo il telefono nella tasca interna della giacca.

«Ci sono altre vittime?»

«No.»

«Qualche indizio suggerisce che siano stati pianificati altri attentati?»

«Non credo.»

«Perché proprio il ministro degli Esteri?»

«Ha lavorato a sostegno della collaborazione europea contro i terroristi.»

«Cosa hanno ottenuto uccidendolo?»

«Ci troviamo di fronte a un attacco diretto al cuore stesso della democrazia», prosegue il primo ministro. «E io voglio avere le teste dei terroristi su un cazzo di piatto d'argento, se mi passa l'espressione... Si tratta di giustizia, si tratta di reagire in maniera decisa... Non possiamo permettere loro di spaventarci... È per questo che sono venuto a chiederle se sia disposto a infiltrarsi nell'organizzazione di Salim Ratjen dall'interno del carcere.»

«L'ho capito e la ringrazio per la fiducia. Ma mi sono creato un'esistenza abbastanza tranquilla qui, e credo che lei lo comprenda. Non è stato facile: conoscono il mio passato, però col tempo hanno imparato a fidarsi di me.»

«Stiamo parlando della sicurezza della nazione.»

«Non sono più un poliziotto.»

«La Säpo è in grado di farle ottenere la libertà vigilata, se accetta.»

«Non mi interessa.»

«Esattamente come aveva previsto *lei*», dice il primo ministro.

«Saga Bauer?»

«Ha detto che non avrebbe accettato un'offerta da parte della Säpo... Per questo sono venuto di persona.»

«Probabilmente valuterei di accettare l'incarico, se non sapessi che mi state nascondendo degli elementi decisivi.»

«Cosa c'è da nascondere? La Säpo ritiene che lei possa essere d'aiuto per scoprire i contatti di Salim Ratjen all'esterno del carcere.»

«Mi spiace che sia venuto fin qui per nulla», dice Joona alzandosi e avvicinandosi alla porta.

«Posso farle avere la grazia», replica il primo ministro rivolto all'uomo ormai girato di spalle.

«È necessaria una decisione del governo», risponde Joona voltandosi.

«Sono il primo ministro.»

«Finché non sarò certo di avere tutte le informazioni disponibili mi troverò costretto a dire di no», ribadisce Joona.

«Come può affermare di sapere quello che ignora?» domanda il primo ministro con evidente irritazione.

«So che lei è qui quando in realtà sarebbe dovuto trovarsi a Bruxelles per la riunione del Consiglio europeo», dice Joona. «Ho letto che ha smesso di fumare otto anni fa, ma a giudicare dall'odore dei vestiti e dal fango sulle scarpe ora ci è ricascato.»

«Il fango sulle scarpe?»

«Lei è un uomo premuroso, e siccome il suo autista non fuma è sceso a bordo strada.»

«Ma...»

« Ho notato che ha controllato il telefono undici volte, ma non ha risposto a nessun messaggio... Per questo so che nel rapporto manca qualcosa, siccome nulla lascia sospettare che vi sia una particolare urgenza. »

Per la prima volta il capo del governo rimane senza parole. Si porta la mano al mento e sembra immergersi nei propri pensieri.

« Pare che abbiano pianificato una serie di omicidi », dice infine.

« Una serie? » ripete Joona.

« La Säpo ha eliminato questo particolare dal rapporto, ma sembra che, per cominciare, si tratterà di tre omicidi... E il prossimo dovrebbe aver luogo già mercoledì... L'urgenza dipende da questo motivo. »

« Gli obiettivi sono dei politici? »

« Probabilmente. »

« Pensa di essere uno di loro, vero? » domanda Joona.

« Questo non è rilevante, potrebbe trattarsi di chiunque », si affretta a rispondere il primo ministro. « Ma poiché mi hanno convinto che coinvolgerla sia la nostra migliore alternativa, voglio sentirle dire che accetta l'incarico... Se riuscirà a ottenere delle informazioni che ci consentiranno di fermare questi terroristi, farò in modo di restituirle la sua vita. »

« Questo è impossibile », risponde Joona.

« Ascolti: deve farlo », dice il primo ministro, e Joona capisce dalla sua voce che è davvero terrorizzato.

« Se convincerà la Säpo a collaborare seriamente con me... prometto di trovare i responsabili. »

« Ma deve riuscirci prima di mercoledì, questo l'ha compreso? È allora che il prossimo sarà ucciso », sospira il primo ministro.

17

Il cacciatore di conigli cammina nervosamente avanti e indietro nel grande container ISO, sotto la luce al neon che piove obliquamente dal soffitto. La vibrazione dei passi sul pavimento di metallo si riverbera lungo le pareti.

L'uomo si ferma davanti a una serie di scatoloni aperti e a una grande tanica di benzina, preme le dita della mano sinistra contro la tempia e prova a respirare più lentamente.

Controlla il telefono.

Nessun messaggio, niente.

Tornando al suo arsenale, calpesta una mappa plastificata di Djursholm gettata a terra.

Su una scrivania graffiata ha accumulato pistole vecchie e nuove, oltre che coltelli e fucili smontati. Alcune armi sono antiquate e rovinate, mentre altre sono ancora chiuse nelle loro confezioni originali.

Sul ripiano vi è una gran confusione di attrezzi arrugginiti e vecchi vasetti di marmellata pieni di molle e percussori, caricatori di riserva, rotoli di sacchi della spazzatura neri, nastro adesivo argentato, buste di fascette lucide, alcune accette e un coltello Emerson a lama larga con la punta affilata come quella di una freccia.

Lungo il muro ha impilato delle scatole con vari tipi di munizioni. Sopra tre di queste si vedono le fotografie di tre persone.

Molte scatole sono ancora intatte, ma il coperchio di una confezione di cartucce 5,56 × 45 mm è stato strappato, e su un'altra si scorgono delle impronte insanguinate.

Il cacciatore di conigli ficca una scatola di proiettili da nove millimetri in un sacchetto di plastica stropicciato del supermercato, rigira tra le mani un'accetta dal manico corto e infila nella sporta anche l'attrezzo, poi lascia cadere il tutto a terra con un tonfo metallico.

Allunga la mano, afferra una delle piccole fotografie e la posiziona sul bordo della sbarra di metallo che corre lungo le pareti interne del container, ma la foto si ribalta subito.

La raddrizza delicatamente e osserva quel volto sorridendo: la bocca soddisfatta, i capelli arruffati e un orecchio attraversato dalla luce. Si china a fissare l'individuo negli occhi e pensa che gli staccherà le gambe e resterà a guardarlo strisciare come una lumaca nel suo stesso sangue.

Poi assisterà ai disperati tentativi del figlio di salvare il padre legandogli qualcosa intorno alle gambe; magari lascerà che tenti di bloccare l'emorragia prima di farsi avanti per sventrarlo.

La fotografia cade di nuovo e va a infilarsi tra le armi.

Il cacciatore di conigli urla e ribalta la scrivania, facendo rotolare sul pavimento pistole, coltelli e munizioni.

I vasetti di vetro vanno in frantumi. Le schegge e i pezzi di ricambio si spargono sul pavimento.

Il cacciatore di conigli si appoggia ansimando alla parete e all'improvviso gli torna alla memoria la vecchia area industriale tra l'autostrada e l'impianto di depurazione. La tipografia offset e il capanno erano andati a fuoco, e nell'intercapedine sotto gli scantinati si trovavano molte tane di conigli.

La prima volta che aveva teso la rete, dieci piccoli conigli erano rimasti appesi alle maglie. Erano tutti moribondi, ma quando li aveva scuoiati respiravano ancora.

Adesso è di nuovo calmo e concentrato. Sa di non poter cedere alla rabbia e di non poter mostrare alla luce il suo vero volto, nemmeno quando è solo.

È ora di andare.

Si lecca le labbra, poi raccoglie da terra un coltello e due pistole, una Springfield Operator e una Glock 19 sporca di fango. Quindi introduce nella sporta un'altra scatola di proiettili e quattro caricatori di riserva.

Il cacciatore di conigli sfila il cavo della lampada dalla batteria per auto ed esce nella fredda aria notturna. Chiude il portello del container, inserisce il chiavistello e lo blocca con un lucchetto, poi attraversa l'erba alta fino alla macchina. Quando apre il portabagagli fuoriescono centinaia di mosche. Lancia il sacchetto con le armi accanto al sacco della spazzatura pieno di carne putrefatta, chiude lo sportello e si volta verso il bosco.

Il cacciatore di conigli si muove sempre nel silenzio, scruta il buio tra i tronchi alti, ripensa al volto impresso sulla minuscola fotografia e prova a scacciare quella filastrocca dalla mente.

18

Nella sede dell'Esercito della salvezza al numero 69 di Östermalmsgatan è in corso un pranzo riservato. Dodici persone hanno unito tre piccoli tavoli e ora siedono così vicine le une alle altre da riuscire a scorgere chiaramente la stanchezza e la tristezza dipinte sui rispettivi volti. La luce del giorno lambisce i mobili di legno chiaro e l'arazzo che raffigura gli apostoli a pesca.

A un capo del tavolo siede Rex Müller con indosso una giacca di sartoria e pantaloni di pelle nera. Ha cinquantadue anni e un aspetto piacente malgrado le rughe sulla fronte e il gonfiore sotto gli occhi.

Quando posa la tazza di caffè sul piattino e si passa una mano tra i capelli tutti lo guardano.

«Mi chiamo Rex e di solito rimango in silenzio ad ascoltare», comincia, ma poi sorride preoccupato. «A essere onesto, non so cosa vogliate che dica.»

«Spiegaci perché sei qui», suggerisce una donna con il volto segnato dalla tristezza.

«Sono abbastanza bravo a cucinare», prosegue Rex schiarendosi la voce. «E nel mio campo bisogna conoscere tutto di vini, birre, superalcolici, distillati, liquori e così via... Non sono un alcolizzato; forse bevo un po' troppo e a volte faccio cose stupide, anche se non bisogna credere a tutto quello che si legge sui giornali.»

Si interrompe, poi sorride verso gli altri socchiudendo gli occhi. Ma tutti aspettano che continui.

«La ragione per cui mi trovo qui è che il mio capo mi ha

obbligato a venire, se voglio tenermi il lavoro... E a me piace il mio lavoro.»

Rex aveva sperato di farli sorridere, ma tutti lo guardano in silenzio.

«Ho un figlio grande, ormai, frequenta l'ultimo anno delle superiori... E una delle cose di cui, per essere franco, dovrei pentirmi nella vita è di non essere stato un buon padre. Anzi, non sono stato affatto un padre. Certo, ci sono sempre stato per compleanni e cose del genere, ma... In realtà non volevo avere figli, non ero abbastanza maturo per...»

La voce gli si spezza nel mezzo della frase e, con stupore, si accorge che i suoi occhi si stanno riempiendo di lacrime.

«Ok, sono un idiota, forse l'avete già capito», dice a voce bassa, poi inspira profondamente. «Il punto è questo... La mia ex è una donna fantastica, non sono in molti a dirlo della propria ex, ma Veronica è davvero fantastica... E ora è stata scelta dall'UNICEF per avviare un importante progetto a favore dell'assistenza sanitaria gratuita in Sierra Leone, ma lei ha pensato di dire di no, come d'altronde ha sempre fatto.»

Rex rivolge agli altri un sorriso mesto.

«È perfetta per questo lavoro... Così, le ho detto che sto provando a rimanere sobrio e che Sammy può stare da me nelle settimane in cui lei è via... E siccome frequento i vostri incontri, lei si è convinta che io sia finalmente diventato responsabile, e ora sta per partire per una prima ricognizione a Freetown.»

Di nuovo si passa la mano tra i capelli neri e arruffati e si sporge in avanti.

«Sammy non se l'è passata troppo bene. Di sicuro sono io il responsabile, non so, vive una vita diversa dalla mia... E non mi illudo di poter ricostruire il rapporto, ma ho davvero voglia di conoscerlo un po' meglio.»

«Grazie per aver condiviso tutto questo con noi», dice una donna con voce bassa.

Da due anni Rex Müller è il cuoco di un popolare programma della mattina su TV4. Ha vinto la medaglia d'argento nella competizione Bocuse d'Or, ha collaborato con il prestigioso ristorante Fäviken Magasinet dello chef Magnus Nilsson, ha pubblicato tre libri di ricette e l'autunno precedente ha firmato un generoso contratto con la catena Gruppo F12 per gestire il ristorante Smak.

Dopo aver trascorso tre ore al nuovo ristorante lascia il comando al sous-chef Eliza e si infila il completo e la camicia blu. Presenzia all'inaugurazione di un hotel in Hötorget, si fa fotografare col produttore discografico Avicii, quindi prende un taxi fino a Dalarö per incontrare il suo più stretto collaboratore.

David Jordan Andersen – o DJ, come lo chiamano tutti – ha trentatré anni e ha messo in piedi la società di produzione e comunicazione che ha acquistato i diritti televisivi del programma di Rex. Grazie a lui, in tre anni Rex è passato dall'essere uno dei più importanti cuochi del Paese a una vera e propria celebrità.

Col tempo, i due sono diventati amici e si frequentano spesso nella vita privata.

In questo momento Rex entra nel ristorante dello Strand Hotel di Dalarö, scambia una stretta di mano con DJ e si siede di fronte a lui.

«Pensavo che sarebbe venuta anche Lyra», dice Rex.

«Doveva vedere i suoi amici dell'Accademia d'arte.»

DJ assomiglia a una specie di moderno vichingo con la barba bionda curata e gli occhi azzurri.

19

È notte fonda quando il taxi scende lungo Rehnsgatan e si ferma davanti a un portone di legno lucido. Rex ha dovuto farsi prestare dei vestiti asciutti da DJ e ha infilato il completo bagnato in un sacco della spazzatura. La mattina presto è atteso per una trasmissione televisiva e dovrebbe già essere a letto da ore.

Entra nell'ingresso e tremando chiama l'ascensore, che però non si muove. Si sposta di un passo in avanti e sbircia nella tromba. La cabina, bloccata al quinto piano, cigola e vibra. I cavi ondeggiano, e Rex immagina che qualcuno stia traslocando nel cuore della notte.

Aspetta ancora qualche istante, poi inizia a salire le scale con il sacchetto dei vestiti bagnati gettato in spalla, come Babbo Natale.

Quando è arrivato a metà sente che l'ascensore inizia a muoversi sferragliando. Lo incrocia al terzo piano e, attraverso il vano in metallo, nota che è vuoto.

Arriva in cima all'ultima rampa di scale, posa il sacchetto e riprende fiato. Sta girando la chiave nella serratura quando l'ascensore si rimette in moto e sale fino al suo piano.

«Sammy?»

Le porte si spalancano, ma l'ascensore è vuoto. Senz'altro qualcuno ha premuto il tasto del sesto piano e poi è uscito.

Rex attraversa l'appartamento senza accendere la luce; prima di andare a dormire vuole controllare se Sammy ha avanzato un po' di sogliola. Nella semioscurità il parquet ha un riflesso argenteo, e oltre le finestre della veranda si stende il tappeto di luci della città.

Rex apre il frigo. Ha appena constatato che Sammy non ha toccato il pesce, quando il telefono squilla.

«Pronto?» risponde Rex con voce roca.

Nel ricevitore si intuisce un fruscio. Della musica pesante rimbomba sullo sfondo e qualcuno si sta lamentando.

«Papà?» sente dire con un sospiro.

«Sammy, credevo che fossi a casa.»

«Non mi sento molto bene», biascica il figlio.

«Cos'è successo?»

«Ho perso la mia roba e Nico è incazzato con me... Non lo so... Ma porca puttana, ora piantala», urla Sammy a qualcuno scostando la bocca dal telefono.

«Sammy, che succede?»

Rex non sente la risposta del figlio: la sua voce è sommersa dal baccano, un piatto va in pezzi e un uomo inizia a strillare contro qualcun altro.

«Sammy?» dice Rex. «Spiegami dove sei, così vengo a prenderti.»

«Non ce n'è bisogno...»

Si sente un tonfo, come se Sammy avesse fatto cadere il telefono.

«Sammy!» esclama Rex. «Dimmi dove sei!»

Un fruscio, un gorgoglio e poi Rex intuisce che qualcuno ha recuperato il telefono.

«Vieni a riprenderti il ragazzo prima che mi rompa le scatole», dice una donna dalla voce profonda.

Col cuore in gola, Rex si segna l'indirizzo, chiama un taxi e corre giù per le scale. Quando esce nell'aria fresca chiama di nuovo Sammy, senza però ottenere alcuna risposta. Ha ormai provato almeno dieci volte quando il taxi si ferma davanti al suo portone.

La donna gli ha dato un indirizzo di Östermalm, il quartiere più ricco di Stoccolma, ma il palazzo di Kommendörsgatan si rivela essere un edificio malridotto degli anni Ottanta.

Della musica ad alto volume filtra da dietro una porta al primo piano, con la scritta adesiva «Tanta pubblicità, grazie» appiccicata sopra la fessura per lettere.

Rex suona il campanello, abbassa la maniglia, socchiude la porta e sbircia all'interno di un piccolo ingresso ingombro di un gran numero di scarpe. La musica rimbomba tra le pareti. Si sente odore di fumo e di vino rovesciato. Il parquet consumato del corridoio è coperto da giacche e cappotti. Rex entra nella cucina buia e getta un'occhiata intorno. Il bancone graffiato è pieno di bottiglie vuote. Una pentola con degli avanzi di uno stufato di fagioli, una pila di piatti e dei posacenere improvvisati riempiono il lavello.

Sul pavimento è seduto un uomo vestito di nero col viso truccato, intento a bere da una bottiglia di plastica. Una ragazza con indosso dei jeans corti e un reggiseno rosa pallido barcolla fino al bancone, apre uno sportello e prende un bicchiere. La sigaretta le trema tra le labbra serrate, mentre si concentra nel tentativo di riempire il bicchiere con del vino in cartone.

Superandola, Rex la guarda gettare la cenere sui piatti sporchi. La ragazza soffia un lento filo di fumo mentre lo segue con gli occhi.

«Ehi, cuoco, non è che mi fai un'omelette?» gli dice sorridendo. «Ho proprio voglia di un'omelette...»

«Sai dov'è Sammy?» chiede Rex.

«Credo di sapere più o meno tutto», risponde lei porgendogli il bicchiere di vino.

«È ancora qui?»

La ragazza annuisce e prende un altro bicchiere dal ripiano. Un gatto nero salta sul bancone e si mette a leccare un coltello sporco di cibo.

«Mi piacerebbe andare a letto con una celebrità», scherza lei mettendosi a ridacchiare tra sé.

Rex scosta una sedia per passare oltre il tavolo e sente che la ragazza gli stringe le braccia intorno alla vita. Il peso del suo corpo lo fa spostare in avanti.

«Andiamo a svegliare Lena e facciamo una cosa a tre», mormora premendogli il mento contro la schiena.

Rex posa il bicchiere di vino sul tavolo, allontana le mani della ragazza e si volta a fissare il sorriso ubriaco sul suo volto.

«Sono qui solo per prendere mio figlio», le spiega spostando lo sguardo verso la sala con la tv.

«Senti, stavo scherzando. Non voglio sesso, voglio amore», dice lei lasciandolo andare.

«Faresti meglio a tornare a casa.»

Rex si fa largo tra un seggiolone e una brandina ripiegata. Due bicchieri tintinnano l'uno contro l'altro al ritmo della musica.

«Voglio un papà», mormora la ragazza mentre lui si allontana verso la sala.

Su un divano a quadri è seduto un uomo dai capelli lunghi e grigi che sta mostrando a un ragazzo come sniffare della coca. Qualcuno ha recuperato uno scatolone con le luci natalizie. Alcuni materassi sono addossati alle pareti. Un uomo robusto coi pantaloni aperti siede con la schiena appoggiata al muro, strimpellando una chitarra acustica.

Rex prosegue lungo uno stretto corridoio col pavimento coperto di strisciate. Sbircia in una camera dove una donna in mutande sta dormendo con il braccio tatuato piegato sulla faccia.

In cucina un uomo ride e pronuncia qualche parola ad alta voce.

Rex si ferma ad ascoltare. Sente dei tonfi e dei sospiri, vicinissimi. Sbircia ancora nella stanza, e prima di voltarsi il suo sguardo finisce di nuovo tra le gambe della donna.

Una luce fioca lampeggia sul pavimento fuori dal bagno. La porta è socchiusa.

Rex si sposta di lato e nota uno spazzolone in un secchio appoggiato contro una lavatrice.

Sente di nuovo i sospiri, quindi si avvicina al bagno. Allunga la mano, apre con cautela la porta e vede suo figlio inginocchiato davanti a un uomo con un naso enorme e rughe profonde ai lati della bocca semiaperta. Sammy ha il volto sudato, e dai suoi occhi cola del mascara. Con una mano stringe il pene eretto dell'uomo e se lo infila in bocca. L'orecchino con la perla nera gli dondola sulla guancia.

Rex arretra di un passo; vede l'uomo passare le dita tra i capelli ossigenati di Sammy e stringerli.

Nell'ingresso qualcuno piange.

Rex si volta, torna nella sala e cerca di riprendere fiato mentre è travolto da un'ondata di sentimenti contrastanti.

«Dio», sospira, provando a sorridere della propria reazione.

Sammy è maggiorenne e Rex sa che rifiuta qualsiasi etichetta per la propria sessualità. Eppure è terribilmente imbarazzato per aver assistito a quella scena intima.

Sul divano a scacchi, l'uomo coi lunghi capelli grigi ha infilato una mano sotto la t-shirt del ragazzo.

Rex ha bisogno di andare a casa e dormire. Aspetta qualche secondo, si passa una mano sulla bocca e torna verso il bagno.

«Sammy?» dice avvicinandosi. «Sammy?»

Dentro la stanza, qualcosa cade e rotola tintinnando nel lavabo. Rex aspetta per una manciata di secondi e poi chiama ancora il figlio.

Dopo pochi istanti la porta si apre e Sammy esce indossando un paio di pantaloni attillati e una camicia a fiori sbottonata. Si appoggia con la mano alla parete. Ha le palpebre pesanti e lo sguardo spento.

«Che ci fai qui?» biascica.

«Mi hai chiamato tu.»

Sammy alza lo sguardo, ma non sembra capire quello che Rex gli sta dicendo. Ha gli occhi sporchi di nero e le pupille dilatate.

«Che cazzo sta succedendo?» esclama l'uomo dal bagno.

«Arrivo... Devo solo...»

Sammy barcolla ed è sul punto di perdere l'equilibrio.

«Andiamo a casa», dice Rex.

«Devo tornare da Nico, si arrabbia se...»

«Gli parlerai domani», lo interrompe Rex.

«Cosa? Cos'hai detto?»

«So che hai la tua vita, non voglio giocare a fare il padre. Ti lascio i soldi per il taxi, se vuoi restare», dice Rex provando ad addolcire il tono della voce.

«Io... Forse dovrei dormire.»

Rex si sfila la giacca, la mette sulle spalle del figlio e inizia a guidarlo verso la porta.

Quando giungono in strada, il cielo sta iniziando a schiarirsi e gli uccelli cinguettano vivaci. Sammy si muove a passi lenti, e sembra preda di una preoccupante stanchezza.

«Ce la fai a reggerti in piedi mentre chiamo un taxi?» gli chiede Rex.

Il figlio annuisce e si appoggia pesantemente alla facciata della casa. Il suo volto è diventato pallidissimo; Sammy si infila un dito in gola e china il capo in avanti.

«Io... Io sono...»

«Non possiamo semplicemente provare a superare queste tre settimane insieme?» suggerisce Rex.

«Cosa?»

Il ragazzo deglutisce, si spinge di nuovo un dito in gola e sembra avvertire un conato di vomito.

«Che succede, Sammy?»

Il figlio solleva il viso mentre i polmoni faticano a riempirsi d'aria e i suoi occhi si rovesciano all'indietro. Collassa quindi sul marciapiede andando a sbattere la testa contro una cassetta elettrica.

«Sammy!» urla Rex cercando di rimetterlo in piedi.

Il figlio perde sangue dalla ferita e i suoi occhi ruotano di lato tra le palpebre socchiuse.

«Guardami», urla Rex, ma è impossibile comunicare con lui. Il corpo del ragazzo è completamente inerte.

Rex stende il figlio a terra, gli preme l'orecchio contro il petto e sente che il cuore batte veloce. Il respiro, però, è troppo lento.

«Dio santo», esclama cercando il telefono.

Gli tremano le mani mentre prova a chiamare un'ambulanza.

«Non morire, non puoi morire», sospira in attesa di una risposta.

20

Quando il suo cellulare squilla, Rex sussulta bruscamente e colpisce con la mano il rigido bracciolo della panchina. Si alza e si asciuga la bocca. Il cielo fuori dalle finestre dell'ospedale è pallido come un foglio di carta da forno. Dev'essersi addormentato. La giacca che gli ha prestato DJ è arrotolata a mo' di cuscino.

Non sa quanto sia durata la lavanda gastrica di Sammy. Più e più volte hanno riempito lo stomaco di suo figlio con dell'acqua attraverso un sondino orale e poi l'hanno aspirata con una siringa capiente. Sammy sbatteva debolmente le braccia per liberarsi dal tubo, lanciando lamenti mentre il miscuglio di vino rosso e pasticche semidigerite pompato fuori dal suo corpo riempiva una sacca di plastica.

Il cellulare continua a suonare; quando Rex solleva la giacca, scivola fuori dalla tasca, rimbalza sulla panchina e sparisce sul pavimento.

Rex si china a cercarlo ed è ancora a quattro zampe nel momento in cui risponde.

«Pronto?» bisbiglia.

«Ti prego, Rex», dice la produttrice del programma, con tono incalzante. «Dimmi che sei su un taxi.»

«Non è ancora arrivato», improvvisa Rex.

È domenica, e lui cucina in diretta su TV4 ogni domenica: è impossibile che se ne sia dimenticato. Rex non ha idea di che ore siano.

Il pavimento in linoleum e le luci al neon scompaiono di colpo quando si rialza in piedi. Si appoggia alla panchina e dice che vuole avere le immagini degli ingredienti sul maxischermo e uno zoom mentre prepara i gamberi nel wok.

«Dovresti già essere al trucco», lo incalza la produttrice.

«Lo so», ammette Rex. «Ma cosa posso farci se il taxi non arriva?»

«Chiamane un altro», sospira la donna e riaggancia.

Mentre gli passa accanto nel corridoio, un'infermiera gli lancia un'occhiata indecifrabile attraverso gli occhiali. Rex si appoggia alla parete, controlla il telefono per vedere l'ora e chiama un taxi.

Pensa al volto pallido di Sammy mentre ingeriva del carbone attivo utile per evitare che le sostanze tossiche venissero assorbite dal suo intestino. Rex sedeva accanto a lui, gli tamponava la fronte sudata con un asciugamano bagnato e continuava a ripetergli che tutto sarebbe andato per il meglio. Verso le sei del mattino gli hanno fatto una flebo e l'hanno messo a letto, assicurando al padre che il ragazzo era fuori pericolo. Rex si è seduto sulla panchina in corridoio per restare a portata d'orecchio, nel caso in cui Sammy l'avesse chiamato.

Il telefono l'ha svegliato quaranta minuti più tardi.

Rex si avvicina per un istante alla porta e osserva il figlio, che dorme ancora profondamente. Il suo volto è pallido e pulito. Un lembo del cerotto che copre l'ago della flebo si è sollevato. Il tubo e il sacchetto pieno a metà di soluzione fisiologica brillano alla luce del sole. Il petto del ragazzo si solleva al ritmo regolare del suo respiro.

Rex si affretta verso l'ascensore, entra nella cabina e nel momento in cui preme il pulsante verde riceve la chiamata della responsabile degli acquisti di TV4.

«Sono in taxi», risponde, esattamente quando il meccanismo si mette in moto.

«Devo preoccuparmi?» chiede Sylvia Lund.

«Stai tranquilla... Hanno fatto confusione con le prenotazioni.»

«Dovevi essere al trucco venti minuti fa», dice lei con pazienza.

«Sto arrivando. Ci sono quasi, l'auto ha già imboccato Valhallavägen.»

Rex appoggia la fronte contro lo specchio e si sente travolgere dalla spigolosa stanchezza della notte insonne.

Il taxi lo sta aspettando fuori dal pronto soccorso. Rex si accomoda sul sedile posteriore e chiude gli occhi. Prova a dormire durante il breve tragitto, ma riesce soltanto a pensare a quello che è successo e al fatto che deve chiamare Veronica, la madre di Sammy.

Da quanto ha compreso, Sammy verrà affidato a uno psicologo o a un assistente sociale che dovrà valutare la natura della sua dipendenza e la sua propensione al suicidio.

L'auto svolta e si ferma sull'asfalto ghiaioso davanti all'entrata di TV4. Rex paga senza aspettare la ricevuta, scende dall'auto e varca la porta a vetri.

Sylvia si alza da una delle poltrone dalla forma bizzarra e gli va incontro di gran carriera. È perfettamente truccata e i capelli le ricadono vaporosi sulla gola e sulla mandibola.

«Non ti sei fatto la barba», dice.

«Ah, no? Me ne sono dimenticato», risponde Rex passandosi la mano sul mento.

«Fatti vedere.»

Lo sguardo della donna si sposta sulla sua giacca stropicciata, sui capelli arruffati e sugli occhi rossi.

«Sei sbronzo», sentenzia. «Mi stai mentendo.»

«Smettila. Ce la faccio», spiega Rex con testardaggine.

«Fammi sentire l'alito», taglia corto Sylvia.

«No», sorride lui.

«Mi dispiace per te, ma non posso farci niente... TV4 interromperà la collaborazione, se combini altri casini.»

«Lo so, me l'hai già detto.»

«Se non fai quello che ti dico, non ti mando in onda.»

Rex arrossisce, ma si china e alita in direzione del volto di Sylvia, poi incrocia il suo sguardo ed entrambi si avviano verso l'ingresso del personale.

Una giovane donna raggiunge di corsa la porta a vetri che conduce allo studio, fa scorrere il proprio tesserino nel lettore e blocca la porta col proprio corpo per far passare Rex e Sylvia.

«Siamo ancora in tempo», ansima la donna.

Rex si avvia verso i camerini, ma improvvisamente, mentre si trova sulla ripida scala di metallo, si sente male. È costretto a fermarsi e ad aggrapparsi alla ringhiera prima di proseguire.

Passa davanti alla sala della colazione dove gli ospiti rimangono in attesa, e raggiunge velocemente il suo camerino. Si dirige subito al lavandino, si sciacqua la faccia e la bocca con l'acqua fredda, sputa e si asciuga con una salvietta.

Con le mani che tremano si infila il completo stirato alla perfezione che gli hanno fatto trovare appeso su una gruccia e il grembiule da cuoco.

Quando esce di nuovo in corridoio, la donna è ancora lì ad aspettarlo; lo segue mentre si precipita al trucco.

Rex si siede sulla poltrona da parrucchiere di fronte allo specchio e cerca di contenere l'agitazione provando a leggere la notizia di un enorme incremento della richiesta di auto Volvo. Intanto, una truccatrice gli rade la barba mentre un'altra mescola due fondotinta su una paletta.

A intervalli regolari viene annunciato che «lo chef Rex condividerà con noi i suoi trucchi migliori per riprendersi da una sbronza».

«Non ho chiuso occhio, stanotte», si scusa.

«Già, ma adesso ci pensiamo noi», lo rassicura la truccatrice premendogli una spugna umida contro gli occhi gonfi.

Rex pensa di nuovo a Sammy, alle prime parole che ha pronunciato da bambino. Era un gelido giorno d'autunno e il piccolo stava giocando nel recinto della sabbia quando d'un tratto aveva alzato lo sguardo, aveva colpito il suolo con la mano, al suo fianco, e aveva detto: «Papà seduto».

Rex non aveva mai desiderato avere figli: la gravidanza di Veronica non era stata programmata. Voleva solo bere, cucinare e scopare.

La truccatrice gli passa le dita tra le punte dei capelli un'ultima volta per tentare di appiattirle.

«Chissà perché la gente va matta per i cuochi», domanda in tono scherzoso.

Rex si limita a ridere e la ringrazia per avergli restituito un aspetto umano, poi raggiunge di corsa lo studio.

21

La porta insonorizzata si chiude alle spalle di Rex. Entrando silenziosamente nello studio, nota che la presentatrice Mia Edwards è seduta sul divano e sta conversando con una scrittrice dai capelli rosa.

Con cautela, Rex scavalca i cavi e prende posto in cucina accanto al divano. Un tecnico del suono gli sistema il microfono mentre lui controlla che tutti gli ingredienti per la pasta siano al loro posto, che l'acqua stia bollendo e il burro sia fuso.

Nel grande monitor che ha di fronte, vede la scrittrice ridere e schermirsi sollevando le mani, mentre in basso scorrono i titoli delle ultime notizie riguardanti le accese critiche rivolte al Consiglio di sicurezza dell'ONU.

«Hai fame?» chiede Mia alla scrittrice dopo aver ricevuto l'input all'auricolare. «Spero di sì, perché oggi Rex ha preparato qualcosa di veramente speciale.»

I riflettori si accendono e le lenti scure delle telecamere si voltano verso di lui, proprio mentre sta versando l'olio nella padella in rame martellato.

Rex aumenta il fuoco dei fornelli e inizia a raccogliere un po' di foglie di basilico da una grande pianta, poi si ferma e guarda nella telecamera sorridendo:

«Può darsi che ieri sera alcuni di voi abbiano alzato un po' il gomito... Così, oggi prepareremo un piatto per rimetterci in sesto. Tagliatelle con gamberi saltati, burro fuso all'aglio, peperoncino, olio d'oliva ed erbe aromatiche... Immaginate una mattinata di puro relax... Vi svegliate accanto a qualcuno che si spera riconosciate... Bene, se proprio non avete le forze di ripensare a quello che avete combinato ieri sera, l'unica cosa di cui c'è bisogno è mangiare.»

«E addio alla dieta», dice Mia incuriosita.

«Solo per oggi, solo per questa mattina», replica Rex con un sorriso passandosi la mano tra i capelli e mandando all'aria la pettinatura. «Ne vale la pena, ve lo garantisco.»

«Ti crediamo, Rex.»

Mia si avvicina e resta a guardarlo mentre trita i peperoncini e l'aglio con movimenti rapidissimi del coltello.

«Bisogna stare attenti, se si ha bevuto un po' troppo...»

«Lo so fare anch'io», scherza Mia.

«Mi fai vedere?»

Rex lancia il coltello in aria facendolo ruotare due volte prima di riafferrarlo e poggiarlo accanto al tagliere.

«No», risponde lei sorridendo.

«Mia moglie diceva sempre che sono uno *schmuck*... Ancora non ho scoperto cosa significhi», sorride Rex rimestando nella padella fonda.

«Quindi hai asciugato i gamberi con la carta da cucina.»

«E siccome non sono bolliti bisogna ricordarsi di aggiungere un bel po' di sale», dice Rex buttando la pasta fresca nell'acqua bollente.

Attraverso la nuvola di vapore i suoi occhi scorgono la notizia dell'ultim'ora comparsa sul monitor: *Il ministro degli Esteri svedese William Fock è morto dopo una breve malattia.*

L'angoscia gli attanaglia lo stomaco con violenza e la sua testa si svuota completamente. Rex all'improvviso dimentica dove si trova e quello che le persone intorno a lui si aspettano che faccia.

«Ormai si riescono a trovare anche gamberi biologici, vero?» domanda Mia.

Rex la guarda e annuisce, ma senza capire cosa gli stia dicendo. Con le mani che tremano afferra lo strofinaccio sul bancone e si deterge la fronte con delicatezza, cercando di non rovinare il trucco.

Il programma è in diretta. Rex sa che deve arrivare alla fine, ma l'unica cosa a cui riesce a pensare è quello che ha fatto tre settimane prima.

Non può essere vero.

Si aggrappa al bancone con una mano, e intanto sente il sudore che gli scorre tra le scapole.

«Una volta hai detto che si può mettere da parte un po' di acqua di cottura e poi versarla sulla pasta per usare meno olio», dice Mia.

«Sì, ma...»

«Ma non oggi, giusto?» sorride lei.

Rex si guarda le mani. Si accorge che funzionano ancora, che hanno appena alzato il fuoco sotto la padella e che ora stanno spremendo un limone sui gamberi. Il succo schizza quando schiaccia il frutto e qualche goccia va a finire sul bordo della ciotola. È come un filo di perline di vetro attraversate dalla luce.

«Ok», sospira mentre nella sua mente si ripete che il ministro degli Esteri è morto dopo una breve malattia.

Era malato e nulla di ciò che ho fatto importa più, pensa, prendendo la ciotola coi gamberi.

«Resta solo da far saltare i gamberi», dice e osserva la superficie dell'olio bollente muoversi creando sagome dall'aspetto onirico. «Pronti? *Um, dois, três...*»

La camera sul dolly inquadra l'ampia padella di rame mentre Rex, con un gesto teatrale, svuota la ciotola e i gamberi si immergono nell'olio con un vivace sfrigolio.

«Mi raccomando, fuoco alto! Guarda il colore e ascolta... Senti come i fluidi si vaporizzano», dice Rex girando i gamberi.

Sparge un pizzico di sale che crepita nella padella. L'altra telecamera lo riprende dal davanti.

«Aspettate qualche secondo. La vostra dolce metà può restarsene a letto perché ormai è tutto pronto.» Sorride ripescando i gamberi rosa dall'olio.

«Ha un profumo fantastico, quasi mi tremano le ginocchia», dice Mia chinandosi sul piatto.

Rex scola la pasta, la versa rapidamente in una scodella, poi mescola il burro con l'aglio e il peperoncino; aggiunge i gamberi saltati nell'olio, versa un goccio di vino bianco e di aceto balsamico e un mucchio di prezzemolo, oltre alla maggiorana e al basilico tritati.

«E ora portate i piatti in camera», dice Rex guardando dritto nell'obiettivo. «Aprite una bottiglia di vino, se volete restarvene sotto le coperte, altrimenti anche l'acqua va benissimo...»

22

Il ministro degli Esteri è morto, ripete tra sé Rex lasciando lo studio dove gli ospiti del programma stanno mangiando la sua pasta. Li sente lodare il piatto proprio nel momento in cui spinge la porta insonorizzata.

Attraversa di corsa il corridoio fino al proprio camerino, chiude la porta a chiave e inciampa sulle sue scarpe, poi prosegue barcollando verso il bagno e vomita nella tazza.

Esausto, si lava la bocca e la faccia, si sdraia sulla minuscola brandina e chiude gli occhi.

«Porca puttana», mormora abbandonandosi ai ricordi confusi della notte di tre settimane prima.

Era stato a una festa al Matbaren, aveva bevuto un po' troppo e si era convinto di essere innamorato di una donna che lavorava per un'agenzia di investimenti dal nome ridicolo.

Quasi ogni volta che si ubriacava finiva per passare la notte in compagnia. Se gli andava bene, non si trattava dell'assistente di produzione di TV4 o dell'ex moglie di un collega, ma di una perfetta estranea, come era accaduto quella sera.

Erano andati in taxi fino alla villa di lei a Djursholm. Era separata e il figlio si trovava negli USA per un programma di scambio. Rex l'aveva baciata sul collo mentre la donna disattivava l'allarme per farlo entrare. Un vecchio golden retriever era andato loro incontro dall'interno della casa.

Tutti e due volevano andare dritti al sodo, quindi non avevano parlato molto. Era già notte fonda ed entrambi sapevano il motivo per cui Rex era lì. Lui aveva scelto una bottiglia di vino dal grande frigo e, adesso che ci ripensa, ricorda di aver perso l'equilibrio mentre l'apriva.

Lei aveva messo su un piatto del formaggio e dei cracker che poi non avevano toccato.

Come se fosse qualcosa di inevitabile, lui l'aveva seguita su per le scale tappezzate fino alla camera padronale.

Una volta giunto di sopra, lei aveva acceso delle applique che emanavano una luce soffusa ed era sparita in bagno.

Quand'era tornata indossava una camicia da notte e un kimono dello stesso tessuto argentato. Aveva aperto il cassetto del comodino e gli aveva consegnato un preservativo.

Aveva voluto che la prendesse da dietro, ricorda Rex, forse per non essere costretta a guardarlo in faccia. Si era messa a quattro zampe, col sedere bianco scoperto, la camicia da notte sollevata intorno alla vita e i capelli lunghi che le ricadevano lungo le guance.

Il letto antico aveva iniziato a cigolare e sulla parete una cornice con all'interno un angelo ricamato si era messa a traballare.

Entrambi erano troppo stanchi e troppo ubriachi. Lei non aveva raggiunto l'orgasmo e nemmeno aveva fatto finta: dopo che lui aveva finito, si era limitata a mormorare che aveva bisogno di dormire, era ricaduta sul ventre e si era addormentata con le cosce spalancate.

Lui era sceso in cucina, si era versato un cognac e aveva sfogliato il giornale appena arrivato. Il ministro degli Esteri aveva rilasciato qualche dichiarazione idiota sull'esistenza di lobby femministe che volevano minare l'equilibrio millenario dei rapporti tra uomini e donne.

Rex aveva gettato a terra il giornale ed era uscito dalla villa.

Con un solo pensiero chiarissimo nella mente, si era diretto verso Germaniaviken costeggiando la baia fino alla villa del ministro degli Esteri.

Era troppo ubriaco per preoccuparsi di eventuali sistemi di allarme o delle videocamere di sorveglianza. Il desiderio di fare giustizia l'aveva spinto a scavalcare la recinzione, ad attraversare il prato e a salire sulla veranda. Chiunque avrebbe potuto vederlo: la moglie del ministro che si affacciava alla finestra o uno dei vicini di passaggio davanti alla casa. A Rex non importava nulla, quell'unico pensiero non voleva abbandonarlo e si era sentito spinto a orinare nella piscina illuminata del ministro. Al momento gli era sembrata la cosa giusta da fare, e aveva sorriso con un'espressione di trionfo dipinta in volto mentre l'urina scorreva nell'acqua azzurra.

23

Rex ignora il taxi che si è fermato all'ingresso degli studi di TV4 e si avvia a piedi. Ha bisogno di respirare e di riordinare i pensieri.

Qualche mese prima si sarebbe rilassato con un abbondante bicchiere di whisky, e magari avrebbe finito per scolarsene anche tre.

Adesso invece sta percorrendo la trafficata Lidingövägen, ed è concentrato nel tentativo di calcolare quanto gli costerà quello che ha fatto, quando DJ lo chiama.

«Mi hai visto?»

«Sì, sei stato bravissimo», dice DJ. «Sembravi quasi ubriaco per davvero.»

«L'ha detto anche Sylvia. Credeva che avessi bevuto.»

«Ah, sì? Posso garantire che ieri hai bevuto solo acqua... Un bel po' di acqua di mare, tra l'altro.»

«Non lo so... È incredibilmente ridicolo che io sia costretto a fingere di essere un alcolista per non perdere il lavoro.»

«Ma non ti farà male andarci un po' più piano con...»

«Smettila, non sono in vena», lo interrompe.

«Non volevo dire nulla di male», ribatte DJ a voce bassa.

Rex sospira e lancia un'occhiata oltre la recinzione dell'enorme arena sportiva costruita per le Olimpiadi del 1912.

«Hai sentito che il ministro degli Esteri è morto?» domanda.

«Certo.»

«Avevamo un rapporto complicato», dice Rex varcando i cancelli neri.

«In che senso?»

«Non mi piaceva», risponde Rex mentre attraversa il portale ed entra sulla pista da corsa rossa che circonda il prato.

«Ok, ma non ti conviene parlarne adesso che è appena morto», dice DJ con tono tranquillo.

«Non è solo questo...»

David Jordan resta in silenzio mentre Rex, a voce bassa, confessa quello che ha combinato: tre settimane prima ha bevuto un po' troppo e ha orinato nella piscina del ministro. Conclude la confessione raccontando di aver preso tutti i nani da giardino – alti settanta centimetri – e di averli gettati nella vasca illuminata.

Rex entra nel campo da calcio e si ferma al centro.

Le tribune vuote lo circondano su ogni lato, e intanto ripensa al fatto che alcuni dei nani erano rimasti a galla e altri invece erano finiti sul fondo, in mezzo a piccole bolle d'aria.

«Ok», dice DJ dopo qualche istante di silenzio. «Qualcun altro è a conoscenza di quello che hai fatto?»

«C'erano le videocamere di sorveglianza.»

«Se scoppierà uno scandalo, tutti gli investitori si tireranno fuori... Lo sai questo, non puoi ignorarlo», dice DJ.

«Cosa faccio adesso?» domanda Rex contrito.

«Devi andare al funerale», dice DJ lentamente. «Cercherò di farti avere un invito. Diffondi una dichiarazione su tutti i social media, di' che il tuo migliore amico è morto. Parla di lui e della sua attività politica col massimo rispetto.»

«Mi si ritorcerà contro, se verranno fuori i filmati delle videocamere», dice Rex.

«Sì, lo so, ma cerca di giocare d'anticipo e racconta fin da subito delle vostre battute volgari e dei vostri scherzi folli... Spiega che a volte passavate il segno, ma che era semplicemente il vostro modo di essere. In ogni caso, non fare riferimento a nulla di specifico: possiamo sperare che i filmati non esistano più.»

«Grazie.»

«Di preciso, cosa avevi contro il ministro?» domanda DJ incuriosito.

«È sempre stato un porco bugiardo, un prepotente... Piscerò sulla sua tomba come ultimo scherzo.»

«Basta che non ti faccia riprendere», dice David Jordan ridendo e interrompendo la chiamata.

Rex guarda uno stormo di colombi spiccare il volo dalle tribune; tracciano contro il cielo una mezza circonferenza che poi si allunga in un'ellisse, prima di radunarsi e tornare a terra.

Quando Rex entra nella stanza d'ospedale, Sammy è seduto sul letto rifatto e si sta frizionando i capelli con un asciugamano.

«Bel trucco, papà», dice con voce roca.

«Già», dice Rex. «Vengo dallo studio.»

Si avvicina al letto. Le immagini confuse della lavanda gastrica e l'angoscia per la morte del ministro minacciano di travolgerlo da un momento all'altro. Si ripete mentalmente che l'unica cosa da fare ora è mantenere la calma ed evitare i giudizi.

«Come stai?» domanda timidamente.

«Insomma», risponde Sammy. «Ho mal di gola. Più o meno come se qualcuno mi ci avesse ficcato dentro un tubo.»

«Quando torniamo a casa ti preparo della zuppa.»

«Per un pelo non hai incontrato il dottore... A quanto pare, dovrò parlare con un assistente sociale prima di potermene andare.»

«Ti hanno dato un appuntamento?»

«Arriva all'una.»

«Allora faccio in tempo a vedere DJ», dice Rex ricordandosi di dover partecipare a un incontro degli Alcolisti Anonimi di lì a mezz'ora. «Ma torno qui subito dopo... e poi andiamo a casa in taxi.»

«Grazie.»

«Sammy, dobbiamo parlare.»

«Ok», dice il figlio chiudendosi subito in se stesso.

«Non voglio mai più essere costretto ad assistere a una scena del genere», comincia Rex.

«Sarà stato brutto per te...» dice Sammy, voltandosi dall'altra parte.

«Sì», risponde Rex.

«Papà è una celebrità», dice Sammy con un sorrisetto maligno. «Papà è un cuoco famoso della tv e non vuole essere costretto a contemplare quel fallimento di suo figlio, un frocio che si trucca e...»

«Non mi importa niente di questo», lo interrompe Rex.

«Devi solo tener duro per queste settimane», conclude il figlio.

«Spero ancora che potremo divertirci insieme... Ma devi promettermi di provarci.»

Sammy inarca le sopracciglia.

«Cosa? Provare a fare cosa? Stai parlando di Nico?»

«Questa non è una discussione di tipo morale», spiega Rex. «Non ho alcuna opinione in merito, credo che a volte semplicemente l'amore ti venga incontro.»

«Chi sta parlando di amore?» mormora Sammy.

«Il sesso, allora.»

«Eri innamorato della mamma?» chiede Sammy.

«Non lo so, ero immaturo», risponde Rex onestamente. «Ma dopo tutti questi anni ho capito che sarei dovuto restare accanto a lei... Mi sarebbe piaciuto passare la vita con lei e con te.»

«Sinceramente... Io ho diciannove anni. Non capisco, papà, cosa vuoi da me?»

«Basta con le lavande gastriche, tanto per cominciare.»

Sammy si alza lentamente e va ad appendere l'asciugamano.

«Credevo che Nico avrebbe fatto caso a quante pasticche mi dava», dice tornando indietro. «Ma ne ho prese troppe.»

«Stai più attento in futuro.»

«Sono debole... e ho il diritto di esserlo», sbotta Sammy.

«In questo caso colerai a picco... Non c'è posto per la debolezza.»

«Ok, papà.»

«Sammy, non è un'idea mia... È solo che le cose stanno così.»

Il ragazzo si appoggia allo stipite della porta con le braccia incrociate. Ha le guance rosse e deglutisce a fatica.

«Basta che tu non faccia nulla di pericoloso», dice Rex.

«Perché no?» mormora Sammy.

24

Nessuna organizzazione terroristica ha ancora rivendicato l'omicidio, ma secondo gli analisti della Säpo in questo non vi è nulla di strano, considerando il carattere particolare dell'attentato. Dietro l'uccisione del ministro degli Esteri c'è la volontà di spaventare un ristretto gruppo di politici di primo piano e non quella di terrorizzare la totalità della popolazione.

La valutazione delle analisi tecniche e di più di diecimila referti di laboratorio prosegue per l'intera domenica. Tutti i dati confermano il fatto che l'assassino è un ottimo professionista. Non ha lasciato impronte digitali o tracce biologiche, non ha abbandonato proiettili o bossoli e non compare in nessuno dei filmati delle videocamere.

I tecnici sono riusciti a prelevare diverse impronte dei suoi scarponi, ma si tratta di un modello venduto in tutto il mondo e l'analisi del materiale residuo non ha prodotto alcun risultato.

Saga Bauer è seduta insieme al responsabile dell'indagine Janus Mickelsen e ai suoi più fidati collaboratori in una delle sale riunioni all'ultimo piano del quartier generale della Säpo a Solna. Janus indossa una t-shirt batik di colore verde pallido. Le sue sopracciglia quasi bianche assumono un riflesso rosato quando si concentra.

Com'è ovvio, le misure di sicurezza negli edifici più importanti sono state incrementate ed è stata rinforzata la scorta delle personalità più rilevanti, ma è chiaro a tutti che questi sforzi non basteranno.

La tensione nella stanza è alta.

Salim è stato subito mandato in isolamento nel carcere di Hall in attesa di essere trasferito al reparto di Joona. Nessuno crede davvero che confinandolo si possano impedire altri omicidi: anche se Salim non è in grado di diramare nuovi ordini, è possibile che i primi tre attentati siano già stati pianificati.

Al momento tutti confidano nel lavoro di infiltrazione di Joona. Se questo dovesse fallire, non resterebbe altro che aspettare di scoprire cosa succederà mercoledì.

«Abbiamo davanti un assassino che pianifica la propria azione fin nei minimi dettagli... Non commette errori, non si lascia coinvolgere, non ha paura», dice uno degli uomini.

«In tal caso non avrebbe dovuto lasciare in vita una testimone», ribatte Saga.

«Oppure potrebbe trattarsi soltanto di un magnaccia convinto che stavolta il ministro abbia esagerato», sorride Janus allontanando con un soffio un ciuffo di riccioli dal volto.

Jeanette e Saga hanno interrogato la testimone per altre tre volte, ma non è emerso nulla di nuovo. La donna ha ribadito la propria versione dei fatti e nulla indica che stia mentendo; allo stesso tempo, però, è stato impossibile verificare che sia davvero una prostituta.

Nessuno nell'ambiente conosce Sofia, ma in giornata i tecnici sono riusciti a rintracciare Tamara Jensen, apparentemente l'unica persona in grado di confermare la sua storia.

Tamara era tra i contatti sul cellulare di Sofia e, dopo aver localizzato il suo telefono all'interno di tre stazioni radio base, i tecnici hanno determinato la sua posizione esatta: Tamara si muove entro un'area limitata poco a sudovest di Nyköping.

Non si è sposata e non si è trasferita a Göteborg, come sosteneva Sofia.

Il suo annuncio è ancora presente su un sito che si vanta di fornire escort per servizi esclusivi nella regione di Stoccolma. La fotografia ritrae una donna sui venticinque anni con gli occhi svegli e un'acconciatura elegante. Nella presentazione, la giovane offre una compagnia raffinata per ricevimenti o viaggi, notti intere e pacchetti speciali per il weekend.

Saga Bauer legge le indicazioni stradali mentre Jeanette Fleming guida la BMW di colore grigio scuro a 140 chilometri all'ora. Le due donne vanno d'accordo anche se sono molto diverse, sia di carattere sia d'aspetto. Jeanette si è fissata la frangia con un fermaglio di argento opaco e indossa una gonna azzurra con una giacca di lana bianca, collant sottili e scarpe scollate con il mezzo tacco.

Chiacchierano mangiando caramelle alla liquirizia salata che pescano da un sacchetto appoggiato accanto al cambio.

Saga sta raccontando che la sera prima il suo ex Stefan, ubriaco, le ha mandato degli sms da Copenaghen chiedendole di raggiungerlo in albergo.

«Che male c'è?» dice Jeanette, e pesca un'altra caramella.

Saga ride, poi osserva pensierosa i capannoni industriali che sfilano fuori dal finestrino.

«È un idiota, e non capisco proprio come mi abbia convinto ad andarci a letto», continua Saga a bassa voce.

«Sinceramente», prosegue Jeanette tamburellando sul volante con le dita, «chi se ne frega dei principi. Questa è la vita, l'unica che hai, e tu sei single.»

«Sarebbe il tuo parere di psicologa?» scherza Saga.

«È quello che penso», risponde l'altra lanciandole un'occhiata.

È ormai sera tardi quando arrivano al Nyköpingsbro, un ristorante aperto tutta la notte costruito come un cavalcavia al di sopra dell'autostrada.

Jeanette gira più volte nel parcheggio finché non trovano la vecchia Saab di Tamara. Posteggiano in modo da bloccare l'auto della donna e poi entrano nel ristorante.

Un uomo con un vassoio carico di cibo paga e si fa vidimare il biglietto del posteggio. La donna alla cassa gli urla di metterlo bene in vista sul lunotto dell'auto.

Il ristorante è quasi vuoto. Saga e Jeanette camminano guardinghe tra i tavoli, ma di Tamara non c'è traccia. Passano davanti a una piscina di palline senza nessun bambino dentro. Le sferette opache restano immobili contro un pannello di vetro accanto a un cartello verde con le informazioni per i turisti.

«Ok, torniamo fuori», dice Jeanette a bassa voce. L'area di servizio è buia. Fa freddo, e Saga si chiude il giubbotto di pelle mentre passano tra le panchine e i tavoli. Alcune gazze zampettano tra i bidoni della spazzatura traboccanti di rifiuti.

Saga e Jeanette si stanno dirigendo verso la zona di sosta riservata ai camionisti, quando un tir blu compare davanti a loro. Il terreno vibra per il peso del mezzo. Il camion svolta e parcheggia con uno sbuffo oltre l'ultimo veicolo.

Dal lato del ponte dove si trovano le due donne sono posteggiati diciannove tir, oltre i quali si stende l'oscurità densa di un bosco di abeti. Il brusio dell'autostrada giunge a ondate, come il rumore di cavalloni ormai scarichi di vigore lungo una spiaggia.

In mezzo ai tir l'oscurità si infittisce e l'aria è estremamente calda. L'odore del carburante si mischia al tanfo di fumo e orina. Il metallo surriscaldato geme. Dell'acqua sporca gocciola dai copertoni di una coppia di gigantesche ruote.

Qualcuno getta un sacchetto di spazzatura sotto un rimorchio, poi ritorna in cabina, chiude la portiera e inserisce l'allarme antigas.

Qua e là sigarette accese scintillano nel buio.

Saga e Jeanette si inoltrano tra gli enormi autocarri. L'asfalto è coperto di macchie d'olio e spazzatura. A terra ci sono scatolette di tabacco, sacchetti del Burger King, mozziconi e una rivista porno ridotta a brandelli.

Saga si china, sbircia sotto un rimorchio e osserva alcune persone muoversi tra i camion più avanti. Qualcuno sta urinando contro una ruota, un altro individuo parla a bassa voce e un cane abbaia dietro una portiera chiusa.

Un tir coperto da lunghe striscate sporche si mette in moto accanto a loro; il conducente dà qualche colpo di acceleratore in folle per aumentare la pressione dell'aria e la temperatura del motore. Le luci posteriori rosse illuminano un cumulo di spazzatura e bottiglie vuote accatastato ai margini del bosco.

Saga si china di nuovo a sbirciare sotto uno châssis arrugginito e vede una donna calarsi giù da una cabina. Nota distintamente le sue gambe sottili mentre si allontana traballando sulle zeppe.

25

Saga e Jeanette iniziano a correre verso la donna con le zeppe proprio quando il camion sporco abbandona rombando il parcheggio. Il mezzo curva faticosamente con la motrice che arranca, e passa così vicino alle due donne da costringerle ad appiattirsi contro un altro camion per non essere travolte. Gli enormi pneumatici avanzano stridendo sull'asfalto.
Nell'aria resta una nuvola calda di fumo acre. Jeanette tossisce cercando di non fare troppo rumore.
Più avanti un uomo lancia delle urla ed emette un lungo fischio.
Dopo aver proseguito oltre il fianco dell'altro veicolo, Saga e Jeanette vedono la donna con le zeppe. Tiene la mano chiusa a coppa davanti a una sigaretta. La fiamma dell'accendino le illumina il viso. Non è Tamara. Ha gli occhi arrossati e rughe profonde che le scendono dai lati del naso agli angoli della bocca. I suoi capelli sono sottili e biondi, con la ricrescita completamente grigia. Indossa un top striminzito e una gonna scamosciata.
La donna si trova accanto a un camion polacco e sta dicendo qualcosa agli uomini nella cabina. Aspira a fondo dalla sigaretta e all'improvviso barcolla all'indietro rischiando di cadere nell'interstizio tra la motrice e il rimorchio. Saga e Jeanette sentono gli uomini spiegarle in inglese che non vogliono fare sesso. Provano a essere gentili e le dicono che il loro unico piano è chiamare i propri figli, augurare loro la buonanotte e mettersi a dormire.
La donna risponde con un gesto stizzito e prosegue oltre.

Ha appena iniziato a bussare alla portiera di un altro tir quando Saga e Jeanette la raggiungono.

«Scusa, sai dove possiamo trovare Tamara Jensen?» le chiede Saga.

La donna si volta rigidamente e si scosta i capelli dalla faccia.

«Tamara?» ripete con voce roca.

«Le devo dei soldi», dice Jeanette.

«Be'... se vuoi glieli do io, puoi fidarti», risponde la donna senza riuscire a trattenere un sorriso.

Saga scoppia a ridere.

«È qui in giro?»

La donna indica il retro del ristorante.

«Vado a controllare», dice Saga.

Jeanette resta tra i camion e guarda la collega che si allontana nel varco tra gli enormi veicoli, una sagoma sottile contro le luci del ristorante.

«Posso chiederti una cosa?» dice rivolgendosi alla prostituta.

«Senti, ho già incontrato Gesù», risponde istintivamente la donna, barcollando di nuovo.

All'improvviso, il motore del camion accanto ruggisce. Con uno sbuffo, l'enorme mezzo inizia ad avanzare dondolando e soffiando nell'aria caldi vapori di benzina. L'ultima ruota del rimorchio passa sopra una bottiglia che va in pezzi scagliando tutt'intorno schegge di vetro. Jeanette avverte un bruciore allo stinco. Passa una mano sui collant strappati, controlla le punte delle dita e nota che sono macchiate di sangue. Quando si rialza, la prostituta è scomparsa.

Saga supera il ristorante e aggira la baracca con le toilette e le docce riservate ai camionisti. Tra i rami degli alberi si intravede la conchiglia gialla sull'insegna del distributore. Il retro della struttura è cosparso di spazzatura, vecchi cartoni di latte, strisce di carta igienica e avanzi di cibo che gli uccelli e altri animali hanno trascinato in giro.

Tamara siede a terra appoggiata al muro, con un sacchetto da freezer premuto sul naso e la bocca.

«Tamara?»

La donna ripiega il sacchetto e lo abbassa lentamente. I suoi occhi ruotano all'indietro e un profondo sospiro le sfugge dalle labbra.

«Mi chiamo Saga Bauer e vorrei parlarti della tua migliore amica, Sofia Stefansson.»

Tamara guarda Saga mentre un filo di saliva le cola lungo il mento. Ha i capelli sporchi, il volto grigio e indifferente, come se avesse perso conoscenza.

«*Questa* è la mia migliore amica», risponde sollevando leggermente il sacchetto.

«Ma so che conosci Sofia.»

Tamara ha un attacco di tosse. È sul punto di accasciarsi su un fianco, ma si sostiene con una mano e inspira profondamente altre due volte dal sacchetto.

«Sofia», mormora, annuendo appena.

«È una escort, vero?»

«Crede di essere meglio delle altre, ma è solo una stupida che non capisce un cazzo.»

Gli occhi le si chiudono e la testa le ricade sul petto.

«Cos'è che non capisce?»

«I vantaggi del mestiere.»

«L'hai mai vista insieme a un cliente?»

Tamara sospira e riapre gli occhi. Si accorge che un preservativo annodato le si è incollato alla caviglia, lo stacca e lo getta a terra.

«Ho un gusto di merda in bocca», dice sollevando lo

sguardo su Saga. «Se ti va di offrirmi da bere, possiamo parlare.»

«Bene.»

Tamara tossisce di nuovo, si alza in piedi con fatica e lancia un'occhiata a Saga.

È magrissima, ha le mani e le guance coperte di graffi, e le labbra secche e spaccate. Sulla sua fronte coperta di rughe penzola un fermaglio da cui si sono staccate quasi tutte le pietre colorate.

Quasi nulla in lei ricorda la donna sorridente sul sito internet.

Tamara si incammina con la testa ciondolante. Quando entrano nel ristorante, si blocca per un attimo, esitando come se non ricordasse più in che posto si trovi, ma poi si avvicina al bancone.

«Voglio un frullato al cioccolato... e delle patatine col ketchup... e una Pepsi grande con... con le gelatine», dice prendendo un sacchetto di caramelle e posandolo davanti alla cassa.

Jeanette Fleming avanza nella direzione in cui le sembra sia svanita la prostituta, passando rasente alle fiancate del camion. Vicino ai margini del bosco, tra un tir e l'altro, il buio è talmente profondo che deve allungare le braccia per trovare la strada. L'aria è intrisa di vapori di benzina, e alcuni camion emanano calore come cavalli sudati. Passa davanti a una cabina con delle tendine a righe abbassate.

D'un tratto, scorge la donna. È un po' più avanti rispetto a lei: sputa a terra mentre bussa a una portiera, sorreggendosi all'enorme ruota anteriore.

«Dove lavoravi prima?» le domanda Jeanette una volta che l'ha raggiunta.

«In posti raffinati.»

«Hai mai avuto clienti di Djursholm?»

«Scelgo solo i migliori», mormora la donna.

La portiera si apre e un uomo robusto con gli occhiali e la barba rada inizia a scrutarle. Lancia un bacio a Jeanette e poi osserva impaziente la prostituta.

«E tu che vuoi?» chiede l'uomo.

«Voglio sapere se ti va un po' di compagnia», risponde la donna.

«Sei troppo brutta», dice lui, ma senza chiudere la portiera.

«Non sono brutta», risponde lei con calma, anche se è evidente che l'uomo intende umiliarle.

«E dov'è che non saresti brutta?»

La donna solleva il top per mostrargli i seni pallidi.

«E io dovrei pagarti per quella roba?» dice lui, ma le fa comunque cenno di salire.

26

Jeanette guarda la donna arrampicarsi nella cabina e richiudersi la portiera alle spalle. Resta per qualche istante ad aspettare nel buio, poi sente le molle del sedile che iniziano a cigolare.

I fari di un'auto spazzano il terreno e le ombre si ritraggono di colpo. Un rumore di risate e di musica attutita la raggiunge provenendo dall'altra estremità dell'area di sosta.

Da qualche parte una donna grida con voce rabbiosa e roca per l'alcol.

Jeanette sbircia sotto il rimorchio del camion. Più lontano, qualcuno getta a terra una sigaretta. La brace si sparge sull'asfalto prima che un colpo di tacco la spenga. All'improvviso scorge un movimento nella direzione opposta. Le sembra che qualcuno stia avanzando a quattro zampe verso di lei, insinuandosi sotto i camion e i rimorchi. Una serie di brividi le scende lungo la schiena e la spinge a incamminarsi verso il ristorante.

Un tir si sta avvicinando all'area di sosta, ma si ferma con uno stridio per farla passare ed emette un potente sbuffo d'aria. Una catena ondeggia tintinnando sotto il camion. Jeanette non riesce a vedere gli occhi dell'autista, ma attraversa ugualmente la strada fendendo gli intensi fasci di luce dei fari.

Quand'è più vicina al ristorante si volta, ma non c'è nessuno a seguirla.

Jeanette rallenta il passo e pensa che farebbe meglio a togliersi i collant strappati e a sciacquarsi la ferita alla gamba prima di chiamare Saga.

Raggiunge le toilette, ma sono tutte occupate. Il sangue si è coagulato intorno alla ferita e le è colato lungo il polpaccio.

Una pesante porta di metallo si apre e da uno dei bagni esce una donna coi capelli tinti di biondo. Ha il cellulare premuto contro l'orecchio e urla che è occupata con un cliente e che non può fare tutto quanto contemporaneamente.

Poi si allontana verso i tir gesticolando in modo concitato.

Sulla porta un avviso scritto a mano avverte che la toilette è fuori uso, ma Jeanette entra lo stesso e si chiude dentro.

È un bagno per disabili con sottili pareti divisorie in lamiera. I sostegni bianchi sono ripiegati e sul pavimento c'è un pulsante d'allarme illuminato.

Si sfila i collant strappati e li butta via. Il cestino è pieno di preservativi usati. Il pavimento è ricoperto di carta igienica bagnata e le pareti sono insozzate di scritte.

Jeanette si guarda allo specchio ed estrae il fard dalla borsetta, poi si sporge sopra il lavandino e nota che c'è qualcuno nella toilette accanto: un corpo si sta muovendo in uno spazio limitato.

Mentre si incipria il naso, vede riflesso nello specchio un buco nella parete che comunica con l'altra toilette, a circa un metro di altezza. Forse prima vi era fissato l'ingombrante distributore di carta igienica. Ripone nella borsa la cipria e si volta; in quel momento, si accorge che la parete si inclina.

Qualcuno dall'altra parte ci si è appoggiato.

Si sente un fruscio e una banconota piegata in due scivola a terra cadendo dal buco. Poi qualcosa striscia contro la parete. Jeanette sta per parlare quando un enorme pene spunta dal buco davanti a lei.

È una situazione così assurda che le viene da sorridere.

Le torna in mente di aver letto da qualche parte che i club per scambisti in Francia hanno stanze come quella.

L'uomo dall'altra parte crede che lei sia una prostituta.

È una follia.

Jeanette resta immobile per un istante. Deglutisce, osserva il pene e sente il cuore batterle veloce nel petto. Poi lancia un'occhiata alla porta per controllare che sia chiusa.

Lentamente, allunga una mano e la stringe intorno al membro caldo e spesso.

Lo stringe appena e lo sente irrigidirsi e gonfiarsi tra le dita; muove la mano delicatamente avanti e indietro e poi lascia la presa.

Non saprebbe dire perché lo stia facendo; eppure si china e lo prende in bocca, lo succhia dolcemente e lo sente crescere e indurirsi. Si ferma per prendere fiato, si infila una mano tra le gambe, abbassa le mutandine e se le toglie mentre accarezza il pene eretto.

Cerca di non respirare troppo rumorosamente e pensa che dovrebbe smetterla subito, che sta commettendo un'idiozia e che ha perso la testa. I battiti del cuore le pulsano nelle tempie. Si volta e si appoggia con la mano al lavabo della toilette. Con le gambe che tremano, si alza in punta di piedi, inclina il pene dell'uomo e se lo infila dentro da dietro. Con un gemito, controlla di nuovo la serratura. La parete cigola quando Jeanette viene sospinta in avanti. Si regge saldamente al lavabo e spinge le natiche all'indietro contro il metallo gelido.

Saga è seduta di fronte a Tamara in uno dei séparé del ristorante. La donna drogata sta mangiando delle patatine fritte pescandole da un piatto con del ketchup sul bordo. Un filo di muco trasparente le luccica sotto il naso. Fuori, in basso, scorre il traffico dell'autostrada: luci bianche in una direzione, rosse nell'altra.

«Conosci bene Sofia Stefansson?» domanda Saga.

Tamara alza le spalle e succhia un sorso di frullato con la cannuccia; le guance incavate e la fronte tesa e pallida.

«Ti fa gelare il cervello», sospira infine, lasciando andare la cannuccia. Intinge con grande attenzione le patatine nel ketchup e le mangia ridacchiando fra sé.

«Mi ripeti chi sei?» chiede.

«Sono un'amica di Sofia», spiega Saga.

«Ah, giusto.»

«È possibile che faccia finta di essere una prostituta?»

«Finta? Ma che cavolo dici? Una volta abbiamo fatto un lavoro insieme in uno sgabuzzino... Lei se l'è fatto mettere di dietro... Che te ne pare come finta?»

D'improvviso il volto di Tamara si spegne: sembra quasi che si sia smarrita in un vortice di ricordi.

«Perché non sei più nel giro di Stoccolma?» domanda Saga.

«Anche tu potresti fare strada, sai... Ho dei contatti, ho fatto la modella di intimo... ma senza mutande», dice Tamara, scossa da una risata silenziosa.

«Una volta hai avuto un cliente di Djursholm, un tizio con una grande casa vicino al mare. È possibile che si facesse chiamare Wille.»

«Forse», dice Tamara, masticando le patatine a bocca aperta.

«Te lo ricordi?»

«No», risponde Tamara, poi sbadiglia. Si pulisce le mani sulla gonna e svuota la borsetta sul tavolo.

Sulla tovaglia cerata si riversano una spazzola, un rotolo di sacchetti di plastica, un rossetto, un mozzicone di matita per gli occhi, dei preservativi e un profumo di Victoria's Secret. Saga nota tre fiale dal colore marrone scuro di petidina, una droga in grado di causare una fortissima dipendenza. Tamara prende un valium da un blister contenente dieci pasticche di un bellissimo colore azzurro e lo ingoia con un sorso di Pepsi.

Saga aspetta pazientemente che la donna abbia riposto tutti gli oggetti nella borsa, poi le mostra una fotografia che ritrae il ministro degli Esteri.

«Che coglione», dice Tamara, e poi si tappa la bocca.

«Mentre eri con lui ha fatto qualche telefonata?»

«Sul serio... Era agitato e ha bevuto un sacco, continuava a dire che gli sbirri dovrebbero mettersi sull'attenti... L'ha ripetuto tipo un centinaio di volte.» Tamara scoppia a ridere.

«Che la polizia dovrebbe mettersi sull'attenti?»

«Esatto... E che c'era un uomo con due facce che gli dava la caccia.»

Beve un altro sorso di Pepsi e scuote il bicchiere, facendo tintinnare i cubetti di ghiaccio.

«In che senso gli dava la caccia?»

«Non gliel'ho chiesto.»

Tamara riprende a mangiare le patatine inzuppate nel ketchup.

«Cosa significa con due facce?»

«Non lo so, era sbronzo... Forse voleva dire che ha una doppia personalità», suggerisce Tamara.

«Che altro ha detto su quest'uomo?»

«Niente. Non era niente di importante, solo qualcosa così, per parlare.»

«Doveva incontrarlo?»

«Non lo so, non ha detto nient'altro... Volevo soltanto farlo sentire a suo agio, e allora gli ho chiesto di parlarmi di tutti quei quadri alle pareti.»

«È stato violento con te?»

«È stato un signore», risponde Tamara seccamente.

Prende il sacchetto di caramelle, si alza e si incammina barcollando verso l'uscita. Saga sta per seguirla quando le squilla il telefono. Sul display compare il nome del suo collega Janus Mickelsen. Sfiora il tasto verde con l'indice, accosta il cellulare all'orecchio e risponde pronunciando il proprio cognome:

«Bauer».

«Abbiamo esaminato tutti i filmati delle videocamere di sorveglianza sull'hard disk del ministro... tredici camere per due mesi, quasi ventimila ore di registrazioni», la informa Janus.

«Si vede l'assassino? È entrato in casa per una ricognizione?»

«No, ma in uno dei filmati si vede chiaramente un'altra persona... Devi assolutamente darci un'occhiata. Chiamami quando sei fuori dall'ufficio, così scendo ad aprirti.»

Saga sa che Janus è bipolare e comprende che è appena entrato nella fase maniacale: per qualche ragione deve aver dimenticato di prendere le medicine.

«Sai che ore sono?» chiede.

«Chissenefrega», sbotta lui.

«Ho bisogno di dormire, ci vediamo domani», dice lei con tono calmo.

«Dormire», ripete Janus, poi scoppia a ridere quando indovina il pensiero della collega. «Sto benissimo, Saga, sono solo concentrato, proprio come te.»

Saga si avvia verso il parcheggio. Guarda il traffico sotto di sé, l'ampia autostrada grigia che si snoda nel buio, poi telefona a Jeanette.

Pare che Sofia sia davvero una prostituta; probabilmente ha raccontato la verità e non è in alcun modo coinvolta nell'omicidio.

Ma in tal caso, perché è stata risparmiata? Saga si rivolge quella domanda mentre si ferma davanti all'auto, e ha la sensazione che nessuno di loro abbia ancora la minima idea di cosa l'assassino voglia davvero.

27

In Cedergatan, fuori dalla città di Helsingborg, sorge una grande casa privata con la facciata dipinta di bianco e il tetto di paglia chiara. Le prime ore del mattino hanno avvolto lo splendido giardino in una foschia grigia, ma dalle finestre del piano inferiore si diffonde una luce gialla.

La villa è come un frammento d'ambra incastonato in una spilla d'argento.

Nils Gilbert si sveglia di soprassalto. Dev'essersi assopito sulla sedia a rotelle. Ha il volto arrossato e il cuore batte con forza nel suo petto. Il sole non si è ancora alzato sopra le chiome degli alberi, e la casa e il parco sono immersi nell'ombra. Il giardino assomiglia ancora a un tetro oltretomba.

Cerca di capire se Ali sia già arrivato e se abbia già recuperato carriola e vanga dal capanno.

Quando si avvicina alla porta della cucina per fare entrare un po' d'aria, sente uno strano fruscio. Il rumore sembra provenire dal salone; sarà la gatta che vuole uscire, pensa Nils.

«Lizzy?»

Il rumore cessa di colpo. Nils resta in ascolto per qualche istante e poi si abbandona contro lo schienale.

Le mani iniziano a tremargli sopra i braccioli. Le gambe si scuotono scatenandosi in una danza insensata a cui nessuno vorrebbe assistere.

Aveva provato a nascondere il più a lungo possibile i sintomi del Parkinson: il braccio irrigidito, il piede che era costretto a trascinare, i cambiamenti nella sua grafia che, alla fine, si era fatta così minuscola da risultare illeggibile anche per lui stesso.

Non voleva che Eva se ne accorgesse.

Ma poi era stata lei a morire per prima, ed erano ormai passati tre anni. Non avevano capito che si trattava di un infarto, non sapevano che nelle donne i sintomi potevano essere differenti.

Da settimane si lamentava di sentirsi spossata.

Era un sabato, e lei era appena rientrata dal centro commerciale di Väla carica di sacchetti pesanti. Aveva iniziato a respirare con fatica e ad avvertire un peso sul petto, e sorridendo aveva detto che doveva essersi beccata un raffreddore coi fiocchi.

Quando si era seduta sul divano, le sue guance erano pallide e rigate di sudore.

Si era sdraiata, e quando lui le aveva chiesto se volesse guardare la tv, era già morta.

Ora erano rimasti solo lui e la grassa Lizzy.

A volte passano settimane intere senza che Nils parli con qualcuno. A tratti viene colto dal timore di aver perduto la voce.

Una delle poche persone con cui ha qualche contatto è la ragazza che si occupa della piscina. Se ne va in giro coi jeans e il top di un bikini dorato, e si innervosisce quando lui prova a parlarle.

La prima volta che le aveva rivolto la parola, lei l'aveva guardato come se avesse novant'anni o come se fosse affetto da un grave handicap mentale.

I fattorini che gli consegnano la spesa hanno sempre fretta, gli fanno firmare la ricevuta e scappano via. E la fisioterapista, una donna rabbiosa dai seni enormi, pensa soltanto al lavoro: gli impartisce ordini secchi e fa finta di non cogliere i suoi tentativi di avviare una conversazione.

Solo il ragazzo iraniano dell'impresa di giardinaggio sembra avere un po' di tempo da dedicargli. A volte Ali entra in casa a prendere una tazza di caffè.

In realtà, è solo per lui che Nils continua a tenere in funzione la piscina, anche se non ha mai avuto il coraggio di suggerirgli di farsi una nuotata.

Ali lavora duramente, con la schiena che gronda sudore.

Nils sa che lo chiama fin troppo spesso, ed è per questo che il giardino si presenta in quel modo: i cespugli ben potati, le siepi perfettamente rifinite, gli archi coperti di rampicanti verdi e gli impeccabili vialetti di pietra.

C'è silenzio, c'è sempre così tanto silenzio lì.

Nils sente un brivido. Posa le mani sui comandi, spinge e tira le leve in direzioni opposte, poi fa girare la sedia e si avvicina al jukebox.

L'aveva comprato a vent'anni: un Seeburg originale costruito dallo svedese Sjöberg.

Un tempo, di tanto in tanto cambiava i dischi, preparava le etichette nuove con la macchina da scrivere e le posizionava sotto il vetro.

Ora recupera la moneta dalla gettoniera e la infila nella fessura: la sente scivolare nel meccanismo mettendolo in moto, per poi cadere di nuovo nello sportello.

Per tutti quegli anni ha usato sempre la stessa moneta da una corona.

Con la mano tremante preme i pulsanti C e 7. Con un ronzio, la macchina recupera il singolo e lo posiziona sul piatto.

Nils si allontana e ascolta l'inimitabile attacco di *Stargazer*, con il rapidissimo assolo di batteria. Torna con la memoria a quando, alla fine degli anni Settanta, aveva visto i Rainbow alla Konserthuset di Stoccolma.

La band aveva iniziato con più di un'ora di ritardo, ma quando Ronnie James Dio era apparso sulla scena e aveva iniziato a cantare *Kill the King*, il pubblico si era riversato verso il palco come un'unica ondata.

Nils si avvicina alle grandi finestre. Ogni pomeriggio abbassa le tapparelle fuori dagli enormi pannelli di vetro rivolti a ovest per proteggere i quadri dalla luce intensa.

Attraverso il tessuto di nylon, il giardino sembra ancor più scuro e grigio.

Ad Ali, quel posto deve apparire come una specie di rappresentazione plastica di cosa significhi non avere figli o nipoti.

Nils sa che la casa è un edificio dall'aspetto pretenzioso, che il giardino è eccessivamente curato e che la piscina è sempre deserta.

La sua azienda ha sviluppato dispositivi elettronici avanzati nel campo dell'avionica, componenti per i radar e per i sistemi di pilotaggio elettronico. Nils aveva ottimi rapporti con il governo e per quasi vent'anni è riuscito a esportare prodotti utilizzabili sia in campo militare sia in ambito civile.

D'improvviso un brivido gli corre lungo le braccia.

In mezzo alle note ad alto volume gli pare di udire un bambino che recita una filastrocca.

Gira la sedia e si sposta nell'ingresso.

La voce proviene dal piano di sopra, che ormai è chiuso. Si avvicina alla scala su cui non mette piede da molti anni e nota che la porta della camera è aperta.

La musica del jukebox si interrompe, quindi con un fruscio e un ronzio il disco torna al proprio posto in mezzo agli altri. Poi cala il silenzio.

Nils ha iniziato ad aver paura del buio sei mesi prima, dopo un incubo che riguardava sua moglie. Lei era ritornata dal regno dei morti, ma era costretta a rimanere sempre in posizione eretta perché era stata impalata su un tronco appuntito che dall'inguine le attraversava il corpo e il collo fino alla testa.

Era arrabbiata perché lui non aveva fatto nulla per aiutarla, perché non aveva chiamato l'ospedale.

Il palo insanguinato sfiorava il pavimento, ed Eva era costretta a spostarsi con bizzarri passi a gambe aperte per seguirlo.

Nils si posa le mani sulle ginocchia: tremano e si scuotono, sollevandosi in una serie di movimenti vuoti ed esagerati che non significano nulla.

Quando si sono fermate, Nils stringe la cinghia sulle cosce per non scivolare dalla sedia nel caso in cui i tremori dovessero riprendere.

Si sposta fino alla sala e si guarda intorno. È tutto come al solito: il lampadario, i tappeti persiani, il tavolo di marmo e il divano in stile gustaviano che Eva aveva portato dalla casa dei suoi genitori.

Il telefono però non è più sul tavolo.

A volte, la presenza di Eva in casa è talmente palpabile da fargli venire il sospetto che la sorella maggiore di lei si sia impossessata di una chiave di riserva e si aggiri per l'abitazione come in un cartone di Scooby Doo con l'intento di spaventarlo.

Sta tornando verso la cucina quando con la coda dell'occhio nota un rapido movimento. Volta il capo di scatto e gli sembra di scorgere un volto nello specchio antico, prima di capire, come molte altre volte in passato, che deve trattarsi soltanto della macchia di umidità sul vetro.

«Lizzy?» dice con un filo di voce.

Si sente uno sferragliare che proviene da un cassetto in cucina, poi dei passi che si spostano sul pavimento. Nils si blocca col cuore in gola, gira la sedia e gli torna davanti agli occhi il sangue che cola lungo il palo in mezzo alle gambe di Eva.

Senza far rumore, spinge in avanti le leve e si avvicina alle grandi finestre della veranda accompagnato dal leggero cigolio delle ruote sul parquet.

Ora Eva sta attraversando la cucina a gambe aperte, il palo gratta contro le piastrelle tracciando una scia di sangue e andando a sbattere contro la soglia della sala da pranzo.

Di nuovo quella stupida filastrocca.

Dev'essere la radio che è rimasta accesa in cucina.

Il poggiapiedi della sedia a rotelle urta la porta a vetri con un lieve tintinnio.

Nils guarda la porta chiusa della sala da pranzo riflessa sul vetro, contro il giardino.

Le mani gli tremano, e la rigidezza al collo gli rende difficile sporgersi in avanti e premere il pulsante delle tapparelle.

Con un ronzio, il telo di nylon si solleva come un sipario, rivelando un po' per volta i colori più chiari del giardino all'alba.

Le chaise longue sono rimaste all'esterno e degli aghi di abete si sono infilati tra le pieghe dei cuscini. L'illuminazione della piscina è spenta, ma dall'acqua si sollevano delle nuvole di vapore.

Quando la tapparella si è riavvolta del tutto, Nils può aprire la porta e scivolare fuori. Aspetterà Ali in giardino per chiedergli di controllare la casa: confesserà che ha paura del buio e che ogni notte lascia le luci accese, e forse lo pagherà di più per trattenersi un poco in sua compagnia.

Tremando, fa girare la chiave nella serratura. Si sente un *clic*, e Nils abbassa la maniglia e socchiude la porta di qualche millimetro.

Si sposta all'indietro, guarda in direzione della sala da pranzo e vede che la porta si apre lentamente per via della corrente d'aria.

Spinge la sedia il più velocemente possibile contro la porta della veranda, si impenna e scorge una figura che gli si sta avvicinando da dietro.

Quando la sedia ricade sulla pavimentazione di pietra,

sente dei passi pesanti alle sue spalle e un refolo di aria fresca sul viso.

«Ali, sei tu?» strilla con la voce venata di paura, spingendosi in avanti. «Ali!»

Il giardino è immerso nel silenzio e il capanno degli attrezzi è chiuso. La foschia mattutina aleggia sul terreno. Le foglie della tifa accanto allo stagno vibrano al vento.

Prova a girare la sedia, ma una delle ruote si è incastrata nella fessura tra due lastre di pietra. Nils non riesce quasi a respirare. Prova ad arrestare i tremori premendo le mani contro le ascelle.

Dalla casa, qualcuno lo sta seguendo, e lui si volta all'indietro.

È un uomo mascherato che regge nella mano una borsa nera. Gli si sta avvicinando col volto coperto, come un boia.

Nils preme i comandi senza riuscire a sbloccare la ruota della sedia.

Sta per chiamare di nuovo Ali quando un liquido gelido si rovescia sulla sua testa colando tra i capelli, lungo il collo, sul volto e sul petto.

Impiega solo qualche secondo per capire che si tratta di benzina.

Quella che gli era sembrata una borsa nera è invece la tanica del tagliaerba, e l'uomo mascherato lo sta coprendo di combustibile.

«Aspetta, ti prego, ho un sacco di soldi... Te lo prometto, sono tutti tuoi», ansima Nils, mentre i vapori lo fanno tossire.

L'uomo mascherato gli gira intorno svuotandogli la tanica sul petto, poi la getta a terra davanti alla sedia a rotelle.

«Dio, ti prego... Farò quello che vuoi...»

L'uomo estrae una scatola di fiammiferi e pronuncia qualche frase incomprensibile, parole che gli escono dalla bocca nel mezzo di un attacco isterico e che cadono come monete scintillanti in un pozzo dei desideri.

«Non lo fare, non lo fare, non lo fare...»

Nils prova a slacciare la cinghia stretta sulle cosce, ma capisce che si è attorcigliata ed è troppo tesa. La scuote e la tira con entrambe le mani. Senza la minima fretta, l'uomo accende un fiammifero e glielo lancia sulle ginocchia.

L'aria intorno a Nils viene di colpo risucchiata via, come dopo un lancio con il paracadute.

L'angelo della morte fa frullare le sue terribili ali intorno a lui.

Il pigiama e i capelli prendono fuoco.

E attraverso i riflessi blu, Nils vede l'uomo mascherato allontanarsi dalle vampe calde.

La filastrocca infantile risuona nella sua testa mentre le fiamme gli infuriano intorno. I polmoni di Nils non trovano più aria: è come se stesse affogando, poi d'un tratto arriva il dolore, totale e avvolgente.

Non aveva mai immaginato che qualcosa potesse essere così terribile.

Si rannicchia in posizione fetale, e in lontananza intuisce il rumore sferragliante del metallo quando la sedia incomincia a torcersi per il calore.

Prima di perdere conoscenza, Nils riesce appena a pensare che è lo stesso rumore di quando il jukebox pesca un nuovo disco.

28

Quando le guardie penitenziarie nella stanza di controllo vengono informate che il detenuto di Hall ha superato l'incrocio dei passaggi sotterranei e si sta dirigendo verso il padiglione D, l'atmosfera si fa subito elettrica.

Oltre il vetro antiproiettile, notano che Joona Linna, contrariamente al solito, sta facendo colazione allo stesso tavolo di Reiner Kronlid, il leader della Fratellanza. I due parlano per qualche istante, poi Joona si alza e, portando con sé la tazza e il toast, va a sedersi al tavolo accanto.

«Che cavolo sta combinando?» chiede uno dei secondini.

«Forse ha scoperto qualcosa sul tizio nuovo.»

«Oppure è per quella storia del permesso.»

«Ha avuto l'ok ieri», annuisce il terzo. «Per lui è la prima volta.»

Joona lancia un'occhiata ai tre agenti che lo fissano da dietro la parete di vetro, poi si volta verso Sumo e gli pone la stessa domanda che ha appena rivolto a Reiner Kronlid.

«Che posso fare per te domani?»

Sumo è dentro da otto anni per duplice omicidio, con la consapevolezza che tutto è successo per via di un fraintendimento. Ha il volto devastato dalla sofferenza e l'aria costantemente infelice, come se avesse appena pianto e cercasse di riprendersi e di controllare la voce.

«Compra una rosa... la più bella che trovi, portala a Outi e dille che lei è la mia rosa... E anche che mi dispiace... che mi dispiace di averle rovinato la vita.»

«Non vuoi che venga a trovarti?» chiede Joona guardandolo negli occhi.

Sumo si limita a scuotere la testa e lascia vagare lo sguardo in direzione della finestra; osserva la recinzione grigia bordata di filo spinato e, più oltre, la monotonia del muro dal colore giallo sporco.

Joona si rivolge all'altro uomo seduto al tavolo. Si tratta di Luka Bogdani, un uomo basso i cui fallimenti esistenziali si sono cristallizzati in un'espressione altezzosa.

«E per te?»

Luka si sporge in avanti bisbigliando:

«Voglio che controlli se mio fratello ha iniziato a spendere i miei soldi».

«Cosa devo chiedergli?»

«No, cazzo, niente domande. Controlla i soldi, contali. Devono essere seicentomila corone esatte.»

«Sai benissimo che non posso farlo», risponde Joona. «Io voglio uscire di qui, e quei soldi sono il frutto di una rapina. Se...»

«Sbirro di merda», sibila Luka rovesciando la tazza di caffè.

Joona continua a spostarsi di tavolo in tavolo. Domanda a tutti cosa possa fare per loro durante il suo giorno di permesso. Memorizza ogni messaggio e ogni richiesta, mentre aspetta l'arrivo di Salim Ratjen.

Joona aveva spiegato al primo ministro di aver bisogno di un permesso di trentasei ore a partire da lunedì per riuscire ad abbordare Ratjen.

«Ma così non le rimarranno molte ore in carcere per scoprire chi sia davvero Salim», aveva ribattuto il primo ministro, restando sulla difensiva.

Joona non gli aveva spiegato che il tempo limitato non era uno svantaggio, ma un prerequisito indispensabile.

Prima di lasciare la stanza delle visite, Joona aveva domandato quali fossero i limiti da rispettare, in caso di emergenza.

Il primo ministro aveva risposto con un fremito agli angoli della bocca:

«Se riuscirà a fermare i terroristi, non ci sono limiti».

Reiner Kronlid si alza dal tavolo, si passa nervosamente una mano sulla bocca e guarda verso il corridoio e le porte blindate. Resta immobile, col collo rigido, poi si lecca le labbra e si rimette a sedere. Tutti al tavolo della Fratellanza si sporgono in avanti quando inizia a parlare.

Joona nota che, oltre il vetro antiproiettile, la luce nel corridoio si divide in due fasci, e una tremolante linea verticale grigia inizia a farsi più larga, scindendosi poi in tre figure distinte.

La serratura scatta facendo entrare i due secondini con il nuovo detenuto, Salim Ratjen.

L'agente di guardia annuisce quando uno dei colleghi gli porge un documento da firmare.

Salim Ratjen ha il viso rotondo e sveglio. I suoi capelli sono sottili e pettinati a mo' di riporto sulla nuca, e i baffi sono attraversati da striature di peli precocemente ingrigiti.

Tiene i propri effetti personali in un sacco grigio della polizia penitenziaria e non incrocia lo sguardo di nessuno.

Uno dei secondini lo accompagna alla cella e poi di nuovo verso la cucina e la sala mensa.

Salim si siede nel posto libero accanto a Magnus Duva, con una ciotola e una tazza di caffè.

Joona si alza e va a sedersi di fronte a Salim, poi si volta verso Magnus e gli chiede cosa possa fare per lui durante il permesso.

«Vai da mia sorella e staccale il naso», lo implora Magnus.

«Ti manda dei soldi ogni mese», replica Joona.

«Non dimenticarti di fare un filmato», sorride l'altro.

Salim li ascolta con lo sguardo basso, mangiando fiocchi d'avena e latte acido.

Reiner e due dei suoi si posizionano davanti alla vetrata della stanza di controllo e cominciano a parlare per bloccare la visuale nei pochi secondi necessari.

Gli altri due uomini della Fratellanza attraversano la mensa. Uno sfoggia sull'avambraccio un tatuaggio che raffigura un lupo circondato da filo spinato attorcigliato. L'altro ha una benda sporca intorno alla mano.

È il posto sbagliato per un omicidio, pensa Joona voltandosi verso Salim Ratjen.

«Parli svedese?» gli chiede.

«Sì», risponde Salim senza alzare lo sguardo.

I due uomini superano l'ultimo tavolo alle spalle di Joona e proseguono verso i bagni.

«Forse hai già capito che ho un permesso tra poco e sto chiedendo a tutti quelli del corridoio se posso fare qualcosa per loro, una volta fuori... Non ci conosciamo, ma probabilmente resterai qui per un bel po', così lo chiedo anche a te.»

«Grazie, ma so cavarmela da solo», risponde Ratjen a voce bassa.

«Perché sono un *kafir*?»

«Esatto.»

Il cucchiaio di plastica argentata trema nella mano lentigginosa di Salim.

Due sedie raschiano contro il pavimento, e dall'altra parte della stanza i ragazzi di Malmö si alzano.

Imre dai denti d'oro è alto quasi due metri, mentre Darko ha l'aspetto di un minatore sessantenne.

Gli uomini di Reiner iniziano a lamentarsi a voce alta del caffè annacquato. Parlano rivolgendosi verso la parete di vetro.

«Non potete prenderci per il culo», urla uno di loro. «Prima che arrivassero gli albanesi c'era abbastanza caffè per tutti!»

Dall'altra parte del vetro, i due agenti iniziano a prepararsi per intervenire e calmarli.

Gli uomini della Fratellanza che sono passati alle spalle di Joona tornano verso il corridoio e si avvicinano a Salim. Si sollevano il cappuccio sulla testa e voltano la schiena alle videocamere.

Non sono armati, vogliono solo spaventarlo.

Joona resta seduto. Ha capito che stanno per attaccare. Salim gestiva gran parte del traffico di droga a Hall e Reiner Kronlid deve terrorizzarlo o ucciderlo immediatamente per non perdere il controllo dello spaccio.

«Inizierai a lavorare in lavanderia, ma se vuoi puoi decidere di studiare», dice Joona con voce calma. «Abbiamo un circolo di studio... Magari non ti interessa, ma quest'anno tre di noi hanno preso il diploma e...»

Il primo dei due uomini colpisce Salim facendo ribaltare la sua sedia. Il nuovo arrivato cade sul fianco mentre cerca di proteggersi con la mano. I piatti finiscono sul pavimento e il latte si rovescia.

Salim prova a rialzarsi, ma il secondo uomo gli sferra un calcio al petto spingendolo all'indietro, contro le sedie poco distanti.

Salim è caduto con la gamba destra distesa, e la suola della scarpa ha tracciato una striscia sul pavimento.

Joona resta al suo posto a bere il caffè.

Nel frattempo, gli uomini di Malmö, più alti degli altri di una spanna, giungono sul luogo della colluttazione. Con calma, respingono i membri della Fratellanza parlando in lingua albanese con un sorriso sulle labbra.

I secondini sono già entrati nella sala mensa e ora stanno separando i due gruppi.

Salim si rialza in piedi. Prova a mostrarsi indifferente e a nascondere la paura; si accarezza il gomito dolorante e torna a sedersi.

Joona gli porge un tovagliolo di carta.

«Grazie.»

«Credo che ti sia finito un po' di latte sulla camicia.»

Salim asciuga la macchia e ripiega il tovagliolo. Joona sospetta che l'aggressione sia stata una finta, una manovra diversiva.

Lancia un'occhiata verso Reiner per decifrare le sue intenzioni e si aspetta che parta un nuovo attacco.

I secondini stanno parlando con i due aggressori, i quali sostengono che sia stato Salim a provocarli.

La situazione si è calmata già da un pezzo quando gli agenti della sicurezza entrano armati di manganelli e lacrimogeni.

Joona sa che l'unica possibilità per infiltrarsi nella rete di Salim prima di mercoledì è sfruttare il fatto che il detenuto è stato trasferito da Hall senza preavviso.

Nel vecchio carcere aveva verosimilmente organizzato un sistema di protezione e di comunicazione con l'esterno.

Com'è ovvio, era consapevole del rischio di essere scoperto, ma non aveva previsto un trasferimento improvviso.

Se realmente ha guidato il gruppo terroristico dal carcere, ora di punto in bianco si è ritrovato tagliato fuori dai giochi.

Essendo il capo operativo degli attentati, Salim deve trovare immediatamente un messaggero per aprire un nuovo canale di comunicazione.

Se le informazioni della Säpo sono corrette, e se davvero è Salim a dover dare il via libera per l'omicidio di mercoledì, la sua situazione è realmente disperata.

Joona osserva Salim mentre se ne sta seduto con una mano intorno alla tazza. Si accorge che sulla superficie scura del caffè si è formato un cerchio più chiaro.

«Io non lo berrei», dice.

«Hai ragione», risponde Salim.

Ringrazia Dio per il cibo e si alza.

Joona gli dice di riflettere sulla proposta di unirsi al circolo di studio.

Ora tutti hanno dieci minuti per fare i preparativi prima di dirigersi al posto di lavoro in lavanderia, in officina o in biblioteca.

Quando Joona raggiunge la sua cella, si accorge che è stata perquisita: il letto è disfatto, i suoi vestiti sono stati gettati a terra e qualcuno ha calpestato le sue lettere, i libri e le fotografie.

Entra e riappende alla parete la foto di sua figlia Lumi, sfiora con un dito la linea della guancia e comincia a rimettere gli oggetti in ordine.

Raccoglie le lettere che ha conservato e le liscia; nel momento in cui gli capita in mano la prima lettera che Valeria gli aveva scritto, si blocca e pensa che, quando l'aveva ricevuta, stava passando il giorno di Natale al penitenziario. I detenuti avevano pranzato senza bere alcolici e poi Babbo Natale era entrato nel reparto.

«Oh, oh, oh! C'è qualche bambino cattivo qui?» strillava.

La prima lettera di Valeria gli era sembrato un regalo fantastico quando, quella sera, si era seduto nella sua stanza per leggerla:

Caro Joona,

probabilmente ti starai domandando come mai abbia deciso di scriverti dopo tutti questi anni. La risposta è semplice: prima non ne ho mai avuto il coraggio. Solo adesso che sei in carcere oso contattarti.

Sappiamo entrambi che abbiamo imboccato strade diversissime nella vita. Che tu sia diventato un poliziotto forse non è stata una sorpresa, ma che io andassi nella direzione opposta era semplicemente inimmaginabile, lo sai bene. Non credevo che sarebbe stato questo il mio destino, ma certe cose capitano e basta: scegliamo un percorso e questo ci conduce in luoghi in cui non saremmo mai voluti arrivare.

Oggi sono una persona diversa: ho una vita normalissima, sono separata e ho due figli adulti. Da molti anni mi occupo della cura dei giardini, ma non dimenticherò mai cosa vuole dire stare dentro.

Magari sei sposato e hai tanti bambini che vengono a trovarti di continuo, ma se ti senti solo sarei felice di farti visita.

So che quando ci siamo conosciuti eravamo molto giovani e che era soltanto l'ultimo anno delle superiori, ma non ho mai smesso di pensarti.

Un abbraccio,

Valeria

Joona ripiega la lettera e la deposita insieme alle altre, poi recupera le lenzuola dal pavimento e le scuote. Non osa pensare al fatto che grazie all'incarico affidatogli dal primo ministro potrebbe ottenere la grazia.

Se iniziasse a fantasticare sulla libertà, la prigionia e il senso di impotenza diventerebbero insostenibili. Comincerebbe a sognare di andare a trovare Lumi a Parigi, di incontrare Valeria, di fare visita alla tomba di Disa, nel cimitero di Hammarby, o a Summa, che riposa su a nord.

Mentre rifà il letto scaccia dalla mente queste fantasie. Rimbocca il lenzuolo sotto il materasso, sprimaccia il cuscino e lo rimette al suo posto.

29

Dopo tre ore di studio, Joona e Marko vengono fatti uscire dal cancello della biblioteca e percorrono i sotterranei per andare a pranzo.

Il sistema di sicurezza del penitenziario di Kulma si basa sull'idea di limitare lo spazio di movimento e le occasioni di contatto tra le persone.

Per quanto possibile, i detenuti si spostano da soli, ma vengono controllati di sezione in sezione per impedire che eventuali rivolte si estendano da un'unità all'altra. Occasionalmente capita che scoppi una rissa, ma in tal caso si consuma là dove è divampata.

Arrivano all'incrocio a T dove Salim e i ragazzi di Malmö sono già in attesa che la porta venga aperta. Imre preme di nuovo il pulsante.

Salim sta osservando il vecchio murales risalente agli anni Ottanta: una spiaggia di sabbia candida con una giovane donna in bikini.

«Mentre voi lavate venti tonnellate di mutande e lenzuola, io sto facendo il liceo», dice Marko sorridendo.

Invece di rispondergli, Salim scrive «*fuck you*» con un pezzetto di matita sulla schiena della donna.

Dopo pranzo, i detenuti hanno a disposizione un'ora per passeggiare in cortile. È l'unico intervallo di tempo che trascorrono all'aria aperta, durante il quale possono sentire il vento sul viso, seguire una farfalla con lo sguardo, se è estate, oppure spezzare a pedate il ghiaccio che si è formato sulle pozzanghere, in inverno.

Uscendo, Joona nota che Salim è solo. È appoggiato con la schiena alla recinzione argentata.

Il cortile non è particolarmente grande: è chiuso su due lati dagli edifici del penitenziario e sugli altri due dalla recinzione. Più all'esterno si trova l'alto muro di cinta, e dopo questo la recinzione elettrificata.

La maggior parte dei detenuti sta fumando, mentre qualche gruppo si è messo a chiacchierare. Joona di solito corre, ma oggi cammina insieme a Marko, cercando di tenere d'occhio Salim senza avvicinarsi troppo.

Dalla fabbrica della Procordia, nella zona industriale oltre il muro, giunge l'eco di una ventola ronzante.

Joona e Marko passano davanti alla serra vuota con i pannelli di plastica graffiata. Reiner si posiziona accanto alla rete da pallavolo voltandosi verso una delle videocamere di sorveglianza. Gli altri membri della Fratellanza si sono riuniti e stanno discutendo.

Joona sa bene che c'è il rischio di uno scontro, e ha già detto a Marko di andare ad avvertire le guardie in caso succeda qualcosa.

Entrano nello spazio illuminato dalla luce del sole che riesce a filtrare da sopra il muro, e le loro lunghe ombre si stendono fino a raggiungere Salim Ratjen, che rimane immobile contro la recinzione.

Marko si ferma ad accendere una sigaretta. Joona prosegue a destra e sta per superare Ratjen quando quest'ultimo si muove di un passo verso di lui.

«Perché vuoi farmi un favore?» gli chiede, fissando Joona con i suoi occhi castani chiari e dall'espressione severa.

«Perché così quando tornerò sarai in debito con me», risponde seriamente Joona.

«Perché dovrei fidarmi di te?»

«Non sei costretto a farlo», ribatte Joona rimettendosi in marcia.

Rolf, un membro della Fratellanza, sta andando verso di loro. Reiner fa rimbalzare la palla a terra e urla qualcosa ai due uomini che hanno attaccato Ratjen durante la colazione.

«So chi sei, Joona Linna», dice Salim Ratjen.

«Bene», risponde Joona fermandosi.

«Ci sono andati giù pesante con te, in tribunale.»

«Devo chiederti di starmi lontano», dice Joona. «Non faccio gruppo con nessuno, né con te né con nessun altro.»

«Scusa», dice Salim, senza spostarsi.

Joona nota che i due uomini della Fratellanza iniziano a percorrere il vialetto di ghiaia, sollevando una nuvola di polvere.

Marko guarda nervosamente a destra e poi si avvicina a Joona.

Reiner passa la palla a Rolf che gliela restituisce subito.

La nuvola di polvere del vialetto sale lentamente nella luce del sole. Reiner regge la palla con entrambe le mani e si avvicina a Salim.

«Reiner attaccherà tra poco», dice Joona.

Si volta e vede gli altri due uomini avvicinarsi dalla parte opposta. Entrambi nascondono delle armi addosso.

Sollevano sbuffi di polvere calpestando il vialetto, scherzano tra loro e si avvicinano.

Marko è stato bloccato da alcuni uomini della Fratellanza. L'hanno afferrato per le spalle, lo trattengono e fanno finta che si tratti di uno scherzo.

Gli albanesi di Malmö stanno fumando insieme ai secondini.

La polvere si alza in una nube più fitta sul cortile e le guardie iniziano a sospettare che stia succedendo qualcosa.

Joona fa qualche passo in direzione di Rolf sollevando le mani nel tentativo di calmarlo.

«Posa l'arma», dice.

Rolf impugna un cacciavite appuntito, una semplicissima arma da taglio, il che riduce notevolmente le sue possibilità di attacco. Joona immagina che proverà ad avventarglisi alla gola o a colpirlo da destra sotto il braccio sinistro.

Reiner regge ancora la palla con una mano mentre si avvicina alla schiena di Salim. Nell'altra tenta di nascondere la lama di un coltello.

Joona fa marcia indietro per costringere Rolf a seguirlo.

Marko si libera, chiama le guardie e incassa un colpo violento al petto.

Salim sente il grido e si volta. La palla lo colpisce al volto costringendolo a indietreggiare di un passo, ma riesce comunque ad afferrare il braccio armato di Reiner. Allontana la lama, ma inciampa e cade contro la recinzione.

È un attacco ben più aggressivo e violento di quanto Joona avesse immaginato.

Rolf mormora qualcosa e vibra un fendente col cacciavite. Joona ruota di lato, para il colpo e afferra da dietro la manica della giacca dell'aggressore. Con forza gli conficca il gomito sotto l'ascella dal basso verso l'alto. È un colpo talmente violento da spezzare l'omero di Rolf, e mandare la testa dell'osso a incastrarsi nella cavità della scapola.

Rolf vacilla in avanti gemendo per la frattura, il cacciavite cade a terra e il braccio dell'uomo penzola rimanendo attaccato grazie ai muscoli e ai legamenti.

Uno degli individui sul vialetto scatta in avanti brandendo un manganello improvvisato fatto di pesanti bulloni infilati in una sbarra.

Joona prova a parare il colpo, ma è troppo tardi. Il manganello lo colpisce alla schiena e un dolore terribile gli esplode nella scapola. Cade in avanti, sulle ginocchia, si rialza tossendo e riesce appena a evitare il colpo successivo; china la testa e il tocco leggero dell'arma gli sfiora la nuca e passa oltre.

Joona afferra il braccio che impugna il manganello; sfruttandone lo slancio tira l'uomo verso di sé, lo colpisce all'anca lo ribalta sulla schiena, poi si abbassa e gli conficca un ginocchio nella cassa toracica.

Rolf continua a barcollare, tenendosi la spalla con aria confusa e mugolando di dolore.

Salim è a terra. Sostenendosi con la mano sanguinante si alza in piedi.

Marko arriva di corsa, si ferma ansimando davanti a Joona e si pulisce il sangue dalla bocca.

«Me ne assumo io la colpa», dice.

«Non è necessario», risponde brevemente Joona.

«Non c'è problema», dice l'altro con affanno. «Tu hai il permesso premio, devi incontrare Valeria.»

Quando Joona si avvicina a Salim Ratjen la polvere inizia a posarsi.

Reiner getta a terra il coltello e batte in ritirata.

I ragazzi di Malmö si avvicinano dall'altra parte. I guardiani parlano animatamente nelle ricetrasmittenti.

Joona guida Salim verso il gruppo dei ragazzi di Malmö che si divide in due lasciandoli passare per poi serrare di nuovo la fila.

Marko si avvicina all'uomo che Joona ha fatto cadere di schiena, lo spinge di nuovo a terra e lo colpisce al volto fino a quando le guardie non lo attaccano coi manganelli.

Cade al suolo e si rannicchia su se stesso. I secondini continuano a colpire e lui prova a proteggersi la faccia e la nuca, ma le guardie proseguono a picchiarlo fino al punto in cui perde le forze.

«Mi dispiace», dice Salim a Joona.

«Dillo a Marko.»

«Lo farò.»

Salim perde sangue dal braccio e dalla mano, ma non degna di una sola occhiata le ferite.

«Le mosse di Reiner sono difficili da prevedere», dice Joona. «Non so cosa voglia da te, ma è meglio se gli stai alla larga.»

Vedono gli agenti uscire in cortile reggendo delle barelle.

«Cosa farai durante il permesso?» gli chiede Salim.

«Cercherò un lavoro.»

«Dove?»

«Alla polizia criminale», risponde Joona.

Salim scoppia a ridere, ma la sua espressione torna seria quando lo sguardo gli cade su Reiner, accanto alla rete da pallavolo.

«Sei davvero convinto che ti lasceranno uscire?» dice all'improvviso Salim.

«Marko si prenderà la colpa.»

«Potrei chiederti un favore?»

«Se avrò il tempo di fartelo.»

Salim si sfrega il naso e si avvicina a Joona di un passo.

«Avrei davvero bisogno che riferissi un messaggio a mia moglie», dice a voce bassa.

«Che messaggio?»

«Deve chiamare un certo numero e chiedere di Amira.»

«Nient'altro?»

«Ha cambiato gestore, quindi dovrai andare a casa sua. Abita fuori Stoccolma, a Bandhagen, al 10 di Gnestavägen.»

«E perché dovrebbe farmi entrare?»

«Le dirai che hai un messaggio da parte di *da gawand halak*, che sono io. Significa il ragazzo del vicino», risponde Salim con un rapido sorriso. «Parisa è una ragazza timida, ma se le spiegherai che hai un messaggio da parte di *da gawand halak* ti farà entrare... E quando sarai entrato ti offrirà del tè e tu l'accetterai... Ma dovrai aspettare che porti in tavola olive e pane prima di riferirglielo.»

30

David Jordan si sfila le scarpe mentre parla al telefono col direttore del telegiornale di TV4.

Il direttore gli spiega che sta preparando un servizio speciale sul ministro degli Esteri per l'edizione delle 22.

DJ lascia l'ingresso ed entra in sala da pranzo. Il riflesso intenso del mare agitato si riversa nella stanza attraverso le vetrate.

« Sapevi che Rex Müller e il ministro erano vecchi amici? » chiede DJ.

« Davvero? »

« E credo che... Anzi, di sicuro Rex è disposto a collaborare, se vi serve un punto di vista più personale », aggiunge lasciando scivolare lo sguardo lungo gli scogli fino al molo.

« Sarebbe fantastico. »

« Allora ti farò chiamare. »

« Il più in fretta possibile », dice il direttore.

La schiuma delle onde si infrange contro il molo, la barca tende gli ormeggi e i parabordi rimbalzano sulla superficie dell'acqua.

Una volta conclusa la telefonata, DJ manda un sms a Rex spiegandogli che il direttore ha abboccato, ma che è meglio aspettare una quarantina di minuti prima di chiamarlo, per non sembrare troppo entusiasta.

DJ ha già scritto una serie di testi che Rex potrà pubblicare sui social network. È relativamente certo che i post, insieme all'intervista in tv, eviteranno uno scandalo. Se si verrà a scoprire che Rex ha urinato nella piscina del ministro, il gesto sarà interpretato come un ultimo scherzo tra amici. Rex dirà di essere sicuro che il ministro si sia fatto una bella risata dopo aver visto i filmati delle videocamere, al rientro dalla nuotata mattutina.

DJ resta alla finestra. I pensieri si affollano nella sua testa. Si è occupato del problema di Rex, e ora deve dedicarsi ai propri. Ultimamente nella sua vita sono successe parecchie cose di cui non può parlare a nessuno.

Rex starebbe di certo ad ascoltarlo, ma il lavoro di DJ è aiutare il suo amico, non scaricargli addosso le proprie preoccupazioni.

Torna in cucina, si ferma davanti al portadocumenti di pelle nera appoggiato sul piano di marmo del bancone e pensa che dovrà almeno passarne in rassegna il contenuto prima di prendere una decisione.

Le onde cariche di schiuma nella baia sono illuminate come vetro liquido.

David Jordan allunga la mano destra e prova ad aprire la chiusura a pressione del raccoglitore, ma non ci riesce. Il pulsante è troppo duro e le sue dita troppo deboli. Una colossale stanchezza gli si riversa addosso, e il collo quasi non riesce a reggere la testa.

Infila le mani esauste nelle tasche, trova il flacone di modafinil e rovescia le pillole sul ripiano. Lascia cadere il flacone vuoto che rimbalza sul pavimento, poi posa una pastiglia sulla lingua e la ingoia.

Non riesce più a chiudere la bocca, ma sente la pillola scivolargli in gola. Prova lentamente a distendersi; si accascia su un fianco, chiude gli occhi, ma continua a intravedere i raggi di sole attraverso le palpebre socchiuse.

Quando si risveglia sul pavimento, mezz'ora più tardi, la luce intensa del sole gli fa pulsare angosciosamente il cuore.

David Jordan soffre di narcolessia con cataplessia da sei anni. È un disturbo serio, ma non mortale. Quando si agita o è spaventato gli capita, a volte, di perdere improvvisamente il controllo di certi gruppi muscolari e di essere vittima di attacchi di sonno.

La narcolessia è causata dalla carenza di un particolare ormone nel cervello che regola l'alternanza tra sonno e veglia.

Secondo il suo medico, è stata verosimilmente un'infezione da streptococco a scatenare la malattia ereditaria, anche se DJ di solito racconta che dipende da un esperimento segreto a cui ha preso parte durante il servizio militare.

Si solleva a sedere e sente la bocca completamente secca; con la testa che gira, si alza spingendosi con una mano sul pavimento e lancia un'occhiata verso il mare. Uno dei parabordi è stato sospinto sul molo bagnato, e tutt'intorno le onde si infrangono con schizzi di schiuma bianca.

Prova a calmarsi prima di tornare al portadocumenti di pelle.

Con mani tremanti apre la chiusura ed estrae il contenuto.

Sfoglia i documenti che riguardano Carl-Erik Ritter. Quando vede la fotografia, il suo cuore inizia a battere all'impazzata e nelle orecchie si insinua un ronzio.

Cercando di placare il proprio animo, si concentra e comincia a leggere.

Dopo qualche minuto è costretto a posare i documenti. Si avvicina allora alla credenza e si versa un bicchiere di Macallan.

Lo vuota e lo riempie di nuovo.

Pensa a sua madre e stringe gli occhi con forza per fermare le lacrime.

Come figlio non è il massimo, lavora troppo e va a trovarla assai raramente.

È malata e DJ lo sa benissimo, ma ancora gli è difficile accettare i suoi momenti bui.

Si vergogna di stare così male dopo ogni visita.

Di solito lei non gli rivolge parola e nemmeno lo guarda, resta immobile sul letto a fissare la finestra.

Durante tutta l'infanzia di David Jordan, la madre era stata in cura per depressione unipolare, stati allucinatori e comportamenti autodistruttivi. Un anno prima, era stata trasferita in una clinica esclusiva specializzata nel trattamento di traumi psichiatrici permanenti e della sindrome da stress postraumatico.

Lì avevano interpretato la sua depressione come un disturbo collegato a un PTSD cronico. Le avevano cambiato completamente i farmaci e rivoluzionato la terapia.

L'ultima volta che era andato a trovarla, lei non era rimasta distesa a letto in maniera completamente passiva; anzi, aveva preso i fiori che DJ le aveva portato e li aveva disposti in un vaso con le mani tremanti. La malattia e le medicine l'avevano fatta invecchiare anzitempo.

Si erano seduti a un tavolino nella stanza di lei a bere tè da tazze di porcellana con un doppio piattino, e avevano mangiato dei sottilissimi biscotti allo zenzero.

La donna aveva ripetuto più volte che avrebbe dovuto preparargli una cena come si deve, e ogni volta lui aveva risposto che aveva già mangiato.

Un velo di piccole gocce di pioggia copriva la finestrella.

Quando DJ le aveva chiesto come stesse e se le medicine nuove fossero migliori, lo sguardo di lei era diventato timido e imbarazzato, e le sue mani avevano iniziato a spostarsi inquiete sui bottoni del giacchetto.

«Mi dispiace, non sono stata una buona madre», aveva detto.

«Sì che lo sei stata.»

DJ sapeva che era dovuto all'effetto dei nuovi farmaci, ma era la prima volta da anni che lei gli rivolgeva direttamente la parola.

Fissandolo, gli aveva spiegato, con l'aria di chi recita un copione, che i suoi tentativi di suicidio, quando lui era piccolo, dipendevano da un trauma.

«Hai iniziato a parlare al terapista dell'incidente?» aveva chiesto DJ.

«L'incidente?» aveva ripetuto lei sorridendo.

«Mamma, lo sai che sei malata, che alle volte non ce la facevi a occuparti di me e che sono dovuto andare a stare con la nonna.»

Lentamente la donna aveva posato la tazza sul piattino, poi gli aveva parlato di uno stupro orribile.

A bassa voce, gli aveva descritto l'intero episodio.

A tratti, i frammenti di ricordi possedevano una fredda obiettività, per poi diventare quasi deliranti.

Ma all'improvviso David Jordan aveva capito che tutto aveva un senso.

Sua madre non si era mai mostrata nuda quando era piccolo, ma lui le aveva comunque visto le cosce e il petto devastati.

«Non ho mai sporto denuncia», aveva bisbigliato lei.

«Ma...»

E ora DJ sta di nuovo pensando al modo in cui lei, con la mano esile davanti alla bocca, era scoppiata in lacrime e aveva pronunciato il nome di Carl-Erik Ritter.

Le guance gli si erano imporporate, aveva provato a dire qualcosa, ma era stato colto dal più violento attacco di narcolessia di cui fosse mai stato vittima.

DJ si era risvegliato sul pavimento, con la madre che gli accarezzava le guance: quasi stentava a crederci.

Per tutta la sua vita da adulto aveva colpevolizzato la madre per la sua incapacità di lottare contro l'angoscia.

Un incidente d'auto può essere un'esperienza terribile, eppure lei si era salvata ed era sopravvissuta.

Quel giorno, DJ aveva avuto davanti agli occhi tutta la sua fragilità. Si era accorto che il suo corpo invecchiato provava ancora paura e non smetteva di proteggersi istintivamente, preparandosi alla violenza e al dolore.

Delle volte si era sentita bene ed era riuscita a gestire la famiglia, ma poi a tratti precipitava in un buco nero non riuscendo più a prendersi cura di lui.

Gli fa così tanta pena.

Anche se sa che è inutile, ha rintracciato Carl-Erik Ritter per poterlo guardare dritto negli occhi. Forse sarà sufficiente. Forse non dovrà nemmeno domandargli se abbia riflettuto su quel che ha fatto, e se abbia compreso di quanto dolore sia stato responsabile.

Mentre Carl-Erik Ritter continuava a vivere la propria vita, lo stupro aveva trasformato sua madre in una persona terrorizzata, regolarmente vittima di depressione e fantasie suicide.

È possibile che neghi tutto. Il fatto risale a molti anni prima e il reato è ormai prescritto. Ma almeno saprà che DJ è al corrente di quanto è successo.

E siccome Carl-Erik Ritter non rischia nulla dal punto di vista giudiziario, sarà forse disposto a parlare e a chiedere scusa per essere stato un uomo tanto malvagio.

DJ pensa di continuo a quell'incontro.

Gira lo sguardo e osserva di nuovo il volto dell'uomo.

David Jordan sa che probabilmente l'incontro non gli porterà alcun sollievo, ma ormai è necessario porre fine a quei pensieri.

Sono quasi le undici di sera e un vento freddo soffia tra i palazzi intorno alla stazione della metropolitana di Axelsberg. David Jordan attraversa la piazza in direzione dell'El Bocado, il ristorante in cui Carl-Erik Ritter è solito trascorrere le serate.

DJ prova a respirare normalmente. Sa che le emozioni troppo intense possono causargli un attacco di narcolessia, ma la pillola che ha preso a casa dovrebbe tenerlo sveglio per diverse ore.

Dall'altro lato della piazza un ubriaco sta sbraitando contro il suo cane.

Il quartiere è interamente dominato da enormi condomini fatiscenti e dal centro commerciale in mattoni rossi. Il sobborgo è stato realizzato tra gli anni Sessanta e Settanta nell'ambito del Programma Milione, che mirava a creare per l'appunto un milione di nuove abitazioni nel giro di dieci anni.

DJ osserva l'edicola, il salone del parrucchiere e la lavanderia accanto al ristorante.

Dietro il vetro dell'edicola, su cui è appeso un cartello sbiadito che vanta una ricca vincita al lotto, si intravede una serranda nera.

Accanto al negozio del parrucchiere, due donne sulla quarantina finiscono di fumare una sigaretta, poi spengono il mozzicone e rientrano nel ristorante.

Sul viadotto sopra la piazza, dei veicoli pesanti sfrecciano rombando, e un soffio di vento fa vorticare la spazzatura del McDonald's intorno a un cestino strabordante.

David Jordan inspira a fondo, apre la porta del ristorante

ed entra nella penombra e nel brusio. Si sente odore di fritto e di vestiti bagnati. Alle pareti bianche accanto ai tavoli sono appese vecchie pale e lampade a petrolio. Il cartello verde dell'uscita di sicurezza illumina la bassa controsoffittatura, e lungo le travi sono stati fissati col nastro adesivo i cavi che si diramano dall'impianto stereo coperto di polvere.

A un tavolo accanto alla porta sono sedute due coppie che stanno litigando con voce da ubriachi.

Sotto una tettoia coperta di tegole, alcuni avventori di mezza età bevono e chiacchierano appollaiati al bancone segnato dai graffi. Un cartello ingiallito presenta l'intero menu, inclusi i piatti in offerta speciale per i pensionati.

David Jordan ordina una bottiglia di birra Grolsch e paga in contanti. Ingolla un primo sorso rinfrescante e osserva un individuo con il codino che sta mostrando qualcosa sul cellulare a una donna più anziana.

Più in là, un avventore si ripulisce la schiuma dalla bocca e abbozza una smorfia quando il vicino si prova un paio di occhiali da sole.

DJ si volta nella direzione opposta e scorge l'uomo che è venuto a incontrare.

Lo riconosce subito grazie alla fotografia.

Carl-Erik Ritter è seduto in fondo al locale e stringe in mano un bicchiere di birra con il logo della Falcon. Indossa un paio di jeans logori e un maglione di lana bucato sui gomiti.

DJ chiede permesso e si fa strada fra i clienti portando con sé la bottiglia di birra; passa davanti a un séparé occupato da un gruppo di ubriachi e si ferma di fronte all'ultimo tavolo.

«Posso sedermi?» chiede occupando il posto di fronte a Carl-Erik Ritter.

L'uomo solleva lentamente lo sguardo e lo fissa con occhi acquosi senza rispondere. DJ sente che il suo cuore inizia a battere troppo rapidamente; una pericolosa stanchezza lo avvolge e la bottiglia è sul punto di scivolargli dalla mano.

Si guarda le dita pallide, chiude gli occhi per un istante e poi posa la bottiglia sul tavolo.

«Sei Carl-Erik Ritter?» chiede.

«Lo ero l'ultima volta che hanno provato a offrirmi da bere», farfuglia l'uomo.

«Vorrei parlare con te.»

«Buona fortuna», risponde l'altro bevendo un sorso di birra. Posa il bicchiere, ma continua a stringerlo con la mano.

Carl-Erik ha mangiato della carne alla griglia: accanto al bicchiere si trova un tagliere con segni di brace, su cui restano delle strisce del purè che ha divorato, oltre che un mezzo pomodoro al forno. Accanto al portatovaglioli c'è un bicchierino da cicchetto vuoto con delle tracce nere di Fernet-Branca sul fondo.

DJ estrae una foto di sua madre e la posa sul tavolo davanti all'uomo. È una foto vecchia, di quando lei aveva diciott'anni. Nell'immagine, sua madre indossa un vestito chiaro e sorride serena verso l'obiettivo.

«Ti ricordi di lei?» domanda DJ quando è certo di poter tenere la voce sotto controllo.

«Senti», risponde Carl-Erik Ritter sollevando il mento, «io voglio solo starmene qui a ubriacarmi in pace. È chiedere troppo?»

Versa le ultime gocce di Fernet-Branca nella birra.

«Guarda la foto.»

«Non rompermi le palle. Hai capito?» dice lentamente l'uomo.

«Ti ricordi cosa hai fatto?», domanda DJ, accorgendosi che la voce gli si è fatta stridula. «Confessa, l'hai...»

«Ma che cazzo dici?» esclama Carl-Erik Ritter battendo il pugno sul tavolo. «Non puoi venire qui ad accusarmi!»

Il barista lancia un'occhiata nella loro direzione al di sopra dello stereo e batte la testa contro una lampada che inizia a dondolare appesa al cavo.

DJ sa che si deve calmare ed evitare di scatenare un litigio che si rifletterebbe negativamente su Rex. In questo momento non possono permettersi della cattiva pubblicità.

Mentre rovescia di nuovo il bicchiere da cicchetto nella birra, la mano di Carl-Erik trema. Evidentemente è un uomo solo. Ha le unghie sporche e si è dimenticato di radersi una guancia.

« Non sono qui per litigare », prosegue DJ a voce bassa e scosta la bottiglia. « Ma voglio chiederti... »

« Non rompermi le palle, ti ho detto! »

Un uomo al tavolo accanto li guarda mentre strappa due bustine di zucchero e se le versa in bocca.

« Voglio solo sapere se sei consapevole di averle rovinato la vita », dice DJ cercando di trattenere il pianto.

Carl-Erik si appoggia allo schienale. Il colletto della sua camicia è lurido, la faccia rugosa è arrossata per l'alcol e gli occhi sono ridotti a fessure.

« Non hai nessun cazzo di diritto di venire qui ad accusarmi », ripete con voce aspra.

« Ok, ora so chi sei, ti ho visto, hai avuto quel che ti meriti », dice DJ alzandosi.

« Cosa cazzo hai appena detto? » farfuglia Carl-Erik.

DJ gli volta le spalle e si dirige verso la porta. Sente l'uomo urlargli con voce roca di tornare indietro. Sulla finestra che dà sulla piazza si legge al contrario il nome del ristorante: la condensa cola in gocce lungo le lettere verdi.

Quando esce, DJ avverte un tremore attraversargli l'intero corpo. È buio e l'aria è fredda contro il suo volto.

Fuori dal supermercato, sull'altro lato della piazza, staziona un capannello di persone.

DJ tossisce e si ferma davanti al negozio del parrucchiere, poi appoggia la fronte al vetro e prova a respirare più lentamente. Sa che dovrebbe andare a casa, ma ha voglia di distendersi per qualche minuto.

«Ti ho detto di tornare indietro», urla Carl-Erik Ritter, seguendolo con passi incerti.

Senza rispondergli, DJ riprende a camminare, ma si ferma davanti alla lavanderia appoggiandosi con una mano al muro. Osserva il manichino vestito di bianco in vetrina e intuisce i passi alle sue spalle.

«Devi chiedermi scusa per le tue accuse», strilla Carl-Erik Ritter.

David Jordan si sente completamente privo di energie. Appoggia la fronte alla vetrina fredda e si sforza di rimanere in piedi. Il sudore gli cola lungo la schiena e la sua testa, sempre più pesante, ciondola sul collo.

Un autobus passa sul viadotto sopra la piazza e la spazzatura vortica al suolo.

Carl-Erik è ubriaco e barcolla. Afferra il bavero del cappotto di David Jordan e lo tira verso di sé.

«Lasciami andare», dice DJ liberandosi dalla presa.

«Baciami la mano e chiedimi scusa», sibila Ritter.

A DJ sfugge una risata. Prova a mettere fine al litigio, ma lo sferragliare della metropolitana copre le sue parole, e allora deve ricominciare.

«Non mi sento bene», ripete. «Devo andare subito a casa e...»

Carl-Erik gli afferra la testa e prova ad abbassargliela per costringerlo a baciargli la mano. Entrambi scivolano all'indietro e DJ sente il tanfo di sudore che promana dal corpo dell'altro.

«Devi chiedermi scusa, cazzo», urla tirando DJ per i capelli.

David lo allontana con uno spintone e tenta di andarsene, ma Carl-Erik lo afferra di nuovo per il cappotto e lo colpisce alla guancia da dietro.

«Adesso basta», tuona DJ, poi si volta e si avventa contro il petto dell'uomo.

Carl-Erik indietreggia di due passi, perde l'equilibrio e cade rovinosamente contro la vetrina. Il vetro va in frantumi mentre l'uomo crolla sul pavimento della lavanderia.

Enormi schegge cadono sulla strada, infrangendosi sull'asfalto.

David Jordan si avvicina di corsa a Carl-Erik e prova ad aiutarlo a rialzarsi. L'uomo vacilla in avanti e si aggrappa con una mano al vetro. Una lastra si spezza sotto i suoi piedi, Carl-Erik cade in ginocchio e il suo collo scivola contro il bordo affilato di un frammento di vetrina.

Il sangue schizza sul vestito bianco del manichino e sul cartello giallo con le offerte per il lavaggio delle camicie.

Si è reciso la giugulare.

Carl-Erik cade ancora e rantolando prova a risollevarsi, ma crolla nuovamente su un fianco. Il vetro va in frantumi sotto il suo peso. Il sangue scuro sgorga dalla ferita alla gola a fiotti abbondanti e gli cola lungo il corpo. Strilla e tossisce, e scuote la testa come se volesse sfuggire al dolore e al panico.

David Jordan tenta di fermare l'emorragia e chiede soccorso urlando in direzione della piazza.

Carl-Erik si stende sulla schiena provando a scacciare le mani di David.

Il sangue scorre sull'asfalto e sulla spazzatura che si è raccolta contro il muro del palazzo.

Ritter è attraversato da brividi lungo tutto il corpo e sbatte furiosamente la testa in avanti e all'indietro.

Fissa DJ, apre la bocca e una tremolante bolla di sangue gli si gonfia tra le labbra.

Le gambe di Carl-Erik si agitano mentre la pozza di sangue si allarga sotto di lui e scivola esitante verso un tombino arrugginito.

32

Rex sta ascoltando le tre fantasie per piano di Wilhelm Stenhammar mentre svuota la lavastoviglie e ripone i piatti negli sportelli. È tornato da poco dagli studi di TV4, dove ha registrato un'intervista sulla sua amicizia con il ministro degli Esteri.

Non si è mai sentito tanto ipocrita in tutta la vita, ma dopo la messa in onda del servizio i suoi social network sono stati inondati di numerose reazioni positive.

Sammy è a un concerto al Debaser, ma ha promesso di tornare entro le due. Rex non osa andare a dormire prima che il figlio sia rincasato. Con gesti stanchi mette sul fuoco l'acqua per il tè e prova a scacciare l'ansia, ma d'improvviso il telefono squilla. Vede comparire sul display il nome di DJ, allora risponde subito.

«Come ti è sembrata l'intervista?» chiede Rex. «Mi sono sentito come...»

«Sammy è in casa?» lo interrompe DJ in tono concitato.

«No, è andato...»

«Posso salire un attimo?»

«Sei da queste parti?»

«Sono qui fuori in macchina.»

Solo ora Rex nota lo strano tono di voce dell'amico, e teme che abbia delle pessime notizie da dargli.

«Cos'è successo?»

«Posso salire un attimo o no?»

«Certo», risponde Rex.

Scende al piano di sotto, sblocca la porta blindata e la apre appena sente l'ascensore che si ferma al piano.

Quando le porte si aprono e Rex riesce a vedere DJ sotto la luce intensa, fa un passo indietro con un sussulto.

David Jordan è coperto di sangue su tutto quanto il petto, e persino sulla barba e sul volto: è come se avesse infilato mani e avambracci in un barile colmo di sangue.

« Dio », esclama Rex. « Cos'è successo? »

Con fare impassibile, DJ entra e si chiude la porta alle spalle. Ha lo sguardo vitreo, vuoto.

« Non è mio », dice seccamente. « C'è stato un incidente... Poi ti racconto, devo soltanto... »

« Mi hai spaventato a morte! »

« Scusa, non sarei dovuto venire... Credo di essere sotto shock. »

DJ si sfila le scarpe, si appoggia allo stipite della porta lasciando una traccia di sangue sul legno bianco.

« Ma cosa è successo? »

« Non so com'è andata... O meglio, è complicato, ma ho avuto una discussione con un ubriaco in un bar. Lui mi ha seguito, è caduto e si è tagliato... »

DJ incrocia timidamente lo sguardo di Rex.

« Credo che sia grave. »

« Quanto? »

DJ chiude gli occhi e Rex si accorge che ha del sangue sulle palpebre, e pure sulle punte delle ciglia.

« Scusa se ti ho coinvolto in questa faccenda », bisbiglia DJ. « Dovrei essere io quello che ti protegge da tutto ciò che... Merda... »

« Spiegami cos'è successo. »

DJ non risponde, supera Rex per raggiungere il bagno degli ospiti lungo il corridoio e inizia a lavarsi le mani. A poco a poco l'acqua rossa diventa rosa e poi sempre più chiara, mentre centinaia di piccoli schizzi finiscono sulle piastrelle bianche dietro il miscelatore.

DJ srotola della carta igienica e si asciuga la faccia. La butta nel wc e si guarda nello specchio, sospira profondamente e si volta verso Rex.

«Credo di essere andato nel panico, non lo so, in quel momento mi sembrava la cosa giusta da fare... Quando ho sentito arrivare l'ambulanza me ne sono andato e mi sono seduto in macchina.»

«Non è stata una buona idea», dice Rex a bassa voce.

«È solo che non volevo... che la cosa si ripercuotesse su di te», prova a spiegare DJ. «Non possiamo permettercelo, ora che abbiamo degli investitori, ora che stiamo davvero per partire.»

«Lo so, ma...»

«Lyra è a casa», prosegue DJ. «Non sapevo dove andare, così sono venuto qui.»

«Dobbiamo pensare a cosa fare», dice Rex passandosi una mano sul volto.

«Tanto vale che chiami la polizia e racconti tutto. Non so, onestamente non penso ci sia alcun pericolo perché non ho fatto nulla, non è stata colpa mia», dice, iniziando a cercare il telefono nelle tasche.

«Aspetta», lo ferma Rex. «Raccontami per bene... Andiamo di sopra.»

«Perché tutto dev'essere sempre così complicato, cazzo... Volevo solo andare in un bar ad Axelsberg e...»

«Che ci facevi là, tanto per cominciare?»

Salgono in cucina e DJ crolla su una delle sedie disposte intorno al tavolo della colazione. L'acqua del tè è ormai evaporata e dalla pentola si leva l'odore del metallo bruciato.

«A volte sento il bisogno di andare in qualche posto dove non conosco nessuno.»

«Capisco», dice Rex versando dell'altra acqua nella pentola incandescente.

«Così, è scoppiata questa lite dal nulla e me ne sono andato», prosegue DJ appoggiandosi sui gomiti. «Ma quell'ubriacone mi ha seguito e voleva picchiarmi. Alla fine, è caduto contro una vetrina e si è ferito.»

DJ torna ad appoggiarsi allo schienale e prova a respirare lentamente. Le maniche della giacca hanno lasciato strisciate di sangue sul tavolo.

«Ti ho sporcato il tavolo», dice DJ. «Dobbiamo pulirlo prima che Sammy torni a casa.»

«Probabilmente resterà fuori fino a tardi.»

«Credo che ci sia un sacco di sangue anche in macchina.»

«Vado a controllare. Tu intanto fatti una doccia.»

«Lascia stare. Pensa se qualcuno mai ti vedesse! Devi restarne fuori. Ci penserò domani, mentre Lyra sarà all'Accademia.»

Rex si siede di fronte a DJ.

«Ancora non ho capito la situazione», dice. «Vi siete pestati? C'è stata una rissa?»

Gli occhi di DJ sono offuscati e venati di sangue.

«Allora... Lui era ubriaco e non si reggeva in piedi; voleva che tornassi indietro... allora io ho provato ad allontanarlo e lui è scivolato contro il vetro.»

«Era ferito molto gravemente?»

«Si è procurato un taglio alla gola. Non so se se la caverà, c'era...»

«Ma l'ambulanza è arrivata subito, giusto?»

«C'era tantissimo sangue», conclude DJ.

«Quindi cosa facciamo? Devi essere tu a decidere», dice Rex. «Ci limitiamo a sperare che nessuno ti abbia visto?»

«Nessuno al ristorante mi conosceva e la piazza era quasi completamente al buio.»

Rex annuisce e prova a ragionare.

«Ora fatti una doccia», dice dopo qualche istante. «Vado

a prenderti dei vestiti puliti... Butta tutto in lavatrice e cerca di cancellare ogni traccia. Io intanto guardo se ci sono notizie su internet. »

« Ok, grazie », sospira DJ, poi si alza e scende di sotto.

Rex sente lo scroscio della doccia al piano inferiore, prende della candeggina dallo sgabuzzino e la spruzza sul tavolo e sulla sedia dove si è seduto DJ. Li asciuga con della carta da cucina, poi scende a pulire il telaio della porta, la maniglia del bagno degli ospiti, il miscelatore, il lavabo e le piastrelle coperte di schizzi. Torna di sopra passando la carta sul corrimano, quindi lascia il rotolo e la bottiglia di candeggina al centro del tavolo per non dimenticarsi di lavare anche la doccia e lo sportello della lavatrice, quando DJ avrà finito.

Prende una bottiglia di Highland Park e un bicchiere per DJ, poi dà un'occhiata veloce alle ultime notizie locali sul cellulare: non c'è nulla a proposito di una rissa o di un incidente che possano assomigliare a quanto ha raccontato DJ.

Forse la faccenda non era così grave come pensava lui.

Se l'uomo fosse morto, a quell'ora la notizia avrebbe già dovuto essere diffusa.

33

Durante la riunione, il direttore del penitenziario ha dato la priorità alla decisione riguardo al permesso di Joona Linna: gli sono state accordate trentasei ore, senza alcuna discussione.

Ora Joona arriva alla fine del passaggio sotterraneo, nel punto in cui sulla parete di cemento ruvido sono stati dipinti degli enormi puffi. Il secondino davanti a lui aspetta qualche istante, poi solleva la mano e apre la porta. Accedono allo spazio dell'incrocio, attendono il ronzio della serratura, raggiungono un'altra porta e poi si fermano di nuovo in attesa che la centrale autorizzi il passaggio alla sezione seguente.

Proprio come l'ex poliziotto aveva previsto, Salim Ratjen si era reso conto che il permesso di Joona rappresentava la sua unica possibilità di inviare un messaggio prima di mercoledì. Gli ha consegnato solo un numero di telefono e un nome, ma è possibile che si tratti di un segnale in codice per dare il via all'omicidio.

Dopo che gli vengono riconsegnati i suoi oggetti personali secondo la lista stilata al momento del suo arrivo al cosiddetto «portale delle perle», un secondino accompagna Joona fino all'ultimo controllo.

Durante il processo, due anni prima, il completo gli calzava a pennello, ma da allora Joona ha dedicato quattro ore al giorno ad allenarsi e adesso gli va troppo stretto sulle spalle.

La serratura della porta nell'alta recinzione scatta, e allora Joona spalanca il battente, esce e si lascia il muro massiccio alle spalle.

Un dolore ben noto gli punge l'occhio sinistro quando si incammina attraverso lo spiazzo di asfalto pallido. La recinzione elettrificata con il filo spinato in cima è l'ultima barriera prima della libertà. Davanti a lui si innalzano i pali dei proiettori. Le travature bianche scintillano contro il cielo di colore grigio metallico.

Joona resiste alla tentazione di aumentare il passo e ripensa a se stesso da piccolo, quando non era che un ragazzino e seguiva il padre attraverso il bosco per andare a pesca di trote a Villmanstrand, nella Carelia del Sud.

Appena iniziava a vedere il lago scintillare in mezzo ai tronchi e alle foglie, era preso dall'entusiasmo e voleva percorrere l'ultimo tratto di corsa, ma si obbligava a frenarsi. Bisognava avvicinarsi all'acqua con cautela, gli aveva spiegato suo padre.

L'imponente cancello scivola di lato, stridendo e sferragliando pesantemente.

Il sole spunta da dietro una nuvola e cattura lo sguardo di Joona. Per la prima volta da due anni vede uno spazio aperto, chilometri e chilometri di campi, strade di campagna e boschi.

Quando lascia il penitenziario, entra nel parcheggio e sente il cancello richiudersi alle spalle, è come se avvertisse l'aria gonfiare i suoi polmoni, come se bevesse dell'acqua o come se stesse scambiando uno sguardo d'intesa con suo padre.

Di nuovo ritorna il ricordo delle gite al lago: la lenta discesa verso la spiaggia e l'istante in cui finalmente scorgevano l'acqua piena di trote. Sulla superficie liscia comparivano ovunque degli anelli, come se dal cielo stessero scendendo gocce di pioggia.

La sensazione di essere libero è travolgente. È come se qualcosa gli invadesse il petto e potrebbe quasi mettersi a piangere, ma continua a camminare senza guardarsi intorno. Mentre percorre i seicento metri che lo separano dalla fermata dell'autobus i suoi muscoli iniziano a rilassarsi.

Sta per riconquistare se stesso.

In lontananza scorge la nuvola di polvere sollevata dall'autobus in arrivo sulla strada sterrata. Secondo il piano che è stato approvato dalla direzione del penitenziario, dovrà salirvi a bordo e arrivare fino a Örebro, e da lì prendere il treno per Stoccolma.

Quando entra nell'autobus sa già che non prenderà il treno. Incontrerà, invece, un agente della Säpo sotto copertura. I due hanno appuntamento nel parcheggio sotterraneo del centro commerciale Vågen tra quarantacinque minuti.

Controlla l'ora e si appoggia sorridendo allo schienale del sedile.

Finalmente gli hanno restituito l'orologio Omega dalle linee semplici che aveva ereditato da suo padre. Sua madre non l'aveva mai venduto nonostante si fosse trovata a corto di soldi in numerose occasioni.

Quando Joona scende dall'autobus e si avvia verso il centro commerciale, il vento è aumentato e il sole è scomparso. Anche se ha solo cinque minuti di tempo, si ferma a un chiosco con un tendone rosso e degli ombrelloni giallo sporco e ordina un Pepper Cheese Bacon Meal con patatine fritte.

«Da bere?» chiede il proprietario mettendo l'hamburger sulla piastra.

«Una Fanta Exotic», risponde Joona.

Prende la lattina, la infila in tasca e si piazza accanto alla bandierina rossa dei gelati a gustarsi l'hamburger.

Nel parcheggio sotto il centro commerciale, un uomo in jeans e giubbotto di fianco a una BMW nera sta fissando il cellulare.

«Dovevi essere qui venti minuti fa», dice imbronciato quando Joona si avvicina per stringergli la mano.

«Volevo portarti qualcosa da bere», risponde Joona porgendogli la bibita.

L'agente, sorpreso, lo ringrazia e accetta la bibita, poi gli apre la portiera dell'auto.

Sul sedile posteriore si trovano un semplice cellulare ricaricabile e tre spesse buste da parte di Saga Bauer. Si tratta dell'intero rapporto tecnico dell'ispezione sulla scena del crimine, dopo l'omicidio del ministro degli Esteri. Tutto quel che Joona aveva chiesto è nelle buste: il rapporto preliminare degli inquirenti, i risultati dei primi esami autoptici, i referti del laboratorio e la trascrizione di tutti i colloqui con la testimone.

Superano la stazione e imboccano l'autostrada per Stoccolma.

Sul sedile posteriore, Joona sta leggendo il profilo di Salim Ratjen: la fuga dall'Afghanistan, l'asilo politico in Svezia, il progressivo coinvolgimento in una rete criminale. Oltre alla moglie, l'unico parente che ha in Svezia è il fratello Absalon Ratjen. La Säpo l'ha controllato, giungendo alla conclusione che i due non hanno contatti da otto anni. Stando alla corrispondenza rinvenuta, Absalon ha rotto con Salim dopo aver scoperto che il fratello nascondeva un panetto di hashish per conto di uno spacciatore.

Joona sta riesaminando il fascicolo con le fotografie della casa del ministro quando il telefono squilla.

«Sei riuscito a stabilire un contatto con Ratjen?» domanda Saga Bauer.

«Sì, mi ha chiesto un favore, ma è impossibile sapere se questo ci porterà a qualcosa», spiega Joona. «Vuole che vada da sua moglie e che le dica di chiamare un numero e di chiedere di Amira.»

«Ok... Ottimo lavoro... Ottimo, davvero», dice Saga.

«Quella di stasera sarà un'operazione di grosso calibro, vero?» si informa Joona lanciando un'occhiata alle foto che raffigurano le pozze di sangue, gli schizzi sugli sportelli della cucina, un vaso rovesciato e il cadavere del ministro visto da angolature diverse, con il tronco insanguinato e le mani e le dita dei piedi contratte e giallognole.

«Parlerò con Janus, è lui a gestire tutta l'operazione», dice Saga. «È bravissimo, ma credo comunque che sarà difficile prelevarti all'ultimo momento.»

«Non voglio che mi preleviate», risponde Joona.

«Credi di riuscire a farcela?» chiede Saga con tono serio.

«Se ce la farò? Sono tutto un fuoco!» risponde lui sorridendo.

«Sei consapevole, però, di essere rimasto fermo per due anni e del fatto che l'assassino è estremamente abile?»

«Sì.»

«Hai letto la ricostruzione?»

«Lo so, come si comporta, ma credo che ci sia anche un altro aspetto... Me lo sento, qualcosa di perverso.»

«In che senso? Cos'hai in mente?»

34

Poco prima di Norrtull, all'agente sotto copertura viene comunicata una nuova destinazione. Svolta quindi all'ingresso del ristorante Stallmästaregården e ferma l'auto.

«Il comando dell'operazione ti sta aspettando nel gazebo», dice.

Joona scende dal veicolo e s'incammina verso il padiglione verde che si affaccia sulla baia di Brunnsviken. Fino a non molto tempo fa, lo Stallmästaregården si trovava in una posizione idilliaca appena fuori città, mentre oggi il ristorante è circondato da autostrade, ponti e viadotti.

Quando Joona apre la sottile porta di legno, uno dei due uomini seduti al tavolo si alza. Ha i capelli rossicci e la barba quasi bianca.

«Mi chiamo Janus Mickelsen e sono il capo della squadra operativa della Säpo», dice mentre si scambiano una stretta di mano.

Si muove con una serie di piccoli scatti, come se tentasse di contenere un ritmo interiore troppo concitato.

Accanto a lui è seduto un giovane uomo dal sorrisetto ironico e dallo sguardo franco, che sta fissando Joona.

«Gustav è il responsabile operativo di quest'azione. Entrerà con il primo gruppo e guiderà le Forze di pronto intervento sul campo», spiega Janus.

Joona stringe anche la mano di Gustav, e la trattiene per qualche secondo scrutandolo negli occhi.

«Vedo che ormai sei troppo grande per il costume da Batman», dice poi sorridendo.

«Ti ricordi di me?» domanda incredulo l'altro.

«Vi conoscete?» chiede Janus sorridendo, e un reticolo di rughe gli si disegna ai lati degli occhi.

«Lavoravo con la zia di Gustav alla polizia criminale», spiega Joona.

Gli torna in mente una festa nella casa per le vacanze di Anja. Gustav, che quell'estate aveva solo sette anni, si era travestito da Batman e correva sul prato in discesa verso la sponda del lago Mälaren. Avevano steso delle coperte sull'erba e mangiato salmone affumicato e insalata di patate bevendo birra leggera. Gustav si era seduto accanto a Joona, e aveva voluto sapere tutto del suo lavoro di poliziotto.

Joona aveva estratto il caricatore concedendo al bambino di impugnare la sua pistola. Più tardi, Anja aveva cercato di convincere Gustav che non era una pistola vera, ma solo una riproduzione utilizzata per fare pratica.

«Per me Anja è sempre stata una specie di seconda mamma», sorride Gustav. «E secondo lei fare il poliziotto è troppo pericoloso.»

«Stasera potremmo trovarci nel mezzo di un conflitto a fuoco», annuisce Joona.

«E nessuno ti dirà grazie, se morirai», aggiunge Janus con un'improvvisa traccia di amarezza nella voce.

Janus, come Joona ricorda, aveva sollevato un notevole scandalo, molti anni prima. Per un paio di settimane aveva scatenato una vera e propria bufera. Era un militare di professione, all'epoca, ed era entrato a far parte di un progetto europeo organizzato per contrastare i pirati nelle acque somale. Quando il suo superiore si era rifiutato di dargli retta, Janus si era rivolto ai media per rendere noto il fatto che i fucili automatici acquistati si surriscaldavano. Sosteneva che le armi perdevano così tanto in termini di precisione da rappresentare un rischio per la sicurezza. L'unico risultato della sua soffiata era stato per lui la perdita del lavoro.

«L'operazione avrà luogo a casa della moglie di Salim Ratjen alle sette di questa sera», spiega Janus aprendo una carta geografica.

La stende sul tavolo indicando la casa nel bosco di fronte all'abitazione di Parisa in cui si radunerà la squadra operativa.

«Siete riusciti a scoprire chi sia Amira e a chi appartenga il numero di telefono?»

«Il nome non ha dato riscontri, e il numero di telefono ci ha portati fino a Malmö e poi verso un cellulare impossibile da rintracciare.»

«Al momento ci stiamo concentrando sull'organizzazione dell'azione di stasera», spiega Gustav. «La moglie di Ratjen lavora come infermiera in uno studio dentistico di Bandhagen. Finisce alle 18 e arriverà a casa intorno alle 18.45, se si fermerà a fare la spesa al supermercato di Högdalen come al solito.»

«Secondo il piano di Ratjen, il secondo omicidio avrà luogo questo mercoledì», dice Janus. «L'operazione è la nostra grande opportunità per impedirlo.»

«Non sapete che ruolo abbia la moglie?» chiede Joona.

«Ci stiamo lavorando», risponde Janus asciugandosi il sudore dalla fronte coperta di lentiggini.

«Forse è solo un corriere.»

«Sono d'accordo, non sappiamo praticamente nulla», dice Gustav. «Con quest'operazione stiamo sfidando la sorte, certo, ma d'altro canto... Non ci manca poi molto per completare il puzzle, basterebbe un minuscolo dettaglio. Cioè, se riuscirai a scoprire qualcosa sul loro piano, su chi sarà l'obiettivo dell'attentato di mercoledì o su dove avrà luogo, forse per questa volta riusciremo a fermarli.»

«Voglio incontrare la testimone prima dell'operazione», dice Joona.

«Per quale motivo?»

«Voglio sapere cos'ha fatto l'assassino nell'intervallo tra i primi due spari e il colpo mortale.»

«Ha detto quella cosa su Ratjen e l'inferno. È indicato nella trascrizione, l'ho riletta un centinaio di volte», dice Janus.

«Ma i conti non tornano, c'è uno scarto di minuti troppo ampio», insiste Joona.

«Ha raccolto i bossoli.»

L'esame autoptico interno non è ancora pronto, ma durante il viaggio da Örebro Joona ha studiato la direzione degli schizzi e dei rivoli di sangue e i punti di convergenza: l'autopsia, ne è certo, dimostrerà che sono passati più di quindici minuti tra i primi due spari diretti al tronco e quello mortale attraverso l'occhio.

Al momento, la ricostruzione dei tecnici forensi copre in totale un arco di tempo di cinque minuti.

Il recupero dei bossoli, lo spostamento attraverso la stanza e il breve dialogo.

Se Joona ha ragione, restano dieci minuti impossibili da spiegare con le informazioni a loro disposizione.

Cos'è successo in quel lasso di tempo?

È evidente che si trovano di fronte un assassino con l'abilità di un professionista. Dev'esserci un motivo preciso per cui non ha concluso subito l'esecuzione.

Joona non sa di cosa si tratti, ma ha la netta sensazione che qualcosa di essenziale stia continuando a sfuggire loro da sotto il naso, qualcosa di ben più oscuro di quanto abbiano immaginato finora.

«Vorrei parlarle comunque, se è possibile», dice.

«Organizzeremo un incontro», annuisce Janus strappando il sigillo di una grande busta imbottita. «Farai in tempo, l'operazione non inizierà prima delle sette... Ci riuniremo per rivedere il piano un'ultima volta alle cinque.»

Consegna quindi a Joona un'arma di servizio un po' usurata con un caricatore extra, due scatole di munizioni parabellum 9x19 e le chiavi di una Volvo.

Joona sfila la pistola dalla fondina e la osserva. È una Sig Sauer P226 Tactical dal colore nero opaco.

L'unico dettaglio che la differenzia da una Rail è che è predisposta per poter montare il silenziatore.

Entrambe le pistole sono dotate di una rotaia per il mirino, il visore notturno e la torcia tattica.

«Va bene?» chiede Janus sorridendo come se avesse detto qualcosa di incredibilmente divertente.

«Non avete altre fondine?», chiede Joona.

«È quella standard» risponde Gustav con tono esitante.

«Lo so e ormai non ha importanza, ma si muove un po' troppo», dice Joona.

35

Joona segue la BMW argentata dell'agente sotto copertura fino al piano più basso del garage di Katarinaberget, dove posteggia accanto a una parete di cemento ruvido.

Si trovano all'interno delle enormi porte a scorrimento, ben al di sotto della soglia antiatomica.

Aveva sentito parlare della prigione segreta della Säpo, ma non sapeva che si trovasse lì.

L'agente è sceso dall'auto e lo sta aspettando accanto a una porta rinforzata blu; fa scorrere il tesserino attraverso un lettore e poi digita un lungo codice.

Joona lo segue oltre il punto di controllo. Quando la porta del garage si è richiusa, l'uomo passa la tessera in un altro lettore e digita un secondo codice. Accedono a un nuovo controllo di sicurezza; Joona consegna un documento attraverso uno sportello e la guardia dietro il vetro antiproiettile apre il suo file sul computer.

Joona deve registrarsi e sottoporsi a una scansione biometrica delle iridi e delle impronte digitali.

Posiziona giacca, pistola e scarpe su un nastro trasportatore, poi passa attraverso il body scanner; l'agente della Säpo che lo accoglie dall'altra parte del varco ha i capelli castani raccolti in una spessa treccia sulla spalla.

«So chi sei», dice la donna arrossendo.

Gli riconsegna la pistola, lo osserva mentre si infila la fondina e poi gli porge la giacca.

«Grazie.»

«Sei molto più giovane di quanto pensassi», aggiunge lei e il rossore le si diffonde sul collo.

«Anche tu», scherza Joona infilandosi le scarpe.

«Non bisogna giocare coi sentimenti delle ragazze», lo avvisa la donna.

Si mettono in marcia, e l'agente spiega che Sofia Stefansson è stata trasferita dalle vecchie vasche del ghiaccio a una cella di isolamento nella sala macchine.

Joona ha letto e confrontato i tre interrogatori a cui finora è stata sottoposta Sofia Stefansson.

La sua testimonianza è coerente.

Le poche variazioni possono essere attribuite alla paura della testimone e alla sua volontà di mostrarsi collaborativa e di dire quello che gli agenti desideravano.

L'interrogatorio condotto da Saga è senza dubbio il più interessante, addirittura eccezionale, date le circostanze. Ripercorrendo gli eventi di dettaglio in dettaglio, Bauer era riuscita ad aiutare la testimone a risalire al ricordo della breve conversazione in cui era stato menzionato Ratjen.

Senza questo interrogatorio, il caso non sarebbe nemmeno esistito.

Ma se, come Joona crede, l'azione dell'omicidio è durata ben più di quanto si sia pensato finora, la testimone ha taciuto su una notevole porzione di eventi.

L'assassino ha fatto fuoco due volte, si è mosso in maniera rapida e determinata, è corso ad afferrare il ministro per i capelli, poi l'ha costretto a stare in ginocchio e gli ha puntato la pistola contro l'occhio.

Ha trattato la sua vittima come se fosse un nemico, pensa Joona.

Escludendo i minuti mancanti, l'attentato assomiglia più a un'azione bellica che a un'esecuzione.

Sofia Stefansson è scivolata sul sangue battendo la nuca sul pavimento, è rimasta a terra e ha sentito la breve conversazione a proposito di Ratjen, prima che il ministro degli Esteri venisse ucciso dal colpo all'occhio.

«Sto pensando...» dice Joona senza che l'agente abbia aperto bocca.

«Non devi darmi spiegazioni», fa lei fermandosi davanti a una porta di metallo.

Bussa, apre e spiega a Sofia che c'è una visita per lei. Lascia entrare Joona e gli richiude la porta alle spalle.

Sofia è seduta su un divano di colore blu colomba davanti a un televisore: sta guardando una puntata della serie tv della BBC su Sherlock Holmes e il dottor Watson. Il televisore non è collegato all'antenna o alla parabola, ma solo a un lettore dvd. Sul tavolo davanti alla donna, accanto a una bottiglia grande di Coca-Cola, sono impilati diversi film.

Sofia ha il volto pallido e struccato; il corpo esile e i capelli castani chiari raccolti in una semplice coda la fanno sembrare una bambina. Indossa dei pantaloni da jogging grigi e una t-shirt bianca con sopra il disegno di un gattino realizzato con dei brillantini. Ha una mano fasciata e dei lividi grigi intorno ai polsi.

Joona pensa che la ragazza forse non ha ancora accettato di trovarsi in quel luogo, ma deve aver iniziato a capire che non la uccideranno né la lasceranno andare a breve. Ed è costantemente terrorizzata dall'idea che ricomincino con la tortura.

«Mi chiamo Joona Linna», si presenta. «Sono un ex commissario... e ho letto le trascrizioni dei tuoi interrogatori. Tutto mi fa pensare che tu sia innocente, e posso capire se provi paura considerando come ti hanno trattata qui.»

«Sì», bisbiglia lei spegnendo la tv.

Joona le lascia un po' di tempo prima di sedersi accanto. Sa che, dopo il trauma, un movimento troppo rapido o un rumore troppo forte potrebbero risvegliare l'ansia e indurla a mettersi sulla difensiva. L'aveva vista tremare nel momento in cui l'agente aveva aperto la porta: lo scatto metallico forse le aveva ricordato il movimento dell'otturatore e il tintinnio del bossolo espulso.

«Non ho l'autorità per lasciarti andare», le spiega in tutta sincerità. «Ma devi aiutarmi lo stesso. Devi fare del tuo meglio per ricordare quello che ti chiederò.»

Joona si accorge che la ragazza sta cercando di inquadrarlo, e percepisce la sua volontà di sopravvivere malgrado il peso stordente dello shock.

Con gesti lenti, le mette davanti i due identikit eseguiti in base alle sue indicazioni.

Nella prima versione, il passamontagna copre il volto dell'assassino lasciando scoperti solo gli occhi e la bocca.

Nella seconda, è stata tentata una ricostruzione del volto senza maschera, ma l'assenza di descrizioni precise fa sì che il viso sembri comunque nascosto da un passamontagna invisibile.

Nessuno dei tratti dell'assassino dà nell'occhio: lo sguardo è forse insolitamente calmo, il naso un po' troppo marcato, la bocca quasi bianca e le mandibole abbastanza larghe, mentre il mento è delicato.

Nell'identikit l'uomo non ha barba né baffi, ma in base al colore delle sopracciglia gli hanno attribuito una chioma di un colore biondo anonimo, con una pettinatura neutra.

«Provano un naso più lungo e io dico che non so», tenta di spiegare lei. «Glielo fanno più corto e io dico 'forse, non ne ho idea'; glielo disegnano più sottile e io dico ancora che non so, glielo allargano e io dico 'forse'... Alla fine ci stanchiamo e chiamiamo questa cosa un risultato.»

«Non è male.»

«Forse mi sento insicura solo perché hanno continuato a mettere alla prova la mia memoria per tutto il tempo. Per un po' il volto è stato nero, come se si trattasse di un africano. Io non avevo detto nulla in proposito, ma forse era solo un tentativo per far risaltare altre cose come il colore degli occhi e le sopracciglia.»

«Sono esperti nel riconoscimento dei volti», annuisce Joona.

«Per un po' ha avuto i capelli lunghi e un mucchio di ciocche qui, lungo le guance», dice lei aggrottando la fronte. «Perché all'improvviso mi sono accorta di averli visti, ma allo stesso tempo sapevo che l'assassino aveva sempre avuto il passamontagna, quindi era impossibile, non potevo averli notati.»

«Allora cos'è che hai visto?» chiede Joona con calma.

«Cosa?»

«Se non erano capelli...»

«Non lo so, ero stesa sul pavimento... e quell'uomo aveva qualcosa che gli pendeva lungo le guance, come delle strisce di stoffa.»

«Ma non pensi che potessero essere capelli?»

«No, sembrava più della stoffa spessa, o forse del cuoio.»

«Quant'erano lunghe queste strisce?»

«Così», dice la ragazza portando la mano alla spalla.

«Puoi disegnarle sull'immagine?»

Sofia prende l'identikit in cui l'assassino compare mascherato e con la mano che trema disegna quello che ha visto lungo la linea del volto.

All'inizio sembrano delle grandi piume, o forse delle penne alari, poi diventano come dei capelli annodati, prima che la punta della matita incida un buco nella carta.

«No, non lo so», dice Sofia allontanando l'immagine.

«Il ministro ha parlato di un uomo con due volti?»

«Come?»

«Forse in senso simbolico», dice Joona guardando l'immagine.

«Se è così, non abbiamo forse tutti due volti?»

36

Sofia resta immobile con gli occhi rivolti verso il basso e le ciglia che tremano. La donna – pensa Joona – sembra ricordare tutto come se si fosse trovata ai margini della scena, o come se fosse rimasta in un angolo a osservare se stessa.

«Secondo te l'assassino era un terrorista?» le domanda dopo qualche secondo.

«Perché me lo chiedi? Non ne ho idea.»

«Ma qual è la tua opinione?»

«Sembrava una questione personale... Ma forse per i terroristi lo è davvero.»

Prima assiste ai due spari a distanza e dopo allo spostamento dell'assassino; poi prova a fuggire e scivola sul sangue.

«Quindi sei caduta e sei rimasta a terra», dice Joona mostrandole una fotografia della cucina insanguinata scattata dal suo punto di vista.

«Sì», risponde lei con un filo di voce e distoglie lo sguardo.

«Il ministro è inginocchiato, sanguina dalle due ferite al busto, l'assassino lo tiene per i capelli e gli preme la pistola contro l'occhio.»

«Quello destro», mormora Sofia con un'espressione indecifrabile dipinta in viso.

«Hai parlato della conversazione tra di loro, ma poi cos'è successo?»

«Non lo so, niente. Lui gli ha sparato.»

«Ma non subito, vero?»

«No?» chiede lei timidamente.

«No», risponde Joona, notando che i sottili peli chiari sulle braccia di Sofia si sono rizzati.

«Avevo battuto la testa contro il pavimento e tutto è successo come al rallentatore», dice lei alzandosi dal divano.

«Cos'è successo?»

«È stato come se il tempo si fosse bloccato e poi... No, non lo so.»

«Cosa stavi per dire?»

«Niente.»

«Niente? Stiamo parlando di un intervallo di dieci minuti», dice lui.

«Dieci minuti.»

«Cos'è successo?» insiste Joona.

«Non lo so», risponde lei grattandosi un braccio.

«Ha filmato il ministro?»

«No, non mi sembra... Di che cavolo parli?» sbotta Sofia lamentandosi, quindi si allontana, raggiunge la porta e bussa.

«Ha comunicato con qualcuno?»

«Non ce la faccio più», bisbiglia Sofia.

«Sì che ce la fai.»

Si volta di nuovo verso Joona: l'espressione del suo volto è carica di sconforto e disperazione.

«Tu credi?» chiede.

«Ha comunicato con qualcuno?»

«No.»

«Ti è sembrato che stesse pregando?»

«No», sorride lei asciugandosi le lacrime dalle guance.

«Potrebbe aver costretto il ministro a dire qualcosa?»

«Sono rimasti in silenzio», risponde lei.

«Per tutto il tempo?»

«Sì.»

«Eri lì e li hai visti, Sofia. Davvero l'assassino non ha fatto niente?» le chiede Joona. «Voglio dire: era spaventato, stava tremando?»

«Sembrava calmo», risponde lei asciugandosi di nuovo le lacrime.

«Forse era combattuto... Forse non sapeva se ucciderlo o meno?»

«Però non ha esitato, non è questo... Credo che semplicemente gli piacesse stare lì... Il ministro continuava a respirare con affanno, stava per perdere conoscenza... Ma l'assassino non smetteva di tenerlo per i capelli e di fissarlo.»

«Cos'è che l'ha spinto a sparare?»

«Non lo so... Dopo un po' gli ha lasciato andare i capelli, ma con la pistola sempre premuta contro l'occhio... e d'improvviso c'è stato un botto. Non proveniva dalla pistola, quella ha fatto solo uno scatto leggero... È stata la nuca a fare rumore, giusto? Quando il cranio è esploso...»

«Sofia», dice Joona con un tono di voce calmo. «Ora prenderò una pistola. È scarica, non è pericolosa, ma dobbiamo darle un'occhiata per recuperare gli ultimi dettagli.»

«Ok», annuisce lei, e le sue labbra diventano pallide.

«Non aver paura.»

Con cautela, Joona sfila la Sig Sauer dalla fondina, la estrae e la posa sul tavolo.

Si accorge che Sofia fa fatica a guardarla e che le vene sul suo collo si stanno gonfiando.

«Lo so che è difficile», dice a bassa voce. «Ma voglio parlare di come impugnava l'arma. So che te lo ricordi... perché hai detto che la teneva con tutt'e due le mani.»

«Sì.»

«Qual era la mano di sostegno?»

«In che senso?»

«Una mano sta dentro l'altra, con il dito sul grilletto; la seconda serve da sostegno», le spiega.

«Era... Era la sinistra a fare da sostegno», risponde Sofia provando a sorridere prima di abbassare lo sguardo.

«Quindi ha mirato con l'occhio destro?»
«Sì.»
«E ha chiuso il sinistro?»
«Ha mirato con tutti e due.»
«Capisco», dice Joona pensando che si tratta di una tecnica alquanto insolita.

Anche lui spara mirando con entrambi gli occhi. Questo gli permette di avere un maggiore controllo della situazione durante un conflitto a fuoco, ma bisogna esercitarsi parecchio perché la tecnica sia efficace.

Continua a rivolgerle domande sui movimenti dell'assassino, sulla posizione delle spalle nel momento in cui ha sparato a distanza e su come ha spostato la pistola nell'altra mano per non perdere la traiettoria mentre si chinava a recuperare i bossoli dal pavimento.

Sofia descrive di nuovo la lentezza della successione degli eventi, lo sparo all'occhio, il corpo che cade all'indietro, storto, con una gamba distesa e l'altra piegata, l'assassino che gli si posiziona sopra e spara all'altro occhio.

Joona lascia la pistola sul tavolo. Si alza, prende due bicchieri dallo scaffale nell'angolo cucina e intanto pensa che l'assassino del ministro degli Esteri non ha avuto bisogno di cambiare caricatore.

Ma se io fossi stato in lui l'avrei fatto subito dopo il quarto sparo, per avere un caricatore pieno al momento di lasciare il posto, dice tra sé mentre versa la Coca-Cola.

Bevono e posano entrambi delicatamente i bicchieri sul tavolo. Joona prende la pistola e aspetta che Sofia si asciughi la bocca con la mano.

«Dopo l'ultimo sparo... ha cambiato il caricatore della pistola?»

«Non lo so», risponde Sofia, esausta.

«Si apre un gancio e il caricatore cade nella mano così», le mostra Joona. «E poi se ne infila dentro un altro.»

Lei ha un tremito quando sente il rumore; deglutisce e poi annuisce.

«Sì, l'ha fatto», dice.

37

Mentre percorre lo sconnesso viale sterrato che conduce al vivaio di Valeria, Joona ripensa alla descrizione dell'assassino fornita da Sofia: spara con entrambi gli occhi aperti, impugna la pistola con tutt'e due le mani, recupera i proiettili e i bossoli e inserisce nella pistola un caricatore pieno prima di lasciare la casa.

Per iniziare a sparare con un'arma ad azione singola bisogna far arretrare il carrello in modo che la prima cartuccia armi il cane.

Ci sono diversi modi per farlo. I poliziotti svedesi di solito appoggiano l'intera mano sinistra sul carrello, mirano al pavimento e tirano all'indietro e verso l'alto.

L'assassino, invece, ha afferrato il carrello col pollice e l'indice e, invece di farlo arretrare, ha spinto in avanti la pistola con un unico movimento per essere in grado di fare fuoco immediatamente. È una tecnica per niente spontanea, ma, una volta che la si è appresa, permette di risparmiare secondi preziosi durante un conflitto a fuoco.

Joona si ricorda di una volta in cui aveva esaminato un vecchio filmato dell'Interpol. Una videocamera di sorveglianza aveva ripreso l'assassino di Fathi Shaqaqi di fronte al Diplomat Hotel di Malta.

L'attentato era stato eseguito da due agenti del Kidon, un'unità operativa del Mossad.

Nella sgranata registrazione in bianco e nero si vedeva un uomo a volto coperto che, dopo aver colpito la vittima tre volte, armava il cane esattamente nella stessa maniera, poi saliva in sella a una moto alle spalle di un altro uomo e spariva.

Il racconto di Sofia ha confermato che l'assassino possiede un addestramento militare di alto livello.

Durante l'intera azione aveva sempre tenuto la pistola all'altezza del viso e la canna dell'arma costantemente puntata davanti a sé.

Joona immagina l'assassino, lo vede sparare, correre e cambiare il caricatore senza mai perdere la linea di mira.

Gli vengono in mente la GROM polacca e i Navy SEALs americani. Eppure l'assassino si trattiene sulla scena ben più a lungo del necessario.

Non ha paura, non esita; resta semplicemente a osservare l'agonia della vittima, incurante del tempo che passa.

Joona controlla l'orologio: nel giro di tre ore soltanto dovrà consegnare il messaggio alla moglie di Salim Ratjen.

Joona parcheggia davanti al cottage di Valeria, circondato da un giardino verdeggiante, e prende uno dei due bouquet posati sul sedile del passeggero. I rami delle enormi betulle bianche sfiorano l'erba. L'aria estiva è ancora calda e umida. Non arriva nessuno ad aprire quando bussa alla porta, ma le luci sono accese, e allora gira intorno alla casa in cerca di Valeria.

La trova in una delle serre sul retro. I pannelli di vetro sono velati dalla condensa, ma Joona la vede distintamente all'interno. Ha i capelli raccolti in uno sbrigativo chignon e indossa un paio di jeans sbiaditi, degli stivali e un'attillata felpa rossa macchiata di terra. Sta spostando dei pesanti vasi di aranci, ma a un certo punto si volta e lo scorge.

Valeria ha gli occhi scuri, i capelli ricci e ribelli e il corpo slanciato. Frequentava una classe parallela nella stessa scuola di Joona, e lui non riusciva a staccarle gli occhi di dosso. Era stata una delle prime persone a cui aveva raccontato della morte di suo padre.

Si erano incontrati a una festa e dopo lui l'aveva riaccompagnata a casa. L'aveva baciata con gli occhi aperti, e ancora ricorda cos'aveva pensato in quel momento: qualunque cosa gli fosse successa in futuro, almeno aveva baciato la ragazza più bella della scuola.

«Valeria», la chiama Joona aprendo la porta della serra.

Lei stringe le labbra per non ridere, e così il mento le si fa corrucciato, mentre i suoi occhi appaiono colmi di gioia. Joona le porge il bouquet di mughetto e Valeria si pulisce sui jeans le mani sporche di terra prima di prenderlo.

«Sei tu il detenuto in licenza per visitare la sede del tirocinio?»

«Sì, io...»

«E pensi che riuscirai ad adeguarti a una vita normale quando verrai rilasciato? Fare il giardiniere può essere un lavoro abbastanza pesante, a volte.»

«Sono forte», risponde Joona.

«Ne sono convinta», dice Valeria sorridendo.

«Prometto che non te ne pentirai.»

«Bene», mormora lei.

Restano a guardarsi negli occhi per qualche istante, poi Valeria abbassa lo sguardo.

«Mi dispiace di essere conciata così», si scusa. «Ma devo caricare quindici noci bianchi... Micke e Jack verranno a prendere il rimorchio tra un'ora.»

«Sei più bella che mai», dice Joona seguendola all'interno.

Gli alberi sono disposti in grandi vasi di plastica neri: sono alti due metri e mezzo, e hanno le chiome rigogliose.

«Li si può trasportare reggendoli per il tronco?»

«Li portiamo con questo», dice lei recuperando un carrello portasacchi giallo.

Joona carica il primo noce sul carrello e Valeria lo trasporta all'indietro fuori dalla porta e lungo il vialetto, fino allo spiazzo. Le foglie di colore verde chiaro fremono e si scuotono intorno alla testa di Joona quando solleva l'albero su un rimorchio chiuso da sbarre metalliche.

«I ragazzi sono gentili ad aiutarti», dice dopo aver posato il vaso con un tonfo pesante.

Recuperano altri alberi e li trasportano con il carrello. Le foglie tremano e la terra scivola attraverso le spaccature dei vasi spargendosi sul sentiero erboso.

Valeria sale sul rimorchio e spinge gli alberi fino in fondo perché ce ne stiano di più.

Scende e si allontana i capelli dal viso con un soffio, poi si toglie la terra dalle mani e si siede sulla barra di traino.

«Quasi non mi capacito che siano già grandi», dice guardando Joona. «Ho commesso i miei errori e loro sono cresciuti senza di me.»

I suoi occhi color ambra si fanno più scuri e seri.

«La cosa importante è che ora sono qui», dice Joona.

«Ma non è così scontato... Se ripenso a ciò che ho fatto passare loro mentre ero a Hinseberg... Li ho delusi in ogni modo possibile.»

«Però saranno orgogliosi di quello che sei diventata», dice Joona.

«Non mi perdoneranno mai veramente... Voglio dire, tu hai perso tuo padre quando eri piccolo, però lui era un eroe. Deve aver comunque significato molto per te. Forse non allora, ma di certo quando sei cresciuto.»

«Sì, ma tu ne sei venuta fuori. Hai potuto spiegare quello che è successo, gli errori...»

«Non vogliono parlarne.»

Valeria abbassa lo sguardo e una ruga compare tra le sue sopracciglia folte.

«E almeno non sei morta.»

«Anche se è quello che dicevano ai loro amici, perché si vergognavano.»

«Io mi vergognavo perché con mia madre non ce la passavamo bene economicamente... Per questo non ti ho mai portata a casa mia.»

Valeria si volta per guardare Joona negli occhi.

«Ho sempre creduto che tua madre preferisse vederti uscire con delle ragazze finlandesi», dice lei.

«No», ride Joona. «Ti avrebbe adorata, le piacevano da morire i capelli ricci.»

«Di cosa ti vergognavi?» gli chiede lei.

«Mia madre e io abitavamo in un monolocale a Tensta. Io dormivo in cucina su un materasso, ogni mattina lo arrotolavo e lo infilavo nell'armadio... Non avevamo la tv e nemmeno lo stereo, e i mobili erano vecchissimi...»

«E dopo la scuola lavoravi in un magazzino, giusto?»

«Il deposito di legname di Ekesiöö a Bromma... Altrimenti non saremmo riusciti a pagare l'affitto.»

«Probabilmente mi consideravi una ragazzina viziata», mormora Valeria guardandosi le mani.

«Si impara in fretta che la vita è ingiusta.»

38

Valeria prende il carrello e si incammina verso la serra. Continuano a caricare i noci sul rimorchio in silenzio. Il passato si agita nell'animo di entrambi e nel mare della memoria affondano lentamente i ricordi, trascinandone altri nel gorgo.

Quando Joona aveva undici anni, suo padre Yrjö, che faceva il poliziotto, era stato ucciso in servizio da un uomo armato con un fucile a pallettoni, durante una lite domestica a Upplands Väsby. Sua madre Ritva era casalinga e non aveva alcun reddito. I soldi erano finiti e lei e Joona erano stati costretti a lasciare la casa di Märsta.

Joona aveva imparato in fretta a dire che non aveva voglia di andare al cinema quando gli amici lo invitavano e che non aveva fame quando andavano in un locale.

Solleva l'ultimo albero sul rimorchio, raddrizza un ramo e chiude con attenzione lo sportello.

«Mi stavi raccontando di tua madre», dice Valeria.

«Di certo sapeva che mi vergognavo della nostra situazione», dice Joona pulendosi le mani. «Dev'essere stato difficile per lei, perché in realtà non ce la passavamo poi così male. Lei accettava tutti i lavori da donna delle pulizie che le venivano offerti. Prendeva sempre dei libri in biblioteca, e la sera li leggevamo e ne parlavamo.»

Dopo aver riposto il carrello nel capanno degli attrezzi, salgono verso la casa. Valeria apre una porticina che conduce nella stanza adibita a lavanderia.

«Lavati le mani qui», dice aprendo il rubinetto di un enorme lavandino in acciaio.

Joona le si dispone accanto e infila le mani sporche di terra sotto il getto di acqua tiepida. Si sfrega tra i palmi un pezzo di sapone che diventa nero di terriccio, e poi inizia a lavarsi.

Nella stanza si sente solo il rumore dell'acqua che scorre scintillante lungo il lavandino scanalato e inclinato.

Il sorriso svanisce dal volto di Valeria quando si sciacquano le mani, le insaponano di nuovo e iniziano a lavarsele a vicenda.

Indugiano sotto il getto tiepido, improvvisamente consapevoli del contatto. Lei stringe delicatamente con la mano intera due delle dita di Joona e incrocia il suo sguardo.

È molto più alto di lei e, anche se si china per baciarla, Valeria deve sollevarsi sulle punte dei piedi.

È il primo bacio che si scambiano dai tempi delle superiori, e dopo si guardano quasi con timidezza. Valeria prende un asciugamano pulito dal ripiano e gli asciuga le mani e gli avambracci.

«È incredibile che tu sia qui con me, Joona Linna», dice con dolcezza accarezzandogli la guancia e seguendo la linea della mascella fino all'orecchio e ai capelli biondi e indomabili.

Si sfila la maglia e si lava sotto le braccia senza togliersi il reggiseno bianco con le spalline di un colore diverso. La sua pelle ha un colorito caldo: sembra olio d'oliva in una ciotola di porcellana. Ha entrambe le spalle tatuate e le braccia sorprendentemente muscolose.

«Smettila di guardarmi», dice sorridendo.

«È difficile non guardarti», replica lui, voltandosi.

Valeria si infila i pantaloni di una tuta, neri e con delle strisce bianche, e una canottiera gialla.

«Andiamo dentro?»

La casa è piccola e arredata con semplicità. Il soffitto, il pavimento e le pareti sono dipinti di bianco. Entrando in cucina, Joona va a sbattere la fronte contro il lampadario.

«Attento alla testa», dice Valeria, mettendo i fiori in un vaso.

Intorno al tavolo non ci sono sedie, e sul piano di lavoro sono disposte tre teglie di pane coperte da strofinacci.

Valeria infila dell'altra legna nella vecchia stufa, soffia sulla brace e poi prende una pentola.

«Hai fame?» chiede recuperando pane e formaggio dalla dispensa.

«Ho sempre fame», risponde Joona.

«Bene.»

«Hai delle sedie?»

«Solo una... Per costringerti a starmi in braccio... Scherzo. Di solito le sposto per aver più spazio quando faccio il pane», dice indicando il soggiorno.

Joona entra nella sala con la tv, il divano e una vecchia credenza dipinta a mano. Lungo una parete, in fila, ci sono sei sedie; ne prende due e torna in cucina, va a sbattere di nuovo la testa contro il lampadario, lo ferma con la mano e si siede.

La luce dondola ancora per un istante scivolando lungo le pareti.

«Valeria... Per essere sincero, non sono in permesso», comincia Joona.

«Non sei evaso, vero?» gli chiede lei sorridendo.

«Non questa volta.»

Valeria distoglie gli occhi dal colore castano chiaro e sbianca in volto come se si trovasse dietro un muro di ghiaccio.

«Sapevo che sarebbe successo, sapevo che saresti tornato nella polizia», dice allora, deglutendo vistosamente.

«Non ci sono tornato. Mi hanno costretto a partecipare a un'ultima operazione, non avevo altra scelta.»

Lei si appoggia delicatamente con una mano alla parete. Evita di incrociare lo sguardo di Joona. Le vene pulsano rapidamente sul suo collo e le labbra si sono fatte pallide.

«Almeno è vero che sei stato in prigione?»
«Ho accettato l'incarico due giorni fa.»
«Capisco.»
«Ho chiuso con la polizia.»
«No», ribatte Valeria sorridendo. «Forse è ciò che credi, ma io sapevo che volevi tornarci.»
«Non è vero», dice Joona, anche se in quel momento capisce che ha ragione lei.
«Non sono mai stata innamorata di nessuno come lo sono di te», dice Valeria lentamente, spegnendo il fuoco. «So di aver fallito quasi in tutto nella mia vita, e so che il vivaio non è in fondo niente di cui vantarsi... Ma quando ho scoperto che eri rinchiuso a Kumla... Non so, ho avuto la sensazione che non dovevo più vergognarmi, che avresti capito. Ma adesso... Tu non vuoi davvero lavorare qui, e dopotutto perché dovresti? Sarai sempre un poliziotto: è quella la tua natura, ne sono certa.»
«Starei bene qui», dice Joona.
«Non funzionerà», risponde lei con voce cupa.
«Sì, invece.»
«Non c'è niente di male, Joona, è così e basta», dice Valeria, guardandolo con occhi spenti.
«Sono un poliziotto, è una parte di me. Mio padre è morto con l'uniforme addosso... Non gli sarebbe piaciuto vedermi in giacca e cravatta, ma quell'opzione sarebbe comunque meglio che la divisa da carcerato.»
Lei resta immobile, con gli occhi bassi e le braccia incrociate sul petto.
«Forse sto esagerando, ma vorrei che te ne andassi», dice con un filo di voce.
Joona annuisce lentamente, passa una mano sul piano del tavolo e si alza.
«Facciamo così», dice provando a incrociare lo sguardo di

Valeria. «Stasera sarò in un albergo a Vasastan, si chiama hotel Hansson. Domani devo ritornare a Kumla, ma fino ad allora aspetterò che tu venga a trovarmi, e poco importa se sono un poliziotto o meno.»

Quando Joona esce dalla cucina, Valeria nasconde il volto per non fargli vedere che sta cominciando a piangere. Sente i passi pesanti di lui nell'ingresso, e poi la porta che si apre e si richiude.

Si avvicina alla finestra e lo guarda salire in macchina e allontanarsi. Quando Joona sparisce in fondo alla strada, crolla sul pavimento con la schiena contro il calorifero e si abbandona alle lacrime, quelle lacrime vecchie di anni rimaste in attesa dentro di lei sin dal giorno in cui le loro strade si erano separate e un abisso si era aperto tra di loro.

39

Saga mette il lucchetto alla moto e si incammina per Luntmakargatan pensando alla rapidità con cui Joona è riuscito a conquistare la fiducia di Salim Ratjen. L'operazione inizierà tra due ore.

Passa davanti a un ristorante asiatico vegetariano e scorge una coppia di cinquantenni che sta cenando. Si stringono le mani sopra il tavolo tra i piatti e i bicchieri e parlano sorridendo.

Saga si accorge di essersi dimenticata di mangiare da quando il ministro è morto.

Tutti sono stati travolti dalla minaccia che grava sul Paese.

Jeanette si è assentata per malattia dopo l'incontro con Tamara al Nyköpingsbro. Saga aveva dovuto guidare fino a Stoccolma con la collega rannicchiata sul sedile posteriore a occhi chiusi.

Quando l'ha incrociato in ufficio quella mattina, Janus aveva gli occhi iniettati di sangue e stava bevendo acqua a più non posso.

Non si era fatto la barba e aveva ammesso di non essere tornato a casa dalla famiglia e di aver passato la notte in macchina in un parcheggio. Saga pensa che dovrà convincerlo a prendere le medicine. Sa che, dopo il congedo dall'esercito, Janus è stato ricoverato per alcune settimane, ma da allora ha gestito la malattia alla perfezione.

I suoi collaboratori avevano esaminato i filmati delle videocamere di sorveglianza sull'hard disk del ministro degli Esteri. L'assassino non compariva in un solo fotogramma, anche se doveva essere stato almeno una volta nella villa per studiare la scena.

Tre settimane prima, però, le videocamere avevano inquadrato un altro intruso.

Nel filmato si vedeva il celebre chef Rex Müller che, nel cuore della notte, scavalcava la recinzione, attraversava il prato e barcollava sulla veranda.

Le immagini lo immortalavano mentre urinava direttamente nella piscina illuminata e si aggirava per il giardino raccogliendo i nani di porcellana come se fossero stati enormi funghi, per poi gettarli uno alla volta nella vasca.

È difficile ipotizzare un qualche collegamento con l'omicidio, ma si era trattato comunque di un atteggiamento aggressivo e squilibrato.

Asciugandosi il sudore sul labbro superiore, Janus continuava a ripetere che non bisognava mai sottovalutare nessuna manifestazione di ostilità. Qualche parola aggressiva in un commento o in un post su Facebook o Instagram può sfociare in terribili crimini d'odio.

Rex raccoglie il posacenere che Sammy ha dimenticato in terrazza, lo sciacqua e lo sta infilando nella lavastoviglie quando suonano alla porta. Lascia il rubinetto aperto e si affretta al piano di sotto.

Fuori dalla porta c'è la donna più bella che abbia mai visto. Sembra appena uscita da una di quelle visioni meravigliose che visitano coloro che dormono a lungo, quando l'alcol ha ormai lasciato il corpo e i sogni diventano dolci come zucchero.

«Mi chiamo Saga Bauer e lavoro per la Säpo», dice la donna fissandolo con i suoi occhi azzurri.

«Säpo?» domanda Rex.

«La polizia di sicurezza», spiega Saga porgendogli il tesserino.

«Ok», risponde lui senza nemmeno guardarlo.

«Posso entrare?»

Rex arretra di un passo, sente il rumore dell'acqua che scroscia nel lavandino e si ricorda che stava lavando i piatti.

Educatamente, l'agente della Säpo si sfila le scarpe con un dito e le spinge da parte con il piede.

«Possiamo andare in cucina?» dice Rex a voce bassa. «Stavo caricando la lavastoviglie e...»

Saga annuisce e lo segue su per le scale. Rex chiude il rubinetto e la guarda.

«Vuole... Vuole una tazza di caffè?»

«No, grazie», dice la donna osservando la città fuori dalla finestra. «Lei conosceva il ministro degli Esteri, vero?»

Si volta di nuovo verso di lui. Rex nota che l'alluce le spunta da un buco nelle calze.

«Non riesco ad accettare il fatto che ci abbia lasciati», risponde scuotendo il capo. «Non sapevo che fosse una faccenda così seria, non parlava quasi mai della sua malattia... È tipico degli uomini della nostra generazione, siamo convinti di doverci tenere tutto dentro...»

La voce gli si spezza.

Saga si avvicina al tavolo e osserva per qualche istante le ciotole piene di lime prima di sollevare lo sguardo.

«Ma eravate amici, giusto?»

Rex alza le spalle.

«Non ci siamo visti molto negli ultimi anni. Non avevamo tempo, nessuno dei due... È così quando si vuole fare carriera, c'è un prezzo da pagare.»

«Lo conosceva da molto tempo», dice lei afferrando lo schienale di una sedia.

«Fin dalle superiori... Abbiamo frequentato lo stesso collegio, il Ludviksberg... Eravamo una banda di ragazzini viziati che... Ecco, eravamo irrefrenabili, nessuna battuta era troppo brutale o volgare, nessuno scherzo troppo estremo», mente Rex.

«Sembra divertente», commenta seccamente la donna.

«È stato il periodo migliore della mia vita», sorride Rex voltandosi verso la lavastoviglie perché non sopporta più di avvertire il marchio della menzogna impresso sul volto.

Quando torna a guardare l'agente, un crampo gli stringe lo stomaco. Su una delle sedie intorno al tavolo si nota distintamente il sangue di DJ. Come aveva fatto a non accorgersene mentre puliva? In un modo o nell'altro è colato sotto il bracciolo. Qualche goccia di sangue secco dal colore rosso scuro si è infilata sotto il telaio.

«Perché ho la sensazione che non mi stia dicendo la verità?»

«Forse è il mio brutto muso», suggerisce Rex. «È solo la mia faccia, non c'è bisogno di prendersela.»

Saga non sorride. Abbassa per un istante lo sguardo e poi lo fissa di nuovo.

«Quand'è l'ultima volta che ha visto il ministro?»

«Non mi ricordo... Abbiamo preso un caffè insieme qualche settimana fa», mente Rex passandosi nervosamente una mano tra i capelli.

Gli occhi azzurri della donna sono seri, inquisitori.

«Ha parlato con sua moglie?»

«No, cioè... Non la conosco, ci siamo visti solo un paio di volte.»

Rex non riesce a pensare ad altro che al sangue. È come se ogni parola che gli esce di bocca si rivelasse vuota e fuori posto.

Saga solleva le mani dalla sedia e gira intorno al tavolo senza mai perdere di vista Rex.

«Cosa mi sta nascondendo?»

«Devo conservare qualche segreto per convincerla a tornare.»

«Non può desiderare davvero che io torni, mi creda.»

«Altroché», annuisce Rex con entusiasmo.

«Le sparerò alle ginocchia», dice Saga, ma poi non può fare a meno di ridere della smorfia scherzosa di lui.

«Andiamo a sederci nel giardino d'inverno, che ne dice?» suggerisce Rex con un gesto della mano. «Fa più fresco...»

Saga lo segue nella veranda chiusa sul terrazzo. Si accomodano sulle morbide poltrone in pelle d'agnello disposte accanto all'antico tavolo di marmo.

Rex pensa che sia il momento di inventarsi una scusa per rientrare, versare della candeggina su un pezzo di carta da cucina, pulire la sedia e buttare la carta nel wc prima che lei si accorga di qualcosa.

«Vuole un bicchiere d'acqua?» domanda.

«Non resterò molto», dice Saga sfiorando le foglie di una grande pianta di melissa.

«Champagne?»

L'agente della Säpo sorride stancamente, e Rex nota la profonda cicatrice che si insinua tra le sue sopracciglia. In un certo senso, rende la donna più vera.

«Il ministro le ha mai detto di sentirsi minacciato?» chiede.

«Minacciato? No... Non credo», risponde Rex sentendosi accapponare la pelle sulle braccia quando capisce che il ministro è stato assassinato.

Come spiegare altrimenti il coinvolgimento della Säpo?

Il ministro degli Esteri non era davvero malato, quella era solo la versione ufficiale.

Rex sente sgorgare il sudore sul labbro superiore mentre si ricorda di aver detto, qualche istante prima, che il ministro non voleva parlare della sua malattia. Ha dato a intendere di essere al corrente della situazione, ma di non averne capito la gravità.

«Devo andare», dice Saga alzandosi.

Rex la segue in cucina. L'agente della Säpo si ferma accanto al tavolo e si volta.

«C'è qualcosa che vuole raccontarmi?» domanda con un'espressione seria sul volto.

«No, solo quello che ho già detto... Che a volte esageravamo un po' con gli scherzi.»

Invece di andarsene, l'agente scosta la sedia macchiata di sangue, si accomoda e alza lo sguardo verso di lui, con l'aria di chi si aspetti di sentire la verità.

«A volte è andato a trovarlo a Djursholm, vero?»

«No», mormora lui, guardando il mobiletto in cui è riposta la candeggina.

Se davvero il ministro è stato assassinato, l'intrusione di Rex non solo rappresenta uno scandalo, ma rischia di trasformarlo in un sospettato.

In preda al panico, Rex pensa che farebbe meglio a confessare i suoi reali sentimenti nei confronti del ministro, aggiungendo però che non avrebbe mai fatto del male a nessuno.

Non ha mai commesso nessuna azione violenta, e tuttavia, subito dopo, riflette sul fatto che il tentativo di aiutare DJ la sera precedente potrebbe avere conseguenze devastanti.

Tra le notizie locali non si è parlato di risse o incidenti mortali, ma c'era davvero tanto sangue e DJ era certo che l'uomo fosse rimasto ferito gravemente.

Forse in quel preciso momento si trova sul tavolo operatorio e, se dovesse morire, Rex potrebbe essere accusato di concorso in omicidio, o comunque di aver aiutato un criminale.

Se l'agente della Säpo spostasse le mani di qualche millimetro più avanti sulla sedia, si accorgerebbe delle tracce appiccicose di sangue.

«In generale, quand'è l'ultima volta che è stato a Djursholm?»

Rex fissa la mano di Saga sul bracciolo.

«Le racconterei volentieri un sacco di vecchi aneddoti, ma tra poco bisogna che esca... Devo cambiare menu al ristorante e...»

Lei tamburella con le dita sui braccioli, si appoggia allo schienale e lo osserva con aria indagatrice. I suoi polpastrelli sono a un millimetro dalle tracce di sangue lungo il telaio.

«Le ha mai parlato di un uomo con due volti?»

«No», si affretta a rispondere Rex.

«Non le interessa sapere a cosa mi riferisco?» chiede Saga. «Non sarebbe questa la reazione normale, se davvero non sapesse di cosa parlo?»

«Sì, ma...»

L'indice della donna sfiora distrattamente una delle gocce secche.

«Ma... Cosa?»

Rex sta per passarsi di nuovo la mano tra i capelli, ma fortunatamente riesce a bloccarsi.

«Inizia a farsi tardi e... e onestamente non credo di poterle essere d'aiuto.»

«Non si stupisca, se dovessi tornare», dice Saga alzandosi.

Gira intorno alla sedia, afferra lo schienale e la riaccosta al tavolo, poi fissa Rex per qualche istante prima di dirigersi verso le scale.

«Abbiamo un appuntamento con gli investitori, giusto?» chiede Rex.

DJ e la sua squadra stanno lavorando da più di un anno per produrre i primi pezzi di una serie di utensili da cucina firmati da Rex.

Si tratta di prodotti di ottima qualità dal design elegante e dal prezzo contenuto. Tutti devono poter diventare re della propria cucina: Rex of Kitchen.

«Pensavo che potremmo andare a cena in un bel posto e fare quattro chiacchiere... È importante che si sentano coccolati», spiega.

Rex annuisce e taglia un pezzo di aringa. Lo mastica, poi si allunga ad afferrare il bicchiere di birra fresca di DJ.

«Rex...»

«Non lo saprà nessuno», dice con una strizzata d'occhio.

«Non farlo», ribatte DJ con tono fermo.

«Ti ci metti anche tu?» sorride Rex posando il bicchiere. «Sono sobrio, ma onestamente è ridicolo... Senza chiedermi nulla, tutti quanti si sono convinti che io abbia un problema.»

Finiscono di mangiare, pagano e scendono verso il molo dove DJ tiene ancorato il suo motoscafo sportivo, un Sea Ray Sundancer tutto rigato.

È una serata calda e sorprendentemente bella: l'acqua è immobile, il sole sta per tramontare e le nuvole colpite dai suoi raggi hanno preso un colore dorato.

Rex e DJ levano gli ormeggi e si allontanano lentamente dal molo, ondeggiando attraverso la scia di un'altra imbarcazione e avanzando cautamente oltre lo stretto. Sulla riva di babordo sono abbarbicate graziose strutture che sembrano castelli di legno, le cui verande in vetro riflettono il cielo serale.

«Come sta tua madre?» chiede Rex accomodandosi nella poltrona di pelle bianca accanto a DJ.

«Mi trova insopportabile ultimamente, vero?» domanda Rex aggrottando la fronte.

«Sei *davvero* insopportabile ultimamente», risponde DJ in tutta sincerità. «Nessuno ti obbliga a dare lezioni ai cuochi ogni volta che andiamo al ristorante.»

«Era per scherzare.»

Il cameriere arriva con gli antipasti, indugia un po' troppo a lungo e poi chiede arrossendo se Rex abbia voglia di fare un autografo allo staff in cucina.

«Dipende dal cibo», risponde Rex in tono serio. «Non sopporto quando la crema di limone sa di caramella.»

Il cameriere resta accanto al tavolo sorridendo con aria inquieta mentre Rex impugna le posate e taglia un pezzo di asparago grigliato.

«Vacci piano», suggerisce DJ accarezzandosi la barba bionda.

Rex intinge il salmone affumicato nella crema di limone. Ne inspira il profumo attraverso le narici, assaggia e mastica con concentrazione, quindi estrae una penna e scrive sul retro del menu: *I miei complimenti agli chef dello Strand Hotel di Dalarö, con i migliori saluti, Rex.*

Il cameriere ringrazia e si affretta a tornare in cucina con un sorriso incontenibile stampato sul volto.

«È davvero così buono?» domanda DJ a bassa voce.

«Non è male», risponde Rex.

DJ si sporge in avanti, riempie d'acqua il bicchiere di Rex e gli porge il cestino con il pane. Rex beve un sorso e osserva l'enorme yacht che scivola lentamente lungo il porticciolo in direzione del mare aperto.

Arrivano i piatti con le aringhe gratinate, le cipolle spadellate e il purè di patate.

«Hai verificato di essere libero il prossimo weekend?» domanda cautamente DJ.

basso pesante rimbomba al telefono e una donna urla qualcosa con voce allegra.

«Ci vediamo dopo», dice Rex, ma la chiamata è già stata interrotta.

«A dire il vero un po' meglio», risponde l'altro aumentando leggermente la velocità. «I medici stanno testando dei nuovi farmaci e per il momento va abbastanza bene.»
Quando raggiungono il mare aperto la sua voce viene sommersa dal rombo del motore. La schiuma bianca vortica alle loro spalle, la prua fende l'acqua e lo scafo si scontra con le onde. La velocità aumenta ancora e in un secondo la barca inizia a planare sfrecciando sopra il mare.
Rex si alza barcollando e inizia a infilarsi gli sci d'acqua riposti sul tavolato tra i due sedili.
«Non ti cambi?» gli urla DJ.
«Cosa?»
«Ti bagnerai i vestiti.»
«Non cadrò», urla Rex in risposta.
Inizia a srotolare la corda e sente il telefono che vibra nella tasca interna. È Sammy, e Rex fa cenno a DJ di rallentare.
«Pronto?»
Sullo sfondo si sentono musica e voci.
«Ciao, papà», dice Sammy, con la bocca troppo vicina al microfono. «Volevo solo chiederti cosa fai stasera.»
«Dove sei?»
«A una festa, ma...»
L'onda sollevata da una grande barca a vela fa vacillare Rex, che perde l'equilibrio e cade sui cuscini di pelle bianca.
«Ti stai divertendo?» chiede.
«Cosa?»
«Sono a Dalarö con DJ, ma ieri ho preparato della sogliola. Ce n'è ancora in frigo... Puoi mangiarla fredda oppure mettere la pirofila in forno per qualche minuto.»
«Non ti sento», ride Sammy.
«Non farò tardi», prova a strillare Rex.
La musica alta tuona sullo sfondo della voce di Sammy, un

40

Joona parcheggia accanto a un vecchio camper bianco al numero 16 di Almnäsvägen, guarda l'orologio e ripensa per l'ennesima volta al colloquio con Sofia Stefansson.

L'assassino che devono smascherare, pur possedendo un addestramento militare particolarmente avanzato, esce dagli schemi della propria missione.

È attentissimo a cancellare ogni traccia, eppure risparmia una testimone.

È eccezionalmente rapido ed efficace, ma poi lascia passare dieci minuti senza fare nulla. È molto calmo, non trema, non esita, non invoca Dio, non fa domande e non avanza richieste.

Per qualche ragione, quel lasso di tempo vuoto doveva avere un'importanza simbolica, pensa Joona.

Ma in tal caso, la serie di cause dietro l'omicidio dev'essere ben più complessa di quanto abbiano immaginato, e l'ipotesi di un atto terroristico convenzionale appare fin troppo semplice.

La porta del camper si apre e all'esterno del mezzo esce una donna con un impermeabile verde che solleva il cappuccio sui capelli biondi. Joona scende dall'auto, la chiude e le si avvicina.

«Joona Linna?» dice la donna.

«È il mio nome», risponde lui tendendole la mano.

La donna si sforza di non sorridere.

«Sono Ingrid Holm, la accompagno dal capo dell'unità operativa.»

«Grazie, molto gentile.»

Ingrid Holm lo guida oltre un cancello di legno grezzo tra

la casa e il garage da cui si accede a un bosco. Nell'aria si sente profumo di erica e di muschio caldo. Quando il vento passa tra le chiome dei pini, gli aghi secchi cadono a terra.

«Devi seguirmi passo per passo per non farti vedere dalla strada», dice la donna fermandosi in cima a una salita.

Ingrid comunica con qualcuno attraverso una radiotrasmittente, resta in ascolto e aspetta un istante. Chiede a Joona di accovacciarsi e quindi lo guida tra due pini e poi dietro una roccia coperta di muschio bianco prima di fargli segno che possono rialzarsi. Cambiano direzione e proseguono in mezzo ad alti glicini lungo un sentiero calpestato che li conduce sino al prato che si estende davanti a una vecchia casa di legno con gli angoli colorati di bianco. Tra l'erba alta accanto a un melo si trovano un barbecue rosso e un piccolo tappeto elastico.

Ingrid gli mostra la porta bianca della veranda, con lo stucco che si sta sgretolando lungo il fragile montante. Nell'ingresso, in cucina e nel salotto stazionano agenti che indossano giubbotti antiproiettile rinforzati con piastre in ceramica. L'aria è impregnata di un odore pungente di sudore e grasso per armi. I fucili automatici ondeggiano appesi alle cinghie di cuoio, mentre gli elmetti neri sono appoggiati sul pavimento. Tutte le finestre del piano inferiore sono state schermate per nascondere l'attività all'interno.

«Il primo gruppo sta aspettando in cucina», dice Ingrid indicando la scala.

Joona si infila tra alcuni degli agenti vestiti di nero che attendono con trepidazione davanti alla scala.

Nessuno sa che molti di loro, tra poche ore, saranno morti.

Nella minuscola cucina è radunata la prima squadra di pronto intervento, guidata da Gustav, che giungerà sul luogo dopo Joona. Sono loro ad avere il compito di forzare per primi porte e finestre in caso sia necessario liberare un ostaggio.

«Joona?» domanda un uomo con gli occhi scuri.

«Sì.»

«Questo è Joona Linna», spiega agli altri, «entrerà prima di tutti.»

«E noi siamo quelli che ti seguiranno per salvarti», dice un uomo dal collo taurino e la testa rasata.

«Mi sento già più tranquillo.» Joona sorride e stringe la mano ai quattro agenti che a turno si presentano.

«In realtà oggi doveva essere il mio giorno libero», dice l'uomo che si chiama Sonny. «Ma chi mai vorrebbe perdersi una cosa del genere?»

Adam cammina avanti e indietro nella stanza con passi tanto pesanti da far tremare il pavimento; si aggiusta il giubbotto e i vestiti bevendo Red Bull da una lattina sottile.

«Chiamo tuo fratello per dirgli che oggi puoi volare da solo?» chiede August, seduto a terra appoggiato alla parete.

«Suo fratello maggiore è tecnico di volo su uno dei nostri elicotteri», spiega Jamal.

Sonny sbircia nel frigo, scarta un barattolo di marmellata e annusa un vasetto di yogurt alla vaniglia.

«Non credo che troverai dei terroristi là dentro», dice August sbadigliando.

«Se li trovo, però, li uccido», bofonchia Sonny mangiando un sandwich al prosciutto affumicato che preleva da una confezione di plastica.

«Gustav è di sopra?» chiede Joona.

«Sì, doveva definire gli ultimi dettagli con Janus», risponde Jamal.

Uno degli uomini delle Forze di pronto intervento si è seduto sull'ultimo gradino della scala, con gli occhi persi nel vuoto. Quando Joona si avvicina si alza di scatto e si scosta con movimenti nervosi.

Joona sale la scala di legno scricchiolante e arriva in uno

spazioso salotto su cui si aprono due camere da letto. Anche qui le finestre sono protette da ogni sguardo esterno. Tutti sono già in posizione. Chi parla, lo fa sottovoce e con poche parole, come sugli aerei durante gli atterraggi in mezzo alle bufere.

Il capo della squadra operativa Janus Mickelsen è chino sulla planimetria originale della casa di fianco insieme al responsabile dell'operazione Gustav Larsson.

«*Back in black*», esclama Janus stringendo la mano di Joona.

«Che ne pensi dell'operazione?» chiede Gustav.

«Probabilmente filerà tutto liscio», dice Joona. «Ma se ci dovesse essere uno scontro a fuoco, devo avvisarvi che il nostro uomo è più pericoloso di quanto pensassimo.»

«La situazione è sotto controllo», risponde Janus con una vena di impazienza nella voce.

«Sapete, ho parlato con la testimone subito dopo il nostro incontro... e a mio giudizio l'assassino ha ricevuto un addestramento militare al livello dei Navy SEALs.»

«Ok, buono a sapersi», dice Gustav con aria seria.

«Cazzo, abbiamo in campo sei cecchini, me compreso», dice Janus. «Abbiamo a disposizione ventotto uomini delle Forze di pronto intervento, fucili automatici, granate stordenti, M46.»

«Voglio solo che siate consapevoli di questo: il nostro uomo è capace di anticipare la vostra strategia senza nemmeno doverci pensare. Sfrutterà quello che avete imparato: il modo in cui entrate nelle stanze, come tenete l'arma per non rischiare di perderla...»

«Ora sta provando a spaventarti», dice Janus assestando una pacca sulla spalla di Gustav.

Qualche goccia di sudore gli scende dall'attaccatura dei capelli lungo la fronte lentigginosa.

«È solo che non ci siamo preparati a questo», dice Gustav passandosi una mano sulla bocca.

«Se dovessero esserci delle perdite, abbandonate la strategia standard», prosegue Joona, sperando allo stesso tempo che il ragazzo non prenda parte all'operazione.

«Vado di sotto a definire una tattica alternativa con gli uomini della squadra», dice Gustav con le guance arrossate. «Non voglio che tu sia costretto a dire alla zia Anja che ho combinato un disastro.»

«Stai attento», si raccomanda Joona.

«Siamo tutti pronti a morire per l'onore del nostro ministro degli Esteri», mormora Janus ridendo.

Gustav sparisce in fondo alla scala con l'elmetto in mano.

Joona entra nella camera affacciata sul bosco e osserva lo schermo su cui appare quello che accade lungo la strada all'esterno. Nell'immagine sfocata, i rami di qualche albero spoglio si muovono al vento davanti alla casa di Parisa.

Al numero 10 di Gnestavägen si trova una villetta a schiera gialla risalente agli anni Cinquanta. Ai piedi della scalinata d'ingresso, attraversata da crepe sottili, è raccolto un cumulo di foglie secche, e contro il muro è appoggiata una scopa dal manico chiaro.

Mancano venticinque minuti al momento in cui Parisa dovrebbe rientrare.

Janus raggiunge Joona portando con sé le planimetrie della casa che hanno ottenuto dal registro immobiliare. I ricci ramati e la barba corta addolciscono il suo volto agitato.

«Non abbiamo riscontrato alcuna attività intorno alla casa da quando Parisa è uscita questa mattina», dice disponendo la pianta sul tavolo. «Ma ci sono alcuni punti che non riusciamo a vedere dall'esterno.»

«Il corridoio e il bagno.» Joona li indica sulla pianta.

«E al piano di sopra qualcuno potrebbe nascondersi nella

vasca da bagno, oppure acquattarsi sul pavimento... Ma il punto più spazioso è il vano della caldaia vicino alla lavanderia.»

«La casa risale agli anni Cinquanta, potrebbe esserci un rifugio antiaereo e...»

«Aspetta», lo interrompe Janus rispondendo a una chiamata sulla radiotrasmittente. Resta in ascolto e poi si volta verso Joona. «Parisa è in anticipo, è tornata prima del previsto. Sta arrivando, sarà a casa tra meno di cinque minuti.»

41

Janus cambia canale sulla radiotrasmittente e, con la voce carica di tensione, informa gli altri gruppi del fatto che Parisa sta per arrivare.

«Joona, sei venuto qui per metterci in guardia, e voglio dirti soltanto che se la situazione dovesse precipitare», spiega Janus squadrandolo con sguardo vitreo, «se saremo costretti a fare irruzione, tu devi salire al piano di sopra. Nel guardaroba c'è una scaletta che porta alla soffitta e al tetto.»

Lo schermo mostra Parisa avvicinarsi alla casa con i sacchetti della spesa. Indossa un soprabito nero, un hijab rosa e un paio di stivali di pelle neri col tacco.

Recupera qualche volantino pubblicitario dalla cassetta delle lettere, poi raggiunge la porta, posa i sacchetti e la apre.

«Dobbiamo sistemarti subito il microfono», dice Janus. «Vai nella camera a destra, ti mando Siv, appena la trovo.»

Joona ritorna in sala e da lì entra nell'altra stanza. Una giovane donna con indosso una polo nera è seduta alla finestra che si affaccia sulla strada. Quando lo sente entrare si alza per salutarlo.

«Io sono Jennifer», dice stringendogli la mano.

«Non volevo disturbare, ma...»

«Non disturbi affatto», lo interrompe la ragazza scostandosi una ciocca di capelli dal volto.

«Mi serve aiuto con un microfono.»

Jennifer ha i capelli raccolti in una coda di cavallo; porta pantaloni cargo neri e scarponi pesanti, ma l'elmetto, gli occhiali di protezione e il giubbotto antiproiettile sono posati sul pavimento, accanto alla sedia.

Joona si accorge che la donna ha montato su un poderoso cavalletto un fucile di precisione PSG 90. Con una manopola può spostare agevolmente la bocca del fucile da un angolo all'altro della finestra.

Tre caricatori di riserva sono allineati su un tavolino, accanto a una scatola piena di munizioni da 7,62 mm e a una bottiglia in plastica verde di acqua San Pellegrino.

Una tabella balistica è scivolata a terra dalla scatola. Joona pensa che non sarà un problema: Jennifer non ne avrà bisogno. L'arma ha una velocità alla volata di 1300 metri al secondo, e la distanza di tiro in questo caso non è più di 60 metri.

Joona si sfila la giacca e la posa sul letto, allarga la cinghia della fondina e inizia a sbottonarsi la camicia.

« Parisa è salita in camera ora », dice Jennifer. « Vuoi guardare? »

Joona le si accosta e avvicina l'occhio al mirino, quindi aumenta l'ingrandimento fino a otto e vede Parisa sfilarsi l'hijab. Ha i capelli raccolti in una grande treccia piatta che le scende fino in fondo alla schiena. Osserva il viso della donna al centro esatto della croce del mirino: i piccoli pori della pelle sul naso, la voglia sul sopracciglio, la linea sottile di una sbavatura di kajal lungo la curva dello zigomo.

Quando Parisa entra in bagno, Joona nota che la porta del guardaroba, coperta da una carta da parati con sopra stampati dei medaglioni gialli, è aperta.

Dev'essere lì che si trova la scala per la soffitta.

Joona raddrizza la schiena e osserva la casa. Nella fessura tra le tende del bagno, Parisa sembra un'ombra dietro il vetro opaco della finestrella.

Joona si è appena sfilato la camicia quando l'operatrice tecnica della sezione telematica entra nella stanza. Siv è una donna di mezza età con splendidi occhi blu e capelli biondi che le arrivano alle spalle. Si ferma, e i seni tendono la stoffa della camicia bianca a ogni respiro.

Con sguardo serio fissa Joona che si trova al centro della stanza, a torso nudo. L'allenamento in prigione l'ha reso molto muscoloso. Sul suo petto si vedono cicatrici di ferite da arma da fuoco e da taglio.

Lentamente, Siv gli gira intorno e lo tocca con la punta delle dita sotto la scapola destra, sollevandogli appena il braccio. Jennifer resta a osservarli senza riuscire a trattenere un sorriso.

«Credo che posizionerò il microfono sotto il pettorale sinistro», dice Siv, aprendo una scatola di plastica con il fondo di gommapiuma nera.

«Ok.»

Tremando, Siv fissa il microfono, cercando di lisciare il nastro adesivo.

«Ho le mani un po' fredde», dice con un filo di voce.

«Non c'è problema.»

«Posso farlo io», suggerisce Jennifer. «Io ho le mani calde.»

Siv finge di non sentire. Assicura il microfono con un altro pezzo di nastro e poi controlla che la connessione funzioni. L'altoparlante del ricevitore riproduce le loro voci, ma la vicinanza al trasmettitore crea un'eco fastidiosa.

«Posso rivestirmi?» domanda Joona.

Siv non risponde e Jennifer soffoca una risata. Joona le ringrazia, poi infila la camicia, stringe la fondina e si rimette la giacca.

«Questo microfono è praticamente invisibile», dice Siv. «Ha una portata sufficiente per seguirti nella casa, ma non molto più lontano. Solo perché tu lo sappia.»

Stanno provando di nuovo il collegamento quando Janus entra con il laptop per mostrare a Joona la videocamera che segue Parisa mentre scende in cucina, con addosso solo il reggiseno e un paio di pantaloni da tuta lucidi, e mangia delle patatine pescandole da una ciotola argentata.

Joona controlla la pistola, chiede il nastro adesivo a Siv e ne avvolge un po' intorno alla parte inferiore dell'impugnatura, come fa sempre; sfila il caricatore, porta indietro il carrello e prova velocemente il meccanismo, poi controlla la molla e il percussore, mette la sicura, inserisce di nuovo il caricatore e arma il cane.

«Vado», annuncia.

In fondo alle scale, scorge Gustav nell'ingresso buio, con le mani sul viso e il fucile appeso al fianco.

«Come stai?» gli chiede Joona.

Gustav trasalisce e abbassa le mani con aria imbarazzata. Il suo volto solitamente allegro è teso e coperto di sudore.

«Ho una strana sensazione, ecco tutto», dice con durezza. «C'è qualcosa che non mi convince. E se la casa fosse una trappola?»

«Stai attento», ripete Joona.

L'agente della Säpo Ingrid Holm, che l'ha accompagnato attraverso il bosco fino alla casa, è già fuori dalla porta a vetri per ricondurlo all'auto senza che nessuno lo veda.

42

Per non arrivare sul posto con la macchina fredda, Joona esce dal quartiere, passa sotto il ponte della metropolitana, gira tutt'intorno al sobborgo di Bandhagen e poi ritorna verso le villette a schiera.

Parcheggia poco distante dalla casa di Parisa e, mentre si avvia, sente l'auto che ronza e cigola alle sue spalle.

Oltre il tetto di tegole si scorgono le chiome delle alte betulle.

La zona è tranquilla, sembra quasi in letargo.

Joona non ha notato nemmeno il più piccolo indizio che tradisca la presenza delle Forze di pronto intervento, ma sa che gli agenti sono lì, in attesa dell'ordine definitivo: nervosi e impazienti, divisi tra il desiderio di essere parte di quell'istante eterno in cui tutto succede e la paura delle ferite e della morte.

Se aprissero il fuoco ora, riuscirebbero a crivellare l'intero blocco di case in meno di un minuto. I fucili automatici delle Forze di pronto intervento sono dei G36C prodotti dalla Heckler & Koch. Sono armi con una notevole potenza di impatto, in grado di svuotare un intero caricatore di proiettili incamiciati in meno di tre secondi.

Joona si avvicina alla porta bianca e nel frattempo ripensa alla pianta dettagliata della zona che era appesa alla parete, con le linee di tiro dei cecchini che si diramavano dai due lati della casa. Sulla mappa era segnata la posizione di ogni gruppo che avrebbe partecipato all'azione con le relative linee d'avanzamento. Le foglie di un albero fremono al vento. In lontananza, si intuisce il rombo del motore di un'auto.

Joona allunga un dito e preme il pulsante del campanello.

Sa che uno dei cecchini tiene di mira la porta; probabilmente sta in direzione della finestrella, ma in quel momento Joona la copre con la testa.

Una donna con un passeggino esce da una casa accanto allo spiazzo. La sua coda bionda oscilla mentre cammina. Si sta avvicinando, ma si ferma di colpo per rispondere al telefono.

Joona suona di nuovo.

Una ventola si mette in moto su un tetto, ma si blocca subito dopo. La donna col passeggino sta ancora parlando al telefono.

Si sente un rombo e poi un camioncino della nettezza urbana imbocca Gnestavägen fermandosi con uno sbuffo d'aria in fondo alla strada. Due uomini scendono per recuperare i bidoni.

Joona avverte dei passi all'interno della casa e si allontana dalla finestrella. Parisa Ratjen inserisce la catenella prima di aprire. Si è rivestita, e indossa lo stesso hijab rosa di prima e un pesante maglione che le arriva fino alle cosce. È esile e bassa di statura, e ha sul volto appena un filo di trucco, solo un po' di rossetto e di ombretto.

«Ho un messaggio da parte di *da gawand halak*», dice Joona.

Lo sguardo immobile della donna vacilla per un istante. Lei controlla la strada alle spalle di Joona, poi sposta di nuovo gli occhi su di lui, inspira e chiude la porta.

La donna col passeggino finisce la telefonata e riprende a camminare. Si sta avvicinando alla casa di Parisa mentre gli spazzini ritornano al camion.

Joona si sposta di lato in modo che i cecchini possano concentrarsi sulla fessura della porta, nel caso in cui Parisa riapra.

Il camioncino della nettezza urbana passa oltre rombando e svolta sullo spiazzo.

Parisa sgancia la catenella, apre la porta e dice a Joona di entrare. Lui si accomoda nell'ingresso e la donna chiude di nuovo la porta, gira la chiave e dà un'occhiata nello spioncino.

La casa è disposta esattamente come nella planimetria. A sinistra una scala stretta sale curvando al piano di sopra, dove ci sono la camera e il guardaroba.

Parisa lo fa salire al mezzanino, nel salotto che si affaccia sul retro.

Lui la segue osservando il modo in cui i vestiti le cadono lungo il corpo quando si muove.

Non porta addosso armi, né una cintura esplosiva.

Sul parquet consumato è steso un tappeto elegante. Alle finestre e alla porta della veranda sono appese delle tendine di pizzo.

«Accomodati», dice la donna a bassa voce. «Posso offrirti del tè?»

«Sì, grazie», risponde lui sedendosi sul divano di stoffa marrone.

Parisa passa davanti a un camino in muratura in cui non vi è traccia di cenere o legna, quindi entra in cucina. Joona la osserva mentre sbircia in strada dalla finestra e poi prende una pentola da un cassetto.

Joona ripensa a quello che ha scoperto sull'assassino: i suoi movimenti quando si è avvicinato al ministro, il modo in cui ha cambiato il caricatore armando il cane senza perdere la mira.

Parisa ritorna con due bicchieri di tè su un vassoio d'argento, un barattolo di zucchero e due graziosi cucchiaini. Posa il vassoio sul tavolo rotondo di ottone e si siede di fronte a Joona. I piedi minuti della donna sono scalzi e curati, con le unghie coperte di smalto di una tonalità dorata scura.

«Salim è stato trasferito da Hall al penitenziario di Kumla», comincia Joona.

«A Kumla?» domanda Parisa abbassandosi il maglione. «Perché?»

Il suo viso è vivace e intelligente, e gli occhi hanno un'espressione appena diffidente, come se ogni evento suscitasse inevitabilmente in lei una stanca impressione di assurdità.

«Non lo so, non mi ha spiegato le motivazioni, ma voleva farti sapere che non può più fare telefonate e che al momento nessuno può contattarlo.»

Joona porta il bicchiere sottile alla bocca, ripensando a quello che gli ha detto Salim Ratjen: deve aspettare che lei gli offra pane e olive prima di affidarle il vero messaggio.

«Così conosci Salim?» chiede la donna, inclinando leggermente la testa.

«No», risponde Joona con sincerità. «Ma è stato trasferito nel mio corridoio... E io voglio andare d'accordo coi miei compagni di corridoio.»

«È comprensibile.»

«Ho ottenuto un permesso, e quando capita di solito tutti cercano di fare qualcosa per gli altri.»

Un fruscio spinge Parisa a lanciare un'occhiata verso il giardino. I cecchini sul retro la stanno probabilmente tenendo sotto tiro attraverso le tendine di pizzo.

«Allora, che messaggio dovevi comunicarmi?» chiede.

«Voleva che ti informassi del fatto che l'hanno trasferito.»

Parisa rovescia qualche goccia di tè, e quando Joona si allunga per porgerle un tovagliolo la fondina con la pistola si sposta leggermente in avanti.

«Grazie», dice lei.

Joona capisce che Parisa ha visto l'arma. I suoi occhi scuri si sono fatti più luminosi. La donna abbassa lo sguardo per qualche istante fingendo di soffiare sul tè, ma Joona nota che si sta sforzando di tenere i nervi saldi.

La pistola non rischia di far saltare la copertura: dopotutto, agli occhi di lei, Joona è un criminale. Ma lui sa che la situazione improvvisamente si è fatta davvero pericolosa.

«Vado a prendere qualcosa da mangiare», dice Parisa scomparendo di nuovo in cucina.

Joona vede dei minuscoli fiocchi di cenere che cadono nel camino scendendo dalla canna fumaria e sente un tonfo leggero provenire dal piano di sopra.

Le Forze di pronto intervento stanno avanzando sul tetto.

Il camioncino della nettezza urbana si ferma con uno stridio davanti alla casa, e i pistoni del mezzo sbuffano rumorosamente.

Parisa ritorna con una ciotola di olive e due forchettine che posa sul tavolo.

«Ero giovanissima quando ci siamo sposati», dice a bassa voce, guardando Joona negli occhi. «Ero appena arrivata qui dall'Afghanistan, dopo le elezioni del 2005.»

Joona non sa se sia il momento giusto per riferirle il messaggio. Ha preso le olive, ma non il pane. Parisa osserva inquieta in direzione della cucina. Si sente un cigolio mentre il macchinario del camion comprime la spazzatura. Un contenitore di vetro va in pezzi con un'esplosione. Parisa sussulta e poi prova a sorridere.

Joona ha impostato la pistola nella modalità ad azione doppia, e se si trovasse a sfoderarla potrebbe far fuoco senza dover arretrare il carrello, incontrando solo un po' più di resistenza al primo colpo.

43

Parisa mangia le olive e continua a osservare Joona con le pupille dilatate. Le sue mani sono infilate tra le ginocchia.

«C'è qualcosa che devo riferire a Salim?» dice Joona.

«Sì», risponde lei esitando. «Digli che sto bene, e che conto i minuti da qui al momento in cui lo lasceranno andare.»

Joona prende un'oliva e nel contempo si accorge che le ombre dei rami sulla parete sopra la tv hanno cominciato a muoversi con un ritmo diverso. Sta per succedere qualcosa. Ha la sensazione che un gruppo di militari si stia avvicinando dal bosco, ma si sforza di non guardare la finestra affacciata sul balcone: non riuscirebbe comunque a vederli.

«L'Afghanistan è molto diverso... Ieri ho letto un articolo che ho messo da parte, un servizio del *Telegraph* sulla giornata internazionale della follia», dice Parisa abbozzando un sorriso. «A Londra, di punto in bianco, tutti dovevano salire sulla metropolitana senza pantaloni. Lo fanno anche a Stoccolma?»

«Non lo so, non credo», risponde Joona guardando le grandi olive nella ciotola.

Una gazza si mette a gracchiare a causa di uno spavento improvviso. Sotto i loro piedi si sente uno scricchiolio, come se in cantina qualcuno si stesse muovendo.

«Una volta ho visto cacciare delle ragazze da uno stabilimento balneare perché si rifiutavano di mettersi il top del bikini», dice la donna.

«Sì, c'è gente a cui piace stare nuda», risponde tranquillamente Joona.

Il riflesso del sole si muove lentamente sulla parete alle

spalle di Parisa. Lei prende il telefono, digita qualche parola e invia il messaggio.

«Ho capito che quella faccenda ha a che fare con l'uguaglianza», dice posando il cellulare. «Ma a parte questo... Perché vogliono mostrare le tette a chiunque?»

«Gli svedesi hanno un rapporto abbastanza rilassato con la nudità», dice Joona chinandosi in avanti, in modo che sia più semplice afferrare la pistola.

«Anche se qui nessuno va in metropolitana senza pantaloni.» Parisa sorride accarezzandosi nervosamente le gambe.

«Prima o poi succederà.»

«No.» Sorride ancora, e un sottile rivolo di sudore le scende lungo la guancia staccandosi dall'attaccatura dei capelli.

«Comunque, agli svedesi piace fare il bagno nudi quando sono in mezzo alla natura.»

«Forse imparerò anche io», dice la donna scrutando il bosco fuori dalla finestra.

Per qualche istante il suo sguardo resta svagato. Poi si volta verso la stanza con il collo stranamente rigido.

Il cucchiaino le scappa di mano e cade a terra, e quel gesto sembra quasi premeditato. La posata tintinna rimbalzando sul parquet.

Lentamente, Parisa recupera il cucchiaino e lo deposita sul vassoio. Quando guarda di nuovo Joona ha gli occhi colmi di paura e le labbra pallide.

Janus ha detto a Joona di salire in soffitta dal guardaroba e di correre di tetto in tetto fino allo spiazzo dove sarebbe arrivato un elicottero.

«Salim era un uomo diverso quando ci siamo sposati», dice Parisa alzandosi. «C'è la foto del matrimonio, nell'ingresso.»

Anche Joona si alza e la segue in direzione di quel punto, tra i pochi nella casa, che i cecchini non possono tenere sotto controllo.

Sulla parete accanto alla scala è appesa una fotografia. Salim sembra felice: indossa un completo bianco con una rosa rossa appuntata al bavero. Parisa è giovanissima ed è vestita con un abito e un hijab bianchi. Sono circondati da amici o parenti abbigliati da sera e con completi eleganti.

«Non ha più così tanti capelli in testa», dice Joona.

«No, è invecchiato», sospira la donna.

«A differenza di te.»

«Davvero?»

«Quello chi è?», domanda Joona indicando un altro uomo vestito di bianco.

«È Absalon, il fratello di Salim... Ha interrotto ogni rapporto con Salim quando ha scoperto che era coinvolto in un giro di droga... Avrei dovuto fare lo stesso anch'io.» Restano in silenzio. Le parole della donna cadono lentamente intorno a loro, come foglie secche in un lago.

«Questa è la squadra per cui tifa Salim, la FOC Farsta», dice lei dopo qualche istante, indicando una foto che ritrae una squadra di calcio, giovani uomini in posa con le divise dal colore rosso scuro.

«Erano bravi?»

«No», ride lei.

Un'ombra scivola davanti alla finestrella della porta.

«Ho altre fotografie in cantina», dice lei tremando, mentre prende fiato. «Siediti sul divano, io torno subito.»

Si volta e si appoggia alla parete, poi apre una porta stretta e scende lungo una scala ripida.

«Vengo con te», dice Joona seguendola.

In fondo alla scala vi è una piccola lavanderia, con la lavatrice e una pila di mutandine sul pavimento a scacchi. Su un tavolo si trova una vecchia pressa da bucato. Una doccia a muro sgocciola su una porzione di pavimento di un altro colore.

«Il ripostiglio è qua dentro», dice Parisa con la voce carica di tensione, mentre si infila un paio di scarpe. «Aspettami qui.»

Prosegue lungo un corridoio stretto, oltre mensole cariche di scarpe invernali e di scatoloni, fino a una porta di acciaio.

Se sta nascondendo qualcuno in casa, deve trovarsi lì, pensa Joona seguendola.

Quando Parisa fa girare la chiave, lui infila la mano sotto la giacca, apre la fondina e afferra la pistola. Gli si rizzano i capelli sulla nuca quando la donna, con un gemito, apre la pesante porta d'acciaio e accende la luce.

Un cunicolo lungo diverse centinaia di metri balugina davanti a loro nella luce tremolante.

«È uno scantinato comune a tutte le case?» chiede Joona, anche se dubita che il ricevitore sia ancora in grado di captare il segnale del microfono.

La segue lungo il cunicolo stretto passando davanti a una ventina di porte d'acciaio chiuse, poi svoltano a sinistra e si ritrovano in un passaggio ancora più lungo.

Parisa cammina il più velocemente possibile, tenendo fermo l'hijab con la mano destra.

Passano accanto alle porte blindate di un rifugio antiaereo e a condotti d'aerazione coperti di pellicola d'alluminio.

Parisa infine apre una porta pesante e risalgono insieme una scala. Superano quindi un deposito della spazzatura e si ritrovano davanti a un'uscita.

Proseguono oltre la porta.

Insinuandosi al di sotto della strada, il passaggio sotterraneo li ha condotti fino a un quartiere di alti condomini.

Ai margini del bosco si vedono un piccolo scivolo e un'altalena con le catene arrugginite. Le rose canine fremono al vento, e le folate trasportano la spazzatura sparsa sul terreno.

Parisa si avvicina a una Opel sporca parcheggiata accanto a

una decina di altre auto. La apre e Joona sale al posto del passeggero accanto a lei.

«Sai... quando ti ho detto che volevo vedere altre foto era solo per essere gentile», dice per scherzo senza ottenere in risposta nemmeno un accenno di sorriso.

44

Parisa Ratjen rallenta e imbocca la strada 229. In silenzio, lei e Joona passano accanto ai capannoni industriali e a tratti di bosco invasi dalla spazzatura.

La donna ha il volto pallido e la bocca tesa. È seduta con la schiena rigida e stringe il volante con entrambe le mani.

Joona non le chiede più dove siano diretti: ormai hanno superato abbondantemente la portata del microfono.

Non gli resta altro da fare che proseguire con il lavoro di infiltrazione. Può darsi che la donna abbia il compito di condurlo al covo dei terroristi.

Quando arriva alle spalle di un camion coperto da un telone giallo, Parisa rallenta. Un sassolino rimbalza contro il parabrezza.

« Non so da che parte stai, ma Salim non ti avrebbe chiesto di portarmi un messaggio da parte del 'ragazzo del vicino' se non fosse importante », dice d'improvviso la donna, cambiando corsia. « Spiegami perché non mi hai riferito il vero messaggio. »

« Non mi hai offerto il pane. »

« Bene », mormora lei.

Hanno affiancato il camion. Le sbarre d'acciaio sulla sinistra scintillano e il rimorchio oscilla per un'improvvisa folata di vento.

« Salim mi ha dato un numero di telefono », dice Joona. « Devi chiamare lo 040 6893040 e chiedere di Amira. »

Quando sente quel nome, Parisa perde per un istante il controllo dell'auto. La ruota anteriore del tir riempie il finestrino di Joona e il ruggito del motore rimbomba nell'abitacolo.

« Nient'altro », dice Joona a bassa voce.

Parisa stringe il volante, accelera e sorpassa il pesante veicolo.

« Ripeti il numero », chiede a Joona deglutendo vistosamente.

« 040 6893040. »

Parisa torna sulla corsia di destra e abbandona la strada così bruscamente da essere costretta a inchiodare, facendo cadere a terra un atlante stradale posato sul sedile posteriore.

Superano un enorme capannone giallo chiaro ed entrano nello spiazzo asfaltato tra una stazione di servizio e un McDonald's. Parisa fa manovra, si avvicina in retromarcia al prato e si ferma.

Una luce tenue si stende immobile sull'asfalto e tra le pompe di benzina sotto la tettoia piatta.

A sinistra, una famiglia esce dal fast food con delle bandierine in mano.

Parisa lascia il motore in folle e abbassa i finestrini su entrambi i lati. Senza dire una parola, apre la portiera e scende. Si china sotto il sedile, recupera una Glock, arretra di qualche passo e punta l'arma contro Joona attraverso il finestrino aperto.

« Scendi lentamente dall'auto », dice.

« Io non sono coinvolto, dovevo solo riferirti... »

« Mani in alto », lo interrompe la donna bruscamente. « Lo so che sei armato. »

La mano con la pistola le trema, ma ha il dito sul grilletto e, se dovesse far fuoco in questo momento, lo colpirebbe sicuramente.

« Non ho idea di cosa stia succedendo », dice Parisa. « Ma

sono cresciuta in Afghanistan e ho visto i cecchini alla finestra sull'altro lato della strada.»

«Non so cos'hai visto, ma...»

«Scendi dall'auto, altrimenti sparo», dice la donna alzando la voce. «Non voglio farlo, ma se mi costringi sparo.»

«Ok, scendo», acconsente Joona aprendo lentamente la portiera.

«Le mani bene in vista», ordina lei umettandosi le labbra.

«Chi è Amira?» le chiede Joona, e appoggia a terra il piede destro.

«Allontanati dall'auto senza voltarti.»

Joona si alza dandole la schiena e nota tre auto posteggiate fuori dal fast food. Il vento afferra violentemente le quattro bandiere davanti al ristorante facendo scuotere le aste.

«Più lontano», continua la donna avvicinandosi all'auto dall'altra parte e tenendolo sotto tiro.

Joona si incammina verso le auto posteggiate.

Parisa si mette al volante e continua a puntargli contro la pistola attraverso il finestrino abbassato.

«Forse posso aiutarti», dice Joona fermandosi.

«Continua a camminare», lo avverte Parisa, alle sue spalle.

Joona fa un paio di passi e vede un uomo sovrappeso uscire dal McDonald's con un sacchetto di carta. Affonda sul sedile della sua auto, infila la chiave nell'accensione e inizia a mangiare l'hamburger sopra il sacchetto.

«Per tua informazione», continua Parisa con una vena di isteria nella voce, «se volete usarmi per ricattare Salim, lasciate perdere. Non funzionerà, ho già chiesto il divorzio. Non gliene importerà niente di cosa mi succede.»

«Io non c'entro nulla», ripete Joona, e la sente posare la pistola sul sedile del passeggero.

«Continua a camminare. Te lo giuro, se ti fermi di nuovo sparo.»

Nell'istante in cui Parisa ingrana la marcia e parte sgommando, Joona inizia a correre.

Supera con un balzo la siepe bassa che delimita il parcheggio, apre la portiera della macchina dell'uomo che sta mangiando l'hamburger e lo trascina a terra. Il bicchiere cade sull'asfalto, la Coca-Cola schizza ovunque e i cubetti di ghiaccio vanno in frantumi. L'uomo rotola su se stesso proteggendosi con il gomito.

Joona nota che Parisa è sul punto di perdere il controllo dell'auto mentre sterza bruscamente oltre il capannone giallo.

Inserisce con rapidità la marcia, preme l'acceleratore e avanza contro la siepe di recinzione.

Le mazze da golf sul sedile posteriore sferragliano quando le ruote posteriori colpiscono l'asfalto sull'altro lato dell'aiuola.

L'uomo sovrappeso si rialza tra i resti dell'hamburger, l'insalata sfilacciata, le patatine e le bustine di ketchup e resta a guardare la propria auto che risale il pendio erboso verso la strada.

Joona attraversa il marciapiede e la corsia d'emergenza coperta d'erba, sterza bruscamente a destra e piomba sulla strada principale. La Volvo sbanda sull'ampia carreggiata a più corsie. La parte posteriore dell'auto sta ancora scivolando di lato quando Joona preme l'acceleratore.

La ruota posteriore sinistra colpisce il bordo dell'isola spartitraffico con un tonfo sordo.

Nello specchietto, Joona intravede la borchia del cerchione schizzare verso l'altra carreggiata.

Nota che, più avanti, Parisa svolta in Huddingevägen, e nello stesso istante una spia si accende nel quadro dell'auto.

Supera un furgone bianco e accelera fino a centoquaranta chilometri all'ora, ma poi rallenta quando scorge la Opel sporca duecento metri più avanti.

Quando ci sono solo due auto tra di loro, Joona ritorna sulla corsia di destra, prende il telefono, chiama Janus Mickelsen e gli comunica tutte le informazioni riguardanti la macchina di Parisa, la loro posizione e la direzione che stanno prendendo.

«Bene, la situazione è chiara», risponde Janus. «Tienici aggiornati. Farò in modo di ottenere dai piani alti l'autorizzazione a trasferire l'operazione.»

«Non so di cosa si tratti o dove stiamo andando», spiega Joona. «Ma la benzina mi basterà solo per una cinquantina di chilometri. Ho bisogno di rinforzi prima di allora.»

Quando la spia della riserva si accende significa che restano otto litri di benzina nel serbatoio. Normalmente, basterebbero per cinquantaquattro chilometri, ma siccome Joona sta guidando a una velocità parecchio sostenuta la distanza percorribile diminuirà leggermente.

Non ha idea di dove sia diretta Parisa, ma non vede altre alternative se non seguirla finché gli sarà possibile.

Si stanno dirigendo verso nord, a ovest di Stoccolma. Joona ripensa allo strano nervosismo della donna e al suo tentativo di conversare con lui prima che scorgesse uno dei cecchini e decidesse di fuggire.

Trenta minuti più tardi, Joona imbocca una lunga salita che costeggia un campo da golf. Tira un vento forte, e le raffiche intense scuotono l'auto.

Supera il centro commerciale di Åkersberga, accanto ai binari della ferrovia. Si ricorda di quando proprio lì, molti anni prima, insieme al suo amico Erik aveva fatto una scoperta terrificante nell'appartamento di fronte al tempio dei testimoni di Geova.

Vede una stazione di servizio, fuori dalla quale sono parcheggiati dei rimorchi coperti e delle auto a nolo. Se si fermasse a fare benzina, perderebbe il contatto con Parisa.

In quel preciso istante la donna scompare dalla sua visuale.

Joona deve tirare a indovinare, anche se tra quattro chilometri la benzina finirà.

Chiama Janus e gli comunica brevemente di aver passato Åkersberga e di trovarsi su Roslagsvägen.

Più avanti, i boschi e i campi scompaiono nel tramonto, come se qualcuno con un soffio stesse dissolvendo un mondo che in realtà non è mai esistito davvero.

In lontananza, di fronte a lui, si intravedono le luci posteriori dell'auto di Parisa. A volte scompaiono per qualche istante per poi ricomparire quando Joona esce da una curva.

La strada ora attraversa un bosco immerso nell'ombra. I tronchi degli alberi sembrano piatti come fogli di carta alla luce dei fari.

Joona pensa al volto di Parisa quando le aveva comunicato il messaggio di Salim Ratjen. Le emozioni che vi aveva scorto erano paura e sorpresa.

Ha appena oltrepassato una strada laterale isolata e bloccata da una sbarra arrugginita, quando sente un ronzio.

Il motore sembra andare su di giri e poi si ferma completamente. Joona accosta e accende le quattro frecce.

In lontananza, le luci posteriori dell'auto di Parisa brillano un'ultima volta e poi scompaiono.

Joona prende il telefono, scende dall'auto e inizia a inseguirla di corsa lungo la strada provinciale.

Non sente più il motore della Opel.

Il silenzio è totale, ci sono soltanto i passi di Joona sull'asfalto e il frusciare dei suoi vestiti.

Su una strada diritta come questa, Parisa può raggiungere una velocità tre volte superiore a quella a cui lui riesce a correre. Per ogni minuto che passa, la distanza tra loro aumenta notevolmente.

Il bosco di pini è fitto su entrambi i lati.

Joona supera una fermata dell'autobus deserta e inizia a scendere lungo una collina. Il bosco si apre, e nel buio appaiono dei pascoli.

Joona corre velocemente; sa di essere in grado di mantenere quel ritmo per più di dieci chilometri.

Lontano, in mezzo al campo, intravede due caprioli. Quando scorgono Joona, si limitano ad alzare la testa.

45

Anche se il cielo è ancora illuminato da una sorta di timida luce, quando Parisa rallenta per imboccare una lunga discesa il bosco intorno a lei è ormai del tutto nero. Svolta piano a destra e si immette in una strada sterrata che costeggia una scarpata ricoperta di spazzatura, in fondo alla quale è abbandonata la carcassa di un'auto.

Pensa all'uomo alto che si era presentato a casa sua con un messaggio da parte di *da gawand halak*. Le aveva detto che Salim era stato trasferito da poco nel suo corridoio a Kumla e che praticamente non lo conosceva. Probabilmente Salim era stato costretto a comunicare servendosi del primo detenuto che aveva ottenuto un permesso.

Secondo il codice che Salim le aveva insegnato, non si trattava di una persona completamente affidabile, ma lei avrebbe dovuto comunque ascoltare quel che aveva da dire.

Si era accorta che il messaggero biondo era armato, ma era stata colta dal panico solo quando dalla cucina aveva notato il cecchino.

Al piano superiore della casa di fronte.

Una finestra socchiusa, un cerchio nero e uno luccicante: la bocca della pistola e il mirino.

Parisa non era riuscita a capire se l'uomo fosse al corrente della presenza del cecchino, e se stessero collaborando o meno.

A quanto ne sapeva, forse era proprio il messaggero a essere sotto tiro.

I pensieri si affollano nella sua testa; non capisce come mettere insieme tutti i pezzi, ma al momento sua sorella è l'unica cosa che conta.

Dopo aver costretto il messaggero a scendere dall'auto, aveva composto il numero che lui le aveva dato, e la chiamata era stata subito deviata. La linea era libera, e dopo una lunga attesa aveva risposto un uomo, in una lingua slava. Parisa gli aveva chiesto se parlasse inglese, e lui aveva risposto: «Sì, certamente».

La ghiaia scricchiola sotto le ruote dell'auto e gli alberi tutt'intorno formano una cortina mobile e oscura. Tra i tronchi a sinistra, la superficie nera di un torrente riluce quando i fari la lambiscono.

Parisa aveva preso fiato e aveva chiesto all'uomo dove si trovasse Amira, la sorella minore. Gli aveva spiegato che Amira faceva parte del gruppo di Sheberghan, il cui arrivo in Svezia era previsto per il mercoledì seguente.

L'uomo aveva scostato il telefono per parlare con qualcuno vicino a lui, poi le aveva detto che il viaggio attraverso Bielorussia e Finlandia era stato più veloce del previsto e che il gruppo era arrivato nel luogo d'incontro cinque giorni in anticipo. Sua sorella si trova dunque già in Svezia. Amira la sta aspettando da tre giorni, e Parisa non ne sapeva nulla.

Il bosco si spalanca sul cielo più chiaro e sul mare in lontananza. Parisa supera un incrocio e poi scende in direzione di un piccolo cantiere di imbarcazioni da diporto.

Un enorme magazzino in lamiera ondulata sovrasta le sagome di più di cento imbarcazioni issate sulle invasature: alte barche a vela dalla chiglia imponente e motoscafi lunghi e sottili, affusolati come punte di frecce.

Sulla facciata di una tozza baracca si nota una finestra illuminata. La luce si riversa sulle assi della parete e su un cartello con la scritta «Cantiere Nyboda».

Parisa fa manovra, si accosta al muro e ferma la macchina.

Quando scende dall'auto, il vento freddo proveniente dal mare si insinua fin sotto il suo maglione di lana. Ha indosso soltanto i pantaloni da casa lucidi di colore blu scuro e i piedi, dentro le scarpe da ginnastica, sono scalzi.

I teloni cerati schiaffeggiano gli scafi delle barche, la plastica emette fruscii e la corda di una bandiera sbatte ritmicamente contro l'asta, producendo un rumore simile a quello di un paio di tacchi appuntiti che si affrettano sulla superficie di un parquet.

Parisa nota un movimento dietro la tenda sporca appesa alla finestra della baracca.

Un sottile sentiero di ghiaia scende verso l'acqua e il pontile, tra l'alta parete di lamiera del magazzino e le file compatte delle barche.

Parisa si infila in spalla la borsa con la pistola e risale la ripida scala che porta alla baracca. Bussa, aspetta qualche secondo e poi entra in un ufficio arredato con una vecchia scrivania e delle carte nautiche attaccate alla parete direttamente con delle puntine. Un uomo che sembra avere più di settant'anni è intento a studiare delle ricevute dietro la scrivania. In una poltrona di vimini nell'angolo, una donna all'incirca della stessa età sta lavorando a maglia.

L'uomo indossa una camicia a maniche corte, e i suoi avambracci pelosi sono appoggiati sul piano della scrivania. Porta al polso un orologio d'oro rigato. La donna deposita i ferri sulle ginocchia e osserva Parisa con aria interrogativa.

«Sono venuta a prendere mia sorella», dice Parisa con tono calmo. «Si chiama Amira.»

L'uomo si passa una mano sul cranio pelato e le chiede di accomodarsi di fronte a lui.

Parisa si siede e avverte alle proprie spalle un lieve ticchettio quando la donna sulla poltrona riprende il lavoro.

«Stavamo iniziando a pensare che non sarebbe venuto nessuno a prendere gli ultimi», dice l'uomo con uno strano tono di voce, allungandosi per recuperare un raccoglitore.

«In realtà sarebbe dovuta arrivare mercoledì», spiega brevemente Parisa.

«Ah, giusto. Questo cambio di programma vi costerà un po'», prosegue l'uomo con aria assente. Si lecca un dito, poi inizia a sfogliare le sottili bolle di spedizione nel raccoglitore.

«Ma è già tutto pagato», ribatte Parisa.

«Se fosse venuta a prenderla quando è arrivata...» replica l'uomo lanciandole una rapida occhiata.

«Non vuole pagare?» chiede la donna, agitandosi.

«Ma sì che paga», dice l'uomo indicando un foglio di colore rosa. «Tre giorni di alloggio, vitto, costi sanitari e spese amministrative.»

La donna alle spalle di Parisa riprende a sferruzzare, mentre l'uomo digita le cifre su una calcolatrice collocata di fianco a un telefono coperto di polvere.

Il rumore penetrante di una smerigliatrice al lavoro nel magazzino filtra attraverso le pareti.

L'uomo si umetta con la punta della lingua le labbra rugose e torna ad appoggiarsi alla sedia.

«Trentaduemilatrecento corone», dice voltando la calcolatrice verso Parisa.

«Trentaduemila?»

«Gestiamo questo porticciolo insieme ai nostri tre figli, non possiamo permetterci di fare beneficenza. Non ci sono i margini», spiega.

«Posso pagare con la carta?» domanda Parisa pur sapendo di non avere così tanti soldi sul conto.

«No», sorride l'uomo.

«Non ho contanti.»

«Allora, mia cara signora, dovrà tornare a Åkersberga e prelevarli. Ma si ricordi che più il tempo passa, più il debito cresce.»

«Prima devo parlarle», dice Parisa, sollevandosi dalla sedia.

«Se iniziassimo a fare delle eccezioni...»

«È mia sorella», spiega lei alzando la voce. «Lo capite? È riuscita ad arrivare fin qui, e non sa una parola di svedese. Dovete lasciarmi parlare con lei.»

«Comprendiamo la sua agitazione, ma non è colpa nostra, se non è venuta a prenderla prima e...»

«Ditemi dov'è», lo interrompe Parisa. Attende qualche secondo, poi passa davanti alla donna ed esce.

«Aspetti, signora, possiamo trovare una soluzione», sente urlare dall'uomo, alle sue spalle.

Parisa scende i gradini e corre lungo lo stretto passaggio di ghiaia tra le barche tirate in secco e l'officina. Più in basso, una gru a palo oscilla al vento, mentre sullo sfondo le nuvole si addensano nel cielo. La schiuma delle onde lambisce gli scogli e una rampa di carico.

Parisa cammina più in fretta che può e allo stesso tempo nota delle luci accese in alcune delle barche sulle invasature, sotto i teloni di plastica.

L'odore di olio caldo la fa piombare di colpo in mezzo ai ricordi dell'Afghanistan. Si ritrova nell'officina dove lavoravano suo padre e suo nonno, vicino al fiume Safid, nella periferia di Sheberghan.

«Amira?» urla rivolta alla distesa del porto. «Amira?»

46

Parisa grida ancora il nome di sua sorella e improvvisamente le sembra di scorgere delle ombre muoversi al di sotto del telone illuminato di un grande motoscafo vicino alla riva.

Si avvicina a grandi passi, ma inciampa in un motore fuoribordo arrugginito. Dappertutto sono sparsi pezzi di motori, pannelli smontati, boe, scatoloni bagnati pieni di rotoli di nastro adesivo e ancore galleggianti, e un mucchio di tubi al neon è appoggiato a un grande carrello elevatore.

«Signora!» grida l'uomo alle sue spalle. «Non è permesso...»

«Amira?» urla Parisa con tutto il fiato che ha in gola.

La coppia è uscita dalla porta. L'uomo, nota Parisa voltandosi, aiuta la donna mentre questa cammina sui gradini ripidi lentamente, con grande fatica.

Il rumore della smerigliatrice nell'officina si interrompe di colpo.

Parisa si ferma, intuisce un movimento più avanti, di fronte a lei, e prosegue. Qualcuno sta scendendo da una delle barche vicine al mare su una scaletta di alluminio.

È Amira.

Parisa ne è sicura.

La sorella minore indossa un giubbotto blu e ha un velo che le copre i capelli e la bocca.

«Amira!» esclama Parisa iniziando a correre sul sentiero stretto.

L'uomo anziano lancia di nuovo delle grida. Parisa alza un braccio in direzione della sorella, poi inciampa in un cavalletto e si rimette in marcia.

Amira socchiude gli occhi per riuscire a vederla nel buio che avvolge la rimessa.

Improvvisamente un uomo robusto in tuta spunta da dietro l'angolo dell'officina. Si incammina verso Parisa zoppicando e appoggiandosi a una stampella. Tiene in mano una smerigliatrice pesante. Trascina dietro di sé il cavo elettrico, e della polvere bianca si leva dall'imboccatura aperta dell'aspiratore.

«Amira!» urla di nuovo Parisa nell'istante in cui tre faretti si accendono sulla facciata dell'officina.

L'uomo con la smerigliatrice si muove dritto verso di lei sul passaggio di ghiaia, e alle sue spalle la sorella si avvicina con gli occhi traboccanti di terrore.

«Non gridare», farfuglia l'uomo entrando nel cono di luce del faretto più distante.

Una nuvola di sottile polvere di fibra di vetro gli si solleva dal volto squadrato, e Parisa si ferma a osservarla.

«Anders, tornatene a casa», urla l'uomo più anziano, dietro Parisa.

«Voglio mia moglie», mormora l'individuo in tuta, fermandosi.

Fissa Parisa da dietro gli occhiali di protezione sporchi. Amira, alle sue spalle, sembra paralizzata e non osa avanzare di un altro passo.

«Ciao», dice Parisa.

«Ciao», risponde l'uomo, sottovoce.

«Non volevo disturbarti. Stavo urlando per farmi sentire da mia sorella.»

«Parisa, sono pazzi. Vai a chiamare aiuto», dice la sorella in lingua pashtu.

Quando l'uomo sente Amira parlare, si volta, si sposta di un passo verso il centro del cono di luce del faretto e la colpisce violentemente alla guancia con la stampella. Amira vacilla di lato per via della botta e cade a terra. Urlando, l'uomo la raggiunge e prova a percuoterla al volto con la pesante smerigliatrice. Manca però il colpo e perde la presa sull'attrezzo che vola in aria, colpisce il telaio di una vecchia finestra e cade tra la ghiaia.

«Basta», strilla Parisa cercando di aprire la borsa in cui tiene la pistola.

Amira è a terra distesa su un fianco e tenta di trascinarsi al riparo. L'uomo la prende a calci e la colpisce con la stampella.

«Mia moglie», urla.

«Smettila!» grida Parisa estraendo la pistola dalla borsa con le mani tremanti.

Mentre fa arretrare il carrello e prende la mira, l'uomo si volta.

«Papà ha detto che lei è mia moglie, adesso», dice con voce impastata.

Parisa segue il suo sguardo, in direzione dell'ufficio, e vede l'uomo più anziano porgere ancora il braccio alla donna mentre, lentamente, percorrono il vialetto di ghiaia.

«L'ha data a me», dice l'individuo robusto asciugandosi il muco dal naso con l'avambraccio.

«Spostati», gli intima Parisa.

«No», ribatte lui, scuotendo la testa capricciosamente.

Parisa gli si avvicina e lo colpisce al volto con la pistola, appena sopra gli occhiali. Lui inciampa all'indietro finendo seduto sull'erba alla base del muro.

Parisa impugna la pistola con entrambe le mani, lo tiene sotto tiro e intanto dice alla sorella di raggiungerla. Amira si avvia strisciando verso di lei, ma urla di paura quando l'uomo si gira su un fianco e le afferra una gamba.

«Lasciala stare. Non la toccare o sparo», ringhia Parisa.

Solleva la pistola e spara un colpo in aria, poi torna rapidamente a puntarla contro il petto dell'uomo mentre l'esplosione riecheggia tra i muri degli edifici.

«Lasciala andare», urla con più forza, e la voce le si incrina.

«Anders non capisce, non è che un bambino», grida l'uomo dietro di loro, avvicinandosi.

Ansimando, Parisa gli punta contro la pistola. La donna si è seduta su una pila di batterie da motore in cima alla discesa.

«Papà, hai detto che mi avresti regalato una moglie», si lamenta l'uomo robusto a terra.

«Anders», ansima il padre, «ti ho detto che... se nessuno la voleva, potevi prenderla tu.»

Parisa sente la rabbia montarle nel petto, come una fiamma che divora ossigeno. L'uomo anziano alza le mani e si muove di un passo verso di lei.

«Fermo o sparo», gli urla contro Parisa. «Amira viene con me. Ti pagherò più avanti, avrete i vostri soldi, ma...»

Uno schiocco le attraversa il cervello e un oggetto la colpisce violentemente al lato della testa facendo calare il buio sulla sua visuale. Con le ginocchia che cedono, barcolla in avanti e batte la fronte contro un blocco di cemento. Perde la pistola, ricade su un fianco e sente il sangue che inizia a colarle sul viso.

Gemendo, si sforza di rialzarsi in piedi, ma dopo la botta è come se qualcuno le stesse premendo una spugna calda contro la nuca.

Il terreno oscilla sotto di lei. Cerca a tentoni qualcosa a cui aggrapparsi e sente Amira urlare di terrore. Prova ad appoggiarsi alla parete gelida, sputa un grumo di sangue e nota che altri rifugiati sono scesi dalle barche e si stanno avvicinando con estrema cautela.

«Voi non esistete», ruggisce un uomo sui cinquant'anni con la barba brandendo un fucile a pallettoni.

Parisa è appena riuscita a guardarlo in faccia quando lui la colpisce di nuovo col calcio del fucile. Parisa ricade pesantemente a terra, rovesciando un carrello pieno di vecchi filtri dell'olio e graffiandosi la spalla contro la ghiaia.

Alza la testa cercando di scoprire dove sia finita la pistola, ma il colpo alla nuca le ha annebbiato la vista: il mondo intorno si offusca e si confonde davanti ai suoi occhi. Riesce solo a intravedere vagamente l'uomo robusto con gli occhiali di protezione mentre trascina Amira verso di sé.

Ansimando, Parisa prova di nuovo a rialzarsi; si mette in ginocchio, appoggiandosi a terra con le mani, sputa ancora del sangue e sente l'uomo con la barba sbraitare che sterminerà tutto il gruppo dei rifugiati.

Le sferra un calcio al fianco, sopra le costole, facendola rotolare a terra, e Parisa prova a riprendere fiato, ma lui le si china sopra e le strappa il velo con una violenza tale da farle bruciare la gola per lo sfregamento con il tessuto.

«Allora ce l'hai una faccia... ce l'avete tutti una cazzo di faccia», grida l'uomo barbuto.

«Linus, ora basta», prova a calmarlo il padre.

Parisa si asciuga la bocca e con lo sguardo cerca la pistola. Sopra la testa dell'uomo con la barba vede l'asta oscillare al vento e la bandiera gialla e azzurra scuotersi e attorcigliarsi.

L'individuo di nome Linus le si avvicina, le preme con forza la canna del fucile in mezzo ai seni, poi la abbassa facendola scivolare sul suo ventre e infilandogliela tra le gambe; quindi rimane immobile, ansimando.

«Ti prego», lo implora Parisa con un filo di voce.

«Linus, calmati», dice il padre.

L'uomo con la barba è attraversato da un fremito, punta velocemente il fucile contro il viso di Parisa e posa il dito sul grilletto.

«La vuoi la faccia? No, non la vuoi, vero?» domanda.

«Smettila!» urla il padre con la voce colma di paura.

«Ma lei non la vuole, la faccia», ribatte.

Parisa prova a scostare il capo, ma l'uomo barbuto continua a tenerla sotto tiro.

Anders piange, coprendo con la mano la bocca e il naso di Amira.

«Per favore, Linus, non esagerare. Non vogliamo che arrivino gli sbirri», lo implora il padre.

Il sudore cola dalla barba di Linus scendendo lungo il collo; intanto l'uomo sussurra qualche parola e preme la canna gelida contro la fronte di Parisa.

47

Joona corre al buio lungo Roslasvägen. Sono passati ormai venti minuti da quando ha lasciato l'auto sul ciglio della strada. Per tutto il tempo non ha incontrato anima viva. Si è accorto soltanto delle folate di vento improvvise tra i rami degli alberi e del rumore del proprio respiro.

Ora sta percorrendo una discesa. Allunga il passo e aumenta ancora la velocità. In alto davanti a lui balugina una luce proveniente da una casa, la intravede in lontananza in mezzo agli alberi.

La pistola gli rimbalza contro le costole.

Ha imboccato un viadotto con il guardrail coperto di polvere quando dietro di sé sente un'esplosione.

Uno sparo.

Si volta e si mette in ascolto.

Il rumore si diffonde sulla superficie del mare e rimbomba tra le isole.

Joona torna indietro il più velocemente possibile, in direzione della strada sterrata che ha superato poco prima. Un'auto gli viene incontro ad alta velocità su per la salita. Accecato dai fari, prosegue nel fosso in mezzo all'erba alta. Al passaggio dell'auto, il suolo trema. Di nuovo nel buio, Joona torna sull'asfalto e corre per un altro tratto, poi trova il sentiero che porta verso il mare e lo imbocca.

La strada lo conduce lungo una scarpata sul cui fondo è abbandonata una carcassa d'auto, e poi, più oltre, verso un cancello di legno scuro.

Quando riemerge dall'altro lato del bosco, scorge la macchina di Parisa. È posteggiata fuori dall'ufficio di un modesto cantiere. Mentre prosegue in direzione delle barche in secca, si mette in contatto con Janus trasmettendogli le proprie coordinate in base al sistema RT 90 e chiede rinforzi alla squadra di pronto intervento.

«Però aspetta», dice con fermezza. «Resta in attesa fino a quando non ho inquadrato la situazione. Ti richiamo il più presto possibile.»

Disattiva la suoneria del telefono, poi sente delle voci concitate e si infila sotto un enorme motoscafo.

Avanza strisciando negli stretti passaggi tra le barche.

Vede una donna seduta su una pila di batterie da motore e poi, un istante dopo, scorge gli altri.

Un uomo avanti con gli anni si trova sul sentiero e tiene un taglierino nascosto nella mano, mentre un altro individuo è seduto a terra e stringe una donna tra le braccia.

Joona si avvicina rapidamente. Lievi fruscii si sollevano dall'erba secca sotto i suoi piedi.

Il telone che copre una delle barche si solleva come una vela, permettendogli di intravedere quello che sta succedendo. Un uomo con la barba colpisce Parisa alla nuca con il calcio di un fucile e poi le punta la canna al petto.

Quando il telone ricade, un rivolo d'acqua cola a terra.

L'uomo con la barba resta immobile con il fucile tra le gambe di Parisa. È un'arma a pallettoni a doppia canna, può sparare due colpi senza dover essere ricaricata.

Joona si infila sotto una barca a vela. I rumori raggiungono confusi il suo orecchio sinistro mentre striscia lungo lo scafo arrugginito.

L'uomo con la barba lancia delle grida e sposta il fucile in direzione del volto di Parisa.

Joona si allontana di qualche passo dal nascondiglio, poi raddrizza la schiena, raggiunge l'uomo con la barba su un fianco e spinge il fucile verso l'alto, allontanandolo dal viso di Parisa.

Conclude la mossa spingendo con l'altra mano il calcio del fucile verso il basso e sfilandolo dalla presa dell'uomo; poi lo rigira con un movimento verticale e posa il dito sul grilletto.

Joona gli spinge la canna contro il viso. L'uomo barcolla all'indietro portandosi le mani alla bocca. Continuando a tenerlo sotto tiro, Joona avanza di un passo, ruota il torso e colpisce violentemente l'uomo alla guancia con il calcio del fucile. L'impatto gli fa sgorgare un fiotto di sangue dalla bocca.

Joona punta rapidamente l'arma contro l'individuo più anziano.

L'uomo con la barba rovina a terra, cascando su uno scatolone di bombolette spray, e poi resta sdraiato sul ventre.

Il padre si blocca e lascia cadere il taglierino.

«Allontanalo con un calcio e mettiti in ginocchio», gli ordina Joona.

L'altro esegue, appoggiandosi al muro per chinarsi sulle ginocchia.

Cala il silenzio: si sentono solo il vento e il fruscio dei teloni di plastica. Parisa alza la testa e si accorge che l'uomo biondo l'ha seguita. Sta premendo il fucile contro il petto di Anders per liberare Amira dalla sua stretta.

«Non si gioca con le pistole, bambini», dice con il suo accento finlandese.

Anders lo fissa allibito, leccandosi il muco dal labbro superiore.

Quando si sposta sul fianco, Parisa crede che la testa le stia per esplodere. Respira affannosamente, si costringe ad aprire gli occhi e vede Amira avvicinarsi a lei a passi incerti per poi cadere in ginocchio.

«Amira», bisbiglia.

«Dobbiamo andarcene», dice la sorella. «Alzati, avanti!»

Parisa non riesce a muoversi. Appoggia la guancia sulla ghiaia e vede arrivare altri tre profughi sul vialetto. I primi sono un ragazzo magro dallo sguardo serio e una donna anziana vestita con degli abiti tradizionali.

Sarebbero potuti essere sua madre e suo fratello minore, pensa Amira. Se non fossero stati uccisi a un blocco stradale nello stesso anno in cui lei era fuggita.

Dietro di loro, nota un uomo con indosso una tuta nera lucida.

Parisa sa di averlo già visto, ma impiega qualche secondo per capire che si tratta di un noto calciatore. Salim glielo indicava sempre quando c'era la partita, perché è originario della loro stessa città.

48

Joona prova a valutare rapidamente la situazione e, quando l'uomo con la barba riprende a muoversi, gli punta contro il fucile.

Dev'esserci stato uno scontro tra gli scafisti, i profughi e Parisa.

La donna anziana è ancora seduta sulla pila di batterie con il suo lavoro a maglia, mentre il padre è inginocchiato e tiene le mani sulla testa.

«Dobbiamo andarcene», dice Joona.

Tre profughi stanno risalendo il vialetto angusto tra l'officina e le barche.

Joona sente rimbombare nelle orecchie una serie di colpi e lancia una rapida occhiata verso il mare prima di rivolgersi a Parisa.

«Ci sono solo loro?» le chiede, notando che la luce nella casa poco più lontano si è spenta.

«Erano rimasti solo mia sorella e quei tre», risponde lei.

«Di' loro di seguirci.»

Parisa pronuncia qualche rapida frase ansimando e la sorella le ripete a voce alta agli altri tre, che si avvicinano con aria interrogativa. La donna esita, ma il ragazzo la prende per mano e cerca di calmarla.

«Avanti», li esorta Joona, puntando il fucile contro l'uomo inginocchiato.

Il ragazzo sembra voler indicare qualcosa, poi dice alcune parole e si infila sotto una barca a vela bianca. Dopo alcuni secondi torna indietro con la pistola di Parisa. Ha un'aria soddisfatta e si spolvera le ginocchia porgendole l'arma.

Parisa si appoggia con il braccio alle spalle della sorella e allunga la mano libera.

Sorridendo, il ragazzo entra nel cono di luce di un faretto, e in quello stesso istante la sua testa si muove bruscamente di lato e la metà destra del viso si disintegra.

Tutti quanti sentono il rumore dello schizzo del sangue, dei tessuti e dei frammenti del cranio del giovane che si allarga contro lo scafo slanciato della barca un secondo prima di udire l'esplosione di un colpo di fucile.

«Seguitemi, seguitemi», urla Joona cercando di portare Parisa e sua sorella verso la grande gru.

Il rimbombo aumenta come una valanga. Le violente raffiche d'aria generate dalle pale di un elicottero li travolgono da ogni direzione, investendoli al petto e alla gola.

«A terra», urla Joona in mezzo al frastuono.

L'elicottero delle Forze di pronto intervento, scuro contro il cielo nero, vira sopra di loro. Un cecchino è appeso fuori dalla cabina, assicurato con dei cavi, e appoggia i piedi ai pattini.

L'anziana donna afghana striscia sotto le barche, mentre il calciatore corre con la schiena incurvata lungo il muro in direzione della strada. L'uomo che Joona ha messo al tappeto rotola verso la parete scomparendo tra l'erba alta.

Joona invita Parisa e la sorella a nascondersi dietro la gru, posa il fucile tra l'erba accanto al muro dell'officina e prova a chiamare la Säpo.

La linea telefonica non gli rimanda altro che una nota vibrante, ma ripete comunque, per diverse volte, che l'operazione deve essere interrotta e che nel porticciolo non ci sono terroristi.

Anders si solleva in piedi con l'aiuto della stampella, indica l'elicottero sorridendo e si avvicina all'acqua. Le corone degli alberi fremono e il frastuono del rotore aumenta quando l'elicottero vira bruscamente dietro il profilo del bosco per poi tornare indietro dall'altra parte, qualche secondo dopo, con singolare lentezza.

I quattro riflettori sulla parte inferiore del velivolo splendono come fiaccole bianche.

Joona scorge cinque uomini della squadra appesi sotto l'elicottero con la speciale imbragatura usata per le operazioni di estrazione. Tutti sono equipaggiati di elmetto, giubbotto antiproiettile e fucile a pompa.

Come bambole nere appese a un filo, ma singolarmente immobili, si avvicinano al suolo. Mentre gli uomini sorvolano l'acqua, le assi bagnate del pontile brillano alla luce dei riflettori.

Anders rimane fermo sulla riva e ride guardando l'elicottero.

Il frastuono martellante aumenta ancora. Joona prova di nuovo a chiamare la Säpo, comprende dal display che qualcuno sta rispondendo e allora grida nel telefono che non ci sono terroristi nel porto e che l'operazione deve essere interrotta.

«Fermatevi subito», ripete.

Tutti quanti si sono nascosti, tranne Anders e la donna anziana che è rimasta seduta sulla pila delle batterie.

Nascosto dietro al carrello elevatore, Joona vede che l'elicottero si avvicina a terra e comincia a sorvolare la sottile striscia di spiaggia.

Sull'acqua si forma un cerchio di schiuma e le onde vengono sospinte verso il pontile, che sobbalza. I riflettori assottigliano l'ombra tremante della gru proiettata sul vialetto di ghiaia e sulla parete dell'officina.

Una folata improvvisa fa ondeggiare l'elicottero; il tecnico di volo cerca di allontanare il cavo con il piede per non farlo sbattere contro la cabina.

Il rumore del rotore cambia e diventa più profondo mentre l'elicottero inizia a scendere sbandando. I cinque uomini della squadra ondeggiano appesi alle corde. Il telo di plastica intorno a una barca si solleva e scompare volando nel buio.

Gli uomini toccano terra e subito sganciano le imbracature, poi scattano di lato e corrono al riparo. L'elicottero riprende quota e, virando, si allontana lentamente.

Un'arma esplode un colpo nelle immediate vicinanze, e la forte esplosione rimbomba contro l'isola di fronte al porticciolo.

Lo sparo è arrivato da un punto alle loro spalle. Joona pensa che la Säpo deve aver inviato altri cecchini, ma poi vede l'elicottero perdere quota e capisce cosa sta succedendo.

Nelle vicinanze vi è un altro scafista: ha spento la luce nella casa ed è corso fuori, quindi ha sparato con un fucile da caccia verso l'elicottero finendo per colpire il pilota.

Joona osserva il rotore abbattersi contro la gru. Una pioggia di scintille segue l'assordante esplosione. L'elicottero schizza di lato come una falena arroventatasi al contatto con una fiamma.

Il secondo pilota non è riuscito nemmeno ad attivare i propri comandi.

L'elicottero precipita a terra e si schianta contro la distesa di barche coperte dai teli. Il rumore del rotore che s'inceppa e della lamiera che si accartoccia fa vibrare l'aria.

Si succedono altre tre rapide esplosioni, poi una pala spezzata a metà sfreccia a pochi millimetri dalla testa di Anders, che è ancora sulla riva.

La pala si infrange contro il muro in lamiera dell'officina, andando in frantumi.

Una palla di fuoco gialla e rovente riempie il cielo per qualche secondo. L'onda ustionante dell'esplosione incendia l'erba e il limite del bosco, e lambisce le capotte delle barche tutt'intorno.

Gustav Larsson, alla guida della prima squadra, è corso al riparo insieme alle due coppie di colleghi dietro la base in cemento di una pompa di benzina. Sente un rumore martellante e vede l'elicottero perdere quota. Adam lancia un grido e scatta in piedi.

«Stai giù», urla Gustav.

Adam avanza appena di un passo in direzione del mare prima che la potente onda d'urto dell'esplosione lo spinga a terra.

Cade all'indietro picchiando l'elmetto contro il suolo.

Le vampate di calore incendiano gli alberi tutt'intorno.

Schegge e frammenti del rotore piovono sul porticciolo, anche se inizialmente Gustav avverte solo un debole ronzio, quasi il sussurro di una brezza leggera che soffia tra le foglie.

E quando urla agli altri di restare a terra, la sua voce rieccheggia solo dentro di lui.

Il pannello della pompa di benzina sta bruciando.

Gustav guarda le fiamme e ne immagina il lieve crepitio; poi d'improvviso torna a udire distintamente i rumori che lo circondano, e allora si accorge del caos in cui è immerso e delle urla disperate di Adam accanto a lui.

«Markus, Markus!»

Adam ha perso suo fratello e la voce gli si spezza quando si alza in piedi. Prima che Gustav riesca a reagire, Adam preme il grilletto del suo fucile. Svuota l'intero caricatore mirando in direzione delle barche di lusso tirate in secco, poi abbandona l'arma che rimane ciondolante attaccata alla cinghia.

«Stai giù, hanno un cecchino», grida Gustav.

Adam si sfila gli occhiali di protezione e fissa il fuoco. Le barche si ribaltano e bruciano, e si sentono delle piccole esplosioni. Jamal abbandona la sua posizione, trascina Adam a terra e lo trattiene contro il suolo.

Con mani tremanti, Gustav estrae la ricetrasmittente e contatta il capo dell'operazione Janus Mickelsen.

Schegge di vetro e frammenti di legno vorticano nell'aria. La squadra ha perso l'elicottero e quattro uomini.

Gustav ripensa alle scintille esplose nel buio nel momento in cui il rotore aveva colpito la gru.

Gli era sembrato che fossero state generate dal tocco lucente di una bacchetta magica.

Trattiene le lacrime mentre ripete i nomi dei colleghi che teme siano morti.

«I gruppi tre e quattro stanno arrivando, ma voi dovete intervenire immediatamente per catturare o neutralizzare i terroristi», dice Janus.

«E Joona?» chiede Gustav. «Cosa è successo a Joona Linna?»

«Non abbiamo più ricevuto sue notizie da quando è arrivato sulla scena», risponde Janus. «Dobbiamo presumere che sia morto.»

«Non riesco a capire se ci siano degli ostaggi o se...»

«È accettabile che ci sia qualche perdita tra i civili», lo interrompe Janus. «I rinforzi stanno arrivando, ma dovete fare tutto il possibile per fermare i terroristi sul posto e immediatamente... È un ordine tassativo.»

Gustav chiude la comunicazione radio, prova a respirare con calma e guarda gli uomini intorno a sé. Jamal si morde il labbro inferiore. August sbadiglia come al solito e Sonny ha lo sguardo inespressivo di un pugile.

Adam è inginocchiato, e tra le lacrime sta inserendo un nuovo caricatore nel fucile automatico. Suo fratello maggiore

Markus era il tecnico di volo dell'elicottero, e aveva manovrato il cavo dall'alto facendo in modo che i ragazzi della squadra riuscissero a raggiungere la spiaggia appena prima che l'elicottero precipitasse.

«Ascoltatemi», esordisce Gustav, aprendo il calcio del fucile. «Abbiamo l'ordine tassativo di catturare o neutralizzare tutti i terroristi.»

«Quando arrivano i rinforzi?» chiede Jamal.

«Tra poco, ma noi dobbiamo entrare in azione subito», risponde Gustav. «Adam, tu resta qui.»

Il ragazzo si passa il palmo della mano sul volto, lo guarda e scuote la testa.

«Vengo anch'io», dice con voce roca. «Sto bene.»

«Credo che faresti meglio a non muoverti.»

«Avete bisogno di me», insiste Adam.

«Allora andrai per quarto, e io sarò l'ultimo», dice Gustav, sentendosi stringere lo stomaco per un cattivo presentimento. «Jamal, tocca a te. Guida il gruppo.»

«Ok», risponde Jamal.

«Non correte rischi e prestate attenzione intorno a voi a trecentosessanta gradi. Potete farcela, avanti.»

Jamal indica la direzione, si alza in piedi restando curvo e poi corre attraverso l'erba in fiamme fino alle barche; indica agli altri di seguirlo e quindi prosegue nel passaggio stretto tra due file di lussuose barche a vela.

Come un unico corpo flessibile, la squadra avanza cercando di mettere in sicurezza ogni angolo. È difficile riuscire ad avere una visuale complessiva del porticciolo, e non c'è stato il tempo prima per studiare le mappe. Alle loro spalle si alzano verso il cielo le fiamme dell'elicottero e delle barche incendiate. Il fuoco costituisce una fonte di luce supplementare, ma allo stesso tempo rende oscillante ogni sagoma. Le fiammate si riflettono su numerose superfici metalliche e grandi ombre tremolano sugli scafi delle barche per poi scivolare via di scatto.

Da qualche parte davanti a loro è appostato un cecchino, ma è difficile capire quanto i membri della squadra siano esposti. Forse l'uomo armato riesce a vederli chiaramente al chiarore delle fiamme, o forse si confondono con il nero delle barche e del terreno.

Gustav si costringe a non pensare ai colleghi appena morti: deve restare assolutamente lucido e concentrato.

Il gruppo avanza con le schiene curve nel passaggio stretto. Come d'abitudine, controllano ogni angolo e ogni possibile traiettoria.

Gustav si volta a esaminare rapidamente l'area alle loro spalle. Il terreno è asciutto sotto le barche, e la spazzatura trasportata dal vento si è incastrata intorno alle cime e alle invasature.

L'odore acre di bruciato si fa sempre più intenso.

Le alte fiammate si riflettono sugli elmetti.

D'un tratto, Jamal indica agli altri di fermarsi, si china leggermente e posa la mano sinistra sull'avambraccio destro: un segno convenuto per avvertire della presenza di nemici.

Jamal non ne è più sicuro, ma crede di aver scorto un viso con la coda dell'occhio.

Il cuore gli batte così velocemente da fargli dolere il petto.

Si abbassa con lentezza su un ginocchio e sbircia sotto uno scafo. Forse si era trattato solo del riflesso ardente del fuoco su un timone bianco.

Jamal posa il dito sul grilletto, avanza cautamente e prova a sbirciare oltre la parte anteriore di uno scafo graffiato.

In mezzo a una miriade di invasi e travi, vede la parete di un edificio di lamiera simile a un hangar e un carrello elevatore giallo.

Qualcosa si muove lì vicino, sotto la barca accanto a lui.

Un gatto nero scappa correndo e il dito di Jamal freme sul grilletto.

Fiocchi di cenere ardente cadono tra le barche in secco.

Gustav si mantiene in fondo alla fila e vede che Jamal continua ad avanzare. Vorrebbe dirgli che farebbe meglio a controllare il lato destro.

Jamal guarda a sinistra. Un telo di plastica blu si muove al vento e l'acqua gocciola a terra con una sorta di scampanellio.

Improvvisamente, un paio d'occhi scintillano accanto all'edificio. Jamal sposta di scatto l'arma e inquadra il volto nel mirino.

Qualcuno geme accanto a lui. È Adam, che è inciampato in una chiglia sporgente. La canna sbatte contro un invaso con un rumore metallico.

Jamal non sa come sia stato possibile che il suo dito abbia resistito all'impulso di premere il grilletto. L'adrenalina gli fa gelare il sangue quando si accorge che avrebbe potuto uccidere l'anziana donna con i ferri da maglia tra le mani.

Si appoggia con la mano a uno scafo bianco ed espira.

Gustav si volta e scruta di nuovo l'area alle loro spalle. Il fuoco continua ad aumentare e brandelli di plastica in fiamme cadono crepitando nell'acqua. Una potente folata di vento alimenta le lingue di fuoco, che iniziano a divorare altre barche in una sola ondata.

Jamal fa segno agli altri di mettersi in movimento e Gustav guarda in avanti, oltre i suoi colleghi, verso il parcheggio. A sinistra, tra le erbacce, si nota la vecchia carcassa di un'auto. Cardi e arbusti spuntano dal motore.

Adam mormora qualcosa tra sé, poi estrae il caricatore, lo controlla e lo rimette a posto con un lieve scatto.

Un uomo con indosso una tuta nera esce di scatto da dietro la carcassa dell'auto.

Sonny reagisce immediatamente e spara sei colpi.

I proiettili trapassano il petto dell'uomo e il sangue schizza per aria; il braccio sinistro viene strappato, ma resta appeso al tessuto della tuta e si avvolge come una sciarpa intorno al collo dell'individuo nel momento in cui cade ruotando su se stesso.

Nel medesimo istante Jamal crolla a terra. Si distende sul fianco, come se intendesse riposare.

Gustav non riesce a vedere quello che è successo. Sonny lo raggiunge di corsa, e a un tratto una fiammata lampeggia davanti a loro.

L'esplosione dello sparo è breve, ma assordante.

Il proiettile trapassa il viso di Sonny uscendo dalla nuca. Gustav vede il sangue schizzare addosso ad Adam. L'elmetto scivola a terra e l'eco del colpo non si è ancora spenta quando Sonny cade all'indietro.

Gustav si getta a terra rotolando sotto una grande barca a vela. L'odore del terriccio asciutto e dell'erba secca gli riempie le narici. Si trascina fino a un blocco di cemento accanto alla prua e imbraccia il fucile.

Dal corpo di Sonny arriva un sibilo, quasi un fischio leggero.

Attraverso il mirino, Gustav scruta nella direzione in cui gli è sembrato di scorgere la fiammata. Il suo sguardo registra il terreno grigio, alcune barche più piccole, un cassone di spazzatura. Ogni cosa ha un aspetto plumbeo e sembra ricoperta di pennellate di cenere. Il mirino scivola sui cespugli bassi, su un sacchetto dell'immondizia annodato e su una lattina di vernice vuota.

Adam è seduto a terra con Sonny tra le braccia. Ha il sangue del collega sparso su tutto il petto.

«Dio del cielo... Sonny», geme.

Gustav trema e respira, e continua a perlustrare la zona attraverso il mirino. Le erbacce fremono al vento e tutt'intorno i fiocchi di cenere non smettono di scendere. L'odore di fumo è soffocante. Alle sue spalle le barche in fiamme implodono. Gli scafi cozzano gli uni contro gli altri, e le taniche d'acqua appese al telone che copre la barca a vela sopra di lui iniziano a dondolare.

Con il cuore che comincia a rimbombare nel suo petto rapidamente, Gustav individua la canna del fucile dietro un bancale di tegole arrugginito. Un cespuglio irregolare si scuote al vento, subito alle spalle del cecchino.

Gustav si asciuga il sudore dalle sopracciglia per riuscire a vederci meglio, quindi raddrizza gli occhiali di protezione. È un ottimo tiratore, ma al momento ha l'impressione di stare tremando troppo.

Lentamente regola il mirino per mettere a fuoco il punto in cui suppone verrà a trovarsi la testa del cecchino quando si farà avanti per sparare di nuovo.

«Sono morti tutti», dice Adam fissando il buio. «Credo che siano morti tutti.»

Il mirino di Gustav è scosso da un piccolo sobbalzo e si sposta verso le tegole. Non può rispondergli, in questo momento deve mantenere la concentrazione.

Sia lui sia Adam sono scoperti.

Gustav sa di avere a disposizione pochi secondi prima che il cecchino torni a fare fuoco.

Da qualche parte, una donna sta urlando.

Una tanica appesa a una corda dondola davanti al mirino.

Gustav osserva la canna del cecchino spostarsi leggermente a sinistra, poi una testa diventa visibile per qualche secondo prima di scomparire di nuovo. La canna si abbassa e si blocca. Poi ricompare la testa, l'occhio premuto contro il mirino alla ricerca di un nuovo bersaglio.

Con estrema lentezza, Gustav piazza il sottile reticolo a croce del mirino al centro del volto e preme il grilletto.

Il G36 rincula contro la sua spalla, e il cecchino scompare. Gustav chiude gli occhi più volte cercando di rallentare il respiro. L'arma è scomparsa. Per un istante pensa di aver mancato il bersaglio, poi nota delle gocce scure che colano dai rami del cespuglio dietro al nascondiglio.

50

Joona si trova accanto al carrello elevatore e sta osservando le lingue di fuoco e il fumo nero del colore del petrolio contorcersi e salire verso il cielo con una strana irrequietezza.

Parisa abbraccia la sorella. Si è rannicchiata a terra per la paura, tiene le mani premute contro le orecchie e piange incontrollatamente come una bambina.

«Chiedile se è in grado di correre. Dobbiamo cercare di raggiungere il bosco», dice Joona con concitazione.

«Bisogna solo che trovi Fatima, la donna che era qui poco fa», dice Parisa. «Non possiamo abbandonarla. Ha salvato mia sorella dicendo a tutti che era sua figlia perché la lasciassero in pace.»

«Dov'è, lo sai?»

«Doveva prendere le sue cose... Vedi quella barca grande senza telone?» dice Parisa indicandola.

«È troppo pericoloso...»

Improvvisamente si sentono i colpi di un'arma automatica: un intero caricatore viene svuotato nei pressi della riva. I proiettili affondano in un materiale morbido e rimbalzano contro le travi d'acciaio dei supporti delle barche.

Joona prova a individuare gli uomini delle Forze di pronto intervento.

Si sente qualche debole esplosione; frammenti di vetro schizzano in aria mentre le barche si ribaltano.

Joona estrae il telefono, chiama nuovamente Janus e si accorge che Parisa ha lasciato la sorella in lacrime e si è allontanata con il fucile a pallettoni. Corre con la schiena curva sul sentiero di ghiaia lungo la facciata dell'officina, verso la barca che ha indicato.

Joona estrae la pistola e sposta indietro il carrello.

Il fuoco che avvolge l'elicottero si solleva vibrando e il fumo sembra fondersi con il cielo nero.

Joona vede Parisa rallentare nel momento in cui si avvicina all'angolo dell'officina. La sua ombra ha una sagoma irregolare contro la parete di lamiera ondulata.

La sorella si è calmata e resta seduta con le mani contro le orecchie.

Parisa lancia un'occhiata verso il mare, si appoggia con la mano al muro e si prepara a correre attraverso lo spiazzo di ghiaia per l'ultimo tratto che la separa dalla barca.

Joona la vede uscire dal fosso e sbirciare oltre l'angolo. D'un tratto, il suo corpo è percorso da un brivido, quindi la donna cade a terra seduta e rimane immobile con lo sguardo perso nel vuoto.

Improvvisamente crolla all'indietro andando a sbattere la testa al suolo e viene trascinata via per i piedi.

Sembra quasi che una bestia selvatica l'abbia abbattuta per portarsela nella tana.

Nascondendo la pistola contro il corpo, Joona corre lungo il passaggio di ghiaia accanto al muro, si ferma e spiana l'arma mentre si avvicina all'angolo dietro cui la donna è sparita.

Resta in ascolto e sente il soffio del calore ribollente del fuoco sul volto.

Pezzi di plastica ardenti gli piovono addosso.

Rapidamente svolta l'angolo e controlla la zona; vede la rampa di cemento e le porte a scorrimento dell'officina, alte cinque metri.

I tronchi dei pini lungo il margine del bosco riflettono il luccichio rosso del fuoco.

Si nota una roulotte bianca dietro una rete da pollaio, seminascosta nel folto degli alberi.

Joona raggiunge di corsa una porticina di servizio. Abbassa la maniglia, la apre e controlla l'interno dell'officina.

Nel buio, i macchinari rilucono in maniera lugubre; più lontano si intravede uno yacht a motore blu scuro con la prua ammaccata.

Joona entra nell'officina rapidamente, controlla gli angoli più vicini e corre piegato fino a un grande tornio.

L'odore di metallo, olio e solventi impregna l'aria.

La porta alle sue spalle si chiude con uno scatto.

Attraverso le giunture e le asole delle pareti di lamiera si scorge il fuoco.

Joona prosegue verso la barca, controllando ogni angolo pericoloso.

Un uomo lancia un urlo, poi grida: «Sei solo un animale, non sei niente, sei un cazzo di animale».

Joona avanza di corsa, si accuccia e li intravede al fondo dell'officina.

Parisa è appesa a testa in giù, con i piedi legati a una carrucola. Il pesante maglione le è sceso sulla testa. L'elastico bianco del reggiseno le stringe la schiena nuda.

L'uomo con la barba sta ancora perdendo sangue dalla bocca. Parisa prova a sistemare il maglione, e quando lui glielo strappa comincia a dondolare.

«Te la stacco, quella cazzo di testa», urla sollevando l'ascia.

Joona non può sparare a causa dello yacht, quindi si mette a correre in direzione di Parisa e dell'uomo barbuto. Nel buio sotto lo scafo riesce appena a intravederli.

Parisa prova a urlare anche se ha la bocca chiusa con del nastro adesivo. L'uomo segue i suoi movimenti spostandosi di lato.

«Questa è Guantanamo», urla, e vibra un violento fendente con l'ascia.

La pesante lama colpisce da dietro la spalla della donna affondando nel muscolo. Il corpo di Parisa inizia a roteare e il sangue si riversa sul pavimento. Joona corre oltre alcuni barili blu di olio esausto, rotola sotto la barca e riesce di nuovo a vederli.

«Allontanati!» grida.

L'uomo è alle spalle di Parisa e si pulisce il sangue dalla barba. Una gamba dei pantaloni di Parisa è scivolata fino al ginocchio della donna che continua a roteare dondolando all'indietro, respirando affannosamente dal naso e provando a proteggersi con le mani.

«Se non getti via quell'ascia, ti sparo», urla Joona spostandosi di lato per individuare un punto vulnerabile a cui mirare.

L'uomo indietreggia di qualche passo e fissa Parisa, che si scuote facendo fremere la catena.

«Guarda me, non lei... Guarda me e allontanati», dice Joona avvicinandosi, con il dito cautamente posato sul grilletto.

«Merda, sono solo animali», mormora l'uomo.

«Posa l'ascia a terra.»

L'uomo è sul punto di ubbidire quando si sente una potente esplosione e una pioggia di pallini trapassa il tetto di lamiera. Minuscole sfere di piombo rimbalzano tra il soffitto e le pareti, perdendo velocità e piovendo sul pavimento dell'officina.

«Resta immobile», dice il padre dell'uomo alle spalle di Joona, che solleva dunque la pistola e la mano libera sopra la testa. Dopo tutti quegli anni, malgrado l'ottimo addestramento, ha commesso lo stesso errore che è costato la vita a suo padre. Si è lasciato trascinare dagli eventi e dalla volontà di salvare qualcuno, dimenticando per qualche secondo di guardarsi le spalle.

Il ventre di Parisa si muove al ritmo del suo respiro terrorizzato. Il reggiseno bianco è macchiato di sangue e una pozza scura si allarga sotto di lei. L'uomo con la barba respira affannosamente e si appoggia l'ascia sulla spalla.

« Getta la pistola », dice il padre.

« La poso sul pavimento? »

Joona inizia a voltarsi e scorge l'ombra dell'uomo su alcune latte di vernice da scafo.

« Gettala via », gli risponde.

Joona si gira lentamente e lo vede, a quattro metri da lui. È in piedi accanto a un motore diesel appeso a una gru a soffitto, e gli sta puntando contro il fucile. Con cautela, Joona abbassa la pistola come se fosse pronto ad arrendersi, mentre in realtà sta aspettando il momento giusto per fare fuoco. Mirerà esattamente sotto il naso, in modo da distruggere istantaneamente il ponte dell'encefalo e gran parte del midollo allungato.

« Non fare scherzi », lo avvisa l'uomo.

« Da che parte vuoi che la getti? »

« Piano... Questo è un fucile a pallettoni, non mancherò il bersaglio. »

« Sto facendo quello che mi dici », risponde Joona.

Il volto dell'uomo si irrigidisce e la canna del fucile si sposta leggermente a destra. Un riflesso scuro si allarga sul motore appeso alla gru.

Joona sente i passi del figlio alle proprie spalle, resta immobile e poi scatta di lato nel momento in cui il fendente gli piomba addosso. L'ascia manca il bersaglio, ma la punta della lama gli incide un taglio sulla spalla.

Joona si volta verso il punto da cui è arrivato il fendente

affondando il gomito sinistro al lato del collo del figlio e spezzandogli la clavicola.

L'ascia rotea in aria, colpisce un cric e cade tintinnando sull'impiantito di cemento. Joona serra il braccio intorno al collo dell'uomo, lo solleva per il fianco e lo sbatte a terra utilizzandolo come scudo mentre punta la pistola contro il padre.

L'uomo ha già posato il calcio del fucile sul pavimento infilandosi la canna in bocca.

«Non farlo», urla Joona.

L'anziano si china, e a malapena riesce a raggiungere il grilletto. L'interno delle sue guance si illumina nell'istante in cui si sente l'esplosione. La testa balza all'indietro, e frammenti di cranio e materia grigia schizzano verso il soffitto ricadendo sul pavimento alle sue spalle.

Il corpo si accascia in avanti e il fucile cade di lato.

«Che cazzo è successo?» esclama il figlio.

Joona gli lega rapidamente braccia e gambe con uno spesso fil di ferro, lo alza in piedi e lo spinge contro il motore diesel.

«Ti ammazzo», urla istericamente il figlio.

Joona avvolge due volte il cavo intorno al collo peloso dell'uomo e al robusto asse del motore, poi recupera il telecomando rivestito in gomma dal tavolo coperto di chiavi inglesi e solleva il motore finché l'uomo non è costretto a restare in punta di piedi.

All'esterno si sentono dei colpi di fucile, seguiti dagli spari delle armi automatiche.

Joona cala velocemente Parisa sul pavimento. Le dice più volte che se la caverà, poi la fa voltare sul ventre, le pulisce sbrigativamente con il dorso della mano il sangue dalla schiena e dalla spalla e chiude la ferita con del nastro adesivo.

«Ce la farai», le dice tranquillizzandola.

Aggiunge delicatamente altri strati di nastro adesivo. Sa

bene che non terrà a lungo, ma se riuscirà a portarla subito in ospedale, la ferita non si rivelerà mortale.

Parisa prova ad alzarsi, ma Joona le dice di restare immobile.

«Volevo solo andare a prendere Fatima», dice lei, cercando di normalizzare il ritmo concitato del respiro.

Si solleva sulle ginocchia e riposa per qualche istante.

Joona la sorregge, e lei trema e vacilla a causa dell'emorragia; mentre attraversano l'officina, le sue ginocchia rischiano di cedere diverse volte.

Escono fuori all'aria fredda. L'intero porticciolo sta bruciando e le folate di vento fanno oscillare le fiamme.

Joona stringe la pistola in una mano mentre risalgono il vialetto di ghiaia lungo il fianco dell'officina.

Quando Amira li vede, si alza in piedi accanto al carrello elevatore e si dirige verso di loro con il volto grigio, dominato da un'espressione indecifrabile. Ha gli occhi assenti e le pupille dilatate. Joona aiuta Parisa a sedersi a terra e le mette la giacca intorno alle spalle.

Gustav Larsson è sul vialetto, poco distante da loro. Il pesante giubbotto antiproiettile e il fucile sono posati a terra.

L'operazione è stata interrotta e lui sta riferendo al comando, con voce spezzata, che la situazione è sotto controllo e che c'è bisogno dell'intervento di ambulanze e pompieri. Annuisce, mormora qualche breve frase e abbassa la mano che regge la ricetrasmittente lungo il fianco.

«Stanno arrivando le ambulanze?» urla Joona.

«Le prime saranno qui tra dieci minuti», risponde Gustav, guardandolo con occhi vitrei.

«Bene.»

«Dio... Mi dispiace, mi dispiace... Joona, ho sbagliato.»

«Andrà tutto a posto.»

«No, nient'affatto, nulla andrà a posto.»

Qualche metro più lontano, la donna anziana siede sulla pila di batterie e continua a lavorare a maglia con un'espressione disperata sul volto. Il figlio minore è a terra, con le mani legate da una fascetta.

«Ci hanno dato l'ordine di intervenire subito», dice Gustav asciugandosi le lacrime dalle guance.

«Chi è stato?»

Si sente una forte esplosione, e Gustav avanza di un passo.

Il colpo risuona tra le case, mentre il fumo dell'incendio si dissolve nell'aria.

La donna anziana impugna la pistola di Parisa con entrambe le mani. I ferri da maglia sono posati a terra davanti ai suoi piedi.

Spara di nuovo, e Gustav cerca di appoggiarsi al muro con la mano. Il sangue gli cola dal ventre e da una ferita all'avambraccio. Adam, che si trova accanto alla donna, le strappa la pistola e la fa cadere a terra, poi le spezza il braccio all'altezza della spalla e la spinge contro la ghiaia con lo scarpone.

Quando Gustav si accascia, Joona lo afferra e lo fa sdraiare delicatamente a terra. Ha in volto un'espressione smarrita, e muove la bocca come se stesse provando a dire qualcosa.

Una luce elettrica divampa davanti ai suoi occhi: una fiamma ossidrica distante, composta quasi di minuscole scintille che schizzano in ogni direzione e poi scompaiono.

51

Joona ha aspettato due ore nel corridoio fuori dalla sala operatoria in cui hanno portato Gustav Larsson, ma alla fine dell'orario di visita i medici non sono stati ancora in grado di dirgli se sopravvivrà.

Adesso sta lasciando l'auto in cima a Tulegatan; sente l'aria fresca che sale dal parco e ricorda che alcune scene di un romanzo di Maj Sjöwall e Per Wahlöö erano ambientate qui, in un appartamento affacciato sul verde di Vanadislunden.

Mentre discende la collina in direzione dell'hotel, l'effetto dell'anestesia locale alla ferita sulla spalla inizia a svanire: l'hanno ricucita con undici punti e ora il dolore riprende a salire.

La spallina della giacca è stropicciata, macchiata di sangue e rattoppata con un pezzo di nastro adesivo. Nelle narici avverte ancora l'odore del fumo, e ha una ferita alla radice del naso e graffi sulle nocche.

La donna alla reception lo fissa spalancando la bocca e sgranando gli occhi. Joona sa di avere un aspetto totalmente diverso rispetto al momento in cui si era presentato per il check-in.

«Giornata pesante», dice.

«Capisco», risponde la donna ridendo in maniera incontrollata.

Non può fare a meno di chiedere se ci siano messaggi, anche se dubita della possibilità che Valeria verrà a trovarlo.

La receptionist controlla prima sul computer e poi nello scomparto delle chiavi, ma ovviamente non c'è nulla.

«Posso chiedere a Sandra», suggerisce.

«Non è necessario», si affretta a dire Joona.

È comunque costretto ad aspettare mentre la donna parla con la collega. Osserva il bancone sgombro, le linee chiare dei graffi sulla vernice e pensa che, per quanto lo riguarda, l'incarico è concluso.

Tutti quanti erano consapevoli che l'infiltrazione e l'operazione erano un azzardo, ma non c'erano alternative: il tempo a disposizione era troppo poco.

Joona ha fatto tutto il possibile per aiutare la Säpo e vorrebbe dire a Valeria che da quel momento è solo un normale detenuto in permesso premio.

«Niente, mi dispiace», sorride la donna di ritorno. «Nessuno ha chiesto di lei.»

Joona la ringrazia e sale in camera. Lascia le scarpe coperte di fango su un giornale, poi si prepara un bagno caldo e si immerge nell'acqua tenendo il braccio ferito all'asciutto.

Il suo cellulare è appoggiato nella minuscola nicchia piastrellata a fianco della vasca. Ha chiesto al medico di chiamare non appena ci fossero novità su Gustav.

Alcune gocce cadono lentamente dal rubinetto e gli anelli d'acqua si allargano sulla superficie per poi svanire. Il tepore distende le membra di Joona, e il dolore si attenua.

Il significato del messaggio di Salim Ratjen era di fatto semplice: l'ingresso illegale nel Paese della sorella di Parisa aveva avuto luogo prima del previsto. L'avevano trasferito da Hall e isolato dal mondo esterno prima che riuscisse a comunicarlo alla moglie.

La coppia di anziani insieme ai tre figli avevano trasformato il cantiere in uno snodo per il traffico di essere umani.

Quando Joona Linna non aveva più fatto rapporto, il capo dell'unità operativa Janus Mickelsen aveva temuto di perdere i contatti con la cellula terroristica.

Sventare la minaccia alla nazione era una priorità assoluta.

Per quel motivo, si era deciso a trasferire al porticciolo il primo gruppo delle Forze di pronto intervento.

Janus aveva risposto alle prime chiamate di Joona, ma – così aveva dichiarato – non era riuscito a sentire altro che qualche rumore confuso.

Dall'elicottero, gli uomini della squadra si erano accorti della presenza di alcune persone accanto a un edificio in lamiera. Due corpi giacevano a terra e un terzo individuo era in ginocchio. Si erano trovati a dover prendere la decisione giusta in un solo secondo, e poi, quando il cecchino aveva visto nel mirino che un giovane uomo stava puntando una pistola contro una donna, aveva fatto fuoco.

La squadra non poteva sapere che le due persone sdraiate a terra erano gli scafisti e che il giovane con la pistola era fuggito dall'Afghanistan dei talebani.

Il terzo figlio della coppia era stato svegliato dai rumori fuori dall'officina e aveva recuperato un fucile da caccia col mirino laser dall'armadio delle armi, poi era scivolato fuori dalla casa e si era nascosto dietro un bancale pieno di tegole.

Dopo che l'elicottero aveva fatto scendere la squadra a terra, il figlio si era messo a sparare colpendo il pilota al petto.

Gli altri uomini dell'equipaggio erano morti nello schianto, due dei membri della squadra operativa erano stati uccisi durante il conflitto a fuoco e due profughi erano stati colpiti per errore.

Nel cantiere non c'erano terroristi.

L'operazione era stata una catastrofe.

Il padre si era suicidato, il figlio di mezzo era stato ucciso dagli uomini della squadra e la madre era stata arrestata insieme agli altri due figli.

Il responsabile operativo Gustav Larsson aveva riportato gravi ferite e versava ancora in condizioni critiche. Parisa Ratjen, invece, se la sarebbe cavata senza danni permanenti. Sua sorella Amira e la profuga anziana chiederanno asilo politico in Svezia.

Joona emerge dall'acqua calda, si asciuga e telefona a Valeria. Mentre il telefono squilla, osserva la strada. Un gruppo di rom sta preparando dei giacigli sul marciapiede fuori dal negozio di alimentari.

«Mi pare di capire che non verrai», dice Joona quando finalmente Valeria risponde.

«No, è che...»

Si interrompe, con un respiro profondo.

«Comunque, la mia missione per la polizia è conclusa», le spiega lui.

«È andata bene?»

«Non direi.»

«Allora non hai ancora finito», dice la donna a voce bassa.

«Non esistono risposte semplici, Valeria.»

«Lo capisco, ma sento il bisogno di fare un passo indietro», dice lei. «Perché ho una vita che funziona, i ragazzi, il vivaio... E non vorrei sembrarti banale, ma sono adulta e a dire il vero tutto va abbastanza bene così com'è, anche senza un amore travolgente.»

Si interrompe di nuovo. Joona capisce che sta piangendo. Qualcuno accende la tv nella camera a fianco.

«Scusami, Joona», riprende Valeria, con un sospiro tremante. «Ci avevo creduto, ma in realtà tra noi le cose non funzionerebbero mai.»

«Quando sarò un orticoltore diplomato, spero comunque di poter fare il tirocinio da te», dice lui.

Valeria accenna una rapida risata, ma la sua voce è rotta dal pianto. Si soffia il naso prima di rispondere.

«Manda la richiesta, e poi vedremo.»

«Lo farò.»

Restano di nuovo in silenzio.

«Ora vai a dormire», dice Joona con un filo di voce.
«Sì.»
Si augurano una buona notte, restano in silenzio per un istante, poi si salutano di nuovo e infine riagganciano.
In strada un gruppo di ragazzi esce da un pub e si dirige verso Sveavägen.
Pensando a quanto sia strano non trovarsi dietro le sbarre, Joona si veste ed esce nell'aria fresca della città. Gruppi di persone sono ancora seduti ai tavoli all'aperto lungo Odengatan. Joona cammina fino alla Brasserie Balzac, occupa un tavolo sulla strada e riesce a ordinare una sogliola al burro giusto in tempo prima che la cucina chiuda.
Le indagini preliminari della polizia proseguiranno senza di lui.
Non è ancora detta l'ultima parola.
L'assassino probabilmente non ha alcun legame con organizzazioni di stampo terroristico.
La ragione per cui ha ucciso il ministro degli Esteri è di tutt'altra natura.
E qualcosa lo spinge a comportarsi in maniera singolare: malgrado l'eccellente addestramento militare, rimane a osservare la propria vittima dissanguarsi per più di quindici minuti e lascia in vita una testimone.
Sa dove si trovano le videocamere di sorveglianza e indossa un passamontagna, ma per qualche ragione si è legato delle strisce di tessuto intorno alla testa.
Se non ha precedenti per omicidio, quel venerdì notte doveva essere riuscito a superare i posti di blocco. La sua eccitazione doveva essere aumentata fino a trasformarsi in senso di onnipotenza, e ora non c'è più nulla che gli impedisca di colpire ancora.

52

Da un punto in fondo al cimitero di Hammarby, a nord di Stoccolma, si riescono a vedere le distese dei campi e il lago circondato da canne ingiallite.

Anche se la città è vicinissima, qui tutto sembra essere rimasto com'era mille anni fa.

Disa riposa nella fila interna, lungo un muretto basso, accanto alla tomba di un bambino con l'impronta di una piccola mano sulla lapide. Joona ha vissuto con lei per molti anni dopo la separazione da Summa, e non passa un minuto senza che ne avverta la mancanza.

Getta via i fiori avvizziti, cambia l'acqua e infila nel vaso il bouquet fresco.

«Mi spiace di non essere venuto a trovarti per tanto tempo», dice raccogliendo le foglie cadute sulla tomba. «Ricordi che ti ho parlato di Valeria, la ragazza di cui ero innamorato alle superiori... In quest'ultimo anno ci siamo scritti delle lettere e ci siamo visti parecchie volte, ma ora non so più dire come andrà a finire tra noi.»

Una ragazza passa a cavallo lungo il sentiero dall'altro lato del muretto. Due uccelli si alzano in volo tracciando un ampio arco sopra un enorme masso erratico ai margini del bosco.

«Lumi abita a Parigi, non ti sembra incredibile?» continua Joona sorridendo. «Si trova bene, a quanto pare. Sta lavorando a un progetto per la scuola, un film sui profughi a Calais...»

Dal sentiero di ghiaia lo raggiunge un tramestio, e una figura con lucenti trecce di capelli biondi si avvicina a piedi provenendo dalla chiesa. Si ferma accanto a Joona e resta qualche istante in silenzio.

«Ho appena parlato con il medico», dice infine Saga Bauer. «Gustav è ancora sotto anestesia. Sopravvivrà, ma dovrà subire numerose operazioni e saranno costretti ad amputargli un braccio.»

«La cosa più importante è che se la cavi.»

«Già», sospira Saga, dando un calcio nella ghiaia con la scarpa da ginnastica.

«Che c'è?»

«Verner ha già insabbiato tutto. L'intero caso è stato dichiarato top secret e nessuno può accedere ai documenti. Cavolo, non posso nemmeno consultare i miei rapporti... Se la direzione venisse a sapere del materiale che ho salvato sul mio computer personale, perderei il lavoro... Verner ha imposto un livello di segretezza così alto che nemmeno lui ha più accesso ad alcun dato.»

«E chi ce l'ha, allora?» chiede Joona con un sorriso.

«Nessuno», risponde Saga sorridendo, ma la sua espressione torna subito seria.

Si avviano fuori dal cimitero, e passano accanto alla pietra runica con i serpenti intrecciati e l'angelo posta accanto all'ingresso del camposanto.

«L'unica cosa che abbiamo scoperto, dopo la più imponente azione antiterroristica della storia svedese, è che nulla in questa faccenda lascia sospettare un legame con il terrorismo», dice Saga, fermandosi nel parcheggio.

«Cos'è andato storto?» chiede Joona.

«L'assassino ha nominato Ratjen... e noi l'abbiamo collegato a una conversazione intercettata dai servizi di sicurezza di Hall... Ho letto tutta la traduzione, Salim Ratjen parlava di tre grandi feste... e la data della prima coincideva con quella dell'omicidio del ministro William Fock.»

« Lo so. »
Saga sale in sella alla moto sporca.
« Ma le feste si riferivano semplicemente all'arrivo in Svezia dei parenti di Ratjen », prosegue. « Nulla dimostra che si sia radicalizzato in carcere, e non abbiamo trovato alcun collegamento con gruppi islamisti o con organizzazioni terroristiche. »
« E lo sceicco Ayad al-Jahiz? » chiede Joona.
« Già, lo sceicco », risponde Saga ridendo amaramente. « Abbiamo questa registrazione in cui dice di voler scovare i leader responsabili dei bombardamenti in Siria per sparare loro in faccia. »
« Al ministro degli Esteri hanno sparato in faccia due volte », sottolinea Joona.
« Proprio così », prosegue Saga annuendo. « Ma il collegamento purtroppo non regge... La direzione della Säpo sapeva già prima dell'operazione che lo sceicco Ayad al-Jahiz è morto da quattro anni... Non può essere in contatto con Ratjen. »
« Ma perché? »
« La Säpo ha appena ottenuto un aumento del budget per mantenere lo stesso livello di allerta in futuro. »
« Capisco. »
« Benvenuto nel mio mondo », dice Saga sospirando, poi fa partire la moto con un colpo di pedivella. « Dai, vieni in palestra con me. »

53

Il boxe club Narva è quasi deserto, ma la catena del sacco sferraglia ritmicamente mentre un uomo, di certo un peso massimo, sferra violenti colpi contro volti assenti.

A ogni suo movimento, il pulviscolo volteggia nell'aria sopra il ring. Due uomini più giovani eseguono degli addominali, ciascuno gemendo sul proprio materassino, sotto la pera veloce rotta.

Saga esce dallo spogliatoio con una canottiera di colore rosso vinaccia, dei pantaloncini neri e delle scarpe consumate. Si ferma davanti a Joona e gli chiede di aiutarla con la fasciatura delle mani.

«Il compito principale dei servizi di sicurezza di ogni Paese è spaventare i politici», dice a bassa voce porgendogli un rotolo di benda.

Joona le infila l'asola sul pollice poi avvolge alcune volte la fascia elastica intorno al polso, la stende sul dorso della mano e la stringe sulle nocche. A ogni giro, Saga prova a chiudere il pugno.

«Dal punto di vista della Säpo, non è importante il fatto che non ci fosse nessun terrorista... La minaccia è stata comunque neutralizzata», prosegue, mentre Joona le fa passare la fascia in mezzo alle dita. «E siccome i politici non possono ammettere di aver sprecato una somma tanto ingente di denaro pubblico, l'operazione viene considerata un successo.»

Il pugile aumenta il ritmo dei colpi e i due uomini più giovani si mettono a saltare la corda.

Joona infila i guantoni sulle mani di Saga, annoda i lacci e le avvolge della garza sportiva intorno ai polsi, sopra i nodi.

Saga sale sul ring mentre Joona prende due colpitori, simili a duri cuscini di cuoio, se li allaccia alle mani e la aiuta ad allenarsi in una serie di combinazioni di pugni e calci.

« La Svezia è stata salvata », dice Saga, assestando un colpo di prova al colpitore. « Ma non è merito nostro... La gente verrebbe presa dal panico, se scoprisse che la Säpo in realtà brancola nel buio. »

Joona inizia a muoversi in cerchio, sollevando e abbassando i colpitori, mentre Saga lo segue sferrando complicate serie di ganci e montanti.

Lui contrattacca spingendo in avanti uno dei colpitori, ma la donna lo schiva e parte con una nuova serie di colpi tanto forti da riecheggiare nel locale.

Saga abbassa le spalle, inclina la testa di lato e sferra una serie di diretti con il sinistro.

« Janus e io andremo avanti con le indagini, per verificare che nulla riconduca al ministro degli Esteri », dice ansimando.

Joona inclina i colpitori perché lei possa allenarsi con i diretti, poi la colpisce alla guancia col cuscino destro, quindi arretra e lascia che lei lo segua con due destri possenti.

« Abbassa un po' il mento », dice Joona.

« Sono troppo orgogliosa », risponde lei sorridendo.

« Ma cosa succede, se trovate l'assassino? » le chiede Joona seguendola verso l'angolo blu.

Lei centra i cuscini con quattro colpi rumorosi e fulminei.

« Il mio compito è fare in modo che non confessi l'omicidio », risponde. « Che non possa esservi ricollegato in nessuna maniera, che non venga incriminato o... »

« È estremamente pericoloso », la interrompe Joona. « E non sappiamo se ucciderà di nuovo, non abbiamo idea di quale sia il suo movente. »

« È per questo che ne sto parlando con te. »

Il pugile ha smesso di allenarsi, resta immobile con le braccia intorno al sacco e osserva Saga con aria trasognata. I più giovani si sono avvicinati al ring e la stanno filmando col telefonino.

«Devi abbassare il mento.»

«Nient'affatto», ride lei.

Saga esce dall'angolo, sferra un potente gancio destro, fa ruotare le spalle e tira un pugno diretto al torace di Joona, così forte da costringerlo a indietreggiare di qualche passo.

«Se fossi un poliziotto, proverei una strada diversa», suggerisce lui.

«Quale?» chiede Saga asciugandosi il sudore dal volto con l'avambraccio.

«L'altro Ratjen.»

«Facciamo una pausa», dice lei stendendo entrambe le mani.

«Dopotutto, Salim Ratjen ha un fratello in Svezia, no?» dice Joona sciogliendo la fascia.

«Dopo l'omicidio del ministro, lo teniamo sotto stretta sorveglianza.»

«Cosa avete scoperto?» dice Joona slacciando i nodi.

«Abita a Skövde, insegna alle medie e non ha alcun contatto con Salim», risponde lei scendendo dal ring.

Saga lascia cadere i guantoni a terra dirigendosi verso gli spogliatoi. Quando torna, ha l'asciugamano intorno al collo e le mani libere dalle bende.

Entrano nel minuscolo ufficio e Saga apre sulla scrivania il suo portatile dal colore verde militare. Le pareti sono ingombre di vetrinette piene di medaglie e coppe, ritagli di giornale ingialliti e fotografie incorniciate.

«Non so cosa succederebbe, se Verner scoprisse che ho conservato tutto», mormora Saga cliccando su un file. «Absalon Ratjen abita al 38 A di Länsmansgatan, insegna matematica e scienze alla Helenaskolan...»

Scosta una ciocca di capelli che le si è incollata al volto, poi continua a leggere.

«È sposato con Kerstin Rönell, che è insegnante di ginnastica nella stessa scuola... e hanno due figli che vanno alle elementari.»

Si alza e abbassa la tendina davanti al vetro della porta.

«Ovviamente stiamo intercettando le sue conversazioni telefoniche così come quelle della moglie», dice a Joona. «Controlliamo tutte le loro attività online, e così via... Leggiamo le loro mail sia all'indirizzo privato che a quello della scuola... L'unica a guardare porno è la moglie.»

«E non avete trovato nessuna connessione col ministro.»

«No.»

«Con chi ha avuto contatti Ratjen nelle ultime settimane?»

Saga si asciuga la fronte e continua a cliccare.

«A parte la routine... Ecco, ha parlato di un appuntamento dal meccanico che è andato a monte...»

«Fate una verifica.»

«E poi abbiamo una strana mail inviata da un computer senza indirizzo IP.»

«In che senso strana?»

Saga ruota il computer verso Joona e apre un messaggio dallo sfondo nero con il testo in caratteri bianchi: «*I'll eat your dead heart on the razorback battlefield*».

Quando la metropolitana passa sotto di loro, la luce della lampada da scrivania tremola sullo schermo sporco.

«'Ti mangerò il cuore...' Sembra abbastanza minaccioso», dice Saga. «Ma pensiamo che si tratti di un gergo legato a una competizione... Absalon Ratjen si occupa dei corsi avanzati di matematica, e come approfondimento i suoi studenti partecipano alla First Lego League, una gara internazionale di robot telecomandati fatti con i Lego.»

«Prendete comunque questo messaggio sul serio», dice Joona.

«Janus prende tutto sul serio... Lavora a tempo pieno su questa mail e sull'intercettazione di una telefonata che... Non sappiamo se sia uno scherzo telefonico e se qualcuno abbia sbagliato numero... Si sente solo il respiro di Ratjen e la voce di un bambino che canta una filastrocca.»

Ten little rabbits, all dressed in white
Tried to go to Heaven on the end of a kite
Kite string got broken, down they all fell
Instead of going to Heaven, they went to...
Nine little rabbits, all dressed in white
Tried to go to Heaven on...

La telefonata si interrompe di colpo e cala il silenzio. Saga chiude il file mormorando che anche la filastrocca potrebbe essere collegata alla gara, e intanto si mette a cercare qualcosa nel rapporto.

«Absalon è la prossima vittima», esclama Joona alzandosi dalla sedia.

«È impossibile», protesta lei, lasciandosi scappare un sorriso. «Abbiamo controllato ogni...»

«Saga, dovete subito mandare qualcuno.»

«Non noi... Chiamo Carlos, però puoi spiegarmi perché pensi...»

«Prima chiamalo», la interrompe Joona.

Saga prende il telefono, compone un numero e chiede che le venga passato Carlos Eliasson, il capo del Reparto operativo nazionale, nonché l'ex superiore di Joona.

Ratjen, i conigli e l'inferno, ripete Joona tra sé.

Pensa alla voce cristallina e lievemente perplessa del bambino, alla filastrocca sui conigli che uno dopo l'altro finiscono all'inferno.

Durante l'interrogatorio con Sofia aveva provato ad analizzare gli identikit dell'assassino.

La donna aveva pensato che avesse i capelli lunghi, con dei ciuffi che scendevano lungo la guancia.

Aveva scandagliato i propri ricordi, descrivendo poi quei ciuffi come strisce di un tessuto pesante, o forse cuoio.

Quando aveva provato a disegnarle sull'identikit, all'inizio erano sembrate delle lunghe piume, o forse delle penne alari, poi si erano trasformate in capelli pieni di nodi.

Ma non erano piume quelle che Sofia aveva visto, pensa Joona.

Ne è quasi certo, ciò che la testimone aveva scorto lungo la guancia dell'assassino erano orecchie di coniglio mozzate.

Ratjen, i conigli e l'inferno.

L'assassino aveva nominato Ratjen e aveva detto che tutti quanti sarebbero sprofondati all'inferno: ha intenzione di uccidere tutti i conigli della filastrocca.

Saga prova a spiegare al capo che devono inviare immediatamente una volante a casa del fratello di Salim Ratjen a Skövde.

«Ma devo sapere perché», ribatte Carlos.

«Perché l'ha detto Joona», dice Saga.

«Joona Linna?» domanda l'uomo, stupefatto.

«Sì.»

«Ma... Ma è in galera.»

«Non al momento», si limita a rispondere Saga.

«Non al momento?» ripete Carlos.

«Manda subito una squadra e basta.»

Joona sfila il telefono dalle mani di Saga e sente dire dalla voce del suo ex capo: «Solo perché Joona è la persona più ostinata che...»

«Sono ostinato perché probabilmente ho ragione», lo interrompe. «E se ho ragione, non c'è tempo da perdere, sempre che vogliate salvargli la vita.»

54

Un robot rosso e grigio, costruito con i Lego, è appoggiato sul tavolo della cucina. Ha le dimensioni di un cartone di vino, e assomiglia a un carro armato antiquato dotato di una tenaglia.

«Salutate il nostro nuovo amico», dice Absalon.

«Ciao», risponde Elsa.

«Tra poco deve andare a letto», ricorda Kerstin.

Posa sul tavolo dei fogli di carta da cucina da usare come tovaglioli e osserva il volto soddisfatto del marito riflettendo sul fatto che abbia preso qualche chilo senza dirle niente.

Hanno già messo il pigiama ai bambini. I pantaloni di quello di Peter sono ormai troppo corti, mentre Elsa si è infilata al polso tutti gli elastici per i capelli a mo' di braccialetto.

Absalon allontana il cartone di latte senza lattosio, una bottiglia appiccicosa di ketchup e la ciotola con le carote e la mela grattugiate.

Il robot inizia a muoversi con un ronzio sulla tovaglia cerata. Le piccole ruote anteriori di gomma sbattono contro la pentola di maccheroni, attivando la fase successiva. Peter ridacchia quando il corpo mobile del robot prosegue su due binari. Con un rumore meccanico, il cucchiaio di legno affonda nella pasta, ma poi si solleva troppo velocemente.

I bambini scoppiano a ridere mentre i maccheroni vengono sparsi su tutto il tavolo.

«Aspettate», dice Absalon. Si allunga per regolare la molla sul braccio prensile e poi punta di nuovo il telecomando verso il robot.

Con movimenti più morbidi, il giocattolo solleva altri

maccheroni, compie un mezzo giro su se stesso e si avvicina al piatto di Elsa. Gli occhi della bambina scintillano quando il robot versa il cibo nel suo piatto.

«Che tenero», esclama.

In lontananza si sente la sirena di un veicolo di emergenza.

«Ce l'ha un nome?» chiede Kerstin con un sorrisetto.

«Boris!» strilla Peter.

Elsa batte le mani, ripetendo il nome diverse volte.

Absalon guida il robot verso il piatto del figlio, ma lo fa scontrare con il barattolo della cipolla fritta e non riesce a impedire che svuoti il cucchiaio nel bicchiere di latte. Peter ride portandosi le mani davanti al viso.

«Boris, sei bravissimo», lo rassicura Elsa.

«Ora, però, deve andare a nanna», ripete Kerstin cercando di incrociare lo sguardo del marito.

«Non può prendere anche qualche wurstel?» domanda Peter.

«Vediamo.»

Absalon si passa una mano tra i capelli ricci, sostituisce il cucchiaio di legno nella tenaglia con una forchetta e preme il telecomando. Il robot si muove un po' troppo velocemente verso la padella, e Absalon non riesce a fermarlo prima che vada a sbattere contro il bordo di ferro battuto cadendo in avanti.

«Mamma! Possiamo tenerlo?» strillano i bambini.

«Possiamo?» chiede Absalon con un sorriso.

«Può restare se se ne va quello che c'è in bagno», risponde Kerstin.

«No, James no!» esclama Elsa allarmata.

James è un robot giallo capace di porgere la carta igienica. Kerstin lo trova inquietante, un po' troppo interessato alle loro visite alla toilette.

«Possiamo prestare James al nonno», dice sfilando la forchetta dalla tenaglia di Boris e servendo i wurstel ai bambini.

«Verrà qui nel weekend?» domanda Absalon.

«Ce la faremo a sopportarlo?»

«Potrei preparare...»

Con un colpo, la corrente d'aria fa sbattere la porta della cucina, e il calendario con le foto dei bambini cade a terra.

«È la finestra della camera», dice Kerstin alzandosi.

La porta fa resistenza, come se qualcuno la stesse trattenendo dall'altra parte; quando infine si apre, la corrente d'aria l'attraversa con un sibilo. Kerstin esce in corridoio richiudendosela alle spalle un po' troppo bruscamente, poi prosegue oltre la scala fino alla camera.

Le tende ondeggiano e gli anelli scivolano lungo il bastone di legno.

La finestra è chiusa, ma la porta della veranda è aperta. Le veneziane sbattono frusciando nel vento.

La stanza è fredda e la sua camicia da notte è scivolata a terra. Quando Absalon rifà il letto, solitamente la stende sul lato di Kerstin.

La donna attraversa il pavimento gelido e chiude la porta della veranda, abbassando la maniglia fino a sentire il *clic* della serratura.

Stende la camicia da notte sul letto, accende l'abat-jour sul comodino e nota che la moquette è sporca. Il vento ha trascinato nella stanza della terra e dell'erba dal giardino. Dopo cena mi toccherà passare l'aspirapolvere, pensa, e poi torna in direzione della cucina.

Un cupo presentimento la spinge a fermarsi nel corridoio. Da dietro la porta della cucina non arriva un solo rumore.

Guarda l'assembramento di giacche e borse tutte quante appese allo stesso gancio.

Si avvicina alla porta lentamente, vede la luce filtrare dalla serratura e, d'improvviso, sente una voce infantile che non riconosce.

«*Seven little rabbits, all dressed in white, tried to go to Heaven on the end of a kite. Kite string got broken, down they all fell. Instead of going to Heaven, they went to...*»

Forse Absalon ha approfittato della sua assenza per mostrare ai figli un altro robot, pensa. Poi apre la porta, entra in cucina e si blocca di colpo.

Un uomo mascherato è in piedi accanto al tavolo. Indossa dei jeans e una giacca a vento nera e stringe in mano un coltello dalla lama seghettata.

Da un cellulare posato sul tavolo esce la voce incerta di un bambino.

«*Six little rabbits, all dressed in white, tried to go to Heaven...*»

Absalon si alza in piedi e i maccheroni cadono dal suo inguine sul pavimento. Elsa e Peter fissano terrorizzati l'uomo in cucina.

«Non so cosa vuoi, ma stai spaventando i bambini, lo capisci?» dice Absalon con la voce che trema.

Cinque orecchie di coniglio affusolate penzolano sulla guancia dell'uomo. Una striscia dal colore rosso acceso segna la linea lungo la quale sono state tagliate, prima di essere infilate su un cordino e legate intorno al passamontagna.

Kerstin sente il cuore che batte fortissimo, e quasi non riesce a respirare. Con le mani che tremano, prende la borsa dal bancone della cucina e la porge all'intruso.

«Forse qui ci sono dei soldi», dice, e la voce sembra sul punto di rompersi.

L'uomo prende la borsa e la posa sul tavolo, poi solleva il coltello e indica il volto di Absalon con la punta.

Kerstin vede il marito tentare di allontanare il coltello con un debole gesto della mano.

«Smettila», dice.

La mano che impugna il coltello si abbassa, poi scatta in avanti e si ferma. Absalon è scosso da un fremito mentre cerca di prendere fiato, poi china la testa. L'intera lama gli è affondata nel ventre.

Sulla camicia si allarga una macchia rossa.

Quando l'intruso sfila il coltello un fiotto di sangue segue la lama, riversandosi sul pavimento tra i piedi di Absalon.

«Papà», dice Elsa, con un tono di voce impaurito, posando il cucchiaio sul tavolo.

Absalon resta immobile mentre il sangue impregna la parte inferiore della camicia infilata nei pantaloni e gli scivola lungo l'inguine, giù per le gambe, fino a imbrattargli i piedi.

«Chiama un'ambulanza, Kerstin», dice con voce sorpresa, indietreggiando di un passo.

L'uomo lo osserva e solleva lentamente il coltello.

Elsa raggiunge di corsa Absalon e gli stringe una gamba tra le braccia con tanta forza da farlo vacillare.

«Papà», piange. «Papà, per favore...»

Prende dal tavolo il tovagliolo di Absalon e glielo stende sulla pancia.

«Sei stupido!» urla rivolta all'uomo mascherato. «Questo è il mio papà!»

Come in un sogno, Kerstin avanza e allontana Elsa da suo marito. La prende in braccio, sente il suo corpicino tremare e allora la stringe con forza.

Peter si infila sotto il tavolo con le mani sopra la testa.

L'uomo fissa Absalon con curiosità. Si scosta le orecchie di coniglio dalla guancia, inclina lentamente il coltello sollevato e glielo conficca nel fianco.

L'esplosione di dolore strappa un grido ad Absalon.

L'uomo allontana la mano dal coltello, lasciandolo dov'è, incastrato tra le costole.

Absalon si accascia su un fianco andando a sbattere contro il tavolo. Trascina la mano insanguinata sul piano e rovescia un bicchiere di latte.

L'uomo mascherato sgancia un machete da un'asola all'interno della giacca e si avvicina di nuovo ad Absalon.

«Smettila», strilla Kerstin.

Absalon crolla su una sedia. Sta per andare incontro a uno shock circolatorio. L'uomo mascherato, intanto, continua a fissarlo senza muoversi.

«Devi essere entrato nella casa sbagliata», dice Kerstin con voce tremante.

Elsa si contorce tra le sue braccia. Vuole vedere cosa sta succedendo e prova a liberarsi dalla stretta della madre.

Un filo di sangue cola oscillando dalla sedia.

La lancetta dei secondi dell'orologio a parete avanza lentamente.

Fuori, si sentono voci di bambini che giocano e il campanello di una bicicletta.

«Siamo persone normali, non abbiamo soldi», continua Kerstin con un filo di voce.

Peter è seduto sotto il tavolo, con gli occhi fissi sul padre.

Absalon prova a dire qualche parola, ma un rigurgito gli riempie la bocca di sangue. Ingoia, tossisce, ingoia di nuovo.

L'auto dei vicini imbocca il vialetto e si ferma accanto alla loro. Le portiere si aprono e si richiudono. I sacchetti della spesa vengono scaricati dal bagagliaio.

Il colore della camicia di Absalon è diventato rosso scuro, quasi nero. Il sangue cola dalla sedia in un flusso regolare, e la pozza ha ormai raggiunto Peter.

«Papà, papà, papà», piagnucola il bambino con voce stridula.

L'uomo mascherato guarda l'orologio e poi afferra Absalon per i capelli.

«Posso portare via i bambini?» chiede Kerstin asciugandosi le lacrime dalle guance.

Elsa singhiozza e il campo visivo di Kerstin si restringe. Una nota acuta le risuona in testa quando vede le labbra di suo marito sbiancare.

Sta soffrendo terribilmente.

L'intruso si china e bisbiglia una frase a Absalon. Le orecchie mozzate oscillano contro la sua guancia. L'uomo raddrizza la schiena, Absalon lo guarda negli occhi e annuisce.

Senza fretta, l'uomo piega di lato la testa di Absalon e solleva il machete.

La lampada sopra il tavolo comincia a ruotare su se stessa.

Peter scuote la testa. Kerstin vorrebbe urlargli di chiudere gli occhi, ma le parole non raggiungono le sue labbra.

Con violenza, l'uomo colpisce Absalon da dietro conficcandogli la lama tra le vertebre cervicali.

Il sangue schizza sui fornelli e sullo sportello del forno.

Il corpo senza vita crolla sul pavimento, con le gambe che continuano a scuotersi e i talloni che colpiscono il linoleum.

Peter fissa suo padre a bocca aperta.

La testa di Absalon è quasi recisa dal corpo e fiotti di sangue chiaro schizzano abbondanti dal suo collo.

Gocce rosse cadono a terra dalla maniglia del forno.

L'uomo si china, sfila il coltello dal fianco di Absalon e scuote via il sangue dalla lama prima di lasciare la cucina.

55

Mentre Saga sta facendo la doccia negli spogliatoi della palestra, Joona chiama il suo ex superiore Carlos per assicurarsi che la polizia sia arrivata a casa di Ratjen. Prova a mettersi in contatto cinque volte con Carlos, poi lascia un messaggio dicendo che gli è stata promessa la grazia e che vuole interrogare Absalon Ratjen quanto prima.

«Forse possiamo impedire che l'assassino uccida altre persone», conclude.

Joona e Saga lasciano la palestra e raggiungono insieme il parcheggio davanti alla scuola di musica sull'altro lato della strada.

«Verner ha promesso di occuparsi personalmente della tua scarcerazione», dice Saga.

«Se non mi comunicano nulla, devo tornare in prigione tra tre ore.»

Attraversano la strada, varcano il cancello nero e proseguono in mezzo alle auto quando Saga, d'un tratto, si ferma.

«Il mio telefono si è spento», dice, mostrandoglielo. «Guarda, è bloccato. Devo andare in ufficio a vedere cosa sta succedendo.»

Camminano lungo il muro di mattoni rossi in direzione della Volvo di Joona. Solo quando l'hanno raggiunta vedono avvicinarsi due uomini dall'aspetto severo con un completo scuro e l'auricolare all'orecchio.

«Allontanati dall'auto, Bauer», dice il più giovane dei due agenti.

Saga estrae il portatile dalla borsa da palestra e obbedisce all'ordine.

«È una trovata di Verner?» chiede.

«Consegnaci il computer», dice il più anziano, che ha i capelli grigi tagliati cortissimi.

«Questo?» chiede Saga senza riuscire a trattenere un sorriso.

«Sì», risponde l'altro allungando la mano.

Saga lo lancia sul tettuccio della macchina. Il portatile traccia un cerchio di luce ruotando su se stesso prima che Joona lo afferri senza battere ciglio.

I due agenti si voltano e scattano verso di lui. Un'incalzante musica eseguita da un violino esce da una delle finestre aperte della scuola. Una foglia si stacca dall'imponente quercia e inizia a volteggiare verso di loro. Gli uomini girano intorno alla macchina e si avvicinano a Joona con fare autoritario.

«Il computer è confiscato secondo la legge su...»

Un istante prima che lo raggiungano, Joona lancia di nuovo il portatile dall'altra parte della macchina, e dalla vernice nera del tetto si solleva una scintilla. Saga lo afferra con una mano e si allontana di qualche passo.

«Che bambini», dice l'agente più anziano, scacciando un sorriso involontario.

Cambiano di nuovo direzione e tornano verso Saga. Il più giovane si aggiusta i polsini della camicia.

«Lo sai che ci devi dare il computer, vero?» dice con tono paziente.

«No», risponde Saga.

Prima che la raggiungano, fa cadere il pesante computer tra le grate di un tombino. Molto più in basso, si sente un tonfo quando il portatile raggiunge la superficie dell'acqua. Entrambi gli agenti si fermano e la fissano.

«Non ti sembra di aver esagerato?» domanda il più anziano corrugando la fronte.

«Devi venire con noi, Bauer», dice l'altro.

«Vi sareste dovuti vedere», dice Saga sorridendo e incamminandosi insieme ai due agenti lungo il muro di mattoni rossi.

È più bassa di loro e il giubbotto di pelle luccica nel punto in cui è stato bagnato dai suoi capelli umidi.

«Vuoi che faccia qualcosa per te?» le chiede Joona.

«Devi chiamare Verner», risponde Saga voltandosi verso di lui. «Ha promesso che non saresti dovuto tornare in prigione.»

Una volta che Saga è salita sull'auto degli agenti ed è stata portata via, Joona prende il telefono, prova di nuovo a mettersi in contatto con Carlos e infine chiama il centralino della Säpo.

«Polizia di sicurezza.»

«Voglio parlare con Verner Sandén», dice Joona.

«Al momento è in riunione.»

«Dovrà prendere lo stesso questa chiamata.»

«Chi lo vuole?» chiede la donna.

«Joona Linna. Lui sa chi sono.»

La linea è attraversata da un fruscio, poi Joona ascolta una voce registrata che lo invita a seguire la Säpo su Twitter e Facebook. La voce viene interrotta bruscamente quando la donna ritorna.

«Dice che non la conosce», gli comunica sulla difensiva.

«Gli spieghi che...»

«È in riunione e non può parlare al momento», lo interrompe la donna chiudendo la comunicazione prima che lui riesca a dire altro.

Pur sapendo che è inutile, Joona chiama la segreteria del consiglio dei ministri dicendo che il capo del governo sta aspettando la sua telefonata. Con tono cortese, il segretario lo invita a inviare una mail all'indirizzo ufficiale del governo.

«Lo trova sul nostro sito», dice prima di riagganciare.

Joona si siede in auto e chiama Janus Mickelsen. Non ha ancora sentito nemmeno uno squillo, quando un messaggio automatico gli comunica che quel numero non esiste. Prova con gli altri contatti precedentemente memorizzati sul telefono che gli è stato prestato, ma nessuno dei numeri è più in uso.

Guarda l'orologio.

Mettendosi in viaggio subito, può riuscire a presentarsi a Kumla in tempo. Non ha altre alternative e non può rischiare un aumento di pena.

Mette in moto l'auto ed esce in retromarcia, si ferma per lasciar passare una donna con un cane guida, poi svolta verso destra, in direzione di Norrtull.

Il notiziario riferisce che i servizi segreti svedesi hanno sventato un grave attentato contro la nazione. Come di consueto, nessuno lascia trapelare i dettagli dell'operazione né viene specificato se i sospetti terroristi siano stati catturati. Il capo ufficio stampa della Säpo parla di un'indagine ampia e ponderata e di un'operazione sul campo condotta in modo esemplare.

56

Joona attraversa lo spiazzo d'asfalto e sente il cancello della recinzione elettrificata chiudersi alle sue spalle.

Prosegue all'ombra del muro giallo sporco del penitenziario, si ferma a dieci metri dal punto di controllo e tenta per l'ultima volta di mettersi in contatto con Carlos. Un messaggio automatico gli comunica che il capo della polizia è occupato e non sarà raggiungibile per l'intera giornata.

Durante la procedura di registrazione, è come se il tempo stesso opponesse resistenza. Le mani di Joona si muovono lentamente mentre si accinge a depositare l'orologio, il portafoglio, le chiavi dell'auto e il telefono nel contenitore di plastica blu.

Un agente penitenziario con le dita macchiate di nicotina conta i suoi soldi e segna la cifra su una ricevuta.

Joona si spoglia e passa nudo sotto il metal detector. Enormi lividi si fondono l'uno con l'altro sulle sue costole come nuvole nere e cariche di pioggia, e la ferita inflittagli dall'ascia si è gonfiata a tal punto da tendere i fili neri dei punti di sutura.

«Vedo che te la sei spassata, là fuori», dice la guardia.

Joona si siede sulla panchina di legno rovinata e infila la divisa incolore e le scarpe da ginnastica.

«Qui c'è scritto che dobbiamo portarti al reparto di massima sicurezza», dice il secondino.

«Perché? Io non ho richiesto l'isolamento», ribatte Joona afferrando la sacca grigia con le lenzuola e gli oggetti da toilette.

Un altro secondino con la faccia sudata lo accompagna nel

nuovo reparto. All'incrocio dei passaggi sotterranei i due uomini svoltano a destra, aspettano che la serratura scatti, e poi imboccano il corridoio diretto al reparto di massima sicurezza.

Nel cunicolo spoglio si sente odore di cemento bagnato e le comunicazioni radio del secondino con il reparto G sono l'unico rumore che interrompe il silenzio.

Joona si impone di smettere di pensare all'assassino: sa che d'ora in poi sarà completamente separato dal mondo esterno.

Non è coinvolto nelle indagini.

Non è più un poliziotto.

Una volta giunto nel reparto viene registrato, ascolta la lettura delle regole e poi viene accompagnato lungo un corridoio silenzioso fino alla sua nuova stanza, il minuscolo spazio in cui trascorrerà tutte le ore del giorno senza alcun contatto con gli altri detenuti.

Quando la porta della cella di isolamento si chiude con un tonfo alle sue spalle, Joona si avvicina alla finestra bloccata da spesse sbarre e guarda il muro giallo davanti a sé.

«*Olen väsynyt tähän hotelliin*», commenta tra sé, poi appoggia il sacco con la biancheria sul letto.

Le orecchie di coniglio mozzate che l'assassino si era legato alla testa, si ritrova a pensare, dovevano essere una sorta di trofeo o di feticcio.

Forse la caccia e l'uccisione dei conigli erano un rituale in preparazione degli omicidi.

Aveva ucciso William Fock e pianificato l'assassinio di Absalon Ratjen, riflette Joona raccogliendo due sassolini dal pavimento e posandoli sul davanzale stretto.

Due vittime.

Si china a osservare le pietruzze da vicino: la prima ha a un'estremità una punta di quarzo giallo chiaro, mentre la superficie della seconda è lucida, come una piccola scaglia di pesce.

Joona ripensa alla voce infantile registrata e alla filastrocca sui conigli che uno dopo l'altro cadono all'inferno.

Dieci piccoli conigli, dice tra sé.

Guarda sotto il letto, raccoglie altri otto sassolini e li mette insieme agli altri, in fila sul davanzale.

L'assassino sta dando la caccia a dieci conigli, e vuole ucciderli tutti.

Il tempo non riesce a penetrare nella cella di isolamento, non sfiora il letto stretto, il lavabo, il sedile del wc, la mensola, la minuscola scrivania e la porta chiusa.

Chi è rinchiuso in galera muore senza nemmeno accorgersene.

Joona resta a osservare immobile la luce che si sposta sulla fila di sassi: le ombre si allungano, ruotando come lancette.

Ogni sasso è una meridiana.

La Säpo credeva di dover dare la caccia a un gruppo di terroristi.

Sarebbe stato molto più semplice che dover fronteggiare un soldato d'élite impazzito.

Uno *spree killer*.

Era incomprensibile che un terrorista addestrato lasciasse in vita una testimone, ma per uno *spree killer* è importante non uccidere la persona sbagliata.

Il suo movente può essere di natura politica o religiosa, proprio come per un terrorista. La differenza principale è che non ubbidisce a nessun altro che a se stesso.

E per questo motivo è difficile prevederne le mosse.

Joona si passa la mano tra i capelli arruffati.

Il bordo d'acciaio cromato che circonda la finestrella nella porta è coperto di impronte. L'interruttore è scuro per la sporcizia e sul soffitto sono attaccati grumi di tabacco secco.

Che la polizia stia dando la caccia a un *serial killer*, a un *rampage killer* o a uno *spree killer* non fa molta differenza.

Gli elementi decisivi sono il movente particolare e il *modus operandi*, strettamente collegati tra loro.

Il concetto di *spree killer* è controverso, e l'FBI ha ristretto la definizione a questa frase: «Una persona che commette due o più omicidi senza alcun periodo di ripensamento tra un delitto e l'altro».

Ma dietro alle etichette si nascondono fenomeni ben più grandi e complessi.

Nessun assassino coincide perfettamente con una definizione, ma disponendo delle informazioni giuste diventa più semplice ricomporre i vari pezzi del puzzle.

Uno stragista compie il proprio gesto in un unico luogo, mentre uno *spree killer* si sposta.

Un *serial killer* spesso ammanta l'omicidio di connotazioni sessuali, mentre uno *spree killer* tende a razionalizzarlo.

Non si concede pause emotive, e l'intervallo tra due omicidi non è mai più lungo di sette giorni.

Joona osserva i sassolini sulla finestra.

Dieci piccoli conigli.

La polizia ha a che fare con un assassino carico di una rabbia che, in certe occasioni, esplode e lo spinge a uccidere coloro ai quali imputa delle gravi colpe.

Può scegliere vittime precise oppure prendere di mira un particolare gruppo, uccidendo il maggior numero possibile di persone che ne fanno parte.

Gli elementi che alla polizia inizialmente sembrano del tutto casuali si rivelano poi spesso di fatto deliberati.

Joona osserva i sassolini sul davanzale, poi nervosamente cammina per la stanza, fino alla porta e di nuovo verso la finestra, otto passi in tutto.

Se questo assassino ha un obiettivo preciso, e se rientra nella categoria degli *spree killer*, c'è una cosa però che non torna, riflette.

La catena degli eventi nasconde un difetto di logica.

Senza dubbio, la polizia deve vedersela con un assassino molto intelligente: ha tagliato il vetro della portafinestra del ministro con una sega a punta di diamante per non far scattare l'allarme, sa dove si trovano le videocamere e non lascia nessuna traccia.

E il conto alla rovescia della filastrocca fa pensare che abbia già deciso chi deve morire.

Ha pianificato dieci omicidi e ha iniziato con il ministro degli Esteri.

Perché?

È qui che la logica si incrina.

Non ha senso.

L'assassino doveva senz'altro sapere che la polizia avrebbe investito enormi risorse per dargli la caccia. Doveva aver previsto che il suo piano sarebbe stato molto più complicato da realizzare iniziando con una vittima del genere.

Lo *spree killer* è partito col ministro degli Esteri, pensa Joona. E poi si è concentrato su un insegnante di Skövde.

Il ministro e l'insegnante, pensa.

Lentamente, Joona sfiora i primi due sassi, poi posa il dito sul terzo e, di colpo, trova la soluzione dell'enigma.

«Il funerale», bisbiglia, e corre alla porta iniziando a picchiarvi contro.

È per questo che uccide per primo il ministro. Il funerale è una trappola. Una delle vittime nella lista dell'assassino è un obiettivo ancora più difficile di William Fock.

L'assassino sa che è necessario un funerale di quel livello per costringere la vittima successiva a uscire allo scoperto.

«Ehi! Venite qua!» urla pestando i pugni contro la porta d'acciaio. «Ehi!»

Lo spioncino diventa più scuro e Joona indietreggia di un

passo. Lo sportello rettangolare si apre, e dietro il vetro spesso compare il volto del secondino con la barba.

«Che succede?» chiede l'agente.

«Devo fare una telefonata», dice Joona.

«Questo è un reparto di massima sicurezza, il che significa...»

«Lo so», lo interrompe Joona. «Ma io non intendo restare qui. Voglio tornare nel reparto D, non ho chiesto di essere messo in isolamento.»

«No, ma la direzione ritiene che tu abbia bisogno di protezione.»

«Protezione? Cos'è successo?»

«Non sono affari miei», dice l'uomo abbassando la voce. «Ma Marko è morto... Mi dispiace, credo che foste amici.»

«Com'è potuto...»

Joona si interrompe, e ricorda che Marko aveva deciso di assumersi la responsabilità della rissa nel cortile in modo che Joona potesse usufruire del permesso. L'ultima volta che l'ex poliziotto aveva visto il suo amico finlandese, le guardie lo avevano picchiato fino a fargli perdere conoscenza e poi lo avevano ammanettato.

«È stata la Fratellanza?» chiede.

«C'è un'indagine in corso.»

Joona si sposta di un passo in avanti, ma si ferma alzando le mani quando nota la paura dipingersi sul volto del secondino.

«Ascoltami, è molto importante che mi lasci fare subito una telefonata», dice Joona con tono tranquillo.

«L'isolamento viene riconsiderato ogni dieci giorni.»

«Sai che ho il diritto di chiamare il mio avvocato in qualunque...»

L'agente sbatte lo sportello della finestrella e lo blocca. Joona raggiunge la porta e colpisce lo spioncino con le mani nell'istante esatto in cui diventa più scuro. Sente un tonfo dall'altro lato della porta e capisce che l'uomo con la barba è balzato all'indietro scivolando contro la parete alle sue spalle.

«Ci saranno altri morti!» urla colpendo la porta. «Non puoi fare così! Ho bisogno del telefono!»

Joona prende la rincorsa, spicca un balzo e sferra alla porta un calcio che rimbomba tra le pareti. La colpisce di nuovo e dai punti di ancoraggio dei cardini vede cadere a terra della finissima polvere di cemento.

Afferra con entrambe le mani la sedia per lo schienale e la scaglia con tutta la forza che ha in corpo contro la finestra. Una gamba si spezza contro le sbarre e ricade sulla scrivania. Lancia di nuovo la sedia, ma poi la lascia sul pavimento nel punto in cui è caduta e si siede sul letto con il volto tra le mani.

La luce del tramonto entra di sbieco dalla finestra del giardino d'inverno e si posa in strisce tremolanti sul pavimento della cucina.

Con un sibilo, le patate a bastoncino iniziano a sussultare quando Rex abbassa il cestello nell'olio d'oliva bollente.

DJ sta tritando dell'aneto sul grande tagliere sopra l'isola della cucina.

«Sospettano di me», dice Rex mentre guarda le patatine assumere un colore sempre più dorato.

«A quest'ora dovresti già essere legato a una panca con un asciugamano bagnato sulla faccia», scherza DJ.

«Dico sul serio. Perché la Säpo dovrebbe venire qui, se non mi avessero identificato nel filmato?»

«Perché eri amico del ministro.»

«Credo che l'abbiano assassinato.»

«Allora posso fornirti un alibi», sorride DJ spargendo l'aneto sulla marinata di gamberi.

«Ma sarà comunque uno scandalo.»

«Non necessariamente», dice DJ. «Anche se i filmati diventassero pubblici... Non hai idea delle reazioni che ha suscitato l'intervista, tutti vanno matti per il vostro umorismo bizzarro.»

«Non sono per niente bravo a mentire», mormora Rex sollevando le patate dall'olio.

«Domani andremo al funerale, dopodiché non ce ne sarà più bisogno», dice DJ mentre è intento a lavare il coltello dalla lama larga.

« Bene », sospira Rex, accorgendosi che DJ ha la barba piena di pezzetti di aneto.

« La situazione è sotto controllo, non ci sono problemi. L'unica faccenda che mi preoccupa è quella storia della rissa », dice DJ.

« Lo so. »

« Rex, mi dispiace davvero di essere venuto qui, sono andato nel panico. »

« Non fa niente », dice Rex.

« Ma se fosse morto i giornali ne avrebbero parlato, no? »

« Non è sicuro che... »

« Ho controllato tutti i quotidiani e i tg, senza eccezione. »

« Ma cosa voleva da te? »

« Non ce la faccio a parlarne », risponde DJ scuotendo la testa.

« Cosa c'è? »

« No, niente », bisbiglia DJ voltandosi.

« Lo sai che con me puoi parlare », dice Rex, mentre l'amico gli rivolge la schiena.

« Lo farò », risponde DJ, espirando lentamente per ritrovare la calma. In quel momento, Sammy entra in cucina a torso nudo.

« DJ? » ritenta Rex.

« Continuiamo dopo », dice l'altro a bassa voce.

« Cosa fate? Perché bisbigliate? » chiede Sammy con un sorriso.

« Abbiamo un mucchio di segreti », risponde Rex strizzando un occhio.

Sammy si avvicina al balcone alla francese, socchiude la porta e prende una sigaretta.

« Pensi di andare alla festa a Nykvarn? »

« Sì », annuisce Sammy, facendo scattare la fiamma trasparente dell'accendino.

«Basta che torni in tempo per il funerale.»

Sammy inspira profondamente il fumo facendo crepitare la brace, poi lo soffia attraverso la fessura della porta prima di guardare Rex.

«Preferirei tornare a dormire a casa, ma non ci sono autobus dopo le nove», dice.

«Prendi un taxi», suggerisce Rex. «Pago io.»

Sammy fa un altro tiro profondo dalla sigaretta e si gratta la guancia con il pollice.

«I taxi non arrivano fin là... Non è esattamente in centro.»

«Vengo a prenderti io?»

«E come?»

«Non dimenticarti che stasera hai la premiazione», dice DJ iniziando ad apparecchiare.

«Tu non dormi da Lyra?»

«Sì», risponde DJ.

«Allora non posso prendere la tua auto?»

«Certo», dice DJ mentre dispone le posate sul tavolo.

«Allora vengo a prenderti a Nykvarn, Sammy.»

«Sicuro?» chiede il figlio con un sorriso, spegnendo la sigaretta contro la balaustra del balcone.

«Dammi l'indirizzo e un orario. Possibilmente non troppo tardi, inizio a essere vecchio...»

«Che ne dici dell'una? Possiamo fare prima, possiamo...»

«L'una va bene», risponde Rex. «Farò in tempo a ritirare il premio e buttarlo nella spazzatura.»

«Grazie, papà.»

«Posso parlarti un attimo?» dice DJ, portando Rex nel giardino d'inverno.

«Cosa c'è?»

Il volto di DJ è diventato imperscrutabile e i suoi movimenti rivelano il tentativo di controllare l'agitazione.

«Non è una buona idea prendere la mia auto», inizia. «Mi ci sono seduto io con i vestiti insanguinati e ho...»

«Ma l'hai ripulita», lo interrompe Rex.

«Certo... È senz'ombra di dubbio l'auto più pulita di tutta la Svezia, ma nonostante questo, non si sa mai... Hai visto, in *CSI*, quando usano quelle lampade speciali e trovano un sacco di DNA.»

«Non credo che i poliziotti svedesi si ispirino a *CSI*», replica Rex sogghignando.

«Ma se fosse morto?» bisbiglia DJ. «Non riesco a smettere di pensarci, non capisco come sia potuto succedere.»

Improvvisamente, Sammy compare sulla porta e li fissa.

«State bisbigliando di nuovo», dice con aria seria.

Un tappeto rosso tra due file di fiaccole accese conduce alla vetrata d'ingresso del Café Opera. Rex viene accolto da una donna con una treccia bionda che lo accompagna verso un cartellone con i marchi degli sponsor principali.

L'evento della serata è la consegna di un premio che Rex ritiene di meritare già da molto tempo. L'attesa era durata così a lungo che aveva iniziato a dichiarare di non volerlo e che non l'avrebbe accettato nemmeno se l'avessero infilato in una crostata di fragole.

Quando aveva declinato l'invito per quella serata, l'organizzatrice gli aveva telefonato dicendogli di aver saputo da un uccellino chi sarebbe stato il vincitore.

All'interno, in mezzo alla folla schiacciata tra i tavoli del buffet e i banconi dove viene servito champagne, il rumore raggiunge un livello assordante.

Rex chiede scusa e si fa strada fino a uno dei bar. Sta ordinando una bottiglia d'acqua minerale quando il volume della musica diminuisce e la luce cambia.

L'inviata della rivista di settore *Il mondo della ristorazione*, una donna alta e slanciata, sale sul palco entrando nel cono di luce del riflettore.

Pur sapendo che otterrà il premio, Rex sente che il suo cuore inizia a battere più forte, e non riesce a fare a meno di passarsi una mano tra i capelli.

Quando la donna accosta il microfono alla bocca, il silenzio invade il locale. Rex ha quasi raggiunto il foyer nel momento in cui l'inviata comincia a parlare.

«Per il ventiquattresimo anno, eleggeremo questa sera il

Cuoco dei cuochi», annuncia, e il suo respiro ansioso rimbomba negli altoparlanti. «Centodiciannove tra gli chef più importanti della Svezia hanno votato il vincitore...»

Mentre la donna parla, Rex ripensa a un compleanno in cui Sammy si era nascosto sotto il tavolo della cucina, rifiutandosi di uscire per scartare il suo regalo. Più tardi, Veronica gli aveva detto che era così eccitato per via della presenza di suo padre da non aver retto alla pressione.

Il pubblico ride educatamente per una battuta della donna sul palco.

Il plurivincitore Mathias Dahlgren è seduto in poltrona in uno dei primi tavoli, con gli occhi chiusi e il volto teso.

Rex sente un tremore alla mano quando beve l'ultimo sorso di acqua minerale e posa il bicchiere sul banco.

La donna spezza il sigillo, e nella sala riecheggia uno schiocco. Dei frammenti di colore rosso cadono a terra, quindi l'inviata apre il foglio, lo inclina verso la luce e alza lo sguardo verso il pubblico.

«Da questo momento, il Cuoco dei cuochi è... Rex Müller!»

Applausi e urla esplodono in maniera entusiastica. Il pubblico si volta alla ricerca di Rex che si incammina verso il palco e si ferma a scambiare una rapida stretta di mano con Mathias, poi inciampa sulla scaletta ma riesce a raggiungere il proscenio.

L'inviata della rivista lo abbraccia energicamente e gli consegna il microfono insieme a un diploma incorniciato.

Rex cerca di abbassare la t-shirt sotto la giacca per evitare che la pancia spunti troppo. I flash delle macchine fotografiche scattano nel buio come tentacoli di meduse.

«Mi sentite? Ok, wow... È davvero una sorpresa», dice Rex. «Perché io non so praticamente nulla di cucina. Tiro a indovinare, o almeno così sosteneva il mio insegnante alla scuola alberghiera di Umeå...»

«Aveva ragione», urla il suo amico del ristorante Operakällaren.

«E quando lavoravo al Le Clos des Cimes, una volta lo chef Régis Marcon è entrato in cucina di corsa», prosegue Rex con un sorriso, tentando di imitare l'accento francese, «e mi ha detto: *Scercanò un lavapiatì da McDonàld's. Vai pure.*»

Il pubblico applaude.

«Lo adoro», aggiunge Rex sorridendo. «Ma potrete capire quanto questo premio mi abbia colto di sorpresa... Ringrazio tutti i miei stimati colleghi e prometto che la prossima volta voterò per voi... Se non voterò per me.»

Solleva il diploma e inizia ad avvicinarsi alla scaletta, quando di colpo si blocca e afferra di nuovo il microfono, nel mezzo degli applausi:

«Vorrei solo dire che... Mi piacerebbe che mio figlio Sammy fosse qui questa sera, così potrei dirgli davanti a tutti voi quanto sono orgoglioso di lui».

Quando Rex consegna il microfono alla donna e scende dal palco si sente ancora qualche sparuto applauso. Gli spettatori si spostano e lo salutano con una pacca sulla spalla mentre si allontana.

Rex prosegue in direzione dell'uscita chiedendo scusa, ringraziando per i complimenti e stringendo la mano a perfetti sconosciuti prima di passare oltre.

All'esterno, l'aria è fresca e una pioggia sottile cade sulle pozzanghere. Rex contempla la fila di limousine pensando che farebbe meglio ad andare a casa, poi si incammina verso Gamla Stan.

Sul ponte di Strömbron getta il diploma oltre la balaustra: lo guarda planare sopra la corrente e per un istante teme che colpisca uno dei cigni, ma poi fende la superfice dell'acqua e scompare tra i gorghi scuri.

Rex non sa da quanto tempo stia camminando sotto la pioggia tra i vicoli luccicanti, quando si avvicina a un bar pieno di lanterne colorate. In mezzo alle facciate nere delle case sembra una piccola giostra. Si ferma all'esterno, posa la mano sulla maniglia della porta ed esita un secondo, poi entra.

L'interno è caldo e immerso nella penombra. Rex si siede su uno sgabello libero al bancone, saluta il barman e si allunga per afferrare la lista dei vini.

«Congratulazioni, Rex», borbotta scorgendo il proprio riflesso nello specchio dietro le bottiglie.

«Congratulazioni», dice una donna distante da lui di qualche sgabello e solleva il bicchiere di birra per un brindisi.

«Grazie», risponde Rex inforcando gli occhiali da lettura.

«Ti seguo su Instagram», spiega la donna, e si sposta accanto a lui.

Rex annuisce. Evidentemente DJ ha postato qualcosa a proposito del premio. Si allunga verso il barman e si sente ordinare una bottiglia di Clos Saint-Jacques del 2013.

«Due bicchieri, per favore.»

Infila gli occhiali in tasca e osserva la donna che si sta sbottonando il giubbotto di finta pelle. È molto più giovane di lui, ha i capelli scuri arruffati per la pioggia e lo sguardo sorridente.

Rex assaggia il vino, lo versa nei due bicchieri e ne spinge uno verso di lei. La donna posa il telefono accanto alla birra e incrocia il suo sguardo.

«Salute», dice Rex, e poi beve.

Il sapore del vino gli accarezza il palato e il calore dell'alcol si diffonde nel suo corpo irradiandosi dallo stomaco. Beve ancora. Va tutto bene, non c'è nessun pericolo, pensa mentre riempie di nuovo il bicchiere. Ha ottenuto quel maledetto premio, e non ha mai voluto davvero smettere di bere.

«Vai troppo veloce per me», ride la donna che ha appena assaggiato il suo bicchiere.

«La vita è una festa», mormora Rex buttando giù un sorso abbondante.

La donna abbassa lo sguardo e lui osserva il suo volto delicato, le ciglia frementi, la bocca e la punta del mento.

Quando la bottiglia è finita, Rex ha scoperto che si chiama Edith, che ha oltre vent'anni meno di lui e che lavora come giornalista freelance per una grande agenzia di stampa.

Ride al racconto di Rex degli incontri obbligatori con gli Alcolisti Anonimi e dei cadaveri ambulanti intorno al tavolo che pensano a una cosa soltanto mentre confessano i propri peccati.

«Non dovresti stare alla larga da posti come questo?» gli chiede infine con un tono serio.

«Sono un ribelle.»

Hanno finito la terza bottiglia e Rex le ha già raccontato che suo figlio, ormai adulto, fa di tutto per evitarlo ed esce ogni sera.

«Forse anche lui è un ribelle», suggerisce la donna.

«È solo sveglio», dice Rex prendendo il suo bicchiere di birra.

«In che senso?»

«Devo andare a dormire», mormora lui.

«Sono solo le undici», dice Edith pulendosi con la lingua le tracce di vino rosso agli angoli della bocca.

Sta piovendo a dirotto, e allora Rex chiama un taxi e rimane accanto alla vetrina a fissare il vicolo.

«Tu resti?» chiede quando arriva il taxi.

«Prendo l'autobus», dice Edith.

«Possiamo dividerci il taxi, se andiamo nella stessa direzione.»

«Io abito a Solna, quindi...»

«Ma allora se vieni con me sei praticamente a casa», insiste lui.

«Ok, grazie», dice Edith seguendolo all'esterno.

L'autoradio del taxi trasmette una musica lenta da cabaret, e l'aria umida stende un velo di condensa sui finestrini. Edith siede con le mani sulle ginocchia, un sorrisetto sulle labbra e lo sguardo fisso sul parabrezza al di sopra della spalla dell'autista.

Rex si abbandona sul sedile, e comincia a pensare a quanto sia stato patetico nel credere che Sammy avesse incominciato a volergli bene e nel cercare di intuire nel suo sguardo e nel suo tono di voce dei segni di affetto.

È impossibile ricucire il rapporto, ormai è troppo tardi.

L'auto svolta nella stretta Luntmakargatan, rallenta e si ferma delicatamente.

«Grazie per la serata», dice Rex slacciandosi la cintura di sicurezza. «Mi aspetta il mio sonno di bellezza.»

«Prometti che andrai a dormire?» gli chiede Edith.

«Certo», risponde lui prendendo il portafoglio dal taschino interno della giacca.

«Stavo pensando a quando hai detto che sei un ribelle», sorride la donna.

«Un ribelle attempato», la corregge lui con la voce stanca e si sposta di fianco, afferrando il pos in mezzo ai sedili anteriori. Edith si allontana di qualche centimetro, ma l'odore caldo del suo corpo raggiunge le narici di Rex.

«Vuoi che salga a rimboccarti le coperte?» domanda lei.

Rex guida Edith attraverso l'appartamento fino al giardino d'inverno sulla terrazza dell'attico. Le foglie pallide degli ulivi premono contro il lucernario e le piante di piselli dolci si sono arrampicate al tavolo di marmo.

Edith osserva per qualche istante il panorama della città, poi si siede su una delle poltrone in pelle d'agnello circondate dalle piante. Rex versa del vino rosso per lei e un abbondante bicchiere di single malt per sé.

Si accomoda sull'altra poltrona godendosi la tranquillità che l'alcol gli infonde nel corpo, e pensa che il giorno seguente potrà dormire. Il funerale del ministro si terrà dopo pranzo e può senz'ombra di dubbio concedersi un altro bicchiere.

«In questo Paese ti diagnosticano una malattia non appena mostri una minima traccia di umanità», dice bevendo un sorso di liquore. «Sai... non sono né alcolista né anonimo. Vado agli incontri solo perché il capo mi obbliga.»

«Prometto che non lo dirò a nessuno», lo rassicura Edith sorridendo.

«E il tuo capo com'è?» le chiede Rex.

«Si chiama Åsa Schartau... Lavoro con lei da tre anni, ma se mi scappasse una parolaccia mi licenzierebbe in tronco», racconta Edith.

«Una parolaccia? E perché?»

«Secondo lei è volgare, o meglio... No, non lo so.»

«Dai, dinne una», ribatte Rex riempiendosi di nuovo il bicchiere.

«No...»

«Sì, avanti!» la pungola lui.

« Ok... Åsa è una maledetta stronza », esclama Edith arrossendo violentemente. « No, scusa, sono stata ingiusta. »
« Però è stato piacevole, vero? » le chiede Rex.
« È stato ingiusto. »
« Allora dev'essere così », dice lui a bassa voce.
« A me piace Åsa. Magari non ha molto senso dell'umorismo, ma è estremamente professionale. »
Rex ha ricominciato a pensare a Sammy e non ascolta più Edith. Il suo sguardo si concentra sul vecchio osservatorio in cima al rilievo di origine glaciale che attraversa l'intera Stoccolma.
« Adesso farei meglio ad andare a casa », dice Edith controllando l'ora sul telefono
« Hai tempo di assaggiare la mia mousse al cioccolato prima di andare? » le chiede Rex riempiendole di nuovo il bicchiere.
« Sembra un invito pericoloso », sorride lei con malizia.
Rex si alza barcollando e le fa cenno di seguirlo nella cucina spaziosa, poi prende la mousse dal frigo, posa il contenitore sul tavolo bianco e le porge un cucchiaio. Quando Edith si china, lo sguardo di Rex cade inevitabilmente sulla sua scollatura. Il pizzo del reggiseno è macchiato di fard e i seni pesanti si stringono l'uno contro l'altro mentre lei affonda il cucchiaio nella mousse.
Rex deve inforcare gli occhiali da lettura per cercare il *Concerto grosso* di Corelli sul cellulare, che è collegato al sistema di altoparlanti dell'appartamento.
Sente l'euforia dovuta all'alcol invadergli le membra mentre la musica barocca riempie la stanza col suo ritmo regolare. Pensa che per andare a prendere Sammy alla festa dovrà chiamare un taxi.
« Tu che fai la giornalista, hai sentito qualcosa a proposito di una rissa ad Axelsberg? » le chiede all'improvviso.

«No», risponde Edith con tono interrogativo.

«Niente su un ubriacone che si è messo nei guai?» aggiunge Rex accorgendosi tuttavia di aver già detto fin troppo.

«Perché me lo chiedi?»

«Non lo so... Un mio amico ha visto questa scena, ma... Lascia stare.»

Rex prende una bottiglia di Pol Roger dal frigo dello champagne e si accorge che si tratta di un'edizione esclusiva Winston Churchill.

«Dovrei andare», mormora Edith.

«Ti chiamo un taxi?»

Prova a infilarsi gli occhiali nel taschino, ma sbaglia mira. Li sente cadere a terra e rompersi.

«Prendo un autobus da Odenplan, non c'è problema.»

Rex apre la bottiglia senza far saltare il tappo e prende un bicchiere per ciascuno. Inizia a versare lo champagne, aspetta che la schiuma bianca e scoppiettante si sgonfi, poi riempie i bicchieri per metà e nota lo sguardo esitante di Edith.

«Stasera ho vinto», dice lui.

«Vuoi che resti?»

Gli accarezza la guancia, e una ruga leggera le fa capolino tra le sopracciglia chiare.

«Ho un ragazzo», bisbiglia accettando il bicchiere.

«Capisco.»

Bevono, poi Edith si allunga per baciare con estrema delicatezza la bocca chiusa di lui, quindi lo guarda con aria seria.

«Non devi farlo per forza», dice Rex finendo di riempire i bicchieri.

Prova a controllare che ora si sia fatta, ma non riesce a mettere a fuoco l'orologio.

«A me piacciono i baci», dice lei a voce bassa.

«Anche a me.»

Rex le sfiora la guancia, poi le sposta una ciocca di capelli dietro l'orecchio, risponde al suo sorriso e si china verso la sua bocca. Edith dischiude le labbra e lui sente la sua lingua calda. Mentre si baciano, le accarezza le natiche e la schiena. Lei inizia a sfilargli la cintura dai pantaloni, poi si interrompono.

« Non sono una che rimorchia celebrità per andarci a letto. »

« Nemmeno io », dice lui sorridendo.

« Ma tu mi piaci. »

« Qui finiscono le somiglianze tra noi... Non posso proprio affermare di piacermi », continua lui allontanando lo sguardo e versando altro champagne.

Rex beve mentre Edith si aggiusta i vestiti, prende il telefono dalla borsa, compone un numero e infila l'auricolare all'orecchio sinistro.

« Ciao Morris, sono io... Lo so, scusa, ma non potevo chiamarti... Sì, che vuoi che ti dica, Åsa è convinta che io non abbia una vita... Ma quello che volevo dirti è che domani devo andare in redazione prestissimo, quindi mi fermo a dormire da lei... Non ti arrabbiare, dai... Lo capisco, però... Ok, ciao... Bacio. »

Quando Edith riattacca, non si guardano. Con gli occhi bassi, lei ripone il cellulare nella borsa e accosta esitante il bicchiere alla bocca.

Rex prende bottiglia e bicchieri e si avvia verso la camera da letto, vacilla e sbatte la spalla contro lo stipite della porta. Dal collo della bottiglia sale una nuvola di schiuma che cola sulla sua mano e sul pavimento.

Edith ha un'espressione seria sul volto mentre lo segue. Attraverso un lucernario si scorge il cielo nero, e dai piedi del letto la visuale abbraccia l'intera Stoccolma, fino alla cupola bianca del Globen.

Si avvicina a Rex e gli accarezza il viso. Fa scivolare il dito lungo la linea dritta del naso dell'uomo fino a raggiungere la cicatrice alla radice.

«Sei ubriaco?» gli chiede.

«Non troppo», risponde lui accorgendosi di strascicare le parole.

Edith inizia a sbottonarsi il vestito e Rex scosta il copriletto. Il movimento gli causa un improvviso capogiro che lo fa barcollare come se si trovasse sul ponte di una nave in mare aperto.

La donna posa il vestito su una sedia di legno, volta le spalle a Rex e inizia a sfilarsi lentamente i collant.

Con un sospiro, Rex si siede sul bordo del letto, si toglie la t-shirt e beve un sorso di champagne dalla bottiglia. Sa di essere abbastanza muscoloso, ma ha i fianchi troppo larghi. Una filo di peli scende dal petto fino all'ombelico.

Edith si sfila le mutandine rosa e le ripiega in modo da nascondere il salvaslip, poi le appoggia sulla sedia e appende il reggiseno allo schienale. L'elastico le ha lasciato un segno rosso sulla schiena. È più in carne di quanto sembrasse coi vestiti addosso. I peli pubici sono biondi con una sfumatura color tabacco, e non ha quasi nessun neo sulla pelle.

Rex si alza e si sfila pantaloni e mutande, poi li allontana con un calcio e si volta tirando il pene floscio in modo che non sembri piccolo.

«Chi mi lascia, di solito se ne pente», dice lei.

«Non stento a crederci.»

«Bene», mormora Edith con una smorfia severa.

«Ho le mani fredde», bisbiglia Rex quando la afferra per i fianchi.

Lei lo spinge scherzosamente verso il letto e Rex si sdraia sulla schiena, spostando un cuscino che gli dà fastidio e chiudendo per un istante gli occhi stanchi. La stanza vortica su se stessa come se qualcuno di tanto in tanto desse uno strattone al lenzuolo sotto di lui.

Il telefono di Edith squilla con la suoneria al minimo nella borsa in cucina. Rex guarda i bicchieri di champagne sul comodino, l'impronta di rossetto rosa su uno dei due e le bollicine che scoppiano lungo il bordo. Abbandona di nuovo la testa all'indietro e ripensa a quel che ha detto a proposito di Sammy durante la premiazione. Sul soffitto nota due anelli più chiari che forse devono essere i riflessi dei bicchieri.

Capisce di essersi addormentato quando sente le labbra incredibilmente morbide di Edith chiudersi intorno al suo pene. Lei solleva la testa per lanciargli un'occhiata preoccupata, poi continua.

Sul lucernario vede il riflesso del letto e della propria figura pallida, come Gesù avvolto nel lenzuolo. Non capisce perché si cacci sempre nella stessa situazione ogni volta che beve. È un copione di cui è contemporaneamente regista e vittima.

Edith scivola verso di lui e gli si mette addosso a cavalcioni, poi s'infila dentro il suo membro semieretto e lo bacia. Rex spinge con cautela per non scivolarle fuori. Lei lo guarda dritto negli occhi, gli afferra la mano destra e se la posa sul seno. Rex diventa più rigido dentro di lei, ed Edith gli si china sopra, gemendo contro la sua bocca.

«Ti squillava il telefono», dice Rex con voce roca.

«Lo so.»

«Non vuoi controllare chi era?»

«Non parlare così tanto», dice lei sorridendo.

Qualche riccio sottile le si è incollato alla fronte per il sudore, il rossetto si è cancellato e il mascara le è colato sotto gli occhi, come un'ombra scura.

Edith respira più rapidamente; gli appoggia le mani sul petto abbandonandosi con tutto il peso su di lui, scivola all'indietro e ansima.

Rex le prende i seni e osserva come si stringono l'uno contro l'altro a ogni movimento. Lei geme e si muove più velocemente, le cosce iniziano a tremare e chiude gli occhi.

«Continua», ansima.

Rex ha un orgasmo. Non fa in tempo a reagire e le viene dentro. Non ha senso sfilarsi: è troppo tardi e lascia che vada così. Avverte le contrazioni e la loro lenta successione.

Edith è rossa in volto, sul collo e sul petto. Apre gli occhi, gli rivolge un ampio sorriso e inizia nuovamente a muovere i fianchi. Una striscia di sudore lucente le scende dalle ascelle.

60

Rex si sveglia nudo sul letto, annaspando come se si trovasse sott'acqua. I battiti del suo cuore accelerano per l'angoscia quando guarda l'orologio e si accorge che sono le due e mezzo.

Edith se n'è andata.

Dev'essere uscita senza che lui se ne accorgesse.

Gemendo, Rex si mette seduto e inizia a cercare il telefono, ma la stanza vortica così velocemente da impedirgli di mettere a fuoco lo sguardo. Si alza con un mal di testa martellante e immediatamente rischia di cadere. Deve appoggiarsi alla parete e chiudere gli occhi per trovare la forza di proseguire. Il telefono è sotto il letto. Mentre si china a raccoglierlo, immagini assurde iniziano ad attraversargli il cervello. Pezzi di carne cuciti l'uno all'altro con un filo, sangue che sgorga da spalle d'agnello avvolte nel bacon.

Il display del cellulare indica nove chiamate perse da parte di Sammy.

Rex si sente gelare il sangue per la preoccupazione.

Prova a chiamarlo, ma il numero è irraggiungibile: o Sammy ha spento il telefono, o gli si è scaricata la batteria.

Poi si accorge che il figlio gli ha lasciato tre messaggi in segreteria. Con dita tremanti fa partire il primo.

Papà, se vuoi vieni prima.

La chiamata si interrompe con un *clic*. Il messaggio seguente è stato registrato qualche ora più tardi e Sammy sembra parecchio più stanco.

È l'una e mezzo. Stai arrivando?

Dopo un istante di silenzio, il figlio aggiunge a voce bassa:

Nico era incazzato e mi ha ignorato tutta la sera, poi se n'è andato con una e mi ha lasciato qui insieme a un mucchio di idioti.

Rex lo sente sospirare tra sé.

Ti aspetto in cima alla salita davanti alla casa.

Rex si alza e ascolta il terzo messaggio, mentre le pareti continuano ad allontanarsi bruscamente ogni volta che prova a fissarle.

Papà, inizio a incamminarmi. Spero che non sia successo nulla.

Si infila i vestiti gettati sul pavimento, va a sbattere contro un muro e prova a scacciare la nausea. Barcolla nell'ingresso, trova le chiavi dell'auto di DJ sulla consolle, si infila le scarpe e corre giù per le scale.

Quando esce all'aria fresca, corre immediatamente verso i bidoni della spazzatura, vomitando sul marciapiede sporco tra i contenitori verdi.

Trema come se avesse la febbre. Vomita di nuovo sentendo i resti del buffet del Café Opera risalirgli in gola.

Con passi instabili, raggiunge la macchina di DJ, si siede e chiude la portiera. Recupera il foglio che gli ha lasciato Sammy e inserisce l'indirizzo nel navigatore.

Si dirige verso Nykvarn mentre gli effetti persistenti dell'alcol deformano il mondo intorno a lui allungandolo in diverse direzioni come un elastico. Strette sul volante, le sue mani tremano, e il sudore gli cola lungo la schiena; prega in silenzio che non sia successo nulla di grave.

Prova di nuovo a chiamare Sammy, ma sbanda, e un camionista lo richiama all'attenzione a colpi di clacson.

Mentre guida, i ricordi della serata si ripresentano un po' per volta: il vino, la pazienza di Edith con la sua erezione insoddisfacente.

L'insieme degli eventi trascorsi emerge come una città che si solleva dal mare: i campanili delle chiese e la torre del municipio rompono la superficie schiumeggiante, l'acqua gronda dai tetti delle case, si riversa fuori da porte e finestre, lungo le strade e le piazze.

Poi, quando si ritrae, svela frammenti scintillanti della nottata.

Lo champagne schizzato sul pavimento e le lenzuola, la mano di Edith sulla testa di lui mentre la leccava, i sospiri e le cosce sudate contro le guance, la lampada da terra che si era ribaltata, spegnendosi.

A un certo punto aveva iniziato a rivestirsi con l'idea di prendere un taxi fino a Djursholm. Poi si era ricordato che il ministro degli Esteri era morto.

Era inciampato sulla borsa di Edith, l'aveva rimessa a posto e aveva notato un coltello tra il portafoglio e l'astuccio coi trucchi.

Sceglie il ponte di Saltsjöbron, perché quello di Södertälje è chiuso da giugno, ossia da quando un tir vi si è ribaltato; ora rischia di crollare, e Sammy sostiene che per aver danneggiato il ponte in maniera così grave, non doveva essere un tir, ma un'astronave.

Rex è scosso dai tremori e diminuisce la velocità.

Dopo Södertälje il traffico si fa meno intenso e l'autostrada diventa quasi vuota.

Rex accelera di nuovo, supera un lago dalla superficie immobile e poi intorno a lui non si vede altro che un bosco di pini.

Controlla il display del navigatore: l'uscita per Nykvarn è tra cinque chilometri, dopodiché dovrà trovare l'isolata Tubergslund.

Supera un furgone bianco con un pezzo di cartone al posto del lunotto posteriore e inserisce la freccia. Quando sta per ritornare sulla corsia di destra nota una figura sottile che fa l'autostop sull'altra carreggiata.

Rex capisce che si tratta di Sammy, quindi reagisce d'istinto e sterza a destra finendo sulla corsia d'emergenza. Inchioda bruscamente, e le ruote slittano per un tratto sull'asfalto coperto di ghiaia.

Superandolo, l'autista del furgone suona a lungo il clacson.

Rex scende dall'auto senza chiudere la portiera. Torna indietro ai margini della strada, aspetta che passi un autobus bianco e poi attraversa le due corsie. Entra nell'erba alta che separa le carreggiate mentre una fila di auto sfreccia davanti a lui. Prosegue sulla strada e inizia a correre sulla corsia d'emergenza in direzione di Sammy.

Il terreno trema per il passaggio di un tir enorme. L'aria spostata dal veicolo gli fa volare accanto la spazzatura e la polvere sollevate dal fossato.

Prova a correre più velocemente quando vede Sammy, più avanti, inquadrato dai fari del tir che avanza rombando. La sagoma esile del figlio appare circondata per qualche istante da un alone rosso nel momento in cui viene illuminata dalle luci posteriori del camion.

«Sammy!» urla Rex, fermandosi senza più fiato nei polmoni. «Sammy!»

Il figlio si volta, lo vede, ma alza di nuovo il pollice all'arrivo di un'altra macchina.

Rex, ansimando, riprende a correre col sudore che gli cola lungo la schiena. Non si ferma fino a quando non ha raggiunto suo figlio.

«Scusami, mi dispiace tanto. Mi sono addormentato...»

«Mi ero fidato di te», dice Sammy e inizia a camminare.

«Sammy», lo supplica Rex cercando di fermarlo. «Non so cosa dire... Non è facile ammetterlo, ma la verità è che sono un alcolizzato... È una malattia, e ieri ho avuto una ricaduta.»

Finalmente Sammy si volta a guardarlo. È pallido in volto, e sembra del tutto esausto.

«Mi vergogno», dice Rex. «Mi vergogno terribilmente, ma sto provando ad affrontare i problemi.»

«Lo so, papà, è una buona cosa», risponde il figlio con aria seria.

«Mamma ti ha detto che vado agli incontri degli Alcolisti Anonimi?»

«Sì.»

«Già, certo che te l'ha detto», mormora Rex.

«Credevo non ne volessi parlare», replica Sammy.

«Voglio solo dirti... che non l'ho presa sul serio, ma che d'ora in poi lo farò. È una malattia, lo sanno tutti...»

«Sì.»

«Avrò sicuramente delle altre ricadute, ma ora almeno ho ammesso di avere un problema, e so che ha avuto ripercussioni anche su di te...»

Gli si spezza la voce e lacrime calde gli riempiono gli occhi. Le auto sfrecciano accanto a loro e illuminano per qualche secondo il volto di Sammy.

«Torniamo a casa?» domanda Rex notando lo sguardo esitante del figlio. «No, non ho intenzione di guidare. Andiamo fino a Södertälje e prendiamo un taxi da lì.»

Iniziano a incamminarsi insieme quando un'auto della polizia passa sull'altra corsia. Rex si volta e la vede fermarsi sulla corsia d'emergenza dietro alla macchina di DJ.

Verner Sandén si appoggia allo schienale della sedia e osserva Saga Bauer, in piedi davanti alla sua scrivania.

«So come funziona la Säpo», dice a bassa voce la donna mentre posa la pistola e il pass sul tavolo.

«Comunque, non sei stata congedata. Stai solo partendo per le vacanze», dice Verner.

«Non permetterò mai...»

«Non ti scaldare», la interrompe Verner. «Non sono in vena, lo sai benissimo.»

«Non permetterò mai che un bastardo assassino venga lasciato agire indisturbato perché la Säpo possa trarne vantaggio.»

«È per questo che ti paghiamo il viaggio alle Canarie.»

«Preferisco un proiettile alla nuca», ribatte Saga.

«Non essere infantile.»

«Posso accettare di continuare a fingere che il ministro sia morto per una malattia, ma non posso lasciare libero un assassino. È inammissibile.»

«Janus si sta occupando delle indagini», le spiega Verner.

«Mi ha detto che è stato trasferito al settore logistico in vista del funerale.»

«Ma dopo potrà riprendere da dove vi siete interrotti», ribatte l'altro.

«Ho la vaga sensazione che non sia una delle tue priorità.»

Verner Sandén sfoglia alcuni dei documenti che ha di fronte, poi incrocia le mani con l'intento di farle stare ferme.

«Non ti arrabbiare», dice con estrema calma. «Penso che

ti sarà d'aiuto cambiare aria per un po' e mettere una certa distanza tra...»

«Non sono arrabbiata», dice lei, avanzando di un passo.

«Saga, so che sei delusa per come è andata l'operazione al porticciolo», dice Verner. «Ma il lato positivo è che grazie a questa storia abbiamo ottenuto un aumento delle risorse, e ciò significa che ora possiamo combattere i terroristi veri in maniera più efficace.»

«Grandioso.»

«Siamo già sommersi dalle richieste di condivisione della nostra esperienza con gli altri servizi di sicurezza.»

«Avete iniziato a giocare con i bambini grandi», commenta Saga sorridendo, e la sua fronte inizia ad arrossarsi per l'irritazione.

«No... O meglio, finalmente siamo entrati in campo», conferma Verner.

«Ok, ma io devo continuare a lavorare», dice lei.

«Sul tuo computer erano state salvate informazioni che avrebbero potuto mettere a repentaglio la segretezza dell'operazione... il che costituisce un grave attentato nei confronti dello Stato democratico.»

«So cosa significa la parola 'segretezza'», risponde Saga. «Ma il ministro degli Esteri è morto per davvero, giusto?»

«È morto per cause naturali», ribadisce Verner.

«Chi cercherà l'assassino?»

«Quale assassino?» chiede lui, guardandola senza abbassare gli occhi.

«Absalon è stato accoltellato davanti alla moglie e ai figli dallo stesso...»

«Una notizia terribile, è vero.»

«... dallo stesso assassino.»

«Secondo Janus non ci sono collegamenti tra le due mor-

ti... Per questo all'inchiesta è stato assegnato un livello di priorità più basso.»
«Devo andare avanti», esclama Saga con voce inquieta.
«Ok, come vuoi.»
«Nessuna cazzo di vacanza.»
«Sei esonerata... ma lavorerai con Janus.»
«E con Joona», aggiunge lei.
«Cosa?»
«Hai promesso che Joona avrebbe ottenuto la condizionale.»
«No», ribatte Verner, e un sorriso involontario gli passa sul volto.
«Non venire a raccontare cazzate a me», dice Saga con tono minaccioso.
«Se ti riferisci a qualche documento secretato, devo ricordarti che...»
Saga spazza la scrivania con la mano facendo cadere a terra il telefono e le pile di rapporti.
«Proseguirò l'indagine insieme a Joona», dice.
«Perché stiamo ancora parlando di lui?»
«Joona riesce a capire gli assassini. Non so come faccia, però adesso tu lo hai rispedito a Kumla.»
«Noi siamo la Säpo. Tu non puoi avere alcun contatto con Joona Linna, è un ordine che...»
Saga getta a terra la tazza di caffè e uno spesso fascicolo.
«Perché ti comporti così?» domanda Verner mantenendo la calma.
«L'hai promesso a Joona. L'hai promesso, cazzo!» urla Saga ribaltando la sedia dei visitatori e strappando dalla parete il calendario di Save the Children.
«Bene, dimenticati pure il viaggio», dice lui, ferito.
«Fanculo le Canarie di merda», risponde Saga avviandosi in direzione della porta.

Mentre DJ aiuta Sammy a indossare il completo nero, Rex va in camera e chiude la porta. Si siede sul letto, prende il telefono e chiama la madre di suo figlio. Intanto che il telefono squilla, ripensa sospirando a quella mattina. Sammy dormiva ancora quando lui si era svegliato, verso le dieci. Con un mal di testa martellante, era salito in cucina e aveva aperto il frigo dei vini lanciandovi dentro un'occhiata. Aveva scelto la bottiglia più cara, un Romanée-Conti del 1996, e l'aveva stappata; poi si era avvicinato al bancone e l'aveva versata nel lavandino. Era rimasto a guardare il vino rosso che scompariva vorticando nello scarico, quindi era andato a prendere un'altra bottiglia.

«Pronto?»

Dalla voce, Veronica sembra stressata. Sullo sfondo si sentono rumori e tintinnii, e una donna che piange e grida con tono stanco.

«Sono Rex», dice lui schiarendosi la gola. «Scusa se ti disturbo...»

«Cosa c'è?» si limita a chiedere Veronica. «Cos'è successo?»

«Ecco, ieri...» attacca Rex, sentendo le lacrime bruciargli gli occhi. «Ho bevuto e... io...»

«Sammy mi ha già chiamata. Mi ha detto che ve la state cavando bene, che ieri hai alzato un po' il gomito, ma che non è successo nulla di grave, e che tutto si è risolto.»

«Cosa?» bisbiglia Rex.

«Sono contenta che Sammy sia felice. Non è un bel momento per lui, sai?»

«Veronica, è un bene...» comincia Rex, cercando di far sparire il nodo che gli serra la gola. «È un bene, per me, stare con Sammy, voglio... Spero che potremo andare avanti in questo modo.»

«Ne parleremo più avanti», taglia corto Veronica. «Ora devo dare una mano qui.»

Rex resta seduto col telefono in mano, pensando che Sammy è molto più maturo di quanto lui creda. Chiama la madre per tranquillizzarla e mente dicendole che tutto va bene perché lei non molli quello che sta facendo, abbandonando così i propri sogni per tornare a casa.

Quindici minuti più tardi, Rex si siede con Sammy sul sedile posteriore di un'auto Uber, e sente DJ spiegare all'autista di portarli fino a Regeringsgatan, da dove poi raggiungeranno la chiesa a piedi.

L'autista vorrebbe svoltare, ma la strada laterale è chiusa da enormi blocchi di cemento e un vigile urbano indica loro di proseguire oltre.

Per ragioni di sicurezza, l'intera area intorno alla chiesa di Sankt Johannes è stata chiusa al traffico.

Al funerale parteciperanno i membri del governo svedese, i ministri degli Esteri degli altri Paesi nordici e gli ambasciatori di Germania, Francia, Spagna e Gran Bretagna. Ma la ragione principale dell'ingente spiegamento di forze è la presenza del segretario della Difesa americano, Teddy Johnson, amico personale del ministro degli Esteri. A causa dell'influenza fondamentale da lui esercitata nella decisione dell'amministrazione americana di invadere l'Iraq, Teddy Johnson ha attirato sulla propria persona una serie di gravissime minacce.

«Sammy, non so se l'hai notato, ma ho buttato via il vino e i liquori.»

«Hai fatto rumore per tutta la mattina», risponde il figlio a bassa voce.

«È strano, ma ora so che non posso fidarmi di me stesso», prosegue Rex. «Sai, disprezzo gli alcolizzati che partecipano agli incontri, ma io sono uno di loro... È difficile ammetterlo, ma sono il padre peggiore del mondo e merito il tuo odio.»

Nell'abitacolo, l'atmosfera è ancora imbarazzata quando scendono dall'auto e si incamminano su per David Bagares gata. Tutti e tre indossano un completo nero, una camicia bianca e una cravatta nera, ma Sammy si è infilato un fazzoletto rosso nel taschino.

Cinquecento poliziotti e agenti di sicurezza sono stati posizionati nei punti strategici intorno alla chiesa. I percorsi degli autobus sono stati modificati. I cestini sono stati rimossi, e i tombini saldati. Il traffico aereo è stato limitato, in modo che solo gli elicotteri della polizia e del pronto soccorso possano accedere allo spazio sopra la chiesa. Le auto e gli altri veicoli sono stati fatti spostare, gli edifici adiacenti perquisiti, e i cani antibomba hanno esplorato l'intera area interdetta.

Una luce blu investe le facciate delle case mentre Rex, DJ e Sammy si avvicinano al successivo posto di blocco. Una camionetta della polizia è posteggiata davanti alle transenne, e gli agenti con le mitragliatrici appese alla cintura li fermano per controllare gli inviti e confrontare i nomi sui documenti di ciascuno con quelli sulla lista dei partecipanti.

«So di non piacere a tutti, ma queste misure di sicurezza mi sembrano davvero un po' esagerate», scherza Rex.

«Vogliamo solo che non corra rischi», sorride un agente facendoli passare.

Una lunga coda di invitati si snoda oltre le antiche tombe del cimitero e lungo l'ampia scalinata, fino al controllo di sicurezza accanto al portale.

Rex sta seguendo Sammy e DJ attraverso la marea dei presenti quando un giornalista di un tabloid lo ferma per rivolgergli qualche rapida domanda.

«Cosa significava il ministro degli Esteri per lei?» chiede puntandogli contro l'enorme microfono.

«Eravamo vecchi amici», risponde Rex, passandosi istintivamente la mano tra i capelli. «Era una persona fantastica... Un...»

La sfrontatezza della menzogna gli fa perdere il filo del discorso. D'improvviso non sa più cosa dire né come proseguire la frase. Il giornalista lo fissa con uno sguardo vacuo. Il microfono oscilla davanti alla bocca di Rex, che inizia a raccontare di aver portato suo figlio al funerale, prima di realizzare che è giunto il momento di fermarsi.

«Mi scusi», dice. «Non sono molto in forma. È stata un'enorme perdita... Il mio pensiero va alla famiglia.»

Fa allontanare il giornalista con un gesto, poi si volta, aspetta qualche secondo e quindi si incammina verso la chiesa cercando di trovare DJ e Sammy in mezzo alla ressa.

Due guardie del corpo scortano il primo ministro e sua moglie su per la scalinata.

Un cane abbaia, e gli agenti di sicurezza prendono in disparte uno degli invitati. È irritato, parla inglese con un forte accento e gesticola in direzione del gruppo di persone che lo aspetta.

Il frastuono di un elicottero riecheggia tra i muri delle case. Un uomo anziano con un deambulatore viene aiutato a entrare in chiesa.

«Quaggiù!» urla DJ.

Sammy e DJ sono in coda ai piedi della scalinata e si stanno sbracciando per farsi vedere. Il kajal intorno agli occhi del figlio mette in risalto il pallore del suo viso. Rex si fa strada fino a loro. Deve confessare a Sammy, riflette avanzando, di aver scoperto che lui sopporta quella situazione solo per amore di sua madre.

« Dov'eri finito? » chiede DJ.

« Stavo parlando con un giornalista del mio vecchio amico », risponde Rex.

« È per questo che siamo qui », dice DJ soddisfatto.

« Lo so, però... »

Più in alto, una donna perde la borsa, che rotola giù per i gradini mentre rossetti e scatole di trucchi svaniscono tra la folla. Uno specchietto tascabile si spezza, e le schegge di vetro schizzano tutt'intorno.

Due agenti di sicurezza si avvicinano con sguardo vigile. Uno stormo di colombi traccia un arco sopra le persone in coda, poi sparisce dietro la chiesa.

In cima alla scalinata, prima del controllo di sicurezza, Rex si sposta di lato insieme a un giornalista della televisione. Si ferma sotto il riflesso dei mattoni rossi, assume un'espressione solenne e parla dell'amicizia con il ministro, degli scherzi e delle battute folli di quand'erano ragazzi.

Si avvicina al portale, viene invitato a passare attraverso il metal detector e poi supera la fila di agenti armati fino ai denti. Quando entra in chiesa, non vede più Sammy né DJ.

Tutti si stanno accomodando ai propri posti e lo scricchiolio dei banchi di legno riecheggia tra le alte pareti.

Rex avanza lungo la navata centrale, ma non riesce a vederli da nessuna parte. Devono essersi persi tra la folla salendo sul palco dell'organo. Si scontra con un uomo con dei guanti neri che prosegue oltre.

La bara bianca è stata posizionata nel coro, avvolta dalla bandiera svedese.

Le campane iniziano a suonare e Rex è costretto a infilarsi in uno dei banchi, accanto a una signora anziana. Inizialmente la donna sembra infastidita, ma poi lo riconosce e gli porge una copia del libretto della celebrazione.

Una donna bionda con gli occhi di un nero intenso incrocia il suo sguardo e poi si volta subito. Resta seduta per qualche istante con le mani infilate tra le gambe, poi si alza e lascia la chiesa.

L'organo inizia a suonare le note del primo salmo e tutti i presenti si alzano in piedi facendo cigolare i banchi. Rex si guarda intorno alla ricerca di Sammy. Il corteo risale la navata mentre i bambini del coro prendono posto sui gradini dell'altare e il pastore si avvicina al microfono.

Tutti si rimettono a sedere con un certo frastuono, poi il celebrante prende la parola dicendo che in quel giorno i convenuti sono raccolti per dire addio al ministro degli Esteri e per affidarlo alle mani di Dio.

In fondo a destra siedono i familiari del ministro, e nella fila dietro si trovano il capo del governo e Teddy Johnson.

Rex nota, più avanti, un uomo con le guance sudate intento a spingere con il piede una borsa sotto il banco.

Il coro inizia a cantare e Rex si abbandona contro il sedile, poi contempla la volta del soffitto, chiude gli occhi e ascolta le voci bianche.

Si risveglia e si passa una mano sulla bocca mentre il pastore getta della terra sul coperchio della bara pronunciando le inquietanti parole: «Polvere sei, e polvere ritornerai».

63

Il cacciatore di conigli resta immobile con lo sguardo abbassato mentre l'ascensore sale. In questo momento si trova nella torre nord del complesso di Kungstornen, lontano dalla zona bloccata dalla polizia.

Si avvolge la corda di cuoio con le lunghe orecchie di coniglio intorno alla testa, la annoda sulla nuca e ascolta il fruscio dei cavi e lo sferragliare della cabina quando supera i vari piani.

Scende al quattordicesimo, supera l'ingresso di vetro opaco della East Capital e imbocca la scala che sale intorno alla tromba dell'ascensore.

La chiave nuova gira ancora con difficoltà nella serratura quando apre la porta della Scope Capital Advisory S.p.a., disattiva l'allarme e attraversa il tappeto giallo sul pavimento di granito.

Sul banco della reception dei tulipani spuntano da un vaso, e alcuni petali tondeggianti sono caduti sul piano nero.

Il cacciatore si china, afferra il tappeto per un angolo e lo trascina dietro di sé, oltre gli uffici vuoti dalle pareti di vetro. In ogni direzione si aprono finestre a lunetta – le cui intelaiature ad arco ricordano la forma stilizzata di un tramonto – e l'intera Stoccolma si stende ai suoi piedi.

Il tempo già scarseggia.

Entra nella sala riunioni affacciata a nord e trascina il tappeto davanti a una delle finestre ad arco.

Spacca i pannelli di vetro inferiori con il manico del coltello, poi allontana tutte le schegge rimaste attaccate all'intelaiatura con il retro della lama.

Il vento fa cadere dei fogli da una cassettiera.

Velocemente, il cacciatore gira intorno al tavolo da riunione e inizia a spingerlo verso la finestra. Sbatte contro la parete facendo cadere sullo zoccolo frammenti di vernice bianca.

Solleva il tappeto sul tavolo, lo stende e lo piega in due, poi recupera dal guardaroba un borsone nero. Con movimenti rapidi tira fuori il suo .300 Winchester Magnum e apre il calcio.

Usa un'arma prodotta dalla Accuracy International, un fucile di precisione *bolt-action* di ultima generazione con il caricatore curvo, una cassa migliore e la canna più corta.

Non impiega più di venti secondi per montare l'arma, sdraiarsi col ventre sul tappeto ripiegato e puntare la canna davanti all'apertura nella finestra.

Oltre i tetti dei palazzi di Malmskillnadsgatan si vede la chiesa di Sankt Johannes con il tetto di rame verde chiaro, la torre che punta verso il cielo come un pugnale e le strisce orizzontali della scalinata di pietra.

Durante la ricognizione, qualche ora prima, il misuratore di distanza aveva indicato che il portale della chiesa distava da lì solo trecentottantanove metri.

Ha preparato un cuscinetto di gomma piuma su cui appoggiare la guancia, in modo che i suoi occhi si allineino esattamente al mirino. Usa sempre un Nightforce perché ha un vetro incredibilmente limpido. Non deve tararlo in continuazione, ed è sufficiente regolarlo sui quattrocento metri circa.

La canna è dotata di un silenziatore in grado di ridurre sia il rumore sia la fiammata. Nessuno sentirà lo sparo, nessuno noterà un lampo di luce improvviso.

Il cacciatore silenzioso si scosta le orecchie dal volto, poggia l'occhio destro contro il mirino, scruta oltre i rami degli alberi e osserva la lettera omega dorata sopra il portale; scende lentamente con lo sguardo, scorge il metallo nero e bruno della maniglia e pensa all'estate arida dei suoi nove anni.

Ricorda l'agitazione interiore che l'aveva afferrato quando si era infilato tra le serre abbandonate. La luce pallida entrava a fiotti attraverso i vetri polverosi e spezzati. Lentamente si era fatto strada tra l'erba ingiallita, aveva sollevato il suo piccolo Remington Long Rifle, si era premuto il calcio contro la spalla e aveva posato l'indice sul ponticello del grilletto.

Un coniglio dal colore marroncino gli era sfrecciato davanti sparendo nell'ombra sotto un cespuglio.

Lui aveva proseguito passando su un cartone sporco gettato a terra, aveva girato lentamente intorno a una sedia di legno rotta e si era fermato, attendendo per trenta secondi. Quando si era mosso di nuovo, il coniglio aveva ripreso a correre. Lui l'aveva seguito con la canna, mirando al corpo appena sotto la testa, e aveva sparato. Il coniglio era stato percorso da un fremito ed era caduto a terra a metà di un balzo rimanendo immobile. Delle schegge di vetro scintillavano tra l'erba, riflettendo il cielo bianco intorno all'animale tremante.

Ora il portale di Sankt Johannes è stato aperto e gli invitati si riversano all'esterno insieme agli agenti della sicurezza.

Mantenendo la distanza focale di 32 mm, osserva nel mirino una bambina che si è fermata sul secondo pianerottolo della scalinata. Non può avere più di dodici anni. Lentamente il suo sguardo scende lungo il collo della bambina, scorge l'arteria pulsante sotto la pelle sottile e la linea lievemente obliqua di una catenina.

Il pastore, appena fuori dal portale, scambia qualche parola con le persone che si fermano vicino a lui. Il primo ministro compare sulla soglia insieme alla moglie e alle guardie del corpo. Il cacciatore sposta il mirino, inquadrando al centro del reticolo a croce l'occhio destro del premier.

Uno stormo di colombi si alza in volo nel momento in cui

quattro poliziotti vestiti di nero si avvicinano alla chiesa. L'ombra degli uccelli corre veloce attraverso la piazza fino a raggiungere la scalinata.

Teddy Johnson esce dal portale in mezzo a due guardie del corpo americane e si ferma a salutare la vedova e i figli del ministro.

Nel mirino, il cacciatore scorge l'eczema sotto i capelli radi sulla nuca del segretario alla Difesa e la goccia di sudore che gli cola lungo la linea del mento. Il politico si spinge gli occhiali in cima al naso e pronuncia qualche parola di condoglianze prima di iniziare a scendere la scalinata.

Senza perdere la linea di tiro, il cacciatore prende il cellulare prepagato, invia il messaggio e posa di nuovo il dito sul ponticello.

Sotto il suo sguardo, Teddy Johnson sente la vibrazione, estrae l'iPhone privato dalla tasca interna della giacca, solleva gli occhiali e osserva il display.

Ten little rabbits, all dressed in white
Tried to go to Heaven on the end of a kite
Kite string got broken, down they all fell
Instead of going to Heaven, they went to...

Il cacciatore di conigli sa di dover tenere in considerazione la posizione sopraelevata, ma il vento è così debole che non avrà alcun impatto sul percorso del proiettile. E la distanza è troppo breve perché debba preoccuparsi dell'effetto di Coriolis, dovuto alla rotazione terrestre.

64

Il grilletto del cacciatore oppone una resistenza di poco più di un chilo. È talmente esigua che quasi non la si percepisce.

L'istante prima non ha ancora sparato, l'istante dopo il colpo è partito.

Ora vede i poliziotti vestiti di nero con le mitragliatrici al collo parlare nelle radiotrasmittenti. Un cane lupo respira affannosamente e si sdraia sul sentiero di ghiaia tra le lapidi.

Teddy Johnson si guarda intorno, infila il telefono nel taschino e chiude il bottone superiore della giacca.

Il sottile reticolo a croce del mirino è immobile sul suo collo bruciato dal sole, poi scende lentamente verso il fondo della schiena. Entro pochi secondi, il cacciatore spezzerà la colonna vertebrale di Teddy Johnson appena sopra il bacino.

Il ramo di un albero attraversa la linea di tiro. Il cacciatore di conigli aspetta che il cuore batta tre volte prima di posare il dito sul grilletto.

Lo preme dolcemente, sente il rinculo contro la spalla e vede Teddy Johnson accasciarsi al suolo.

Il sangue si riversa sulla scalinata.

Le guardie del corpo estraggono le armi, poi tentano di capire da quale direzione sia arrivato lo sparo e se ci sia un punto in cui mettersi al riparo, un luogo sicuro nelle vicinanze.

Il cacciatore respira lentamente e scorge per un istante il volto della vittima, i lineamenti distorti dal terrore. Ha perso completamente il controllo della parte inferiore del corpo e respira a fatica.

Le guardie del corpo cercano di proteggerlo facendogli

scudo nell'eventualità che seguano altri spari, ma non hanno idea di dove si trovi il cecchino.

Il mirino scivola lungo il braccio destro di Johnson. Una lieve pressione sul grilletto e la sua mano salta in aria, trasformata in un grumo sfilacciato di sangue.

Le guardie del corpo trascinano Johnson verso il fondo delle scale lasciando una striscia di sangue sulle lastre di pietra.

La gente tutt'intorno scappa urlando in preda al panico e la scalinata si svuota, come quando un'onda si abbatte su una spiaggia e poi si ritira.

Vi resta solo il politico americano, che si contorce per il dolore e la paura.

Il cacciatore lo lascerà vivere per altri diciannove minuti.

Mentre aspetta, accarezza con le dita una delle orecchie, sente la cartilagine elastica che si flette e preme la morbida pelliccia contro la guancia.

Senza perdere di mira la vittima, cambia il caricatore ricorrendo questa volta a dei proiettili a espansione, più pesanti. Quindi continua a osservare la prolungata agonia di Teddy Johnson, la paura della morte dipinta sul suo volto.

Le prime ambulanze stanno già arrivando in Döbelnsgatan.

I poliziotti iniziano a organizzare la caccia al cecchino, ma ancora non hanno nessuna idea della direzione da cui sono arrivati gli spari. Qualcuno di loro osserva gli schizzi di sangue e punta il dito nella sua direzione, verso il tetto della caserma dei pompieri lì vicino.

Tre elicotteri della polizia sorvolano gli isolati nei pressi della chiesa.

I paramedici hanno raggiunto Teddy Johnson, provano a parlargli e poi lo sollevano su una barella, quindi stringono una cintura sul suo corpo e aprono il carrello.

Il cacciatore controlla di nuovo l'orologio. Mancano quattro minuti. Deve rallentare i soccorsi.

Lentamente, punta il mirino verso la scalinata della Scuola francese, sposta il reticolo a croce da un uomo terrorizzato con le guance paffute a una donna di mezza età con una pettinatura desolante e il tesserino da giornalista appeso al collo.

Si limita a spararle alla caviglia, ma i proiettili pesanti hanno una tale forza d'impatto che il piede della donna salta in aria rimbalzando giù per i gradini fino al marciapiede. La giornalista cade in avanti a causa del colpo, rotolando sul fianco.

Le ambulanze tornano indietro, le persone terrorizzate si allontanano di corsa dalla donna nascondendosi tra le lapidi. Un uomo anziano inciampa sul sentiero di ghiaia sollevando una nuvola di polvere e ferendosi al volto, ma nessuno si ferma ad aiutarlo.

Gli agenti della Säpo stanno cercando di capire cosa stia succedendo. Provano a portare in salvo il politico americano e indicano ai medici di avvicinarsi dall'altra parte. Una nuova ambulanza imbocca Johannesgatan e si ferma di fronte alla vecchia scuola femminile.

Il cacciatore prende fiato e guarda l'orologio.

Restano quaranta secondi.

Il volto di Teddy Johnson è pallido e sudato. Gli hanno messo una maschera d'ossigeno sulla bocca e sul naso, e per la paura le sue palpebre sbattono senza interruzione.

I paramedici lo trasportano lungo il sentiero di ghiaia fino in Johannesgatan. Il mirino lo segue, e il reticolo a croce oscilla sul suo orecchio.

Il cacciatore appoggia il dito sul grilletto nello stesso momento in cui la ruota della barella finisce in una buca e il volto di Johnson sparisce dalla sua vista.

I paramedici sollevano la barella sul marciapiede e il cacciatore inquadra di nuovo l'orecchio di Teddy Johnson, quindi preme il grilletto e avverte il rinculo contro la spalla.

La testa esplode e i resti schizzano sulla strada. I paramedici spingono ancora la barella per qualche metro prima di fermarsi a guardare il potente politico americano. La mascherina ciondola appesa al tubo accanto alla barella, e al posto del viso non resta che un piccolo frammento concavo della nuca.

Quando Rex ha potuto finalmente lasciare il cimitero, sono ormai trascorse tre ore. Attraverso un imbuto di transenne, i poliziotti hanno fatto uscire i partecipanti al funerale uno alla volta lungo Döbelnsgatan. Hanno identificato scrupolosamente ogni persona, raccogliendo brevi testimonianze e fornendo i contatti di alcuni gruppi di sostegno.

Rex ha intravisto Edith tra i giornalisti raccolti fuori dal posto di blocco e ha cercato senza successo di incrociare il suo sguardo.

Nessuno sembra sapere cosa sia successo e gli agenti si rifiutano di rispondere.

Insieme ai parenti e agli amici più stretti del defunto, i politici avevano lasciato la chiesa prima di tutti gli altri. Rex era ancora bloccato lungo la navata quando aveva sentito delle urla agitate e aveva colto un movimento sulla soglia della chiesa, mentre la gente tornava all'interno per mettersi al riparo.

Dopo quaranta minuti la polizia era entrata per spiegare che la situazione era sotto controllo.

I vigili del fuoco avevano lavato via il sangue dall'ampia scalinata e dappertutto si vedevano persone che cercavano i propri conoscenti con le guance rigate di lacrime.

Rex era riuscito a contattare Sammy e DJ al telefono, e avevano deciso di incontrarsi a casa dello chef per cercare di capire cosa fosse successo. Si vociferava di un attentato terroristico e i notiziari parlavano di un violento attacco con un numero di morti non specificato.

* * *

Rex sforna la teglia di focaccette dolci e versa il tè fumante mentre Sammy e DJ siedono al tavolo della cucina cercando informazioni su internet.

«Sì, sembra che abbiano sparato al politico americano», dice il figlio.

«Che casino», sospira DJ, posando il vassoio del burro e i barattoli di marmellata accanto alle tazze e ai piattini.

«Cazzo, è una follia», dice Rex.

«Ho provato a uscire da dove siamo entrati», aggiunge Sammy. «In David Bagares gata, ma la via era bloccata.»

«Lo so», dice DJ. «Io ho tentato con la scala vicino a Drottninghuset.»

«Dove eravate seduti?» chiede Rex portando in tavola i dolci.

«Siamo saliti tutti e due sul palco dell'organo.»

«Io mi sono seduto lungo la navata centrale», dice Rex.

«Ti abbiamo visto, papà, sei rimasto così per tutto il tempo», conferma Sammy chiudendo gli occhi e spalancando la bocca.

«Mi godevo la musica», azzarda Rex.

«Allora ti sarai accorto delle palline di carta... Noi eravamo ai due lati del palco e abbiamo fatto a gara a centrarti la bocca.»

«Davvero?»

«Credo di aver vinto io», dice Sammy sorridendo, poi si passa una mano tra i capelli esattamente come fa sempre suo padre.

Il cerotto sull'avambraccio di Sammy si sta staccando e Rex nota una fila di bruciature di sigaretta.

DJ mostra agli altri il telefono e Rex vede la foto del volto artificialmente abbronzato di Teddy Johnson, il suo corpo un po' troppo robusto e il luccichio arrogante negli occhi azzurri.

« Le forze dell'ordine hanno già dichiarato che nulla indica un collegamento con una rete terroristica », dice Sammy.

« Ma il responsabile è stato catturato? » chiede DJ.

« Non lo so, non c'è scritto... »

« Che estate assurda », dice Rex in tono contrito. « Sembra che mezzo mondo stia andando a rotoli, Orlando, Monaco, Nizza... »

Si interrompe perché qualcuno sta suonando alla porta, mormora che non ha le forze di incontrare altri giornalisti e lascia la cucina. Scende le scale e sente di nuovo lo scampanellio, quindi raggiunge la porta e la apre.

Sul pianerottolo vi è un uomo dai capelli lunghi e rossicci e il volto sudato. Porta un giubbotto di pelle attillato con delle mostrine militari e una larga cintura in vita.

« Salve », dice sfoderando un ampio sorriso che gli comprime le rughe d'espressione intorno agli occhi.

« Salve », risponde Rex con voce esitante.

« Janus Mickelsen, Säpo », prosegue l'uomo consegnandogli il tesserino. « Ha qualche minuto per me? »

« Di che si tratta? »

« Ottima domanda », dice l'agente sbirciando oltre la spalla di Rex.

« Siete già venuti da me. »

« Sì, esatto, è così, il commissario Bauer... collaboro con lei », conferma l'uomo scostando una ciocca di capelli dal viso.

« Ok. »

« Il ministro degli Esteri le piaceva molto », dice l'uomo con un tono confidenziale che provoca a Rex un brivido lungo la schiena.

« Intende politicamente? »

« No. »

« Eravamo vecchi amici », taglia corto Rex.

« Sua moglie dice che non vi siete mai incontrati. »

«Evidentemente non le ho fatto una grande impressione», dice Rex costringendosi a sorridere.

Senza restituire il sorriso, Janus entra nell'ingresso e si chiude la porta alle spalle, osserva il piano inferiore dell'appartamento e poi fissa Rex con curiosità.

«Conosce nessuno a cui il ministro piacesse un po' meno?»

«Vuol dire, se aveva dei nemici?»

Janus annuisce, asciugandosi il sudore dalla fronte lentigginosa.

«Quando ci vedevamo, per lo più parlavamo del passato», dice Rex.

«I bei tempi andati...» mormora Janus chiudendosi uno dei bottoni sulla patta.

«Già.»

«Possiamo farla rientrare in un programma di protezione testimoni... Le assicuro personalmente che le garantiremo il massimo livello di sicurezza.»

«Perché dovrei aver bisogno di protezione?» domanda Rex.

«Intendo nel caso in cui abbia delle informazioni che non ha il coraggio di rivelare per paura di andare incontro a qualcosa di brutto», dice Janus sottovoce.

«Qualcuno mi sta minacciando?» chiede Rex.

«Spero di no, adoro il suo programma in tv», risponde Janus. «Sto dicendo soltanto che io aiuto quelli che aiutano me.»

«Ma purtroppo non ho nulla da dirle.»

Janus alza le spalle con aria ironica, come se dubitasse delle parole di Rex o come se fosse estremamente sorpreso.

«Percepisco un'energia in lei, un'energia positiva, ma mi sembra bloccata», dice socchiudendo gli occhi.

«Può essere.»

«Scherzavo... Non riesco a farne a meno, visto che a detta di tutti assomiglio a un hippie.»

«*Peace*», dice Rex abbozzando un sorriso.

«Quello è uno Chagall?» domanda Janus indicando una litografia. «Fantastico... l'angelo che cade.»

«Sì.»

«Ha detto alla mia collega di aver preso un caffè con il ministro un paio di settimane fa.»

«Sì.»

«Che giorno era, di preciso?»

«Non mi ricordo», dice Rex.

«Però si ricorda in che bar siete andati?»

«Al Vetekatten.»

«Una tazza di caffè? Una fetta di torta?»

«Sì.»

«Cavolo, ottimo. Voglio dire... Devono ricordarsi di voi: Rex e il ministro degli Esteri svedese che se ne stanno lì a rimpinzarsi di torta», dice Janus.

«Scusi, ma possiamo parlarne in un altro momento... Siamo appena tornati dal funerale e...»

«Stavo proprio per chiederglielo.»

«Sì, ma devo occuparmi di mio figlio, siamo abbastanza sconvolti...»

«Capisco, certo», dice Janus sollevando la mano malferma alla bocca. «Ma vorrei parlare anche con lui, quando avrà un po' di tempo.»

«Mi chiami e ci mettiamo d'accordo», dice Rex e apre la porta.

«Ha la macchina?»

«No.»

«Niente macchina», ripete Janus pensieroso prima di lasciare il pianerottolo e scomparire giù per le scale.

Joona trascorre le ore nella cella angusta senza alcun contatto con il mondo esterno. Per il resto della serata si allena, ripetendo le parole del tenente olandese su come coraggio e paura dipendano da una ripartizione strategica della propria energia e sull'importanza di tenere nascoste il più a lungo possibile le proprie armi migliori.

Dorme male e si sveglia presto. Si lava la faccia e poi riesamina mentalmente il caso. Analizza ogni dettaglio che riesce a ricordare, valutando le prospettive a trecentosessanta gradi e spostandosi di grado in grado come la corona di un orologio, ed è sempre più convinto della propria teoria.

La pioggia cade contro la finestra da un cielo grigio e coperto. Il tempo scorre inesorabilmente attraverso le pareti e i corpi.

È pomeriggio quando due agenti bussano alla sua porta, la aprono e gli chiedono di seguirli.

«Devo fare una telefonata, anche se probabilmente è troppo tardi», dice Joona.

Senza rispondere, lo accompagnano verso il passaggio sotterraneo. Come in una replica degli eventi di qualche giorno prima, viene condotto a un incontro senza che lui l'abbia richiesto. Questa volta gli viene indicata una delle cosiddette stanze degli avvocati, oltre le normali sale delle visite.

Gli agenti lo fanno entrare e chiudono la porta alle sue spalle.

A una scrivania tagliata a metà da uno schermo divisorio alto trenta centimetri è seduto un uomo che si regge la testa tra le mani. Oltre le sbarre alla finestra, un albero si staglia contro l'alto muro. Su una delle pareti è appesa una foto in bianco e nero di Parigi, con la sagoma della Torre Eiffel colorata di una tonalità giallo-dorata.

«Absalon Ratjen è morto?» chiede Joona.

Carlos Eliasson si appoggia allo schienale e inspira profondamente. Il suo volto è in ombra e gli occhi solitamente amichevoli sono offuscati da un'oscurità inquieta.

«Voglio solo dirti che ho preso sul serio quello che hai detto. Ho mandato due volanti.»

«Gli ha sparato?» chiede Joona sedendosi di fronte al suo ex capo.

«Ha usato un'arma da taglio», risponde Carlos sottovoce.

«Prima l'ha ferito al torso... Ha perso litri di sangue, ma è rimasto cosciente nonostante l'effetto del dolore... finché una quindicina di minuti dopo è stato giustiziato con...»

«Un colpo alla gola», bisbiglia Carlos, stupito.

«Un colpo alla gola», annuisce Joona.

«Non capisco come tu abbia fatto a scoprirlo, visto che sei in isolamento...»

«E visto che voi non siete riusciti a prevedere il suo piano», prosegue Joona. «E di conseguenza non avete compreso che il ministro degli Esteri è stata la prima vittima perché l'assassino aveva bisogno di un funerale in grande stile per attirare il bersaglio successivo.»

Carlos arrossisce, si alza e si slaccia il farfallino.

«Il segretario della Difesa degli USA», mormora.

«Chi aveva ragione?» chiede Joona.

Carlos prede un fazzoletto dalla tasca dei pantaloni e si asciuga la testa.

«Tu», dice, demoralizzato.

«E chi aveva torto?»

«Io... Ho fatto come hai detto, ma ero convinto che ti stessi sbagliando», ammette Carlos tornando a sedersi.

«Ci troviamo di fronte a uno *spree killer* astuto, con un addestramento militare di primo livello... E ha ancora sette obiettivi sulla sua lista.»

«Sette», mormora Carlos, guardando Joona.

«Questi omicidi dipendono da un movente strettamente personale... Una motivazione che in qualche modo altera la percezione della realtà dell'assassino.»

«Ho un'offerta per te», comincia Carlos cautamente, prendendo una cartella di cuoio.

«Sto ascoltando», risponde Joona con docilità, esattamente come aveva fatto qualche giorno prima durante l'incontro con il primo ministro.

«Questa è un'ordinanza già firmata», dice Carlos mostrandogli un documento. «Il resto della tua pena verrà convertito in lavoro socialmente utile per la polizia... con effetto immediato se accetti le condizioni.»

Joona lo fissa senza rispondere.

«E... ti garantisco che dopo potrai tornare in servizio, con la stessa posizione di prima», dice Carlos picchiettando un dito sul fascicolo.

Joona resta impassibile.

«Lo stesso stipendio di prima... Puoi avere un aumento, se per te è importante.»

«Riavrò la mia stanza?» chiede infine Joona.

«Sono cambiate molte cose, mentre eri qui», dice Carlos agitandosi. «Non siamo più la polizia criminale, come sai... Ora ci chiamiamo RON, Reparto operativo nazionale, e l'SKL non si chiama più SKL, ma Centro forense nazionale e...»

«Rivoglio la mia stanza», lo interrompe Joona. «Rivoglio la mia vecchia stanza accanto ad Anja.»

«Ok, ma non è così facile, almeno non per ora. È troppo

presto, creerebbe scompiglio nel corridoio. Dopotutto, hai subito una condanna.»

«Capisco.»

«Non prendertela», dice Carlos. «Abbiamo una splendida sede al numero 11 di Torsgatan... Non è la stessa cosa, lo so, ma c'è anche un appartamento collegato per fermarsi a dormire... È tutto messo per iscritto qui, leggi l'accordo e...»

«Mi fido delle persone», dice Joona senza sfiorare il foglio.

«È un sì? Muori dalla voglia di tornare, vero?» azzarda Carlos.

«Per me non è un gioco», dice Joona con un'espressione seria sul volto. «Ogni giorno aumenta il rischio che ci siano altri morti.»

«Partiamo subito», dice Carlos alzandosi.

«Mi serve la mia Colt Combat», dice Joona.

«È in auto.»

Joona Linna ha a disposizione un ufficio di quattrocento metri quadrati in un palazzo di vetro e ferro alto e stretto incuneato tra Torsgatan e i binari della Stazione centrale.

I locali che appartenevano alla Collector Bank sembrano essere stati sgomberati in tutta fretta. Sono rimasti un paio di sedie ergonomiche, una scrivania smontata a metà, dei cavi impolverati e delle brochure calpestate.

La prima sera, Joona si prepara un semplice piatto di pasta nel cucinino, si versa un bicchiere di vino e si siede a mangiare su una sedia da ufficio nella sala conferenze buia. Attraverso le grandi finestre sporche osserva il delta di binari arrugginiti e i treni che entrano in stazione.

Su tutti i media imperversa la notizia dell'omicidio del segretario della Difesa americano. Il responsabile non è stato catturato e si parla per la polizia di uno scandalo peggiore dell'omicidio di Olof Palme. L'FBI ha inviato i propri esperti e i rapporti tra i due Paesi si sono fatti tesi.

Il portavoce della Säpo continua a ripetere che ogni minaccia nota è stata posta sotto sorveglianza e che i più alti standard internazionali sono stati rispettati a ogni livello.

Joona legge il referto dell'autopsia di Absalon Ratjen, ucciso sotto gli occhi della moglie e dei figli. Posa il piatto su una cassettiera, e incomincia a pensare ai binari e ai cambi spietati.

Un tempo, Joona era sposato e aveva una bambina piccola, poi era rimasto solo.

I ricordi lo travolgono: il padre, la madre, Summa, Lumi, Disa e Valeria.

La sera, si corica sul divano della reception, con la fodera schiarita dal sole. In un punto di un sogno, sente Summa ridere piano accanto al suo orecchio. Si volta e la vede: è scalza e il cielo brucia alle sue spalle, e ha in testa una coroncina da sposa fatta di radici rosse intrecciate.

Già alle otto del mattino, i fattorini del reparto iniziano a portare computer, stampanti, fotocopiatrici e tutto il materiale dell'indagine in grandi scatole da trasloco.

Ora Joona può iniziare a lavorare sul serio.

Sa che nessuno dei tre omicidi è stato eseguito da terroristi, ma dal medesimo *spree killer*. Sta dando la caccia a un assassino con un piano preciso, che verosimilmente colpirà di nuovo a breve.

Su una grande parete appende le fotografie delle tre vittime, poi inizia a ricostruire la complessa rete di parenti, amici e colleghi. Sul muro di fronte traccia linee temporali che rappresentano la loro infanzia, gli studi e la carriera.

Nella grande stanza che evidentemente la Collector usava per le riunioni del consiglio di amministrazione, copre le pareti con le fotografie delle scene dei crimini: panoramiche, primi piani di vari dettagli, schizzi e l'intera documentazione dell'autopsia sul corpo di Absalon Ratjen.

Sull'intero pavimento del corridoio fino alla cucina posiziona pile di documenti medico-legali e di perizie tecniche, quindi mette in fila le trascrizioni degli interrogatori di parenti, amici e colleghi.

Sul pavimento dell'ufficio dispone le varie segnalazioni ricevute dalla cittadinanza e tre mail di una giornalista che vorrebbe avere i profili dell'assassino di Absalon Ratjen e del cecchino della Kungstornen.

Joona sente vibrare il telefono, lo estrae dalla tasca e vede che la telefonata arriva dal reparto di medicina legale dell'ospedale Karolinska.

«Questa cosa è legale?» dice Ago con la sua voce nasale.
«Quale cosa?» sorride Joona.
«Voglio dire... Lavori di nuovo per la polizia, stai conducendo l'indagine, hai l'autorità per...»
«Credo di sì», lo interrompe l'altro.
«Credi?»
«Così pare, al momento», spiega Joona.
«In ogni caso, voglio restare anonimo quando rispondo alla tua domanda», dice Ago schiarendosi rumorosamente la gola. «Absalon Ratjen ha perso sangue per diciannove minuti esatti prima di essere ucciso... In effetti si tratta dello stesso lasso di tempo in cui Teddy Johnson è rimasto in vita tra il primo sparo e quello fatale... Forse penserei a una coincidenza, se non fossi stato tu a farmi questa domanda.»
«Grazie per l'aiuto, Ago.»
«Sono anonimo», lo corregge l'altro prima di riattaccare.
Joona osserva le fotografie alla parete. In base alla quantità di sangue e alla direzione degli schizzi nella cucina del ministro degli Esteri, aveva ipotizzato che dovessero essere trascorsi più di quindici minuti tra il primo sparo e quello mortale.
Ora comprende che la risposta esatta è diciannove minuti.
Da qualche parte, ne è sicuro, qualche dettaglio collega le tre vittime.
Quel legame sarà la chiave che svelerà il mistero.
Non sono state scelte a caso.
Tra William Fock e Teddy Johnson ci sono fin troppi contatti che risalgono all'adolescenza e al collegio di Ludviksberg, mentre Ratjen sembra totalmente isolato rispetto agli altri due.
Ha vissuto una vita completamente diversa.
Nell'enorme quantità di materiale non vi è nemmeno un punto di connessione tra i tre uomini.
Un ritaglio dell'*Orlando Sentinel* mostra un'immagine del

ministro degli Esteri e di Teddy Johnson, all'epoca governatore della Florida, di fronte a un'orca marina colta nel bel mezzo di un balzo.

La vita di Ratjen ha seguito altre strade.

Joona non riesce a ricollegarlo agli altri due, ma ne è certo, dev'esserci comunque qualcosa che li accomuna.

Le porte dell'ascensore si aprono nella reception e qualcuno bussa leggermente sul vetro della sala riunioni.

Saga Bauer entra nella stanza e, sorridendo, gli consegna una saliera e una pagnotta come regalo di benvenuto.

«Ti hanno sistemato bene», scherza.

«Ho un po' più spazio che a Kumla», risponde lui.

Saga si fa strada cautamente tra le pile di documenti posate a terra, lancia un'occhiata fuori dalla finestra e poi si volta verso Joona.

«Non possiamo avere contatti», dice, «ma Verner almeno ha accettato di lasciarmi proseguire con le indagini... E sono davvero contenta di aver ribaltato una pila di documenti sulla sua scrivania... E che un fascicolo mi sia per caso caduto nella borsa... Cosa di cui mi sono accorta solo quando sono arrivata a casa.»

«Che fascicolo?»

«Le informazioni sulla famiglia di Salim Ratjen raccolte dalla Säpo», gli spiega estraendo il fascicolo dalla sua sacca da sport.

«Accidenti.»

«Capisci che non posso dimenticarlo qui... E non posso assolutamente dirti che potrebbe esserti utile, se ancora stai cercando un collegamento tra Absalon Ratjen e il ministro degli Esteri.»

Joona prende il rapporto e lo sfoglia sino ad arrivare alle pagine che riguardano Absalon Ratjen. In lontananza, la voce di Saga gli comunica che scenderà al bar in Lilla Bantorget a prendere un caffè.

«Ne vuoi?» gli chiede.

Sta leggendo che Absalon Ratjen è fuggito dal servizio militare, e riesce solo a mormorare che è su di giri e che deve pensare.

Absalon era arrivato in Svezia a diciassette anni, tre anni prima di Salim. Joona sa, grazie alla copia del registro del Centro per l'impiego, che Absalon aveva seguito dei corsi di lingua, rispondendo a ogni annuncio di lavoro, ma la Säpo è riuscita a raccogliere molte più informazioni. Hanno scovato il suo nome in un'indagine ormai archiviata riguardante una ditta di pulizia accusata di evadere le tasse. Absalon aveva fatto parte di un gruppo di rifugiati sospettati di lavorare in nero come magazzinieri, ma poiché erano stati truffati sullo stipendio era risultato impossibile procedere contro di loro.

Joona entra nel piccolo ufficio che si affaccia sulla galleria d'arte Bonnier. È qui che, su una parete, ha raccolto ogni frammento di informazione sull'assassino e, sull'altra, i possibili parametri. Ha anche stilato una lista delle accademie militari d'eccellenza in tutto il mondo in cui vengono insegnate le tecniche che l'assassino ha dimostrato di conoscere.

Ora osserva le fotografie forensi delle ferite sul corpo di Ratjen. Il coltello non è stato ancora individuato, ma la lama larga dev'essere seghettata ed estremamente affilata.

Il colpo mortale attraverso le vertebre è stato inferto con un machete dalla lama arrugginita.

Joona si siede a terra e continua a leggere il rapporto della Säpo.

La mail in cui qualcuno lo minacciava di divorargli il cuore proveniva in realtà da un collega canadese e si riferiva a un'imminente gara di robot costruiti con i Lego.

Il messaggio vocale con la filastrocca sui conigli era stato inviato da un telefono prepagato non più attivo.

Saga è di ritorno e posa una tazza di caffè sul pavimento accanto a lui.

«Trovato nulla di interessante?»

Joona scorre i tabulati con i numeri telefonici, gli indirizzi IP e le relative coordinate temporali. Prende un sorso di caffè e continua a leggere informazioni a proposito dei tentativi di Absalon di ottenere una borsa di studio.

«Sembra che uno dei bambini abbia fatto un disegno con il dito sporco di sangue», dice Saga indicando le foto della cucina di Absalon.

«Già», risponde Joona senza alzare lo sguardo.

Studia l'elenco dei vari centri di accoglienza e dormitori in cui Absalon aveva abitato, poi confronta gli indirizzi con quelli del ministro degli Esteri e del politico americano. Entrambi provenivano da famiglie benestanti e si erano allontanati da casa per la prima volta quando avevano iniziato a frequentare il collegio.

Più o meno, nello stesso periodo in cui Absalon aveva lasciato un dormitorio a Huddinge.

Un anno più tardi era stato menzionato in una segnalazione inviata all'agenzia governativa per la sicurezza sul lavoro.

Joona avverte un leggero brivido lungo la schiena.

Absalon aveva diciannove anni quando un consulente del Centro per l'impiego aveva deciso di dargli un'opportunità. Il figlio del consulente lavorava come bidello in un collegio a sud di Stoccolma, ma aveva avuto problemi di droga. Ad Absalon era stata offerta in via amichevole la metà dello stipendio del ragazzo, se avesse sbrigato le sue mansioni finché lui non fosse tornato dalla riabilitazione.

Quando la faccenda era venuta alla luce, Absalon abitava nell'appartamento del guardiano da quasi un anno, guidava senza avere la patente e utilizzava macchinari per il cui uso non possedeva l'abilitazione.

Joona si alza e si avvicina alla finestra, prende il telefono e chiama Anja.

È certo di avere individuato il collegamento tra le tre vittime.

«Devo sapere chi ha inviato una segnalazione all'agenzia per la sicurezza sul lavoro ventidue anni fa.»

«Ne parliamo a cena?» dice lei avvicinando troppo la bocca al microfono.

«Volentieri.»

Tre minuti più tardi la sente canticchiare *Let's talk about sex, baby*, mentre le sue unghie ticchettano sulla tastiera.

«Cosa vuoi sapere?»

«Il nome della scuola e chi ha inviato la segnalazione.»

«Simon Lee Olsson... Il rettore del collegio di Ludviksberg.»

Quando Joona riattacca, Saga getta la tazza nel cestino e incrocia il suo sguardo.

«Hai già trovato il collegamento», esclama.

«Absalon lavorava come bidello al collegio di Ludviksberg mentre William e Teddy frequentavano l'ultimo anno.»

«Quindi c'entra la scuola?»

«In un modo o nell'altro.»

Joona si avvicina a una fotografia scolastica di trent'anni prima. I due politici erano compagni di classe e membri della stessa squadra di canottaggio: otto ragazzi vestiti di bianco con i muscoli delle braccia e delle spalle gonfissimi.

«Durante l'indagine è spuntata fuori un'altra persona che ha frequentato quella scuola», lo informa Saga.

«Chi?» esclama Joona.

«Rex Müller.»

«Il nome non mi è nuovo.»

«Sì, fa il cuoco in televisione... So che sta nascondendo qualcosa, ma ha comunque un alibi per ogni omicidio», risponde brevemente Saga. «Siamo andati da lui perché è stato ripreso mentre da sbronzo faceva pipì nella piscina del ministro degli Esteri.»

«Qui non c'è scritto niente.»

«Ora se ne occupa Janus.»

«Sono sempre i dettagli a rivelare la verità», dice Joona.

«Lo so.»

«Perché ha pisciato nella vasca?»

«Uno stupido scherzo da ubriaco.»

«All'inizio sembra uno scherzo stupido... poi trovi il pezzo giusto del puzzle e di punto in bianco Rex Müller finisce al centro della scena», dice Joona.

Rex e Sammy si trovano da soli nella grande cucina del ristorante Smak. Gli ampi piani di lavoro in acciaio inox sono stati puliti e asciugati. Pentole, padelle, mestoli, fruste e coltelli sono appesi immobili ai loro ganci.

Sammy indossa un maglione sformato, si è dipinto le sopracciglia di nero e ha spesse linee di eyeliner intorno agli occhi. Rex si è infilato all'occhiello una rosa strappata dal bouquet che Edith, la giornalista sexy, gli ha mandato il giorno prima.

Tra due settimane il ristorante rinnoverà il menu e, prima che il locale apra e il frenetico lavoro di squadra abbia inizio, Rex prova in solitudine ogni singolo piatto.

Solamente se gli *chef de partie*, i *sous chef* e gli *chef de cuisine* eseguono perfettamente il loro compito è possibile conciliare perfezione assoluta e ritmi sostenuti. Solo quando la cucina chiude per la notte, i cuochi si accorgono dei lividi, delle piccole ustioni e delle ferite da taglio che si sono procurati durante il lavoro intenso.

Rex, per quel giorno, ha in programma di preparare un consommé di funghi con pane nero tostato, asparagi e salsa bernese, e dei medaglioni di entrecôte dell'allevamento di Säby. Poco prima di uscire di casa, Sammy era comparso nell'ingresso e, con sorpresa del padre, gli aveva chiesto di poter andare con lui.

Mentre la carne cuoce *sous vide*, Rex mostra a Sammy come tritare le foglie di dragoncello e come sbattere insieme i tuorli, la senape e l'aceto aromatico.

Il ragazzo fa scivolare con cautela i rossi d'uovo tra le due metà del guscio.

«Non sapevo che ti interessasse la cucina», dice Rex con un filo di voce. «Altrimenti ti avrei portato sempre con me.»

«Non preoccuparti, papà.»

Sammy alza lo sguardo e lo osserva timidamente da sotto la lunga frangia ossigenata. All'angolo dell'occhio si è disegnato una lacrima con il kajal.

«In ogni caso sei bravissimo», continua Rex. «Vorrei che...»

Si interrompe perché le parole vengono sommerse dai rimorsi e dalla consapevolezza che è solo colpa sua se non conosce affatto il solo figlio che ha.

Mentre Sammy trita lo scalogno, Rex prepara il consommé di finferli, shiitake, sedano rapa e timo.

«Alcuni si limitano a filtrare il brodo con diversi strati di stamigna», dice Rex guardando il figlio. «Ma io uso sempre l'albume per legare le impurità e i grumi.»

«Non devi partire tra poco?» chiede Sammy poggiando il coltello.

«Questo weekend devo andare a nord per incontrare gli investitori... Dobbiamo coccolarli un po' perché si sentano personalmente coinvolti.»

«E quindi non vuoi che vedano il tuo figlio frocio?»

«Pensavo solo... Se persino io mi sento male all'idea di un gruppo di uomini anziani che parlano di affari e vanno a caccia di renne, credevo che tu...»

Rex finge di vomitare sui fornelli, sul bancone e dentro la camicia.

«Ok, ho capito», dice Sammy sorridendo.

«Ma per quanto mi riguarda...»

Si interrompe nel momento in cui sente il cigolio dei battenti basculanti dell'*office*; forse il *sous chef* è arrivato in anticipo, riesce appena a pensare, ma poi la porta della cucina si apre e la splendida agente della Säpo Saga Bauer entra nella stanza insieme a Janus Mickelsen.

Sammy guarda Saga come se stesse per scoppiare a piangere. Malgrado le cicatrici sul viso, la donna ha un aspetto mozzafiato.

«Salve», dice Saga, quindi fa un cenno in direzione dell'uomo al suo fianco. «Questo è il mio collega Janus Mickelsen.»

«Ci siamo già incontrati», dice Rex.

«Vecchi ordini di Verner», spiega Janus a Saga.

«Questo è mio figlio Sammy», prosegue Rex.

«Salve», dice il ragazzo porgendo la mano con inattesa cordialità.

«Anche tu fai il cuoco?» gli chiede Saga in tono amichevole.

«No, io... Io non faccio niente», risponde lui arrossendo.

«Dobbiamo parlare qualche minuto con tuo padre», dice Janus, tastando un lime dalla buccia lucida.

«Devo andare di là?» chiede Sammy.

«Per me puoi restare», dice Rex.

«Scelga lei», risponde Saga.

«Sto provando a non avere più segreti», aggiunge Rex.

Delicatamente, ripesca l'album coagulato dal brodo e abbassa leggermente il fuoco.

«Ho visto in tv l'intervista sul ministro degli Esteri», dice Saga appoggiandosi al bancone. «Belle parole, commoventi...»

«Grazie, è...»

«Anche se erano tutte menzogne», conclude la donna.

«Che significa?» chiede Rex, fingendo di mettersi improvvisamente sul chi va là.

«Ha pisciato sui suoi mobili da giardino e...»

« Lo so », ammette Rex ridacchiando. « Ho un po' esagerato, ma avevamo... »

« La smetta », dice Saga con aria stanca.

« Il nostro modo di... »

« Basta. »

Rex si zittisce e la fissa. Sotto il suo occhio è balenato un fremito. Sammy non può fare a meno di sorridere fissando il pavimento.

« Stava per spiegarmi che faceva parte della vostra amicizia », dice Saga con calma. « Che avevate un senso dell'umorismo perverso, che non vi risparmiavate gli scherzi... Ma non è vero, perché non eravate amici. »

« Era il mio più vecchio amico », tenta ancora di spiegare Rex, anche se ormai ha capito che i suoi sforzi non serviranno a nulla.

« So che non vi frequentavate da trent'anni. »

« Forse non regolarmente », risponde lui con un filo di voce.

« No, non vi frequentavate affatto. »

Rex distoglie lo sguardo. Si accorge che Janus sta sfilando un pelo bianco di gatto dall'elastico del suo giubbotto di pelle.

« Però siete stati nello stesso collegio », dice Saga con voce calma.

« Mio padre era direttore della Handelsbanken. Abitavamo in una grande casa in Strandvägen, e il collegio di Ludviksberg sembrava l'ambiente perfetto per me. »

« E non lo era? » chiede Saga.

« Sono diventato un cuoco, non un banchiere », risponde Rex togliendo la pentola.

« Che fallimento », dice lei sorridendo.

« In effetti sono un fallito, in ogni senso. »

« Lo crede davvero? »

« A volte... E a volte no », risponde Rex con sincerità, guardando Sammy. « Sono un alcolista sobrio, ma ho avuto delle ricadute... E una cosa che mi succede quando mi ubriaco è che non sopporto più il nostro caro ministro degli Esteri, perché... Non importa, ormai è morto, ma... da vivo era un vero porco.»

Janus Mickelsen si scosta i ricci rossi dal viso e sorride, mentre gli angoli dei suoi occhi si riempiono di rughe.

Il sollievo per aver confessato la verità dura solo qualche istante, sostituito subito dall'angoscia di essere caduto in trappola. Rex affetta il pane fresco ancora umido, sente che le mani non sono del tutto stabili e posa cautamente il coltello sul tagliere. Non capisce dove vogliano andare a parare gli agenti della Säpo.

Che fossero al corrente del filmato fin dall'inizio?

Forse la donna aveva notato il sangue sulla sedia quand'era stata a casa sua.

Rex si domanda se sia il caso di agire con cautela, se debba contattare un avvocato, e se non sia meglio raccontare semplicemente della scazzottata tra DJ e l'ubriacone.

«Credevo che voleste parlare dell'omicidio di Teddy Johnson», dice dopo qualche secondo.

«Sa qualcosa in proposito?» chiede l'uomo dai capelli rossi fissandolo.

«No, ma ero lì quand'è successo.»

«Abbiamo già parecchi testimoni», dice Janus stringendosi per qualche istante tra le dita il lobo dell'orecchio.

«Ovvio... Quindi cosa volete sapere di preciso?» chiede Rex schiarendosi rapidamente la gola.

«Voglio sapere perché dice che il ministro era un porco e perché ha orinato nella sua piscina», risponde dolcemente Saga Bauer.

«Ok», sospira Rex.

«Sammy, devi sapere che tuo padre non è sospettato di nessun reato», dice la donna.

«È mio padre solo sulla carta», ribatte il ragazzo.

Rex si lava le mani e se le asciuga con uno strofinaccio.

«Da giovane, il nostro ministro era un... Come posso dire? Wille non riusciva a sopportare che ottenessi risultati migliori dei suoi in ogni prova. Cioè... Lui prendeva sempre dei voti ottimi perché la sua famiglia finanziava la scuola da cent'anni, ma non gli bastava... Quando venne a sapere che stavo insieme a una ragazza carina di una classe parallela, dovette per forza andarci a letto... Solo per darmi fastidio, per dimostrare che era lui ad avere il potere a scuola. Ecco, quello era il suo modo di fare.»

«Forse la ragazza voleva andare a letto con lui», suggerisce Saga.

«Assolutamente, lo desiderava di sicuro, ma... Non sto dicendo che io avessi intenzioni più nobili di Wille, ma ero davvero innamorato di lei, sul serio... Mentre per Wille non significava nulla.»

«Come fa a sapere che non fosse invaghito della sua ragazza?» chiede Saga.

«Me l'ha detto lui... Le dava un mucchio di nomignoli orribili, come 'troia d'alto bordo' o 'groupie'...»

«In effetti sembra un atteggiamento da porco», annuisce lei.

«So benissimo che chi frequenta il Ludviksberg è un privilegiato», continua Rex. «Ma dentro quelle mura, la scuola era nettamente divisa tra gli studenti come me, che appartenevano al gruppo dei nuovi ricchi, e coloro che da generazioni e generazioni avevano una posizione sicura, un rango speciale... Tutti sapevano che c'erano delle regole particolari, delle borse di studio e delle associazioni riservate a questi ultimi.»

«Povero papà», dice Sammy con sarcasmo.

«Sammy, avevo solo diciannove anni. Si è molto sensibili a quell'età.»

«Scherzavo.»

«Lo so, volevo solo che il concetto fosse chiaro», dice Rex tornando a rivolgersi a Saga. «A ogni modo... Il nostro futuro ministro degli Esteri era il presidente di un club maschile estremamente esclusivo all'interno del campus... Non so nemmeno quale fosse il nome vero, ma ricordo che Wille chiamava il posto dove si incontravano la Tana del coniglio... E quando Grace entrò a far parte del gruppo che lo frequentava, io per lei non contai più un cazzo. E posso capirlo, non sapeva nulla di quello che dicevano alle sue spalle. Li vedeva come delle stelle, delle celebrità.»

Si accorge che il volto di Saga si è irrigidito, come se qualcosa di quello che ha appena detto l'avesse fatta scattare sull'attenti.

«Chi erano gli altri membri di questo club del coniglio?» domanda.

«Lo sanno solo loro, era un club segreto. E a me non importa nulla.»

«Quindi non conosce nessun altro che ne facesse parte?»

«No.»

«È importante», dice Saga alzando la voce.

«Stai calma», bisbiglia Janus prendendo un bicchiere da vino da uno scaffale.

«Io non frequentavo quel giro», risponde Rex. «Non ne ho idea, volevo solo spiegarvi perché mi lascio trasportare dall'odio per il ministro quando mi ubriaco e faccio cavolate.»

«Ma Grace deve sapere chi ne faceva parte», dice Saga.

«Ovvio.»

Janus Mickelsen lascia cadere il bicchiere a terra. In un'esplosione, i frammenti di vetro schizzano tra i mobili.

«Mi spiace», dice Janus, e le sue sopracciglia chiare diventano bianche per via dell'agitazione. «Ha una scopa?»

« Lasci stare », dice Rex.
« Mi scusi », mormora Janus iniziando a raccogliere le schegge più grandi.
« Sa dove posso trovare Grace? » chiede Saga.
« Lei è di Chicago... »

Una volta che Saga Bauer se ne è andata, Rex fa saltare in padella i finferli con del burro e due fette di pane nero, dispone il tutto su due piattini versandovi poi sopra il consommé.
Sammy e il padre mangiano al bancone, l'uno accanto all'altro.
« Buono », dice il ragazzo.
« Prova di nuovo, è assolutamente delizioso! »
« Non so... È buono e basta. »
« Forse manca un po' di acidità », dice Rex. « Proverò con un po' di lime domani. »
« Non guardare me », replica Sammy sorridendo.
Rex non riesce a liberarsi dell'inquietudine lasciatagli addosso dalla conversazione con gli agenti. Pronunciare il nome di Grace gli ha provocato una fitta di angoscia. Ricorda soltanto che lei si era rifiutata di incontrarlo e aveva smesso di rispondere al telefono.
« È davvero incredibile », dice Sammy mangiando l'ultimo boccone.
« Chi? »
« Come chi? » sbotta il figlio con una risata.
« Ah, la poliziotta! Lo so, è la donna più bella che abbia mai visto... Esclusa tua madre, ovviamente. »
« Papà, non riesco a credere che tu abbia davvero scavalcato una staccionata per andare a pisciare nella piscina del ministro », dice Sammy, e abbozza un sorrisetto.
« Non mi era simpatico. »

«Questo è chiaro.»

Rex posa il piatto sul bancone.

«Non ho raccontato tutto alla polizia. Al momento non posso farmi coinvolgere in una faccenda del genere.»

«Cos'è successo?»

«No, niente, solo... Non devono mettersi in testa che abbia qualcosa a che fare con la morte del ministro.»

Sammy inarca le sopracciglia.

«Perché dovrebbero?»

«Perché questa è la verità su quella gente a scuola: una sera, mi portarono con l'inganno nel fienile e mi riempirono di botte, rompendomi diverse costole e lasciandomi questo bel regalino», dice Rex indicando la cicatrice profonda alla radice del naso. «Forse in realtà non fu un episodio così grave, ma sai come ci si sente, l'orgoglio... Capii che non sarei riuscito a vederli tutti i giorni, a far finta che non fosse successo niente, a venire considerato l'ultimo degli sfigati... Così abbandonai la scuola su due piedi.»

«Loro, invece, avrebbero dovuto andarsene.»

«Impossibile», dice Rex alzando le spalle. «Il potere era nelle loro mani e non potevo rivolgermi a nessuno... Il rettore, i docenti... tutti quanti li proteggevano.»

«Dovresti dirlo alla polizia», dice Sammy con un'espressione seria sul volto.

«Non posso», risponde Rex.

«Ma papà, non ti devi preoccupare. Sei un cuoco, sei gentile, non hai mai fatto nulla di violento in tutta la tua vita.»

«Non è così semplice», ribatte Rex.

Sammy tasta i sacchetti di carne sotto vuoto immersi nel bagno d'acqua, poi controlla la temperatura e il timer del circolatore.

«La carne sta cuocendo da due ore», dice.

«Allora prendi il burro, qualche rametto di timo, uno spicchio d'aglio e...»

Il sole sparisce dietro le nuvole e una scarica di pioggia grigia comincia ad abbattersi contro la finestra che si affaccia sul cortile. Nella semioscurità, la luce elettrica appare nuda, circondata da una danza di ombre in movimento. D'un tratto, a Rex pare di sentire una sorta di fruscio nella sala, un rumore che sembra prodotto da un corpo rivestito di plastica che si aggira tra i tavoli.

Lentamente si avvicina all'*office* che separa la cucina dalla sala. Si ferma, spinge piano la porta e ascolta.

«Che c'è?» chiede Sammy dietro di lui.

«Non lo so.»

Rex varca la porta cigolante ed entra nella sala vuota. I tavoli apparecchiati e la pioggia che scivola lungo le finestre creano un'atmosfera quasi onirica: le strisce di luce lambiscono le tovaglie bianche, le posate d'argento e i bicchieri da vino.

Rex sussulta quando il suo telefono squilla nella tasca posteriore. Il numero è privato, ma lui comunque risponde. Il segnale è debole e si avverte un fruscio. Attraverso le grandi finestre Rex vede passare sotto la pioggia le auto e la gente nascosta dagli ombrelli. «Pronto?» ripete un paio di volte, e aspetta qualche secondo. Sta per riattaccare, ma poi sente la voce lontana di un bambino.

«*Ten little rabbits, all dressed in white, tried to go to Heaven on the end of a kite...*»

«Senta, deve aver sbagliato numero...», dice Rex, ma il bambino non sembra dargli retta e prosegue invece con la filastrocca.

«*Nine little rabbits, all dressed in white, tried to go to Heaven on the end of a kite. Kite string got broken, down they all fell. Instead of going to Heaven, they went to...*»

Rex ascolta il conto alla rovescia della filastrocca prima che la telefonata si interrompa.

Attraverso una delle finestre, scorge un bambino sotto il viadotto a una cinquantina di metri di distanza. Il suo viso, avvolto da un'ombra grigia, scompare del tutto nel momento in cui si volta ed entra in un garage buio.

70

L'aria è soffocante e una luce densa si diffonde sui campi lungo Nynäsvägen. Joona sorpassa un camion con il cassone stracolmo di materiale da demolizione.

Il rettore in carica del Ludviksberg si era rifiutato di consegnare a Joona l'elenco degli iscritti a meno che non avesse esibito una richiesta ufficiale da parte di un magistrato o di un inquirente.

«Questo è un istituto privato molto noto», aveva spiegato al telefono. «E non siamo vincolati da nessun tipo di obbligo di chiarezza o trasparenza.»

Le prime tre vittime, una trentina d'anni prima, erano state in qualche modo collegate con la scuola, pensa Joona guidando verso l'istituto.

Probabilmente, si verrà a scoprire che lo erano anche le successive vittime.

Forse persino il killer.

La scuola è il centro di tutto, pensa Joona.

Ma, per qualche verso, ogni aspetto della faccenda è collegato a un livello ben più profondo.

Joona deve scoprire questa particolare costellazione, trovare l'algoritmo, risolvere l'enigma.

Guidando, ascolta una playlist che in realtà ha preparato per la figlia Lumi. Sono vecchie registrazioni di canzoni popolari, marcette e lenti svedesi. Violini che evocano la malinconia dell'estate, i desideri della gioventù e i mutamenti delle notti illuminate.

Pensa alla corona nuziale di radici intrecciate di Summa, al suo sorriso quando era salita sullo sgabello per baciarlo.

Superata Ösmo, Joona esce dall'autostrada e continua verso est in direzione della costa, poi segue le ampie curve della strada stretta oltre due ponti e attraverso un tunnel tra quattro isole.

Una volta arrivato sull'isola di Muskö, riceve la chiamata di Saga Bauer. Il volume della musica si abbassa e Joona sfiora il display dell'auto per rispondere.

«Devo parlarti», esordisce lei saltando i convenevoli. Joona sente che sta accendendo la moto.

«*Puoi* parlarmi?»

«No.»

«Nemmeno io posso parlare con te.»

Joona pensa a quanto sia ironico il fatto che lui e Saga Bauer stiano cercando di risolvere un caso di omicidio insieme, quando invece le loro missioni sono completamente opposte: lei ha il compito di insabbiare ogni prova, mentre lui deve portare tutto quanto alla luce.

L'acqua è un immobile specchio d'argento e Joona nota uno stormo di anatre che si allontana dal proprio riflesso spiccando il volo. Intanto, Saga gli racconta che una vecchia fidanzata di Rex – Grace Lindstrom – l'aveva lasciato per William Fock.

«Ora arriva la parte interessante», aggiunge poi.

«Ti ascolto», dice Joona mentre costeggia un'area di addestramento militare.

«William faceva parte di un club riservato all'élite della scuola. Non so esattamente di cosa si trattasse, ma il posto dove si incontravano era chiamato la Tana del coniglio.»

«La Tana del coniglio», ripete Joona, pensando che stanno per avvicinarsi alla soluzione.

«È quello che stiamo cercando, vero?»

«Hai i nomi dei membri?»

«Solo Grace e Wille.»

«Nessun altro?»

«Rex non ne ricorda.»

«Ma Grace deve sapere di più», dice Joona.

«Ovvio, ma pare che abiti a Chicago...»

«Parto», dice Joona.

«No, ne ho parlato con Verner. Appena ho un indirizzo, vado io.»

«Ottimo.»

Joona frena dolcemente e imbocca un viale che conduce dritto verso il Ludviksberg. L'enorme edificio principale ha le sembianze di una casa colonica con i muri di pietra dipinti di bianco e il tetto a mansarda.

Lascia l'auto nel parcheggio dei visitatori e attraversa il prato fino a raggiungere la scalinata. A terra è sparsa un'infinità di fiori blu, ma caprioli e conigli hanno divorato foglie e steli. Joona si china a raccogliere uno dei pochi fiori spezzati che sono stati risparmiati.

Passa accanto a un gruppo di studenti con l'uniforme dell'istituto di colore blu marino e pile di libri tra le braccia.

Un'enorme mappa a colori del complesso scolastico, con frecce e didascalie, è appesa all'ingresso. La struttura comprende quattro dormitori femminili e quattro maschili, abitazioni per gli inservienti e per gli insegnanti, stalle, depositi, una stazione di pompaggio idraulico, impianti sportivi e un padiglione sulla spiaggia.

Joona varca le porte a vetri che conducono al rettorato, mostra il tesserino alla segretaria e viene condotto in un'enorme stanza rivestita di boiserie di quercia laccata e con grandi finestre affacciate sul parco. Dietro la scrivania, si notano immagini incorniciate dei membri della famiglia reale che hanno frequentato la scuola.

Il rettore è seduto su un divano di pelle marrone scuro e regge in mano un plico di documenti. È un uomo magro sulla cinquantina, con il volto perfettamente rasato, i capelli biondi pettinati con la riga di lato e il portamento eretto.

Joona lo raggiunge, gli consegna il fiore blu e poi gli mostra un documento in una cartellina di plastica.

«Questo è il mandato del pubblico ministero.»

«Non è necessario», dice il rettore senza nemmeno guardare il foglio. «Sono più che felice di poter essere di aiuto.»

«Dov'è il registro degli allievi?»

«Si accomodi», sorride il rettore indicando con un ampio gesto della mano una libreria incassata nel muro che copre una parete intera.

Joona si dirige verso gli scaffali dove sono conservati tutti gli annuari, rilegati in pelle, dai tempi della fondazione della scuola. Seguendo le indicazioni sulle coste, Joona torna di trent'anni indietro nel tempo.

«Posso chiederle di cosa si tratta?» dice il rettore posando il fiore accanto alla tastiera del computer prima di sedersi.

«Un'inchiesta preliminare», dice Joona mentre sfila un volume.

«Questo lo capisco, ma... vorrei comunque sapere se riguarda qualcosa che possa avere ripercussioni negative sulla scuola.»

«Sto provando a fermare uno *spree killer*.»

«Non ho idea di cosa sia», dice il rettore con un risolino.

«No», dice Joona prendendo altri quattro volumi e posandoli sulla scrivania.

Inizia a sfogliare foto vecchie di trent'anni. Le immagini di una conferenza dello scrittore William Golding, con la barba bianca. Feste di Santa Lucia. Tornei di tennis, cricket, equitazione e corsa a ostacoli.

Il suo sguardo scivola sulle foto di classe dell'ultimo anno, nelle quali gli studenti compaiono con in testa il tipico berretto dei diplomandi, su balli scolastici con orchestre jazz, su pranzi domenicali con tovaglie bianche, lampadari di cristallo e camerieri in livrea.

Secondo l'indice dei nomi in fondo ai volumi, la scuola accoglie ogni anno circa cinquecentotrenta allievi. Aggiungendovi gli insegnanti, il personale amministrativo, i portinai di ciascun dormitorio e ogni altro dipendente, si arriva a seicentocinquanta nomi per volume.

In una foto si vede un giovanissimo William Fock – l'uomo che sarebbe diventato il ministro degli Esteri svedese – ricevere una borsa di studio dal rettore dell'epoca.

Senza fretta, Joona infila i cinque annuari in una borsa di tela dal colore verde militare.

«Questi volumi sono solo in consultazione», protesta il rettore. «Non può portare via i nostri annuari...»

«Mi parli della Tana del coniglio», dice Joona chiudendo la lampo della borsa.

Per un istante, lo sguardo del rettore è confuso per via della sorpresa, poi la mascella dell'uomo si irrigidisce conferendogli un'aria grave.

«Devo convenire con la stampa internazionale: probabilmente la polizia svedese dovrebbe dedicarsi alla ricerca dell'assassino di Teddy Johnson... È solo un consiglio, dal momento che lei e i suoi colleghi sembrate vittime di qualche difficoltà di concentrazione.»

«Era stato organizzato un club, qui al collegio», dice Joona.

«Non che io sappia.»

«Forse si trattava di un club segreto?»

«Ahimè non credo che abbiamo mai avuto una 'setta dei poeti estinti'», risponde freddamente il rettore.

«Quindi non sono presenti al collegio club o confraternite tradizionali?»

«Sono disposto a lasciarle esplorare il nostro istituto, anche se non credo che troverà il suo 'killer' tra di noi, ma... ma non risponderò a domande personali sul conto dei nostri allievi o sulle associazioni a cui ipoteticamente appartengono.»

«Qualche vostro dipendente lavora qui da più di trent'anni?»

Il rettore non lo degna di una risposta, e allora Joona si infila dietro la scrivania e inizia ad aprire i file sul computer sfogliando la documentazione contabile fino a quando non trova le buste paga dei dipendenti.

«Lo stalliere», dice il rettore con un filo di voce.

«Come si chiama?»

«Emil... Qualcosa.»

Un gruppo di studenti si è nascosto a fumare accanto alle stalle. Una ragazza sta cavalcando in un paddock da sola, mentre alcuni animali pascolano in un recinto sul retro dell'edificio. Gli studenti possono mettere a pensione i propri cavalli, e la scuola garantisce ogni genere di servizio durante i semestri di studio.

Joona è appena entrato nel maneggio quando il suo cellulare vibra. È un messaggio di Saga: sta salendo sul primo volo diretto a Chicago per parlare con l'unico membro a loro noto del club del coniglio.

Grace Lindstrom.

Tra i box, l'aria è intrisa dell'odore dei cavalli, del cuoio del fieno. La stalla comprende ventisei box e una selleria riscaldata.

Un uomo asciutto sui sessant'anni vestito di verde e con indosso una giacca trapuntata e gli stivali di gomma sta spazzolando un castrone del colore del caffè.

«Emil?» chiede Joona.

L'uomo si ferma e il cavallo sbuffa, le orecchie nervosamente frementi a causa della voce sconosciuta.

«Ha il garrese e la groppa splendidi», dice Joona.

«Già, è vero», riconosce l'uomo senza voltarsi.

Con le mani che tremano, posa la spazzola e il raschietto. Joona raggiunge il castrone e gli accarezza la spalla. Il cavallo è sensibile: la pelle reagisce immediatamente, ritraendosi sotto la sua mano.

«È solo un po' nervoso», dice Emil voltandosi verso Joona.

«Deve avere un bel caratterino.»

«Dovresti vederlo al galoppo, fila veloce come un fulmine»
«Ho appena parlato col rettore, mi ha detto che forse puoi aiutarmi», prosegue Joona mostrandogli il distintivo.
«Cos'è successo?»
«Sto cercando di ricomporre un enorme rompicapo. Ho bisogno di qualcuno che abbia lavorato qui a lungo e che mi aiuti con uno dei pezzi.»
«Ho iniziato come garzone trentacinque anni fa», risponde Emil con esitazione.
«Allora conosci la Tana del coniglio», dice Joona.
«No», ribatte bruscamente l'uomo voltandosi verso la finestra bassa.
«È la sede di una specie di club», spiega Joona.
«Devo lavorare», dice Emil, e afferra il manico di una pala.
«Lo capisco, ma è evidente che sai di cosa sto parlando.»
«No.»
«Conosci i nomi di chi si incontrava nella Tana del coniglio?»
«Come faccio a saperlo? Ero solo un garzone... E anche adesso non sono che un garzone.»
«Ma certe cose le vedi e le hai viste. O no?»
«Io me ne sto per conto mio», risponde Emil lasciando andare la pala come se l'energia avesse abbandonato il suo corpo.
«Parlami della Tana.»
«L'ho sentita nominare nei primi anni, ma...»
«Chi faceva parte del club?»
«Non ne ho idea», bisbiglia lui.
«Cosa combinavano nella Tana?» insiste Joona.
«Organizzavano feste, fumavano, bevevano... Le solite cose.»
«Come fai a saperlo?»

«Girava voce.»
«Tu andavi a quelle feste?»
«Se ci andavo?» domanda Emil col mento che trema. «Vai all'inferno.»
Il cavallo percepisce il suo nervosismo e si agita, quindi scalpita e colpisce il box facendo ondeggiare le briglie contro le pareti.
«La prima volta che ho parlato della Tana hai guardato verso la stazione di pompaggio: è lì che si trova?»
«Non esiste più», dice Emil con un sospiro profondo.
«Ma era lì?»
«Sì.»
«Fammi vedere.»
Escono insieme e risalgono il sentiero di ghiaia che passa davanti all'abitazione del guardiano fino alla stazione di pompaggio, dove abbandonano il percorso inoltrandosi nel bosco.
Emil conduce Joona fino alle fondamenta di una casa ormai ricoperte di erbacce e germogli di betulle. L'uomo si ferma titubante davanti a una piccola apertura nel terreno e afferra alcuni lunghi fili d'erba con la mano, strappando dal suolo alcune spighe.
«Questa è la Tana del coniglio?»
«Sì», risponde Emil asciugandosi le lacrime dagli angoli degli occhi.
Enormi radici hanno spezzato le lastre di pietra, e tra i folti cespugli si intravede una stretta scala sotterranea interamente ricoperta di terra e sassi.
«Che posto era, in realtà?»
«Non lo so, non dovrei essere qui», bisbiglia Emil.
«Perché sei rimasto alla scuola per tutti questi anni?»
«Dove avrei potuto trovare dei cavalli così belli, se non qui?» dice l'uomo prima di tornare verso le stalle.

Le fondamenta ricoperte di erbacce si trovano a cinquanta metri dal retro del corpo principale della vecchia casa colonica, un edificio a due piani dal colore grigio chiaro che adesso ospita il dormitorio Haga.

Joona appoggia il borsone tra l'erba, prende i primi annuari e sfoglia le foto fermandosi ogni volta in cui legge il nome del dormitorio Haga.

Si concentra sulla foto di una tipica scena invernale in cui dei ragazzi biondi con le guance rosse sono intenti a lanciarsi palle di neve.

Alle loro spalle si nota uno splendido padiglione blu.

Si trovava esattamente in quel punto.

La Tana del coniglio non era un tunnel sotterraneo o uno scantinato al di sotto di un rudere.

Trent'anni prima, in quel punto sorgeva un elegante edificio.

Nella foto, le finestre del padiglione sono chiuse. Sopra la porta si intuisce la scritta in lettere d'oro «*Bellando vincere*», quasi una sorta di motto.

Joona pesta con forza il terreno accanto alle fondamenta coperte di erbacce, vi gira intorno e strappa qualche arbusto con le intere radici. Scosta coi tacchi qualche mattone, poi si china a raccogliere un pezzo di legno carbonizzato, se lo rigira tra le mani e capisce che faceva parte dell'intelaiatura di una finestra.

Quindi torna all'edificio principale dirigendosi nell'ufficio del rettore, con la segretaria alle calcagna.

«Ann-Marie», dice il rettore con voce stanca. «Puoi spiegare al commissario come funzionano gli orari di visita e...»

«Se mi racconti altre bugie ti prenderò per il collo, ti trascinerò in auto e ti porterò alla prigione di Kronoberg», dice Joona al rettore.

«Chiamo gli avvocati», ansima l'uomo allungandosi verso il telefono.

Joona posa il pezzo di legno annerito sulla scrivania. Grumi di terriccio e schegge carbonizzate cadono sul piano lucido.

«Parlami dell'edificio blu che è andato a fuoco.»

«Il padiglione Crusebjörn», dice il rettore con un filo di voce.

«Com'era chiamato tra gli studenti?»

Il rettore allontana la mano dal telefono, se la passa sulla fronte e bisbiglia qualcosa tra sé.

«Come?» domanda Joona esasperato.

«La Tana del coniglio.»

«L'edificio doveva essere sotto il controllo del consiglio scolastico», dice Joona.

«Sì, è ovvio», ammette il rettore.

Sulle ascelle della sua camicia bianca si sono allargate enormi macchie di sudore.

«Ma il consiglio ha concesso il padiglione a un'associazione interna.»

«Chi detiene il potere non è sempre sotto gli occhi di tutti», dice il rettore sottovoce. «Il rettore o il consiglio non prendono sempre tutte le decisioni.»

«Chi faceva parte del club?»

«Non lo so. È qualcosa che va oltre le mie competenze, nemmeno io potrei ottenere queste informazioni.»

«Perché il padiglione è stato bruciato?»

«Qualcuno... L'incendio è stato doloso... Nessuno ha sporto denuncia, ma uno studente è stato espulso.»

«Mi serve un nome», dice Joona fissandolo con i suoi gelidi occhi grigi.

«Non posso», geme il rettore. «Non capisce... Perderò il lavoro.»

«Ne vale la pena», dice Joona.

Il rettore resta seduto con lo sguardo basso e le mani tremanti appoggiate sulla scrivania. Alla fine, dice:
«Oscar von Creutz... È stato lui a dar fuoco al padiglione».

Joona attraversa di corsa l'ingresso dell'ospedale di Danderyd pensando alla Tana del coniglio come se fosse un buco nero che attrae a sé tutto il resto.

Al momento, le piste da seguire sono due.

Due nomi.

Quello di un membro del club e quello di chi ha dato fuoco al locale.

Saga è riuscita a rintracciare Grace e Joona ha coinvolto Anja nel tentativo di trovare Oscar.

Al Ludviksberg non esisteva alcun elenco di chi avesse accesso alla Tana del coniglio.

La direzione aveva l'abitudine di trattare con discrezione i privilegi di alcune famiglie.

Solo i membri stessi erano a conoscenza di chi facesse parte del club.

William Fock aveva sfoggiato la propria appartenenza al gruppo esclusivo come un'arma nel gioco di potere che lo vedeva confrontarsi con Rex, al pari di un bambino al contempo fiero e geloso delle sue caramelle.

In fondo al corridoio, Anja Larsson lo sta aspettando davanti agli ascensori. Indossa un abito giallo scuro che le avvolge il corpo formoso.

Dalle sue spalle possenti si può intuire il fatto che una volta abbia vinto una medaglia olimpica per il nuoto, anche se ormai la donna lavora da tempo per il Reparto operativo nazionale. Prima che Joona fosse condannato, era la sua più stretta collaboratrice.

Joona la raggiunge nell'esatto momento in cui le porte

dell'ascensore si aprono. Entrano insieme nella cabina, si scrutano a vicenda e poi scoppiano a ridere.
«Quinto piano?» chiede Joona premendo il pulsante.
«Avrebbero dovuto tenerti a Kumla qualche anno in più», mormora Anja lanciandogli un'occhiata.
«Probabilmente.»
«Perché ti ha fatto bene, sei più bello che mai», dice Anja abbracciandolo con foga.
«Mi sei mancata», mormora lui contro la sua guancia.
«Bugiardo», replica la donna ridendo.
Restano abbracciati fintanto che le porte del quinto piano non si aprono. Anja si separa da lui di malavoglia, poi si asciuga una lacrima all'angolo dell'occhio mentre insieme si incamminano lungo il corridoio.
«Come sta Gustav?»
«Se la caverà», risponde lei, cercando di sembrare allegra.
Superano la parete di vetro di una reception vuota, poi una sala d'aspetto con un portariviste a muro pieno di copie rovinate di pubblicazioni di moda e gossip.
La stanza di Gustav è più avanti, ma prima di raggiungere il suo corridoio Anja si ferma.
«Vado a cercare del caffè. Credo che voglia parlare con te in privato», dice a bassa voce.
«Ok», annuisce Joona.
«Sii gentile con lui», aggiunge Anja andandosene.
Joona bussa alla porta ed entra. La stanza è piccola, con pareti color crema e uno stretto armadio in legno chiaro.
Sul davanzale, di fronte alla tapparella abbassata, un grande mazzo di fiori spunta da un vaso.
Gustav è sdraiato a letto con una coperta gialla sulle gambe. Il liquido della flebo cade a ritmo costante dal regolatore. Il bendaggio per il braccio amputato gli copre l'intera cassa

toracica, e un tubo di plastica scende verso una sacca di drenaggio colma per metà.

«Come va?» chiede Joona sedendosi accanto al letto.

«Non c'è male», dice Gustav voltandosi verso di lui.

Indica il braccio troncato all'altezza della spalla.

«Sono sempre un po' stordito. Mi riempiono di droghe qui... Non faccio altro che dormire», continua senza sorridere.

«È Anja che ti porta i fiori?»

«Quelli in realtà sono di Janus... Spero non debba avere problemi per quel che è successo, perché è bravo... È un bravo capo, un bravo tiratore e, proprio come hai detto tu, non molla mai fino all'ultimo.»

Il suo viso gentile è contrito e pallidissimo, e le labbra sono quasi bianche.

«Joona... Ho pensato a lungo a cosa ti avrei detto, se ci fossimo incontrati... e l'unica cosa che continua a venirmi in mente è che mi vergogno... Mi dispiace così tanto, so che non dovrei parlarne... Ma a te devo dirlo: l'operazione è stata una catastrofe... Non riesco a capacitarmene, ho perso Sonny e Jamal... Ho perso l'elicottero, ho perso Markus e...»

Gli occhi di Gustav diventano lucidi. Il ragazzo si interrompe e scuote la testa bisbigliando: «Scusa».

«Non si può mai prevedere come andrà a finire un'operazione, nessuno è in grado di farlo», dice Joona a bassa voce. «Si cerca di cavarsela al meglio, ma a volte si sbaglia comunque... E tu hai pagato un prezzo molto alto.»

«Io ho avuto fortuna», dice Gustav. «Gli altri invece...»

La voce gli si spezza, quindi chiude gli occhi e sembra perdersi in qualche pensiero. Lentamente, la testa finisce per ciondolargli sul petto e Joona capisce che si è addormentato.

Quando esce in corridoio, Anja è davanti alla porta e sta mangiando dei dolci alla cannella pescandoli da un sacchetto. Joona le consegna la borsa di tela con gli annuari del Ludviksberg, e le chiede di verificare ogni nome facendo un controllo incrociato con i registri dei condannati, degli scomparsi e dei morti.

«Vado a salutare Gustav», dice poi la donna.

«Hai trovato qualcosa su Oscar von Creutz?»

«Dovrei ottenere una risposta da un momento all'altro», risponde lei porgendogli il sacchetto dei dolci.

Quando Joona ci infila dentro la mano, Anja gliel'afferra e ride a voce un po' troppo alta mentre lui tenta di liberarsi. Sorridendo, la donna lo osserva mentre mangia un dolce, e sta per dirgli che il caffè è finito ma che può portargli del succo di fragola quando il suo telefono emette uno squillo.

«Bene», dice Anja. «Oscar von Creutz risiede al numero 10 di Österlånggatan... E poi ha una casa in Costa Azzurra... Abita da solo, ma sta frequentando una donna, Caroline Hamilton... che a mio parere è troppo giovane per lui... Nessuno dei due risponde al telefono.»

Nonostante si trovi nel cuore di Gamla stan, l'elegante palazzo dall'aspetto ottocentesco è una costruzione insolitamente recente ed è ben più alta delle abitazioni circostanti.

Quella mattina Oscar von Creutz non era andato al lavoro e la fidanzata Caroline non si era presentata a lezione all'Enskilda Gymnasiet.

Joona suona il campanello dell'attico e attende per qualche secondo. Poi, bussa con insistenza, sbircia attraverso la fessura per la posta e nota delle buste sul pavimento dell'ingresso.

Scuote la maniglia e si accorge che la serratura di sicurezza non è stata chiusa.

La luce del sole si riversa sulle scale silenziose attraverso i vetri colorati delle finestre.

Joona inserisce il grimaldello nella serratura, lo spinge fino a oltre la metà del cilindro e solleva un pistoncino dopo l'altro. Gira lentamente il grimaldello e lo sposta all'indietro, poi prova di nuovo e sente lo scatto dell'ingranaggio.

La porta di Oscar von Creutz si spalanca, mentre lettere e volantini pubblicitari si riversano sul pianerottolo.

«Polizia», grida Joona. «Sto entrando!»

Sfodera la pistola e avanza in un ampio ingresso con degli armadi a incasso di legno nero. I vestiti, caduti dai ganci, sono sparsi a terra sopra scarpe e stivali abbandonati.

Una bustina contenente shampoo, balsamo e sapone si è rovesciata e una pozza di liquido rosa si è allargata sul pavimento di marmo.

Joona entra con cautela in un salotto da cui si diparte una scala che conduce a un loft circondato da pareti di vetro. Nell'aria immobile si sente odore di chiuso, e una luce gialla si diffonde sul pavimento luccicante filtrando dalle finestre.

La superficie di cristallo del tavolo in mezzo ai divani è stata frantumata e le schegge sono sparse in tutta la stanza.

Al piano superiore le lampade sono accese. La luce investe le tende davanti alle pareti di vetro.

Joona resta immobile per qualche secondo, poi imbocca il corridoio che porta in cucina. Cupi ritratti a olio di membri della famiglia sono appesi in una lunga sequenza.

Qualcuno ha calpestato della polvere bianca, e una serie di impronte conduce a una porta chiusa.

«Polizia», avverte di nuovo Joona.

Lentamente allunga il braccio e spinge la porta. Il silenzio è totale. Intravede un bagno con le pareti e il pavimento di marmo del colore della grafite.

Gira rapidamente l'angolo e punta la pistola nella penombra controllando le pareti e gli angoli.

Rossetti, fard e ombretti sono sparsi sul pavimento del bagno e nel lavabo.

Joona si avvicina alla vasca da bagno di rame e nota che è stata riempita d'acqua, ma il livello è calato di alcuni centimetri lasciando sul metallo una striscia di sporco.

Sotto un armadietto con gli sportelli a specchio vi sono delle confezioni di medicinali e delle scatole di cerotti. Il corridoio alle sue spalle si riflette nello specchio, e quando Joona si sposta di lato nota la striscia dell'impronta di una mano sulla parete che conduce in direzione della cucina.

Pensa alla filastrocca, ai conigli che stanno provando a raggiungere il paradiso con un aquilone quando d'improvviso il cordino si spezza.

Il pavimento scricchiola sotto i suoi passi.

Joona entra nella cucina con la sala da pranzo annessa, scavalca il cartone di latte sul pavimento, che qualcuno ha calpestato, quindi segue rapidamente la parete alla sua destra, punta la pistola verso la sala da pranzo e poi la abbassa.

Sotto la piena luce del sole, sull'isola della cucina, si trovano un vasetto di uova di pesce, del bacon biologico e un sacchetto di verdure surgelate.

L'acqua del sacchetto è colata fino a terra.

Sul bancone sono stati messi in fila dei cibi in scatola, delle confezioni di farina per dolci e dei fiocchi di mais. Gli sportelli dei ripiani più in alto sono aperti.

Joona prosegue verso il massiccio tavolo di legno scuro con diciotto sedie e si ferma a capotavola.

Accanto a una tazza di caffè colma per metà e a un piattino con una fetta di pane tostato ancora intatta è appoggiato il giornale. La notizia dell'omicidio di Teddy Johnson fuori dalla chiesa di Sankt Johannes occupa tutta quanta la prima pagina.

Joona sale al piano di sopra, controlla il bagno e le due camere da letto. Nella prima, una valigia mezza piena è stata abbandonata sul letto disfatto. Nell'altra, i cassetti delle mutande e delle calze sono rimasti aperti.

Joona rinfodera la pistola ed esce dall'appartamento ammucchiando la posta oltre la soglia, poi chiude la porta e scende le scale di corsa.

Oscar era venuto a sapere della morte di Teddy Johnson solo quando si era seduto a tavola con il giornale.

L'omicidio l'aveva fatto andare nel panico, così aveva iniziato a preparare le valigie gettando i vestiti a terra, e aveva litigato con la fidanzata.

Oscar era terrorizzato.

Sapeva che non c'era tempo da perdere.

Forse lui e la ragazza avevano abbandonato tutto, o forse erano riusciti a preparare un minimo bagaglio prima di fuggire.

Il cibo sul bancone – segno del progetto abbozzato di portare con sé delle provviste – indica che i due non intendevano raggiungere la casa in Francia, ma che avevano pensato a un nascondiglio molto più vicino.

Saga Bauer si sveglia quando l'aereo comincia la discesa sul lago Michigan. Da trecento metri d'altezza, l'acqua sembra completamente immobile, con una lucentezza metallica compresa tra le sfumature del grigio e del bianco.

Si passa una mano sulla bocca e ripensa al breve messaggio in cui Joona le ha spiegato che la Tana del coniglio era un edificio andato distrutto a causa di un incendio mentre Rex frequentava l'ultimo anno di scuola.

Non era stata sporta alcuna denuncia, ma il fatto aveva portato all'inconsueta decisione di espellere uno degli allievi di più alto lignaggio, Oscar von Creutz.

Joona ha scritto che Oscar apparentemente si è allontanato dal suo appartamento di Gamla Stan in preda al panico.

Il personale di cabina ripete per l'ennesima volta che tutti gli apparecchi elettronici devono essere spenti.

Saga sfila il libro dalla tasca del sedile davanti, lo infila nella borsa e si appoggia allo schienale in attesa di atterrare all'aeroporto internazionale O'Hare.

Il viaggio rientra nel programma di cooperazione tra Säpo e FBI conseguente all'omicidio del segretario della Difesa americano in Svezia, ed è stato organizzato secondo le regole del Counter Terrorism Group e dei protocolli internazionali.

Anche se Saga non crede che l'omicidio sia stato commesso da un terrorista, ha preso lo stesso il primo volo per Chicago.

Per lei non fa alcuna differenza che quella cooperazione sia chiamata scambio di informazioni, collaborazione sul campo o consulenza di esperti.

Da quando Joona l'ha convinta che il loro obiettivo è uno *spree killer*, sa che il tempo stringe.
L'assassino è attivo in quel preciso momento.
Non ci sono interruzioni o momenti di quiete. Il ritmo è destinato a farsi sempre più serrato.
Ha ucciso tre vittime e intende colpirne altre sette.
Ten little rabbits.
Saga pensa alla filastrocca, alle orecchie mozzate, alla Tana del coniglio.
La Tana al momento è l'unico indizio a loro disposizione.
Il giovane William, che sarebbe diventato il ministro degli Esteri svedese, era il presidente del club, e Rex si era visto soffiare la fidanzata quando anche lei era entrata a farne parte.
Forse anche Oscar von Creutz apparteneva a quel gruppo, o forse aveva incendiato il padiglione perché non l'avevano accettato tra i partecipanti.
Ma Grace, a quanto ne sanno, è l'unico membro del club ancora in vita.
Lei era lì, e aveva incontrato gli altri.
Grazie a lei, riusciranno forse a rintracciare l'assassino e le prossime vittime.
Grace possiede di certo la chiave del mistero, pensa Saga nel momento in cui le ruote dell'aereo toccano la pista. La frenata improvvisa la fa scivolare in avanti sul sedile.
Sgancia la cintura di sicurezza, si alza e supera i passeggeri della business class. Uno steward sembra sul punto di chiederle di tornare a sedersi, ma alla fine non ne ha il coraggio e la lascia uscire dall'aereo prima di tutti gli altri.
Dopo il controllo dei passaporti, Saga procede di gran carriera oltre la zona del ritiro bagagli, passa la frontiera e si ritrova nel terminal degli arrivi. Fa finta di non vedere l'autista dell'FBI che la sta aspettando con un cartello con su scritto «Miss Bauer».

Non ha tempo di andare in Roosevelt Road a Chicago per bere caffè e dare a intendere di stare indagando su un attacco terroristico.

Entra in un negozio di souvenir, compra una piccola confezione di latta di Swedish Dream Cookies e si affretta verso l'uscita.

Grace aveva frequentato il Ludviksberg da quando suo padre Gus Lindstrom era stato trasferito all'ambasciata americana di Stoccolma come attaché militare.

Poi era tornata a Chicago per terminare l'ultimo anno di liceo nella vecchia scuola del padre.

Grace ha quasi cinquant'anni, non si è mai sposata, non ha un abbonamento telefonico e non è attiva sui social network. Da un anno abita nell'esclusiva casa di cura Timberline Knolls Residential Treatment Center. Saga ha telefonato alla clinica chiedendo di lei, ha parlato con una segretaria e un responsabile pregandoli di dire a Grace di richiamarla, ma la donna non l'ha fatto.

Joona le ha mandato una sua foto: una ragazza bionda dal sorriso perfetto che mostra un piccolo trofeo. Ha due fili di perle al collo e sul suo fermaglio si riflette il lampo del flash. Il maglione chiaro le fascia il petto e la spallina del reggiseno fa capolino dalla scollatura.

Saga corre oltre le porte girevoli dell'aeroporto, supera il parcheggio dei taxi e segue il marciapiede a destra oltre alcuni cartelloni impolverati del Microsoft Cloud.

L'aria calda è impregnata di odore di fritto e di gas di scarico. Della spazzatura vortica davanti a un'uscita di sicurezza.

Saga attraversa la strada e trova la fila di agenzie di autonoleggio, entra in un ufficio gelido e noleggia una Ford Mustang dal colore giallo acceso.

Lascia l'aeroporto, attraversa una vasta area industriale e

quindi imbocca la strada 294, che costeggia vasti quartieri residenziali ricchi di ville e case a schiera.

Forse Grace era solo una ragazza privilegiata che aveva lasciato Rex per gli snob del club, la figlia viziata di un diplomatico americano che non si era mai sentita a casa in Svezia e che aveva aspettato solo il momento di poter tornare dagli amici a Chicago.

Durante il suo quarto semestre al Ludviksberg, pur non essendo un'aristocratica, era stata evidentemente abbastanza popolare da venire accolta nella Tana del coniglio.

Saga passa sopra i canali della Waterfall Glen County Forest Preserve e nota un gruppo di anatre terrorizzate che fugge sull'acqua.

Rallenta e svolta sotto gli alberi di Timberline Drive, quindi varca l'enorme cancello della casa di cura e parcheggia davanti all'edificio principale.

Nell'aria si sente odore di bosco umido e di erba appena tagliata.

Non è passata nemmeno mezz'ora da quando ha lasciato l'aeroporto.

Alla reception, una donna le sorride cordialmente da dietro un bancone di ciliegio con sopra un espositore di brochure patinate.

Saga le spiega in inglese il motivo della sua visita, le dice che è arrivata dalla Svezia e che è una vecchia amica della famiglia Lindstrom, esprimendo il desiderio di porgere i suoi saluti a Grace.

«Devo solo controllare il programma che sta seguendo», sorride la donna. «Ha arteterapia tra un'ora... Dopodiché c'è yoga.»

«Non mi tratterrò molto», l'assicura Saga completando la registrazione sul computer e ottenendo un tesserino da visitatore.

«Si accomodi, mando qualcuno della sicurezza a prenderla», annuisce la donna.

Saga si siede a sfogliare le brochure e scopre che la Timberline Knolls è un centro di riabilitazione olistico e spirituale per donne dai dodici anni in su.

«Signorina?» dice una voce roca.

Un uomo robusto con indosso un'uniforme attillata la sta fissando. Respira rumorosamente dal naso e ha la fronte coperta di gocce di sudore. Alla sua cintura, sotto l'enorme ventre prominente, sono agganciati un manganello, un taser e un revolver di grosso calibro.

«Mi chiamo Mark e ho l'onore di accompagnarti al ballo della scuola», le dice l'uomo.

«Splendido», risponde Saga senza restituirgli il sorriso.

Escono su un sentiero che conduce ai reparti distaccati. Le ospiti della casa di cura passeggiano insieme ai visitatori oppure se ne stanno sedute sulle panchine del parco.

«Avete pazienti violente?» chiede Saga.

«Mia cara, in mia compagnia sarai assolutamente al sicuro», risponde l'uomo.

«Ho notato il revolver.»

«Alcune delle nostre ospiti sono famose e molto ricche... Quindi ti chiederei di non fissarle», dice Mark respirando a fatica.

«Non le fisserò.»

«Se poi ti metti a correre per farti un selfie con Kesha, allora ti sparo sei milioni di volt in quel bel culetto... E se sei armata, ti infilo sei proiettili in mezzo alle tette.»

Il guardiano cammina dondolando e asciugandosi il sudore dal volto con un fazzoletto di carta.

«Di sicuro non le mandi a dire», mormora Saga.

«Già, ma se sei carina con me, io sarò carino con te.»

Superano un grande edificio con delle colonne bianche e

un cartello con la scritta «Timberline Academy», poi una casa di pietra che funge da atelier per dipingere.

Mark è senza fiato quando apre la porta e fa entrare Saga in un edificio moderno. La segue oltre un salotto con delle alte finestre affacciate sul verde, in un corridoio dalle pareti azzurre.

«Chiama la reception quando vuoi che ti venga a prendere», dice l'uomo bussando dolcemente a una porta e indicando a Saga di proseguire.

Saga entra in una piccola camera arredata con un letto, una cassettiera e una poltrona. A terra, accanto a una grande palma in vaso, si notano alcune palline di argilla. Davanti alla finestra che si affaccia sul sentiero, una donna dalla corporatura esile se ne sta in piedi intenta a giocherellare con un listello di plastica grigia che spunta tra il telaio e lo stipite. Fuori dai vetri, si scorgono un prato e una panchina disposta accanto a un grande rododendro.

«Grace?» dice Saga con un tono di voce dolce, aspettando che la donna si volti. «Mi chiamo Saga Bauer e vengo dalla Svezia.»

«Non sto bene», dice Grace debolmente.

«Le piacciono i dolci? Ho preso dei biscotti svedesi in aeroporto.»

La donna si gira verso Saga accarezzandosi una guancia in maniera nervosa. Il tempo l'ha segnata profondamente strappando la gioventù dal suo corpo e lasciandovi solo una figura invecchiata.

I suoi capelli grigi sono raccolti in una treccia sottile che ricade sulla spalla esile, il volto è smunto e segnato dalle rughe e un occhio è stato sostituito da una protesi in porcellana priva di vitalità.

«C'è una macchinetta del caffè, in sala», dice con voce flebile.

Apparecchiano con piattini e tazze il tavolino rotondo accanto al divano e si siedono l'una di fronte all'altra. Saga le porge la scatola di biscotti, Grace ringrazia e ne posa sul suo piatto.

«Molte persone di origine svedese vivono a Chicago», dice Grace stringendosi nel caffetano grigio. «Per lo più abitano a Andersonville. Ho letto che per un po' si potevano trovare più svedesi qui che a Göteborg. La nonna di mio padre, Selma, veniva dalla regione di Halland... è arrivata da queste parti nel maggio del 1912 per fare la governante.»

«E avete conservato la lingua...» dice Saga per spingerla a proseguire.

«Mio padre andava spesso in Svezia e... alla fine è diventato attaché militare a Stoccolma», spiega Grace lasciando trapelare una scintilla d'orgoglio nel tono della voce.

«Attaché militare», ripete Saga.

«Ci sono molte tradizioni... Sa, le relazioni diplomatiche in realtà furono inaugurate da Benjamin Franklin e dal ministro degli Esteri svedese.»

«Non lo sapevo.»

«Mio padre era molto fedele all'ambasciatore», dice Grace posando la tazza sul piatto.

«Abitava in Svezia?»

«Amavo le notti luminose...»

La manica del caffetano scivola mentre la donna fa un gesto in direzione del soffitto. In quel momento Saga si accorge che il suo braccio sottile è coperto di cicatrici, e sembra un fascio di pallide lische di pesce.

«Lei frequentava una scuola fuori Stoccolma.»

«La migliore che ci fosse.»

Si interrompe e posa le mani sottili sulle ginocchia. Saga riflette sul fatto che il padre di Grace era rimasto in Svezia a fianco dell'ambasciatore Lyndon White Hollands anche se la figlia era tornata a Chicago dopo due anni.

«Però è rientrata in America alla fine di soli quattro semestri...» dice Saga con tono interrogativo.

Grace è attraversata da un fremito e lancia una breve occhiata all'agente della Säpo.

«Davvero? Forse avevo nostalgia...»

«Nonostante i suoi genitori fossero rimasti in Svezia?»

«Mio padre era entrato in servizio.»

«Ma prima di tornare a casa lei è stata introdotta in un club al Ludviksberg», dice Saga lentamente. «Vi incontravate in un padiglione che si chiamava la Tana del coniglio.»

Il volto segnato di Grace ha un sussulto.

«Era solo un nome stupido», mormora.

«Ma era un club esclusivo... per le famiglie più importanti», insiste Saga.

«Ora ho capito a cosa sta pensando... Avevo un nuovo fidanzato che mi ha portata al palazzo Crusebjörn... Quello era il nome vero. Ero solo una sciocca, a diciott'anni... Una brava ragazza di Chicago che frequentava la chiesa luterana svedese tutte le domeniche. Prima di andare in Svezia non avevo mai pensato di avere il coraggio per uscire con un ragazzo...»

Inizia a respirare affannosamente, poi cerca le medicine nella tasca e prende un flacone bianco col tappo rosso, ma fa cadere le pillole a terra.

«Quindi sa chi erano i membri del club?»

«Venivano visti come star del cinema... Il solo fatto che potessi andare con loro e che mi guardassero mi faceva sentire come Cenerentola.»

Grace prende le pillole che Saga ha raccolto, la ringrazia con un cenno e ne ingoia una senz'acqua.

«Come si chiamava il suo fidanzato?»

«Fidanzato non è la parola giusta... Ma è successo tanto tempo fa», conclude.

«Non sembra felice.»

«No», sospira Grace e si interrompe di nuovo.

«Non tutti i fidanzati sono gentili», dice Saga provando a incrociare il suo sguardo.

«Quando ho capito che mi aveva messo qualcosa nel bicchiere era già troppo tardi. Mi sono sentita male, ho provato a raggiungere la porta... Ricordo che mi fissavano con dei volti inespressivi... La stanza girava, mi sono dovuta inginocchiare per non cadere... Ho provato a dire che volevo andare a casa...»

Grace si copre la bocca e tiene lo sguardo fisso davanti a sé.

«Le hanno fatto del male...» dice Saga sottovoce e prova a restare calma.

Grace abbassa la mano tremante.

«Non lo so, ero sul pavimento», continua quasi sussurrando. «Non riuscivo a muovermi, mi tenevano ferme le gambe e le braccia mentre Wille mi violentava... Pensavo a mia madre e a mio padre, a cosa gli avrei raccontato.»

«Mi dispiace», dice Saga stringendole la mano.

«Ma non mi è mai scappata una parola su nulla, non potevo ammettere che tutti al club se l'erano spassata con me... Si erano messi in fila, spintonandosi... Non riesco a capire perché mi odiassero così tanto, urlavano e mi prendevano a schiaffi.»

Tace e raccoglie le briciole dei biscotti sul tavolo.

«Mi racconti quello che le viene in mente.»

«Ricordo... Ricordo che ho cominciato a sentire un dolore terribile, non so, sapevo che qualcosa non andava, che ero ferita in modo grave... Ma loro continuavano, ansimavano, ringhiavano, mi baciavano sul collo, spingevano in mezzo alle mie gambe...»

La voce le viene meno e inspira profondamente.

«Si sono spostati, e io ho visto che c'era del sangue sulle loro mani... Li ho implorati, implorati di chiamare un'ambu-

lanza... Siccome non smettevo più di piangere, mi hanno colpita al viso con un posacenere, hanno rotto una bottiglia...»
China il capo e ansima.
«Come ultima cosa, ricordo Teddy che mi infilava il pollice nell'occhio... Credevo di essere sul punto di morire, e sarei dovuta morire, invece ero soltanto svenuta...»
Piange disperatamente, scossa da singhiozzi che le fanno sussultare violentemente le spalle. Saga non dice nulla, la abbraccia e lascia che prosegua il racconto.
«Mi sono svegliata sul mucchio di letame fuori dalle stalle, dove mi avevano buttata. È stato l'uomo che si occupava dei cavalli a trovarmi, e lui mi ha portato in ospedale.»
Saga continua a stringerla fino a quando non si calma.
«Ricorda i loro nomi?»
Grace si asciuga le lacrime dal volto e si guarda le mani.
«C'era Teddy Johnson... e come si chiamava... Kent... e Lawrence, aspetti», bisbiglia scuotendo la testa. «So i nomi di tutti.»
«Prima ha parlato di Wille», le ricorda Saga. «È diventato il ministro degli Esteri della Svezia.»
«Sì...»
«Lui era il suo ragazzo, vero?» chiede Saga.
«Cosa? No, il mio ragazzo si chiamava Rex... Ero così innamorata di lui.»
«Rex Müller?» domanda Saga, sentendo il sudore scenderle lungo la schiena.
«È stato lui a organizzare tutto», dice Grace, e le sue labbra trementi si assottigliano mentre tenta di sorridere. «È stato lui il più cattivo, e la colpa è tutta sua... Dio... Mi ha convinta a scendere nella Tana del coniglio e...»
Si interrompe, come se non avesse più voce. Saga osserva l'esile donna di fronte a lei. Deve chiamare Joona il prima possibile, pensa.

«Anche Rex l'ha stuprata?» le chiede.
«Certo», risponde Grace chiudendo gli occhi.
«Ricorda altri nomi?»
«Tra poco...» bisbiglia la donna.
«Ha nominato Wille... cioè William Fock, Teddy Johnson e Kent...»
La porta si apre e due uomini vestiti con completi di colore grigio scuro entrano nella stanza.
«*Special agent* Bauer?» dice uno dei due mostrandole il tesserino con lo stemma dorato dell'FBI.

75

Lo scafo blu scuro colpisce con violenza le onde e la schiuma schizza sul parabrezza della cabina di comando. Uno dei parabordi ritirati all'interno si stacca dalla corda e rotola sul tavolato bagnato.

«Tieni il timone!» dice il capitano a Joona uscendo dalla cabina.

La prua della motovedetta 311 della guardia costiera si solleva ancora, poi la barca inizia a planare aumentando la velocità.

Attraverso il parabrezza rigato d'acqua, Joona vede il capitano mentre avanza sul ponte, recupera il parabordo e lo lega con una gassa. A un tratto, un'onda più alta colpisce la prua e l'acqua scavalca il parapetto; il capitano vacilla, ma riesce a mantenere l'equilibrio, si raddrizza e torna in cabina riprendendo il timone.

Il capitano ha i capelli lunghi raccolti in una treccia, tatuaggi anche sulle dita e gli occhi bordati di kajal nero. Gli altri uomini dell'equipaggio sembrano apprezzare la sua imitazione del pirata Sparrow e lo chiamano Jack.

«Arriva fino a trentacinque nodi?» chiede Joona.

«Se la sprono per bene», risponde Jack con una risata che mette in evidenza i canini storti.

Si fa serio in volto e aumenta ancora la velocità. Uno degli uomini batte le mani e lancia un lungo fischio.

«Jack», grida un uomo dai muscoli possenti che sta pulendo una pistola. «A questa velocità devi stare attento alla guardia costiera.»

«Sono tipi tosti, ho sentito dire», risponde il capitano.

«Mai quanto noi», gridano gli altri in coro.

Joona sorride osservando il mare agitato. Il vento forte trascina le nuvole nere lungo l'arco del cielo.

I telefoni di Oscar e di Caroline sono disattivati, ma Anja ha trovato un post sul profilo Instagram della ragazza. Un autoscatto in cui la ragazza mostra un'espressione imbronciata, e sotto l'immagine è stata inserita la didascalia «*quality time*».

Nella fotografia è china su una pila di bancali grigi, e dietro di lei si vede un cartello rosso con delle informazioni sul molo di Stavsnäs.

Anja ha rapidamente scoperto che il fratellastro di Oscar possiede una piccola casa su un'isola dell'arcipelago esterno, quasi di fronte a Stavsnäs.

«Mi pare di capire che sia un onore darti un passaggio», dice il capitano lanciando una rapida occhiata a Joona.

Sotto i loro piedi la coperta della barca trema per via dei motori diesel su di giri. L'imbarcazione vira bruscamente intorno a un gruppo di isolotti dal profilo aguzzo e finisce parallela alla direzione delle onde, rollando al ritmo del movimento del mare. L'acqua sferza il ponte e cola negli ombrinali.

Il capitano indica attraverso il vetro un'isola grigia e nera che si materializza nel buio sotto forma di una porzione di spazio più scura.

«Bullerön non è solo una delle diecimila isole nella zona... Dopo che il pittore Bruno Liljefors vendette l'isola all'industriale Kreuger, ospiti some Zarah Leander, Errol Flynn e Charlie Chaplin cominciarono a venire qui... proprio su quest'isoletta! È quasi solo un ammasso di scogli, la si attraversa in mezz'ora... Secondo te cosa ci facevano?» domanda Jack ammiccando con malizia.

Si avvicinano rapidamente e il capitano rallenta. Uno de-

gli uomini esce dalla cabina tenendo le gambe larghe per non cadere, quindi inizia a calare i parabordi a dritta.
Sull'isola non si vedono luci. Le onde colpiscono gli scogli ripidi tra gli spruzzi di schiuma e gli alberi esili si piegano al vento.
«Cosa ci dobbiamo aspettare, esattamente, se posso chiederlo?» domanda il capitano.
«Sto cercando una persona che ho bisogno di interrogare», risponde Joona.
Entrano nel porticciolo con il molo in cemento dove attracca il traghetto. Il capitano si avvicina cautamente in retromarcia, ma urta comunque il bordo con un rumore graffiante, poi inizia a scivolare lungo il molo dal lato di tribordo.
«E questa persona... è pericolosa?» chiede Jack mentre cerca di evitare le onde.
«Probabilmente ha molta paura», risponde Joona uscendo sul ponte. Intanto, l'equipaggio lega gli ormeggi.
«Vuoi che venga con te?» domanda Jack lasciando la cabina.
«Porta la pistola.»
I due uomini saltano sulla terraferma e Jack si assicura la fondina in vita mentre oltrepassano gli scogli lisci. Sull'isola il buio è molto più denso, e la notte sembra ancora più profonda che in mare aperto. Le onde sferzano ritmicamente gli scogli e i gabbiani lanciano nell'aria i loro gridi striduli.
La casa, originariamente un capanno di pescatori, si trova in una posizione isolata davanti a una baia a sud, a una certa distanza dalle altre abitazioni.
Contro il cielo scuro la facciata dapprincipio sembra nera, del colore del sangue rappreso, ma quando i due uomini si avvicinano si accorgono che si tratta di una tipica casa di legno rossa, collegata a un deposito per le barche costruito su una palafitta sopra l'acqua agitata.

Jack si ferma a controllare l'arma, e il vento scuote i suoi vestiti.

La casa è stata sprangata come in vista di un uragano. Fuori dalle porte e dalle finestre sono state inchiodate delle assi.

Joona e il capitano proseguono verso l'abitazione. Dalle grondaie spuntano ciuffi d'erba, e le piante di uva spina fremono nella brezza insistente.

Nel cortile sono ammassate delle boe arancioni e delle ancore galleggianti. Sul retro della casa si trova una costruzione di metallo che ricorda una porta da calcio, con dei ganci arrugginiti sulla traversa.

«Non c'è nessuno», dice Jack.

«Vedremo», risponde Joona a bassa voce.

Secondo Joona, Oscar e la sua ragazza potrebbero essere arrivati in barca, per poi nasconderla nella rimessa come in un garage.

L'ingresso sul lato che si affaccia in direzione del mare è forse l'unico a non essere sprangato.

Joona si cala lungo lo scoglio scivoloso accanto alla rimessa, si avvicina alle assi nella parte bassa della parete e cerca di sbirciare attraverso una fessura.

A poco a poco, vede apparire una superficie d'acqua ondeggiante. Il riflesso del cielo si muove dondolando tra le pareti ingrigite.

«Non c'è nessuna barca», constata Joona, e inizia a risalire.

Supera una legnaia piena di cioccbi di betulla; nota che l'ascia è affondata in profondità nel ceppo e che a terra, tutt'intorno, sono sparse delle schegge.

Si ferma accanto al capanno degli attrezzi con la rastrelliera per la legna. Gli interstizi tra i ciocchi sono pieni di segatura. Joona fa segno a Jack di fermarsi, si avvicina cautamente al capanno, apre la porta ed entra.

Gli attrezzi sono appesi ordinatamente alla parete e al centro del pavimento si trova un tavolo da lavoro con una sega, con accanto due cavalletti crollati l'uno sull'altro.

«Credo che siano qui», dice Joona staccando un piede di porco dalla parete.

«Dove?» chiede Jack.

«In casa», risponde Joona.

«Non sembra.»

«Ha inchiodato porte e finestre da poco.»

«Come fai a dirlo?»

«È un paio di giorni che il vento soffia da ovest... Oscar ha segato le assi qui dentro e le ha portate fino alla casa... La maggior parte della segatura è volata via, tranne quella al riparo dal vento, qui, nelle fenditure.»

«Sì, ok», dice Jack. «Hai ragione, se il vento cambiasse non rimarrebbe nulla... ma tutte le vie d'accesso sono sprangate dall'esterno. Dentro non può esserci nessuno, a meno che qualcuno da fuori non abbia dato una mano.»

Tornano alla casa e guardano dentro. Un po' di segatura è rimasta impigliata in una ragnatela sotto una delle finestre chiuse. Joona afferra le assi provando a fare forza, poi si dirige verso la finestra successiva e svolta l'angolo. Si ferma davanti alla porta della cucina, accorgendosi che si apre verso l'interno.

Le assi inchiodate all'esterno non servono a nulla.

Abbassa la maniglia e prova a spingere la porta.

È chiaramente sprangata dall'interno.

Oscar e Carolina hanno inchiodato le assi dal di fuori per dare l'impressione che la casa sia interamente sprangata, poi sono entrati bloccando la porta dall'interno.

I chiodi da quattro pollici gemono quando Joona stacca le assi dalla porta d'ingresso. Infila la punta sottile del piede di porco accanto alla serratura e spinge. Scricchiolando, lo stipite si spezza e l'intera contropiastra si stacca.

Joona spalanca la porta e controlla l'ingresso immerso nella penombra. A eccezione della porta della cucina, tutti gli altri accessi sono sprangati dall'esterno.

«Polizia», grida. «Stiamo entrando in casa!»

Le sue parole vengono risucchiate dal buio e dal silenzio. Le folate insistenti spazzano il tetto facendo ruotare il segnavento con un cigolio.

Jack ha iniziato a respirare più rapidamente, si guarda intorno con aria nervosa e bisbiglia qualche parola tra sé. Joona estrae la pistola ed entra cautamente nel corridoio. Una bambola con le gambe spalancate in un'angolazione irrealistica è abbandonata sul tappeto. Qualcuno le ha imbrattato il viso con un pennarello nero.

Impermeabili e vecchi piumini sono appesi a dei ganci sopra una scarpiera su cui sono appoggiati zoccoli e stivali di gomma.

Joona apre lo sportello della centralina elettrica accanto alla porta e nota che l'interruttore generale è spento.

«Non c'è nessuno», bisbiglia di nuovo Jack.

Proseguono nel salotto, dove un vecchio divano di pelle è disposto davanti a un televisore. Nell'aria completamente immobile si sente un odore secco di legno e polvere. Le tende chiuse delle finestre con le assi incrociate oltre il vetro si riflettono sullo schermo nero della tv.

«Polizia», grida di nuovo Joona. «Dobbiamo parlare con te, Oscar!»

Apre la porta ed entra in una camera in cui si trova un letto a castello con coperte e lenzuola in ordine. Le ampie assi del pavimento scricchiolano sotto il suo peso. Una zanzariera è appoggiata alla parete, e il cavo della piantana è staccato. Sopra la branda inferiore è appeso un disegno infantile rovinato dall'umidità. Raffigura una ragazza felice che tiene per mano uno scheletro.

Jack entra nell'altra camera e sente un fruscio che svanisce subito. Il buio è quasi totale. Le tende oscuranti sono chiuse e tenute ferme con tre mollette.

Qualcuno ha dormito sul letto matrimoniale: il copriletto è abbassato, e su uno dei cuscini si notano delle tracce di sangue secco. Sul pavimento è abbandonata una borsa blu dell'IKEA piena di vestiti e scarpe.

Quando Jack apre l'armadio, il mobile oscilla per via del pavimento irregolare. Sui ripiani non si vede altro che un paio di t-shirt sbiadite e un bikini blu.

Sente uno scricchiolio alle sue spalle, si volta e si appresta a sfilare la pistola dalla fondina.

Si sposta di lato di un passo, ma non riesce a scorgere nulla nell'angolo buio accanto al letto. Tremando, estrae la pistola, si avvicina e intravede una forma sotto il letto, grande quanto la testa di un bambino.

Si sente di nuovo un fruscio, e Jack capisce che proviene dal tetto: probabilmente è un gabbiano che sta zampettando sulle tegole.

Si avvicina all'angolo buio, si china con la treccia che scivola sulla spalla e si accorge che l'oggetto misterioso è solo un pallone sgonfio decorato con un Pokémon giallo.

***

Joona sbircia nel bagno: vede un tappetino di spugna azzurro sul pavimento, una toilette d'incenerimento a gas, il lavabo e una cabina per la doccia con la porta chiusa. Sul piano della lavatrice sono appoggiati un cartone di detersivo macchiato dall'umidità e un cestino pieno di mollette. Joona entra e apre lo sportello macchiato di calcare della doccia. Trova solo un mocio col bastone rosso infilato in un secchio.

Joona esce dal bagno e incontra Jack nel corridoio che conduce in cucina, l'ultima stanza della casa.

Si scambiano un'occhiata e un cenno d'assenso.

Jack allunga la mano e abbassa la maniglia della porta chiusa, poi la spinge e arretra di un passo indietro mentre Joona entra nella stanza con la pistola spianata.

Non c'è nessuno.

Joona gira rapidamente intorno al tavolo con accanto quattro sgabelli, punta la pistola in direzione del frigo e poi la abbassa.

La finestra è oscurata dall'interno con degli strati di cartone, ma grazie alla luce fioca che riesce comunque a penetrare si vedono delle scatolette impilate sul bancone.

Joona avanza sul pavimento scricchiolante e si ferma davanti alla porta che conduce fuori dalla casa.

È inchiodata dall'interno.

Sono entrati da qui, proprio come aveva pensato Joona.

Esattamente di fronte, vi sono delle porte di legno a libro chiuse che danno sulla rimessa per le barche. Sembrano due enormi finestroni compresi tra il pavimento e il soffitto.

Joona posa la mano sulla vecchia stufa a legna accanto ai fornelli moderni.

È fredda.

In una paletta, nell'angolo, si notano delle schegge di una ciotola e delle caramelle.

Joona si china, tasta lo schizzo di sangue su una gamba del tavolo e poi vede le gocce rosse che attraversano il pavimento fino alla rimessa.

Solleva la pistola e raggiunge le porte a libro. Prova ad aprire il primo pannello, ma nota che questo si blocca dopo essersi spostato di appena una decina di centimetri.

Tira con più forza, ma la porta non si muove.

Improvvisamente gli sembra di scorgere un brillio pallido nel buio della rimessa. Si china verso lo spazio tra le due porte per sbirciare all'interno. Da quel poco che riesce a intravedere attraverso la fessura, capisce che la rimessa viene usata come sala da pranzo. Scorge i contorni di un tavolo rettangolare e gli schienali delle sedie lungo uno dei lati.

Joona prova con ancora più forza ad aprire la porta, ma si blocca quando sente dei lievi tonfi provenire dall'interno.

Cala di nuovo il silenzio.

Joona resta in attesa per qualche secondo, poi infila il braccio nella fessura, fino alla spalla.

Ora non riesce a vedere più nulla, ma tastando alla cieca nello spazio oltre la porta prova a capire da cosa sia bloccata.

Dentro la rimessa si sente di nuovo una specie di tonfo, d'improvviso.

Joona si ferma, ascolta, preme la canna della pistola contro la porta con l'altra mano, e intanto continua a cercare.

«Cosa succede?» bisbiglia Jack.

Joona si piega su un ginocchio e trova un grande chiavistello accanto al pavimento. Lentamente, con le dita, sfila il gancio dall'anello.

Il chiavistello si apre con un tintinnio e la fessura si fa lievemente più grande.

Velocemente sfila il braccio e si alza, poi si sposta di lato di un passo e mira all'apertura, all'altezza del petto.

Il rumore è cessato.

Joona apre la porta e scruta nel buio. Il pannello scivola grattando contro il pavimento e i vari battenti si ripiegano contro la parete.

Senza far rumore, Joona si muove di lato con la pistola spianata e prova a identificare le sagome nel buio.

D'un tratto, il suo sguardo intuisce la sagoma di una persona al centro della stanza.

Un volto a poco più di un metro dal pavimento.

Joona scivola automaticamente in ginocchio, prende subito la mira e appoggia il dito sul grilletto.

Nella luce fioca che entra dalla finestra rivolta a ovest scorge una ragazza legata a una sedia.

Ha i capelli biondi scompigliati e la bocca chiusa con del nastro adesivo.

La donna lo fissa e inizia a scuotere violentemente il busto, facendo sbattere le gambe della sedia contro il pavimento.

«Caroline?» dice Joona.

La donna legata fissa Joona con gli occhi sbarrati. È sporca di sangue secco sotto il naso e ha le braccia e le caviglie strette con dello spesso nastro adesivo telato.

«Caroline?» ripete Joona. «Non avere paura, sono un poliziotto e sono qui per aiutarti.»

Sul tavolo dietro di lei, da alcune scatolette aperte spuntano dei cucchiai, del pane duro, e un'enorme tanica d'acqua è appoggiata a poca distanza.

«Che cazzo sta succedendo qui?» bisbiglia Jack.

La rimessa non è isolata termicamente e dalle fessure nel pavimento penetrano degli spifferi d'aria gelida. La luce fioca che entra da una finestra con delle tendine di pizzo sporco si riflette su una catena con un gancio fissata al soffitto. Delle lanterne in ottone, delle cime e delle bobine in legno invecchiato sono appese a una trave. Accanto a una parete è accostato un baule da marinaio, e più lontano si intravedono le porte verniciate del vecchio armadio per le reti da pesca.

La ragazza scuote convulsamente la testa e lacrime copiose iniziano a colarle lungo le guance.

«Non avere paura», ripete Joona. «Sono un poliziotto.»

Rinfodera la pistola e lentamente avanza di un passo sul pavimento cigolante. Il vento soffia contro la lastra di vetro della finestra. Joona si volta verso l'ingresso della cucina indugiando con lo sguardo sulle ombre immobili, poi prosegue in direzione della donna.

Rimuove delicatamente il nastro adesivo dal suo volto. La ragazza tossisce e si inumidisce la bocca più volte, quindi solleva la testa e lo guarda dritto negli occhi.

«Ti dovrei ammazzare», dice a voce bassa.

Sotto di loro si sente il risucchio del mare, e le gambe della sedia picchiettano contro il pavimento non appena lei inizia a contorcersi per liberarsi.

«Oscar è convinto che mi violenterai, ma io penso di no.»

«Nessuno ti violenterà... Siamo poliziotti.»

«Non sembrate poliziotti.»

«Dov'è Oscar?»

«Io non ho niente a che vedere con questa storia», bisbiglia con gli occhi pieni di disperazione. «Non lo conosco nemmeno bene. Voglio soltanto andarmene a casa, non mi importa che cosa gli fate. È diventato paranoico e non ragiona più.»

Il pavimento scricchiola di nuovo sotto di loro e il cucchiaio in una scatoletta di ravioli tintinna a causa delle vibrazioni.

«Dimmi dov'è», ripete Joona a bassa voce.

«Nell'armadio», risponde lei facendo un cenno con la testa.

Si sente uno strano ticchettio, e Joona nota una piccola luce bianca che balena all'interno dell'armadio incassato: sembra lo schermo di un telefono, ma lampeggia rapidamente.

«È armato?» chiede.

«Non lo so, non credo», risponde lei.

Joona si avvicina alle ante chiuse dell'armadio, raddrizza una sedia ribaltata e la infila sotto il tavolo.

L'intera stanza cigola come un cavo teso.

Joona punta la pistola contro l'armadio, guarda di nuovo la cucina per un istante e arretra di qualche passo verso le porte a libro per avere uno sguardo d'insieme sulla rimessa buia.

Il pavimento scricchiola.

Mira dritto alle ante dell'armadio, poi lancia un'occhiata

alla donna legata, alle bobine vuote appese al soffitto e a Jack che si sposta lungo il tavolo.

Da sotto la rimessa si sente un fruscio: sembra un rumore di legno secco trascinato contro altro legno. Uno spiffero solleva un ciuffo di capelli biondi dal pavimento.

Jack avanza e scosta la catena con il gancio per poter passare.

«Mi sto avvicinando», dice in direzione dell'armadio, «e ti prego di...»

Con un frastuono metallico, due portelli enormi si spalancano sotto i piedi di Jack. Si aprono, sbattono contro la parete del pozzo al di sotto e rimbalzano verso l'alto per un tratto.

Jack precipita nella botola, ma tiene ancora stretta la catena che, sferragliando, scorre attraverso una delle bobine.

Il gancio si solleva e si incastra nel rocchetto facendo scricchiolare la trave.

La caduta viene interrotta di colpo; Jack lancia un urlo nel momento in cui la testa dell'omero gli esce dalla spalla.

Il tavolo e le sedie precipitano nell'acqua sotto di lui.

Jack dondola in un angolo del pozzo, ma riesce a mantenere la presa.

La porta dell'armadio si apre e Joona vede Oscar balzare in avanti stringendo una bomba molotov: una bottiglia di vetro piena di benzina e una striscia incendiata di tessuto.

Oscar lancia la bottiglia contro Joona, ma colpisce una delle bobine appese al soffitto. Il vetro si spacca con uno schianto e la benzina infiammata piove sulla donna legata alla sedia, che viene subito avvolta dalle fiamme. Joona le corre incontro, le sferra un calcio al petto facendola cadere violentemente all'indietro: lo schienale della sedia colpisce il bordo della botola e poi precipita in mare.

Oscar urla qualcosa e prova ad accendere un'altra molotov; l'accendino scintilla, ma non produce alcuna fiamma.

Joona conta i secondi mentre corre lungo lo stretto bordo dove sono fissati i cardini del portello sinistro.

La donna affonda nell'acqua nera mentre la massa dei capelli si gonfiano sopra di lei.

Joona resta impigliato con la giacca al gancio della finestra. Si libera ed è sul punto di perdere l'equilibrio e di cadere, poi allunga un braccio e si aggrappa alla tenda.

«Non lo fare!» urla Joona.

L'accendino scintilla di nuovo non appena Joona giunge dall'altra parte della botola. Balza in direzione di Oscar e ruota su se stesso; lo colpisce con l'avambraccio al lato del collo piegandogli violentemente la testa e facendogli schizzare via gli occhiali.

Entrambi vanno a sbattere contro la parete. Joona sferra una ginocchiata nelle costole di Oscar e lo strattona da un lato, poi si piega dalla parte opposta e lo fa cadere afferrandolo per i fianchi.

Oscar rovina a terra tra i gemiti, apre gli occhi e fissa stordito il soffitto.

La bottiglia rotola oltre il bordo e cade in acqua.

Joona sa che gli restano pochi secondi mentre trascina l'uomo lontano dall'armadio.

«No, no, no», implora Oscar cercando di aggrapparsi al pavimento.

Una lampada si ribalta e il paralume di vetro va in pezzi. Joona trascina Oscar con sé, gli ammanetta un polso e infila l'altro anello a una bitta fissata alla parete.

«Non mi uccidere», piagnucola Oscar. «Ti prego, ascolta, posso pagarti...»

Senza guardarsi intorno, Joona raggiunge il bordo della botola e si tuffa. Fende la superficie e sprofonda nell'acqua gelida. Sente un rombo nelle orecchie e le bolle lo circondano come la coda di una cometa.

Urta con i piedi una delle sedie, e i suoi movimenti rallentano.

Joona gira su se stesso e dimena le gambe, poi nuota verso il fondo, nel buio.

Non vede nulla, ma deve superare i detriti che lo circondano.

Con una mano prova a scostare il tavolo massiccio, scivola lungo il piano di legno e raggiunge il fondale.

I vestiti pesanti frenano i suoi movimenti mentre cerca la ragazza lungo i tortuosi profili degli scogli. Nuota ancora più a fondo, tasta i resti marci di una vecchia quercia, scende lungo l'ossatura di una barca e di fianco a un remo coperto di fango.

Joona sbatte le palpebre nell'acqua nera e sente il freddo fin dentro gli occhi.

Nuota verso il basso.

Le sue mani scivolano su colonie di conchiglie lungo uno dei pilastri della rimessa, poi d'improvviso una luce ondeggiante attraversa l'acqua.

Jack regge una lampada accesa sopra la superficie del mare.

Attraverso detriti vorticanti e bolle d'aria, Joona intravede la donna. È scivolata lungo il pendio di scogli verso l'acqua più profonda e giace su un fianco, legata alla sedia.

Con un movimento vigoroso delle gambe, Joona si dirige verso di lei.

La ragazza lo fissa negli occhi: ha le labbra serrate nel tentativo di trattenere il fiato.

Joona afferra la sedia, prova a fare leva con un piede contro lo scoglio per tirare con più forza, ma si accorge che è bloccata dalle altre sedie che si sono ammucchiate intorno al più esterno dei piloni.

Rapidamente estrae il coltello, taglia il nastro adesivo intorno alle gambe e lo strappa. La donna, in preda al panico, inizia a scalciare e non riesce più a resistere all'impulso di respirare.

Quando l'acqua le entra nei polmoni, il dolore è immediato. Flette il corpo all'indietro come per un colpo violento e prova a tossire, ma non fa che respirare altra acqua, quindi inizia a dimenarsi per le convulsioni.

Joona taglia il nastro adesivo intorno alle braccia e al busto con rapidi movimenti del coltello, mentre la donna trema per i crampi e il sangue le esce a fiotti dalla bocca e dal naso. Joona lascia cadere il coltello e solleva il corpo tremante di lei dalla sedia, poi si dà una spinta con i piedi e nuota verso l'alto.

Scansa le sedie che vorticano trascinate dalle correnti, muove ancora con forza le gambe e spinge oltre la superficie il volto della donna, che tossisce, vomita acqua, si riempie i polmoni d'aria e poi tossisce di nuovo.

Jack si affaccia alla botola con una lampada a olio appesa a un mezzomarinaro, e una luce calda sfiora le quattro pareti del pozzo.

«L'aeroambulanza sta arrivando», grida.

Stringendo un braccio intorno ai fianchi della donna, Joona inizia ad arrampicarsi su di una scaletta e, dopo che l'ha issata oltre il bordo, lei si mette in ginocchio e tossisce. Respira con difficoltà, piange e tossisce ancora sputando sangue, mentre in lontananza si inizia a sentire il frastuono del rotore dell'elicottero.

«Prendetevela, è vostra», piagnucola Oscar tra sé. «Siamo pari. Io resto qui, non dirò nulla. Lo giuro, non vi ho visti.»

Joona sorregge la ragazza e insieme attraversano la casa fino a raggiungere la porta. Escono poi sulla scogliera sul retro mentre l'elicottero inizia a scendere. Jack li segue stringendosi il braccio lussato con la mano. Il kajal sbavato gli ha macchiato di nero gli occhi e i vestiti svolazzano sfrangiati intorno al suo corpo.

Non appena l'elicottero scompare oltre il mare con Jack e Caroline a bordo, Joona torna nella casa, prende un asciugamano dal bagno ed entra nella rimessa.

Oscar von Creutz è seduto con la schiena contro la parete. Quando vede Joona, smette di rosicchiarsi l'unghia del pollice e prova a raddrizzarsi.

Joona si avvicina e osserva la botola e le bobine sul soffitto.

Il meccanismo prevede che una corda passi tra le bobine in modo da sbloccare delicatamente il chiavistello sotto il pavimento, facendo calare così i due portelli e rendendo raggiungibile la barca.

«Ti prego, non lo fare, non devi farlo», implora l'uomo mentre prova invano a sfilare la mano dall'anello delle manette.

«Mi chiamo Joona Linna e sono un commissario del Reparto operativo nazionale svedese.»

«Sul serio?» farfuglia l'uomo con stupore.

«Sì.»

«Non capisco», dice Oscar rosicchiandosi di nuovo l'unghia. «È una follia, cosa cazzo volete? Che ci fate qui?»

Camminando sul bordo, Joona supera la botola spalancata sull'acqua, si ferma di fronte all'uomo tremante e aspetta di incrociare il suo sguardo.

«Sei sospettato di sequestro di persona, tentato omicidio e violenza privata», dice Joona con grande calma.

«Sono tutte stronzate, ho il diritto di difendermi», sibila Oscar abbassando di nuovo gli occhi in direzione del pavimento. «Che cazzo volete da me? Non capisco...»

Si interrompe, si copre per qualche istante il volto con la mano libera e respira tra i singulti.

«Parlami della Tana del coniglio.»

«Prima voglio vedere un avvocato.»

«Qualsiasi cosa sia successa allora è prescritta.»

«Prescritta? Non mi pare», dice Oscar.

«Forse no», risponde Joona con tono minaccioso.

«Ho bisogno di protezione.»

«Perché?» chiede Joona recuperando gli occhiali di Oscar dal pavimento.

«Una persona ci sta dando la caccia e ci sta ammazzando uno dopo l'altro, come conigli.»

«Hai sentito la filastrocca?»

«Te l'ho già detto?»

«No.»

«Non sono paranoico. Posso raccontarti tutto, so chi è... Te lo giuro, è uno studente del Ludviksberg che ci odia. È come un demonio: è rimasto a osservarci per trent'anni prima di fare una mossa, prima di iniziare a ucciderci come conigli.»

«Chi è?»

«Se sei un poliziotto, devi fermarlo.»

«Puoi darmi un nome?» chiede Joona porgendogli gli occhiali.

«Tu non mi credi, vero?»

«No.»

«Posso dimostrare tutto», dice Oscar inforcando gli occhiali. «È una questione di logica, se capisci chi eravamo... Una piccola banda che teneva in pugno la scuola, quasi degli dei... Ecco, mi hai chiesto della Tana del coniglio... Era un padiglione che apparteneva all'ordine dei cavalieri di Crusebjörn, risalente ai tempi di Federico I, bla bla bla... Sapevamo tutte queste cose, ma ce ne sbattevamo, non ce ne fregava niente... Era solo una tra le mille altre cose a cui il nostro status ci dava diritto... Andavamo alla Tana per bere e andare a letto con le ragazze più belle della scuola.»

Oscar sembra quasi ridacchiare tra sé, poi si asciuga il sudore dal labbro superiore prima di proseguire.

«Là dentro il mondo era completamente diverso... Guardavamo film porno, avevamo sostituito un ritratto del principe Eugenio con il poster di un aereo da guerra americano... Ci piaceva la squadra speciale dei Marines che aveva il coniglio di Playboy sulla coda dei caccia.»

«Però tu hai dato fuoco al padiglione», dice Joona con calma.

Oscar si morde l'unghia del pollice e tiene lo sguardo fisso in avanti.

«Hai detto che qualcuno vi sta dando la caccia per uccidervi», prosegue Joona. «Ha a che fare con l'incendio?»

«L'incendio?» chiede Oscar come se si fosse appena svegliato da un lungo sonno.

«Sì.»

«Questa è una cosa seria, cazzo», dice sfregandosi il viso con la mano libera. «Della gente sta morendo, non sono mie fantasie...»

«Ora me ne vado», dice Joona.

«Aspetta, ti prego... Sto provando a spiegarti tutto, così mi crederai, quando ti dirò il nome», prosegue Oscar con aria nervosa. «C'era questo ragazzo in una classe parallela che si chiamava Rex, un completo sfigato ai nostri occhi... Però ci assillava, voleva entrare nel giro ed era sempre pronto a procurarci della birra e a farci i compiti... Mi ricordo perfettamente di un giorno di pioggia, in estate, stavamo fumando una sigaretta dietro la scuola e lì vicino si trovava una specie di scala che portava in un sotterraneo... Rex era seduto sul bordo, e raccontava di questa ragazza con cui stava, Grace...

Allora mi accorsi che Wille sapeva di chi si trattava ed era diventato curioso, voleva saperne di più, quindi spinse Rex a vantarsi di averci fatto sesso sul prato dietro la scuola... Era tutto abbastanza patetico, ma a Wille piaceva giocare... Così qualche ora dopo andò a parlare con Grace e le fece credere che Rex fosse entrato nel nostro gruppo, dunque anche lei poteva farne parte visto che stavano insieme... Non so di preciso cosa le disse, ma comunque le raccontò che Rex le aveva organizzato una festa a sorpresa, quella sera... Di norma, gli studenti non possono uscire dopo le otto, ma c'era al collegio un ragazzo che lavorava come bidello e che ci aiutava sempre, e allora lui la fece uscire dal dormitorio e la portò alla Tana del coniglio.»

Una gelida folata di vento risale dall'acqua attraverso la botola. I portelli sbattono contro le pareti e poi tornano immobili.

«Ci penso ogni giorno», bisbiglia Oscar. «Al fatto che... Lei si era messa in ghingheri, ed era così entusiasta per ogni cosa. Aveva le guance rosse e parlava di Rex, era convinta che sarebbe arrivato. Ma in realtà l'avevamo chiuso nelle stalle.»

La sua bocca sottile si allunga in una sorta di sorriso, mentre gli occhi diventano scurissimi.

«Wille chiuse Rex nelle stalle e gli disse che si era preso Grace, che era così che andavano le cose e che quella era la normalità.»

Si interrompe e scuote lentamente la testa. Il vento spazza il tetto della casa facendo vibrare i vetri delle finestre.

«Continua.»

«Non credo di volerti raccontare di più», bisbiglia Oscar.

«Quanti anni avevi, quand'è successo?»

«Diciannove.»

«Allora non puoi scaricare la colpa su nessun altro», dice Joona.

«Non lo sto facendo, ma a Wille piaceva umiliare gli altri», continua Oscar sottovoce. «Gli piaceva vederli strisciare e farli vergognare, ma quello che successe quando Grace si accorse di essere stata drogata è così... L'inferno che scatenò, quello che ci spinse a fare... Eravamo ubriachi, non voglio pensare a chi fece cosa, e certe urla... Certe urla erano come versi di animali... Io mi rifiutai, ma tutti dovevano... Tutti dovevano partecipare, allora mi misero delle orecchie da coniglio in testa e lo feci, non riesco a capire come ma ci riuscii, ero come invasato... Ero terrorizzato, cazzo, però lo feci... Convinsero persino il bidello a farlo prima di trascinarla fuori.»

«Absalon Ratjen?»

Oscar annuisce, poi resta immobile con lo sguardo fisso nel vuoto prima di proseguire.

«Dopo, quando liberammo Rex dalle stalle, Wille gli raccontò di essere andato a letto con Grace. Si inventò un mucchio di cazzate su quello che avevano fatto, su quanto le fosse piaciuto... Io ero intontito, ero svuotato, come se mi avessero risucchiato l'anima. Il mio unico pensiero era che volevo lasciare la scuola. Me ne andai, ma quando arrivai alla stazione termale, poco prima del ponte, decisi di tornare indietro e di appiccare il fuoco al padiglione.»

«E poi ti espulsero.»

«Non te lo sto raccontando per essere perdonato. Ho sbagliato, lo so, ma non voglio morire», dice Oscar. «Merda, voglio solo che tu mi creda, se ti dico che è Rex Müller a darci la caccia.»

«Ne sembri convinto.»

«Sì.»

«Ma poco fa pensavi che fossi io l'assassino», dice Joona.

«Rex è pieno di soldi, non è costretto a sporcarsi le mani, se non vuole.»

«Sei certo che Rex fosse imprigionato durante lo stupro?»

«Io c'ero, partecipai anch'io... E c'ero anche quando lo liberammo, dopo», risponde con tono cupo.

Joona estrae il telefono bagnato dal taschino interno, osserva il display nero e capisce che è inutilizzabile.

Tutto ruota intorno a uno stupro di trent'anni prima.

I diciannove minuti di agonia imposti alle vittime devono corrispondere alla durata della violenza.

Rex era chiuso nelle stalle e tutti i ragazzi avevano partecipato, ma oltre a Grace qualcun altro doveva trovarsi nella Tana.

«Hai detto che tutti parteciparono», dice Joona.

«Sì.»

«Ma non è proprio così, vero?»

«No?» mormora Oscar.

«C'era un testimone?»

«No.»

«Chi vi ha visto?»

«Nessuno.»

«Mi servono i nomi di tutti quelli che erano nella Tana», dice Joona.

«Da me non li avrai», risponde Oscar.

«Devo fare in modo che ricevano protezione.»

«Ma io non voglio che siano protetti», risponde Oscar osservando Joona con un'occhiata spenta.

Valeria scende in direzione delle serre. L'aria è fredda, quindi stringe il cappotto consumato intorno al corpo. Pensa che dovrà chiedere a Micke di darle una mano con la struttura della nuova serra ad arco. Valeria adora il proprio vivaio, l'aria satura di ossigeno, gli scaffali con i germogli, le file di alberi e piante.

Oggi, però, il vuoto le rimbomba nel petto.

Sa che dovrebbe interrare nei vasi le piante in idrocoltura, ma non ne ha le forze.

Si chiude la porta di vetro dietro le spalle e scosta qualche secchio, poi si siede sul semplice sgabello d'acciaio e tiene lo sguardo fisso nel nulla. Quando Micke apre la porta, Valeria sussulta per la sorpresa e si alza in piedi.

«Ciao, mamma», dice il ragazzo mostrandole una bottiglia di champagne in una confezione regalo.

«Non ha funzionato», sbotta lei, in tono contrito.

«Che cosa non ha funzionato?»

Valeria si volta e inizia a strappare le foglie secche di un'Amelanchier per tenere occupate le mani.

«Lui vive una vita diversa», dice.

«Ma pensavo...»

Micke si interrompe. Valeria lo guarda e sospira. Ancora la sorprende il fatto che sia diventato un adulto. Quando era entrata in carcere, il tempo per la sua memoria si era quasi congelato e i bambini, nei suoi pensieri, avevano continuato ad avere cinque e sette anni. Per lei, resteranno sempre due bambini magri in pigiama che si divertivano quando lei li inseguiva per fargli il solletico.

«Mamma, è la sola persona che sembra renderti felice.»
«Non smetterà mai di fare il poliziotto.»
«Ma non importa», dice Micke. «Cioè... Tu lo sai meglio di tutti che non si può dire agli altri come vivere la propria vita.»
«Non capisci... Quando lui era in prigione, io sentivo che non dovevo più vergognarmi di quello che ero diventata.»
«Ti ha fatta vergognare di qualcosa?»
Valeria annuisce, ma d'un tratto non è più sicura che sia proprio così. Una terribile sensazione di freddo le esplode nel petto.
«Mamma, cos'è successo di preciso?» chiede Micke posando con delicatezza la bottiglia di champagne al suolo, sul cemento.
Con un filo di voce, Valeria dice che forse dovrebbe chiamarlo. Esce dalla serra, si asciuga le lacrime dalle guance e prova a mantenere la calma, ma aumenta ugualmente il passo lungo l'ultimo tratto. Nell'ingresso si sfila gli stivali e corre in camera; prende il telefono dal comodino, stacca il cavo del caricatore e infine lo chiama.
Dopo qualche squillo, la telefonata viene inoltrata alla segreteria telefonica di Joona. Valeria sente il breve bip, poi inspira profondamente.
«Ho bisogno che un poliziotto venga ad arrestarmi per quanto sono stata stupida», dice, e poi interrompe la chiamata.
Il pianto le scoppia in gola e le lacrime riempiono i suoi occhi. Si siede sul letto coprendosi il volto con entrambe le mani.

80

Il cacciatore di conigli lascia l'auto su una strada in mezzo al bosco, si mette in spalla il borsone e percorre a piedi l'ultimo tratto fino alla locanda Malma Kvarn. Prosegue spedito verso uno dei pontili e sceglie un vecchio Silver Fox con un motore potente. Sale a bordo e apre lo sportello dell'accensione, poi collega il cavo del motore d'avviamento con quello della batteria e sente immediatamente un rombo sordo.

A una trentina di metri di distanza, una famiglia sta sgombrando il ponte di una barca a vela. I figli più piccoli, stretti nei giubbotti di salvataggio arancioni, aspettano sul molo con i volti stanchi.

Gruppi di nuvole fuggiasche corrono in cielo, allargandosi in forme minacciose.

Il cacciatore silenzioso scioglie gli ormeggi, vira ed esce dal porticciolo.

Il vento è forte in mare aperto, e deve stare attento ad andare incontro perpendicolarmente alle onde più alte. L'energia statica fa crepitare la radio. L'uomo cerca la frequenza giusta e coglie un frammento di comunicazione della Società di salvataggio a proposito di un'operazione di recupero appena avviata.

Più lontano, un enorme clipper con le vele del colore del bronzo fila veloce sopra il mare scuro.

Il cacciatore fa rotta verso Munkön. Da lì, poi, attraverserà l'arcipelago esterno fino alla baia di Bullerön.

Un'onda colpisce il parabrezza e l'acqua scivola lungo il vetro. In quel preciso istante, riesce a scovare alla radio sprazzi di una comunicazione della Guardia costiera.

Pare riferirsi a un incidente.

L'aeroambulanza è arrivata all'ospedale di Söder.

Lo scafo d'alluminio emette gemiti ogni volta che la prua colpisce un'onda. Il cacciatore capisce che la polizia ha catturato un uomo a Bullerön e lo ha condotto a bordo della motovedetta 311.

Per ascoltare meglio, stacca i cavi in modo da far tacere il motore.

È Oscar, l'hanno preso.

Il cacciatore cerca di scacciare dalla mente le immagini di un coniglio grigio che corre veloce, cambia direzione e scivola con le zampe sollevando una nuvola di polvere.

Si accascia sul ponte bagnato, tappandosi le orecchie con le mani.

Oscar si è arricchito grazie agli hedge fund e ai soldi delle pensioni altrui, e molti anni prima aveva abusato di una ragazza insieme ai suoi amici. L'aveva presa a calci, si era infilato un paio di orecchie da coniglio bianche in testa e il farfallino al collo, poi l'aveva violentata una seconda volta con una bottiglia.

La barca beccheggia bruscamente seguendo le onde, e lui deve appoggiarsi al ponte per non cadere.

Non riesce a capire come abbia fatto la polizia a trovarlo così velocemente, è impossibile.

Oscar fugge come un coniglio che sparisce nella tana.

Per il cacciatore, non c'erano dubbi sulla possibilità di catturarlo.

Era come inseguire un coniglio malato di mixomatosi. Gli animali si riempiono di bubboni intorno al muso e agli occhi, perdono la vista e alla fine sono così deboli che li si può uccidere calpestandoli.

Non ci vuole pensare, ma il cervello ripesca comunque le immagini di quando da piccolo ripuliva il bancone da macellaio e il pavimento di mattonelle con un tubo d'acqua: il sangue e i grumi di carne s'incanalavano lungo le fughe delle piastrelle e sparivano nel tombino.

La barca traballa e lui ricade su un fianco, quindi si alza e si accorge di aver colpito uno scoglio. Un'enorme onda si abbatte tra mille spruzzi sul parapetto e, prima di riprendere l'equilibrio, l'uomo sbatte la faccia contro la cornice di metallo bianco del parabrezza.

Collega di nuovo i cavi. Dapprima si innesca una sola scintilla, ma al secondo tentativo il motore riparte.

La barca ondeggia, l'acqua lambisce le sue gambe sciabordando e lo scafo si piega contro lo scoglio perdendo frammenti di vernice di colore blu scuro.

Inserisce la retromarcia e l'elica vibra rombando sott'acqua. La barca scivola faticosamente all'indietro. Nella vernice si incide una striscia argentata, poi lo scafo si incaglia di nuovo.

Dalla bocca del cacciatore esplode un grido tanto forte da spezzargli quasi la voce.

Una nuova onda lo investe e la barca si inclina, mentre il metallo geme e la schiuma bianca schizza verso l'alto. Quando l'acqua si ritira, l'uomo inizia a dare ancora più gas, riuscendo a disincagliare la barca. Scivola all'indietro nel cavo dell'onda ed evita i cavalloni, poi vira e fa rotta verso Värmdö.

L'indomani, aspetterà fuori dalla centrale di polizia fino al termine dell'udienza preliminare. Se verrà rilasciato in attesa di giudizio, Oscar proverà sicuramente a lasciare il Paese, in auto o in barca. Ovviamente, se verrà rinchiuso nel carcere di Kronoberg fino al processo, tutto sarà più complicato.

La sede dell'FBI a Chicago è un complesso in vetro che emana riflessi blu in un quartiere anonimo nelle vicinanze della stazione e dell'università.

Al nono piano, Saga Bauer è seduta in una sala conferenze con la moquette blu scura e gialla in compagnia di un commissario di nome Lowe.

Saga si è scusata dicendo di non aver visto nessun cartello con il suo nome all'aeroporto e di aver dato per scontato che avrebbe incontrato gli agenti dopo la sua visita alla casa di cura.

Un direttore amministrativo con i baffi grigi è passato a salutarla in maniera sbrigativa spiegandole che l'FBI è nella merda fino al collo da quando hanno catturato trentaquattro membri di una gang criminale chiamata Latin Kings.

Dopo la visita alla casa di cura, Saga ha chiamato Joona più di dieci volte, ma il suo telefono era sempre spento.

Ormai si è fatta sera, e l'ufficio è praticamente deserto quando una detective del quartier generale di Washington entra nella sala conferenze posando la borsa di Prada sul tavolo. È una donna di bassa statura con una riga profonda sulla fronte, gli occhi neri e i capelli stirati.

«*Supervisory special agent* López», si presenta in inglese senza sorridere.

«Saga Bauer.»

Si scambiano una stretta di mano, poi López si siede al tavolo sbottonandosi la giacca.

«Il nostro segretario alla Difesa è stato assassinato in Svezia perché lei e i suoi colleghi avete fatto un lavoro di merda.»

«Mi dispiace», risponde Saga.

«Cosa sa dirmi dei terroristi?» le chiede López appoggiandosi allo schienale.

«Personalmente non credo si tratti di terrorismo... ma ovviamente seguiremo tutte le piste.»

López solleva le sopracciglia con aria ironica.

«Per esempio venendo qui?»

«Esatto.»

«Cosa ha scoperto?»

«Decidere le procedure per lo scambio di informazioni è un compito ben al di sopra del mio livello...»

«Me ne frego», la interrompe López.

«Devo parlare con il mio capo», dice Saga.

«Faccia pure.»

Saga prende il telefono e prova di nuovo a chiamare Joona. Questa volta la linea è libera.

«Pronto?»

«Finalmente», dice Saga in svedese.

«Hai provato a chiamarmi?» chiede lui.

«Ti ho lasciato dei messaggi.»

«Mi è caduto il telefono in acqua», spiega Joona.

Saga osserva la lavagna bianca con le tracce cancellate di pennarelli rossi, verdi e blu, e intanto gli fa capire che, in qualità di agente della Säpo, non può assolutamente informarlo del fatto che Grace era stata vittima di un violento stupro di gruppo nella Tana del coniglio.

«Si ricorda i nomi dei violentatori... Ha parlato di William, Teddy Johnson, Kent, Lawrence e Rex Müller.»

«Rex Müller?» chiede Joona. «L'ha detto lei?»

«Sì», risponde Saga lanciando un'occhiata a López, che la fissa con aria impassibile.

«Quindi Rex è stato indicato sia come stupratore sia come colui che vuole vendicare lo stupro.»

«Cosa? Di che stai parlando?» chiede Saga.

«Ho trovato Oscar von Creutz... Voglio interrogarlo di nuovo, ma mi ha raccontato cosa è successo ed è evidente che Rex non era presente», spiega Joona. «L'hanno chiuso nelle stalle mentre gli altri violentavano la sua ragazza... Secondo Oscar è Rex la persona che si sta vendicando di tutti quanti.»

«Quindi Rex non ha partecipato allo stupro?» chiede Saga.

«No.»

López fruga nella borsa e tira fuori un rossetto nero.

«E tu non credi che sia lui l'assassino», dice Saga.

«Ha abbastanza denaro per assoldare qualcuno che si occupi della faccenda per conto suo, ma...»

«Questa spiegazione non ti convince», conclude Saga.

«Gli omicidi devono essere collegati a quello che è successo nella Tana del coniglio», dice Joona. «Abbiamo uno *spree killer* che uccide gli stupratori uno dopo l'altro.»

«Ma perché?»

«Deve essere stato presente.»

«Un testimone?»

«Qualcos'altro», dice lui. «Deve essere successo qualcos'altro, qualcosa di cui non sappiamo nulla. Un fattore ignoto, un terzo soggetto.»

«Chi potrebbe essere?» chiede Saga.

«Abbiamo vittime e assassino... Però manca qualcosa.»

«Cosa?»

«È quello che dobbiamo scoprire.»

«Io parlo con Grace, tu occupati di Rex e Oscar», dice Saga.

«Il tempo stringe.»

Saga interrompe la telefonata, si infila il cellulare in tasca e si volta verso López con un sorriso sulle labbra.

«Il capo dice che la contatterà domani», spiega.

«Capisco lo svedese», dice gelidamente López in inglese.

«Allora sa già tutto», risponde Saga alzandosi.

López abbozza un sorriso compiaciuto per il proprio bluff e poi annuisce.

«Il suo capo le ordinerà di fornirci tutte le informazioni a sua disposizione.»

«Lo spero», dice Saga.

«Verrò a prenderla in hotel dopo colazione.»

«Grazie», risponde Saga uscendo dalla stanza.

Riconsegna il tesserino per i visitatori all'ingresso dopo il controllo di sicurezza, poi sale sull'auto blu nel parcheggio. Senza fretta, raggiunge le sbarre e aspetta che si alzino, quindi svolta a destra in Roosevelt Road e si avvia di nuovo verso l'esclusiva casa di cura.

Il traffico nei sobborghi si è diradato. Il cielo piovoso di Chicago è grigio e scuro come argilla nel momento in cui Saga parcheggia in Timberline Drive.

Cinquecento metri più avanti scorge la guardiola illuminata e i cancelli chiusi che scintillano come neve sotto la luce intensa dei lampioni.

L'orario per le visite è terminato da ore e le pazienti probabilmente stanno dormendo.

Saga si incammina a grandi passi lungo la strada, ma prima di entrare nel cono di luce scavalca il fossato e si addentra nel bosco.

Non si sente nessun rumore eccetto quello della pioggia che colpisce le fronde degli alberi e il fruscio dei suoi passi sull'erba e tra le foglie morte.

Si allontana dal cancello in direzione della recinzione, scosta i rami e cerca di scorgere le luci dell'istituto attraverso i tronchi e la vegetazione.

Non ha tempo di aspettare fino all'indomani, deve riuscire immediatamente a entrare e a parlare con Grace. Che il killer sia un mercenario o che agisca per motivi personali, ha in ogni caso come scopo quello di uccidere tutte le persone sulla sua lista nella maniera più efficace possibile. Il movente e il *modus operandi* dell'assassino hanno qualcosa di perverso, e anche se gli omicidi non presentano caratteristiche di tipo sessuale, ogni dettaglio indica che la psiche del killer è disordinata e disturbata.

Saga attraversa una radura di felci umide e avverte un fruscio alle sue spalle, quindi si volta alzando lo sguardo verso le corone scure degli alberi. Un uccello di grandi dimensioni si muove tra i rami più alti, con un rumore simile a quello di molti veli di seta che vengono appallottolati.

Saga avanza rapidamente, ritorna nel buio più fitto in mezzo agli alberi e d'un tratto le sembra di scorgere una luce tremolante.

Non c'è tempo da perdere, perché l'assassino possiede tutte le caratteristiche di uno *spree killer*: il suo movente è di natura strettamente personale, ma gli omicidi non sono la realizzazione di una fantasia e non necessitano di un periodo di ripensamento.

Ogni delitto è un passo in avanti, un ulteriore tassello di una soluzione finale.

Saga inciampa addentrandosi in un'area disseminata di alberi tagliati e si ferma davanti alla recinzione d'acciaio dipinto di nero alta cinque metri. Tra i pali robusti vi sono file di aste più sottili con le punte a forma di lancia collegate da sbarre orizzontali.

A intervalli di qualche metro l'uno dall'altro si vedono dei cartelli che vietano l'ingresso nell'area e riportano il nome della ditta di sorveglianza responsabile della sicurezza.

Saga prende la rincorsa e afferra le aste sottili, appoggia il piede su un cartello con la scritta «*CCTV in Operation*» e si dà una spinta verso l'alto; raggiunge le punte taglienti con le mani, scavalca e salta dall'altra parte.

Attraverso il parco ordinato, tra macchie d'alberi e distese di erba, si snoda una rete di sentieri illuminati.

Saga corre tra gli alberi seguendo un vialetto lontano dalle luci.

Se Grace non ha preso altre medicine, forse riuscirà a parlare con lei di quello che è successo nella Tana del coniglio.

Saga si avvicina ai dormitori e rallenta il passo.

I lampioni gettano una luce tetra sui vialetti umidi di pioggia e sulle panchine bagnate. Le finestre dei reparti sono buie, e i vetri non sembrano altro che un riflesso cieco dell'esterno.

Le foglie cadono frusciando alle sue spalle.

Qualcuno si sta avvicinando tra gli edifici. Saga si sposta di lato nascondendosi tra i cespugli.

È un uomo del servizio di sorveglianza: sta controllando che le porte di un edificio siano chiuse. Saga lo sente fare rapporto via radio mentre si allontana.

Intorno a Saga il silenzio è profondo e ogni cosa assume un riflesso cupo nella luce fioca dei lampioni. L'agente della Säpo si avvicina a Oak Lodge, la residenza per le ospiti più giovani, si ferma e resta in ascolto.

Nell'istante in cui riprende a muoversi, dietro una delle finestre si accende una lampada. La luce ricade sull'erba tagliata di fresco come i detriti di una torre che crolla a terra.

Saga si sposta cautamente sotto un grande albero. Calpesta un ramo, e l'aria è attraversata da uno schiocco.

Alla finestra compare una donna nuda.

Non può avere più di vent'anni.

Saga vede il suo volto pallido scrutare nella notte, poi la ragazza si volta e scompare barcollando nella stanza.

Saga resta in attesa per qualche istante, poi attraversa il prato e raggiunge il sentiero che conduce all'edificio in cui si trova Grace.

In quel momento, si accorge di avere i jeans bagnati fino alle ginocchia.

Si avvicina rapidamente all'atelier di pittura e sente la flebile eco dei propri passi rimbalzare contro la facciata.

Saga ha intenzione di dire a Grace che Rex non ha preso parte allo stupro e che in realtà era rimasto chiuso nelle stalle per tutta la notte.

Userà quest'informazione per spingere Grace a ricordare e a raccontarle esattamente quello che era successo.

Forse sarà in grado di identificare lo sconosciuto nella Tana del coniglio, la persona di cui Joona ha parlato.

Saga si ferma accanto al muro, vede dell'acqua colare da

una grondaia e scomparire in un tombino, poi avanza circospetta fino all'angolo e, in quel momento, sente una risata alle sue spalle.

Si volta.

Una donna con una camicia da notte sottile si è fermata dietro di lei, e tiene in mano una parrucca bionda.

«Bambolina mia», dice con un tono stupefatto e un grande sorriso sulle labbra.

Il suo viso, dalla mimica quasi esagerata, è incredibilmente espressivo. Saga si allontana lentamente, ma la donna la segue.

«Ho dovuto farlo, Megan», prosegue la donna con un'espressione triste. «Il nonno ha detto che non potevo tenerti.»

«Credi che...»

«Te lo giuro», la interrompe lei bruscamente. «Chiediglielo. È laggiù, sotto l'albero.»

La donna punta un dito tremante tra le ombre del parco.

«Ok», dice Saga e gira la testa per guardare.

«Ora si è nascosto», insiste la donna ansimando.

«Devo andare», le dice Saga dolcemente.

«Vieni», sibila la donna, poi si incammina verso il parco. «Voliamo insieme... Con le teste insanguinate, corriamo per il bosco...»

Saga prosegue rapidamente nella direzione opposta, lungo la facciata. Si volta per un istante e si accorge che la donna è rimasta immobile sul sentiero.

Saga attraversa di corsa uno spazio aperto, allontanandosi dall'atelier e raggiungendo poi l'edificio in cui prima ha incontrato Grace.

L'ingresso è illuminato, ma dietro le finestre nessuna luce è accesa. Saga raggiunge la porta e scopre che è chiusa a chiave. Sbircia attraverso il vetro, intravedendo il salotto in ombra e il distributore di dolciumi luminoso.

Uno strano rumore alle sue spalle – come di piedi scalzi che si spostano su un pavimento bagnato – la spinge a voltarsi mentre un brivido le corre lungo il corpo.

Non c'è nessuno. Tutto è avvolto dal silenzio: le superfici asfaltate sotto la luce statica, il lento scintillio sui bordi di un tombino e il parco con le foglie coperte di gocce d'acqua.

Saga gira intorno all'edificio e raggiunge il prato sul retro. Si avvicina a una panchina accanto a un grande rododendro, si ferma e stabilisce in pochi istanti quale delle finestre è quella di Grace.

Una risata sguaiata risuona nella notte. Saga si nasconde tra le ombre e vede che la donna con la parrucca, da dietro un albero, sta facendo un gesto verso di lei.

Saga, restando immobile, si accorge che la donna si gira e sorride nell'altra direzione, poi si gratta con forza il naso e sparisce nel parco.

Rapidamente, Saga avvicina la panchina all'edificio, la spinge sotto la finestra di Grace e vi sale sopra per sbirciare dentro.

Tra le tendine intravede un comodino con sopra un carillon di porcellana.

Saga riesce appena a notare la sagoma che la assale da dietro prima di sentire il dolore che esplode nella schiena, come il morso di un cane da guardia. Le sue gambe cedono e cade su un fianco, sbattendo le costole contro il bracciolo della panchina con un gemito.

Avverte un bruciore pulsante alla schiena, il suo corpo è percorso da convulsioni incontrollabili e non si accorge nemmeno di stare cadendo per terra.

Quando riapre gli occhi e vede il cielo buio carico di pioggia, pensa di aver perso coscienza per qualche istante.

Avverte un altro colpo, come una miriade di rapidissime

scintille che si accendono lungo il suo fianco, poi non vede più nulla. Si accorge però che qualcuno la trascina per le gambe lungo il viale di cemento fin sull'erba bagnata.

Saga cerca di prendere fiato, apre gli occhi e vede Mark, l'agente della sicurezza, Mark che si china su di lei impugnando un taser.

Ha il respiro pesante e la osserva con sguardo preoccupato.

Saga prova a sollevare una mano per allontanarlo, ma i suoi muscoli non reagiscono.

«Sono un ragazzo grande, grosso e di buon carattere, ma il regolamento prevede che controlli se sei armata.»

Il cuore di Saga inizia a battere all'impazzata quando Mark le abbassa la lampo della giacca. Trova il suo telefono e lo scaglia contro il tronco dell'albero più vicino. Con un colpo, il cellulare si spacca e i pezzi rimbalzano sull'erba.

Mark si china di nuovo su di lei e le infila una mano gelida sotto il maglione. Le sue dita si fanno strada sotto la coppa del reggiseno e le strizzano con forza un capezzolo.

«Qui non c'è niente», mormora sfilando la mano.

Respira con la bocca semiaperta, le tiene premuto il taser contro la gola e le sbottona i jeans. Saga riesce a sollevare la mano destra e ad afferrarlo per la manica dell'uniforme, strattonandola debolmente.

«Smettila», sibila Saga.

«Devo cercare le armi nascoste», dice Mark, e deglutisce vistosamente.

Inizia ad abbassarle i jeans e le mutandine, ma qualcuno lo contatta alla radio. Si appoggia con la mano sul petto di Saga e le scarica addosso tutto il suo peso. L'aria fuoriesce dai polmoni dell'agente della Säpo con un fischio.

«Abbiamo un'intrusa, fai venire la polizia», dice allontanandosi dal cono di luce di un lampione.

Saga prova a risistemarsi i pantaloni, e d'un tratto vede due guardiani avvicinarsi di corsa tra gli edifici mentre, da un'altra direzione, due infermieri le vanno incontro in preda all'agitazione.

Il giorno dopo l'arresto di Oscar von Creutz a Bullerön, al commissariato di Kungsholmen ha luogo un breve dibattimento circa la sua carcerazione preventiva.

Oscar è seduto tra gli avvocati difensori e rivolge lo sguardo alle alte finestre. Il sole spunta da dietro le nuvole facendo scintillare il pulviscolo sospeso nell'aria.

Come se si trovasse in un luogo molto distante, Oscar ascolta il pubblico ministero richiedere la sua carcerazione sulla base di forti indizi di colpevolezza per rapimento, tentato omicidio e violenza privata.

Sono accuse gravi, tuttavia, come ben sa, può essere incarcerato solo nel caso in cui il giudice ritenga che ci sia pericolo di reiterazione del reato, di fuga o di inquinamento delle prove.

Quando il magistrato alla fine stabilisce che può attendere il processo a piede libero, Oscar nasconde il sorriso con una mano. Valuta se sia il caso di ringraziare, ma decide di no e si limita a seguire gli avvocati verso l'uscita.

«Ora non ci pensare più», dice uno dei suoi legali fuori dal portone.

«Grazie, Jacob», risponde Oscar con un filo di voce e stringe la mano a entrambi.

Lo studio legale ha già elaborato una strategia per scagionarlo da ogni accusa, se non si riuscisse a convincere il pubblico ministero ad archiviare il caso.

Durante il primo incontro, l'avvocato si era fatto accompagnare da un medico che aveva prelevato otto provette del sangue di Oscar. Non verranno consegnate a nessun laboratorio, ma serviranno solo per dimostrare, più avanti, in sede di processo, la scrupolosità della difesa.

Poiché lo studio legale sa esattamente quali esami tossicologici il pubblico ministero possa permettersi considerate le scarse risorse a disposizione, costruirà la difesa sulle sostanze che l'accusa non riuscirà a rinvenire.

Non ha alcuna importanza che tali sostanze non siano mai state presenti nel sangue di Oscar.

La strategia è quella di creare un quadro clinico complesso in cui medici diversi hanno prescritto medicinali differenti senza curarsi delle loro interazioni. Gli avvocati sanno di poter dimostrare che la temporanea infermità mentale di Oscar è stata causata da una terapia errata.

A Oscar non importa nulla del processo. Ha pagato per essere libero perché non può restare in una gabbia ad aspettare di essere ammazzato.

La prigione non lo proteggerà.

È per questo che ha intenzione di lasciare il Paese e di restare lontano tutto il tempo che servirà alla polizia per catturare l'assassino.

Ma Oscar non sa che il cacciatore di conigli lo sta aspettando fuori dal commissariato e che lo osserva mentre si separa dagli avvocati.

Non si accorge che qualcuno lo segue, che gli passa accanto mentre attraversa il parco e che lo ascolta quando chiama un taxi per raggiungere il terminal della Silja Lines a Värtahamnen.

Durante il viaggio verso il porto, Oscar prenota un posto sul traghetto *Silja Symphony*, paga il taxi in contanti, effettua il check-in e sale a bordo.

La sua cabina si trova in fondo alla prua: una suite con un'enorme vetrata curva affacciata sul cielo e il mare. Oscar fa attenzione a chiudere bene la porta e controlla di nuovo la maniglia. Una volta arrivato a Helsinki, prenderà un altro traghetto per Tallinn; lì noleggerà una macchina e caricherà una puttana, poi partirà verso sud attraversando la Lettonia, la Lituania, la Polonia, la Slovacchia, l'Ungheria, la Romania, la Bulgaria fino a raggiungere il Sud della Turchia. Ha intenzione di affittare un appartamento e di restare nascosto fino a quando non sarà sicuro di poter tornare in Svezia.

Oscar raggiunge il minibar e apre lo sportello cigolante. Prende due bottigliette di plastica scure di whisky Ballantine's, svita i tappi, si riempie un bicchiere e si avvicina alla finestra per osservare la lunga fila di auto che lentamente salgono a bordo del traghetto.

I conigli sono animali timorosi, si raggomitolano e restano completamente immobili nella speranza di risultare invisibili, ma se il cacciatore di colpo si ferma e resta ad aspettare, non hanno scampo.

È il silenzio a mandarli nel panico e a spingerli a correre, convinti di essere stati visti.

Il cacciatore silenzioso scende nel garage sotto il Rådhusparken, apre il bagagliaio dell'auto e, facendo attenzione a non essere ripreso dalle videocamere di sorveglianza, riempie un trolley nero con armi, vestiti di ricambio, guanti in vinile, salviette umidificate, sacchetti dell'immondizia, nastro adesivo, un alesatore e un set di grimaldelli specifici per le porte blindate.

Esce dal garage portando con sé il trolley e raggiunge Fleminggatan, ferma un taxi e si fa portare al porto dei traghetti, dove acquista un biglietto a poco prezzo con falso nome.

Ha una seconda occasione per fermare Oscar, ma sa che molti eventi possono ancora andare a suo sfavore. Si verificano sempre circostanze impossibili da prevedere. Il piano è riuscire a lasciare il traghetto prima che parta, ma può anche darsi che Oscar si trattenga in uno dei ristoranti, in mezzo alla gente, e allora sarà troppo tardi. In quel caso lo seguirà fino in Finlandia per fare quello che deve.

Il cacciatore ha immaginato di sventrarlo e di srotolare il suo intestino sul pavimento davanti a lui.

Lo scopo è che tutti e dieci vadano incontro al proprio destino a occhi aperti.

La filastrocca serve a prepararli.

Nella prima fase, vuole che malgrado la paura e il dolore conservino la speranza di sopravvivere, che lottino disperatamente mentre in loro diventa sempre più forte la consapevolezza che la vita futura non sarà più come prima.

Devono realizzare che resteranno ciechi, mutilati o paralizzati.

Devono comunque lottare per sopravvivere fino a quando, nella seconda fase, sarà chiaro che non esiste alcuna grazia, che tutto quel dolore e quel terrore sono l'essenza degli ultimi istanti della loro vita.

Il cacciatore silenzioso non trae piacere dalla loro sofferenza. Viene invece travolto da un intenso sentimento di giustizia, e quando infine muoiono, il mondo intero tace, come un immobile paesaggio invernale.

Al terminal, effettua il check-in in una delle macchinette automatiche, stampa la carta d'imbarco e segue la fila delle persone che salgono a bordo. La *Silja Symphony* è una nave lunga più di duecento metri, con tredici ponti. Al suo interno vi sono quasi mille cabine, e accoglie più passeggeri del *Titanic*.

Il cacciatore mostra la carta d'identità fasulla con il nome von Creutschen, scelto appositamente per finire vicino a Oscar nella lista dei passeggeri. Controlla sullo schermo il numero della cabina di von Creutz, si avvicina a una piantina del traghetto appesa accanto all'ascensore e poi prende le scale che conducono alle aree riservate agli addetti alle pulizie, all'ultimo piano sopra la sala macchine.

Il cacciatore scende rapidamente gli scalini e aspetta fuori dalla porta dell'area riservata allo staff. Dopo qualche minuto esce una donna. Lui afferra la porta, gliela tiene aperta e poi chiede di Maria, accampando una scusa per entrare. Passa accanto a due uomini che si stanno togliendo il cappotto e saluta una donna che sta scrivendo un SMS con il telefonino.

«Hai per caso un passepartout?» chiede.

«Il mio mi serve», risponde lei senza smettere di scrivere.

«Te lo riporto subito», ribatte l'uomo sorridendo.

«Chiedi a Ramona», risponde la donna indicando la toilette.

Sulla panchina fuori dai bagni è appoggiata una borsa sportiva rosa e grigia in finta pelle. Il cacciatore si avvicina e apre la lampo. Tira fuori il contenitore del pranzo, cerca fra i vestiti e tasta il fondo della borsa, ma poi sente tirare lo sciacquone.

Controlla rapidamente le due tasche interne mentre la proprietaria si lava le mani e strappa una salvietta di carta. Apre le due tasche laterali, dove trova il tesserino identificativo di Ramona e un passepartout magnetico. In quello stesso istante, la maniglia della porta si abbassa.

Quando la porta si apre, il cacciatore si volta con la carta nella mano e si allontana senza fretta.

Secondo la tabella di marcia, aveva a disposizione quindici minuti per cercare di procurarsi un chiave. Gliene sono serviti solo cinque.

Non essendo costretto a usare il grimaldello che ha portato con sé, gli resta più tempo da passare insieme a Oscar all'interno della cabina.

Trasporta il trolley su per le scale dalle pareti tappezzate e oltre il ponte con i bar e i ristoranti, poi supera una fila di negozi duty free e corridoi con sale per conferenze, slot machine e un casinò.

L'ultimo piano sotto il ponte esterno è dedicato a Mozart. È lì che si trovano le suite più esclusive.

Una donna ubriaca esce da una cabina e barcolla camminando nella sua direzione. Per scherzo, blocca il corridoio allargando le braccia, come se stessero giocando.

«Sembri uno a posto», dice la donna con un sorriso sulle labbra. «Ti va di venire nella mia cabina e darmi una mano con...»

In quel momento, nella sua testa qualcosa sembra spezzarsi. Sente un ronzio in un orecchio e allunga la mano per cercare di appoggiarsi alla parete. Intanto, gli torna in mente come piangeva quando inchiodava altri pezzi di carne intorno alla porta dei conigli decomposti.

Ora staranno lontani, ora staranno lontani, bisbigliava.

Il cacciatore sorride alla donna e passa oltre. Il sudore gli cola lungo la schiena e improvvisamente pensa al calore della sedia a rotelle in fiamme.

Aveva preso la tanica nel capanno degli attrezzi e recuperato i fiammiferi in cucina lasciando il cassetto aperto, poi aveva scritto un messaggio che annunciava il suicidio sul profilo Facebook di Nils Gilbert.

Era uscito e gli aveva versato addosso la benzina, spiegandogli perché doveva morire quella mattina, poi gli aveva lanciato il fiammifero sulle ginocchia.

Era indietreggiato per il calore mentre sentiva l'urlo lancinante di Gilbert penetrargli nelle orecchie, ed era rimasto a osservare il corpo dell'uomo che si contorceva in mezzo alle fiamme prima di accartocciarsi su se stesso diventando sempre più nero.

Gilbert era notoriamente solo e depresso, e di certo la polizia non collegherà il suicidio agli altri omicidi.

Il cacciatore si ferma a poppa, in fondo alla nave e davanti alla suite dal bizzarro nome «Nannerl». Sente delle voci alle sue spalle mentre infila i guanti di vinile, poi striscia la carta magnetica nel lettore, entra nella cabina e richiude la porta senza far rumore.

Stende il trolley sul pavimento dell'ingresso e lo apre, prende un sacchetto di plastica insanguinato, toglie la molletta e tira fuori il cordino di cuoio con le dieci orecchie di coniglio.

Il cacciatore si volta verso lo specchio dell'ingresso, si avvolge il cordino intorno alla testa e lo annoda saldamente sulla nuca. Con un gesto istintivo scosta le orecchie dal viso, poi incrocia il proprio sguardo allo specchio e si sente pervaso da una forza gelida.

Ora è di nuovo un cacciatore.

Prende uno dei cellulari prepagati e invia il messaggio vocale a Oscar, sente lo squillo dello smartphone in camera e poi l'eco della filastrocca nel momento in cui il file viene aperto.

Probabilmente Oscar è solo, ma per sicurezza il cacciatore controlla il bagno e perlustra rapidamente la sala.

Fuori dalla vetrata coperta di schizzi si vede l'acqua chiazzata di petrolio del porto.

Raggiunge la camera, spalanca la porta ed entra.

La tv trasmette una partita di calcio senza sonoro. Si sente soltanto qualche lieve ronzio quando cambiano le immagini. Una fioca luce dal colore blu grigiastro lambisce le pareti.

Il cacciatore comprende subito che Oscar si è nascosto nell'armadio, dietro la porta scorrevole di vetro opaco, e che probabilmente sta tentando di allertare la polizia con le mani già tremanti.

Tutto è così banale è così assurdo quando la morte arriva in visita.

Sul comodino è appoggiato un bicchiere di whisky.

Il cacciatore osserva gli spigoli smussati delle gambe del tavolo, il copriletto sfilacciato in alcuni punti, delle macchie scure sul tappeto e i segni lasciati sullo specchio da uno straccio.

Sente che, nell'armadio, a Oscar cade il telefono dalle mani, e capisce che trema perché è ormai travolto da una semplice consapevolezza: tutto quel che ha sempre temuto sta succedendo proprio in quel momento. Oscar sa che il rumore l'ha tradito, ma rimane nascosto perché il suo cervello continua a dirgli che forse l'assassino non ha sentito nulla e che forse non lo troverà.

Qualche gruccia tintinna lungo la sbarra dell'armadio.

Quando i quattro motori diesel finlandesi del traghetto si accendono, il pavimento inizia a vibrare.

Il cacciatore di conigli aspetta qualche secondo, poi si fa avanti e sfonda con un calcio la porta a vetri dell'armadio. Arretra istintivamente di un passo mentre le schegge si riversano sul tappeto e intorno alle gambe di Oscar von Creutz.

L'uomo di mezza età crolla a terra terrorizzato come un bambino, finisce a quattro zampe sul fondo dell'armadio e alza lo sguardo verso di lui.

Un ricordo attraversa la mente del cacciatore: ha di nuovo davanti agli occhi il panico dei conigli quando recuperava le trappole, rivoltava le gabbie e vi infilava dentro la mano per afferrare le zampe posteriori degli animali.

«Ti prego, posso pagarti. Ho tanti soldi, te lo giuro, io...»

Il cacciatore avanza di un passo e prende Oscar per una gamba, ma l'uomo cerca di liberarsi e si divincola sfuggendo alla sua presa. Il cacciatore lo colpisce due volte al viso, poi con una mano gli allontana le braccia e con l'altra gli riafferra la gamba.

Oscar urla mentre il cacciatore di conigli lo trascina sul pavimento e gli lega la caviglia a una delle gambe del letto.

«Non voglio», strilla.

Il cacciatore incassa un calcio all'avambraccio, poi fa girare Oscar, lo spinge a terra sul fianco e gli blocca le braccia dietro la schiena.

«Ascolta, non è necessario che ci uccidi», ansima Oscar. «Eravamo giovani, non capivamo, noi...»

Il cacciatore gli chiude la bocca con del nastro adesivo, poi si allontana e resta a osservarlo per qualche istante: lo guarda mentre lotta per liberarsi contorcendo il corpo, anche se le fascette gli scavano la pelle.

Ha partecipato a due missioni in Iraq e sa cosa significa uccidere per conto dello Stato. È consapevole di quanta forza di volontà occorra armarsi, e conosce la stanchezza da cui, dopo, si viene sopraffatti.

Un tempo pensava che i ragazzi con cui aveva seguito il programma di addestramento BUD/S fossero assolutamente normali.

Le uccisioni nella parte sud di Nassirya, però, avevano lasciato loro addosso una sorta di superbia.

I bersagli non erano individui, ma semplici ingranaggi di una forza distruttiva che volevano contrastare a costo delle loro vite.

Tuttavia, uccidere qualcuno dopo essere tornato a casa e senza indossare l'uniforme è un'altra cosa.

È un atto solitario ed emotivamente molto più intenso: la decisione e la responsabilità sono solo sue.

Controlla l'orologio ed estrae il coltello che ha deciso di usare. Si tratta di uno SOCP, con la lama e l'impugnatura ottenute dallo stesso pezzo di acciaio nero.

È un'arma affilata ed estremamente equilibrata che ha l'aspetto di un pugnale con un anello in fondo al manico.

Il cacciatore torna velocemente indietro, blocca la gamba libera di Oscar con il ginocchio, con una mano gli spinge a terra il busto e con un colpo di coltello gli apre la camicia. Osserva il ventre peloso che si solleva rapidamente al ritmo del respiro e affonda la lama dieci centimetri sotto l'ombelico. Il coltello fende agevolmente tessuti e membrane mentre apre il ventre dell'uomo fino quasi a raggiungere lo sterno.

Con un sorriso, il cacciatore fissa gli occhi spalancati di Oscar mentre affonda la mano intera nello squarcio nel suo addome, percependo il calore del corpo attraverso la plastica dei guanti. Oscar trema. Il sangue fuoriesce dalla ferita e scorre lungo i fianchi. Il cacciatore di conigli gli afferra l'intestino e lo tira fuori, lasciandolo penzolare tra le gambe di Oscar. In quel preciso istante, qualcuno bussa alla porta della suite.

Si sentono dei colpi insistenti.

Il cacciatore si rimette in piedi, prende il telecomando e alza il volume della tv, quindi esce nell'ingresso, chiude la camera, si avvicina alla porta e sbircia nello spioncino.

Fuori, un uomo anziano vestito di bianco sta aspettando appoggiato a un carrello portavivande. Oscar ha fatto in tempo a ordinare la cena in camera, e ora deve essere ritirata.

Mentre il cacciatore si sfila i guanti e chiude la borsa, l'uomo bussa di nuovo. Velocemente, si sfila i trofei dalla testa e li appende a un gancio. Si controlla nello specchio e ripulisce gli schizzi di sangue dal volto, poi spegne la luce e apre la porta.

«Che velocità», dice senza scostarsi.

Dalla camera provengono dei tonfi violenti: Oscar sta provando ad attirare l'attenzione prendendo qualcosa a calci.

«Vuole che apparecchi in sala?» chiede l'uomo.

«Grazie, mi arrangio per conto mio», risponde lui.

«Lo faccio volentieri, basta dirlo», spiega l'uomo sbirciando all'interno.

«È solo che ancora non mi va di mangiare», dice mentre il bicchiere di whisky si spacca cadendo sul pavimento della camera.

«Allora mi accontento di una firma», replica l'uomo con un sorriso.

Il cacciatore resta immobile nella penombra, e prende la ricevuta e la penna. Quando inizia a tracciare la propria firma si accorge di avere l'avambraccio destro coperto di sangue fino al gomito.

«È tutto a posto?» chiede il cameriere.

Il cacciatore annuisce, incrocia lo sguardo dell'uomo e si domanda se debba trascinarlo in bagno e tagliargli la giugulare sopra la jacuzzi.

«Perché?»

«Non era mia intenzione farmi i fatti altrui», dice l'uomo con condiscendenza e si volta verso il carrello.

In camera, i colpi riprendono mentre il cameriere gli porge il vassoio. Il cacciatore lo ringrazia, arretra di qualche passo e chiude la porta.

Posa a terra il vassoio e controlla nello spioncino, pronto a balzare fuori e ad afferrare il cameriere. Attraverso la lente a grand'angolo vede l'uomo anziano sbloccare i freni delle piccole ruote del carrello e scomparire poi in fondo al corridoio.

Rapidamente, il cacciatore si infila di nuovo i guanti, si lega le orecchie di coniglio intorno alla testa e torna in camera.

Un odore di sangue, whisky e vomito impregna l'aria.

Oscar sta per perdere conoscenza e ormai scalcia debolmente, lasciando subito ricadere i talloni sul pavimento. Ha il volto pallido e sudato, e il suo sguardo vaga smarrito per la stanza.

Il cacciatore spegne la tv e si avvicina a Oscar. Afferra il groviglio del suo intestino e lo sfila per un metro, dà uno strattone e poi lo lascia cadere a terra.

Oscar si sveglia completamente per via del dolore. Respira dal naso con affanno e prova d'istinto a ritrarsi.

Oscar è destinato a morire nel giro di tre minuti e il frastuono che riempie la mente del cacciatore cresce quando nota il suo sguardo terrorizzato. La stanza è immersa nel silenzio, ma il cacciatore nella sua testa sente un rumore come di pentole colpite selvaggiamente e di piatti scagliati in una vasca da bagno. Oscar è uno degli uomini che hanno violentato una giovane donna, e l'hanno lasciata priva di coscienza e sanguinante su un mucchio di letame, convinti di poter scampare alla punizione.

Il pavimento vibra sotto i piedi del cacciatore, come accade quando un treno cambia binario passando su uno scambio.

Si appoggia alla parete, prova a respirare lentamente e si concentra. Nota l'impronta insanguinata che la sua mano ha lasciato sulla carta da parati e pensa che prima di andarsene dovrà ripulirla, anche se non è riconducibile a lui.

«Mi sembra che tu sappia perché tutto questo sta succedendo», dice sollevando di nuovo il coltello. «Bene, è proprio questo il punto.»

Oscar geme e contorce le membra cercando di liberarsi. Il sangue cola dallo squarcio sul ventre riversandosi sul pavimento. Il tappeto lo assorbe, diventando nero e lucido.

Gli altoparlanti annunciano che la nave è in partenza tra trenta minuti. Il cacciatore è certo che riuscirà a sbarcare prima di quel momento.

Oscar verrà ritrovato solo la mattina dopo a Helsinki, pensa osservando la lama del coltello stretto nella sua mano.

Assomiglia alla lingua nera di un demone, affilata e seghettata.

Tra poco la affonderà nel cuore di Oscar attraverso lo sterno, forse più di una volta.

Fino a quel momento il mondo continua a tremare, sferragliando e tintinnando come se fosse un casinò.

Ma dopo, sembra che un vento lo attraversi, facendo scendere il silenzio.

È come quando un coniglio resta a terra scalciando con

una zampa sola. Nel momento in cui l'animale smette di muoversi, la pace cala sull'intero creato.

Da qualche parte, esiste una stanza gelida in cui il tempo si ferma.

Prova a raggiungerla da sempre.

Fin da quelle domeniche, dopo la messa, quando abitava dai nonni.

85

Rex scende dalla metropolitana alla stazione di Mariatorget. Si sta incamminando lungo Sankt Paulsgatan quando il cellulare squilla segnalandogli l'arrivo di un nuovo messaggio vocale. È di Janus Mickelsen, che gli comunica di aver predisposto per lui e Sammy un'abitazione protetta, dotata di vetri a prova di proiettile, porta blindata, allarme e collegamento diretto con la centrale delle forze di polizia.

«So che non può parlare liberamente, se si sente minacciato, ne sono consapevole, davvero... Questa è un'ottima soluzione, per il momento... Il mio capo ha dato il via libera e vorrei che ci incontrassimo questa sera alle diciannove in una casa sicura della Säpo, fuori Knivsta, per discutere dei preparativi», dice Janus, ripetendo poi per due volte l'indirizzo esatto della casa prima della fine del messaggio.

Rex decide di andare all'appuntamento per capire quale sia la minaccia che la Säpo sembra prendere così sul serio.

Attraversa il portone di vetro del numero 34 di Krukmakargatan, nel cui squallido scantinato si trova la sala da biliardo Snookerhallen. Ha l'impressione che la polizia di sicurezza e il Reparto operativo nazionale stiano giocando al tiro alla fune.

Passa davanti al bar, scende le scale e si incammina tra i tavoli.

Nella sala si sentono solo gli schiocchi delle biglie di legno duro che cozzano l'una contro l'altra, rotolano silenziosamente sul panno e rimbalzano con un tonfo sordo contro i bordi.

In fondo alla stanza si trova un tavolo da biliardo più grande degli altri. Là lo sta aspettando un uomo alto coi capelli biondi arruffati e gli occhi grigi come legno scolorito dal mare.

«La biglia gialla si chiama *kaisa*», dice Joona.

La *kaisa*, il biliardo finlandese, è simile alla piramide russa. Servono però un tavolo e delle palle più grandi, e stecche più pesanti. Si può giocare a squadre, ma solitamente si tratta di un duello tra due giocatori.

Rex resta in ascolto attentamente mentre l'uomo slanciato gli spiega le regole e gli consegna una lunga stecca.

«Ricorda un po' lo *snooker*», dice Rex.

«Il primo che arriva a sessanta punti porta a casa la partita.»

«Ma non è per questo che sono qui.»

Joona non risponde, limitandosi a posizionare le biglie sul tavolo. Se Rex non è l'assassino, probabilmente sarà una delle prossime vittime. Gli omicidi sembrano avere a che fare con la faccenda dello stupro, ma c'è qualcosa di più, altri cerchi intorno allo stesso gorgo. Qualcun altro è coinvolto, forse un partecipante che ancora non conoscono, pensa Joona.

«Se mi batti, puoi andartene. Ma se perdi ti arresto», dice Joona lanciando a Rex un'occhiata penetrante.

«Perfetto», concorda Rex passandosi la mano tra i capelli scompigliati.

«Non sto scherzando», dice Joona in tono serio. «Avevi un movente forte per uccidere il ministro degli Esteri.»

«Davvero?»

Joona colpisce la biglia bianca mandandola a cozzare rumorosamente contro la palla gialla che schizza sul panno verde, colpisce il bordo, cambia direzione e cade in una delle buche.

«Sei punti per me», constata Joona.

Rex lo osserva confuso.

«Avrei un movente per il fatto che ho pisciato nella sua piscina?»

« Hai detto che era un porco e che ti ha rubato la ragazza al liceo. »

« Esatto », dice Rex.

« Ma non hai raccontato che ti hanno chiuso nelle stalle per una notte intera. »

« Erano tre contro uno », spiega Rex con riluttanza. « Mi hanno picchiato e mi hanno chiuso dentro... È stata un'esperienza spiacevole, ma non così tanto da... »

« Perché l'hanno fatto? » lo interrompe Joona.

« Cosa? »

« Chiuderti nelle stalle. »

« Per permettere a Wille di uscire con Grace senza problemi, immagino. »

« Ed è andata così? »

« Otteneva sempre quello che voleva », mormora Rex passando il gessetto sulla propria stecca.

« Mira alla *kaisa* », dice Joona indicando la palla gialla. « Deve finire in quell'angolo. »

Rex si china, tira e colpisce una palla rossa, che a sua volta colpisce l'altra biglia rossa.

« Quello è un bacio », dice Joona. « Non ti fa guadagnare nessun punto. »

Rex scuote la testa con un sorriso, mentre Joona si accosta al tavolo e manda la *kaisa* nell'angolo.

« Cosa ne dice Grace? » domanda Joona e continua a giocare.

« Di cosa? »

« Della sera in cui ti hanno chiuso nelle stalle », risponde colpendo di nuovo e mandando in buca nello stesso angolo la biglia bianca di Rex.

« Non lo so, non l'ho mai più vista », spiega Rex. « Io ho lasciato la scuola e lei non ha mai risposto alle mie lettere o alle telefonate. »

«Intendo... Cosa dice ora?»

«So che è tornata a Chicago, ma non la vedo da trent'anni.»

«Sei stato segnalato come l'assassino del ministro degli Esteri», dice Joona.

«Chi mi avrebbe segnalato?» si sforza di chiedere Rex.

«Ti trovi in un mare di guai», prosegue Joona, e si allontana dal tavolo.

«Ho fatto un mucchio di cazzate», prova a spiegare Rex cercando di impugnare la stecca nel modo corretto. «Ma non ho ucciso nessuno.»

Sbaglia il colpo; la biglia bianca manca la *kaisa*, colpisce il bordo e torna indietro.

«Se non sei coinvolto negli omicidi, potresti essere nella lista delle prossime vittime.»

«Mi darete protezione?»

«Se riesci a spiegarci perché dovremmo farlo.»

«Non ne ho idea», risponde Rex asciugandosi la fronte.

«Forse sei l'obiettivo di una vendetta», suggerisce il commissario tirando un colpo.

«Mi sembra assurdo.»

Joona lo guarda con la coda dell'occhio e fa un altro tiro.

«Dipende da cosa hai fatto», dice.

«Nulla», esclama Rex. «Cazzo, sto sulle palle a un sacco di gente, forse vado a letto con le donne sbagliate, dico un sacco di stronzate e c'è di sicuro qualcuno che avrebbe voglia di spaccarmi la faccia, ma...»

«Quarantuno», dice Joona, raddrizzandosi e osservandolo con sguardo serio.

«Non so cosa dire», comincia Rex.

«Hai combinato un mucchio di idiozie», gli ricorda Joona.

«Ho pisciato nella piscina del ministro, ma...»

«Questo l'hai già detto», lo interrompe Joona.

«L'ho fatto più di una volta», ammette Rex, arrossendo improvvisamente.

«Non mi interessano le tue pisciate.»

«Forse l'ho fatto un centinaio di volte», dice Rex, e la sua voce tradisce una strana emozione.

«Trovati un altro hobby.»

«Lo farò, certo... ma sto provando a dire che una volta, mentre ero là, ho visto qualcosa.»

Joona si china e fa ancora un tiro, per nascondere a Rex il sorriso soddisfatto. Con uno schiocco, la palla rimbalza sul bordo e sparisce in una buca.

«Quarantanove», dice Joona passando lentamente il gessetto sulla stecca.

«Ascolta», prosegue Rex. «Sono un alcolista sobrio ormai, ma prima di diventarlo, prima di prendere questa faccenda sul serio, andavo da lui spessissimo... A volte buttavo in acqua quegli orrendi nani da giardino, a volte i vasi di terracotta o i mobili... Non so, lui doveva saperlo, ma non gli importava... Oppure pensava che fosse giusto così.»

«Credi di aver visto qualcosa», ripete Joona girando intorno al tavolo per valutare le traiettorie.

«So di aver visto qualcosa, anche se ero ubriaco... Non ricordo in quale delle tante volte è accaduto, ma sono comunque sicuro di aver visto...»

Si interrompe e scuote la testa, afflitto.

«Pensa quel che ti pare», dice a bassa voce, «ma ho visto un uomo mascherato con il viso butterato e delle guance strane... dentro la casa del ministro.»

«Quanto tempo fa è successo?»

«Quattro mesi... Onestamente, non lo so.»

«Cosa avevi fatto quel giorno?»

«Non ne ho idea.»

«Dove ti eri ubriacato?»

«Proprio come Jack Kerouac, provo a bere a casa per limitare i danni, ma non sempre funziona.»

Joona colpisce di nuovo la palla, si sente un colpo deciso e la *kaisa* sparisce in un angolo.

«Che mese poteva essere?»

Joona mette nella stessa buca anche la palla bianca di Rex, colpendo contemporaneamente una biglia rossa che attraversa il tavolo in diagonale e poi cade nell'altro angolo.

«Non lo so», dice Rex.

«Cinquantanove punti», constata Joona. «Dopo cosa hai fatto?»

«Dopo? Ah sì.» Rex sembra ricordare. «Sono andato a casa di Sylvia, perché lei non dorme mai. Volevo raccontarle quello che avevo visto, mi era sembrata un'idea geniale in quel momento, ma...»

«Lei come ha reagito?» domanda Joona ritardando l'ultimo tiro.

«Non le ho detto nulla», risponde Rex agitandosi.

«Sei andato da Sylvia, hai suonato alla porta... e non le hai detto niente?»

«Siamo andati a letto», mormora Rex.

«Vai spesso a casa di Sylvia, quando sei ubriaco?» chiede Joona.

«Non direi», risponde Rex appoggiando la stecca alla parete.

«Possiamo smettere di giocare, possiamo persino fare finta di essere pari», dice Joona, «se adesso chiami Sylvia e le chiedi che giorno era.»

«Mai», sorride Rex.

«Bene.»

Joona si china sul tavolo impugnando la stecca.

«Aspetta», si affretta ad aggiungere Rex. «Scherzavi quando hai detto che mi avresti arrestato, vero?»

Joona raddrizza la schiena, si volta verso di lui e lo fissa con uno sguardo indecifrabile.

Rex abbassa gli occhi e si passa la mano tra i capelli. Recupera l'iPhone, si infila gli occhiali e cerca Sylvia tra i contatti. Si allontana tra i tavoli e raggiunge il bar mentre sente la linea suonare libera.

«Pronto?» risponde Sylvia.

«Ciao, sono io, Rex.»

«Ciao Rex», dice lei, e il suo tono di voce diventa d'un tratto freddo.

Rex cerca di sembrare spontaneo e rilassato.

«Come va?»

«Sei ubriaco?»

Rex guarda l'uomo stanco dietro il bancone.

«No, non sono ubriaco, ma...»

«Hai una voce strana», lo interrompe Sylvia.

Rex risale la rampa che porta in strada per riuscire a parlare in pace.

«Devo chiederti una cosa», dice.

«Possiamo parlarne domani? Ho un po' di cose da fare», spiega lei spazientita.

La sua voce risuona lontana dal microfono mentre si volta per parlare con qualcun altro.

«Ma ho bisogno...» insiste Rex.

«Mia figlia è invitata a...»

«Ascoltami, ho bisogno di sapere che giorno era quando sono venuto da te quella notte e...»

Sylvia riaggancia interrompendo la conversazione.

Rex guarda verso la strada e vede un palloncino alzarsi in volo tra le auto. Quando richiama Sylvia, ha le mani che tremano.

«Cosa cazzo ti sei messo in testa di fare?» chiede lei con un tono di voce teso.

«Ho bisogno di saperlo», insiste Rex.

«È finita», lo interrompe Sylvia. «Stai lontano da...»

«Smettila.»

«Sei ubriaco, lo sapevo che...»

«Sylvia, se non mi rispondi chiamo tuo marito e gli chiedo che giorno era quella volta che è tornato a casa da un viaggio e tu ti sei mostrata almeno un po' amorevole, una volta tanto.»

La linea resta muta. Il sudore gli cola lungo la schiena.

«Il 30 aprile», risponde lei riagganciando.

Uno studente dai capelli arruffati scende dall'ascensore al diciassettesimo piano mentre Joona Linna prosegue fino all'ultimo con una borsa frigo in mano. Prova la stessa sensazione che si avverte quando si soffia piano su della brace sapendo che nel giro di poco divamperanno le fiamme. È giunto lì per incontrare Johan Jönson, il tecnico informatico del Reparto operativo nazionale nonché uno tra i maggiori esperti di computer in Europa. Per anni, era stato semplicemente chiamato «il nerd», finché non aveva creato il programma di decrittazione Transvector, usato dal MI6 britannico.

Johan Jönson apre la porta con un panino in mano e accoglie Joona nello spazioso appartamento.

Per farsi convincere a declinare ogni offerta dal settore privato, Johan ha preteso che gli venisse messo a disposizione l'intero ultimo piano dello studentato Nyponet in Körsbärsvägen. Il locale corrisponde a venticinque camere da studenti del medesimo tipo di quelle in cui lui stesso aveva abitato quando frequentava l'Istituto reale di tecnologia.

Tutte le pareti interne sono state rimosse e sostituite con dei pilastri d'acciaio. La stanza è interamente dotata di sistemi d'allarme, sia moderni sia tradizionali.

Johan Jönson è un uomo di statura abbastanza bassa, e ha i baffi neri e il pizzetto. La sua testa è rasata, e le sopracciglia scure e folte si congiungono sopra il naso. Indossa una tuta stretta che assomiglia alla divisa del Paris Saint-Germain; la felpa sollevata mette in mostra il ventre prominente e rotondo.

Joona estrae dalla borsa frigo l'hard disk con i filmati di

sorveglianza della casa del ministro degli Esteri, apre l'involucro di pluriball e lo consegna a Johan Jönson.

Secondo la legge, nessun materiale dei sistemi di sorveglianza può essere conservato per più di due mesi, e dunque le registrazioni vengono cancellate automaticamente dall'hard disk prima che sia passato troppo tempo.

«Tu sei in grado di recuperare il materiale eliminato», dice Joona.

«A volte, 'eliminato' significa davvero 'eliminato'» risponde il tecnico. «Ma di solito vuole soltanto dire questo: ciò che uno pensa di aver eliminato in realtà è rimasto da qualche parte. È un po' come quando si gioca a Tetris, gli elementi più vecchi finiscono a poco a poco in fondo.»

«Questo filmato risale solo a quattro mesi fa.»

Johan Jönson posa gli avanzi del panino su un monitor impolverato e soppesa l'hard disk con la mano.

«Penso che proverò a utilizzare un programma chiamato Under Work Schedule... Recupera tutti i dati contemporaneamente... Ed è un po' come quelle ghirlande di carta, quelle che ritagli e quando le apri ti ritrovi con una fila di angeli o di omini tutti attaccati.»

«Una ghirlanda parecchio lunga», dice Joona.

È noto che in certe circostanze è possibile recuperare il materiale digitale eliminato, ma siccome le tredici videocamere nella casa del ministro erano state installate sette anni prima, la durata totale delle registrazioni è di novantun anni.

Nemmeno Joona Linna sarebbe abbastanza ostinato da chiedere a Carlos di mettere a disposizione le risorse necessarie per esaminare una quantità così imponente di materiale. Ma ora che ha una data precisa, non c'è nulla che possa fermarlo.

«Cerca a partire dall'ultimo giorno di aprile», dice.

Johan Jönson si siede a una scrivania dal piano sporco e pesca una manciata di M&M's da una ciotola di plastica.

«Ho una dipendenza dallo zucchero», dice voltandosi.

Più di quaranta computer fissi di vari tipi sono disposti su scrivanie, cassettiere e tavoli da cucina. I fasci di cavi corrono sul pavimento tra scatoloni e vecchi hard disk. In un angolo dello stanzone è accatastato del materiale elettronico di scarto: circuiti stampati, schede audio, schede grafiche, monitor, tastiere, router, consolle e processori.

Joona scorge in un altro angolo un letto sfatto senza gambe, posizionato dietro un bancone pieno di pezzi di ricambio, una lampada con lente d'ingrandimento e un saldatore. Su un secchio di plastica capovolto si vede un mucchio di tappi per le orecchie arancione accanto a una sveglia. A quanto pare, Johan ha meno spazio ora di quando era studente.

«Sposta la stampante dalla sedia, così puoi sederti», dice a Joona collegando l'hard disk al computer principale del cluster.

«L'ultima volta che Rex ha pisciato nella piscina è stata registrata, ma noi stiamo cercando la data del trenta aprile, ed è materiale che è stato sovraregistrato più volte», spiega Joona, rimuovendo dalla sedia la stampante e un libro di Thomas Pynchon.

«Scusa il disordine, ma ho appena collegato trenta computer grazie a una nuova versione di MPI... Diventeranno una specie di supercomputer, proprio quello che mi serve.»

In un angolo dell'immagine si leggono data e orario. La luce dell'alba lambisce la facciata della casa e le porte chiuse.

«Ottime videocamere, ottime lenti, ultra HD», borbotta Jönson con un cenno d'approvazione.

Joona apre una pianta della casa del ministro sulla quale ogni videocamera è stata contrassegnata con un numero da uno a tredici.

«Allora si parte», mormora Johan Jönson digitando i comandi con un rapido ticchettio della tastiera.

Una serie di computer si attiva. Le ventole iniziano a ronzare, le spie luminose verdi si accendono e un odore elettrico di vecchi trenini, corrente continua e trasformatori surriscaldati si diffonde nella stanza.

«Ora tutto il sottosuolo tornerà a galla... lentamente, ma in maniera inesorabile», dice il tecnico accarezzandosi il pizzetto.

Sul grande monitor compare un'immagine grigia, come polvere di ferro che segue i movimenti di un campo magnetico.

«Questo è troppo vecchio», dice Jönson.

Appaiono strati diversi di ombre tremolanti e si intravede qualche angolo del giardino. Joona nota due sagome spettrali che si allontanano lungo il vialetto. Una è quella del ministro degli Esteri, la seconda è di Janus Mickelsen della Säpo.

«Janus», dice Joona.

«Quando è entrato nella Säpo, il suo primo incarico aveva a che fare con il ministro degli Esteri», mormora Johan digitando altri comandi.

L'immagine scompare, la casa riemerge di tanto in tanto dalla nebbia grigia, e si scorge il giardino coperto di neve.

«La ghirlanda è ancora ripiegata, ma ora possiamo cominciare a sfilare un omino dopo l'altro... quattro giugno, tre giugno, due giugno...»

Figure pallide passano rapidamente avanti e indietro, sovrapponendosi. Sembra una sorta di radiografia in cui i contorni dei corpi si fondono l'uno con l'altro e attraversano le auto che entrano in retromarcia nel garage.

«Quindici maggio, quattordici... ed ecco tredici ottime versioni del trenta aprile», dice a bassa voce Johan Jönson.

Con la velocità del filmato aumentata di otto volte, osservano il ministro e la moglie lasciare l'abitazione alle 07.30, ciascuno con la propria auto; un'ora dopo arriva la ditta di giardinaggio. Un uomo pota la siepe e un altro rimuove le foglie. Poi passa il postino e verso le due un ragazzo in bicicletta si ferma a sbirciare nel giardino grattandosi una gamba. Alle 19.40 la prima auto rientra nel garage a due posti e le luci in casa si accendono. Mezz'ora più tardi, arriva la seconda macchina e le porte del garage si chiudono. Verso le undici le luci iniziano a spegnersi e a mezzanotte tutto è avvolto nel buio. Non succede nulla finché, alle tre passate, Rex Müller scavalca la recinzione e attraversa il prato barcollando.

«Ora guardiamo una camera alla volta in tempo reale», dice Joona avvicinandosi.

«Ok.» Jönson digita un comando. «Iniziamo con la uno.»

Sul grande schermo appare un'immagine perfetta e nitidissima della porta d'ingresso e del giardino illuminato fino al cancello. Di tanto in tanto, qualche petalo rosa dei fiori dei ciliegi giapponesi cade per incontrare la propria ombra sul vialetto di pietra.

Dopo tre ore hanno visionato tredici riprese notturne. Tredici inquadrature di una casa immersa nel sonno, nella notte del primo maggio tra le 03.46 e le 03.55. Quattro videocamere hanno ripreso Rex nei nove minuti tra il momento in cui appoggia la bottiglia in mezzo alla strada e scavalca la recinzione nera, e quello in cui lascia il giardino, felice di trovare una bottiglia di vino in mezzo alla strada.

«Niente», sospira Johan Jönson.

Rex resta in giardino per nove minuti, e in quel lasso di tempo non si vede nessun altro in nessun filmato: nemmeno un veicolo in strada, nemmeno un movimento dietro le tende.

«Ma lui ha visto l'assassino», dice Joona. «Deve averlo visto, la sua descrizione corrisponde alle altre testimonianze.»

«Forse è successo un'altra sera», mormora Johan.

«No, è successo questa notte... Lui ha visto l'assassino, anche se noi non ci riusciamo», ripete Joona.

«Però non possiamo vedere quel che ha visto lui, abbiamo soltanto le videocamere.»

«Se solo capissimo esattamente quando l'ha avvistato... Inizia dalla camera sette, è quella puntata in direzione della vasca.»

Di nuovo, scorgono Rex nell'angolo dello schermo nel momento in cui scivola sulle assi nel margine incurvato della lente, batte un ginocchio a terra, si riprende e si rialza in piedi.

Si avvicina al bordo della piscina, ondeggia per un po', si apre la patta e orina nella vasca. Poi barcolla verso i mobili da giardino di colore blu marino e punta il getto contro le sdraio e il tavolo rotondo.

Si riabbottona la patta, si volta verso il giardino e vede

qualcosa. Prima di tornare verso la casa vacilla, poi si ferma davanti alle porte della veranda e sbircia nella sala, si appoggia alla staccionata e scompare dall'inquadratura.

«Cosa guarda dopo essersi riabbottonato i pantaloni? C'è qualcosa in giardino», dice Joona.

«Vuoi che ingrandisca la sua faccia.»

Con il filmato che procede all'indietro, Rex torna verso la vasca, gira intorno ai mobili e dà la schiena alla videocamera.

La sequenza riprende in avanti e Johan ingrandisce il volto di Rex. Lo seguono mentre orina sul tavolo. Preme il mento contro il petto, chiude gli occhi e sbuffa prima di richiudersi i pantaloni.

Rex si volta verso il giardino, scorge qualcosa e accenna un sorriso tra sé, poi il suo viso scompare dall'inquadratura nel momento in cui perde l'equilibrio.

«No, non è qui... Vai avanti», dice Joona.

Rex si gira verso la casa e torna indietro, e Johan Jönson ingrandisce ancora l'immagine. Il volto ubriaco di Rex riempie per intero lo schermo, perfettamente a fuoco: gli occhi iniettati di sangue, il labbro inferiore sporco di vino e la barba incolta.

Lo vedono fermarsi davanti alle porte della veranda e sbirciare nella sala. Apre leggermente la bocca, quasi per abbozzare un sorriso, come se comprendesse di essere stato scoperto. Poi il suo sguardo diventa serio e carico di terrore, e infine si volta e si allontana.

«Qui! È qui che lo vede», esclama Joona. «Torna indietro, dobbiamo guardarlo di nuovo.»

Johan Jönson crea un loop con i venti secondi in cui Rex, davanti alla vetrata, scorge qualcosa, abbozza un sorriso e poi si spaventa.

«Cosa vedi?» bisbiglia Joona.

Allargano l'immagine e provano a seguire la direzione dello sguardo. Sembra puntare verso la sala.

Senza interrompere il loop, passano alla camera sei, che inquadra Rex lateralmente da dietro. Il suo volto si rispecchia sul vetro, e sembra fisso sul proprio riflesso.

«È dentro?» bisbiglia Joona.

Il momento in cui il volto di Rex passa dalla sorpresa alla paura si nota persino nel riflesso. Al di là del vetro si intuiscono i mobili della sala, sotto forma di ombre confuse.

«C'è qualcuno là dentro?» chiede Johan Jönson avvicinandosi.

«Prova con la camera cinque.»

La quinta videocamera è posizionata fuori dalla grande sala da pranzo, nell'ala della villa disposta perpendicolarmente rispetto al resto dell'edificio. Da quel punto, l'obiettivo inquadra la sala dall'esterno fino all'angolo in cui è posizionata la sesta camera, l'intera vetrata e parte dell'interno.

Johan zooma attraverso il vetro.

I venti secondi di filmato si ripetono ancora e ancora in loop, ma all'interno della sala da pranzo buia tutto è assolutamente immobile: il lampadario di cristallo sopra al tavolo, il riflesso sul piano, le sedie ordinatamente accostate, un paio di guanti da uomo neri a terra.

«Non c'è nessuno... Cosa diavolo guarda?»

«Ingrandisci l'immagine verso un punto sotto al divano», dice Joona.

Johan Jönson zooma sul piede della piantana, poi segue il cavo fin sotto al sofà.

Si nota qualcosa. Johan Jönson deglutisce e aumenta la luminosità dell'immagine, perdendo però i contrasti. Quel buio lattiginoso è impenetrabile quasi quanto il nero. Un batuffolo di polvere trema per una folata d'aria. L'immagine si sposta verso destra fino a mettere in risalto un cumulo di lunghe frange accanto al piede del divano.

«È solo un tappeto arrotolato», dice Joona.

«Ho quasi avuto paura.» Johan Jönson sorride.

«Ora resta solo una possibilità», dice Joona. «Se il nostro uomo non è in casa, allora Rex deve averlo visto riflesso sulla vetrata.»

«Però era ubriaco marcio, forse si sbaglia», suggerisce Johan Jönson.

«Torna alla camera sei.»

Sullo schermo ricompare Rex inquadrato di sbieco da dietro, davanti alla vetrata della sala. Più e più volte il suo viso riflesso passa dalla sorpresa alla paura.

«Cos'è che lo spaventa?»

«È solo il suo riflesso.»

«No, è l'effetto Venere», dice Joona chinandosi verso lo schermo.

«Cosa?»

«Se lui è inquadrato di lato e noi vediamo il suo riflesso dritto davanti a noi, allora non sta osservando se stesso.»

«Perché sta guardando in direzione della nostra camera», continua Johan accarezzandosi di nuovo la barba.

«Quindi la cosa che lo spaventa deve trovarsi da qualche parte sotto la camera sei.»

Il tecnico cambia inquadratura e fa scorrere l'immagine lungo le grandi finestre della sala fino al limite del riquadro, verso la camera sei, che è posizionata sull'angolo esterno accanto a un gruppo di folti alberi scuri.

«Più vicino, sotto il salice piangente», dice Joona.

I lunghi rami sfiorano quasi l'erba, dondolando al vento leggero come un tendone dal colore nero e argentato.

Joona sente un brivido correrli lungo la schiena nel momento in cui intravede per la prima volta l'assassino.

Le ombre delle foglie scivolano su un volto mascherato che poi subito scompare.

Con le mani che tremano, Johan Jönson fa tornare indietro il filmato. Dimezza la velocità ed entrambi rivedono i rami del salice che, muovendosi, rivelano il volto e poi lo coprono di nuovo.

«Ancora», bisbiglia Joona.

Le foglie oscillano lentamente, quindi intravedono l'assassino un'altra volta, nell'istante in cui si gira per sparire tra le ombre.

«Da capo, da capo», dice Joona.

Ora vede chiaramente, tra i rami sottili del salice, le orecchie di coniglio mozzate che oscillano davanti al volto mascherato.

«Fermo... Torna un attimo indietro.»

Lo schermo è quasi completamente nero, ma una specie di velo più grigio passa davanti alla testa dell'assassino, e si nota uno scintillio nel riquadro della finestra accanto.

«Che diavolo sta facendo?»

«Cerca di penetrare più a fondo nel buio», dice Joona.

«Quello cos'è?»

«Deve essere il retro dell'orecchio.»

«Si è tolto la maschera?»

«Al contrario... Se la mette qui, mentre è riparato dal buio.»

L'assassino deve aver calcolato che tra gli alberi si sarebbe trovato più o meno al sicuro dalle videocamere. Era entrato nel giardino in quel punto cieco e si era nascosto sotto il salice per infilarsi il passamontagna.

«Un vero professionista», dice Johan Jönson, senza fiato.

«Prova di nuovo la otto... Si è visto un luccichio alla finestra.»

Quando l'assassino si infila la maschera dando la schiena alle videocamere, lo schermo diventa nero e la macchia grigia dei movimenti dell'uomo attraversa lo schermo. Si vede uno scintillio alla finestra prima che lui si volti con le orecchie di coniglio che gli dondolano davanti al viso.

«Cos'è quella luce alla finestra della cucina?» domanda Johan Jönson.

«È un vaso, l'ho visto prima nella camera sette», dice Joona. «È sul davanzale vicino a una ciotola di limoni.»

«Un vaso.»

«Ingrandiscilo», dice Joona.

Johan Jönson lascia che il vaso riempia l'intero schermo, proprio come la faccia di Rex poco prima. Il metallo liscio e curvo riflette la finestra e il giardino all'esterno. Lungo il bordo del vaso si nota un movimento, niente più che una leggera variazione.

«Indietro», dice Joona.

«Non ho visto niente», mormora Johan Jönson, ma fa comunque tornare indietro il filmato.

Il leggero movimento lungo il bordo del vaso non è altro che una linea curva, del colore della carta ingiallita.

«Potrebbe essere il suo viso prima che si infili la maschera», dice Joona, con un tono di voce teso.

«Porca puttana», bisbiglia Johan Jönson ritagliando un fermo-immagine sgranato del riflesso convesso.

Rimangono entrambi a osservare la linea curva sul vaso: un pallido arco verticale sullo schermo del computer principale.

«Che facciamo? Dobbiamo vedere la sua faccia.»

Johan Jönson tamburella con le dita sulla coscia mormorando qualche parola tra sé.

«Cosa stai pensando?» domanda Joona.

«In uno specchio quasi sferico, il fuoco si trova in linea con il centro, ma ben oltre la superficie... E la ragione per cui l'immagine è così strana è che i raggi periferici e i raggi centrali non si incontrano nello stesso punto.»

«Si può fare qualcosa?»

«In realtà dovrei soltanto provare ad applicare una deformazione concava che corrisponda esattamente a uno specchio capovolto e posizionarla lungo l'asse centrale...»

«Sembra una faccenda lunga.»

«Ci vorrebbero mesi... se non esistesse Photoshop», esclama Jönson sorridendo.

Avvia il programma e inizia a ricomporre l'immagine un pezzo alla volta.

Nel frattempo, non si sente altro che il ticchettio dei tasti.

Si tratta di un processo simile a un peculiare fenomeno celeste: i riflessi confusi ai margini dell'immagine vengono risucchiati nella linea bianca, lasciando i contorni più scuri.

«Ho i brividi», mormora Johan Jönson.

Il volto pallido lentamente si distende e infine si cristallizza nella sua forma originaria, e sembra un angelo che nasce da se stesso.

Joona inspira profondamente e si alza. Per la prima volta, ha visto chiaramente il viso dell'assassino.

Rex sta lasciando la valigia nell'ingresso quando sente Sammy suonare la chitarra. Riconosce gli accordi, prova a ricordare di che canzone si tratti e si avvicina alla sala.

Per la cresima, Rex aveva regalato a Sammy una Taylor con le corde in metallo e si stupisce del fatto che abbia continuato a suonare. Quando entra nella stanza riconosce la canzone: è *Babe I'm Gonna Leave You* dei Led Zeppelin.

Sammy ha le unghie sporche e si è scarabocchiato la mano. La frangia ossigenata gli ricade sul viso assorto nella concentrazione.

Pizzica le corde con abilità mentre canta con un filo di voce, solo per sentire le parole nella propria testa.

Rex si siede sull'amplificatore per ascoltarlo. Sammy continua a suonare fino all'inizio della lunga coda strumentale, poi blocca le corde e alza lo sguardo.

«È incredibile quanto sei bravo», esclama Rex.

«Ma no...» dice Sammy imbarazzato.

Rex imbraccia la sua Gibson semiacustica e accende l'amplificatore. Le valvole si scaldano con un ronzio.

«Sai qualche canzone di Bowie?»

«*Ziggy Stardust* è stata la prima che ho imparato... Mi sentivo così figo, la mamma deve averla ascoltata un milione di volte», dice Sammy sorridendo, e inizia a suonare.

«*Ziggy played guitar*», canta Rex, cercando di accompagnare il figlio con la chitarra, «*jamming good...* Poi com'era... *Gilly and the Spiders from Mars.*»

Nuvole grigie attraversano rapidamente il cielo fuori dalle grandi finestre: sembra che si stia avvicinando un temporale.

«*So where were the Spiders*», cantano insieme.

Rex osserva il viso delicato di Sammy, e ripensa a quando Veronica gli aveva detto di voler tenere il bambino. Le aveva già spiegato di non essere abbastanza maturo, e in quel momento non era riuscito a nascondere l'agitazione, la sensazione di impotenza e frustrazione. Si era semplicemente alzato dal tavolo, accostando la sedia, e l'aveva lasciata.

«*So we bitched about his fans*», canta Rex. «E poi qualcos'altro e... *sweet hands!*»

«L'assolo, papà, l'assolo!» grida Sammy.

Con un'espressione terrorizzata, Rex inizia a suonare le note dell'unica scala blues che conosca, ma il risultato è del tutto goffo e scombinato.

«Scusa», mormora Rex.

«Prova con il mi minore», dice Sammy.

Rex cambia posizione e i due ripartono. In effetti, il risultato migliora leggermente, e le note di Rex sembrano quasi un vero assolo di chitarra.

«Bravo», lo incalza Sammy con un sorriso, guardandolo con un'espressione felice stampata sul volto.

Rex ride, e hanno appena iniziato a suonare *Det kommer aldrig va över för mig* di Håkan Hellström quando qualcuno suona alla porta.

«Vado io», dice Rex, posando a terra la chitarra mentre dall'amplificatore si leva un ruggito.

Corre nell'ingresso, scosta la valigia e apre la porta.

Una giovane donna coi capelli tinti di nero e dei piercing alle guance lo fissa con uno sguardo spento. Indossa dei jeans e una maglietta delle Pussy Riot, e ha il sottile braccio sinistro ingessato dal gomito fino alla punta delle dita. Nell'altra mano regge un sacchetto di H&M stropicciato.

La segue un uomo sulla trentina. Ha uno sguardo caloroso e il viso di una bellezza infantile, sciupato però come quello di una rockstar. Rex lo riconosce. È l'uomo che era insieme a Sammy durante la festa in cui il ragazzo era andato in overdose.

«Entrate», dice Sammy alle spalle di Rex.

La donna attraversa barcollando il tappeto dell'ingresso e porge il sacchetto a Sammy.

«La tua roba», dice Nico varcando la soglia.

«Ok», risponde Sammy.

La donna abbraccia Nico, sorridendo con il viso pigiato contro il suo collo.

«Questo è il frocio che ti ha pagato la macchina?» chiede.

«È il mio Salaì, e io lo amo», risponde Nico accarezzandole la schiena.

«Credevo che amassi me», si lamenta lei.

Sammy guarda nel sacchetto.

«E la macchina fotografica?»

«Cazzo, me la sono dimenticata», dice Nico colpendosi la fronte con la mano.

«Per il resto come va?» chiede Sammy sottovoce.

«Il processo inizierà a novembre... ma ho affittato una casa a Marsiglia, resterò là per tutto l'autunno.»

«Farà una serie di quadri su di me», dice la donna, e perde l'equilibrio inciampando negli stivali di Rex.

«Verrà anche Filippa, saremo un piccolo gruppo. Ci divertiremo.»

«Lo credo», dice Sammy.

«Però lei non ha i tuoi occhi», dice Nico con un filo di voce.

Sammy incrocia il suo sguardo.

«Merda, quanto sei bello», sospira Nico.

Sammy non riesce a trattenere un sorriso.

«Quando mi porti la macchina fotografica?» chiede.

«Che fai stasera?»

«Perché glielo chiedi?» bisbiglia Filippa all'orecchio di Nico.

«Pensavo di andare alla festa di Jonny», spiega lui.

«Sono tutti fuori di testa, non ce la faccio», si lamenta Filippa, appoggiandosi ai cappotti appesi nell'ingresso.

«Non l'ho chiesto a te», dice Nico, poi guarda Sammy. «Vieni? Può essere divertente, e ti porterò la macchina fotografica.»

«Da Jonny?» dice Sammy esitando.

«Lui resta a casa», interviene Rex con tono deciso.

«Ok, paparino», ribatte Nico, e si porta una mano alla fronte.

«Ci penso», promette Sammy.

«Di' di sì e io...»

«Grazie per la visita», interrompe Rex.

«Smettila, papà», sibila Sammy irritato.

Filippa scoppia a ridere e inizia a tastare le tasche dei cappotti. Nico la prende per un braccio e la trascina fuori dalla porta.

«Ti chiamo», gli urla dietro Sammy.

Rex chiude la porta, poi si ferma con la mano sulla maniglia e lo sguardo rivolto al pavimento.

«Papà», dice Sammy con voce stanca. «Non puoi comportarti così, sei stato molto maleducato.»

«Hai ragione, scusa», inizia Rex. «Ma... pensavo che aveste chiuso.»

«Non so come andrà a finire.»

«Tu devi vivere la tua vita, ma non posso certo dire che questo tizio mi piaccia.»

«Nico è un artista, ha frequentato l'Accademia di Göteborg.»

«È un bell'uomo e capisco che ti affascini, ma ti ha messo in pericolo e...»

«Cazzo, di certo io non sono stato a guardare», lo interrompe Sammy irritato.

Rex alza in aria entrambe le mani per calmarlo.

«Non possiamo limitarci a superare queste settimane come abbiamo detto fin dall'inizio?»

Il cacciatore silenzioso cammina sullo stretto marciapiede di Luntmakargatan, una strada secondaria e buia che si snoda sul retro dei palazzi del centro di Stoccolma. Gli sembra di muoversi sul fondo di un fossato circondato da ristoranti cinesi, coreani e vietnamiti.

Sotto il cappotto e la giaccia, l'accetta dondola appesa all'asola, lungo il fianco.

Fuori da uno dei ristoranti sono ammucchiate pile di cibi in scatola che bloccano il marciapiede costringendolo a scendere sulla carreggiata.

Il cacciatore si preme le dita sotto il naso come se avesse avuto un'improvvisa epistassi, le controlla, ma non vede nessuna traccia di sangue. Ripensa a come legava con delle lunghe corde i conigli vivi insieme a quelli morti, e poi li liberava. Quelli vivi e feriti trascinavano con sé le carcasse, schizzando in direzioni diverse e fuggendo in preda al panico.

Tracciavano bizzarri disegni di sangue sul cemento sporco del pavimento.

Ricorda gli scatti delle zampe posteriori, le unghie che grattavano mentre gli animali cercavano di liberarsi dal peso delle carcasse.

Senza fretta, il cacciatore prosegue lungo la strada e si avvicina alla serranda semichiusa di un garage. Sembra che l'impianto elettrico si sia guastato, e la serranda è stata bloccata con un cavalletto a un metro di altezza da terra. Si sente provenire dall'interno il pianto rabbioso di una donna che singhiozza e lancia delle urla con voce sconvolta.

Il cacciatore sta per superare l'ingresso, quando la donna si zittisce.
Si ferma, si volta e si mette in ascolto.
La donna piange, e un uomo le grida qualcosa in risposta.
Il cacciatore torna indietro, si china e sbircia all'interno. Scorge una rampa ripida, con le pareti di cemento ruvido a malapena illuminate. La donna ora parla con voce più tranquilla, ma poi si zittisce di colpo, come se l'avessero picchiata. Il cacciatore si infila sotto la serranda e inizia a scendere lungo la rampa.
L'aria è pervasa di odore di muffa e benzina.
Continua a scendere e arriva in un piccolo garage. Un uomo sulla sessantina, con un giubbotto di pelle nero e dei jeans larghi, spintona una donna giovane, vestita con abiti leggeri, e la fa barcollare tra un furgone rosso con i finestrini appannati e un'auto sportiva coperta da un telo dal colore argentato.
«Vi state divertendo?» domanda il cacciatore a bassa voce.
«Cosa? Tu chi cazzo sei?» strilla l'uomo. «Non puoi stare qui!»
Il cacciatore si appoggia alla parete. Osserva l'uomo, la donna e il furgone che ondeggia ritmicamente, e pensa che li sventrerà tutti, mozzerà loro le mani e li guarderà mentre scappano schizzando sangue ovunque.
«Vattene», dice l'uomo.
La donna lo fissa con uno sguardo inespressivo.
Alle spalle dell'uomo, i componenti in alluminio di un sistema di aerazione sono posati su un telo di plastica e, più oltre, si vedono dei rotoli di erba sintetica impilati contro la parete.
Il cacciatore non ha mai avuto nulla in contrario verso i combattimenti corpo a corpo. Quando a Ramadi aveva preso

parte alle operazioni di bonifica, era sempre il primo a entrare negli edifici.

Facevano saltare la porta e poi gettavano dentro delle granate stordenti di fabbricazione polacca. L'ufficiale si spostava di lato e ordinava agli altri di entrare.

Era sempre il primo perché ogni volta andava dritto verso l'obiettivo, con un M4, una pistola o un coltello. Era rapido e riusciva a uccidere quattro o cinque uomini da solo.

«Sparisci», dice l'uomo avvicinandosi.

Il cacciatore raddrizza la schiena e si asciuga il sudore dal labbro superiore. Osserva la luce del neon che sfarfalla sul soffitto, sente il ticchettio dell'interruttore e nota la luce fredda che si riflette nel condotto di aerazione.

«Questo è un garage privato», dice l'uomo con tono minaccioso.

«Mentre passavo ho sentito delle urla e...»

«Niente che ti riguardi», dice l'uomo gonfiando il petto.

Il cacciatore lancia di nuovo un'occhiata alla donna. Ha il volto imbronciato e la guancia è arrossata nel punto in cui l'uomo l'ha colpita. Indossa un impermeabile che le arriva alla vita e una gonna bianca drappeggiata, delle calze nere con dei piccoli teschi e delle scarpe con le zeppe.

«Tu vuoi stare qui?» le chiede il cacciatore con gentilezza.

«No», si affretta a rispondere la donna, asciugandosi il muco dal naso.

«Senti, stai fraintendendo tutta la situazione», sorride l'uomo.

Il cacciatore sa che non dovrebbe trovarsi in quel posto, ma non può fare a meno di restarci per un po'. Non gli importa nulla della donna. Finirà comunque a fare la puttana. È l'uomo ad attrarlo.

«Lasciala andare», gli dice.

«Ma lei non vuole andarsene», risponde lui estraendo una pistola semiautomatica.

«Chiediglielo, allora», suggerisce il cacciatore, mentre sente delle vampate di calore salire dal fondo del ventre.

«Che cazzo vuoi?» chiede l'uomo. «Ti credi una specie di eroe?»

Gli punta contro la pistola, ma l'impassibilità del cacciatore lo spaventa e lo spinge a indietreggiare di qualche passo.

«Non le succederà nulla», dice l'uomo, e la sua voce tradisce il nervosismo. «Se la tira un po' troppo, crede di essere meglio delle altre.»

Il cacciatore lo segue senza riuscire a trattenere un sorriso.

L'uomo ha abbassato la pistola: la bocca dell'arma è diretta verso il pavimento e la canna oscilla.

Arretra verso il condotto di aerazione e si muove senza una meta, cercando di fuggire come un coniglio malato.

«Lasciami in pace.»

L'uomo alza di nuovo la pistola, ma il cacciatore gli blocca con freddezza la mano, rivolge l'arma verso di lui e gli infila la canna in bocca.

«Bang», sibila tirando fuori la pistola, poi fa cadere il caricatore a terra e disinnesca il primo colpo. Il proiettile rotola tintinnando sul suolo e si arresta ai piedi della ragazza, che resta immobile con gli occhi bassi, come se non osasse guardare la scena.

Il cacciatore risale la rampa, pulisce le impronte dalla pistola e la getta in un secchio pieno di sabbia e mozziconi di sigarette. Si china per passare sotto la serranda e prosegue lungo il marciapiede all'ombra di Luntmakargatan.

All'incrocio con Rehnsgatan svolta a destra e raggiunge il portone di legno nell'istante in cui una donna con i capelli tinti di nero e il braccio ingessato blocca la porta per far passare un uomo dal viso bellissimo.

Il cacciatore afferra il portone e ringrazia, raggiunge rapidamente l'ascensore e preme il pulsante dell'ultimo piano.

Gli viene in mente quando lui e sua madre preparavano insieme le trappole, spruzzando le gabbie di sidro di mele perché i conigli non fiutassero il loro odore.

L'ascensore si ferma nell'istante in cui le luci delle scale si spengono. A quel piano vi è un solo ingresso, una robusta porta blindata rivestita di legno di quercia laccato.

Quando Rex morirà, gli taglierà le orecchie, le infilerà sul cordino di cuoio e le porterà al collo sotto la camicia.

A quel pensiero la testa gli si riempie di un crepitio che poi si trasforma in un frastuono assordante, simile al rumore di un carrello pieno di bottiglie spinto sull'asfalto irregolare di un parcheggio.

Il cacciatore di conigli chiude gli occhi e prova a riprendere il controllo di sé: deve comprimere quel caos in un guscio di silenzio.

Suona alla porta e sente dei passi avvicinarsi, abbassa lo sguardo sul pavimento di marmo e lo vede oscillare sotto i suoi piedi, come il disco flessibile al centro degli autobus articolati.

La porta si apre e gli si para davanti Rex, con la camicia che pende fuori dai pantaloni. Lo lascia entrare, indietreggia di qualche passo e rischia di inciampare nella valigia.

«Entra», dice con voce roca.

Il cacciatore avanza e richiude la porta, appende il cappotto a un gancio e si slaccia le scarpe mentre Rex scompare su per la scala a chiocciola che conduce al piano di sopra.

Il cacciatore sistema l'accetta appesa sotto la giacca e segue lentamente Rex verso il piano superiore illuminato.

«Ho fame», dice entrando in cucina.

«Scusa», esclama Rex allargando le braccia. «Invece di pulire gli asparagi mi sono messo a suonare la chitarra.»

«Faccio io», dice il cacciatore afferrando un tagliere di plastica bianca.

«Allora almeno preparo il brodo», risponde Rex, e prende dal frigorifero quattro mazzi di asparagi verdi.

Il cacciatore di conigli deglutisce con fatica e pensa che deve prendere al più presto la medicina. Il suo cervello è attraversato da un suono stridente, come di un lenzuolo che si strappa. Rex è uno degli uomini che hanno stuprato sua madre e che l'hanno abbandonata, devastata, su un cumulo di letame.

Il cacciatore si appoggia con la mano al bancone e sfila un coltello sbucciatore dal ceppo.

Sammy entra in cucina con una mela in mano, lancia una rapida occhiata al cacciatore e poi si rivolge a suo padre.

«Possiamo finire di parlare?» gli chiede, e le sue guance si imporporano.

Il cacciatore appoggia il filo del coltello contro il pollice, preme leggermente e chiude gli occhi per un istante.

«Sammy», dice Rex, «per me non è un problema se abiti qui, non ho detto questo.»

«Ma non è molto piacevole sentirsi costantemente indesiderato, anche se so che è così», ribatte Sammy.

«Prima o poi tutti devono morire», dice a bassa voce il cacciatore.

Osserva il coltello che stringe in mano e pensa di nuovo a sua madre, al terribile stupro che l'ha distrutta.

Ora sa che la madre soffriva di psicosi depressiva reattiva e cronica, e che le sue oscure allucinazioni hanno devastato anche lui.

L'aggressivo terrore per i conigli, le disgustose tane scavate nel terreno.

Un tempo, i ricordi dell'infanzia erano per lui qualcosa da

tenere a distanza. La caccia ai conigli e la paura di sua madre erano parte di un passato segreto.

Ma ultimamente i ricordi sono riemersi con la forza di una valanga, travolgendo ogni difesa.

Gli piombano addosso urtandogli il viso, come se tutto stesse accadendo nel momento presente.

È certo di non essere psicotico, ma è ormai chiaro che il passato non lo abbandonerà mai più.

Mentre trita le cipolle, Rex ha ancora i polpastrelli della mano sinistra indolenziti per aver suonato la chitarra.

«Perché dici di sentirti indesiderato?», chiede con delicatezza gettando le cipolle in una casseruola.

«Perché ripeti sempre che dobbiamo cercare di superare queste tre settimane insieme», spiega Sammy.

Rex passa il coltello sul bordo del tagliere, osserva la lama ampia e poi la sciacqua sotto il rubinetto.

«Non parlo di me, anzi... Sto chiedendo a te di provare a sopportarmi.»

«Non è quello che sembra», dice il figlio con voce cupa.

«Non ho mai visto Rex tanto felice quanto adesso», interviene DJ senza smettere di pelare gli asparagi.

«Papà, ti ricordi dell'altra volta in cui dovevo venire a vivere da te?», chiede Sammy. «Te la ricordi?»

Rex osserva suo figlio: ha gli occhi lucidi, il viso delicato e le spalle esili. Quello che sta per raccontargli – intuisce – non sarà affatto piacevole, ma vuole comunque che prosegua.

«No, non mi ricordo», ammette.

«Avevo dieci anni, ed ero così felice... Avevo parlato di mio padre con tutti i miei amici dicendo che saresti venuto a vivere con te in centro, che avremmo mangiato al tuo ristorante ogni sera.»

La voce di Sammy si spezza. Il ragazzo china la testa e tenta di calmarsi.

Rex vorrebbe abbracciarlo, ma non ne ha il coraggio.

«Sammy... Non so cosa dire, non me lo ricordo...» confessa con un mormorio.

«No», prosegue il figlio. «Non lo ricordi perché hai cambiato idea quando hai visto che non mi ero tagliato i capelli.»

«Questo non è vero», dice Rex.

«Avevo i capelli lunghi, allora tu ti sei lamentato e hai detto che dovevo tagliarmeli, ma io non l'ho fatto e... quando sono arrivato da te...»

Gli occhi di Sammy si riempiono di lacrime, il suo volto si imporpora e le labbra assumono una piega imbronciata. Rex toglie la casseruola dal fuoco e si pulisce le mani sul grembiule.

«Sammy», dice. «Ora ho capito di cosa stai parlando... Non avevo niente contro i tuoi capelli... È successo che... quando tua madre ti ha portato a casa mia, io ero così ubriaco da non riuscire a stare in piedi... Non poteva lasciarti con me.»

«No», singhiozza Sammy voltando lo sguardo altrove.

«È successo quando abitavo in Drottninggatan», prosegue Rex. «Adesso mi viene in mente, ero sdraiato sul pavimento della cucina; e mi ricordo di te, avevi le tue scarpe da ginnastica rosse e quella minuscola valigia di cartone che...»

Si interrompe quando, con una stretta al cuore, capisce come sono andate davvero le cose.

«Ma tu hai pensato che mi dessero fastidio i tuoi capelli», dice, quasi tra sé. «Era ovvio che lo pensassi.»

Aggira il bancone e prova ad abbracciare Sammy, ma il figlio si divincola.

«Perdonami», continua Rex, scostando dolcemente la lunga frangia dal volto del ragazzo. «Scusami, Sammy.»

DJ si infila in bocca una compressa di Modiodal e la ingoia. Non riesce a prevedere le conseguenze emotive di quello che sta succedendo. Sarebbe un disastro, se perdesse le forze e si addormentasse sul pavimento.

Taglia i gambi puliti degli asparagi in piccoli pezzi, mette da parte le punte e versa il resto in una pentola piena d'acqua.

Riflette sul fatto che in quel momento non deve ancora trasformarsi in un cacciatore, ma continuare per un po' a essere l'amico DJ.

Non ha alcuna fretta, tutto procede secondo un ritmo perfetto e in un ordine perfetto.

Ricorda che sua madre gli aveva mostrato una foto scolastica in cui tutti gli allievi del collegio erano radunati davanti all'edificio principale. In corrispondenza degli occhi di nove di loro erano stati incisi dei forellini, il decimo invece non appariva nell'immagine in quanto bidello. Ha impresse nella mente in maniera indelebile la mano tremante di sua madre e la luce della lampada sul tavolo che filtrava attraverso i buchi nella carta fotografica, creando una costellazione sconosciuta.

«So cavarmela da solo», dice Sammy con un filo di voce.

«Non lo capisci?»

«Ma io sono responsabile di quello che ti succede mentre sei qui... E visto come stanno le cose, non me la sento di partire con DJ.»

«Possiamo rinviare l'incontro», si inserisce DJ posando il coltello sul tagliere. «Posso chiamare gli investitori.»

Rex gli rivolge un'occhiata colma di gratitudine.

DJ sorride, pensando al modo in cui lo ucciderà: dovrà strisciare lungo tutti i corridoi dell'hotel con la schiena squarciata finché suo figlio non gli sparerà alla nuca.

Rex spreme sulla padella il succo di un paio di lime mentre Sammy prende la panna montata in frigo e svita il tappo.

«Non mi serve una babysitter», dice Sammy. «Forse tu non la pensi così, e lo capisco, ma me la so cavare.»

«Voglio semplicemente che non resti da solo», risponde Rex iniziando a sguaciare i gamberi.

«Ma tu muori dalla voglia di andare a caccia», sorride Sammy fingendo di caricare un fucile. «*Bang bang*... e Bambi è morto.»

«È solo una faccenda di lavoro», precisa Rex.

«Mi è chiaro», dice Sammy.

«Oppure potresti venire a caccia con noi», suggerisce DJ, e immagina un coniglio insanguinato che striscia sul pavimento mentre le sue zampe mozzate sono posate sul bancone.

«Papà non vuole», risponde Sammy con un filo di voce.

«E invece sì!», protesta Rex sciacquandosi le mani.

«No», ribatte Sammy con un sorriso.

Rex unisce la zuppa e i pezzi di asparagi, fa saltare rapidamente in padella le punte intatte e recupera il piatto con i gamberi sgusciati.

«Sarebbe bellissimo», dice con entusiasmo. «Possiamo cucinare insieme per gli investitori. Sammy, te lo giuro, ti innamorerai delle notti del Nord.»

«Però non me la sento di ammazzare degli animali.»

«Nemmeno io», dice Rex.

«Se ci provate, magari scoprirete di esserne capaci», dice DJ, cercando di scacciare le urla di sua madre che gli riecheggiano in testa.

Era stato difficile uccidere solo due degli stupratori. Il primo, perché l'omicidio avrebbe certamente destato grande scalpore, attirando l'attenzione della polizia svedese; l'altro, perché abitava a Washington DC e da molti anni godeva dell'attenta protezione dei mercenari della Blackwater.

Il suo piano era decisamente geniale, e praticamente nessuno avrebbe potuto smascherarlo prima che fosse troppo tardi.

Sapeva che Teddy Johnson avrebbe partecipato al funerale del ministro.

Ma era stato costretto a farlo uscire allo scoperto nel momento giusto, prima che venisse a sapere della morte degli altri suoi amici della Tana del coniglio; altrimenti, avrebbe certamente intuito che si trattava di una trappola.

Se fosse andata così, nessun'esca preparata dal cacciatore l'avrebbe condotto nella gabbia.

Ma Teddy Johnson era caduto nel suo tranello, e DJ aveva fatto in modo di allontanarsi da Rex tra la calca dentro la chiesa. Aveva preso posto sul palco vicino alla scala e aveva fatto cenno di raggiungerlo a Sammy, che si era spostato in fondo a destra. Mentre le note potenti di un salmo riempivano la chiesa, avevano tirato addosso a Rex delle palline di carta.

Poi, DJ si era allontanato in anticipo dalla cerimonia ed era riuscito ad arrivare in cima alla torre nord del complesso di Kungstornen dieci minuti prima che il celebrante concludesse la funzione. Come ben sapeva, il caos che si sarebbe scatenato dopo il primo colpo esploso contro Teddy Johnson avrebbe giustificato la sua sparizione. La gente avrebbe iniziato a gridare e a correre. Sarebbero trascorse delle ore prima che loro tre riuscissero a incontrarsi a casa di Rex.

La scelta del fucile .300 Winchester Magnum era stata la più ovvia.

Quando aveva ucciso il ministro degli Esteri, si era servito di una pistola dotata di silenziatore perché era consapevole che, pur dedicandosi con estrema attenzione ai preparativi, alla ricognizione della scena, allo studio delle abitudini e degli orari della vittima, alcuni aspetti sono impossibili da prevedere.

Prima dell'omicidio, era stato due volte a casa del ministro per studiare il sistema d'allarme, le videocamere e le procedure di sicurezza. A differenza della maggior parte delle altre persone, un uomo che ricopriva una carica tanto importante poteva avere con sé delle guardie del corpo armate proprio la sera in cui lui si sarebbe deciso a colpire.

Il cacciatore avrebbe preferito tagliargli i polsi nella vasca da bagno, ma quando la prostituta si era liberata e aveva fatto scattare l'allarme, aveva deciso di non correre rischi.

Solitamente, per la scelta delle armi, si affida all'istinto.

Almeno tre ragioni lo avevano spinto a uccidere il ministro degli Esteri mentre una prostituta era legata sul suo letto. La prima era semplice: il cacciatore sapeva che Wille organizzava quel genere di incontri solo quando la famiglia era in viaggio.

La seconda era che il ministro allontanava sempre le guardie del corpo prima di incontrare le prostitute.

La terza era che la presenza della donna aumentava la probabilità di un certo riserbo, da parte delle autorità, sulle circostanze della morte del ministro.

Quando si siedono a tavola, DJ rivolge un sorriso a Rex, ma dentro di lui sua madre continua a urlare di terrore mentre i conigli fuggono dalla gabbia e, in preda al panico, tentano di sfuggire alla vanga con cui li colpisce.

92

Joona Linna percorre a lunghi passi il corridoio all'ottavo piano della centrale di polizia di Kungsholmen, a Stoccolma. Ha i capelli biondi arruffati e i suoi occhi grigi sono penetranti. Indossa un completo nero nuovo e una camicia color cenere. La giacca è sbottonata e sotto il braccio sinistro si scorge il calcio della Colt Combat infilata nella fondina di cuoio logoro.

Una giovane donna, con profonde rughe d'espressione intorno alla bocca, gli rivolge un grande sorriso, e un uomo con la barba brizzolata sulla porta della sala relax si appoggia una mano sul cuore quando Joona gli passa davanti.

Fuori dall'ufficio del capo è appeso un poster che raffigura i sette dipartimenti della polizia svedese: quello di Stoccolma è il più piccolo, mentre quello settentrionale comprende metà del Paese.

Carlos è chino sull'acquario e, quando Joona entra nella stanza, scatta all'indietro come se fosse stato sorpreso a fare qualcosa di proibito.

«Li vizi», dice Joona indicando i pesci.

«Lo so, ma a loro piace così», annuisce Carlos.

Ha cambiato le decorazioni dell'acquario. Invece del relitto e del sub di plastica, ora i pesci nuotano tra astronavi bianche, alcuni *stormtrooper*, un Darth Vader sdraiato e un Han Solo circondato dalle bollicine della pompa.

«Ora abbiamo il volto dell'assassino», spiega Joona. «Ma la fotografia non ha dato alcun riscontro né nel registro dei carcerati né in quello dei sospettati.»

Carlos apre l'immagine sul proprio terminale e osserva il

volto disposto di tre quarti che Johan Jönson ha ricostruito partendo dal riflesso sul vaso d'argento.

L'assassino è un uomo bianco sui trentacinque anni, coi capelli biondi e la barba ben curata, il naso dritto e delle rughe sulla fronte.

Ha il collo piegato, con il muscolo della gola che risalta tra le ombre, la bocca socchiusa e sembra che la pelle sotto le sopracciglia chiare sia arrossata. I suoi occhi azzurri sono acquosi, quasi spenti.

«Dobbiamo diffondere l'immagine a tutte le unità dell'intero corpo, ed è necessario che la comunicazione venga direttamente da te», dice Joona. «Massima priorità... Aspettiamo quindici minuti, e se non otteniamo nessuna reazione, la facciamo subito pubblicare sui siti dei giornali chiedendo segnalazioni alla cittadinanza.»

«Come mai, quando ci sei di mezzo tu, le cose sembrano andare sempre così in fretta...»

Si interrompe perché Anja è entrata nell'ufficio senza bussare. La donna aggira la grande scrivania e spinge da parte Carlos con tutta la sedia, come se fosse un ingombrante barbecue a rotelle.

Diffonde l'immagine attraverso la rete interna che connette l'intero corpo di polizia attribuendole la massima priorità, poi apre l'allegato di una mail che ha spedito a se stessa: una bozza del testo da inviare a tutte le redazioni dei giornali del Paese.

L'immagine dell'assassino compare sul display della ricetrasmittente di Carlos, posata accanto alla tastiera.

«Ora non resta che aspettare», dice Anja incrociando le braccia.

«Di preciso, cos'è cambiato qua dentro, a parte il nome?», chiede Joona, e osserva il parco fuori dalla bassa finestra.

«Tutto funziona esattamente come prima, solo un po' peggio», risponde Carlos.

«Ne valeva la pena», dice Joona controllando l'orologio e chiedendosi come mai Saga non si sia fatta sentire.

«Vedi, il fatto è che nessun dipartimento vuole essere controllato dall'alto... e per questo non possiamo più avviare nessuna attività operativa, ma solo offrire supporto ai corpi locali.»

«Non mi sembra una buona cosa.»

«Ma in realtà funziona, perché allo stesso tempo spetta a noi decidere quando i dipartimenti hanno bisogno del nostro sostegno.»

Carlos riceve una chiamata diretta da un altro terminale, e allora si interrompe.

Capisce che non può evitare di rispondere e armeggia con i pulsanti fino a quando non riesce a inserire il vivavoce.

«Rikard Sjögren, squadra di Stoccolma», si presenta il collega. «Non so se quello che sto per dirvi possa esservi utile, ma ho partecipato al servizio di sicurezza durante il funerale del ministro degli Esteri a Sankt Johannes e sono sicuro di aver visto quest'uomo tra i presenti.»

«Sai chi è?», chiede Carlos accostando la bocca al trasmettitore.

«No.»

«Era insieme a qualcuno o vicino a qualcuno che hai riconosciuto?», chiede Joona.

«Non saprei... ma l'ho visto parlare con quel cuoco che è sempre in tv.»

«Rex Müller?»

«Sì, esatto, Rex Müller.»

Anja ha già iniziato a scandagliare l'archivio delle foto dei partecipanti al funerale apparse sulla stampa. I vari volti si susseguono: per la maggior parte, si tratta di politici e uomini d'affari nella luce intensa all'esterno della chiesa.

«Eccolo», dice. «È lui?»

«Sì», risponde Joona.

In una foto che ritrae il presidente dell'Estonia si vede un uomo tra gli ospiti in coda sulla scalinata. Si sta riparando gli occhi con la mano mentre la luce del sole fa risplendere il colore biondo della sua barba.

«Ma non compare nessun nome», dice Anja tra sé continuando a cercare.

Dopo pochi secondi, trova un'altra foto dell'uomo, accanto a Rex Müller e a suo figlio. Rex tiene un braccio sulla spalla del ragazzo e guarda verso l'obiettivo con un'espressione addolorata, mentre l'assassino è in procinto di voltarsi. Ha la fronte sudata e una strana tensione negli occhi.

«Secondo la didascalia, si chiama David Jordan Andersen», dice Anja.

Finalmente abbiamo trovato l'assassino, pensa Joona. David Jordan Andersen è lo *spree killer* che sta uccidendo uno dopo l'altro gli stupratori.

Anja effettua una rapida ricerca su internet partendo dal nome, e scopre che Daniel Jordan è il fondatore della società che produce il programma di cucina di Rex e che sostanzialmente gli fa da manager.

«Dove abita?», chiede Joona.

«Abita a... a Ingarö, e la sede della società si trova in Observatoriegatan.»

«Manda una squadra a Ingarö, una nell'ufficio e una a casa di Rex Müller», dice Joona a Carlos. «Ma non dimenticare che è estremamente pericoloso... Probabilmente ucciderà i primi che entreranno.»

«Come ti viene in mente di dire certe cose?», mormora Carlos.

Joona e Anja restano in attesa mentre Carlos organizza rapidamente le squadre che dovranno entrare in azione: dà alle Forze di pronto intervento l'ordine di fare irruzione a Ingarö e invia due pattuglie agli altri indirizzi.

Prima di chiudere la comunicazione con il capo operativo ribadisce una raccomandazione essenziale: tutti devono essere dotati di armi pesanti e giubbotti antiproiettile.

«I giubbotti non lo fermeranno», dice Joona lasciando la stanza.

Dopo la pioggia il cielo si è schiarito. Petali bagnati di rosa canina appena sbocciati sono sparsi sulle grate del tombino. Gocce d'acqua cadono dal tetto del reparto di medicina legale, all'interno del complesso dell'ospedale Karolinska.

Ago oltrepassa il parcheggio con la sua Jaguar bianca, sale sul marciapiede e si ferma esattamente davanti all'ingresso, con una delle ruote posteriori nell'aiuola.

Sorridendo, Ago scende dall'auto ma si accorge che il paraurti anteriore è così vicino alla porta da impedirgli quasi di aprirla. Torna verso la Jaguar fischiettando, si siede al volante, si sposta in retromarcia schiacciando i cespugli di rose e scende di nuovo.

Il suo volto sottile è perfettamente rasato e sul naso curvo porta degli occhiali da sole da aviatore con la montatura bianca. È noto per essere un anatomopatologo estremamente serio e ostinato, ma oggi è di umore insolitamente allegro.

«*Tell me I'm a bad man, kick me... tra-la-laa*», canta entrando nella stanza delle autopsie. «*Tell me I'm an angel, take this to my grave...*»

Frippe, l'assistente di Ago, ha già prelevato il cadavere dall'obitorio e l'ha sollevato, ancora chiuso nel sacco, sul tavolo autoptico.

«Ho parlato con Carlos, mi ha detto che Joona Linna è tornato», dice Ago. «Ora tutto andrà di nuovo per il verso giusto.»

La sua voce si incrina di colpo e allora si schiarisce la gola un paio di volte, poi sfila gli occhiali e li pulisce con l'orlo del camice.

«Adesso capisco perché ho dovuto tirare fuori di nuovo mister Ritter», esclama Frippe stringendo l'elastico intorno alla coda di cavallo.

«Joona crede che sia stato assassinato», dice Ago con un fremito all'angolo delle labbra sottili.

«Secondo me no», ribatte Frippe.

«Tre persone che frequentavano l'istituto Ludviksberg trent'anni fa sono state fatte fuori questa settimana... Ma siccome Joona dice che possono essercene altre, Anja ha iniziato a confrontare tutti i nomi citati negli annuari con i vari registri... e l'unico caso di morte rilevante è questo», conclude Ago.

«Che però è stato un incidente», dice Frippe.

«Joona pensa che ci siamo fatti scappare un omicidio.»

«Cazzo, ma non ha nemmeno visto il cadavere», si lamenta Frippe, cercando di trattenere l'agitazione mentre si gratta il sopracciglio con il pollice.

«No», conferma Ago soddisfatto.

«Carl-Erik Ritter aveva un tasso alcolemico del 2,3 per mille. Era completamente ubriaco, è caduto contro una vetrina mentre tornava a casa dal pub El Bocado ad Axelsberg e si è reciso la giugulare», prosegue Frippe mentre apre la sacca.

Un odore dolciastro e stagnante si spande nella stanza.

Il corpo nudo di Carl-Erik Ritter ha assunto un colore brunastro a chiazze e il ventre annerito è rigonfio.

I cadaveri vengono conservati alla temperatura di otto gradi per rallentare il processo di decomposizione, ma la lotta contro il disfacimento è comunque vana.

Frippe si china sul volto grigio e nota un luccichio rosso in una narice.

«Che cavolo...»

Improvvisamente, un liquido scuro inizia a colare dal naso lungo le labbra e giù per le guance del morto.

«Merda», esclama Frippe sollevando di scatto la testa.

Ago nasconde un sorriso, ma non dice nulla, anche lui una volta aveva reagito così. Durante il processo di decomposizione, spesso si formano delle vesciche sotto la pelle e all'interno del naso, ed è facile, quando tali vesciche si spaccano, scambiare per sangue il liquido che cola fuori.

Frippe si sposta al computer e aspetta qualche secondo, poi torna al tavolo con un iPad e inizia a confrontare le immagini della scena dell'incidente con le ferite del cadavere.

«Io comuque non cambio idea», dice dopo qualche istante. «È stato chiaramente un incidente... ma può darsi che Joona abbia ragione, i distretti sono tanti e forse ci è sfuggito un omicidio a Göteborg o a Ystad.»

«Può essere», mormora Ago infilando un paio di guanti in vinile.

«La vetrina si è frantumata e Ritter è caduto contro il vetro. Tutto torna, guarda le ricostruzioni dei tecnici», dice di nuovo Frippe porgendogli l'iPad.

Ago non lo prende. Comincia invece a osservare le numerose e superficiali ferite da taglio che si presentano come segni neri sull'intero corpo, e che si concentrano soprattutto sulle mani, le ginocchia, il torso e il viso. L'unica ferita davvero grave è il taglio alla gola, che arriva fino all'orecchio.

«Un taglio aperto, orizzontale», legge Frippe mentre Ago tasta la profonda lesione. «Le pareti interne sono lisce e non particolarmente impregnate di sangue... Nessun difetto e nessun ponte di tessuto, la superficie cutanea circostante è intatta...»

«Bene», dice Ago facendo scorrere il dito lungo il margine della ferita.

«La causa diretta della morte è stata una combinazione di dissanguamento e di inalazione di sangue», prosegue Frippe.

«Già, è un taglio davvero profondo», mormora Ago.

«Era ubriaco, ha perso l'equilibrio e ha spaccato la vetrina. È caduto rovinosamente in avanti a peso morto e la gola è scivolata lungo una superficie sporgente... che ha fatto un effetto simile alla lama di una ghigliottina.»

Ago gli rivolge un'occhiata divertita.

«Ma non ti viene il dubbio che queste sfortunate circostanze siano troppo perfette?», dice. «Immagina che qualcuno gli abbia dato una mano, esercitando un po' di pressione sulla testa e facendo in modo che la gola scivolasse lungo il margine affilato... così che gli troncasse la giugulare affondando fino alla trachea.»

«È un incidente», si ostina Frippe.

«È annegato lentamente nel suo stesso sangue», constata Ago spingendosi gli occhiali in cima al lungo naso.

«Ora ho l'impressione che Joona Linna sia qui con noi, in attesa di chiedere chi dei due abbia ragione», si lamenta Frippe.

«Ma tu sei così sicuro del fatto tuo», dice Ago con tono scherzoso.

«È stato un caso sfortunato... Ho estratto duecentodieci schegge e frammenti di vetro da quel corpo... soprattutto dalle ginocchia, dalle mani, dal torso e dal viso.»

Ago tocca la bocca del cadavere e gli apre la ferita rimarginata sul labbro superiore scoprendo i denti al di sotto.

«Questa è dovuta a un coltello», si limita a dire.

«Un coltello», ripete Frippe deglutendo.

«Esatto.»

«Quindi è comunque un omicidio», sospira Frippe, e osserva il morto.

«Senz'ombra di dubbio», sospira Ago e incrocia il suo sguardo.

«Un'unica ferita... L'assassino gli ha procurato col coltello una sola cazzo di ferita su più di duecento.»

«L'ha fatto perché la vittima assomigliasse a una lepre... a un coniglio.»

I minibus neri delle Forze di pronto intervento bloccano la strada stretta a quattrocento metri dall'abitazione di David Jordan a Ingarö. Poliziotti pesantemente armati isolano rapidamente la zona con nastri neri e stendono tappeti chiodati persino nel fossato.

L'operazione di terra è guidata da Magnus Mollander in collaborazione con Janus Mickelsen della Säpo. Magnus, un uomo biondo dallo sguardo schivo, si è separato dalla fidanzata solo qualche giorno prima. Di punto in bianco, lei gli aveva confessato di non riuscire più a vivere con qualcuno che rischiava di essere ammazzato ogni volta che andava al lavoro. Era stato impossibile discutere con lei: aveva riempito la sua valigia a fiori e se n'era andata.

Mentre raggiungevano l'indirizzo, Magnus ha studiato attentamente le immagini satellitari della proprietà, costituita per lo più da boschi e scogli ripidi a picco sul mare.

La squadra operativa è composta da otto poliziotti equipaggiati con elmetti, giubbotti antiproiettile in ceramica, mitragliatrici, pistole semiautomatiche e fucili di precisione della Heckler & Koch.

Accanto al fossato in cui alte erbacce ondeggiano al vento, l'eco degli scarponi pesanti che calpestano la strada d'asfalto deserta rimbomba nell'aria.

Al segnale di Magnus, Janus Mickelsen insieme a due cecchini lascia la strada e avanza sul terreno incolto. Il resto del gruppo prosegue fino alla recinzione e la costeggia in silenzio. Tra gli alti rami degli alberi si leva il canto degli uccelli. Qualche farfalla freme sui fiori selvatici.

La squadra è arrivata all'ordinato vialetto d'ingresso della casa di David Jordan. Magnus Mollander osserva la ghiaia ben rastrellata e il parcheggio vuoto. Due edifici scuri uniti dalla tettoia per l'auto nascondono il resto della proprietà.

Magnus apre il cancello, indica ai colleghi di avvicinarsi e nel frattempo apprende da Joona che i cecchini hanno scavalcato la recinzione e stanno risalendo la scogliera sul retro del campo da tennis.

Magnus fa segno al gruppo di Rajmo di procedere a coppie, mentre lui avanza con il loro capo in mezzo ai due edifici. È come ritrovarsi in una profonda galleria dentro una possente muraglia.

Cautamente, arrivano dall'altra parte e osservano la spiaggia di rocce spoglie che scende verso il mare.

La casa di David Jordan è grande e dipinta di un colore marrone scuro; ha ampie vetrate e una splendida terrazza ad angolo affacciata sulla baia. Sotto la casa sono state ricavate una piscina coperta e una terrazza di pietra su cui si trovano delle sdraio bianche.

Tutto è ordinato, curato e silenzioso.

Sembra che in casa non ci sia nessuno.

Magnus e Rajmo restano immobili a osservare l'abitazione e a studiare le finestre, ma non notano alcun movimento.

Un motoscafo sportivo è ancorato al molo, accanto a due acquascooter sollevati su delle gru.

I cecchini riferiscono di essere in posizione.

Magnus sta sudando sotto il pesante giubbotto antiproiettile. Sente il soffio del proprio respiro nell'elmetto quando alza il braccio facendo segno agli uomini di avanzare.

Il primo gruppo raggiunge la dépendance e manomette la porta, mentre il secondo gruppo segue Magnus e Rajmo fino all'edificio principale.

Attraversano curvi lo spiazzo aperto fino alla casa. Entrano da due direzioni: Magnus forza la porta esterna mentre gli altri rompono una finestra e gettano all'interno una granata stordente.

Rajmo sposta il pannello, rimuove le schegge dello stipite esploso con la canna del fucile e corre fino alla soglia della prima camera da letto, poi si china e apre la porta. Magnus gli è subito dietro. L'allarme antintrusione si attiva con un ululato mentre gli agenti controllano le varie camere spalancando le ante degli armadi e ribaltando i materassi.

Quando escono dall'ala delle camere da letto, gli altri uomini all'interno dell'edificio principale fanno rapporto: hanno controllato tutta la parte interna senza trovare nulla.

Magnus indica a Rajmo di avvicinarsi e poi inizia a correre attraverso un salotto, controlla gli angoli nascosti e prosegue in un'enorme cucina, immersa nella luce accecante che entra dal mare. Magnus avanza e sente provenire delle urla dal gruppo nell'altra parte della casa. Gli occhiali di protezione gli si sono spostati, e li sta sfilando nel momento in cui nota con la coda dell'occhio una sagoma uscire di corsa da un nascondiglio fuori dalla vetrata. Con un sussulto, punta l'arma contro il vetro. Posa il dito sul grilletto, ma non vede più nulla a eccezione delle file di sdraio bianche.

Magnus si accovaccia per minimizzare la superficie d'impatto. Il cuore gli martella nel petto. Fuori, i rami degli alberi si muovono nella brezza leggera. Si asciuga il sudore dagli occhi e poi vede di nuovo la figura.

È Rajmo: il suo riflesso riprodotto su diverse finestre crea l'illusione che si trovi sulla terrazza all'esterno mentre in realtà sta girando intorno al tavolo a dieci metri da lui.

Magnus si alza e sbircia fuori, poi arretra di un passo e vede di nuovo il proprio partner riflesso contro lo sfondo del giardino.

Si volta verso Rajmo e annuncia che bisognerà perquisire la casa un'altra volta.

In cucina, sul piano di marmo del bancone, è appoggiato un bicchiere di whisky pieno per metà, accanto a un sacchetto aperto di fiocchi di formaggio. Magnus si sfila un guanto e sfiora il bicchiere. Non è freddo: se c'era del ghiaccio, si è sciolto parecchio tempo prima.

Qualcuno, però, è stato lì e ha lasciato la casa con una certa fretta.

Magnus si avvicina alla finestra. Il primo gruppo è vicino al molo. Due uomini sono saliti a bordo del motoscafo, e controllano la coperta e i ripostigli.

Magnus apre la porta della veranda, esce in terrazza e nota una volpe gonfiabile incastrata tra i rami di un albero.

Il vento ha trascinato via i giochi per la piscina dall'area della vasca.

Finalmente l'allarme tace e Magnus riferisce al comando del Reparto operativo che la casa è deserta, ma che controlleranno l'edificio ancora una volta, con calma e meticolosità.

«Joona Linna arriverà tra cinque minuti», dice il caposquadra.

«Bene.»

Magnus gira intorno alla casa e fa un cenno ai cecchini, pur sapendo che hanno l'ordine di rimanere in posizione. La pavimentazione di gomma rossa del campo da tennis è coperta di aghi di pino secchi.

Magnus si incammina lungo il retro dell'edificio principale, pensando che anche la dépendance andrà controllata una seconda volta e che da qualche parte dev'esserci una stanza con la pompa e la ventola della piscina in cui qualcuno potrebbe nascondersi.

I pannelli sandwich della facciata emanano ancora il calore estivo. Le finestre rivolte in direzione del bosco sono poche.

Il terreno si sbriciola sotto gli scarponi pesanti di Magnus e l'aria è satura dei profumi dell'infanzia: resina e muschio caldo.

Appese sotto il cornicione della facciata sul retro, Magnus scopre quelle che sembrano delle enormi trappole per gamberi. Sta per sganciarne una quando la centrale gli comunica l'ordine di entrare in casa e provare ad accedere al computer fisso per controllare l'agenda ed eventuali documenti di viaggio.

In lontananza risuonano i colpi insistenti di un picchio. A Magnus viene in mente che la sua compagna si copriva sempre le orecchie quando le capitava di sentire un picchio. Non li sopportava: era convinta che quei rintocchi ostinati avrebbero causato loro dei terribili mal di testa.

Si appresta a tornare indietro e rivolge un cenno a Rajmo che è venuto a cercarlo, ma poi si ferma notando nella facciata una porticina alta circa un metro e mezzo. Il chiavistello sfilato pende verso l'esterno.

Potrebbe condurre in una specie di legnaia, pensa sfoderando il coltello. Rajmo indietreggia di un passo quando Magnus scosta la porta con la lama.

Malgrado sia stato avvertito di non trascurare qualsiasi possibilità di pericolo, non crede che la casa sia minata.

Non succede nulla.

Magnus rivolge un sorriso a Rajmo e rinfodera il coltello, poi apre del tutto la porta facendo apparire una scala ripida che si inoltra al di sotto della casa.

«Vado giù a dare un'occhiata», dice Magnus, infila la mano all'interno e manovrando l'interruttore.

Si sente un *clic*, ma le luci non funzionano. Magnus monta la torcia sul fucile e inizia a scendere.

«Che diavolo è questa puzza?», dice Rajmo accostandosi al basso varco.

Un odore dolciastro di decomposizione si fa più intenso di

gradino in gradino. La stretta scala di cemento sembra condurre in profondità sotto la casa. Ovunque sono appese enormi ragnatele con grandi ragni che dondolano per il proprio peso.

Ai piedi della scala si vede un breve corridoio con due porte di metallo. Magnus indica a Rajmo di prepararsi, poi spalanca di colpo la porta più vicina. Si tratta di uno sgabuzzino con un filtro per il radon e il sistema di purificazione dell'acqua. Rajmo apre la seconda porta e scuote la testa rivolto verso Magnus.

«Una pompa di calore geotermico», dice sollevando il colletto della giacca sul naso per proteggersi dal tanfo soffocante.

Magnus cerca di resistere alla nausea, fa scorrere il fascio della torcia lungo il corridoio e scorge una porticina di legno sul fondo.

Avverte una nota acuta e vibrante che si fa sempre più intensa: ricorda il rumore dell'ago di una macchina da cucire che si inceppa.

Magnus prova ad aprire la porta, ma è chiusa a chiave. Rajmo indietreggia e sferra un calcio contro la maniglia, tanto forte da far saltare l'intera serratura. La porta si apre.

Il tanfo di carne marcia li investe come un'ondata rivoltante. La nota acuta diventa un frastuono assordante quando vengono avvolti da migliaia e migliaia di mosche.

«Dio», geme Magnus coprendosi la bocca.

L'aria è così piena di insetti infuriati che è impossibile illuminare la stanza con la torcia.

«Che cazzo succede?», riesce a dire Rajmo.

Lo sciame di mosche si dirada, poi per un istante si avverte un suono martellante simile a quello prodotto da un bastone che viene fatto scorrere contro una staccionata.

Mentre avanza nella stanza soffocante, Magnus sente le gambe tremare.

La luce della torcia scorre oscillando lungo un appiccicoso muro di cemento. Il ronzio delle mosche calmatesi da poco diventa di nuovo più inquieto.

Rajmo illumina un tavolo da lavoro coperto di sangue nero che è colato lungo le gambe di legno fino a raggiungere il pavimento. È schizzato sulle pareti, e persino sul soffitto.

Il sottile cono di luce della torcia di Magnus si sposta su carcasse di coniglio sventrate, gonfie e brulicanti di mosche nere.

Alcuni coltelli con i manici di legno scuriti e le lame consumate sono infilati in un barattolo di vetro.

«Merda, è la cosa più schifosa...»

Si sente di nuovo il rumore martellante di poco prima, quindi Magnus punta l'arma verso il pavimento illuminando una gabbia. Accanto a un tombino, contro la parete, sono state gettate le interiora di numerosi animali. In una bacinella di plastica gialla si notano una tavola insanguinata e uno scarnatoio.

Dalla gabbietta a terra sale un lieve tramestio. Un coniglio corre in tondo, in preda al panico. Le sue unghie grattano contro la rete metallica.

Joona infila la mascherina e i guanti di vinile e scende nell'angusto mattatoio per esaminare gli animali morti. Controlla rapidamente le interiora imputridite sul pavimento e i pezzi di carcasse inchiodate sulle pareti e appese al soffitto della stanza, ma non trova resti umani. A quanto sembra, qualcuno si è ossessivamente dedicato a torturare e sterminare i conigli. Joona nota alcuni tentativi abortiti di cucire tra loro le pellicce di coniglio, trova resti di pelle consunta stesi su un telaio insozzato e tracce inquietanti delle uccisioni violente, di una collezione di trofei e di carcasse scempiate.

Sulla parete coperta di schizzi dietro il tavolo da lavoro è appeso un vecchio ritaglio di giornale con una foto di Rex che regge nella mano destra una statuetta argentata raffigurante la sagoma stilizzata di un cuoco.

Joona porta fuori la gabbia con il coniglio vivo e si addentra per un tratto nel bosco prima di liberarlo.

Janus ha appoggiato il fucile di precisione contro la recinzione del campo da tennis e ha aperto il giubbotto antiproiettile. Si infila una pastiglia in bocca, scosta i riccioli rossi dal viso e beve direttamente dalla bottiglia un sorso d'acqua minerale, inclinando la testa all'indietro e deglutendo.

«Ti ho visto in uno dei vecchi filmati di sorveglianza del ministro degli Esteri», dice Joona.

«Il mio primo lavoro per la Säpo è stato ripulire casa sua... Un ottimo modo per usare i soldi dei contribuenti... A volte le ragazze erano conciate così male che dovevo portarle al pronto soccorso... Dopodiché, mi toccava convincerle a tacere e sparire.»

«Capisco perché hai cambiato reparto.»
«È stato il ministro a inviare la richiesta... Io mi sono limitato a metterlo al muro, a strizzargli quel cazzettino minuscolo che si ritrovava e a dirgli che ero obbligato a proteggerlo, certo, ma che ho due facce... una delle quali non è particolarmente gentile.»

Joona ritorna con la gabbia vuota, e trova Magnus Mollander ad aspettarlo. Ha le guance pallide come se avesse la febbre e trema, malgrado il sudore coli luccicando lungo la linea dei suoi capelli.

«Nel computer non si trova niente», riferisce. «Il tecnico ha effettuato un primo controllo e non ha individuato informazioni su dove possa trovarsi il nostro David Jordan.»

Rajmo li interrompe per informarli che una donna è scesa dall'autobus e sta percorrendo la strada in direzione della casa.

«Rimuovete i blocchi, prima che li noti», dice Joona. «Nascondetevi, così vediamo se sta venendo qui.»

Si radunano tutti dietro la dépendance, dove non sono visibili dalla strada. Il gruppo è composto da nove poliziotti armati, più Joona Linna e il tecnico del Reparto operativo.

Il cancello si apre con un leggero cigolio.

Sentendo i passi della donna avvicinarsi sul vialetto di ghiaia, Joona sfodera la pistola e la nasconde lungo il corpo.

Quando la donna arriva tra le due case il rumore cambia, e diventa più profondo e sordo.

Ora è vicinissima.

Joona avanza di un passo.

La donna urla per la paura.

«Mi scusi se l'ho spaventata», dice Joona, con l'arma nascosta contro la gamba.

La donna lo fissa con occhi sgranati. Ha i capelli lisci e biondi, e indossa dei jeans sbiaditi, dei semplici sandali e una t-shirt stinta con sopra la scritta *Feel the Burn*.

«Sono della polizia e vorrei farle un paio di rapide domande», prosegue Joona.

La donna prova a tranquillizzarsi, recupera il telefono dalla borsa di tela e avanza di un passo verso di lui.

«Mi lasci solo chiamare la polizia per controllare che...»

Quando nota la squadra, in attesa accanto al muro, si zittisce di colpo. Il suo volto diventa sempre più pallido mentre osserva i giubbotti antiproiettile, i caschi, i fucili automatici e quelli di precisione.

«Dov'è David Jordan?», chiede Joona rinfoderando la pistola.

«Cosa?»

La donna guarda stupita la casa e vede la porta d'ingresso posata a terra.

«David Jordan», dice Joona. «Non è qui.»

«No», conferma lei con un filo di voce. «È al Nord.»

«A fare cosa?»

La donna sbatte le palpebre come se qualcosa la accecasse.

«Non lo so», dice. «Per lavoro, penso.»

«Dove, di preciso?»

«Cos'è successo?»

«Lo chiami», dice Joona indicando il telefono che la donna stringe ancora in mano. «Gli chieda dov'è, ma non gli dica nulla di noi.»

«Non capisco», mormora lei. Accosta il telefono all'orecchio, poi lo riabbassa quasi subito. «È spento... Il suo telefono è spento.»

«Siete fidanzati?», domanda Joona fissandola coi suoi occhi grigi come pietre.

«Fidanzati? Non ci ho mai pensato... Ci vediamo abbastanza spesso... Mi piace stare qui, riesco a dipingere quando sono in questa casa... Ma a dire il vero non siamo così legati, praticamente non ho idea di cosa faccia a parte produrre il programma di cucina di Rex...»

Si interrompe, dando un calcio alla ghiaia.

«Ma sapeva che sarebbe partito.»

«Ha detto solo che sarebbe andato su al Nord, sa che non me ne importa un granché.»

«Il Nord è grande quanto la Gran Bretagna», dice Joona.

«Forse ha detto Kiruna. Credo che abbia detto Kiruna.»

«Secondo lei, perché è andato a Kiruna?»

«Non ne ho idea.»

Senza aggiungere una parola, Joona si incammina verso l'auto e intanto chiama Anja dal telefono nuovo per chiederle di prenotare un biglietto.

«Avete trovato Rex Müller?», prosegue sedendosi al volante.

«Né lui né suo figlio Sammy sono a casa, e nessuno sa dove si trovino. Ho parlato con TV4 e con la madre del ragazzo che è all'estero, ma...»

«In ogni caso, sembra che David Jordan sia partito per il Nord questa mattina», dice Joona raggiungendo la strada principale.

«Non secondo le liste dei passeggeri.»

«Controlla se negli aeroporti è atterrato qualche aereo privato, anche negli scali minori.»

«Ok.»

«Io sto andando ad Arlanda», aggiunge Joona.

«Ovvio», dice Anja senza mostrare la minima traccia di stupore.

«E conto sul fatto che nel frattempo rintraccerete i cellulari.»

«Ci stiamo provando, ma i gestori telefonici sono a dir poco reticenti quando si tratta di condividere informazioni.»

«Basta che ci riusciate prima che mi imbarchi.»

«Posso parlare col pubblico ministero...»
«Chissenefrega, vacci giù pesante, al diavolo la legge», la interrompe Joona. «Scusami, ma sappi che se non li troviamo, Rex e suo figlio tra poco saranno morti.»
«Ok, chissenefrega», ripete lei tranquilla. «Ci vado giù pesante, e al diavolo la legge.»
La strada sinuosa che attraversa il bosco è deserta. Joona passa accanto a un gruppo di cottage intorno a un lago dalla superficie liscia come uno specchio, con al centro una piattaforma di legno. Dietro una staccionata, un uomo regge in braccio un robot tagliaerba.
Joona accelera di nuovo e, nel momento in cui Anja lo richiama, sta imboccando una strada più ampia di fianco a una stazione di servizio.
«Joona, niente da fare», dice.
Gli spiega che i tecnici del Reparto operativo hanno provato a rintracciare David Jordan e Rex attraverso il gps e il gsm. Non hanno potuto attivare a distanza i cellulari per ottenere le informazioni sulla loro posizione, e siccome nemmeno i gestori sono riusciti a rintracciare i segnali attraverso i ripetitori locali a Kiruna, i tecnici concordano sul fatto che i telefoni di David Jordan e Rex siano stati distrutti, e non semplicemente spenti.
«Il telefono di Sammy, invece?», chiede Joona.
«Ci stiamo lavorando», sbuffa Anja. «Non mi stressare, non lo sopporto. Sono tutti nervosi, niente cavalleria, nessuno che ti corteggia...»
«Scusa», dice Joona, accelerando lungo la rampa d'accesso all'autostrada.
«Ma forse hai ragione... un Cessna partito da Stoccolma è atterrato nelle prime ore del mattino all'idroscalo di Kurravaara.»
«E non è disponibile una lista dei passeggeri?»

«Aspetta un secondo.»
Sente Anja parlare con qualcuno, ringraziandolo per l'aiuto.
«Joona?»
«Dimmi.»
«Abbiamo rintracciato il telefono di Sammy. È fuori Stoccolma, nella zona di Hallunda. Abbiamo l'indirizzo preciso, una villetta a schiera in Tomtbergvägen.»
«Sono felice di sapere che è rimasto a casa», dice Joona. «Manda una volante e chiedi a Jeanette Fleming di parlare con il ragazzo... Devo sapere dove sono andati Rex e David Jordan.»

Rex è nella sua camera d'hotel e sta osservando l'attrezzatura da caccia disposta sul copriletto liscio. Rompe il sigillo di carta e apre la cassetta di legno, poi impugna il coltello dall'ampia lama e stacca le etichette dai vestiti nuovi.

Quella mattina, sono decollati dalla baia di Hägernäs, fuori Stoccolma, a bordo di un Cessna bimotore con galleggianti. Malgrado la cabina pressurizzata, il baccano era tale da rendere impossibile parlare. Rex si era sentito come Nils Holgersson durante il suo viaggio di milleduecento chilometri sopra il Paese. Il panorama sotto di loro era lentamente cambiato: i terreni coltivati e i centri abitati erano stati sostituiti da boschi di pini verdi e neri, e poi dalle paludi e dalla tundra.

L'aereo era ammarato all'idroscalo di Kurravaara. Un autista li aspettava all'impianto per condurli alla riserva di caccia.

La Strada europea E10 in direzione di Narvik scorreva parallela alla ferrovia, accanto alle acque del lago Torneträsk dal colore blu scuro.

Una volta superato il centro turistico di Abisko, Rex aveva intravisto in lontananza il Tjuonatjåkka, una conca a forma di mezzaluna tra le vette di due monti.

All'altezza della stazione sciistica di Björkliden, l'auto aveva lasciato la strada principale proseguendo poi lungo una tortuosa carreggiata sterrata in direzione di Tornehamn.

L'hotel, di recente costruzione, sorge dove una volta si trovava il campo base degli operai che, più di cento anni prima, avevano costruito la ferrovia Malmbanan.

L'autista aveva svoltato a un incrocio a T imboccando un

vialetto delimitato da grandi pietre tonde, e li aveva fatti scendere davanti alla scalinata d'ingresso.

Lassù, duecento chilometri al di sopra del circolo polare, sono completamente soli.

DJ aveva aperto la porta e disinserito l'allarme, era entrato nella lobby superando la reception deserta, e aveva fatto fare un giro dell'hotel deserto a lui e a Sammy.

Avevano attraversato l'enorme sala da pranzo ed erano entrati nella spaziosa cucina del ristorante, poi si erano messi ad aprire i frigoriferi pieni di carne sottovuoto, centinaia di pizze, trenta scatoloni di hamburger, pane e brioche, rombi, salmerini surgelati e uova di pesce.

Avevano percorso lunghi corridoi coperti di moquette pesante, disceso la scala sinuosa che conduceva alla spa momentaneamente chiusa, e costeggiato una vasca vuota.

Erano in corso i lavori di ripavimentazione del bar, e una montagna di mobili impilati bloccava il passaggio.

Rex è davanti al letto e guarda fuori dalla finestra: oltre l'incrocio a T e il lago Paktajåkaluobbalah si scorgono monti e valli e innumerevoli laghetti, che sembrano gocce di piombo fuso.

Prende le calze dal letto, sfila l'anello frusciante di carta di seta e inizia a vestirsi per la caccia.

DJ ha scelto personalmente l'attrezzatura, azzeccando le taglie e optando per abiti di ottima qualità dotati di barriere olfattive, in modo che gli animali non notino la presenza umana, e realizzati in materiali in grado di attutire i rumori e proteggere dall'acqua e dal vento.

Un brivido di inquietudine spinge Rex a voltarsi verso la porta. È come se d'improvviso la stanza alle sue spalle fosse diventata più buia.

Rex infila gli altri vestiti, mette nella borsa i binocoli, la borraccia e il coltello, posa la mano sulla maniglia della porta e, prima di uscire in corridoio, sente di nuovo un brivido correrli lungo la schiena.

Si ferma davanti alla stanza 23 e bussa. Le serrature elettroniche sono disattivate, ma si può comunque inserire il chiavistello dall'interno.

«Aperto», dice una voce attutita.

Rex entra nell'ingresso, scavalca le scarpe e avanza nella camera spaziosa. Sammy si è già vestito e sta guardando la tv seduto sul letto. Ha la giacca da caccia sbottonata e si è truccato gli occhi con il mascara e dell'ombretto dal colore dorato.

«Mi fa piacere che venga anche tu», dice Rex.

«Non è che posso restare qui da solo», replica il figlio.

«Perché no?»

«Ho già una gran voglia di correre in triciclo per i corridoi e di mettermi a parlare col mio indice.»

Rex scoppia a ridere; secondo DJ, gli spiega poi, è importante che anche lui vada a caccia.

«Di certo sarebbe più divertente restare qui a cucinare», dice Sammy spegnendo la tv.

«Sono d'accordo», ammette Rex.

«Chissà chi sono questi ricconi che DJ ha convinto a venire fin qui», continua Sammy con un sospiro, poi prende la borsa.

Attraversano in silenzio il corridoio freddo e sentono delle risate fragorose e dei bicchieri che tintinnano. Nella lobby, davanti al fuoco crepitante del camino, DJ sta bevendo whisky con tre uomini in tenuta da caccia.

«Ecco Rex», li interrompe DJ ad alta voce.

Gli uomini seduti sulle poltrone rimangono in silenzio e si voltano sorridendo. Rex sbanda di lato, come se avesse messo il piede in una buca. Uno di loro è James Gyllenborg. Rex non l'ha più visto dopo il pestaggio di trent'anni prima. James era nelle stalle e l'aveva picchiato alla schiena e alla nuca con un'asse, l'aveva preso a calci tra le gambe mentre lui era a terra e gli aveva sputato addosso.

Rex si appoggia a una delle poltrone di pelle, si accorge che la borsa gli è caduta a terra e che il coltello è scivolato sul tappeto.

«Papà, cosa c'è?»

«Mi è caduta...»

Rex raccoglie la borsa e il coltello, cerca di scacciare la nausea e si avvicina agli ospiti per salutarli. Riconosce gli altri due uomini dall'epoca del Ludviskberg, ma non ricorda i loro nomi.

«Questo è mio figlio Sammy», dice Rex deglutendo vistosamente.

«Salute, Sammy», dice James.

I tre uomini stringono la mano a Rex senza alzarsi dalle poltrone e si presentano come James, Kent e Lawrence.

Sono tutti invecchiati.

James Gyllenborg sembra avvolto da un velo grigio, come se gli anni avessero cancellato ogni colore dalla sua vita e dalla sua pelle. Rex lo ricorda come un ragazzo biondo pieno di vita, con le labbra sottili e gli occhi azzurri costantemente irrequieti.

Kent Wrangel è robusto e ha il volto arrossato, porta gli occhiali e una catena d'oro al collo; anche Lawrence von Thurn è corpulento, ha la barba grigia e gli occhi iniettati di sangue.

«Siamo davvero felici che siate proprio voi a credere in questo progetto», dice DJ. «Perché sarà un vero successo... E sapete benissimo che Rex ha appena ricevuto il prestigioso premio il Cuoco dei cuochi!»

«Ovviamente del tutto immeritato», chiosa Rex sorridendo.

«Alla tua», dice James bevendo.

Gli altri due applaudono con un sorriso soddisfatto. Rex cerca di intercettare lo sguardo di DJ senza riuscirci.

«Vorrei solo spiegare... che la ragione per cui ho requisito tutti i telefoni, incluso il mio, è che questo accordo sarà una vera e propria bomba nel nostro ambiente», dice DJ riempiendo ancora di whisky i bicchieri dei tre uomini. «E dopo l'esplosione tutto quanto sarà più complicato e molto più costoso. Quindi questa è una specie di *dark pool*... Che decidiate di siglare l'accordo o di abbandonare la barca, le mie condizioni sono queste: qualunque trasmissione di informazioni verso l'esterno dev'essere rimandata, in modo che chi sottoscrive l'affare sia in grado di contrattare liberamente con i fornitori principali.»

«Sarà una faccenda davvero enorme», esclama Kent stendendo le gambe.

«DJ, puoi venire un attimo?», dice Rex a bassa voce trascinando con sé l'amico.

«È eccitante, vero?», lo incalza DJ bisbigliando, mentre entrano in sala da pranzo.

«Che succede? Che cazzo stai combinando?», continua Rex. «Non ho intenzione di mettermi in affari con quei porci della mia vecchia scuola.»

«Credevo... visto che vi conoscete... Merda, non potrebbe andare meglio! Chi se ne frega se all'epoca erano degli stronzi... Ora sono pieni di soldi!»

Rex scuote la testa, cercando di sembrare più calmo di quanto non sia in realtà.

«Avresti dovuto dirmelo prima. Avresti dovuto informarmi.»

«Onestamente, è quasi impossibile combinare affari in Svezia senza imbattersi in gente che ha frequentato il Ludviksberg», dice DJ. Si accorge che Kent li sta raggiungendo con due bicchieri di whisky.

DJ gli va incontro, prende un bicchiere e lo accompagna verso le poltrone.

Rex resta a osservarli nella sala da pranzo. Sente una sorta di ronzio nella testa per l'agitazione, e cerca di dirsi che deve provare a passare la notte. Bisogna resistere ancora per qualche ora e poi trovare una scusa, così che lui e Sammy possano tornare a casa presto l'indomani.

Prova a convincersi che sta portando avanti quell'affare perché è importante. Si tratta di un modo per consolidare la propria situazione economica, nel caso in cui Sylvia dovesse stancarsi di lui una volta per tutte.

Rex fissa James Gyllenborg, che si sta osservando il palmo della mano attraverso il mirino del fucile. Chissà se ricorda quello che ha fatto, si domanda.

Probabilmente, all'epoca, aveva maltrattato molte persone; rientrava nei privilegi della gente come lui, ma Rex doveva essere stato uno dei pochi a non accettare quanto succedeva. Se n'era andato subito, aveva lasciato la scuola prima di colazione il giorno seguente e non era mai tornato.

«Ascoltate», inizia DJ battendo le mani per attirare l'attenzione. «Molti credono che andare a caccia in una riserva sia un passatempo da aristocratici... ma in realtà le renne che vivono in questa zona sono molto più schive di quelle allo stato brado.»

Rex avanza verso la soglia e poi raggiunge gli uomini nella lounge mentre DJ spiega le regole.

«Sono stato a caccia di renne in Norvegia», dice Lawrence con la sua voce da basso. «Siamo rimasti in un capanno per otto ore senza sparare nemmeno un colpo.»

«Ma qui stiamo parlando di caccia vagante», dice DJ. «Ci si divide in piccoli gruppi, cercando di sorprendere le renne.

Si studia il terreno, le tracce... È davvero eccitante... Per avvicinarsi bisogna restare in assoluto silenzio e prestare attenzione alla direzione del vento.»

«E poi non abbiamo un piano B», aggiunge Rex con un grande sorriso. «Se nessuno abbatte una renna, non avremo nulla da cucinare... E dovremo accontentarci delle patate, per stasera.»

Mezz'ora più tardi, ai piedi della grande scalinata della veranda, DJ distribuisce armi e munizioni.
«Ho scelto un Remington 700 con il calcio sintetico», spiega mostrando un fucile dal colore verde bluastro, con la canna nera senza tacca di mira.
«Ottima arma», mormora Lawrence.
«James, per te ne ho preso uno predisposto per mancini», aggiunge DJ.
«Grazie.»
«Pesa 2,9 chili, dovreste farcela», sorride DJ sollevando una scatola marrone. «Useremo delle cartucce Holland & Holland .375. Ne avrete solo venti.»
Lancia la scatola a Rex.
«Quindi mirate bene.»
Tutti prendono l'attrezzatura e girano intorno all'hotel. Il cielo è grigio e nuvoloso, nell'aria si sente odore di pioggia, e un vento insistente spazza i cespugli bassi.

DJ li guida lungo un sentiero su per la collina, spiegando che li aspetta una camminata di quaranta minuti per raggiungere i cancelli della riserva e le mangiatoie.

«L'intera riserva è di seicentottanta acri e comprende valli boschive, ma anche montagne spoglie, alcuni laghetti tra cui il Kratersjön e una parte della ripida parete montuosa a sud, dove dovrete prestare molta attenzione.»

Il paesaggio è scosceso, e l'aria è fresca e umida. L'odore di bosco, edera e foglie bagnate è molto forte.

«Ti diverti?», chiede Sammy, con un lieve ma inconfondibile tono di disprezzo.

«È solo lavoro», risponde Rex. «Ma sono felice che ci sia anche tu.»

Il figlio gli lancia un'occhiata incredula.

«Non sembri felice, papà.»

«Ti spiego più tardi.»

«Che cosa?»

Rex è sul punto di confessare che non resiste più e che vuole andarsene il prima possibile, quando DJ li raggiunge. Mostra loro come caricare i fucili e come funzionano il grilletto a pressione diretta e la sicura sul lato.

«Tutto bene, Sammy?», chiede con un sorriso.

«Scusa, ma non capisco proprio il senso di sparare a delle renne in un recinto... Non possono fuggire... È come *Hunger games*, ma senza il diritto di difendersi.»

«Capisco cosa intendi», risponde pazientemente DJ. «Ma allo stesso tempo... se pensi agli allevamenti intensivi, questo è molto più ecologico... Si tratta di una riserva di tre milioni di metri quadri.»

Rex osserva le schiene ampie di James e Kent, i fucili appesi in spalla. Come se avesse percepito il suo sguardo, James si volta e gli porge una fiaschetta d'argento. Rex la prende e la passa agli altri senza bere.

«Come sta Anna? Aveva un aspetto migliore, quando ci siamo incontrati alla cerimonia», dice Kent.

«Le sono ricresciuti i capelli, ma secondo i medici non passerà l'autunno», risponde James. «Mia moglie ha il cancro», spiega a Rex.

«Avete figli?»

«Sì... un ragazzo di vent'anni che studia legge a Harvard... e una figlia più piccola, Elsa... Ha nove anni... Vuole solo stare con sua madre, costantemente, non fa nient'altro.»

Il gruppo costeggia il fianco di una montagna. Il paesaggio

sotto di loro precipita in una valle profonda, e davanti a loro la visuale si allarga per chilometri e chilometri.

«Domani ci mettiamo tutti le divise del collegio, che ne dite?», scherza Lawrence.

«Dio, che schifo», replica Kent con un sospiro.

«Che rottura di palle la chiesa e i pranzi della domenica... Dio, non saremmo sopravvissuti senza le pizze al microonde e i grog al cognac.»

«O senza Wille che faceva venire l'autista di famiglia fin da Stoccolma con una cassa di champagne», sogghigna Kent, ma subito ridiventa serio.

«Non riesco a capacitarmi del fatto che lui e Teddy siano morti», dice James a voce bassa.

Jeanette Fleming si trova sul vialetto accanto a una pianta di lillà e osserva le file di villette a schiera di colore marrone dall'altra parte del parcheggio. Il fermaglio d'argento tra i suoi capelli corti scintilla al sole. Indossa una gonna attillata e porta una Glock 26 nella fondina sotto la giacca.

Tiene d'occhio a distanza i colleghi in borghese della polizia di Stoccolma mentre suonano alla porta della casa fatiscente in fondo alla strada.

È lì che il Reparto operativo ha localizzato il telefono di Sammy.

Il ragazzo è probabilmente l'unica persona a sapere dove si trovino Rex e lo *spree killer* David Jordan.

I colleghi aspettano qualche istante, poi suonano di nuovo.

Dei bambini in bicicletta si stanno avvicinando e una donna con il burqa passa trascinando un carrellino per la spesa.

La porta si apre e Jeanette vede i poliziotti parlare con una figura sulla soglia. Entrano, e la porta si chiude alle loro spalle.

Le tapparelle alla finestra della cucina vengono scosse dal vento.

L'unico compito dei colleghi è entrare nella villetta e controllare che sia sicura, affinché Jeanette possa condurre sul posto un veloce interrogatorio con Sammy.

Nel momento in cui era entrato nel suo ufficio, Jeanette aveva notato il pallore delle guance del proprio superiore della Säpo, e adesso ripensa a quel particolare. Si era convinto che Anja Larsson fosse il capo del Reparto operativo quando lei l'aveva chiamato pretendendo con voce severa che Jeanette Fleming venisse messa a loro disposizione, in base ai protocolli di collaborazione tra le unità.

Jeanette aveva incontrato i colleghi della polizia di Stoccolma fuori dalla Chiesa della Luce vicino al centro di Hallunda; una volta controllato il collegamento radio interno e raggiunte le villette a schiera, avevano parcheggiato sullo spiazzo accanto ai bassi garage.

Jeanette gira intorno alla fila di case e si posiziona sul retro. A differenza degli altri cortili, questo è decisamente trascurato. Tra le alte erbacce si intravede un vecchio barbecue, e sulle piastrelle spaccate sono abbandonati i pezzi arrugginiti di una bicicletta.

Oltre le tapparelle abbassate non si scorge alcun movimento.

Jeanette prende il rossetto dalla borsa, si risistema il trucco e pensa che, pur essendo una delle migliori psicologhe forensi del Paese, non riesce a capire nulla di se stessa.

Aveva partecipato a una missione insieme a Saga Bauer in un ristorante a sudovest di Nyköping.

Jeanette ancora non riesce a capacitarsi di quello che era successo.

Erano finite in un luogo frequentato dalle prostitute e dai loro clienti, e lei si era ritrovata da sola in un bagno per disabili con un buco nella parete.

Non credeva che esistesse davvero gente capace di fare certe cose.

Poteva essere una situazione deprimente, oppure comica, ma la sorpresa e l'imbarazzo si erano subito tramutati in una profonda serietà, in un desiderio inaspettato, in un'incomprensibile eccitazione.

Il rapporto anonimo era durato al massimo un paio di minuti, e Jeanette non aveva nemmeno avuto il tempo di pentirsi prima che lui venisse. Ne era rimasta così sorpresa che aveva ansimato «Smettila» e si era ritratta, scivolando e battendo un ginocchio a terra. Si era lavata la bocca e l'inguine e si era seduta sulla toilette per far colare fuori lo sperma.

In seguito, era rimasta stordita per diverse ore, e da allora ha continuato a oscillare tra la convinzione di essere una stupida e una strana sensazione di libertà interiore.

A volte, quando nel corso della vita quotidiana le capita di incontrare degli uomini, spesso più anziani e a volte brutti e volgari, viene travolta dalla vergogna e deve allontanarsi con le guance in fiamme.

Tuttavia, da un punto di vista morale, quello che ha fatto non è peggio che incontrare qualcuno in un bar e andarci a letto; non è peggio di una ridicola fantasia erotica, e non è stato nemmeno un vero e proprio rapporto sessuale.

Si è chiesta se, inconsciamente, non l'abbia fatto per punire quel moralista del suo ex marito, che aveva persino paura del fatto che lei potesse masturbarsi, oppure sua sorella, che da adolescente era disinibita e promiscua, diventando poi una moglie perfetta.

In realtà, crede di aver avuto bisogno di farlo per se stessa, per potersi ridefinire in segreto, perché ne aveva avuto la possibilità e perché quell'atto proibito sul momento l'aveva eccitata.

Era stato quasi uno scherzo, o almeno così le era sembrato.

Da allora, ha atteso l'arrivo del malessere psicologico, di una qualche specie di punizione, ma solo il giorno precedente l'ansia l'ha acciuffata e travolta.

Due giorni prima, come ogni anno, si era sottoposta al check-up medico richiesto dalla Säpo. Le avevano misurato la pressione e prelevato del sangue, si era sottoposta a un elettrocardiogramma e a un controllo alla tiroide, e già il giorno dopo aveva potuto collegarsi al sito e controllare i propri valori in rapporto a quelli medi.

Il medico avrebbe commentato i risultati solo in caso di nette anomalie.

Jeanette lì per lì non ci aveva pensato, ma poi il panico l'aveva assalita. Seduta davanti al computer con le credenziali per l'accesso, era stata travolta dal terrore di aver contratto l'HIV.

L'ansia le rombava nelle orecchie anche se sapeva che non era passato abbastanza tempo perché il virus potesse essere rilevato.

I risultati dei test incolonnati sullo schermo erano incomprensibili.

E quando si era accorta che il dottore aveva aggiunto un commento, la paura le aveva annebbiato la vista.

Era dovuta andare in bagno a lavarsi il viso con l'acqua fredda prima di riuscire a tornare al computer.

Ma niente riguardava l'HIV.

L'unico commento presente la invitava a notare il livello di HCG nel suo sangue: quel valore suggeriva che fosse incinta.

Ancora stenta a crederci.

Per otto anni aveva aspettato che il marito si sentisse pronto per avere un bambino, e poi lui l'aveva lasciata. Dopo una lunga serie di incontri deludenti, si era decisa a fare richiesta per l'inseminazione. Due settimane prima, il tribunale gliel'aveva definitivamente rigettata, e ora è incinta.

Jeanette ancora sorride, mentre risponde alla chiamata di uno dei colleghi all'interno della casa.

Jeanette si aggiusta la pistola sulla schiena e raggiunge la porta decrepita della villetta. Il più giovane dei poliziotti viene ad aprire prima che lei possa suonare, e la fa entrare nell'ingresso.

«Sammy non è qui, abbiamo trovato solo il suo telefono», dice l'uomo.

Jeanette scavalca un paio di stivali di gomma rovinati e segue il collega all'interno. Nel corridoio, alcuni telai sono appoggiati alla parete e un rotolo di tela per pittura è abbandonata sul pavimento.

La cucina puzza di cibo per gatti e urina. Il lavello è pieno di piatti sporchi e sul pavimento di linoleum sono ammucchiati sacchetti e bottiglie di vino.

Si vede una specie di opera d'arte appesa al lampadario sul soffitto: una decina di piccole scarpe da bambino dentro una gabbia di rete rossa.

Su una sedia è seduta una ragazza con indosso soltanto dei pantaloncini sportivi. Ha dei piercing a entrambi i capezzoli e un sole dal colore grigio scuro tatuato sopra l'ombelico.

I suoi occhi sono pesantemente cerchiati, e ha un'eruzione cutanea sulla fronte e un avambraccio ingessato.

Sul pavimento, ai suoi piedi, vi è un uomo sdraiato sul ventre, con le braccia ammanettate dietro la schiena.

«Potete togliergli le manette?», chiede Jeanette.

Il collega si china accanto all'uomo:

«Starai calmo adesso?»

«Sì, cazzo», geme l'individuo a terra. «Te lo giuro.»

Il collega si accovaccia, gli preme un ginocchio sulla schiena e gli sfila le manette.

«Accomodati», dice Jeanette.

L'uomo si alza massaggiandosi i polsi. Anche lui è a torso nudo: è magro e porta un paio di jeans strappati a vita bassa. Lungo l'orlo si intravedono i peli pubici scuri. Ha un bel viso, segnato però, in maniera sorprendente, da rughe profonde. La guarda con occhi spenti, come se si stesse riprendendo da una sbronza.

«Siediti», ripete lei.

«Che cavolo sta succedendo?», chiede l'uomo piazzandosi di fronte a lei.

Al centro del tavolo ribaltabile si trova uno smartphone nero.

«È il telefono di Sammy?», chiede Jeanette.

L'uomo guarda il telefono come se lo notasse solo in quel momento.

«Non lo so», dice.

«Perché è qui?»

«Immagino che l'abbia dimenticato.»

«Quando?»

L'uomo alza le spalle e finge di riflettere.

«Ieri.»

L'individuo, che si chiama Nicolas Barowksi, sorride fra sé grattandosi la pancia.

«Qual è il codice?», gli chiede infine Jeanette.

«Boh», risponde lui con voce roca.

Jeanette osserva la gabbia con le scarpette appesa al gancio del lampadario.

«Sei un artista?»

«Sì», si limita a rispondere Nico.

«È bravo?», chiede Jeanette scherzosamente, rivolta alla ragazza.

« Lo è sul serio », risponde lei alzando il mento.

« Chissenefrega... Non vedo differenze tra la mia arte e i film cecoslovacchi con le orge », dice Nico in tono serio.

« Capisco cosa intendi », risponde Jeanette.

« Preferirei girare un sacco di film porno piuttosto che dipingere a olio », ribatte lui tendendosi verso di lei.

« Sei sciocchata? », chiede la ragazza con una risatina.

« Perché dovrei esserlo? », risponde Jeanette.

« L'arte non è una cosa bella », prosegue Nico. « È sporca, perversa... »

« Cielo, ora non esagerare », lo interrompe Jeanette fingendosi sconvolta.

Nico sorride, annuisce e la fissa negli occhi con aria maliziosa.

« Dove si trova Sammy? », chiede Jeanette.

« Non lo so, non mi importa », risponde lui continuando a fissarla.

« Ama più Sammy di me », dice la ragazza, e fa un gesto come per scacciare da un seno qualcosa che la infastidisce.

Jeanette si alza e si avvicina a un iPhone posato a terra, collegato alla presa con un caricatore bianco. Stacca il cavo, nota l'immagine di Andy Warhol sulla cover e si rivolge a Nico.

« Qual è il codice? »

« È privato », risponde lui grattandosi l'inguine.

« Allora dovrò chiedere aiuto alla Apple », ribatte Jeanette scherzando.

« Ziggy », risponde Nico senza capire la battuta.

Nico siede mollemente con la mano tra le gambe e osserva Jeanette mentre accede al telefono e controlla l'elenco delle chiamate. Quella più recente in entrata proviene dal telefono di Rex.

« È stato Rex Müller a mandarti quattordici cuori stamattina? »

«No», risponde Nico ridendo.

«È stato Rex a chiamarti ieri?»

«No», dice Nico guardandosi le unghie.

«Quindi Sammy ti ha chiamato dal telefono di suo padre», conclude Jeanette. «Che ti ha detto? Avete parlato per sei minuti.»

Nico fa un profondo sospiro.

«Era arrabbiato per... per un mucchio di cose, e ha detto che sarebbe partito con suo padre.»

«Per dove?»

«Non lo so.»

«Deve avertelo detto», insiste Jeanette cercando un bicchiere pulito nei mobiletti della cucina.

«No.»

«Era arrabbiato perché gli hai rubato il telefono?»

Nico si agita sulla sedia e si gratta la fronte.

«Anche per quello... Ma ha detto che suo padre stava provando a farlo diventare etero costringendolo a sparare a delle renne in gabbia.»

«Dovevano andare a caccia insieme?»

«Non ne ho idea», risponde Nico stancamente, poi sospira.

«Lo fanno spesso? Vanno di frequente a caccia insieme?»

«Non si conoscono. Suo padre è un idiota e se n'è sempre fregato di lui.»

Jeanette svuota un bicchiere pieno di mozziconi, prende un po' di detersivo e inizia a lavarlo con le dita sotto il rubinetto.

«Che altro ha detto?», chiede.

Nico si appoggia allo schienale, serra le labbra e la fissa.

«Nulla, le solite cose», risponde poi. «Ha detto che gli mancavo, che pensava a me di continuo.»

Jeanette tiene il dito sotto il getto d'acqua, riempie il bicchiere e beve, quindi lo riempie di nuovo e chiude il rubinetto.

«Puoi restare a guardare, mentre mi scopo Filippa», dice Nico con un tono di voce dolce, accarezzando il seno sinistro della ragazza.

«Oggi non ho tempo», replica Jeanette con un sorriso, poi prende il telefono di Sammy dal tavolo e se ne va.

Il gruppo si ferma accanto a una panca di pietra davanti ai cancelli alti due metri della riserva. DJ versa il caffè da un thermos, distribuisce le tazze fumanti e guarda gli uomini con un sorriso.

È riuscito a condurre gli ultimi quattro in trappola, prima del macello.

Uccidere il primo richiederà una certa cautela: dovrà fare in modo che gli altri non fuggano.

Verso la fine non sarà più rilevante se capiranno cosa sta succedendo e andranno nel panico.

Tutti dovranno sanguinare e urlare, e sentire che la morte si avvicina e li fissa fino a quando non arriva il momento di seguirla.

«Ci organizzeremo in due squadre per due zone», spiega. «Io, James e Kent siamo la squadra uno... e ci muoveremo nella zona uno. Lawrence, Rex e Sammy, la squadra due, nella zona due... Tutti d'accordo?»

Consegna le mappe a entrambe le squadre, indica i confini geografici, le linee di tiro permesse e le misure di sicurezza.

«Interromperemo la caccia alle diciassette in punto, e a quell'ora tutti estrarranno le cartucce. Dopo, nessuno dovrà sparare, nemmeno se vedete una renna per la prima volta. Aspetteremo dieci minuti e poi ci ritroveremo qui, per tornare insieme all'hotel... E non preoccupatevi per la cena di stasera», aggiunge. «Rex ha promesso di preparare gli hamburger più buoni del mondo.»

«Abbiamo portato della costata macinata», dice Rex.

DJ li guarda, beve un sorso di caffè e pensa a come condurrà Kent e James in cima alla montagna brulla lasciando poi che si schiantino sulle enormi rocce. Il suo piano è procedere sullo stesso lato di Kent. Seguiranno il percorso delle renne fino al burrone e là si riposeranno prima di proseguire verso la valle.

Tra gli uomini del gruppo, Kent è quello in condizioni fisiche peggiori: è in sovrappeso e soffre di ipertensione. Durante la pausa, DJ gli farà i complimenti per il nuovo incarico di cancelliere della Giustizia, poi estrarrà il coltello da caccia, gli aprirà la parte inferiore del ventre flaccido e lo costringerà a restare in piedi sul ciglio del burrone, dicendogli che dopo diciannove minuti lo spingerà di sotto, e che sarà ancora cosciente e in grado di percepire ogni istante della caduta.

Gli uomini studiano le mappe, poi indicano il terreno e le montagne distanti. Rex posa il fucile sulla panca e si allontana di qualche passo, scavalca il fosso e si mette a urinare al riparo della recinzione.

«Se abbattete un animale, controllate che sia morto, fermatevi e segnate il punto sulla carta», ricorda DJ. «I maschi più grandi arrivano a pesare centosessanta chili e hanno corna enormi.»

«Sono così eccitato...» dice Kent.

Sammy soffia sulla tazza, beve un sorso di caffè e pulisce il rossetto dal bordo con il pollice.

«Per te niente fucile?», chiede Lawrence guardandolo.

«Non lo voglio, non capisco proprio come si faccia a divertirsi ad ammazzare un animale», risponde Sammy abbassando lo sguardo.

«Si chiama caccia», dice Kent. «È una cosa che esiste da un bel po' di tempo e...»

«E ai veri uomini piace», conclude Sammy voltandosi verso DJ. «A loro piace spegnere una vita... e vanno matti per le armi e la carne al sangue... Ma vi pare normale?»

«Qualcuno può dare un ceffone a questo finocchio?», esclama Kent ridacchiando.

DJ guarda Rex: si è chiuso la patta e si riavvicina attraverso le erbacce, quindi scavalca il fosso e raggiunge il tavolo di pietra.

Non ha la minima idea di essere anche lui una preda.

Fino a quel momento, Carl-Erik Ritter è stato l'unico a causare a DJ dei problemi, come un coniglio ferito che riesce a nascondersi nella tana.

Quando aveva scoperto che Ritter aveva un tumore al fegato e stava morendo, aveva dovuto cambiare completamente il piano.

Era stato costretto a dare la priorità a Ritter perché non voleva che morisse da solo.

Il nuovo piano frettolosamente elaborato prevedeva che DJ lo scovasse nel bar e lo convincesse a seguirlo fino ai binari della metropolitana di Axelsberg. DJ era arrivato dalla regione di Skåne la mattina presto, forse non era completamente concentrato, e non aveva messo in conto che Ritter l'avrebbe aggredito sulla piazza. Era stato costretto a improvvisare per inscenare un incidente. L'aveva spinto contro la vetrina facendogli sfondare il vetro con la nuca, quindi l'aveva costretto a rigirarsi e gli aveva premuto la gola contro il bordo affilato, in modo che gli recidesse la giugulare.

Anche se DJ gli aveva chiuso i margini della ferita con i pollici, Ritter si era dissanguato più rapidamente del previsto. Era morto in quindici minuti. Per quel motivo, forse, gli aveva tagliato il labbro con il coltello prima che perdesse conoscenza.

«Ok, mettiamoci in marcia», dice DJ scuotendo la tazza. «Il cielo a est si sta scurendo e forse il tempo stasera peggiorerà. Kent e James vengono con me, il nostro percorso è un po' più lungo.»

Dopo aver risalito il monte per un tratto, il gruppo di Rex riesce a vedere distintamente la vegetazione al di sotto, e il bosco che si dirada salendo lungo le fiancate per poi interrompersi del tutto.

Il canalone si stende come un solco umido tra la piana di Rákkasláhku e il monte Lulip Guokkil. L'intera vallata che parte dalla stazione sciistica di Riksgränsen assomiglia allo scafo di un'enorme canoa con la prua puntata verso il lago Torneträsk.

Sammy prende i binocoli, sfila i coperchi di plastica sottile dalle lenti e si ferma per guardarsi intorno.

Lawrence controlla la mappa e guida il gruppo verso la conca, nella zona due. La riserva di caccia comprende solo una parte della vallata, ossia i pendii orientali oltre la linea degli alberi, fino alle lande subalpine e al canyon.

D'improvviso, vengono avvolti da un silenzio profondo.

Si sentono solo il leggero fruscio prodotto dall'attrezzatura, i passi che colpiscono il terreno e il vento che soffia tra le foglie.

Il sentiero fangoso è coperto dalle impronte degli stivali di altri cacciatori. I rami dei mirtilli rossi sfiorano i loro stinchi.

«Come va?», dice Rex guardando Sammy, che gli risponde con un'alzata di spalle.

In mezzo ai tronchi incredibilmente bianchi delle betulle si crea una luce del colore della porcellana. La valle è come un'enorme sala retta da colonne con una copertura di tessuto ondeggiante.

«Sai quant'è alta la neve qui, d'inverno?»

«No», risponde Sammy a bassa voce.

«Due metri e mezzo», dice Rex. «Guarda gli alberi... Tutti i tronchi sono molto più bianchi fino all'altezza di due metri e mezzo.»

Non ottiene dal figlio alcuna reazione, quindi prosegue con un tono esageratamente pedagogico:

«Già, vedi, la ragione è semplice: i licheni neri che crescono sulla corteccia non sopravvivono sotto la coltre di neve invernale».

«Per favore, potete fare un po' di silenzio?», chiede Lawrence voltandosi verso di loro.

«Scusa», sorride Rex.

«Non so voi, ma io voglio cacciare, è per questo che sono qui.»

Si inoltrano tra gli arbusti di empetro nero e raggiungono una radura più luminosa.

«Non ricordo affatto come si usa un fucile da caccia», racconta Rex a Sammy. «Ho preso il porto d'armi quando avevo trent'anni... Ecco, bisogna portare indietro il carrello in qualche modo quando si infila una cartuccia nuova.»

Lawrence si blocca e alza le mani.

«Separiamoci», dice indicando la mappa. «Io scendo nella valle e voi proseguite sul sentiero... oppure salite da questa parte.»

«Bene», risponde Rex osservando il viottolo che conduce verso il fianco del monte.

«Voi potete sparare solo da questa parte... e io dall'altra», sottolinea Lawrence.

«Certo», risponde Rex.

Lawrence rivolge loro un cenno del capo, abbandona il sentiero e s'incammina tra gli alberi scendendo per il pendio.

«Sono finito in una gabbia di scimmie incazzate», mormora Rex fissando il coltello alla cintura.

Proseguono per un tratto lungo il sentiero, ma poi iniziano a deviare lungo il fianco del monte. Si fermano dopo mezzo chilometro nei pressi di un enorme masso erratico. La pietra, che assomiglia a un palazzo di ardesia massiccia, è rotolata fino a quel punto dopo lo scioglimento della calotta di ghiaccio.

Si appoggiano al masso e bevono acqua dalla borraccia.

Una lattina di birra calpestata fino a diventare un dischetto è abbandonata sul terreno asciutto in mezzo ad alcune pietre tonde.

Rex si infila gli occhiali da lettura, apre la mappa e la studia per qualche istante prima di riuscire a orientarsi.

«Siamo qui», dice indicando la carta.

«Bene», gli fa eco Sammy, senza guardare.

Rex prende i binocoli per provare a individuare i confini della zona. D'un tratto, scorge Lawrence più in basso. Rex aumenta la potenza e lo fissa attraverso i binocoli: il volto, coperto dalla barba, è teso in un'espressione concentrata e gli occhi sono ridotti a una fessura. Avanza cautamente tra gli arbusti della valle, alza il fucile, poi resta completamente immobile, e guarda nel mirino, poi abbassa l'arma senza sparare e si allontana verso la recinzione affacciata sui binari della Malmbanan. Rex continua a seguirlo fino a quando non scompare, accovacciandosi tra i tronchi.

«Saliamo ancora», dice Rex.

Proseguono inerpicandosi in diagonale lungo la scarpata. Il terreno è secco, e le basse betulle sono sempre più rade.

«Stasera mi aiuti con gli hamburger?», chiede Rex.

Sammy guarda davanti a sé con un'espressione imbronciata, e non risponde. Continuano a camminare finché non scorgono tre renne in lontananza. Gli animali fanno capolino tra una macchia di alberi bassi e alcune grandi rocce.

Si avvicinano con cautela e, dopo aver girato intorno a un macigno quasi nero, si trovano controvento.

Rex si accovaccia, alza il fucile e inquadra l'esemplare maschio nel mirino.

La renna alza la testa con l'enorme palco, osserva la tundra, fiuta l'aria e raddrizza le orecchie, poi resta immobile per qualche secondo e infine ricomincia a mangiare. Avanza lentamente mentre bruca a terra.

Improvvisamente Rex trova una linea di tiro perfetta. È un esemplare grande e magnifico dalla pelliccia grigia come il bronzo e il petto del colore del latte.

Il reticolo a croce del mirino oscilla esattamente sopra il cuore dell'animale, ma Rex non ha alcuna intenzione di posare il dito sul grilletto.

« Spero che troverai un buco nella recinzione », bisbiglia, e nota che la renna sta alzando di nuovo la testa.

Le orecchie fremono inquiete.

Si sente un forte schiocco nel momento in cui Sammy calpesta un ramo alle spalle di Rex. L'animale reagisce immediatamente e scappa verso il margine del bosco.

Rex abbassa il fucile e incrocia lo sguardo di sfida di Sammy, ma invece di arrabbiarsi sorride.

« Non avevo intenzione di spargli », spiega.

Sammy alza le spalle ed entrambi proseguono attraverso il prato salendo lungo il fianco del monte. Degli escrementi fumanti sono sparsi tra i camedri e i nontiscordardime. Il cielo è più scuro sopra il Lulip Guokkil e il vento si è fatto decisamente più freddo.

« Inizierà a piovere », dice Rex.

Continuano a salire e raggiungono una spianata: si ritrovano su una specie di brughiera che si stende fino ai fianchi scuri e scoscesi delle montagne.

« Puoi reggermi un secondo il fucile perché... »

«Non voglio», scatta Sammy.

«Non devi essere arrabbiato con me.»

«Ora ti do fastidio? Sono troppo rompiscatole per i tuoi gusti?»

Rex non risponde. Si limita a fare un cenno in avanti e a seguire una traccia che passa attraverso folti cespugli e arbusti.

Pensa al proprio alcolismo, a tutto ciò che ha rovinato, ed è sempre più convinto che non riuscirà a riconquistare la fiducia di Sammy. Forse, almeno, potrà incontrarlo di tanto in tanto al ristorante, solo per vedere come se la passa o per chiedergli se ha in qualche modo bisogno d'aiuto.

Il vento è sempre più freddo. Le foglie secche si staccano dagli arbusti e volano via. Della polvere si solleva da terra.

«Griglieremo degli hamburger da trecento grammi», dice. «Affetteremo del pane di lievito madre, aggiungeremo qualche fetta di formaggio di Vesterhav, del ketchup Stokes, della senape di Digione... un mucchio di rucola tenera, due fette di bacon... cetrioli salati e condimenti a parte...»

Dopo aver superato un'enorme formazione rocciosa, Rex sente le prime gocce di pioggia. Il vento intenso fa tremare l'erba, e sembra che degli animali invisibili la stiano attraversando di corsa.

«Poi friggeremo in olio d'oliva delle patate tagliate sottilissime», prosegue. «Con pepe nero, e un sacco di sale grosso...»

Rex avvista in lontananza un ruscello che precipita tra spruzzi di schiuma giù per il fianco del monte, e allora si interrompe. Non ricorda di averlo visto segnato sulla mappa, quindi si volta per chiedere un parere a Sammy, ma il figlio è sparito.

«Sammy?», chiama ad alta voce.

Torna sui suoi passi oltre la roccia e vede il sentiero che

scende lungo il pendio deserto. Gli alberi bassi e gli arbusti tremano al vento.

«Sammy», urla. «Sammy!»

Aumenta il passo guardandosi intorno. Verso sud, in direzione del Lulip Guokkil, si è scatenato un violento temporale, e la pioggia sembra una cortina di fil di ferro. Il vento è diventato più intenso, e la tempesta li raggiungerà a breve. Rex si affretta a discendere lungo il pendio. Più in alto, dei sassi si staccano dal suolo e rotolano verso di lui.

«Sammy?»

Rex scruta il fianco della montagna, abbandona il sentiero e riprende la risalita. Si arrampica il più velocemente possibile, il fiato gli viene meno e le cosce iniziano a bruciare a causa dell'acido lattico. Suda copiosamente, e deve asciugarsi il viso. Intanto, cammina seguendo il letto asciutto di un torrente, e inciampa su un sasso.

L'avvallamento è bloccato da folti cespugli. A Rex sembra di scorgere qualcuno che si nasconde dietro un masso più in alto, quindi si sposta di lato.

Rex procede attraverso un varco tra i rami, china la testa, ma non riesce a evitare di graffiarsi una guancia. Il fucile che porta in spalla resta agganciato all'intrico della vegetazione, così decide di abbandonarlo. L'arma rimane appesa a un ramo, e sta ancora dondolando alle sue spalle quando Rex scivola precipitando in avanti, allunga una mano per frenare la caduta e alza lo sguardo.

In quell'istante scorge James in lontananza, in alto, tra due grandi massi rocciosi. Lo vede puntare il fucile nella sua direzione e prendere la mira.

Rex si rialza, raddrizza la schiena e stringe le palpebre, ma da quella distanza non riesce a capire cosa stia facendo James. Il riflesso del sole sulla lente del mirino gli colpisce gli occhi, e allora alza la mano per farsi notare.

Vede il lampo giallo della fiammata e subito dopo sente lo sparo.

Rex vacilla e sente l'eco rimbalzare sul fianco della montagna. I cespugli alle sue spalle sono attraversati da un fruscio, qualche ramo si spezza, poi si sentono dei tonfi pesanti sul suolo.

Dalla sua posizione sopraelevata, James si avvicina di corsa, curvo, quindi si inginocchia e prende di nuovo la mira.

Rex si volta e scorge la grande renna. Sta cercando di rialzarsi, e il sangue le sgorga a fiotti dal petto. L'animale è privo di forze, ricade su un fianco e sprofonda in mezzo ai grandi cespugli. Scalcia con le zampe mentre le corna si impigliano tra i rami più spessi, e il collo gli si torce in maniera innaturale.

L'animale sbuffa e muggisce, lotta per risollevarsi allungando il collo. Si sente un altro sparo, e l'enorme testa viene sbalzata all'indietro mentre il corpo crolla a terra tremando.

James scende di corsa lungo il pendio verso Rex e l'animale. Alcune pietre si smuovono intorno ai suoi piedi e iniziano a rotolare.

«Che cazzo fai?», urla Rex. «Sei completamente fuori di testa?»

Sente l'agitazione crescere nella propria voce, ma non riesce a controllarsi. James si ferma e respira affannosamente; ha le pupille dilatate e il labbro superiore coperto di sudore.

«Sei impazzito?», ripete Rex.

«Ho abbattuto una renna», si limita a rispondere James.

«Potevi colpire mio figlio», grida Rex sollevando una mano.

«Siete nella mia zona», ribatte James con indifferenza.

Una folata di vento li colpisce, poi inizia a cadere una pioggia fitta. Le fronde dell'intero bosco di betulle cominciano a stormire, e le gocce si schiantano a terra lungo il fianco del monte.

Quando la pioggia si riversa su di loro, uno scoppio assordante si propaga nel cielo.
Entrambi si voltano.
Sopra le loro teste, un razzo di segnalazione rosso attraversa le nubi temporalesche. Vira di lato e poi cade lentamente, quasi come se stesse scomparendo nel fondo di un mare torbido.

Il temporale è arrivato sopra di loro e il vento li sferza con folate violente e scrosci accecanti di pioggia.

Quando raggiungono il punto da cui è partito il razzo, Rex scorge suo figlio. Siede accasciato contro il tronco di un albero insieme a DJ. Le tenute da caccia verdi di entrambi sono completamente fradice, e la pioggia gocciola sui loro volti.

«Sammy», urla Rex correndo verso il ragazzo. «Cos'è successo? Sei sparito e io...»

«Ascolta», dice DJ alzandosi. L'acqua gli cola dalla barba bionda lungo la giacca, e i suoi occhi azzurri sono iniettati di sangue. «È successo un incidente... Kent è morto, è caduto nel canyon...»

«Che cazzo hai detto?» urla James sotto la pioggia scrosciante.

«È morto», urla DJ. «Non si può fare più nulla.»

Il temporale cambia direzione, sospinto dalle intense folate. I vestiti degli uomini del gruppo si gonfiano e si scuotono intorno ai loro corpi.

«Cos'è successo?», ansima Rex.

«Il ciglio è molto pericoloso», dice DJ con gli occhi lucidi. «Forse non ha visto il dirupo... Forse dalla mappa non capiva dove si trovasse.»

«Sammy!», esclama Rex. «Sei sparito...»

Il figlio lo guarda e poi volta di nuovo il viso.

«È caduto», dice il ragazzo con un filo di voce.

«L'hai visto?»

«È laggiù», indica.

Rex e James si avvicinano cautamente al bordo per guardare in basso. La pioggia scivola lungo il loro collo e giù per la schiena, infilandosi nei pantaloni.

«State attenti», li avverte DJ da dietro le spalle.

In mezzo alla pioggia intensa è difficile capire dove finisca il terreno. Si avvicinano lentamente al ciglio e vedono spalancarsi il profondo dirupo. Il vento afferra i vestiti di James facendolo vacillare in avanti per un paio di passi, prima che ritrovi l'equilibrio.

Rex avanza con prudenza, cerca di trovare un equilibrio stabile con gli scarponi e si aggrappa ai folti cespugli per protendersi oltre il bordo.

Dapprima non vede nulla. Stringe gli occhi e asciuga la pioggia che gli cola sul viso. Il suo sguardo scorre su alberi, massi, tronchi caduti e cespugli. Poi scorge Kent. Il corpo giace circa quarantacinque metri più in basso, accanto alla parete del dirupo.

«Si muove», urla James al suo fianco. «Scendo giù, dovrei farcela.»

Rex estrae i binocoli, ma per riuscire a impugnarli deve lasciar andare il cespuglio. Si sposta di lato sulla roccia e accosta gli oculari al viso.

Il ciglio ripido gli blocca ancora la visuale. Si avvicina, si sporge e individua una massa verdastra. Improvvisamente il terreno si muove sotto i suoi piedi. Rex si aggrappa ai rami e cade all'indietro mentre una lastra di muschio e terra pressata scivola oltre il margine e precipita nel burrone.

«Dio», mormora.

Il suo corpo trema per lo spavento e il cuore sta ancora battendo all'impazzata quando solleva di nuovo i binocoli, si allunga in avanti e regola il fuoco. Malgrado l'acqua scorra sulle lenti, ora vede chiaramente il corpo.

Nel punto in cui si è schiantato, e un po' più in alto, il sangue è già stato quasi del tutto cancellato dalla pioggia.

Kent è incastrato in una fenditura: il collo deve essersi spezzato perché il viso è voltato all'indietro, e una gamba è piegata verso l'alto con un'angolazione innaturale.

Di sicuro è morto.

«Dobbiamo chiamare un elicottero di soccorso», urla James con gli occhi ridotti a due cupe fessure dal panico.

«È morto», dice Rex, e abbassa i binocoli.

«Scendo giù.»

«È troppo pericoloso», urla DJ alle loro spalle.

«Fanculo», mormora James, quindi si accascia vicino al ciglio.

Lawrence arriva ansimando. Ha gli occhiali bagnati e si è procurato una ferita urtando qualcosa: il tessuto pesante dei pantaloni è inzuppato di sangue all'altezza della coscia. Nella sua folta barba grigia si sono infilati aghi e minuscoli rami.

«Che succede?», ansima cercando di togliersi l'acqua dagli occhi.

«Kent è caduto nel dirupo», risponde James.

«È grave?»

«È morto», dice DJ.

«Non possiamo saperlo», urla James in preda all'agitazione.

«Non può essere sopravvissuto alla caduta», spiega DJ a Lawrence indicando il precipizio.

«È morto», conferma Rex.

«Stai zitto», grida istericamente James.

«Ascoltate», dice DJ alzando la voce. «Torniamo all'hotel e chiamiamo i soccorsi.»

Lawrence si allontana scuotendo la testa, si siede su un masso con il fucile sulle ginocchia e tiene lo sguardo fisso davanti a sé. James resta immobile, con le labbra pallide per la rabbia e lo shock.

«Lo sapevo», mormora fra sé.

«Ora come ora non possiamo fare niente per lui», dice DJ. «Ci serve un telefono.»

Rex si avvicina a suo figlio e gli si accovaccia di fronte, incrociando finalmente il suo sguardo.

«Torniamo in hotel», dice con dolcezza.

«Sì, grazie», mormora Sammy annuendo.

DJ prova a far ragionare gli altri due uomini, che però non gli rispondono.

«Capisco che sembri terribile abbandonarlo laggiù», prosegue. «Ma dobbiamo chiamare i soccorsi il prima possibile.»

Sammy si alza e Rex lo sorregge. DJ indica loro la direzione da seguire per allontanarsi dal dirupo, e allora padre e figlio si incamminano.

«Venite», urla DJ. «Non vogliamo certo che capitino altri incidenti.»

I due uomini gli lanciano un'occhiataccia, poi iniziano a camminare lentamente. Il gruppo si sposta lungo il fianco del monte scendendo in diagonale verso la valle, in direzione dell'hotel e del Torneträsk.

«Cazzo, è una follia», dice James.

La pioggia continua a scrosciare e i vestiti pesano sui loro corpi.

«Non possiamo andarcene a casa?», dice Sammy.

«Mi dispiace che tu abbia dovuto assistere a un episodio del genere», si scusa Rex, e si volta verso gli altri.

Vede i tre uomini in mezzo alla cortina di pioggia. In ogni fossa e avvallamento si creano delle pozzanghere, e il terreno sembra ribollire. I massi, colpiti violentemente dalla pioggia, sembrano avvolti da una densa luce bianca.

«Attento a non scivolare», dice Rex a Sammy.

«L'ho visto cadere», bisbiglia il figlio. «Sono arrivato di

lato... È successo prima che iniziasse a piovere, così velocemente che... Cazzo, non capisco.»

«Non bisognava venire a caccia», dice Rex sentendosi stringere la gola da un'intensa angoscia. «Mi sembra sempre di dover fare un sacco di cose, ma io non sono un cacciatore, avrei dovuto metterlo in chiaro subito.»

«Sei troppo gentile», dice Sammy con un tono di voce che denota spossatezza.

«Avremmo dovuto aspettare in hotel», prosegue Rex scostando un ramo. «Stare lì a cucinare e parlare, come volevi tu.»

«La mamma mi ha detto che non ero nei vostri piani, anzi...»

«Ascolta», dice Rex. «Ero incredibilmente immaturo quando io e lei ci siamo conosciuti. Non avevo alcun progetto di diventare padre, ed era come se avessi appena iniziato a vivere.»

«Volevi che la mamma abortisse?», domanda suo figlio.

«Sammy, tutto è cambiato quando ti ho visto... quando ho capito davvero che avevo un figlio.»

«La mamma ha sempre cercato di convincermi che mi vuoi bene, ma che non riesci a dimostrarlo.»

«Mi sono sempre ripetuto che ti sarei stato accanto nei momenti difficili, ma non l'ho fatto», dice Rex, deglutendo a fatica. «Non ti sono stato vicino.»

Resta in silenzio, perché sente che la sua voce è sul punto di incrinarsi. Prova a prendere fiato e a ritrovare la calma.

«Voglio che tua madre accetti il posto a Freetown e che tu venga a vivere con me, davvero... Come è giusto che sia», aggiunge alla fine.

«So cavarmela da solo», ribatte Sammy.

Rex si ferma e prova a guardare suo figlio negli occhi.

«Sammy», dice. «Tu lo sai che mi piace un sacco averti a

casa con me, vero? Devi essertene accorto. Sono stati i momenti più belli della mia vita: quando abbiamo cucinato assieme, quando abbiamo suonato la chitarra...»

«Papà, non sei costretto...» replica Sammy.

«Ma io ti voglio bene», prosegue Rex con la voce che trema. «Sei mio figlio, sono orgoglioso di te e sei l'unica cosa al mondo di cui mi importi davvero.»

L'intera vallata che scende verso il Torneträsk è scomparsa sotto la pioggia. Sembra quasi che la chiesa e il vecchio cimitero degli operai della ferrovia non siano mai esistiti: il mondo è uno spazio grigio privo di profondità.

Rex e Sammy hanno i vestiti fradici e gelati quando finalmente, attraverso la pioggia fitta, intravedono i contorni dell'hotel illuminato.

DJ, James e Lawrence li hanno superati da parecchio, già all'altezza del cancello della riserva. I tre uomini erano andati avanti a ritmo sostenuto sparendo lungo il sentiero allagato.

A metà strada Sammy si era procurato una storta. Il piede gli si è gonfiato, e per l'ultimo tratto ha zoppicato appoggiandosi alla spalla di Rex.

«Papà, aspetta», dice Sammy fermandosi ai piedi della scalinata della veranda.

«Ti fa male?»

«Non è questo... Devo dirti una cosa, prima che entriamo... Ho visto Kent che cadeva, ma in realtà mi è sembrato che saltasse.»

«Forse è andata così», dice Rex.

«E un'altra cosa... Anche se è comparso davanti a me solo per un secondo prima di sparire... Ho fatto in tempo a vedere la sua sciarpa rossa che si sollevava per aria.»

«Ma...»

«Non aveva una sciarpa, vero?»

Salgono la scalinata in silenzio, varcano l'ingresso ed entrano nella vasta lobby cercando di capire come sia stato possibile che Kent sanguinasse ancora prima di cadere.

Forse si è avvicinato al precipizio e si è sparato, pensa Rex.

Sul pavimento di pietra della lobby si notano le impronte bagnate degli altri. I fucili e il resto dell'attrezzatura sono stati abbandonati sul tavolo della lounge davanti al camino.

DJ è nella lobby e sta sollevando i cuscini dei divani e delle poltrone.

«Avete chiamato i soccorsi?», chiede Rex.

DJ lo osserva con sguardo cupo.

«I telefoni sono spariti», bisbiglia.

«No, li abbiamo lasciati alla reception», ribatte Rex.

«In tal caso devono essere caduti», dice DJ infilandosi dietro al bancone.

«L'albergo ospita altre persone, oltre a noi?», chiede Sammy.

Rex scuote la testa e, con un brivido, si volta verso la vetrata. La pioggia colpisce i pannelli gocciolando lungo le finestre.

«Che facciamo?», chiede Sammy.

«Ti devi mettere dei vestiti asciutti», dice Rex.

«Ah, questo sì che risolve ogni problema», replica Sammy avviandosi verso la camera.

«Qui non ci sono», mormora DJ mentre fruga tra fogli e registri.

«Non abbiamo un telefono fisso?», domanda Rex.

«No... e per i computer ci vuole la password», dice DJ con un filo di voce.

«Ho un iPad in valigia», esclama Rex, ricordandosene d'improvviso. «Credi che ci sia una connessione internet qui?»

«Prova», dice DJ continuando a cercare dietro il bancone.

«Ok», sospira Rex, poi guarda nella direzione in cui è sparito Sammy.

DJ si ferma e lo osserva.

«È per Sammy?»

«Io ce la sto mettendo tutta, io... provo così tante emozioni, ma capisco che per lui sia difficile fidarsi, e credere che di punto in bianco ho deciso di essere suo padre, dopo tutti questi anni... Resterò sempre e soltanto quello che l'ha tradito.»

Rex rimane in silenzio, quindi percorre il corridoio e si sbottona la giacca mentre raggiunge la sua suite.

Quando apre la porta, gli sembra di sentire qualcuno che prende fiato.

Forse il vento crea una sorta di bassa pressione in certe stanze, pensa sfilandosi gli stivali nell'ingresso buio.

Attraversa lo stretto passaggio ed entra in sala, poi si sfila la giacca e la getta sul pavimento. Allora si accorge della presenza di un uomo nell'angolo dietro la piantana.

Il paralume color tabacco nasconde il viso dell'intruso, ma la luce fioca si riflette sulla lama tremolante di un coltello da caccia.

«Resta lì», ordina una voce alle sue spalle.

Rex si volta. James Gyllenborg gli sta puntando contro il fucile da caccia.

«Nessun movimento brusco», dice. «Fammi vedere le mani, lentamente.»

«Cosa state...»

«Ti sparo, ti sparo dritto in faccia», urla James.

Rex gli mostra le mani vuote, provando a capire cosa stia succedendo.

«Uccidilo», bisbiglia Lawrence dall'angolo dietro la lampada.

«Dov'è il tuo fucile?», chiede James spingendo la canna verso di lui.

«L'ho lasciato nel bosco», risponde Rex, e intanto prova a sembrare il più calmo possibile.

«E il coltello», sibila Lawrence. «Dov'è il coltello?»

«Alla cintura.»

James avanza di un passo e lo osserva con sguardo folle.

«Apri la fibbia e gettalo a terra.»

«Sparagli, piuttosto», sibila l'altro battendo i piedi a terra con impazienza.

«Sto aprendo la fibbia», dice Rex con prudenza.

«Se fai qualcosa di strano, muori», lo avverte James, appoggiando il fucile contro la spalla. «Te lo giuro, ti sparo. Ho davvero una gran voglia di spararti.»

«Ha ucciso Kent», dice Lawrence a voce più alta.

«Non fate cazzate», li implora Rex.

«Chiudi la bocca», urla James.

Rex apre la fibbia, e il peso del coltello fa uscire la cintura dai passanti trascinandola a terra lungo la sua gamba.

«Spingilo verso di me», ordina James.

Rex dà un calcio al coltello, che però rotola sulla moquette soltanto per un metro prima di bloccarsi.

«Di nuovo», dice James bruscamente.

Rex avanza con calma e dà un calcio all'arma mandandola a finire accanto alla poltrona.

«Torna indietro e inginocchiati», dice James.

Rex obbedisce: indietreggia di qualche passo e si mette sulle ginocchia.

«Sparagli subito», ripete Lawrence. «Dritto in fronte.»

«Sembrate convinti che io abbia qualcosa a che fare con la morte di Kent», comincia Rex.

James scatta verso di lui e lo colpisce al viso col calcio del fucile, che si abbatte sopra il suo sopracciglio sinistro.

Rex sente uno schiocco lungo il collo, e per qualche secondo la vista gli si offusca. Poi cade sul fianco, con la ferita che brucia e pulsa.

«Eri nella nostra zona», urla James accostandogli la canna

alla tempia. «Ti sparo, capito? Me ne frego di cosa succederà...»

«Fallo subito!», urla Lawrence con voce cavernosa.

«Stavo cercando Sammy», geme Rex.

«Dove cazzo sono i nostri telefoni?», chiede James, spingendogli con più forza la canna contro la testa.

«Non lo so, non li ho toccati», risponde d'un fiato Rex. «Ma ho un iPad in valigia, vicino al letto, possiamo mandare un SOS.»

«Chiudi la bocca», sbraita James. «Sai benissimo che non c'è rete qui...»

La porta sul corridoio si apre e qualcuno entra fermandosi nell'ingresso.

«Papà?», dice Sammy rivolto verso la suite in penombra.

«Chiama DJ», urla Rex prima di essere raggiunto da un altro colpo.

Cade sulla schiena, solleva la testa e si accorge che Lawrence ha già raggiunto l'ingresso.

«Sammy», dice Rex ansimando.

Lawrence afferra il ragazzo per i capelli, lo trascina con sé sopra gli stivali e le scarpe, e lo colpisce al viso con l'impugnatura del coltello. Poi lo spinge a terra sul ventre, si siede a cavalcioni su di lui, gli tira la testa all'indietro e gli accosta la lama alla gola.

James respira affannosamente, chiude la bocca e la inumidisce prima di mettersi a gambe larghe sopra Rex, puntandogli il fucile alla fronte.

«Basta così», dice. «Capito? Basta così, è finita. Non puoi aggiustare nulla vendicandoti, non puoi cambiare nulla.»

La canna vibra terribilmente e James la ferma premendola contro il viso di Rex.

«Non sapevamo quello che stavamo facendo», prosegue

James. «È successo e basta. Abbiamo capito di aver sbagliato. Non eravamo persone cattive, ma solo degli stupidi.»

«Non devi chiedere scusa», urla Lawrence rivolto a James.

«Cos'avete fatto?», ansima Rex.

«Sto dicendo soltanto che io non stuprerei mai nessuno... ma quello non ero io, era Wille... E tutta quella scuola del cazzo faceva finta di niente, noi lo sapevamo, a nessuno importava di cosa facessimo nella Tana del coniglio.»

«Stai parlando di Grace», dice Rex.

«Sparagli subito!», ruggisce Lawrence.

James fa ruotare il fucile e colpisce ripetutamente Rex al viso, strappandogli un gemito. A ogni colpo la stanza scompare dalla sua vista, poi ricompare sfocata per sparire di nuovo subito dopo.

«Papà!»

Rex sente le urla di Sammy prima di essere colpito di nuovo, ma è come se tutto stesse succedendo in un altro mondo. Ha male alla bocca e a un occhio. Sta sprofondando nelle tenebre, prova a resistere ma perde conoscenza.

Quando si risveglia, la testa gli scoppia di dolore. Ha il viso ricoperto di sangue appiccicoso, e le sue ferite bruciano. Come in un sogno, vede i due uomini strappare del tessuto e legargli le braccia dietro la schiena. Li sente frugare nel suo bagaglio e capisce che stanno cercando i telefoni.

Quattro agenti di sicurezza del Timberline Knolls Residential Treatment Center hanno portato Saga Bauer fino ai cancelli, restando in attesa della volante della polizia. Hanno raccontato dell'intrusione ai due poliziotti che l'hanno presa in consegna.

Saga si è assopita su una panchina nella cella della fatiscente stazione di polizia di Lemont, senza poter parlare con nessuno.

Nel pomeriggio l'hanno trasferita in una stanza per gli interrogatori senza finestre. Non è stata ancora autorizzata a fare telefonate, ma una poliziotta ha preso nota con una pazienza venata di sarcasmo di tutti i nomi e i contatti che Saga le ha riferito.

Verso sera, era emersa più chiaramente la possibilità che stesse dicendo il vero, allora i poliziotti hanno coinvolto l'FBI. Ma poiché il quartier generale di Roosevelt Road era ormai chiuso, l'hanno riportata in cella, mettendola a dormire su un materasso di gommapiuma.

Alle dieci del mattino, la *supervisory special agent* Jocelyn López entra nella cella. Si capisce anche solo dal suo odore che ha già bevuto troppo caffè, e, come appare da subito evidente a Saga, sa essere ben più acida di quanto fosse stata nel loro primo incontro.

«Le è piaciuto l'albergo?», chiede dopo aver preso in consegna l'agente della Säpo.

«Non particolarmente.»

Lasciano la stazione di polizia in silenzio e salgono a bordo della Pontiac metallizzata di López.

«Mi serve un telefono», dice Saga.

«Per chiamare il capo?», chiede López accendendo il motore.

«Sì.»

«Gli ho parlato io, e parecchie volte.»

«Allora sa che devo fare una telefonata.»

«Se lo scordi.»

«È importante.»

«Ok, Bauer, sarete anche belli voi svedesi, ma non siete particolarmente svegli, vero?»

Saga non ha idea di come le diverse forze di polizia abbiano risolto l'incidente, ma è ovvio che, dal lato svedese, qualcuno ha garantito che lei tornerà a casa senza creare altri problemi.

López accompagna Saga Bauer sino al terminal 1 dell'aeroporto internazionale O'Hare, la ringrazia per la collaborazione e le appunta sulla giacca un'enorme spilla con l'immagine di una cipolla sorridente e la scritta «*My Kind of Town*».

La responsabilità di far rientrare Saga in Svezia è quindi affidata a un agente aeroportuale in uniforme. È un tizio di buon umore, e le resta accanto durante il check-in, raccontandole di essere fan di una serie televisiva sui vichinghi.

Le code per i controlli di sicurezza sono interminabili. Dopo quaranta minuti ne hanno percorso appena la metà. Il poliziotto riceve una chiamata via radio, risponde e lancia un'occhiata in direzione delle scale mobili, poi torna a rivolgersi a Saga.

«Devo andare, ma ce la farai, il tuo aereo parte tra quattro ore... Mangiati un hamburger e tieni d'occhio il tabellone per sapere il gate.»

L'agente torna indietro facendosi largo tra i viaggiatori in coda, e intanto parla alla ricetrasmittente.

Saga continua a seguire la lunga coda.

Il suo telefono è andato distrutto, e non sa se Joona abbia novità su Rex e Oscar.

Forse altre persone sono morte da quando le è stato impedito di rivolgere a Grace le domande più importanti.

Rientrerà in Svezia a breve e non creerà altri problemi, ma ora deve tornare alla casa di cura, procurarsi un telefono e mettersi in contatto con Joona.

Durante lo stupro, era successo qualcosa che Grace non le aveva detto.

Nella Tana del coniglio era presente qualcun altro, un individuo che loro ancora non conoscevano.

Forse era costui l'assassino?

Saga chiede scusa e risale la coda, si mette la borsa in spalla e attraversa l'area delle partenze in direzione delle porte più lontane dalle scale mobili, quindi scende nella sala degli arrivi.

Gli occhi dell'uomo al bancone dell'autonoleggio, vedendola tornare, emanano uno scintillio di speranza, come se un sogno a occhi aperti si fosse trasformato in realtà.

«Scordatelo», dice Saga prima che lui possa aprire bocca.

Noleggia una Ford Mustang simile a quella del giorno prima e lancia il bagaglio sul sedile posteriore, poi si accomoda e si mette in viaggio verso la casa di cura.

La luce grigia è impietosa con i sobborghi di Chicago: il loro ruolo indispensabile all'interno del colossale ingranaggio cittadino viene svelato senza infingimenti.

I cancelli del Timberline Knolls sono aperti. Saga supera la guardiola e si ferma nel parcheggio per gli ospiti.

Senza presentarsi alla reception, taglia rapidamente in mezzo agli edifici principali, attraversa il prato su cui non molto tempo prima si è introdotta al riparo delle tenebre e poi prosegue oltre l'atelier lungo il sentiero.

Apre le porte d'ingresso e raggiunge subito il salotto dove alcune pazienti stanno consumando il pranzo e si affretta lungo il corridoio, quindi bussa alla porta di Grace ed entra senza aspettare di essere invitata a farlo.

Grace è in piedi con le spalle alla porta, esattamente come la prima volta, e sta osservando lo splendido rododendro sul retro dell'edificio.

Quando si avvicina, Saga sente scricchiolare sotto i suoi piedi delle schegge di porcellana e un po' di terriccio caduto da un vaso. Il flacone bianco delle medicine è a terra accanto ai piedi della donna.

«Grace», dice Saga con delicatezza.

La donna alita sul vetro della finestra creando un alone di condensa. Lo fa sparire con un dito, poi alita di nuovo.

«Possiamo parlare?», chiede Saga avvicinandosi.

«Oggi non mi sento bene», dice Grace voltandosi con timore. «Credo di averne prese tre, e dovrei dormire...»

«Tre pillole sono troppe?», chiede Saga.

«Sì», risponde ridendo l'esile donna.

«Allora chiamo un medico.»

«No, mi danno solo un po' di sonnolenza», mormora Grace.

La donna apre la mano sottile e osserva le capsule rosa, quindi ne prende una e se la porta alla bocca, ma Saga delicatamente la ferma.

«Credo che basti così», dice.

«Sì.»

«Non voglio che lei si agiti», comincia Saga. «Ma quando sono venuta qui l'altro giorno, mi ha raccontato della Tana del coniglio, di quello che le hanno fatto quei ragazzi.»

«Sì», ripete Grace con un filo di voce.

«È successo qualcos'altro, nella Tana?»

«Mi hanno picchiata, sono svenuta diverse volte e...»

Grace resta in silenzio, le sue dita tremanti giocano con i bottoni del maglione.

«Lei è svenuta... ma è comunque sicura che tutti abbiano partecipato allo stupro?»

Grace annuisce, poi si copre la bocca come se fosse sul punto di vomitare.

«Vuole che chiami aiuto?», le chiede Saga.

«A volte prendo cinque pillole», risponde Grace.

Guarda fuori e passa un dito sulla condensa producendo un leggero stridio. Saga vede un paio di donne con indosso i camici bianchi del personale sanitario avvicinarsi lungo il sentiero, a destra.

«Grace? Dice di essere sicura che abbiano partecipato tutti, ma...»

«Ricordo ogni cosa», la interrompe la donna con un sorriso. «Ogni granello di polvere nell'aria...»

«Si ricorda di Rex?»

«È stato il più cattivo di tutti», dice Grace, guardandola con gli occhi semichiusi.

«Ne è sicura? L'ha visto?»

«È stato Rex a portarmi lì... Mi fidavo di lui, ma...»

Grace appoggia la guancia alla parete, chiude gli occhi e sembra soffocare un rigurgito.

«L'ha accompagnata dal dormitorio al club?»

«No, avevano detto che sarebbe arrivato più tardi.»

«Ed è venuto?»

«Ha mai sentito la puzza di una tana di coniglio?», chiede Grace avvicinandosi alla poltrona. «È solo una piccola apertura nel terreno, ma sotto di essa si snoda un labirinto di gallerie buie.»

«Però non ha visto Rex, vero?», chiede Saga pazientemente.

«Mi hanno strattonata, perché nessuno voleva aspettare... Ululavano, camminavano all'indietro lungo le pareti, si erano infilati delle lunghe orecchie bianche...»

Appoggia le mani allo schienale della poltrona e vacilla in avanti, quasi come se fosse sul punto di addormentarsi nel mezzo di un ragionamento.

«Vuole sdraiarsi sul letto?»

«No, sto bene, sono solo le pillole.»

Lentamente, gira intorno alla poltrona e prova a sedersi, ma non avendo spazio per rannicchiarsi si rimette in piedi.

Saga sente qualcuno bussare alle porte più distanti, poi la raggiunge un rumore di voci allegre, e allora capisce che il giro di visite nel reparto è appena iniziato.

«Grace, quello che sto provando a dirle è che la memoria è un meccanismo complicato, capita di convincersi di ricordare certe cose perché le si è ripetute tante volte... Come reagirebbe se le dicessi che Rex non era lì, perché...»

«Era lì», la interrompe Grace, portandosi nervosamente una mano al collo. «L'ho visto... L'ho visto subito che avevano gli stessi occhi.»

«Gli stessi occhi?»

«Sì.»

«Lei... ha avuto un bambino», bisbiglia Saga, e un brivido le corre lungo la schiena quando capisce che lo sconosciuto collegato con la Tana del coniglio, di cui Joona le aveva parlato, è proprio il bambino.

«Ho avuto un figlio», dice Grace con un filo di voce.

«E crede che Rex sia il padre?», le chiede Saga scuotendo la testa.

«So che è lui», risponde la donna asciugandosi una lacrima. «Ma non ho raccontato nulla a mio padre o a mia madre... Sono rimasta tre settimane in ospedale, ho detto che ero stata investita da un camion e che volevo soltanto poter ritornare a Chicago...»

Vacilla di nuovo, tenendosi una mano davanti alla bocca.

«Io... Forse dovrei riposare», bisbiglia tra sé.

«La aiuto a mettersi a letto», dice Saga accompagnandola lentamente dall'altra parte della stanza.

«Ha partorito da sola?»

«Quando ho capito che era giunta l'ora, sono andata nel fienile per non versare sangue ovunque», racconta, esausta, chiudendo gli occhi. «Dicevano che ero diventata psicotica, ma per me era quella la realtà... Mi ero nascosta per sopravvivere.»

«E il bambino?»

«Mia madre e mio padre tornavano per le vacanze e allora lui doveva cavarsela da solo. Lo nascondevo in una gabbia... perché io ero costretta a restare in casa, a sedere a tavola e a dormire nel letto.»

Grace si trascina a fatica verso il bordo del suo giaciglio, facendo cadere a terra il cuscino a fiori. Si allunga mollemente di lato, apre il cassetto del comodino e vi infila la mano chiudendo gli occhi per un istante. Dopo aver ripreso le forze, afferra una fotografia incorniciata e la porge a Saga.

La foto ritrae un giovane uomo rasato che fissa l'obiettivo. Indossa una tuta mimetica color sabbia, un giubbotto antiproiettile e ha un MK12 lungo la gamba.

È lui lo sconosciuto della Tana del coniglio.

L'uomo nella foto ha il naso e la pelle sotto gli occhi bruciati dal sole.

Sulla sua spalla è appuntata una mostrina ovale di tessuto nero e giallo con un falco, un'ancora, un tridente e una pistola a percussione, e la scritta «*Seal Team Three*».

È il corpo speciale meglio preparato della marina americana. L'addestramento trasforma i soldati in una combinazione letale di paracadutisti e sommozzatori militari.

«È suo figlio?»

«Jordan», dice Grace sospirando, a occhi chiusi.

«Rex lo conosce?»

«Cosa?», esclama Grace affannosamente, e prova ad alzarsi a sedere.

«Sa che ha avuto un figlio da lui?»

«Mai, non dovrà saperlo mai», dice la donna, con il mento e la bocca che iniziano a tremare così violentemente da impedirle quasi di parlare. «Non ha niente da spartire con Jordan, lui mi ha violentata, è stata l'unica volta... Non dovrà mai incontrare Jordan, non dovrà mai vederlo... Sarebbe tremendo, rivoltante...»

Crolla sul cuscino premendosi entrambe le mani sul viso, scuote la testa e poi resta immobile.

«Però, se Rex non era presente...», dice Saga, ma poi tace quando si accorge che Grace sta dormendo.

Saga prova a svegliarla, ma non ci riesce. Si siede sul bordo del letto e le controlla il polso, ascoltando il suo respiro regolare.

DJ si siede pesantemente in una delle poltrone della lobby, posando la nuca al poggiatesta. La pioggia picchia contro il tetto e le finestre. Sul tavolo davanti a lui ci sono tre dei cinque fucili da caccia.

Il suo cuore è troppo agitato e sente il corpo fremere, elettrizzato. Ha il collo teso, come se qualcuno glielo stesse stringendo in una morsa. I battiti sovreccitati fanno risalire verso la superficie le correnti profonde della narcolessia.

Ha messo fuori uso tutti i telefoni, il router e ogni computer dell'hotel.

Prova a pensare in modo strategico e si chiede se ci siano altri preparativi da ultimare, ma ogni pensiero viene mandato in frantumi da bizzarre fantasie.

DJ aveva pensato di eliminarli tutti all'interno della riserva, ma per via dell'improvviso temporale era riuscito a seguire i suoi propositi solo con uno di loro.

Era rimasto sul ciglio del ripido burrone, osservando la pioggia che risaliva la valle.

Dopo diciannove minuti, Kent Wrengel l'aveva implorato di risparmiarlo almeno cento volte, e quasi altrettante aveva giurato di essere innocente.

DJ non si era eccessivamente accanito su di lui, gli aveva solo conficcato il coltello da caccia nel ventre, sopra l'anca, trattenendo il corpo tremante dell'uomo sul ciglio profondo del canyon.

Era rimasto immobile, tenendo il coltello nel ventre di Kent e spiegandogli le ragioni di quello che stava succedendo.

L'uomo ansimava freneticamente mentre il sangue gli

riempiva l'addome e poi cominciava a sgorgare dalla ferita, colandogli lungo le gambe.

DJ aveva rivolto il taglio del coltello verso l'alto, in modo che, quando Kent si abbandonava alla stanchezza e accennava a lasciarsi scivolare a terra, la lama gli penetrava più a fondo nell'addome.

Verso la fine, Kent aveva sofferto orribilmente: più volte le sue ginocchia avevano ceduto, e la lama si era insinuata fino alle costole.

Il sangue gli aveva riempito gli stivali iniziando a colare oltre il ciglio.

«È adesso che la corda dell'aquilone si spezza», aveva detto DJ estraendo il coltello. Con lo sguardo fisso negli occhi di Kent, gli aveva premuto entrambe le mani sul petto spingendolo nel canyon.

DJ si passa una mano sulla bocca e lancia un'occhiata verso il corridoio che conduce alle camere, poi osserva il tavolo davanti a sé e incomincia a scaricare i fucili. Apre il trolley posato a terra accanto ai suoi piedi e lascia cadere le cartucce nella tasca interna accanto alla biancheria.

È il momento di farla finita.

Prima Lawrence, o forse James, e Rex per ultimo.

Forse riuscirà a ucciderne uno prima che scoppi l'inferno, prima che comincino le urla e la fuga attraverso i corridoi.

Ma la paura non ha mai permesso ai conigli di salvarsi.

Sa che il loro panico si traduce in percorsi semplici.

Le mani gli tremano mentre monta il silenziatore sulla pistola, inserisce un caricatore pieno, innesca la sicura e ripone l'arma nella borsa accanto all'accetta dal manico corto.

Se non verranno da lui, gli toccherà andare di stanza in stanza.

Estrae il coltello SOCP nero, ripulisce dal grasso la lama sottile e controlla che la lama sia adeguatamente affilata.

Sua madre era rimasta incinta durante lo stupro, ma con ogni probabilità la psicosi era esplosa solo dopo la sua nascita.

Aveva solo diciannove anni: doveva essere terribilmente sola e spaventata.

DJ non ha ricordi dei suoi primi anni, ma sa che lei l'ha partorito in solitudine, tenendolo nascosto. L'aveva nascosto nel fienile. Nel suo primo ricordo, è sdraiato sotto una coperta, al freddo, e mangia fagiolini in scatola.

Non ha idea di quanti anni potesse avere all'epoca.

Durante la sua infanzia, la mente caotica della madre era diventata parte integrante della sua vita e della sua realtà.

Il nonno e la nonna era rientrati definitivamente negli USA solo dopo la fine del lungo incarico di Lyndon White Holland come ambasciatore in Svezia.

DJ aveva quasi nove anni quando il nonno l'aveva trovato nel fienile.

All'epoca parlava un misto di inglese e svedese, e non si considerava del tutto un essere umano.

Aveva impiegato un po' di tempo per abituarsi alla novità.

Sua madre era stata curata in casa con medicinali potentissimi, e per lo più rimaneva a letto con le tende chiuse.

A volte era in preda alla paura e scoppiava a urlare, e in altre occasioni lo picchiava perché aveva lasciato la porta aperta.

A volte lui le raccontava dei conigli a cui aveva sparato durante il giorno.

Si sedevano sul pavimento dietro il letto, cantando la sua filastrocca finché lei non si addormentava.

Qualche anno più tardi, lui l'aveva incisa su un nastro, così che lei potesse ascoltarla ogni volta in cui si sentiva inquieta.

Sua madre si rifiutava sempre di parlare del padre di DJ, ma una volta, intorno ai tredici anni e dopo che la sua cura era stata modificata, gli aveva raccontato di Rex.

Era accaduto una volta sola in tutta la sua infanzia, ma DJ ricorda ancora alla perfezione quelle poche frasi. Da bambino, si era aggrappato a ogni parola, aveva costruito interi mondi di speranze intorno a ciò che lei gli aveva detto.

Aveva scoperto che erano innamorati e che si incontravano di nascosto come Romeo e Giulietta prima che lei tornasse a Chicago.

DJ non capiva come mai lui non l'avesse seguita.

Sua madre aveva risposto che Rex non voleva figli, e d'altronde lei gli aveva promesso che non sarebbe rimasta incinta.

All'inizio DJ ci aveva creduto, ma poi si era convinto che Grace fosse scappata a Chicago per nascondersi da Rex, perché si vergognava del proprio aspetto dopo l'incidente con il camion.

DJ ancora non sa da dove abbia avuto origine l'idea che Grace sia stata investita da un camion in Svezia, perché non ricorda che lei glielo abbia mai raccontato.

Quando lui aveva compiuto quattordici anni, sua madre aveva visto una foto di Rex in un reportage di *Vogue* sui giovani chef di Parigi. Era corsa nel fienile e aveva cercato di impiccarsi, ma il nonno aveva appoggiato una scala alla trave principale ed era riuscito a tagliare la corda prima che lei morisse.

I genitori di Grace avevano fatto ricoverare la figlia al sicuro in un reparto psichiatrico del BroMenn Medical Center, e allora DJ era stato mandato alla Military Academy del Missouri, una scuola che accoglieva anche ragazzi molto giovani.

DJ sente qualcuno avvicinarsi in corridoio, e allora nasconde il pugnale sotto la tovaglia.

Chiude il coperchio del trolley con un piede e si appoggia allo schienale, domandandosi quale dei tre uomini stia portando da lui il destino.

Un ricordo gli attraversa la mente come un'esplosione: rivede sua madre che si raggomitola sul pavimento della stalla, si preme le mani sulle orecchie e geme di terrore nel momento in cui uno dei conigli a cui hanno tirato il collo è attraversato da un fremito, e poi riprende a correre.

DJ ricorda di averlo catturato con un secchio di plastica verde. Aveva infilato dentro la mano afferrandolo, quindi l'aveva inchiodato al muro. Sua madre si era messa a tremare lungo tutto il corpo e aveva vomitato per la paura, poi era scoppiata a gridare che non doveva mai permettere ai conigli di entrare.

DJ sente dei passi nel corridoio e alza lo sguardo; dopo un istante, scorge Lawrence alla luce di una delle applique. DJ gli fa un rapido cenno con la mano, pensando che tra poco quell'uomo correrà per i corridoi reggendosi gli intestini tra le mani.

Lawrence ha l'aria di aver pianto una notte intera: ha gli occhi gonfi e rossi, e indossa ancora i vestiti bagnati.

«Hai trovato i telefoni?», chiede sbattendo nervosamente gli occhi.

«Non sono da nessuna parte», risponde DJ.

«Pensiamo che sia stato Rex a prenderli», dice Lawrence con la voce piena di tensione.

«Rex?», chiede DJ. «Perché avrebbe dovuto farlo?»

«È una nostra ipotesi», taglia corto Lawrence.

«Tua e di James? È una vostra idea?»

«Sì», risponde Lawrence arrossendo in volto.

Si infila dietro il bancone della reception e accende uno dei computer. La pioggia martella contro il tetto e le grandi finestre buie. Il temporale avanza rombando sopra il bosco e il fianco della montagna, prende fiato e ritorna con rinnovata rabbia.

Solo due mesi dopo l'ultima missione di DJ in Iraq, suo nonno era morto lasciando al nipote una fortuna.

La nonna era scomparsa due anni prima. DJ era andato a trovare sua madre all'istituto, ma lei non l'aveva nemmeno riconosciuto.

Era rimasto solo.

In quel momento, aveva deciso di andare in Svezia per riuscire almeno a vedere suo padre.

Rex era già un cuoco celebre, aveva partecipato a numerosi programmi televisivi e pubblicato un libro di ricette e consigli sui vini.

DJ aveva fondato una casa di produzione, aveva adottato il cognome da nubile di sua nonna e si era avvicinato a Rex senza la minima intenzione di rivelargli che, secondo quanto aveva raccontato Grace, lui era suo padre.

Ma nell'attesa del loro primo incontro l'agitazione era aumentata al punto da scatenargli un attacco di narcolessia nel vicolo tetro che conduceva alla pasticceria Vetekatten.

Si era risvegliato a terra ed era arrivato all'appuntamento con mezz'ora di ritardo.

Fisicamente non si assomigliavano affatto, a eccezione del taglio degli occhi.

DJ aveva approcciato Rex con una proposta d'affari offrendogli un accordo insensatamente vantaggioso. Poi aveva elaborato una strategia innovativa, e in meno di tre anni era riuscito a ricavargli uno spazio durante il notiziario della domenica mattina, oltre che a trasformarlo nel più grande cuoco del Paese e in una celebrità assoluta.

DJ era diventato una specie di manager. I due avevano cominciato a frequentarsi anche nella vita privata, e a poco a poco erano diventati amici.

Pur essendo già sicuro del fatto che fosse suo padre, non aveva resistito alla tentazione di prelevare due dei capelli di Rex. Gli si era avvicinato da dietro mentre era seduto su una poltrona bianca e li aveva strappati con una pinzetta. Rex aveva lanciato un urlo per il dolore alzando una mano sopra la testa, quindi si era voltato. DJ si era limitato a ridere, dicendo che i capelli bianchi gli davano fastidio.

Senza toccarli, li aveva infilati in due buste di plastica e inviati poi a due aziende specializzate nei test di paternità.

I risultati non lasciavano dubbi: DJ aveva trovato suo padre. Aveva tenuto la felicità nascosta nel cuore.

«Non c'è rete», dice Lawrence dalla reception.

«Prova un altro computer», suggerisce DJ.

Lawrence lo guarda, si asciuga il sudore dalle mani e indica fuori dalla finestra.

«Da qui si può raggiungere Björkliden a piedi?»

«Non dista più di venti chilometri», risponde DJ. «Mi avvio non appena passa il temporale.»

Per tutta l'infanzia di David Jordan, Grace era stata curata per la depressione unipolare e per il comportamento autolesionista. Dopo l'ultimo incontro, in cui lei non l'aveva riconosciuto, DJ si era adoperato affinché fosse trasferita in una clinica esclusiva, il Timberline Knolls Residential Treatment Center. Il primario aveva interpretato la sua condizione come sindrome da stress post traumatico, rivoluzionandole così la terapia.

Prima del giorno del Ringraziamento, DJ aveva deciso di tornare a Chicago per chiedere alla madre il permesso di rivelare a Rex che era suo figlio.

Non sapeva nemmeno se lei avrebbe capito le sue parole, ma quand'era entrato nella camera si era accorto subito che Grace era cambiata. Aveva accettato i fiori ringraziandolo e offrendogli del tè, poi gli aveva spiegato che si era ammalata a causa di un trauma psichico.

«Hai parlato al terapeuta dell'incidente?», le aveva chiesto DJ.

«L'incidente?», aveva ripetuto Grace.

«Mamma, lo sai che sei malata... A volte non riuscivi a

prenderti cura di me, e sono dovuto andare a vivere con la nonna.»

DJ si era accorto della sua espressione strana: sembrava sul punto di precipitare da una grande altezza, mentre lui le raccontava del test del DNA, dell'avvicinamento al padre e del fatto che voleva raccontargli la verità.

Con un lieve tintinnio, Grace aveva appoggiato la tazza sul piatto. Esitando, aveva fatto scorrere la mano sul piano del tavolo e si era messa a raccontargli quello che era successo. In maniera sempre più sconnessa, gli aveva descritto ogni dettaglio della violenza di gruppo, il desiderio dei ragazzi di farle del male, il dolore, la paura e la perdita di se stessa.

Gli aveva mostrato una fotografia di un collegio fuori Stoccolma, aveva iniziato a balbettare e, sempre più confusa, gli aveva elencato i nomi di tutti coloro che avevano partecipato all'aggressione.

DJ lo ricorda perfettamente: era rimasta seduta con la mano davanti alla bocca e, piangendo, gli aveva detto che lui era il frutto di uno stupro, e che Rex era stato il peggiore dei suoi aguzzini.

Dopo quelle parole, sua madre non era più riuscita a guardarlo in faccia.

DJ aveva l'impressione che il suo cappotto si fosse impigliato in un enorme ingranaggio che lo attirava verso di sé, all'interno di un enorme macchinario.

«Non funziona più niente, siamo isolati», dice Lawrence con voce tremante.

«Forse dipende dal temporale», suggerisce DJ.

«Penso che proverò subito a raggiungere Björkliden.»

«Ok, ma copriti bene e stai attento quando arrivi alle rocce», gli consiglia DJ con calma.

«Nessun problema», mormora Kent.
«Posso solo farti vedere una cosa prima che tu vada?», dice Rex.
Solleva l'angolo della tovaglia e afferra il coltello piatto, poi si alza e lo nasconde lungo il fianco mentre si avvicina alla reception.

Lawrence spinge gli occhiali in cima al naso e si avvicina alla postazione con il computer come se lavorasse alla reception, quindi preme il ventre contro il bordo del tavolo e incrocia lo sguardo di DJ.

«È difficile arrivare fino alla strada principale?», gli chiede.

«Non se sai quale sentiero prendere», risponde DJ con un tono di voce stranamente cupo. «Te lo faccio vedere sulla mappa.»

Invece che una cartina, DJ estrae dalla tasca una fotografia, la posa sul bancone e la gira in modo che Lawrence possa vederla.

«Mia madre», dice con voce dolce.

Lawrence si allunga per prendere la fotografia, ma quando riconosce la ragazza ritrae di scatto la mano come se si fosse bruciato.

Nello stesso istante, un coltello nero colpisce il bancone nel punto esatto in cui si era appena trovata la sua mano.

La lama affonda in profondità nel ripiano di legno.

Senza nemmeno pensarci, Lawrence scaglia il computer verso DJ e vede l'angolo smussato del monitor colpirlo sul lato del viso.

DJ inciampa all'indietro rischiando di cadere.

Il computer cambia direzione a mezz'aria, ma il cavo lo trattiene. Lo schermo inizia a oscillare e scompare lungo il lato esterno del bancone, poi il cavo si stacca e il computer cade fragorosamente a terra.

DJ solleva una mano e si accarezza una guancia, e sembra più che altro sorpreso.

Lawrence esce da dietro il bancone con la massima velocità consentitagli dalla sua mole, corre verso la finestra rotonda e poi giù per le scale che portano alla spa.

La sua mente è stata subito attraversata da un pensiero: deve provare a scappare attraverso l'uscita di sicurezza che ha notato durante la visita guidata dell'hotel.

Per qualche ragione, il suo sguardo era stato attratto dalla luce verde del segnale.

Senza voltarsi indietro, Lawrence passa davanti a una serie di fotografie di donne immerse in vasche piene di schiuma o distese su tavoli da massaggio bianchi. Supera una piccola reception piena di asciugamani e un negozietto di costumi da bagno, quindi entra negli spogliatoi. Quando la porta si chiude alle sue spalle, nota che ha una serratura a pomello.

Prova a girarlo, ma le mani gli tremano così tanto che gli sfugge la presa.

La serratura è bloccata.

Lawrence prende fiato ansimando, con il cuore che martella nel petto. Si asciuga le mani sulla camicia.

Fuori dalla porta, un rumore di passi si fa più vicino.

Lawrence afferra il pomello e prova di nuovo a girarlo. Ruota a fatica, e si sente il rumore del metallo che gratta. Tira più forte, lo gira ancora e capisce che il chiavistello sta entrando lentamente nel foro, poi perde la presa finendo per ferirsi le nocche.

Si succhia i graffi per un istante, ascolta e tende la mano per verificare che la porta sia chiusa, ma all'improvviso qualcuno afferra la maniglia dall'esterno.

Lawrence balza all'indietro.

DJ scuote la maniglia e prende a spallate la porta facendo scricchiolare il telaio.

Lawrence vacilla all'indietro fissando l'entrata; vorrebbe

gridare a DJ di andare a prendere James in camera di Rex e di uccidere lui al posto suo.

Invece, avanza negli spogliatoi bui pensando disperatamente che deve trovare un posto in cui nascondersi.

DJ ha appena detto che Grace è sua madre.

È lui che vuole vendicarsi di loro, si ripete Lawrence mentre passa accanto alle panche e agli sportelli aperti degli armadietti.

Spinge una porta di vetro opaco ed entra in una grande stanza per le docce, avanza di qualche passo e prova a respirare con più calma.

Ha la bocca secca e il petto gli duole.

Si appoggia con la schiena alla parete e osserva un tombino sul pavimento. Sulla grata si sono incollati dei ciuffi di capelli ormai rinsecchiti.

Il sudore gli cola dalle ascelle lungo i fianchi.

Lawrence pensa allo stupro nella Tana del coniglio, a come i ragazzi si fossero messi in coda in attesa, e alla sua paura che tutto potesse essere interrotto prima del suo turno.

Mentre guardava Grace sdraiata a terra sotto gli altri era stato travolto da un'ondata di adrenalina e da una rabbia sempre più bruciante nei confronti della ragazza.

Si era fatto avanti a gomitate, si era sdraiato su di lei, l'aveva colpita con una bottiglia di birra e l'aveva afferrata violentemente al mento per costringerla a guardarlo.

Inizialmente, era stato pervaso da una sensazione di trionfo.

Dopo, si era alzato e le aveva sputato addosso, e due settimane più tardi aveva provato a castrarsi nei bagni del dormitorio. Si era tagliato profondamente, ma il dolore l'aveva fatto vacillare, ed era caduto colpendo il lavabo con il viso in maniera così violenta che la ceramica era andata in frantumi, attirando l'attenzione degli altri.

Dopo un mese in un reparto psichiatrico per minori aveva

potuto tornare a casa, ed era andato subito alla polizia a costituirsi. Non l'avevano ascoltato: alla scuola non aveva mai avuto luogo nessuno stupro, e la ragazza di cui parlava era ritornata negli Stati Uniti.

Lawrence si appoggia alla parete fresca di granito lucido, sente in bocca il sapore del sangue e capisce che non può rimanere nella stanza delle docce senza essere certo che l'ingresso della spa sia bloccato.

Con le gambe che gli tremano, Lawrence passa oltre la fila delle docce e davanti alla porta di vetro opaco di una sauna a legna, quindi varca una porta basculante ed entra nell'area buia della piscina.

Non si sente altro che la pioggia sugli enormi pannelli di vetro.

Sa che deve raggiungere l'uscita d'emergenza, lasciare l'hotel e provare a chiamare aiuto, o almeno a nascondersi nel bosco.

L'intero impianto è diviso al centro da un grande bar dalla pianta esagonale.

Da una parte, si trovano gli idromassaggi spenti, alcune vasche vuote di vario tipo e la grande piscina con qualche centimetro d'acqua sul fondo. D'inverno si può nuotare attraverso un varco di lamelle di plastica ritrovandosi all'esterno sotto la neve, ma ora la parte esterna della vasca è coperta da un telone.

Sull'altro lato del bar, oltre i tavoli e la zona relax, vi è l'uscita d'emergenza. In quella zona, gli operai hanno spaccato il pavimento ammucchiando tutti i mobili e bloccando il passaggio tra il bar e le finestre. Si vede una montagna di tavoli e poltrone di vimini ammassati, coperta da grandi teli di plastica grigia.

L'unico modo per raggiungere l'uscita sembra essere la galleria che passa davanti allo spogliatoio femminile.

Lawrence resta qualche istante in ascolto, poi si infila nel passaggio che conduce allo spogliatoio. Deve camminare vicinissimo all'ingresso, quindi continua a fissare il vetro opaco della porta basculante. Ogni minima vibrazione gli fa contrarre tutto il corpo nel tentativo di costringersi a non scappare in preda al panico. Una volta arrivato a destinazione, attraverso la fessura della porta vede gli spogliatoi immersi nel buio. Trattiene il fiato e prosegue, cercando di spostarsi lentamente lungo la vetrata del solarium.

Getta una rapida occhiata verso la porta e poi si affretta in avanti.

Attraverso le pareti di vetro, vede una palestra con i macchinari, i tapis roulant e i crosstrainer avvolti dall'ombra.

Lawrence esce dalla galleria e prosegue oltre il bar, poi d'un tratto sente un cigolio ripetuto.

Dal punto in cui si trova, i pilastri della galleria nascondono l'ingresso dello spogliatoio femminile, ma un'ombra ondeggiante si staglia sulla parete.

Qualcuno deve aver varcato la porta. Lawrence non sa cosa fare. Non ha il coraggio di correre, quindi si limita a girare intorno al bar, si acquatta sul pavimento e prova a prendere fiato.

Lawrence si nasconde dietro il bancone del bar coprendosi la bocca con una mano. I battiti accelerati del cuore gli rimbombano in testa. Sa che DJ è entrato nella spa e che lo sta cercando.
Ma tutto è immobile e silenzioso.
Della Coca-Cola è colata lungo l'impiallacciatura dal colore scuro, e qualcuno ha incollato una gomma da masticare sotto il bordo del bancone.
Lawrence, tremando, suda e si raggomitola.
Respira istericamente dal naso, mentre pensa a come lo stupro gli abbia negato ogni possibilità di essere felice. Non ha mai avuto alcuna relazione, non è mai riuscito ad avere una vita sessuale e non si è mai creato una famiglia.
Per non dare troppo nell'occhio nel suo ambiente, a volte ha finto di avere relazioni occasionali.
Coi suoi amici ha sempre sostenuto di preferire rapporti fugaci incentrati sul sesso. Ma la verità è che non ha mai trovato nessuno che andasse bene per lui, né uomo né donna.
Da quasi un anno, però, si scrive con una ragazza conosciuta su un sito di appuntamenti. È una ballerina del musical *Hamilton* a Manhattan. Lawrence sa benissimo che può trattarsi di una menzogna e che potrebbe essere una truffa, o una finta identità, ma le loro conversazioni sono sempre state divertenti e interessanti, e lei non gli ha mai chiesto soldi. Adora le foto che gli manda, è talmente dolce che si sente esplodere il petto di gioia. I folti capelli ricci, le guance, la bocca allegra. È troppo bella per essere reale, ma gli ha appena mandato un biglietto per il suo spettacolo e sembra auten-

tico, dal momento che è provvisto di codice a barre e quant'altro.

Probabilmente qualcuno lo sta raggirando, ma non riesce a smettere di sognare che quella storia possa rappresentare una svolta per la sua vita.

Lawrence guarda l'uscita d'emergenza, si alza e, restando chino, scende un'ampia scalinata con le protezioni antiscivolo e un corrimano argentato.

L'intero spazio del bar è stato sgomberato, e gli operai hanno iniziato a deporre un mosaico sul pavimento. Al di là di alcuni bancali di tessere e di mastice per piastrelle, si intravede il segnale verde della porta di sicurezza.

La pioggia gocciola lungo le grandi vetrate affacciate sulla montagna.

Lawrence aumenta il passo e prova a trattenere il respiro.

Se riuscirà a raggiungere il buio all'esterno, dovrà solo proseguire verso la chiesa e da lì arrivare alla strada europea 10, quindi potrà cercare un passaggio oppure incamminarsi fino a Björkliden, noleggiare un'auto e nascondersi fino a quando tutto sarà finito.

Si sente un tonfo metallico nel momento in cui inciampa in un secchio nero che scivola per un tratto sul pavimento impolverato e si ferma facendo sferragliare le cazzuole coperte di intonaco secco.

Lawrence si mette a correre, incurante del rumore, gira intorno ai bancali e raggiunge l'uscita di sicurezza. Abbassa la maniglia, la tira e la prende a spallate, ma la porta non si apre.

È bloccata da un robusto lucchetto.

Lawrence si aggiusta gli occhiali sul naso e si volta, e il suo cuore inizia a galoppare per il terrore non appena vede DJ scendere la scalinata armato di un'accetta.

Lawrence sferra un calcio contro il vetro, ma si sente solo un tonfo sordo.

Si guarda intorno e intuisce che deve provare a tornare verso il bar dall'altra parte, attraverso la montagna di divani, mobiletti, vasi, tavoli e sdraio.

Ansimando, corre lungo la vetrata fino all'ammasso di mobili. Sono saldamente incastrati gli uni negli altri e gli arrivano fino al petto. Solleva il telo di plastica, si accuccia e si infila tra una pila di poltrone di vimini e un tavolo di marmo.

Sotto la plastica la luce cambia, è più morbida e soffusa.

Tiene sollevato il telo con una mano e prosegue nello stretto varco tra diversi carrelli di servizio, ma poi si ferma sentendo una sorta di guaito dietro di sé. Si raggomitola e si accorge che la plastica sta ricadendo sui mobili.

Chino in avanti e con le ginocchia piegate spinge il proprio corpo massiccio tra due vetrinette piene di piatti.

Grace sta arrivando, pensa Lawrence.

Così è stato deciso.

Rivede la sua gonna rosa a pieghe, le cosce insanguinate e i capelli sudati che le si incollavano alle guance.

Ansimando, Lawrence si spinge tra enormi vasi di terracotta e pile di sdraio, e d'improvviso sente dei passi alle proprie spalle.

Sa che si tratta di DJ, ma il suo cervello continua a evocare l'immagine di Grace.

È venuta per vendicarsi. Lawrence capisce che si avvicina e trascina dietro di sé una corda per saltare, facendo rimbalzare l'impugnatura di plastica dal colore bianco sporco sulle irregolarità del mosaico.

In preda al panico, Lawrence spinge da una parte una poltrona che gli blocca la strada, solleva quella seguente e si infila lungo il fianco di un tavolo da buffet fino a quando non è costretto a fermarsi.

È arrivato di fronte a un muro di pesanti armadi. Non può

raggiungere la piscina da questa parte. Deve trovare un altro passaggio, forse sotto la pila di lettini da sole.

Il telo di plastica si gonfia a causa della corrente d'aria, poi ridiscende con una specie di sospiro frusciante.

Lawrence sente il dolore al petto farsi sempre più intenso, mentre il suo braccio sinistro si intorpidisce stranamente.

Si china per controllare se sia possibile infilarsi sotto le sedie, e gli cadono gli occhiali dal naso.

Si inginocchia per cercarli tremando, ma finisce per spingerli sotto un tavolo basso. Stringe gli occhi e gli sembra di scorgerli. Si allunga, ma non riesce a raggiungerli. Il grande tavolo da lounge è costituito da una struttura metallica dipinta di bianco e un pesante ripiano di pietra, e pesa probabilmente diverse centinaia di chili. Sopra di esso, è accatastato un imponente cumulo di tavolini pieghevoli legati da numerosi giri di corda.

Lawrence si sdraia sul ventre e inizia a strisciare nell'angusto spazio al di sotto della lastra di pietra. Si spinge in avanti, stringe le palpebre e si allunga verso un lato, finché i suoi polpastrelli sfiorano gli occhiali. Lawrence riesce rapidamente a infilarli.

Restando sdraiato, volta la testa e si guarda indietro sotto i mobili, in direzione dell'area del bar e del pavimento sventrato. D'improvviso, DJ si china a fissarlo in mezzo alle sedie e alle gambe dei tavoli.

Assomiglia a Grace: il bel volto chiaro, i capelli biondi.

La plastica produce un fruscio, allora Lawrence capisce che DJ si è infilato sotto il telo e si sta facendo strada tra i mobili impilati.

Lawrence si spinge ancora più in avanti al riparo del tavolo, e sente la lampo della giacca grattare contro le piastrelle sotto di lui.

Se respira più profondamente, la sua schiena preme contro la lastra di pietra, e teme di restare incastrato.

Pensa di nuovo al biglietto del musical: lei non capirà mai perché non si sia presentato.

Alcuni mobili crollano e, mentre si avvicina all'altro lato del tavolo, sente del vetro andare in frantumi.

Lawrence respira piagnucolando e cerca qualche appiglio per tirarsi fuori.

Con un tonfo sordo, DJ posa l'accetta a terra e si allunga dietro di lui.

«Lasciami in pace», strilla Lawrence.

DJ lo afferra per un piede e inizia a trascinarlo nella sua direzione. Lawrence scalcia e si libera, esce dall'altra parte del tavolo e si alza sulle gambe tremanti. Si spinge in mezzo a enormi divani, e sente di dover vomitare. Ribalta una montagna di cuscini bianchi con la plastica che affonda sotto il suo peso, scivola e si incammina su una serie di morbide imbottiture, riuscendo tuttavia a mantenere l'equilibrio.

Supera in qualche modo la barricata, quindi sbanda di lato, va a sbattere con la spalla contro un pilastro e prosegue fino a fermarsi oltre la vasca idromassaggio rotonda.

Ha il fiatone, e sente le dita di una mano completamente intorpidite.

Lawrence passa oltre la vasca fredda vuota: a destra si trova l'area per la ginnastica acquatica, a sinistra una piscina per bambini con uno scivolo a serpentina.

Lawrence prosegue, lancia un'occhiata verso il bar e vede il riflesso di DJ sulle porte a vetri del solarium.

Sta correndo nella galleria con l'accetta in mano.

Si dirige verso la piscina, passando davanti alle porte degli spogliatoi.

Delle strane strisce di cuoio dondolano lungo le sue guance.

Lawrence tossisce e si affretta a raggiungere la piscina con l'intenzione di scendervi all'interno, correre fino alla parte esterna, aprire il telone e arrampicarsi fuori.

Avverte una fitta al cuore e deve muoversi più lentamente. Afferra il corrimano lungo la scala di piastrelle che scende nella vasca. Dall'acqua stagnante si leva odore di marcio.

Tremando, Lawrence scende lungo la scala liscia, entra nell'acqua e prova a correre ma non riesce a procedere speditamente.

I residui sul fondo si sollevano nell'acqua che gli arriva alle cosce.

Avanza a passi pesanti, sentendo gli schizzi sul ventre e sul petto.

Cerotti, ciabatte e ciuffi di capelli galleggiano sulla superficie smossa.

Lawrence si infila sotto le lamelle di plastica ed esce nella vasca esterna coperta. Dev'esserci un modo per uscirne. La copertura non è altro che un telone steso su una serie di archi bassi.

Lawrence procede nell'acqua cercando di trovare delle cuciture nel tessuto.

Alle sue spalle si sente un pesante sciabordio. Lawrence si volta.

DJ sta avanzando nell'acqua verso di lui.

Lawrence sa che sarà impossibile uscire dalla vasca prima di venire catturato.

I suoi polpastrelli formicolano.

Ansimando, Lawrence si volta e guada la piscina fino all'angolo più vicino rischiando di cadere in avanti, ma alla fine riesce ad aggrapparsi al bordo.

Spinge il telo verso l'alto con tutta la forza che ha in corpo. Il pesante tessuto di nylon è talmente teso che non riesce ad aprire nemmeno una minima fessura.

Prova a tirare uno degli archi per cercare di ribaltarlo e ne scuote la base, che però non si muove.

DJ si avvicina a grandi passi nell'acqua.

Il suo corpo in movimento produce delle onde che si infrangono sul bordo riempiendo Lawrence di schizzi.

Non riesce a infilare le dita sotto il bordo del telone, quindi prova di nuovo a spingerlo verso l'alto, ma è costretto ad arrendersi.

Respirando con affanno, accenna ad allontanarsi, ma il cuore gli batte troppo rapidamente, e non ha più forze. Non c'è via di scampo. Si ferma e si volta.

Lawrence resta immobile, respira velocemente con la bocca e vorrebbe dire qualcosa, ma ancora gli manca il fiato. È soltanto un coniglio che scalcia nel proprio sangue sul fondo di una conca di zinco.

Il cacciatore ora si avvicina lentamente trascinando l'accetta dal manico corto nell'acqua.

Aveva preparato il mangianastri e la cassetta: nei suoi progetti, Lawrence doveva rimanere bloccato nella reception con il coltello conficcato nella mano mentre gli altri accorrevano per cercarlo.

Schizzi di acqua sporca si sono abbattuti sulla camicia a quadri di Lawrence, e delle macchie di sudore si sono allargate in corrispondenza delle ascelle.

«So di cosa si tratta», dice Lawrence tra i respiri affannosi.

Allunga entrambe le mani come per impedire a DJ di avvicinarsi ancora. Il cacciatore avanza appena di un passo, gli afferra una mano, gli distende il braccio e lo colpisce violentemente con l'accetta sopra il gomito. Lawrence barcolla di lato per via del colpo e il suo grido di dolore riecheggia tra le pareti della vasca.

Il sangue sgorga scuro dalla ferita profonda.

Il cacciatore continua a stringergli la mano, poi la gira appena e colpisce di nuovo.

Questa volta, la lama attraversa l'osso dell'avambraccio.

Il cacciatore lascia andare la presa e guarda Lawrence barcollare all'indietro, con l'avambraccio che ciondola appeso ai legamenti ancora intatti, per poi staccarsi e piombare con un tonfo nell'acqua sporca.

«Oddio, oddio», geme Lawrence provando a premersi il moncherino contro il petto per arrestare l'emorragia. «Cosa vuoi che faccia? Ti prego, dimmelo! Ho bisogno di aiuto, lo capisci?»

«Grace è mia madre e ora...»

«Mi hanno costretto. Io non volevo, avevo solo diciassette anni», dice Lawrence piangendo.

Si zittisce e respira affannosamente. Il suo volto è pallidissimo, sembra già morto. Il cacciatore lo osserva: gli schizzi sugli occhiali, la barba sporca di muco, il sangue che sprizza sui vestiti sporchi.

«Lo so che ti stai vendicando», dice Lawrence ansimando. «Ma io sono innocente.»

«Sono tutti innocenti», risponde il cacciatore a bassa voce.

Pensa a Ratjen, morto sulla sedia della sua cucina davanti ai suoi figli. Gli è toccato quel destino perché aveva portato le chiavi, aperto la porta del dormitorio e accompagnato sua madre alla Tana del coniglio. Così era cominciato tutto. Se quella volta si fosse rifiutato di farlo, avrebbe potuto mangiare in pace i suoi maccheroni, per poi andare a dormire a fianco della moglie dopo che i bambini si fossero addormentati. Invece aveva aperto la porta. Era stato lui ad aprire la porta, a portarla nella Tana e ad aspettare pazientemente la propria ricompensa.

«Ha deciso tutto Wille», ansima Lawrence.

«Mia madre ha indicato te, e mi ha raccontato cosa hai fatto», dice il cacciatore con tono di voce calmo.

«Mi hanno costretto», piange l'altro. «Ero una vittima, anch'io ero...»

La voce di Lawrence svanisce, e le orecchie del cacciatore sembrano sigillarsi. Prova a sfregarle, ma continua a non sentire nulla. Ricorda un pomeriggio d'estate, il giorno prima del tentativo di suicidio di sua madre.

Stava cacciando con un fucile a canna liscia oltre la strada principale, dall'altra parte dei binari e vicino al silo. Si era seduto sull'erba, poi si era sdraiato, e al risveglio si era già fatta sera.

Gli era sembrato di ritrovarsi in un sogno.

Giaceva immobile nell'erba alta, pensando che il silo somigliasse all'enorme cilindro del Cappellaio matto.

In quel momento si era sentito piccolo come un coniglio.

Lawrence spera ancora di riuscire a cavarsela, barcolla di nuovo in direzione della scala rivestita di piastrelle.

Una scia di sangue scuro si snoda nell'acqua attorno a lui.

Il cacciatore controlla l'orologio e lo segue.

Lawrence passa sotto le lamelle di plastica, si trascina in avanti, appoggia un piede sulla scala e si siede su uno dei gradini più bassi. Solleva il moncherino e geme per il dolore. Boccheggiando, strappa la camicia e si avvolge il più saldamente possibile intorno alla ferita una striscia di tessuto, tirandola con l'unica mano tremante.

«Dio, Dio», mormora tra sé.

Il sangue inzuppa il tessuto di flanella a quadri e schizza sui gradini bagnati.

«Non morirai dissanguato», dice il cacciatore scostandosi le orecchie di coniglio dal volto. «Prima che tu perda conoscenza, ti colpirò al collo e a quel punto te ne andrai abbastanza in fretta.»

Lawrence alza verso di lui lo sguardo smarrito.

«Abbiamo forse ucciso Grace? Perché vuoi ammazzarci, se lei è ancora viva?»

«Non è viva», lo interrompe DJ. «Non le avete permesso di vivere.»

Tra poco tornerà di sopra e impiccherà James Gyllenborg.

Non sa il perché, ma ha voglia di impiccare proprio lui. Durante la caccia gli era venuto quel pensiero: avrebbe voluto vederlo impiccato.

Un ricordo lampeggia nel suo cervello: il rumore della corda tagliata dal nonno per salvare sua madre nel fienile.

«Cosa vuoi fare ora?», bisbiglia Lawrence con gli occhi iniettati di sangue. «Adesso che hai finito di vendicarti... Che farai dopo?»

«Dopo?», domanda il cacciatore appoggiando l'accetta sulla spalla.

Quando Rex riprende conoscenza, il suo cuore inizia a martellare per l'angoscia. È disteso con il ventre a terra e le braccia legate dietro la schiena. Ha il volto gonfio e dolorante dopo i ripetuti colpi del calcio del fucile.

La sua valigia vuota è al centro della stanza, e il contenuto è stato sparso sul pavimento.

Sente delle voci e si gira lentamente sul fianco. Prova cautamente a liberarsi le mani, ma si accorge di non avere sensibilità alle dita.

Attraverso gli occhi semichiusi vede Sammy seduto contro la parete, con le braccia sulle ginocchia ripiegate. Rex si volta con circospezione e incrocia lo sguardo del figlio, che scuote impercettibilmente la testa.

Rex chiude subito gli occhi, finge di essere svenuto e sente il figlio parlare con un filo di voce.

« Io non ho niente a che fare con tutto questo... Immagino che tu lo sappia, non sarei mai venuto qui, se mio padre non avesse voluto impedirmi di incontrare il mio ragazzo. »

« Sei gay? », chiede James incuriosito.

« Sì, però non dirlo a mio padre », risponde Sammy scherzando.

« Cos'è che ti piace nei ragazzi? »

« Esco anche con le ragazze, ma preferisco fare sesso con i maschi. »

« Ai miei tempi », commenta James, « non avrei mai potuto dire una cosa del genere... Quant'è cambiato il mondo... in meglio. »

Con le dita gelide, Rex prova a sciogliere le strisce di tessuto strettamente annodate.

«Non voglio vergognarmi di quello che sono», continua Sammy.

«Esci anche con uomini più grandi?», chiede James con uno strano tono di voce.

«Sono gli individui e le situazioni a eccitarmi, non ho così tante regole», dice Sammy con calma.

Rex resta immobile e ascolta i passi di James sul pavimento. Apre lentamente gli occhi, e si accorge che l'uomo si è posizionato davanti a Sammy. In una mano regge mollemente il fucile, con la canna che gli pende lungo il fianco e la gamba destra. Sul tavolino di fronte al divano è appoggiata una sottile bottiglia d'acqua, accanto al vino che l'hotel mette a disposizione degli ospiti a un prezzo esagerato.

Quando James si volta, Rex chiude immediatamente gli occhi cercando di rilassare il corpo. Resta immobile e sente James avvicinarsi e fermarsi davanti a lui. Un odore metallico gli fa capire di avere la canna del fucile puntata contro il viso.

«Quasi tutti quelli che conosco si definiscono pansessuali», continua Sammy.

«Che roba è?»

«Pensano che sia la personalità a fare la differenza, non il sesso.»

«Mi sembra sensato», dice James ritornando dal ragazzo. «Mi spiace che Lawrence ti abbia ferito. Fa male?»

«Un po'...»

«Ti resterà una cicatrice su quel bel visino», dice, e la sua voce tradisce un'improvvisa intimità.

«Merda», esclama Sammy sospirando.

«Dovresti cercare di chiudere i margini della ferita», prosegue James.

«Mio padre ha dei cerotti nel nécessaire», dice Sammy.

Nella stanza cala il silenzio e Rex tiene gli occhi chiusi. È quasi certo che James lo stia sorvegliando.

«È lì vicino alla poltrona», aggiunge Sammy.

Rex si accorge che James si allontana di un passo e lancia con un calcio il nécessaire in direzione di Sammy.

«Grazie.»

Rex sente Sammy aprire la lampo del nécessaire, poi qualche piccolo oggetto cade sul pavimento e infine, con un fruscio, suo figlio trova i cerotti.

«Prima dovresti lavarla», suggerisce James.

Quando capisce che James sta prendendo la bottiglia d'acqua dal tavolo e sta svitando il tappo, Rex inizia a scuotere le braccia e a tirare il più forte possibile, finché una mano non si sfila dal nodo. Il sangue riprende lentamente a circolare facendogli formicolare i polpastrelli.

«Resta fermo», mormora James. «Alza un po' la faccia...»

«Ahi», sospira Sammy.

Rex apre gli occhi: James ha posato il fucile a terra ed è chino su Sammy con la bottiglia d'acqua e un mucchio di tovaglioli di carta.

Rex si alza con cautela. Ha le gambe intorpidite e rigide come due tronchi pesanti. Una delle strisce di tessuto è ancora appesa per qualche filo al bottone del polsino della camicia, ma si stacca e cade a terra con un leggerissimo tonfo.

Rex si ferma e aspetta.

James non ha sentito nulla. Inclina il collo della bottiglia sopra i tovaglioli e prosegue a tamponare la guancia di Sammy.

Rex avanza lentamente fino al tavolino e solleva la bottiglia di vino in verticale per minimizzare il rumore.

«Ancora un po' d'acqua», insiste Sammy. «Ahi... ahi, cavolo.»

«Ho quasi finito», dice James, con un tono di voce stranamente entusiasta.

Rex si avvicina a James, ma calpesta una delle camicie scivolate fuori dalla valigia. La busta di plastica in cui è avvolta produce un fruscio sotto il suo piede. Rex avanza rapidamente di un passo, poi alza la bottiglia. James lascia cadere i tovaglioli a terra e si volta nel preciso istante in cui Rex lo colpisce. Alza un braccio per ripararsi, ma la bottiglia gli si abbatte sulla guancia e la tempia con una forza tale da mandare in frantumi il vetro. Schegge verdi e vino rosso scuro schizzano addosso a James e sulla parete alle sue spalle.

L'uomo lancia un urlo di dolore e cade sul fianco, poi si ripara con una mano e prova ad aprire gli occhi. Sammy si scosta e Rex afferra rapidamente il fucile, indietreggiando di un passo. James si siede contro la parete, tasta la tempia e lancia un'occhiata inferocita a Rex che intanto avanza e lo colpisce alla radice del naso con il calcio del fucile, facendogli sbattere la nuca contro il muro.

«Vieni», dice Rex a Sammy. «Dobbiamo andarcene.»

Escono dalla stanza, chiudono la porta e corrono lungo il freddo corridoio in direzione della reception.

«Bel lavoro, papà», esclama Sammy sorridendo.

«Hai fatto tutto tu», replica Rex.

Da qualche parte provengono dei tonfi pesanti. Rex si guarda alle spalle, ma nel corridoio buio tutto è immobile e la porta della sua suite è chiusa. La canna del fucile striscia a terra e Rex la solleva di qualche millimetro. Nello stesso istante, un terribile dolore alla testa lo costringe a fermarsi.

«Che succede?», bisbiglia Sammy.

«Niente, dammi solo un secondo», risponde Rex.

«Cosa facciamo?»

«Ce ne andiamo da qui... Lasciati guardare», dice Rex, e avvicina il figlio alla luce di un'applique. «Forse ti resterà una piccola cicatrice...»

«Sul mio bel visino», aggiunge Sammy scherzando.

«Esatto.»

«Dovresti vederti, papà.»

Rex si volta di nuovo e nota che una delle porte davanti a cui sono passati è socchiusa.

Rex e Sammy raggiungono la lobby in silenzio. La moquette pesante attutisce i loro passi. I disegni della carta da parati sembrano più scuri in mezzo alle ellissi di luce delle applique. Rex controlla la sicura del fucile e se lo appoggia in spalla.

«Ho pensato a quello che hai detto una volta, al fatto che hai il diritto di essere debole», dice Rex. «Sono d'accordo, voglio dire... Se anch'io avessi avuto il coraggio di ammetterlo, forse non avrei buttato via la mia vita con l'alcol, e magari non ti avrei perso.»

Arrivano nella lobby, che è deserta. Uno dei computer è caduto a terra. La pioggia si abbatte inferocita contro le vetrate nere. Le grondaie traboccano e l'acqua cade a cascata sulle lastre di pietra all'esterno.

«*Ten little rabbits, all dressed in white*», recita d'improvviso una voce infantile, «*tried to go to Heaven on the end of a kite.*»

Rex e Sammy si voltano e notano un vecchio mangianastri su un tavolo scostato dalla parete.

«*Kite string got broken*», prosegue la voce, «*down they all fell. Instead of going to Heaven, they went to...*»

«Che sta succedendo?», mormora Sammy.

Si tratta della stessa filastrocca della telefonata anonima che ha ricevuto al ristorante, rammenta Rex. Si avvicina al tavolo e nota che i tasti del mangianastri sono macchiati di sangue.

«*Nine little rabbits, all dressed in white, tried to go to Heaven on the end of a kite...*»

«Esci di qui», dice Rex agitato.

«Papà...» replica Sammy.

«Raggiungi la strada principale e vai a destra», esclama Rex.

« Papà! »

Rex si volta e scorge James Gyllenborg avvicinarsi rapidamente lungo il corridoio. Impugna un coltello da caccia, ha i vestiti macchiati di vino e respira con la bocca aperta come se avesse il naso rotto.

« *Eight little rabbits, all dressed in white* », continua la voce che esce dal mangianastri.

James raggiunge la lobby, osserva il coltello che stringe nella mano e prosegue in direzione di Rex. Passa velocemente la mano libera sulla bocca e aggira una poltrona.

« Stai calmo, James! », dice Rex alzando il fucile.

James si ferma e sputa della saliva mista a sangue sul pavimento. Rex arretra e posa il dito sul grilletto.

« Sei un idiota », sibila James brandendo il coltello.

Con uno schiocco, la gamba di James si spezza all'altezza del ginocchio. Il sangue schizza sul pavimento e l'uomo crolla a terra. Piega il corpo all'indietro, quasi inarcando la schiena, poi scoppia a urlare di dolore.

Rex impiega qualche secondo per capire cosa sia successo.

DJ è in cima alle scale che scendono verso la spa e impugna una pistola col silenziatore.

Ha appeso una decina di orecchie di coniglio a un cordino di cuoio e se l'è legato intorno alla testa.

Quando DJ entra nella lobby, Rex nota che ha i pantaloni bagnati fino alle cosce. DJ getta a terra una corda rivestita di gomma e infila la pistola nella fondina sotto la giacca.

Si ferma, chiude gli occhi e si accarezza la guancia su cui ricade una delle orecchie mozzate.

James urla e prova a trascinarsi verso il corridoio.

DJ gli lancia un'occhiata, poi si avvicina a Rex, gli sfila di mano il fucile, lo scarica e lo posa sul tavolino insieme agli altri.

« *Six little rabbits, all dressed in white, tried to go to Heaven on the end of a kite* », prosegue la voce infantile.

James è a terra, e respira affannosamente. Una pozza di sangue si allarga sotto la gamba ferita.

«Dobbiamo fasciargliela», dice Rex, rivolgendosi a DJ. «Morirà, se non...»

DJ afferra James per la gamba illesa e lo trascina nella sala da pranzo. Rex e Sammy lo seguono tra i tavolini apparecchiati. James ne urta uno, un candelabro cade sul piano e le candele rotolano oltre il bordo.

DJ ribalta James sul ventre e gli conficca un ginocchio tra le scapole, poi gli lega le braccia dietro la schiena con una fascetta e gli infila un tovagliolo in bocca. Con movimenti controllati, avvicina una sedia e inserisce la corda nera nel gancio sul soffitto a cui è appeso il grande lampadario di cristallo.

«Che stai facendo?», chiede Rex.

DJ ignora la sua domanda. Si limita ad annodare un cappio, che poi infila al collo di James. Dà uno strattone alla fune, la fa passare intorno a una colonna e poi inizia a sollevare l'uomo per il collo.

Il peso di James fa inclinare il lampadario, e i prismi di cristallo tremano per i suoi movimenti convulsi. Attraverso il tovagliolo James emette versi soffocati e venati di panico. Delle gocce di cristallo si staccano e cadono a terra.

«Basta così», dice Rex, avvicinandosi per tentare di sollevare James.

DJ fa girare più volte la corda intorno alla colonna, la annoda e poi spinge da parte Rex.

James dondola, continuando a scalciare.

I cristalli tintinnano sopra di lui.

DJ osserva James girandogli lentamente intorno, poi avvicina la sedia all'uomo e lo osserva mentre tenta di sostenersi con la gamba illesa, lottando per mantenere l'equilibrio.

Nella lobby, la strofa finale della filastrocca diffusa dal mangianastri si conclude con l'ultimo coniglio che cade all'inferno. DJ controlla l'orologio, si avvicina alla corda e la allenta leggermente. James riempie i polmoni attraverso il naso. Le lacrime gli rigano le guance, e tutto il suo corpo trema.

«Se scivoli o svieni, muori», dice DJ con estrema calma.

«Sei impazzito? Che cazzo stai combinando?», chiede Rex.

«Ancora non hai capito?», gli domanda DJ con voce cavernosa. «Hanno capito tutti, tranne te.»

«Papà, andiamocene», dice Sammy provando a trascinare con sé Rex.

«Cos'è che non capisco?», chiede Rex, e deglutisce con difficoltà.

«Che ucciderò anche te», risponde DJ. «Appena avrò finito con James, io... credo che ti squarcerò la schiena e ti strapperò le scapole.»

Gli porge una vecchia foto di Grace risalente al primo anno del collegio. La carta è attraversata da una piega bianca che taglia in due il volto felice della ragazza.

«È mia madre.»

«Grace?»

«Sì.»

«Ho scoperto che l'hanno violentata», dice Rex. «James me l'ha appena raccontato.»

«Papà, andiamocene», ripete Sammy con un filo di voce.

«C'eri anche tu», continua DJ con un ghigno sulle labbra, sbandando leggermente.

«No, non c'ero.»

«È proprio quello che hanno detto tutti prima di...»

«Non sono innocente», interviene Rex. «Ho fatto moltissime cose di cui mi pento, ma non ho mai stuprato nessuno. Mi hanno...»

Viene interrotto da un colpo proveniente dalla lobby. Rimangono in silenzio, poi lo sentono di nuovo.

Il cacciatore resta completamente immobile nella sala da pranzo, con lo sguardo rivolto verso la lobby. Sente l'adrenalina diffondersi gelida nel corpo.

Sull'onda dei battiti accelerati del cuore arriva anche la stanchezza, come una calda folata di vento. Si accorge di essersi dimenticato di prendere il Modiodal.

Forse non ne ha bisogno, ma un attacco violento di narcolessia potrebbe rovinare tutto.

Deve fare in modo di mantenere la calma.

La voce di Rex lo raggiunge come se provenisse da dietro una parete: dice che devono staccare James dalla corda.

Il cacciatore apre gli occhi e incrocia lo sguardo del cuoco.

Fin dall'inizio aveva deciso chi sarebbe morto per ultimo. Rex dovrà osservare il campo di battaglia coperto di cadaveri, guardare il vendicatore avvicinarsi e cadere in ginocchio di fronte al destino.

Nella sala da pranzo è sceso il silenzio.

Rex indietreggia insieme a Sammy: James, tra atroci sofferenze, è sul punto di perdere conoscenza.

Si sente picchiare alla porta una terza volta, e in quel momento la mente del cacciatore è attraversata da uno schiocco: rivede la porta del fienile spalancarsi e la neve cadere vorticando sul pavimento.

Sua madre sta piangendo come una bambina mentre arretra premendosi il coltello da macellaio contro la gola.

La bufera aveva imperversato per tutta la notte e sua madre era sprofondata sempre più in preda al terrore. Non sapeva cosa fare, ed era rimasta a lungo con gli occhi chiusi e le mani premute contro le orecchie, poi era scivolata in una fase aggressiva. Aveva afferrato i resti dei conigli scaraventandoli contro la porta e minacciando di soffocarlo se avesse pianto.

Sa che deve impedire a quei ricordi così nitidi di occupare troppo spazio nella sua mente, per non diventare come sua madre, per non aprire le porte alla psicosi.

Da bambino condivideva con Grace la malattia, ma lui non era malato. Semplicemente, non aveva alternative, e questo non significa essere psicotici, si ripete.

Per la donna, lo stupro aveva scacciato la verità del presente, la paura dei conigli si era trasformata in fobia, e il terrore aveva stretto una terribile alleanza con la memoria.

Bussano ancora alla porta.

Il cacciatore sente la propria voce impartire degli ordini, ma è come se stesse avvenendo in un mondo distante, in un vecchio documentario sfarfallante o in una ripresa di una zona di guerra.

Si toglie dalla testa il cordino con le orecchie di coniglio, spazza via la sedia da sotto i piedi di James con un calcio e lo guarda contorcersi, poi esce, chiude la porta della sala da pranzo e trascina il tappeto sulla macchia di sangue.

Tutti e tre raggiungono la reception. DJ porta con sé Sammy dietro il bancone mentre Rex si avvicina alla porta d'ingresso per aprire.

La pioggia colpisce le finestre nere e scorre lungo il vetro, ruscellando giù dal tetto.

Fuori, nel diluvio, si intravede una sagoma.

DJ ripone le orecchie di coniglio in un cassetto tra penne e graffette. Estrae la pistola, tira indietro il carrello e nasconde l'arma dietro il bancone.

Rex apre la porta e fa entrare un uomo alto con in mano una tanica di benzina. Raffiche di pioggia vengono sospinte sul pavimento della lobby prima che Rex riesca a chiudere la porta.

DJ osserva lo sconosciuto dal volto stanco e i movimenti affaticati.

Ha i capelli biondi incollati alle guance bagnate. I suoi vestiti sono fradici, e ha le scarpe e le gambe dei pantaloni sporche di fango.

DJ non riesce a sentire cosa sta dicendo a Rex, ma lo vede posare la tanica sul tappeto e avvicinarsi al bancone.

«L'hotel è chiuso», dice DJ, poi fissa i particolari occhi grigi dell'uomo.

«Capisco, ma sono rimasto a secco giù sulla E10, e ho visto le luci», spiega l'individuo con accento finlandese.

DJ posa la mano sinistra sulla spalla di Sammy, mentre nella destra tiene nascosta la pistola dietro il bancone. È in grado di sparare con entrambe le mani, e non ha bisogno di fermarsi a pensare quando fa passare l'arma dall'una all'altra.

È possibile che lo sconosciuto sia un poliziotto, e DJ lo sa.

È possibile, ma non molto probabile.

Non può permettere che un irrazionale sospetto influenzi le decisioni che dovrà prendere nei prossimi minuti.

Nessuno può averli rintracciati così velocemente, e inoltre un poliziotto non gli darebbe mai la caccia da solo.

Mentre l'uomo si asciuga l'acqua sulle sopracciglia, DJ osserva i suoi vestiti bagnati che aderiscono al braccio e al torso, e capisce che non indossa un giubbotto antiproiettile

Ma potrebbe avere una pistola sotto il braccio sinistro o la caviglia.

L'ipotesi più probabile è che l'uomo non abbia idea della situazione in cui si è ritrovato per colpa del serbatoio vuoto.

«Vorremmo poterla aiutare, ma questa è una riunione privata», dice DJ passando la pistola nell'altra mano. «Al momento, i dipendenti non sono qui e tutti i telefoni sono staccati.»

Joona resta di fronte al banco della reception, quasi come se fosse in attesa di registrarsi. Si è accorto che Rex l'ha riconosciuto ma ha fatto finta di niente.

David Jordan ha la fronte leggermente chiazzata di sangue e lo osserva con occhi acquosi in maniera insolita.

Probabilmente, sta cercando di capire se Joona possa rappresentare una minaccia per il suo piano o se se ne andrà presto.

Joona scosta i capelli bagnati dal viso sentendo l'acqua colare lungo la schiena, quindi appoggia entrambe le mani sul bancone.

Appena arrivato all'aeroporto di Kiruna, aveva ricevuto una telefonata dalla psicologa Jeanette Fleming. Non aveva a disposizione un indirizzo preciso, ma poteva confermare che Sammy e Rex erano partiti per Kiruna. Gli aveva riferito inoltre le parole di Nico, secondo il quale Rex voleva far diventare etero il figlio portandolo a caccia di renne in gabbia.

Mentre noleggiava l'auto e si metteva in viaggio, Anja aveva individuato l'unica riserva di caccia con renne selvatiche nell'intera Kiruna. Era riuscita a scoprire che l'hotel collegato alla riserva era occupato per una convention d'affari quel weekend e gli aveva chiesto, per favore, di aspettare i rinforzi della polizia della Lapponia settentrionale.

«Ci spiace di non poterla aiutare», dice David Jordan per concludere la conversazione.

Joona sa che i soldati d'élite vengono addestrati al combattimento corpo a corpo a partire dal presupposto che l'avversario sia in tutto e per tutto inferiore, sia nell'addestramento sia per quanto riguarda l'attrezzatura.

E di solito è così.

Seguono tecniche estremamente efficaci, ma tutte le loro azioni si basano comunque su una certa dose di presunzione.

«Almeno avrete un cellulare...» dice Joona con tono cortese.

«Le sembrerà strano, ma abbiamo avuto un po' di sfortuna con la tecnologia. Siamo isolati fino a quando non verranno a prenderci domani.»

«Capisco», dice Joona, «ma, secondo voi, dove posso trovare un telefono? Björkliden è il posto più vicino?»

«Sì», risponde semplicemente DJ.

Entrando, Joona ha notato quattro fucili da caccia sul tavolino di fronte al divano, e questo significa che manca almeno una persona.

Sia Rex sia il figlio hanno segni di percosse sul viso, ma per il resto non sembrano feriti.

Un computer è caduto a terra e il tappeto davanti alla porta chiusa della sala da pranzo è disteso di sghimbescio sul pavimento.

«C'è stata una rissa?», chiede Joona sfiorando il computer con il piede.

«Ora vattene», dice DJ a voce bassa.

Quando Joona è entrato, David Jordan ha posato la mano sinistra sulla spalla di Sammy, poi ha spostato il registro degli ospiti con la destra.

Entrambi i movimenti erano superflui.

Probabilmente vuole convincere Joona di non stare nascondendo una pistola sotto il bancone, con l'intento di verificare se sia davvero il primo poliziotto arrivato sulla scena.

Ma Joona sa che l'assassino è ambidestro e sa di avere interrotto un rapimento.

L'assassino farà senza dubbio in tempo a sparare sia a Rex

sia a Sammy prima che Joona possa infilare la mano sotto la giacca bagnata per sfilare la pistola dalla fondina.

Sa di dover aspettare, anche se ciò può comportare delle perdite. D'improvviso, pensa a quando il tenente Rinus Advocaat aveva citato il *Wei Liaozi* durante l'ultima fase di addestramento alle tecniche di combattimento non convenzionali.

L'equilibrio tattico dell'energia si rispecchia negli estremi del Tao, aveva detto con la sua voce priva di gioia. Se hai qualcosa, fingi di non averla; se ti manca qualcosa, comportati come se l'avessi.

Persino un bambino può imparare quel principio, ma ci vuole una robusta forza di volontà per seguirlo in una situazione di crisi in cui la reazione naturale, per un poliziotto, sarebbe quella di estrarre la pistola.

Ma ora questo gioco estremo è l'unica possibilità a disposizione di Joona per salvare la vita degli ostaggi.

Come tutti gli *spree killer*, David Jordan ha elaborato un piano e desidera seguirlo.

Se fosse sicuro del fatto che Joona è un poliziotto o che è armato, sparerebbe subito. È l'unico comportamento razionale da seguire, anche se rovinerebbe il piano. Ma se Joona è solo una persona qualunque rimasta con l'automobile a secco, allora gli conviene aspettare e lasciare che se ne vada.

L'assassino ha provato più volte a dare a intendere a Joona di essere disarmato per spingerlo ad agire. Probabilmente è sempre meno convinto del fatto che possa trattarsi di un poliziotto e che abbia una pistola.

«In ogni caso, che ci fate quassù?», gli chiede Joona.

«Caccia.»

Di secondo in secondo, la situazione diventa più critica, ma fino a quando Joona riesce a far finta di non avere una pistola, è possibile che riesca ad allontanare Rex e Sammy dall'assassino.

«Ora vado, ma... Mi è venuta in mente una cosa», aggiunge Joona con un sorriso. «Dev'esserci un garage con delle motoslitte, qui.»

«Credo di sì», dice Rex avvicinandosi al bancone.

«Allora potrei recuperare un po' di benzina... Pagando, ovviamente», assicura Joona, e si slaccia un bottone della giacca.

«Abbiamo solo le chiavi dell'ingresso principale, e non funzionano per la rimessa o per l'annesso», risponde David Jordan con un tono di voce nervoso.

«Capisco», conclude Joona annuendo. «Grazie comunque.»

Volta le spalle a David Jordan, apre l'ultimo bottone della giacca e si incammina verso l'ingresso.

«Non vuole aspettare che smetta di piovere?», sente dire da Rex, alle sue spalle.

«Grazie, molto gentile.»

Joona si volta. Si accorge che Sammy ha iniziato a tremare e che David Jordan chiude gli occhi per un lunghissimo istante.

Aspetta, aspetta, riesce appena a pensare Joona.

David Jordan scatta in maniera fulminea, eppure sembra che debba trascinare il braccio attraverso una corrente d'acqua mentre spiana la pistola e preme il grilletto.

Il percussore colpisce la capsula d'innesco, l'esplosione della polvere da sparo spinge il proiettile attraverso la canna e l'otturatore freme.

Il sangue schizza alle spalle di Rex quando il proiettile gli attraversa il busto.

David Jordan ha già rivolto l'arma contro Joona ed esce da dietro il bancone senza perdere la linea di tiro nemmeno per un secondo. Ha entrambi gli occhi bene aperti e tiene sotto controllo l'intera stanza durante lo spostamento. Rex sembra confuso e barcolla all'indietro con una mano sul ventre insanguinato.

«Papà», urla Sammy.

Joona si costringe a non infilare la mano sotto la giacca. David Jordan mira al suo petto tenendo il dito sul grilletto.

Si avvicina a Rex, gli afferra i capelli da dietro e gli sferra un calcio alle gambe facendolo cadere in ginocchio, senza mai perdere di mira Joona.

«Tu non hai nulla a che fare con tutto questo», gli dice. «Se ne resti fuori, potrai sopravvivere.»

Joona annuisce e solleva entrambe le mani davanti a sé.

«Porta via mio figlio», dice Rex ansimando, rivolto a Joona. «È una faccenda che riguarda solo noi due, è meglio se la facciamo finita senza coinvolgere altri.»

David Jordan prende fiato, preme la bocca del silenziatore contro la tempia di Rex e chiude di nuovo gli occhi. Joona allunga una mano e afferra Sammy per un braccio. Lo trascina con sé verso la porta, dolcemente e con cautela. Passano davanti al tavolo con i fucili e al camino spento. David Jordan alza lo sguardo verso di loro. Sembra che faccia fatica a restare sveglio, anche se le nocche della mano che stringe la pistola sono sbiancate.

Joona arriva alla porta e preme delicatamente la maniglia. Gli occhi dell'assassino sono di nuovo sul punto di chiudersi, e sembrano offuscarsi.

«Sammy, ti voglio bene», dice Rex.

David Jordan spalanca di colpo gli occhi e punta la pistola contro di loro. Joona strattona Sammy all'indietro nell'istante esatto in cui il proiettile attraversa la lastra di vetro alle loro spalle.

Escono sotto la pioggia, nel vento impetuoso. Sammy cade sulla pavimentazione di pietra e la porta viene sospinta all'indietro da una folata con una forza tale da mandare il vetro in frantumi.

Joona aiuta Sammy a rialzarsi, e nella pioggia di schegge vede David Jordan attraversare di corsa la lobby con la pistola spianata.

«Dobbiamo nasconderci», urla Joona nel vento furioso trascinando con sé il ragazzo.

L'acqua si riversa giù dal tetto, trabocca dalle grondaie e risale gorgogliando dai tombini.

«Papà», urla Sammy.

Joona trascina il ragazzo oltre i ciottoli tondi che costeggiano il vialetto, attraverso i cespugli. Entrambi cadono oltre il bordo dell'aiuola, finiscono a terra e scivolano lungo una discesa coperta di fango. Cadendo, trascinano con sé sassi e terra smossa.

I rami di alcune giovani betulle li bloccano, e Sammy lancia dei gemiti.

Joona è già in piedi. Porta con sé il ragazzo lontano dall'hotel mentre la pioggia si riversa su di loro e l'acqua scorre aprendo nuovi solchi e trasportando terra e foglie.

Si nascondono sotto una roccia sporgente, poi sentono David Jordan gridare.

«Sammy», urla avanzando lungo il margine del campo. «Tuo padre sta per morire, e ha bisogno di te.»

Il ragazzo respira con incredibile affanno e prova a mettersi a sedere. Joona lo costringe a terra e nota che ha le pupille dilatate per lo shock.

«Devo parlare con mio padre...»

«Abbassa la voce», bisbiglia Joona.

«Pensa che non me ne importi niente di lui, ma non è vero, devo dirglielo», mormora il ragazzo.

«Lo sa già», dice Joona.

La luce che esce dalle finestre fende la cortina di pioggia, e una sagoma passa velocemente davanti a una delle vetrate. I passi di DJ fanno rotolare alcune pietre, e Sammy trema quando le vede cadere a terra davanti a loro.

Ma di colpo i passi si interrompono.

David Jordan si è fermato. È immobile e resta in ascolto, aspettando che le sue prede escano dal nascondiglio e si mettano a correre come conigli.

Saga insiste fino all'ultimo, ma non riesce a svegliare Grace prima che il medico arrivi alla sua stanza per la visita di controllo. Apre la porta e volta le spalle al personale vestito di bianco, quindi raggiunge il salotto e si versa con gesti nervosi una tazza di caffè.

Una donna di mezza età con splendidi occhi verdi la guarda e poi scuote la testa.

«Non è orario di visite», mormora iniziando a sbriciolare una brioche sul grembo.

Saga beve un sorso di caffè annacquato, posa la tazza e osserva la fotografia di David Jordan in uniforme militare. Gli occhi e gli zigomi ricordano quelli di Rex Müller, ma per il resto i due uomini non si somigliano affatto.

Saga recupera la tazza e beve un altro sorso di caffè, poi fa un giro del salotto, lancia un'occhiata in corridoio e si accorge che il personale sta lasciando la stanza di Grace per andare a bussare alla porta successiva.

Attende ancora per qualche secondo, torna rapidamente indietro, entra e si chiude silenziosamente la porta alle spalle, poi si avvicina a Grace e le accarezza la guancia.

«Sveglia», bisbiglia.

Le palpebre della donna fremono, ma restano chiuse. Saga sente che ha il respiro più leggero e le accarezza di nuovo la guancia.

«Grace?»

La donna apre lentamente le palpebre pesanti, sbatte le ciglia e osserva Saga con aria interrogativa.

«Mi sono addormentata», mormora bagnandosi le labbra.

«La lascio dormire subito, ma prima devo sapere perché è così sicura che Rex sia il padre di suo figlio, se lui non ha...»

«Perché ho visto il test del DNA», la interrompe Grace provando a mettersi seduta.

«Ma non sono mai state fatte indagini», ribatte Saga. «Non le hanno fatto nessun test, non ricorda? Ha detto di essere stata investita... e non ha raccontato dello stupro.»

«Intendo il test di paternità», risponde Grace.

Saga la osserva con aria dubbiosa, si siede sul bordo del letto e d'improvviso capisce cosa sia successo trent'anni prima.

«È stata con Rex prima dello stupro, vero?»

«Ero sciocca e innamorata...»

«Non avete fatto sesso?»

«Erano solo baci», dice Grace guardando Saga con aria smarrita.

«Solo questo?»

Grace si aggiusta la camicia da notte e abbassa lo sguardo.

«Lo abbiamo fatto sul prato dietro la scuola... Ma voglio dire, ci siamo fermati prima che... lo sa come si fa.»

«Non sempre è sufficiente, può immaginarlo.»

«Però...»

Grace si solleva e si asciuga le guance e le narici con la manica della camicia da notte.

«Mi ascolti», dice Saga. «Rex era chiuso nelle stalle durante lo stupro... Se è il padre di suo figlio, significa che lei è rimasta incinta prima.»

Un pensiero attraversa il viso di Grace.

«È sicura che fosse chiuso nelle stalle?», chiede.

«Sì, ne sono certa... Gli altri l'hanno picchiato e l'hanno chiuso dentro, non sapeva cosa stesse succedendo.»

«Dio santo», sospira Grace, e le lacrime cominciano a rigarle le guance.

Si distende sul letto rifatto, apre la bocca ma non riesce a dire nulla.

«Ha un telefono?», chiede Saga accarezzandole la mano.

Da qualche parte nell'edificio una finestra va in frantumi e l'allarme inizia a suonare nel corridoio. Saga vede una guardia avvicinarsi lungo il vialetto accanto all'Oak Lodge.

«Grace», ripete. «Devo sapere se ha un telefono.»

«È vietato», replica Grace.

Nella stanza accanto qualcosa cade a terra pesantemente facendo dondolare il quadro alla parete sopra il letto.

«Non è orario di visite», urla una donna al di là del muro, con la voce che si incrina. «Non è orario di visite.»

Saga lascia la stanza e inizia a correre lungo il corridoio in direzione dell'uscita, ma il massiccio guardiano sbuca da dietro un angolo con uno sferragliare di chiavi. Vedendola si blocca, respira con affanno e sfodera il taser.

Saga prosegue verso di lui senza esitare, stacca un estintore rosso dalla parete e si avvicina a grandi passi.

Il guardiano la fissa, sblocca la sicura dell'arma e le va incontro.

L'estintore è pesante. Saga lo solleva con una mano e poi lo afferra anche con l'altra mentre si avvicina rapidamente al guardiano.

«Mi serve un telefono», dice colpendolo violentemente al petto con la base dell'estintore.

Lui geme sentendo l'aria abbandonargli i polmoni, poi vacilla all'indietro per il colpo e cerca di appoggiarsi alla parete. Saga lo colpisce di nuovo.

L'uomo sta per cadere a terra, e il taser gli sfugge mentre allunga una mano facendo crollare un quadro dipinto da qualche paziente.

Saga lo segue e gli sferra un calcio sopra il polpaccio. Il piede dell'uomo gli scivola sul pavimento e il guardiano colpisce la parete con le spalle e atterra sulle natiche.

« Che cazzo », borbotta tossendo, poi guarda Saga con aria sconvolta.

L'agente della Säpo getta a terra l'estintore, si insinua in mezzo alle gambe dell'uomo e gli afferra la testa con entrambe le mani, poi la attira verso di sé colpendogli il viso con il ginocchio. Si sente uno schiocco: la testa del guardiano rimbalza all'indietro e il sudore schizza verso il soffitto. L'enorme corpo dell'uomo segue la testa e crolla rovinosamente a terra. Il guardiano resta immobile sulla schiena, con le braccia distese e la bocca insanguinata.

« È così difficile riuscire a trovare un telefono? », chiede Saga tra un respiro e l'altro.

DJ rientra dal cortile sommerso dalla pioggia e varca la porta sfondata, poi lancia un urlo e getta la pistola contro la parete. Con un colpo, i componenti dell'arma si sparpagliano sul pavimento infilandosi sotto i mobili della lobby.

Rex è sdraiato su un fianco e respira con immensa fatica. Il dolore gli infiamma il ventre e ogni movimento gli causa fitte così intense che deve sforzarsi per non svenire.

«Cos'hai combinato là fuori?», chiede tra un respiro affannoso e l'altro.

Prova ad alzarsi, ma ricade in avanti perché le gambe gli cedono, quindi finisce in ginocchio. Preme la mano contro la ferita. Per qualche secondo il suo campo visivo si restringe, poi nota che DJ sta di nuovo annodando il cordino con le orecchie di coniglio sulla fronte e gli va incontro impugnando un coltello nero. Le orecchie mozzate ondeggiano a ogni passo.

«Sammy è solo un bambino», dice Rex ansimando.

A causa del dolore e dello shock terribilmente intensi riesce a stento a capire cosa sta accadendo. DJ lo spinge in avanti. Rex si ripara con le mani e poi sente il coltello tagliargli la schiena.

Rex crolla a terra con le braccia che cedono.

«Non puoi farlo», geme quando DJ lo costringe ad alzarsi in piedi.

Rex non ha idea di quanto sia profonda la ferita alla schiena: la paura che Sammy sia morto fa passare tutto il resto in secondo piano. DJ lo spinge in avanti attraverso la porta sfondata, sotto la pioggia.

Terrorizzato, Rex si guarda intorno alla ricerca del corpo di Sammy mentre si avviano in direzione della chiesa.

La pioggia si abbatte su di lui, e i suoi vestiti diventano subito fradici e gelidi. Rex preme entrambe le mani sul ventre e sente il sangue caldo sgorgare tra le dita.

I violenti scrosci di pioggia si riversano sulla strada in rivoli gonfi di schiuma.

Rex viene sospinto in avanti, procede per un paio di passi e gli sembra di stare per svenire a causa della stanchezza. Tutto intorno a lui si muove a scatti, come se il mondo fosse preso a strattoni.

«Sammy», urla DJ tra la pioggia.

Rex inizia a piangere di sollievo non appena capisce che Sammy è riuscito a mettersi in salvo, e che DJ l'ha perso nel buio.

«Sammy!», ruggisce DJ scostandosi le orecchie di coniglio dal viso. «Guarda tuo padre, adesso!»

Rex barcolla in avanti, prova a parlare, ma tossisce solo sangue.

«Chiama Sammy», gli dice DJ. «Digli di farsi avanti. Digli che gli vuoi bene e che tutto andrà a posto...»

Rex si ferma ansimando all'incrocio a T. Non ha più voglia di stare al gioco. DJ gli si piazza davanti e lo colpisce istericamente al volto con l'impugnatura del coltello. Rex barcolla, ma riesce a mantenere l'equilibrio e ad alzare il mento.

«Chiama Sammy», dice DJ in tono minaccioso.

«Mai», ribatte Rex boccheggiando.

La pioggia attraversa l'aria con un rombo, come se fosse una vela stracciata, e le pozzanghere paiono ribollenti. La vecchia chiesa in fondo alla valle ha i muri rossi e rigati, e sembra un pezzo di legno insanguinato tra le croci bianche del cimitero.

« Lo capisco », sibila Rex. « Capisco che tu creda... »
« Taci », urla DJ.
« Non ho stuprato... »
« Ti taglio la gola », strilla DJ.

Più lontano, sulla Strada europea E10, si vedono le luci blu irreali delle volanti che si avvicinano alla deviazione per l'hotel.

« Sammy », urla DJ.

Suo figlio se la caverà se solo resta nascosto, pensa Rex.

« Continua a camminare », dice DJ.

Rex lo guarda dritto negli occhi, poi ricade sulle ginocchia al centro dell'incrocio. Ora basta.

DJ vuole costringerlo a rialzarsi: lo colpisce alla guancia e gli urla di camminare. Rex resta immobile, in ginocchio. Il dolore che avverte non ha più la stessa intensità di prima. DJ lo strattona e lui vacilla, ma non si alza.

Chiude gli occhi, li riapre e pensa che sia arrivata la fine, ma poi, in lontananza, vede una sagoma nella pioggia. Qualcuno si sta avvicinando lungo il sentiero che conduce all'incrocio.

Joona ha raggiunto il viottolo di ghiaia. Procede sotto la pioggia in direzione delle due figure al centro dell'incrocio. Tutto il terreno intorno a lui sembra tremare. Sapeva di avere a disposizione esattamente diciannove minuti per salvare Rex, a partire dal momento in cui l'uomo era stato colpito al ventre dal proiettile.

L'assassino ha seguito ogni volta lo stesso schema.

Mancano due minuti.

Joona sapeva anche che sarebbe riuscito a far allontanare Sammy e a tornare prima che David Jordan procedesse con l'esecuzione di Rex.

La pioggia gli cola tra le sopracciglia e gli offusca la vista. A ogni passo, la pistola ciondola nella fondina sotto la giacca bagnata. Ancora non ha rivelato all'assassino di essere armato.

Il cacciatore afferra i capelli bagnati di Rex e gli tira indietro la testa, ma poi gli appoggia la lama del pugnale sulla spalla. Fissa l'uomo che si sta avvicinando e si chiede che cosa voglia. Perché è tornato? Forse ha capito la gravità della situazione, e allora dovrebbe fare di tutto per tenersene alla larga.

Le volanti della polizia arriveranno tra cinque minuti.

Va bene così.

Avrà il tempo di portare a termine quello che deve, nient'altro ha importanza, pensa guardando l'orologio.

Lo schema della vendetta è perfetto.

Con lo stupro, Rex ha messo al mondo il suo stesso boia. Nell'istante esatto del crimine, due cellule si fondono dando origine alla vita che si sviluppa nel ventre di Grace, ossia il feto che la segue a Chicago, il bambino partorito di nascosto che crescendo diventa il cacciatore di conigli, il quale, trent'anni dopo, ritorna per punire il criminale.

Lo sconosciuto si avvicina a grandi passi.

La pioggia si riversa sui tre uomini e sferza i cespugli piegandoli al suolo. L'acqua corre rapida sulla strada come una superficie di vetro scuro.

Senza fretta, il cacciatore accosta la lama alla gola di Rex. Osserva l'uomo alto che sembra rilassarsi nel mezzo del movimento di un passo, poi lo vede aprire l'ultimo bottone della giacca, infilarvi la mano sotto, estrarre la pistola e spianarla in un unico movimento fluido e preciso.

Il cacciatore non riesce a reagire: è come se non capisse, come se non potesse accettare quello che sta succedendo.

***

Joona avanza rapidamente nella pioggia mentre prende la mira e spara tre volte al petto di David Jordan.

La pistola scatta all'indietro per il rinculo, e l'ultima fiammata bianca dello sparo riluce nell'aria grigia come una piccola esplosione. I gas si dissolvono nella pioggia fumante e i bossoli cadono con un tintinnio sulla ghiaia.

David Jordan vacilla all'indietro per l'impatto e rovina a terra. Gli scoppi dei tre colpi riecheggiano sordi tra i fianchi della montagna.

Joona percorre gli ultimi metri con la pistola puntata al viso dell'assassino, allontanando il coltello con un calcio. La pioggia li avvolge ribollendo al suolo. David Jordan è disteso a terra e lo fissa.

«Hai sempre avuto una pistola», dice stupefatto.

Joona scorge i tre fori d'ingresso raggruppati sotto i muscoli pettorali e capisce che a David Jordan non restano più di tre minuti di vita.

È impossibile salvarlo.

Joona tiene premuta la pistola contro la tempia dell'uomo mentre gli tasta i vestiti, poi si rialza e rinfodera l'arma.

David Jordan sputa sangue sulla sua barba e alza lo sguardo verso il cielo nero. La pioggia che cade gli dà l'impressione confusa di venire sollevato verso l'alto a grande velocità.

Rex resta inginocchiato al centro dell'incrocio. Quando Joona accenna ad aiutarlo, si rifiuta di sdraiarsi.

«Sammy», mormora ansimando.

«Non corre alcun pericolo», dice Joona, e lo fa stendere delicatamente sul fianco.

Rex ha le labbra pallide e trema in tutto il corpo come se avesse la febbre alta. Joona gli strappa la camicia di dosso e vede il sangue sgorgare dal foro d'ingresso del proiettile sul ventre. Probabilmente ha un rene danneggiato. È stordito dal dolore e presto andrà in shock circolatorio.

Il telefono di Joona squilla: è Saga, e allora risponde dicendole che al momento gli è difficile parlare.

«È importante», spiega Saga. «Ho incontrato di nuovo Grace e mi ha detto che Rex è il padre di David Jordan.»

«Ma non ha preso parte allo stupro», dice Joona.

David Jordan è disteso sulla schiena con la bocca spalancata, però i suoi occhi si chiudono ancora quando le gocce di pioggia li colpiscono.

Le prime volanti passano davanti alla piccola chiesa. Le luci blu scorrono attraverso la pioggia sul legno rosso.

Joona inserisce il vivavoce e posa il telefono su una delle pietre rotonde che segnano i margini della strada.

«Mi senti?», prosegue Saga.

«Sì», risponde Joona aiutando Rex a sollevare le ginocchia per alleviare la pressione sulla ferita piena di sangue.

«Forse non ha più nessuna importanza», prosegue Saga, «ma David Jordan non è stato il frutto di uno stupro come pensavano... In realtà è il frutto di un amore.»

Saga continua a parlare, ma dal telefono si leva un fruscio, il rumore cambia e poi svanisce nel momento in cui il display si spegne.

Rex prova a voltare la testa per guardare DJ, ma non ne ha la forza. Il sangue scorre tra le dita di Joona e gocciola sulla strada.

I poliziotti e i paramedici percorrono l'ultimo tratto di corsa.

DJ ha smesso di respirare. Il suo viso è completamente rilassato. Forse è riuscito a sentire le parole di Saga prima di morire, e forse ha capito quello che lei stava dicendo.

Joona Linna si alza lentamente e si incammina su per la salita, mentre intravede Sammy al fianco del padre nei pressi dell'ambulanza. La pioggia del colore della pietra si riversa sulla valle e sul vasto lago. L'intero paesaggio è disegnato in grigio e argento.

Epilogo

Rex si avvicina al bordo della piscina e osserva il fumo che ondeggia sull'acqua azzurra. Alza gli occhi e guarda le falene volare intorno alle lanterne nel giardino rigoglioso.

Con uno sfrigolio, il grasso cola sulla brace e piccole fiamme si sollevano verso le spesse bistecche sulla griglia.

Sammy ha apparecchiato il lungo tavolo della terrazza e sta gonfiando un grande coniglio rosa per la piscina. Veronica è seduta più lontana sull'amaca e beve del vino rosso con Umaru, un tizio che ha incontrato in Sierra Leone. La figlia di quest'ultimo, una bambina di nove anni, esce dalla porta della veranda con in mano una ciotola di insalata.

Rex ha accompagnato il corpo di David Jordan fino a Chicago e si è seduto accanto a Grace durante il funerale tenendole la mano. La donna era talmente imbottita di calmanti che aveva dovuto sorreggerla all'uscita dalla chiesa. Mentre passavano accanto ai banchi, dopo la breve cerimonia, lui le aveva sussurrato più e più volte: «Perdonami».

Rex si avvicina alla griglia per girare la carne, vede che è cotta alla perfezione, quindi beve un sorso di acqua minerale prima di mettere sul barbecue le bistecche di soia per Sammy. Decide di andare in cucina a prendere i topinambur e le patate gratinati, poi sente squillare il telefono.

«Pronto?», risponde saggiando con le pinze la consistenza della carne.

«Ciao Rex, sono Edith», dice una voce cristallina.

«Ciao», fa lui con tono interrogativo.

«Ci siamo incontrati quando hai vinto il premio Cuoco dei cuochi.»

«Lo so, avevo pensato di chiamarti, ma...»
«Sono incinta», spiega la ragazza.
«Congratulazioni», dice Rex senza riflettere.
«Sei tu il padre.»

È già sera quando Valeria raccoglie le mele e porta i cesti in cantina. Risale in casa e riempie la vasca al piano di sopra, poi aggiunge dell'olio essenziale e qualche goccia di profumo.

Affonda nell'acqua calda con un sospiro, sente i muscoli irrigiditi rilassarsi e pensa al fatto che Joona non l'aveva mai richiamata dopo il suo messaggio.

Ovviamente lo capisce. L'aveva allontanato senza ragione, solo perché lui è quello che è.

Resterà sempre un poliziotto.

Valeria aveva lasciato passare due mesi, ma non aveva mai smesso di pensare a Joona, e la settimana prima si era fatta coraggio, aveva preso il telefono e riprovato a contattarlo. Si era scoperto che non aveva mai ricevuto il suo messaggio.

Valeria ride tra sé e chiude gli occhi. Ascolta il proprio respiro e le gocce che cadono dal rubinetto nella vasca con un ritmo quieto, producendo schizzi leggeri.

Per qualche ragione non riesce a ricordare se prima ha chiuso la porta della cantina.

Non ha importanza, ma di solito lo fa comunque.

Sta per addormentarsi. Appoggia un piede sul bordo della vasca, guarda il riflesso ondeggiante sul soffitto e si alza lentamente per evitare che le giri la testa. Esce cautamente dalla vasca e inizia ad asciugarsi. La sua pelle è bollente e lo specchio sul lavabo è grigio per il vapore.

Si strizza le punte dei capelli bagnati e riappende l'asciugamano. Socchiude la porta del bagno, aspetta qualche secondo e ispeziona il corridoio con lo sguardo osservando le ombre immobili sulla tappezzeria.

Negli ultimi giorni le è capitato di percepire una presenza inquietante in casa. Di solito non ha mai avuto paura del buio, ma dai tempi della prigione le è rimasta l'abitudine di stare sempre all'erta.

Valeria esce dal bagno, attraversa nuda il corridoio staccandosi i cerotti bagnati dalle mani e dagli avambracci. Due giorni prima ha strappato le erbacce in un grande campo vicino a Saltsjöbaden. Lungo un muretto di pietra crescevano parecchi rovi e le spine sui fusti sottili le hanno bucato i guanti.

Entra in camera da letto e nota che le cime degli alberi oltre la serra sono ancora più scure del cielo. Si avvicina al comò e apre il primo cassetto, quindi prende un paio di mutandine e le infila. Poi raggiunge l'armadio, estrae il vestito giallo e lo stende sul letto.

Sente un rumore al piano di sotto. Si blocca di colpo restando immobile e in ascolto, ma non avverte altro che silenzio.

Non capisce cosa sia stato.

Forse la foto incorniciata di sua madre è caduta a terra dopo che il chiodo, alla fine, ha ceduto.

Forse le gocce del rubinetto avevano fatto spostare i piatti nel lavandino.

Quella sera Valeria ha invitato Joona a casa sua: ceneranno insieme, e lei ha pensato di preparare un filetto d'agnello al coriandolo seguendo una ricetta che ha trovato nel nuovo libro di Rex.

Non ha detto a Joona che può fermarsi per la notte, ma ha comunque rifatto il letto nella stanza degli ospiti.

Si avvicina alla finestra e inizia ad abbassare le tapparelle, ma poi d'un tratto le sembra di scorgere una sagoma accanto a una delle serre.

D'istinto indietreggia lasciandosi scappare di mano la cinghia. La tapparella schizza verso l'alto arrotolandosi di colpo.

Valeria spegne l'abat-jour, si copre i seni con le mani e sbircia all'esterno.

Non vede nessuno, ma è abbastanza sicura di quello che ha scorto prima.

Tra i tronchi sottili degli alberi, un uomo dal fisico asciutto e con il volto rugoso la fissava.

Come uno spaventapasseri nell'ombra ai margini del bosco.

Era uno scheletro, si ripete tra sé.

Uno scheletro con un parka verde e le vecchie cesoie in una mano.

Ora vede solo il riflesso sui vetri delle serre: gli alberi, l'erba ingiallita e la carriola arrugginita.

Abita da sola in una casa di campagna, e non può permettersi di avere paura del buio.

Forse era un cliente o un fattorino che voleva chiederle qualcosa, e che però se n'è andato dopo averla vista nuda alla finestra.

Prende il telefono dal comodino, ma è completamente scarico.

Joona dovrebbe arrivare al massimo nel giro di un'ora. Deve iniziare a cucinare, ma è comunque necessario che esca a controllare il vivaio.

Valeria indossa la vestaglia consumata e scende le scale, ma si ferma prima di essere arrivata in fondo. Un refolo di aria fredda le accarezza le gambe. Lentamente scende gli ultimi gradini e con un brivido scopre che la porta è aperta.

«C'è nessuno?», dice con voce circospetta.

Delle foglie bagnate si sono sparse sul tappeto dell'ingresso e sul parquet bianco del pavimento. Valeria infila gli stivali di gomma sui piedi nudi, prende la torcia dalla mensola ed esce.

Scende in direzione delle serre e controlla che le porte siano chiuse, poi accende la torcia e illumina l'interno. Delle gocce di condensa scintillano sul vetro. Le foglie premono contro le lastre e sembrano accendersi alla luce gettando all'indietro la propria ombra.

Valeria gira intorno alla serra più esterna e si avvicina cautamente al bosco. Gli stivali producono fruscii nell'erba, e un rametto si spezza con uno schiocco sotto il suo peso.

«Posso aiutarla?», dice ad alta voce.

Alla luce della torcia, la corteccia bianca del salice sembra una carta geologica. I tronchi illuminati nascondono quelli immersi nel buio nella parte più interna del bosco.

Valeria si avvicina alla carriola, osserva le scaglie marroni di ruggine e i fori sul metallo poroso, poi all'improvviso sente così tanto freddo che inizia a tremare.

Si sposta lentamente di lato, punta più in lontananza il fascio di luce della torcia e scorge i fili scintillanti di una ragnatela.

Non si vede nessuno e l'erba del prato sembra intatta, ma più in là tra gli alberi, esattamente dove ha inizio il buio del bosco, nota una coperta grigia, un vecchio plaid che Valeria non ha mai visto prima. Si avvicina anche se il cuore prende a batterle all'impazzata.

Il plaid sembra coprire qualcosa, qualcosa che ha la forma di un corpo sottile: una persona rannicchiata, senza braccia.

Lars Kepler
Lazarus

La polizia di Oslo indaga sull'omicidio di un ladro di cadaveri: nel suo appartamento sono stati ritrovati i resti di corpi decomposti, compreso il cranio della moglie del commissario della polizia criminale svedese Joona Linna. La tomba della donna, morta qualche anno prima e sepolta in Finlandia, è stata profanata. Le cose si complicano quando a Rostock, in Germania, viene scoperto il cadavere di uno stupratore: nel suo telefono compare il numero di Joona Linna. Due giorni prima di essere ucciso l'uomo ha chiamato il commissario, che ora da Stoccolma giunge sulla scena del crimine per partecipare alle indagini. Il tratto che accomuna entrambe le vittime – il profanatore di Oslo, lo stupratore di Rostock – è la presenza di segni di flagellazione sulla schiena: la firma di Jurek Walter, il peggior serial killer della storia europea. Ma non è possibile, perché Jurek Walter è morto da tempo. Saga Bauer, commissario dei Servizi segreti svedesi e grande amica di Joona, gli ha sparato tre colpi al petto. E un serial killer non può tornare in vita come Lazzaro. Ma il dubbio si è ormai insinuato nella mente di Joona Linna, mentre cresce il numero delle vittime marchiate con la stessa, identica firma.

LONGANESI

www.tealibri.it

Visitando il sito internet della TEA potrai:
- **Scoprire subito le novità dei tuoi autori e dei tuoi generi preferiti**
- **Esplorare il catalogo on-line trovando descrizioni complete per ogni titolo**
- **Fare ricerche nel catalogo per argomento, genere, ambientazione, personaggi... e trovare il libro che fa per te**
- **Conoscere i tuoi prossimi autori preferiti**
- **Votare i libri che ti sono piaciuti di più**
- **Segnalare agli amici i libri che ti hanno colpito**
- **E molto altro ancora...**

www.illibraio.it
Il sito di chi ama leggere

Ti è piaciuto questo libro?
Vuoi scoprire nuovi autori?

Vieni a trovarci su **IlLibraio.it**, dove potrai:
- scoprire le **novità editoriali** e sfogliare le prime pagine **in anteprima**
- seguire i **generi letterari** che preferisci
- accedere a **contenuti gratuiti**: racconti, articoli, interviste e approfondimenti
- **leggere** la trama dei libri, **conoscere** i dietro le quinte dei casi editoriali, **guardare** i booktrailer
- iscriverti alla nostra **newsletter settimanale**
- unirti a **migliaia di appassionati** lettori sui nostri account **facebook**, **twitter**, **google+**

«La vita di un libro non finisce con l'ultima pagina.»

IL LIBRAIO

Questo libro è stampato col sole

Azienda carbon-free

Finito di stampare
nel mese di giugno 2019
per conto della TEA S.r.l.
da Grafica Veneta S.p.A. di Trebaseleghe (PD)
Printed in Italy